U0439224

**2017**
短篇小说
中篇小说
散  文
报告文学
中国文坛纪事

21世纪年度小说选

中篇小说

人民文学出版社编辑部 / 编

人民文学出版社

图书在版编目(CIP)数据

2017中篇小说/人民文学出版社编辑部编.—北京：人民文学出版社，2018

(21世纪年度小说选)

ISBN 978-7-02-013903-3

Ⅰ.①2… Ⅱ.①人… Ⅲ.①中篇小说—小说集—中国—当代 Ⅳ.①I247.5

中国版本图书馆CIP数据核字(2018)第042230号

责任编辑　刘　稚　薛子俊
装帧设计　马诗音
责任校对　杨益民
责任印制　任　祎

出版发行　人民文学出版社
社　　址　北京市朝内大街166号
邮政编码　100705
网　　址　http://www.rw-cn.com

印　　刷　河北鹏润印刷有限公司
经　　销　全国新华书店等

字　　数　422千字
开　　本　880毫米×1230毫米　1/32
印　　张　16.5　插页3
版　　次　2018年6月北京第1版
印　　次　2018年6月第1次印刷

书　　号　978-7-02-013903-3
定　　价　58.00元

如有印装质量问题，请与本社图书销售中心调换。电话：010-65233595

## 出 版 说 明

我社自1977年起,即每年编选和出版年度短篇小说选和中篇小说选,两种年选曾经深得读者的喜爱,在文学界和读者中具有广泛影响。1994年后,这项工作一度中断。21世纪肇始,根据文学界人士和读者的建议,我社决定恢复中、短篇小说年选的编选和出版工作,以便及时总结年度中、短篇小说创作的成绩,向读者集中推荐优秀的中、短篇小说,也为新世纪的文学积累做出我们的贡献。

恢复出版的中、短篇小说年选总冠名为"21世纪年度小说选",以示我们一百年不动摇,长期做下去的决心。"21世纪年度小说选"分中篇小说和短篇小说,各编一册,于次年出版;编选范围为当年全国各报刊上发表的中、短篇小说,入选篇目的排列以作品发表时间先后为序。

"21世纪年度小说选"的编选工作得到许多著名文学评论家和编辑家的支持和帮助,他们应我社之邀,对当年的中、短篇小说创作状况进行深入、广泛的研讨,提出许多极有价值的选目。我们在广泛阅读的基础上,充分参考专家们的意见,严格进行编选。在此,谨向诸位专家深表谢忱。

人民文学出版社编辑部

# 目　录

向西,向西,向南 …………………… 王安忆　1
飞行家 …………………………………… 双雪涛　50
大乔小乔 ………………………………… 张悦然　88
母亲 ……………………………………… 曹　寇　130
呼叫转移 ………………………………… 黄昱宁　158
花与镜 …………………………………… 张天翼　206
小相山 …………………………………… 欧　曼　238
此事无关风与月 ………………………… 李清源　284
所有的星星都有秘密 …………………… 肖　勤　313
他乡 ……………………………………… 阿　袁　372
鲜花岭上鲜花开 ………………………… 徐贵祥　421
永生医院 ………………………………… 郝景芳　486

# 向西,向西,向南

王 安 忆

## 一

其实,陈玉洁和徐美棠早在十年前即有过交集,那是上世纪九十年代初柏林,库当大街上,接近歌剧厅的街角,开一扇门,倚门立一个白衣白裤的亚裔男人,抬头看,门楣上方写几个汉字,就知道是中国餐馆。周末,向晚时分,白昼的跃动平息,夜生活尚未拉开帷幕,正在休憩的间隙。薄暮中,这条街仿佛被遗忘了似的,只剩下玉洁和这家中国餐馆。她与侍者对视着,忽觉得这并不是本族人,深目隆鼻,精瘦的骨架子,要知道,此地的中餐馆,不定是雇用华工的。对方也在犹疑,不知道当她哪里人。最后,他们用英语打了招呼。走进店堂,临窗坐下,唯有她一个客人。这时间对本地人远不到饭点,他们都是夜猫子。男人送上菜单,看见汉字写的菜名,就有一种安心。点了什锦面,还回菜单,问道:会华语吗?男人眼睛亮起来:原来是中国人,还以为从英国来,英国过来的人比较多。几近雀跃地,一个转身,到楼梯口,仰头向上喊:老板娘,有中国人!楼梯上响起脚步声,老板娘下来了。

在中国人里,老板娘的身量算得上高大,亦因为中国人看中国人,才看出年纪在三十到四十之间,穿秋香绿色的裙装,袖口撒开,像鸟翼般,随动作起落。绕过空着的餐桌,走到玉洁跟前,双手支着桌面,问从哪里来。玉洁回答上海,对方自报来自青田。青田,知道吗?总归听说过青田石!这时候,什锦面上来了,罐头笋、猪肉、芥菜、甜椒,切成筷子粗细,很悭吝地放两株青菜,面和汤的味道与这些全不相干,显然来自现成的酱料。她埋头吃面,女人站着,眼睛越过头顶,望向窗外,继续说话。她的普通话带着口音,大约就是青田一带的吧,玉洁没去过那里,辨别不出来。话音流水般淌过去。视线与墨绿桌布上的那双手平齐,于是注意到这双手,硕大、丰润、骨肉匀停,能劳动,却不是苦作,所谓得心应手,大约就是指这样的。如此一坐一立,吃完了面,店堂还是只她一个客人,不禁出声道:生意冷清啊!女人被她的话唤醒似的,打住话头,低头看一眼,说:今晚比赛足球,都看球呢!德国人很奇怪,脑筋有毛病,我们和他们,完全是两种人类。她笑起来,结了账,推碗离座,道了再见。这就是玉洁和美棠的第一面,彼此都没有问名姓,连模样都是含糊的。

　　走出餐馆,天光依旧亮着,街上除她之外,多了一对情侣,忘情地接吻。夕照贴地而起,瞬间掠过去。歌剧厅前终于有了人迹,厅堂里已聚起些声气。检票与领票,前后照应,添几分动静。观众坐有半席之满,在足球杯的晚上,亦可称得上座了。剧目是芭蕾《吉赛尔》,乐池里传来定音的管弦声。

　　陈玉洁在外贸公司做公关经理,上海与汉堡是姐妹城市,两地往来频密。这一回是为一批货迟迟不能上岸,汉堡港的理由是中国货轮的外漆有几项环境指数不达标,装卸工人不能作业。玉洁在汉堡与各部门交涉,请求重新检测,再次审核,最后一关是工会,同意一定天数之后,才可接近货轮操作。汉堡有公司租赁的公寓,没有食宿之忧,只是寂寞得很。于是,周末便去柏林一趟。这个国家的工会拥有无限权力,休息日绝不允许工作,就不会出状况,她也只好休息。白天去勃兰登堡门,柏林墙遗迹,美术馆,老教堂……最后的节目是芭蕾。她买的四等票,这一区域只有十来个人,散坐四处。前边有空位,可是没有人移动,这是一个纪律严明的民族。想起方才老板娘的话,德国人是一种奇怪的人类,就又要笑。场灯暗下,乐池里的光就仿佛夜航中的船舶,她呢,茫茫大海中的礁石。音乐响起,舞者在舞台上列成各种队形,奔跑、跳跃、旋转。因为座位的关系,大约还有心情,离她十分遥远,就像一帧镜框里活动的图画。有一时,她睡着了,被掌声唤醒。掌声很整齐,先期经过排练似的,什么时候起来,什么时候止住。然后,中场休息。出去走动走动,第一遍铃声后回座,每个人都在原位上,她依然独自一人。音乐奏响,她又沉入睡眠。

走出剧院,天黑下来,街上却一片亮,路灯,霓虹灯,广告灯箱,咖啡座,餐馆全开张了。热狗铺前排着队,麦当劳里满是人,汽车揿着喇叭,年轻人呼啸而过,高举彩旗和气球。电器商店橱窗里的电视机播放新闻,站一圈人看,她才知道,德国队进入决赛。走在人潮中,几乎迈不开脚,满目都是笑靥,互相叫喊,擦肩而过一伙人,竟然横过旗杆抽她一下,回头看,无数笑靥相迎。可依然是离远的,隔一层膜。走回旅馆,洗漱上床,窗外依然喧哗。铜管乐队在游行,其中一支小号特别高亢,随她入梦里。是这样的夜晚,使得其他一些细节变得清晰,留下印象,以至于许多年过去,换了场景,这两人互相都认出了。

汉堡的公寓,人称中国大厦,是由几家国资单位联合买下一幢旧楼,再翻倒重起,专供企业外派人员居住。风格与周边高层住宅无大异,那多是战后的建筑,平行与垂直的线条结构,与现代极简主义有关,更是从实效出发,用料经济,施工快捷。中国大厦是近年造成,就更新,更高,因此也变得孤立。那白色的塑钢框架的窗户格子,一行行,齐崭崭,要是望进去,内容就丰富多样了。房间里斜拉的铁丝,晾着毛巾、衣服,床上张挂的蚊帐,桌面立着热水瓶,电饭煲突突地沸滚,里面炖着猪蹄和鸡膀;窗台内侧的瓦盆里养着小葱,蒜头抽出绿苗,其中一叶上缠着祈福的红丝线。过日子的劲头一股脑儿冒出来,中国式的日子,乱哄哄,热腾腾,与使领馆的中国式不同,那是官派的,这里却是坊间社会。

中国大厦的住客来自四面八方,你就可以听见各种方言在此交流:东三省、云贵川、江浙、山陕、闽广、两湖,最终又汇合成北方语系的普通话。有长住,有短留,长可至半年之久,短呢,落一下脚便转移。陈玉洁原本只一周计划，延宕到两周，事情办有六成，公司方面让她再坚持一周，索性彻底解决。不料余下的四成是最为琐碎困难，就又是两周过去，还看不到结束。一人在外，新鲜感维持半月已达临界，初始就有长久规划另当别论，她却是随事态演变，一日一日拖下来，难免焦虑心起，不耐得很，情绪变得低落。汉堡这地方，阴晴无定，云开日出时，眼前一派明媚，坐在湖畔，柳丝婆娑，微波荡漾，水面点点白帆，真仿佛仙境。转瞬间，天空沉暗，树丛密闭，湖中的天鹅呱呱地叫，鸽群呼啦啦盖顶而来，像是鹞鹰，豆大的雨点砸下。赶紧起身，回程中，乌云忽地破开，迅速向四围退去，湛蓝的穹顶越扩越广，万物晶莹闪烁。心情却鼓舞不起来了，鲜丽明朗的视野反而让人忧郁。

　　后来，非不得已便不出门，有时候，整天待在住处。白日里，客房都走空了，清寂中，动静声声入耳。清洁工开门闭门，说话嬉笑，吸尘器轰然响起，又轰然停止，修理工的击打，新入住的客人经过走廊，行李箱的轮子咯哒咯哒滚压地面，没有吵着她，却是让她安心，不自觉睡着。不知道过去多少时间，在一股饭菜的气味中醒来，恍惚以为是在公司的食堂里——饭点到了，窗户板推上去，大锅，小炒，米饭，面食，热气蒸腾，汹涌澎湃。雪白的四壁刺痛眼睛，闭了闭，方才想起身在何处。中国大厦的餐厅，中午不开张，少数几个客人，就直接到后面厨房，锅灶边上，盛饭盛菜，倒有几分居家的气氛。这一日，大师傅的媳妇从山西老家来探亲，下厨帮忙，做的是家乡饭猫耳朵。揉得十分筋道的面，揪成手指头大小的薄片，下在汤里。黑木耳、胡萝卜、西红柿、青芦笋、紫茄子、白山药，切成片，上下翻滚。大海碗，灶台上一字排开，老陈醋胡椒面，任意添。这一餐饭呀，吃得汗泪交流，痛快，亲热。

　　一同吃过猫耳朵，就有交情似的，由此，认识了来自沈阳的一个姑娘。她是通过熟人关系住进中国大厦，还是个学生，在波恩读商科，她带陈玉洁去到火车站的中国书店。书店门面不大，进深却几乎穿透一个街区，四层高。顾客多是中国学生，来淘减价的教科书，学生总是手紧，看的多，买的少。还有从火车站过来的行旅中人,为消磨候车的时间,也是买少看多。相比这有限的客流,书店显得过于宽敞。除了老板,一楼收银台后面的小个子广东男人,似乎没有其他店员。那是个寡言的人,甚至是腼腆的,偶尔在过道走个对面,头一低就过去了。但并不意味着性情冷淡,她很快注意到,书店仿佛是个中国留学生的服务站。临上火车需要办事情的将行李寄存这里,刚下火车的又推门咨询交通和住宿,自行车轮胎瘪了,进来借打气筒,再有借用电话和厕所,帮助收发留言消息。显然,中国人尤其留学生圈里人都知道他,一传十,十传百的。来自香港的他——沈阳女孩告诉她,并不像通常港台人那样,与大陆学生有隔阂,生成见。那时候,中国陆生留洋海外正在草创阶段,经济上,货币不能自由通兑;政治上,体制为对立两边;初度开放,人数少,根基浅,远没有形成自己的社会。与中国大陆亲近者,多是左翼知识界人士,而左翼运动发生地则以美国为中心,比如反越战,比如台湾学生的保钓。二战后的德国,正经历漫长的反省与疗伤,对于这个热爱思辨的民族,类似东方哲学的静修,难免是沉寂的。所以,来自社会主义中国的学生,呈孤军作战之势。后来,陈玉洁知道,香港人是一名基督徒。她开始进出书店,当那里半个驻地,港务局方面的业务亦顺利结束,她回国了。

二

回想起来,九十年代是个节点,上个周期完成,进入下一个。苏东解体,冷战告终,中国改革开放,经济腾飞,香港回归,美国"9·11",中东战争,亚洲金融危机……世界资本主义体系一方面扩容,另一方面,介入异质成分。具体到中国大陆,由政府推行市场经济,进入全球化,同时筑起防火墙,可说旱涝保收,完身通过世界性危机,外汇储备激增,国库充盈,个人财富积累。在陈玉洁个人,二十世纪的最后十年就好比一夜之间,又像是几个世代,来不及后顾,一径地向前。从外贸公司买断工龄,自营进出口。大学毕业分配在政府部门的先生早几年已辞去公职下海,先是承包一家体育用品商店,赚第一桶金,然后与几个同学去南非购买金矿,再又掉转龙头,向内发展,到山西开矿和炼焦。这十年于他们五十年代出生的人,可说是原始的,又是最后的发展机会。就在他们奋起的同时,六十年代后生冲刺新型产业的前沿,时间跃进两千年,就将是又一代风流引领。总算立定脚跟,不仅获得财富,更是在一波连一波的产业浪潮之间,占据衔接的一足之地。他们的事业起自计划和市场两种体制的狭缝,左右逢源,亦屈抑迂回,得尽先机,也种下后患,暧昧的受益最终造成身份的尴尬。

他们的孩子,一个女儿,在千金买醉的日子成长。陈玉洁至今记得,两千年世纪之交,一家三口乘豪华游轮夜游浦江。十五岁的女孩,穿一件珍珠白低胸露背礼服,那时候,真还不懂得怎么穿,将她往成年女性里打扮,更显得人小,比实际年龄更幼稚。手腕上套个珠包,踩着高跟鞋,站在大厅里,茫然不知所措。巨大的枝形吊灯从挑高的通顶上垂下,灯芯做成烛状,壁上也是烛状的灯,立在金银座的水晶盏里。无数彩带、气球、鲜花,玻璃珠子串在尼龙丝上,红灯笼也串起来。眼睛都不够用了,脖子也仰酸了。视线慢慢移下来,这就看见餐台,呈十字向四面伸展,冷食、热菜、烧烤、中式、西式、和式、蛋糕、水果、巧克力。女儿第一盘就直接奔甜品,各色小点心,粉红、淡紫、浅绿、鹅黄的奶油和啫喱,第二盘还是小点心。那颜色形状首先诱人,尤其诱惑女孩子,其次是香甜的口味,小孩子都是口重又嗜糖,平时受大人限制,从不曾饱足,此时敞开,非但不干预,还是鼓励的眼神。可惜到第三盘,便吃不动了,就这,还只是餐台上末梢的一点点,前菜和主菜丝毫未沾,都要哭出来。岂止孩子,大人不也是憾憾的,只不过能自持,不像孩子那般坦然不掩饰。接近子夜时分,餐台撤下,顶灯暗下,地灯点亮,一池莲花盛开,乐队和歌手仿佛是从地心升上来,音符从天庭降落,众人环绕起舞。父亲带女儿下了舞池,两人都不太会,基本就是走步,从这头到那头。看他们在人群中忽隐忽现,有几回女儿的脸正对她,表情十分严肃,好像接受成人礼,就觉得女儿正在脱去小姑娘的形骸,飞速地长大,长成那件珠光晚礼服里，真正的主人。舞池到处是这样的美人，衣袂飘兮，巧笑盼兮。她走神了，没注意人群哗动中倒计时的数秒，只听得最后一声，当！海关大钟敲响，彩带剪断，纷纷坠落，珠子漫撒开来，红灯笼亮了，原来里面都是电灯芯子。船正走到吴淞江口，掉过头，外滩沿岸一带同时放起烟花。那游轮顶上的吊灯突然迸裂，露出玻璃穹盖，于是，一朵一朵烟花在深邃的夜空绽放，化成流星雨，缓缓垂落，时间就此走进二十一世纪。

女儿自小在祖父母身边生活，与他们聚少离多。在出生成长的十多年里，正是她和丈夫激烈打拼事业的阶段。他们都是上海普通人家，一条街上的邻居，就读同一所小学，又在"文革"中划地段分进同一所中学，是本地市民典型的婚配形式。中学毕业一个去崇明农场，一个留在上海分配工作，分得很好，在外贸局——照今天话说，就是办公室小妹。后来，崇明的那个凭一己之力考取大学，上海的，就是陈玉洁，由单位送外语学院委培商务英语，原去原回。那是个百废待兴的时期，机会很多，他们可说是得天时地利的一代。等两下里读成，都已是三十岁，这才生了孩子。上世纪八十年代，上海住房的紧张，全世界闻名，由此生出多少悲剧和喜剧。他们原是在公婆房间里隔出一条做婚房，两人上学各自住学校宿舍的几年里，丈夫的兄弟住进他们的房间并且生下孩子。这期间，他们夫妻的私人生活都是在周末和节假的宿舍，他或者她的同屋回家，让出空间，供他们享用。所以，住房局促是他们脱离体制自主创业的极大动因。挺着六七个月的肚子，肿着脚踝，去后勤部门索讨房子。局办公楼在外滩一座老建筑，殖民时代留下的，石砌的墙壁，天花板很高，动静都有回声，走在里面，是有压迫感的。当时不觉得，年轻，又是单位里最低阶职工，况且，大家不都一样？为住房、晋级、加薪、奖金，一趟趟跑领导办公室，赔着笑脸，叹着苦经，事后回想，却是很屈辱的。就这样，分来一间房，面积不大，朝向也不好，西北，是一套公寓里的一间。这套公寓不知出于何种历史原因，被拆分成三户人家，公用厨房和厕所。但无论怎样不便，住进公寓，身份就不同了，下一轮的争取和调配中，资本也不同了。很快，这一间加上丈夫单位增配的一个亭子间,二换一,换来新工房的一个独立单元。换房的经过,也是不堪回首。电线杆子上贴告示,房屋交易集市寻觅对象,所谓房屋交易集市就是马路边上,自发形成的几块地方。捐客一类的人物应运而生,他们手中掌握许多信息,从而串联上家下家。时间一久,陈玉洁自觉得也能成为业内一员,日后独立出来做贸易,是否从这里起念,只有天晓得。

这套一室半的单元房位处虹桥,其时还未开发,属城乡接合部,上下班需经过一条铁路。远远听见道口铃响,路障放下,挤进等待的自行车和行人里,一列火车吐着白汽驶过。倘是客车,就看得见车窗里的人,满脸旅途的劳顿,不知道在他们的眼睛里,自己是怎么样的。这条铁路横亘在面前,将新城区和旧城区隔开,他们被划分在新的一边,既是逐出,同时呢,又是纳入,纳入另一种命运。

住进这一处房子,动荡结束,终于安定,将女儿接来。女儿已在市区一所重点小学就读,而这边且是草创,周边还很荒凉,学校的品质可想而知,决定暂不转学,每天由父亲接送,顺便可去看望婆婆。辛苦是辛苦,但一家人不必分住几处,算是团圆了。就在此时,方才发现,女儿与他们是生分的。跟阿娘长大,宁波人称祖母"阿娘",阿娘们称得上是上海中等阶层的一个类型,她们精明、仔细、能干、豁辣——沪上人说,给宁波人做媳妇不易,可她自己不也是从媳妇熬成婆的吗?她们带出来的小孩,尤其小女孩,都有一张刁钻的嘴和一副刁钻的性子。一上来,他们就感到棘手了。绿豆芽,要摘两头;鱼,只吃鳃上瓜子大小两片肉;豆腐是要去皮的。穿衣服也很麻烦,一件套头衫,后领的商标一头脱线,她按惯例索性将那一头也扯下来,多年紧张甚至惶遽的生活将她磨砺得粗糙和简单,孩子却哭了,说应该缝上去,否则就分不出前后。鞋面上的浮尘不擦拭干净也是要哭的,马尾辫不是高了低了就是歪了。随身搬过来的几大包杂碎,她看也看不懂。那些花花绿绿的铁发卡,掰开,再按下,沿发际线扣一排;喝水的壶盖藏着机关,这里一揿,那里跳起来,吐出一个嘴；透明的小贴纸上的人物动物有名有姓，贴哪里也有名堂，而且重要……这些零件又不是阿娘的传统了，而是来自现代都市物质生活，阿娘家住在淮海路中心地段。有一次，她下班早，去学校接女儿，遇到班主任，说起往返路途的辛苦，老师惊讶道，不是就住在附近吗？原来女儿一直将阿娘家的地址报给老师和同学。小姑娘和同学走在前面，她推着自行车跟随其后，看那矜持的小背影，比同年龄孩子高一点，所以就在中间，一个挽一个胳膊，有些小妇人的风度。陈玉洁说不上喜欢，也说不上不喜欢，女儿长大了，却不是想象中的长大。这种复杂的心情一直潜藏在母女之间，到两千年的跨世纪晚会，再度浮出水面，却是另一番情景。这时候，做父母的，与女儿相处和谐，陌生感逐渐消弭，甚至有几分亲热。

  偶尔地，她会生出怀疑，这样的改善是出于哪一种原因。血缘是一种，共同生活是一种，还有，是不是还有什么？她从国外公务回家，省下津贴补助买成礼品，最多的是女孩子的衣物，内心里多少有一些讨好的意思。她和丈夫总是讨好的，为补偿抚育的缺失，其实也没有那么理性，一家三口，本应是亲近的。女儿得到礼物，绽开笑容，一个反身，抱住妈妈的颈项。软软的小身子，贴在怀里，她有些羞怯呢！真希望不要长大，就这样。她喜欢女儿的笑脸，下眼睑很饱满，一旦开颜，便呈现两个窝，像猫咪，又像花。随年龄增长，圆脸变长脸，脸颊滑顺下去，笑窝不见了，显出少女的清秀，却又有一种凛然——不知道事实如此，还是心理的缘故，她始终有些怕她呢！这也是所有父母对长成的儿女的心理，生恐被遗弃似的。有时与朋友交流，彼此就像在攀比这种感受，很享用的呢！但内心深处，又觉着不像对方的单纯，在某个地方存着差别，而且是本质性的。生活在进行，不等她想明白，已经到下一个阶段。

  他们买了商品房，先是四室两厅的公寓房。装修大半年，搬进去，住下两年。其中有一间北屋，从来不曾使用。紧接就搬进另一套，复式两层。偏离开市中心，但后来居上，成高档地区，住户以日韩籍为众多。女儿进一家私立中学，和小学同学疏远往来,阿娘呢,也不常走动,这个老城区的孩子成了新人类。礼物和礼物激起的喜悦还在继续,却已不止是出国带回,且随时随地,量和质都在增加。整套卧室家具,钢琴,电脑,音响,万圣节的鬼装扮。这个街区已兴起万圣节,基本是自己和自己玩,没有讨糖和捣乱的小孩子,南瓜灯在店铺的玻璃窗里闪烁,少男少女们穿了吸血鬼的长袍在街上呼啸走过,其实显得很寂寥。最后,女儿高中毕业,直接去美国读大学,可谓人生大礼。因学业中等,就读一所设计专科学院,校址却是在纽约曼哈顿,学费和食宿极昂贵,有什么呢?钱已经不是问题。

　　因生意上的事暂时走不开,就由丈夫保驾护航送去纽约。看父女二人走进国际出发厅渐渐远去,女儿比两千年晚会上又高出半头,身着旅行装,双肩背包上垂挂粉红水晶的吊串,随着走步一摆一摇,就有一股跃动,欣欣然的。没有回顾,就这么径直走出视线,她们母女相处向来冷静,从不滥情。回到家中,推开女儿卧室的门,打算收拾整理,不料想,一下子撑持不住,坐倒在床沿。那是张童话里公主的卧床,高高的弹簧垫,白色床柱上托着金球,圆顶帐垂下来,珍珠纱上布着小朵玫瑰花。眼泪溃决,流了满面,这才相信"血浓于水"是千真万确。

## 三

　　多半的缘故是女儿在美国读书,还有就是寻找新商机。她将德国方面的贸易收缩了,转移到纽约。然而,距离上的靠拢并不使她们更亲近,分别初的那一段激情没再回来过,反而是,平淡下来。女儿抽条的身子显得很纤细,穿低腰的撒腿裤,长款的背心外面套一件横宽的背心,都是黑色,踩一双夹趾草编凉鞋。学习设计的人总是从自己身上开始实验,创造独特性。最终,很奇怪的,这些独特性又汇合成同一种风格。看女儿走在街上,走在魁伟壮硕的外族人里,四肢、身体、衣服,头发一侧剪至耳上,另一侧,齐腮,垂下来——仿佛在飘。不少男孩,也有成年人,被吸引目光。这些目光,就像风,将她送得更远。偶尔地,女儿会挽着母亲的肘弯,便感觉到纤细的手臂里的骨骼,不是小时的柔软,而是坚硬的,有一股力度。

女儿租住的是一种称之为"工作室"的房屋,一大间,除厕所和冲淋房,再无其他区隔,住户根据自己需要分配使用。因为楼层很高,还可架成阁楼。这样的房型,得自于二战以后的苏荷地区,废弃工厂车间被艺术家用作画室,渐变为风尚,建筑商适时跟进,开发房地产市场。以此可窥见波希米亚人走入布尔乔亚,嬉皮变雅皮的过程。所以,这间位于中城的"工作室"其实相当中产化,玻璃幕墙,细木地板,牙白色烤瓷漆的橱柜,后现代极简主义的灶具和卫浴,以及连房屋出租的餐桌椅,工作台。这样的环境里,席地而卧的床垫,东方图案的靠枕,随意摊放的杂物书本,反显出造作。她不懂设计专业是什么样的内容,从外部看起来,女儿无疑是业中人士的做派了。

在决定长住,计划买房之前,她都是住酒店。睡地铺起卧不方便还在其次,难以忍受的是无遮蔽全敞开的空间。不夜城的光,从窗帘叶片里透进来,躲也躲不开,好像当街躺着。女儿并不反对母亲住酒店,多少透露出迹象,孩子已经有自己的生活。一个不问,一个不说。有些私密的话题,至亲间反倒不易沟通,又尤其是她们这样亲中有疏的母女。有几次和丈夫同来,住的是中下城的老酒店。在美国,说老酒店不过是更欧洲化,代表新大陆居民来源地的历史。那都是狭小、逼仄的房间,自点早餐,到晚间,酒吧咖啡座上满满的,需挤过人堆,向柜台上领房间钥匙,沉甸甸的铜头钥匙放在柜台背板上的小格子里,射灯自上向下照着职员的脸,很像希区柯克电影里的一帧景。

丈夫喜欢这样的老酒店,女儿也喜欢,凡住这里,总是过来。换一种情形,就是她过去了。来到这里,多半是在底下酒吧消磨,单独的桌子永远不够用,于是,不相干的人凑在一长条大案子边上,各说各的。女儿显得格外兴奋,比平时话多,丈夫呢,捧着酒杯,缩着手肘,避免碰到邻座的人,脸上布着笑容。她却怀疑,他们实际上真的有表现出来的那般享受。看上去,更像是一种坚持,将"快乐时光"坚持到底。酒吧门口的招牌上,不都写着"快乐时光"的字样！酒店的"快乐时光"里，中国人极少，像他们一家三口的中国人，大概仅此一例。那实在不是个家庭聚会的场合，这三人未免显得不合时宜，可他们一坐就是半夜。送女儿去住处——步行即可到达，两人再返回。子夜时分的清寂里，藏着无数喧哗，那沿街的，一半沉在地面下的门扉，一旦开合，就涌上来，引起一阵骚动。

他们沉寂地走过一段，凛冽的空气驱逐了困盹，方才她可是困盹得很呢，此刻醒过来，开始说话。她说，要不要在美国买房？好啊！他说。女儿的房租加我们的酒店费用，差不多是一套厨卫的钱了。说到这里，他就正色道：不要考虑钱，钱不是问题。话里有一股豪气。他们这一路对话，都是有豪气的。倒退十年二十年，做梦都做不到。是啊，钱不再是问题，可也是个问题，就像上了发条，开关启动，自行运作，以级数增长，令人不安。想这世界上任何物质的总量都有限度，哪经得起如此递进生产。她有时会提议关闭生意，不要再赚了，一个人一辈子究竟能用多少钱？丈夫的回答是，你以为我们是净赚？不是，我们是和世界通货膨胀赛跑，趁脚力好，多领先几步，等脚力弱下来，就少落后几步。然后，丈夫便举出几个数据，证明通胀的速度和程度。按马克思政治经济学理论，通货膨胀是为解决危机，同时酿成新一轮危机，所谓搬起石头砸自己的脚——丈夫一旦打开话匣子，谁也刹他不住，所谓"马克思政治经济学"，在他们一代人，就是蒋学模的一本教科书，在世界冷战格局下，以共产主义为人类社会最终目标的前提下，诠释资本演变。现在人早不读它了，但里面不乏真家伙，也就是硬道理。丈夫继续道，二次大战以后，技术革命大爆炸，迎来第三次浪潮，似乎可能消化危机，事实上，只不过暂缓，将局部纳入总量——"总量"这个词出来了，正是陈玉洁的担心。你以为总量可无限增长？他问她。不能，她回答。增长的是缝隙，就像受过冻的萝卜，糠的，这就是泡沫经济，所以，我们必须和通胀赛跑！最后总结。这时候，他又变成虚无主义，不相信人类历史的进步。

他们走进酒店，"快乐时光"方兴未艾，领了钥匙进电梯，经过一条狭窄的走廊,推开房门,迎面是满壁墙纸的缠枝花,天花板顶线的雕饰,窗帘打着沉甸甸的结子,床幔垂下流苏,椅套、茶垫、桌旗,丝线经纬底下藏着隐花,门窗、家具、用品的边缘都是曲线,底足是弯脚,镶着金边,重重叠叠,是维多利亚时代的风尚。事实上,酒店不过开业于上世纪七十年代,酒店的典故,关于一名女演员的风流韵事,是百老汇款的。床垫很厚,很软,人卧得很深。听见枕边人的鼾声,不由哧地一笑:真会装!也不知道笑的是哪一个,然后,沉入睡眠。

她自己来,通常是住新泽西,真正的北美式标准间。遍布全中国,直贯县镇级的酒店模式就来自于它。宽敞明亮,自助式早餐,价格只到那类老酒店的三分甚至四分之一。越过哈德逊河看曼哈顿,不过上海浦东与浦西的距离。这酒店主要客源是旅行团,尤其中国旅行团,占一半以上,其次东欧和日韩,再有些本土的学生团体。她虽是散客,但因为常来,一住又是半月一月,甚至二三个月之久,所以店方就将她打包进旅行团,享受大折扣,价格又下来一截。虽说钱不是个问题,可是,不还要和通胀赛跑吗?收缩德国方面的生意,转向美国,一时间还摸不到门。多年来积累的经验和人脉,都是在欧洲方面,在此可说白手起家,从头开始。来美国之前,都说这里地大物博,制度自由,有许多机会。听起来,很像近代史上所写,冒险家的乐园上海,实地一看却大不以为然。近十年内,中国的人力物力,犹如水银泻地,充盈每一寸空间。大到并购企业,小至浙江义乌小商品市场的发圈发卡,工业有中型机械,农业有果蔬植种,几乎无一遗漏。于是又回到老本行,中国餐馆,购买老店,开张新店,华埠从曼哈顿飞跃皇后区法拉盛,迅速扩大。陈玉洁数次往返,一年时间过去,依然委决不下,往哪里开拓。她倒也不急,多年历练,磨出了耐心,只是出于勤勉的本性,不开源就必得节流,能省即省。

酒店里每天有一团团的中国游客进出,闹哄哄来,闹哄哄往。一个人住久,终有些寂寞,所以,并不嫌嘈杂,还以为有意思。那些常受指摘的大妈们,与她属同一代人,在匮乏和争夺中度过岁月,大堂里一个空位都不放过,即便只是出发前短暂的等候,她是理解的。有时候会主动搭话,提供咨询,解决语言沟通。有一回,一个老年团的旅客向她打听大都会博物馆的票价,她如实告之,从一元到二十五元,全凭自愿。对方顿时愤忿起来,这个团费以外的自选项目,导游收费竟每票三十。看他们气咻咻找导游论理的背影,便知引起事端不小,赶紧避开。这些闲嘴调剂了客居的生活,否则就太闷了。这个酒店,让她想起汉堡的中国大厦,住在那里的时候,独自一个人,但有公务在身,总是社会中人,多少有些刻意地回避交道,有大国企单位的骄矜,也有避免麻烦的用心,是一种自恃的寂寞,而现在,是真寂寞,仿佛游离在真空地带。

女儿从来没到过新泽西的酒店,静听母亲述说那些杂碎,似乎只是出于礼貌。她们母女间一直或者说越来越保持礼貌。这固然没什么不好,可也没什么好。有一回,听完母亲的大妈们的故事,大约觉得应该做出些反应,不至显得态度冷淡,女儿说出一句评价:老阿姨多半是粗鄙的。她顿生反感,回击道:"老阿姨"这称呼就很粗鄙!母女极少起冲撞,她出言又过激,女儿不禁怔一下,然后笑一笑,过去了。还是年轻人更有礼貌。她却有些微的失望,心底积蓄着一股冲动,自己都无法解释的,就是想刺痛女儿,可此方矛头一出,彼方适时避让开,到底没交上火。

女儿真正的兴趣所在,是关于买房。在这里,议题变得具体了,不像她父亲,从务虚始,到务虚终。每一次去——住新泽西酒店,就总是她去女儿住处,每一次,都得到一批售房信息,从网络上搜索下来,也有她朋友推荐,全是曼哈顿岛,或中央公园周边,或苏荷,切尔西,抑或第五大道。许多中国人在那里买房,女儿说。她以商量的口气建议,为什么不考虑皇后区,那是中国人聚集的地方。女儿笑一下,这样的笑容,常会使她瑟缩,自觉得变成受教育的人。女儿笑一下,说,从投资角度出发,曼哈顿的地产有更大的增值空间。她嗫嚅道,法拉盛一带正趋向上扬。自知说服力不够,就又添一句,中国餐馆多,生活方便。女儿回答一句,曼哈顿也有许多中国餐馆,重要的是文化生活丰富,性价比更高。对话沿着买房的主题进行,倘若换成她父亲,每一个岔口都会旁出去,比如餐饮,比如乡谊,比如文化,都可激发谈兴,见仁见智。说的和听的,一概忘记初衷,不知道来自哪里,又去往哪里。当年,她便是被带入迷局,一去千万里,回头看,沧海桑田。难免感到庆幸,几回折转关头,都没出错招,尚还有歪打正着处。似乎有一条潜在的轨迹,引导他们的脚步。事实上,应该感谢那个时代,刚从计划经济走出来,选择是有限的,非此即彼。倘是另一种选择,道路不同,结果未必有大差别。草创的世界,各路英雄殊途同归。不像今天,机会很多,陷阱也同样多。但不论怎样说,丈夫确是性情中人。女儿不像父亲,那么就是像她,理性,清醒,冷静。这些禀赋在她,更多体现在谨慎,甚至一定程度的保守。女儿呢?似乎,她忍不住想,似乎缺乏热情。

环顾女儿的住处,有一种刻意的凌乱,大小靠枕东一个西一个,斜面长案上散放着绘图工具,形状莫名的雕塑直接立在地板,台灯、蜡烛、香熏、几盆水生植物,分布餐桌、茶几、料理台、上阁楼的木梯边缘。杂物的堆砌中,因为总体上几何线条的结构面,呈现肯定的秩序。女儿不在的时候,一个人待在房内,小心翼翼地走动,避免搅乱这些物件的摆放,她觉得,这间"工作室"公寓房,很像一个橱窗,第五大道上的奢侈品商店橱窗。她怀疑,这面橱窗的背后,还有没有日常性的生活。她想起她的婆婆家,终年散发着咸鲞和虾酱的腥气,那是宁波人家特有的气味,从八仙桌底下的坛子里蹿出来。小小的女儿,跪在椅上,操一双竹筷,吃海瓜子,一只一只送进嘴,然后划一大口泡饭,很快,跟前堆起一堆壳,透明的粉红的螺钿。那细细的颈脖子里,也有一股子海瓜子的咸味。现在,小姑娘长大了,身上的气味换成可可·香奈尔的国际香型。

在女儿的安排下,她还见过一位房屋中介商,荷兰裔的美国人,会用中文说"你好""谢谢""恭喜发财",古怪的发音里有一股油滑。介绍的房屋在公园西大街,原本是酒店,然后改成住宅。宽大的门厅、走廊,房间分走廊两侧排列,依稀可见昔日酒店的痕迹。推进门去,迎面满窗绿荫,正对中央公园。受限于原先的客房的格式,内部形制多少有不合常理处。比如原先的套间要成为独立的两卧,不得不横断空间,立一面墙,辟出玄关,重新开门,难免局促,厨房和浴室对于家庭起居也是逼仄的。她倒有点动心,因为想起上海的那种前厢房,而且,使用过的房屋有一股烟火气,是过日子的气息。她没有流露喜欢,但询问得仔细,让中介先生窥见成交的可能性,即便这一处不行,还有另一处呢,中国人可是购房的国际主力。往返对答,中介先生也判断出这个中国女人属理性消费人群,相当专业,正对他口味。他就是不怕专业,而对不专业生惧,在这法制社会里,对规则有共识,一切都好说了。

女儿在一旁静听,态度变得驯顺,使向来严峻的表情松弛下来,小时候的笑靥隐约又回来了。她温存地投去目光,想到小小年纪一人在外的诸多不易。这一天,母女间相处和谐。和中介先生告别,对方说了一句恰如其分的中文:后会有期!三个人都笑起来。然后,她们走进公园,挽着胳膊。早春时分,气温还很低,前一场雪未化尽,吸纳着正午的热量,空气凛冽,直入肺腑,身上起着轻微的寒噤。载客马车走过去,马粪味扑鼻,带着畜类的体温,在清冷中散播开。一个跑步的男人赶上她们,身上冒着热气,奇怪的,也有着同样的体味。女儿的手伸在肋下,使她想起很早以前,那软软的小身子,不由紧了紧臂弯。母女间的肌肤之亲向来很少,事实上,不是吗?她也是缺乏热情的母亲。

女儿说:那人好像怕你呢,妈妈!如何见得?她问,小心翼翼的,多少有点巴结。女儿做了个表情:转着眼珠,飞快地睃巡,就像一个猎手跟踪他的猎物,有几分神似。她发现女儿竟然是活泼的,并非表面的矜持。谁知道,也许在心里骂我们呢!她说。嗯?女儿停下脚步,困惑地看母亲的脸。怕和骂,是同一件事,她说。什么事?女儿问。我们的钱!她回答。哦——女儿吐出一口气,迈开脚步,手滑出臂弯,走到前面半步。绒线帽顶的毛球随脚步摇曳,留长的头发从帽底流泻下来,垂到黑呢大衣肩背。她想起自己的青春,在惶遽中度过,不曾流连,就远遁不见踪迹。那背影忽然顿住,转回身来,说:所以,妈妈,所以,我们要买房子,买给他们看!这孩子气的话里有一股凛然,她明白这凛然的来由,不在父母亲身边长大的孩子,总是缺乏安全感,于是,过度防卫。清寂的公园,四边楼宇远在地平线上,母女二人站在大块的天空底下,仿佛遗世孑立,心中就有苍茫生起。这是她的孩子啊,近不得,远不得,拿什么去爱你呢?

下一回再来,是与丈夫一起,在林肯中心对面新建公寓里,全款买下一套。其时,复古主义一改为现代主义,自有一套理论。他认为,酒店是幻象,住宅则是现实,前者是一时间,后者是长此以往,一是传奇,一是日常,彼此不可取代互换。而且,他强调,必须新建筑,不能二手房,前人的遗痕会成为魅影,打扰现在时的生活,那些幽灵的传说,逐渐在科学中显形,比如红外线,比如超声波,比如暗物质,现代物理学正在向东方神秘主义归宿……她的心情却正相反,一旦买定房子,反倒像是做梦,一个明晃晃的白日梦,说话起着回声,身影倒映在蜡光锃亮的地板。丈夫似乎也有些生畏,噤下声气,办完手续的次日,便丢下妻女,独自回国去了。

## 四

有时候,她不禁会想:为什么是我,为什么是我们?四周都是异族人的脸,忽然间恍惚起来,不知道自己身在何处。面对生活急剧的变化,女儿比她镇定多了,更像是知道要什么,并且向目标接近。搬进几件家具——这时体会到丈夫拍板买新公寓的正确,不需要装修,直接就可入住。几件家具虽不足以填充偌大一套房,但到底消除些空旷。她继续寻找开拓事业的方向。女儿临近毕业,是读硕士,保持学生身份,若不是,就要求职。学习设计的学生一大堆,尤其是中国学生。这是个暧昧的专业,什么都沾,又什么都不沾。所以,她需要将女儿的出路纳入她的计划。这一日,到唐人街买菜,一时兴起,走上威廉斯堡大桥,往布鲁克林去了。

布鲁克林正在兴起,大有飞跃的势态。可是,像她,一个谨慎的生意人,本能地对这种经济发生的模式持保留态度,那就是制造业衰退，以艺术家为主体的设计型产业进入——这类产业的利益链相当含糊，在资本市场的考验中，命运很不确定，或者淘汰，或者转变，抑或真如预期的蓬勃发展，然后又回到萧条。苏荷地区经历大半世纪走完的周期，如今越来越短促。省略发生过程的复制，总是缺乏自然的生命力。历史进入现代，复制又在加速。大约在机器诞生，再推远，人类掌握工具的时候，就已经注定的命运——她发现自己在沿着丈夫辐射型的思路，漫游开来，哑然失笑。天下着毛毛雨，威廉斯堡大桥的步道上极少人迹，城市在脚下搏动，桥面震颤，顶上是巨大的钢架结构。这城市定是在生产钢铁的年代建设，你能感受坚硬的程度。钢铁铸造一座城市，尚有剩余，于是流向战争。在地面看，威廉斯堡桥不过从东河这岸到那岸，走上去，可是漫长。引桥跨越几个街区，河面又出乎意料的宽阔。偶尔有人迎面走来，观光客和慢跑者。列车轰隆隆驶过，整座桥梁都在跳跃。太阳忽钻破云层，大放光明，雾气下沉，沃拉博特湾、曼哈顿桥、布鲁克林桥，一下子浮托起来，水鸟飞翔。只转瞬之间，云层闭合，光线收起，景物又退下了，仿佛海市蜃楼。这地场真是大，开发四百年，不过只是一个角。所以，就还有一股原始的野蛮力量，从现代性中穿透出来。

　　计算一下，陈玉洁在桥上足走了有一个钟点，步道在引桥中段向地面下去，穿过桥墩的钢柱，就站在了路口。停了停，顺势一转，依街道数字排列，从小号码向大号码走去。路上很清静，建筑多是陈旧和简陋，多少是破败的，犹太人的"贝狗"店，还有中国餐馆，间杂着狭小门面的店铺，是年轻人自创的品牌服装和小礼品，后现代设计型风格，稀奇古怪，用途不明，显示出物质过剩时代生长的一代人的消费理念。这样的小店，每一分钟都有无数间开张，又有无数间关闭，不是作为单个，而是一个群体，维持着它们的存在。然而，谁能就此下结论呢？在一整个街区的草根性中，这些小铺子，却是华丽的眼，穿越到未来，那里兴许有传奇在等着呢！时间已到午后两点，饭店都歇了，准备晚市开业。又走过一个路口，看见中国字样"牛铃"，名字有一些新鲜的情调,但招牌底下的门面,却是唐人街的旧俗,红灯笼,绿窗棂,翘檐上的黄琉璃瓦,日晒风吹,再蒙上油垢,显得灰暗。倒也让人踏实,因有一股柴米油盐酱醋茶的气息,透露出温饱的人生。

店门侧边的街道,停一辆小型运货车,地面上的铁盖掀起,露出一个男人精瘦的上半身,接着卸下的货物。她伸头向店里张望,黑洞洞的,也是歇业的样子,正要退出,却听一个女人的声音:吃饭吗?循声看去,门内酒柜后面原来有人。她说是的,女人就说,随便坐。稍适应店堂里的暗,走进去,在临窗餐桌坐下。天光带着窗玻璃上的污迹,映在桌面。酒柜里的女人问:吃什么?声音远远传过来,更显得店堂的空廓。她看见桌上夹子里有一束菜单,懒得翻看,只简单说一声:炒饭!这是每个中国餐馆必备的速食。隐约感觉女人叹口气,走出酒柜,向后厨去了。显然,厨工们休息了,不得不亲自出马。小货卡卸车完毕,扣上挡板,路面的铁盖板放下,这些动静都是清脆的。后厨里的排风扇打开了,呼呼响,油锅哗哗炸开,葱花的气味就传过来,有一股居家的安宁。店堂里的暗将空间四合,人在里面,甚至是温馨的。她想,布鲁克林是个不坏的地方。排风扇停息下来,在惯性里当当响了两声,听见男人和女人的说话。不知道说什么,只是一些音节,短促地轻盈地来回。店堂和厨房连接处有一方亮,嵌着男人的身影。大约是搬运,推拉收放,动作生风,像是有功夫。女人端着餐盘出来了,未到跟前,已香气扑鼻。

葱青蛋白的炒饭上,覆着一层金黄,仔细看,是油渣,送进嘴,原来是炸虾米。女人并不走开,而是站在桌边,指导用餐,将虾米和饭一并入口,果然,米饭软有筋道,虾米松而酥脆,口感味觉受用无穷。好不好吃?女人问。好!她顾不上说话,只回答一个字。算你有口福!女人说,是我们家乡的饭食,从来不做给客人。家乡何处?她稍停下筷箸,问道。青田,女人回答,依然站在桌边,两只手支在桌沿。余光所见,是一双丰白的大手,就有些记忆回来。女人继续说:温州那一系的菜在外国打不开,洋人就认那几样,酸辣汤,咕咾肉,宫保鸡丁,春卷,美国人的脑子有病！陈玉洁忽然想起了，抬头看女人，女人不看她，眼睛平视窗外。有汽车驶过，还有人声，零落的，这一处，那一处。洋人是一种奇怪的人类，女人说，他们没有口福，从小到大，就吃那些炸鸡、烤牛排、煎三文鱼，无论什么肉，都要做成一块一块，用手抓得起来，然后再添加调料，所谓"沙司"，这"沙司"又只是几味，翻来覆去的。说话间，盘子清空大半，她的思绪已经跑开，听不到女人说话，却在一件事上盘桓。她见过这女人，可是又无法断定，不相信如此巧合。正是不相信，才更觉得是见过，因为非出于巧合，而更像是机缘。她放下筷子，问出一句：老板娘从何处来到美国？女人嘘出一口气：说来话长。转身喊一声，男人即来到跟前，收走盘子。然后拉开椅子，在对面坐下：我就不当你客人，老乡见老乡。眨眼工夫，男人又到跟前，送上一壶茶两套茶具，腿脚进去颇有架势。女人说：你看他像不像李小龙？陈玉洁笑：像！女人正色道：练过咏春拳，拜师傅的！随后加一句：我男人。男人一笑，露出洁白的牙齿，旋即离开，不见人影。

十六岁从家乡出来，我今年四十六，整三十年，半个甲子。两人面对面，没有其他人，生出一股推心置腹的气氛。陈玉洁说：我比你长四岁，半百。对面人说：还以为我长你呢，真后生！谢了夸奖，心里推算回去，七十年代初，正是革命时期，国门紧闭，一个十六岁的女孩子，有什么通道出来？女人仿佛看穿她的心思，接下去的叙述正可为解答疑虑。十六岁，个头这么高，女人伸手在一米多点的位置比画一下，又瘦，自己都记不清，夹在什么人的胳肢窝里，搭车、乘船、走路，再搭车、乘船、走路，到了欧洲。她心里又是一动，定睛看过去——饱满的脸颊，眼睛周边略有些松弛，眸子却是亮的，短鼻梁、厚嘴唇、宽下巴，肤色稍显黑粗，但因为紧致，就有一层光，是个健康的女人。却又拿不定了，是那个人吗？其实连长相都没看清，仅一个轮廓，而眼前这个，具体，生动，于是，就不像了。陈玉洁小心翼翼地问：你的意思是偷渡？女人笑起来，抬手四下一扫：我们都是偷渡，他是游水，游到香港，然后……你们在哪里遇见的？她问道。女人做个制止的手势：还没到这一段呢！她被逗乐了，像不像的那回事扔到脑后,忘记了。

说出来怕你不相信,没有人相信,登岸头一站,意大利佛罗伦萨,竟然长个头了,身上阔出一圈,就是现在这样。确实让人不敢信,女人又一次窥到陈玉洁的心思,解释说:你知道为什么?她摇头。我们温州人是生在石头缝里的人,挤着手脚,好容易挤出来,砰地发开了,就像爆米花!两人都笑了。佛罗伦萨去过吗?她点头。你们是旅游,看的表面文章,不会知道内情……内情是什么?她问。对面人倾过身子,耳语般说:到处是我们的人。她不由也倾过身子,压低声音:真的吗?对面人点头:不止佛罗伦萨,罗马、巴黎、里昂、布鲁塞尔、阿姆斯特丹、柏林……她怦然心动:柏林?是的,到处是我们的人。哦!她说。再告诉你一个秘密,女人向她招手,示意靠拢,这样,就头碰头了。你知道,全世界的经济命脉掌握在谁手里?她回答:美国。不!女人摇头否决,犹太人。嗯?她离开些,看着对面人,那人狡黠地眨眨眼,说:温州人就是中国的犹太人。

光线移过来,从女人侧脸照过去,可能是用了一种植物染发剂,呈出红紫色,就像鸡冠,她忽然又觉着是同一个人,不是因为外形相像,而是某些潜在特征促成的机缘。女人自十六岁开始的阅历可够漫长曲折,难怪要话说从头。遭驱逐,买卖假护照,蹲移民监——移民监有什么呢?吃喝保证,还放电影,社工服务,心理疏导,还教英语,关键是要有人!女人强调。就这么一程接一程,一关过一关,后来到了柏林。又是柏林!她要插话,被止住:你知道我怎么到的柏林?我怎么知道?她反诘,两人开始熟稔。结婚!这倒出人意料了。也是青田人,早多年出来,已经入籍,在威斯巴登开餐馆,你不会知道,很小的城市。可是她偏偏知道,就在法兰克福近边。女人看她一眼:你倒是知道的不少!有些不满意讲述被打断。那一年夏季,威斯巴登举办美食节,市政府提供摊位三天,中国人的食亭总是春卷打底,青田人开车到阿姆斯特丹进春卷,阿姆斯特丹的春卷大王,上财富榜的,女人呢,正在那里打工,然后,就把人和春卷一起捎走,春卷送到威斯巴登,人带进柏林,那时候,还分东西两部,就在西柏林库当大街开出一家分店。她终于插进话去:我是不是去过你的店！然后说出时间,地点,以及老板娘的形貌,几可断定,就是你！对面人并不惊讶,在一个餐馆老板娘,阅人无数,不像她,会以为是传奇。有可能！女人承认,更像是敷衍,不忍让她失望。那时候,老头六十岁,我二十六,就是说,出来整十年,总算有了身份。

话说得轻巧,事实上,上世纪七十和八十年代,欧洲殖民地纷纷独立,移民潮涌动,人口激增,德国二战重建中的土耳其劳工尚未消化,合法居留谈何容易。具体到个人,六十岁的年纪阅历,一定还有家小,而且,很微妙的,不是居住威斯巴登,而是飞地柏林,其间一定有许多曲折。但在对面的人,什么没经历过呢？就也不在话下。她好奇的是,如何一见钟情。青田话呀！女人说,有多少人听得懂青田话？无论你说英语、德语、西班牙语,就算普通话、广东话、上海话,青田口音藏也藏不住,老头听我说话,眼泪就下来了。她质疑:不是说,到处都有你们的人！女人说:可是也要遇得到,比如,今天,你遇到我！她感觉到女人的机敏,机敏里不单是反应快,还有一点慧心。男人走过来,与女人说着什么,又退回去。大概是商量,什么放什么地方,什么又作什么用。你们说的什么话？她问道。他说福建话,我说青田话。说得通吗？她怀疑。女人大笑道:要看什么人和什么人！说罢,推开椅子站起身,知道是结束的意思,就要买单。女人说:看着给吧。她抽出二十元,压在茶碟底下,女人抬头示意,走来一个华裔女人,收走钱。又有一个墨西哥人,过来擦拭桌子,员工进来上班了。不知觉中,过去半天时光。走出"牛铃",心里还有许多未解的疑问,比如,福建人与青田人,也就是女人的"前夫",不知道能不能这样称呼,他们如何交接班？显然,福建人还年轻,看起来是出劳力的人；又比如,为什么从柏林来到纽约布鲁克林？但又觉得这些疑问已经有解,这样一个女人,可能制造任何传奇。她没有继续在布鲁克林游逛,也没有按原路返回,而是走过两个路口搭乘地铁,回曼哈顿去。这半日的经历让她疲乏,又有一种满足,邂逅、美食、陌路的人生故事,仿佛跟随走了一程。都是计划外的遭际，集中在同一时间里降临，令她应接不及，倒把去布鲁克林的初始目的搁置了。

接下来的日子，变得忙碌了。女儿正式告知，要读硕士，于是，寻找学校，提交申请，报名，缴费，一连串的手续。其间，她注册的公司——其实是个空名，为的是签证与货币进入，此时，国内金融出台新政，汇兑额度有变，就需要打通关节，另辟路径，决定回国调停，买机票，定行程。可是，丈夫的合伙人来纽约度假，她当然有义务出面接待，于是推迟动身。这些到底也难不倒她，都在可控范围，冷静处理，乱麻中理出头绪。事情只要一件一件做，没有做不完的时候。客人到的这日早晨，先在电脑查到飞机准点信息，然后启用优步系统叫车，向纽瓦克机场去了。

虽然步步周到，接人却并不顺利，后来回想，其实是兆头。看起来，两件事情没什么关系，可大千世界就像一张网，网眼扣网眼，所有的事端都连在一起，所以，她还是视作预兆。飞机已降，却久久不见人出来。眼看着几次航班先后到达，依然少有人出来。打电话联络，对方不接听，等对方来电，她则手机故障，接不起来。特别通道出来三两人，问得的消息只不过是，海关处排长队，过关的效率低，窗口少，人越积越多。然后，又有三两人出来，再然后，就仿佛突破瓶颈，络绎成阵，却看不见要接的人的身影。她怀疑自己错过，因与这人所见不过几面，都不太想得起来确切模样，于是出门到出租车站上搜寻，忽又怕正巧这时人出来，掉头跑回去。往返梭行，焦虑得很，颇不像她一贯行事作风。好不容易，隔了玻璃门看见大腹便便一个男人，空着手，摇摇摆摆走来，已经看见她，远远地挥手。

## 五

合伙人一行四人，他，太太，太太的妹妹，再加一位助理。从行李车上一摞半空的箱子，就可知道，主要任务是采购。助理小殷兼任导游、翻译、拎包，陈玉洁并不必陪伴全程，为尽地主之谊，到的当晚，在哥伦布圆场边的一家米其林接风宴请，随后再视情形而定,随时准备提供服务,反正"全天候",她笑道。合伙人姓戴,是丈夫大学里的同级,看年轻时照片称得上英俊,如今发福了,找不到原来的样貌,仿佛成另一个人。他们这一代成功人士,到此时多是急流勇退,享受胜利的果实,在戴先生,就是口舌之欲,所以养成现在的身形。经长途飞行,在时差的折磨里,照理没什么胃口,可戴先生的味觉依然能够分辨细微的差别。他说,和女士不同,他的任务是吃,因此,可不可以脱离团体,单独活动?眼睛看向太太,征询的却是陈玉洁的意见。小殷归购物团,陪吃就当另安排,方才不是说了吗?全天候。如此这般,以后的日子里,每到饭点,她就去到酒店,而戴先生已经在大堂等候。太太们早出发一二小时,甚至更早,天方亮,便驱车往长岛奥莱去了,然后,向晚时分,归来集合,一同去吃晚餐。她的计划是中午小吃,晚上大吃。前一晚就做功课,网上搜下菜单与图片,供作挑选,听多方意见,最后由她民主集中,做出定夺。

俗谚道:祸从口出。这话真就应验了。

要说她和戴先生,原本并不相熟,甚至可说生分。她和丈夫的事业,从头起就没有交集,各自的人际社会就也不重叠。晚饭好些,人多嘴杂,将时间分摊,各说各的,又总能说到一起,自然就热烈起来。中午一餐,单独相对,就受到冷场的压力。难免过度积极,一个没说完,一个就开言,形成争抢,为礼让一并打住,立时变得沉寂,又一并张嘴出声,彼此都是紧张和窘。这也被视作不好的兆头,如她的性格和历练,待人接物向来从容,这一回,却失态了。于是,话题泛滥,必要和不必要,该说和不该说,滔滔不绝,一泻几千里。说的和听的都无法集中注意力,任其无度扩张弥散,其中多少挟带出一点实情。真正的端倪,是女儿识破的。

有二三回午餐,女儿与她同去,三个人,其中又有一个年轻人,气氛就活跃了,她也松弛精神,偷得几分悠游。每一次去,戴先生都会替女儿买礼物,每一次分手,就都提着大包小盒。回到家中,坐在地板上一个一个拆封,包装纸摊在四周,就像过圣诞节。她说:戴先生这么破费,真不好意思!女儿没抬头,忽然从鼻子里哼一声,戴——她这么称呼,"戴",呈出一种客观的立场——戴送我礼物,爸爸送维维安礼物,总量上是平衡的。"总量"这个词是从父亲那里来,丈夫他,凡事都是从总量计。心里一惊,这才发现,"维维安"这个名字已经在说话中出现许多次,太多次,仿佛已经是个熟人。镇定一下,说:维维安是谁?与你有什么干系!女儿抬起头,望着母亲:别装了——说得不错,他们家的人都会装。别装了,女儿说,那是个小三,跟着爸爸到这,到那。是一代人的缘故,还是只是个体,女儿说话如此直接,直接到粗鄙。你爸爸的助理,自然要跟随左右。她辩护道,自己也觉着是软弱的。年轻人笑了:你听戴的口气,好像我们已经承认她,都没有一点遮掩回避。那更说明一切正常!她听见自己的声音变得尖厉。女儿又笑:好,好,正常!她看着女儿的脸,那么年轻,美丽,同时,有邪恶。做小三的,正是这样的脸。她控制不住地,举手抽过去一个嘴巴,那脸上立时泛起一片红,眼泪下来了。女儿将礼物从膝上推下去,站起身回自己房间,重重关上门,砰一声响。她被自己吓坏了,站在原地,动弹不了。从来没有动过手,一直是小心翼翼,也很久没看见过女儿的眼泪。地上铺着礼品的包装纸、彩带、晶片、玫瑰花样的按钉,似乎铺到了地平线。这么大的房子里,只有她和她。

　　心跳得很快,却很奇异的,有一种类似愉悦的痛快,终于,终于发生了!发生了什么?该发生的。她想起戴——现在,她在私下也称他"戴"了,戴有一口头禅,"你知道",凡陈述一个人一件事,必要说一声"你知道",于是,维维安的存在,就都是"你知道"。她好笑地想:你才知道呢,我什么都不知道!

　　为什么是我?仿佛天问。为什么不是我?反过来又问了一句。她陪女儿读书,他打拼挣钱,这样的家庭模式,在他们的阶层已成普遍。同时的"普遍"还有,还有维维安。她其实一直在等待维维安现身,必须有一个维维安。正因为有维维安,才能相安无事,社会和谐。她静了静,然后拨打小殷的手机,表示道歉,晚上突然有事,不能陪大家吃饭,但餐厅已经订座,某条街某个号码。小殷说,没事没事,包在他身上了。听起来,对面的环境很嘈杂,小殷的声音破壁而出。关上电话,尝试将戴的出行换一种组合，由丈夫率队，维维安，维维安的姐妹，或者说是闺蜜，再加一个"小殷"。很好，四个人是最合理的人数，乘车一辆，吃饭一桌，可一并出动，又可分头并行，而他们一家三口，在数学上是个素数，物理上则不对称，总之，缺乏平衡的条件。

　　她做好简单的晚饭，等女儿出来，心里准备着道歉的措辞，承认女儿的判断有道理，以达成共识，然后，然后怎么样？要表态吗？是决裂，还是接受现实？事情来得太快，猝不及防，可是，事实上，她一直在拖延。戴的来到，从接机开始，到每餐饭没话找话的焦虑，都是预兆，预兆真相逼近。她几次起身走到女儿房间门口，欲敲门又作罢，本来就有畏心，如今这一时刻，更是不敢面对。她这才发现，她们母女被安置在这地方，多少有着受打发的意思。饭菜都已凉了，女儿走出房间，看起来，表情无异常。走到餐桌边，直挺挺坐下，说，已经给父亲发信，要去巴黎学艺术——维维安去得我去不得？说罢，捡起筷子，吃起饭来。她久久不动碗箸，有一种寒冷，原来，她不需要表态，谁都不要她表态，她这个当事人，结果成了最无关的人。

　　戴在纽约的余下几日，循事先安排顺利度过，购买与美食均超额完成任务。又添了两口箱子，戴的腰围似也扩出一周。送到机场，看他们走进海关，四个人的背影换成那四个人，想象中的组合，迅速转身离开。最初的冲动，是回上海，机票就在手里，只需签日期，但很快颓唐下来，去又如何？一进一退之间，丈夫那边来邮件，说去了香港。那么，她也去香港。香港是客地，这样处境和心情，实在凄楚得很，于是又迟疑了。时间在无所作为中过去，越发像是一种默认。她转而希冀丈夫来，买房至今，已有一年半，丈夫再没有出场，回想那一回走，难免有落荒而逃的迹象。近来，关于女儿去巴黎的事，照理应当全家一同商量，可都是父女两人邮件往来。女儿每一项要求，合理或不合理，父亲全欣然答应，不作深询。既像是还债，又像是敷衍。这段日子，生活费用以及女儿的额外开销，依然按月汇到，不知从哪里收集的汇兑额度，更可能是及早转到外汇账户，这意味着什么？意味他希望她们母女安下一颗心，住在纽约，衣食无忧——从这点说,并没有放弃责任,继而想起戴的一句话,他感慨道:这世界上有多少单亲妈妈!怎么说起来的?前后文想不起来了,反正聊天嘛,漫天漫地的海聊,又都喝了酒。心里一动:维维安会不会就是其中一个?她不禁血脉贲张,心跳加速。去香港的念头又生出来,而且无比强烈。她拿起电话,打给惯熟的旅行社,了解飞香港的航班。问答之间,情绪复又平定。这就是她,与外界交道总是冷静、克制、礼貌、矜持。于是,讨论到具体票务事项时候,冲动消失,她改了主意。放下电话,她兀自笑一笑,忽明白一件事,所以她想做这,想做那,最终什么也不做,其实就一个原因,她不知道该做什么!有谁能告诉她,她该做什么?这就又明白第二件事,那就是,异乡异地,她去了来,来了去,无论住多久,都是在过路,她没有朋友。

女儿转向去巴黎读书,撤销纽约学校的注册,索回部分学费,报名一个法语课程,小班授业,价格极昂贵,父亲照单全收。有什么可商量的,"维维安去得我去不得"!最初的狂怒过去之后,女儿找到维护权益的方式,就是花钱,于是安静下来。法语课也给生活制定纪律,每日上课下课,朝九晚五,散漫的时间归入河床,流向某个目标。余下她独自一人,仿佛在宇宙洪荒,无边无际,无羁无绊。她毫不怪罪女儿自私,在这样的年龄,成长本身就有无数困难,何堪外部的变故,能保住自己就很好。至于她,即便最消沉的时刻,也有一种自信,自信不会坠落,只是需要耐心,切勿慌乱。丈夫不再来电话,当然,她也不去电话。显然已觉察出什么,也可能,本来就是戴领了使命,有意露出口风。也好,她想,很好。她想,真是太好了!她继续装不知道,他也装她不知道,他们都会装。

天气好的时候,她出门走走。樱花绽开,一树一树。什么种植,到美洲新大陆全都变样了。亚洲的樱花,像"雾",扑朔迷离,在这里却是确凿肯定。历经寒冬,春阳高照,人们拥上街头,无端地笑和叫喊。她却从欢欣的人群中辨出几张落寞的亚洲人的脸,不由猜测他们的身份、来历、生活。梅西百货里,每个专柜几乎都配备中国销售员,接待中国顾客,其中也有落寞的脸,在柜台间无目地游走,她就是其中一个。有人往手里塞广告和试用样品,说些什么,她听而不闻,只看见嘴的翕动。在凹凸分明的异族人面相里,中国人脸显得扁平多肉,中国话也显得音节短促,声调突拔。不乏有年轻貌美的女孩,妆容精致,穿着时髦,表情傲慢,出手极为阔绰,大约都是维维安们。未曾谋面,就知道维维安的形貌,这已经成为概念,她,是另一个概念。怪不得,她想,怪不得美国人分辨不出中国人谁是谁,因为都是概念。有一只手,拉住她的胳膊,不禁吓一跳。是"兰蔻"品牌的销售员,中国人。当然是中国人,唯有中国人,才会动手拉人。这只中国手,按着她的胳膊,向下滑去,握住她的手。她并不反感,也没有挣脱,就这么留在销售员的手掌里。那是个中年女性,眼影和唇膏都洇染出边缘,就这样大妈型的女人,加倍会拉人。试试吧!大妈恳求道,不一定买,试试没关系!身不由己地,被按坐在椅上,椅背放下来,成半躺,合上眼睛,由一片清洁棉片在脸上擦拭。柔软的、清凉的棉片抚过脸颊,不防备地,眼泪涌出来。棉片擦去旧痕,新泪又下来了,她几乎哽噎。棉片湿透,又换干的,很快又湿透,再换一片。整个过程中,"大妈"始终静默着,直到做完清洁,试妆完毕,她还是买下一瓶粉底霜,方才说出一句:对自己好一点。她惭愧起来,不回头地逃离"兰蔻",走出梅西。

  然而,这次际遇让她想起一个人,两回邂逅,称得上有缘,下一日午后,便出发往布鲁克林"牛铃"去了。她依然从威廉斯堡桥步行,走路可使心情平静,也可以消耗时间。也许是出发早了,还是脚下加快速度,或者是路熟,到地方,午餐供应尚未结束,正是热火朝天。老板娘亲自上阵,点单、下单、买单,托着菜盘餐桌间梭行。今天,换了一身白色衣裤,丝绸与化纤合成的材料,垂荡感很强,随动作起伏,前襟和裤脚上的彩绘花样时隐时现,有点像戏台上的女子。她茫然站在门口,牛铃一径地响,没人过来领座。有几度老板娘的眼睛掠过来,又掠了过去,似乎没有认出她。等了一刻,终于有人过来招呼,认出是上回管收账的华裔女人,将她领到中间一个单人小桌,靠着立柱,这样,更不易被老板娘发现了。女人快手快脚送上一杯水,从桌上夹子里抽出菜单放在跟前,旋即要离开,赶紧叫住,也不看菜单,就点一个炒饭,希冀唤起老板娘注意。一抬头看墙上的时钟,已过中午饭点,客流依旧汹涌,甚至排起等座的队伍。窗外街道上的人和车也比那日稠密,竟然有换了人间之感。不一时,炒饭上来了,不是上回的,而是所有中国餐馆里专对美国人口味,虾仁、鸡粒、葱段、蒜头、芥蓝叶,盘边镶几片炸龙虾片。吃着炒饭,眼睛追寻老板娘的身影,立柱挡着视线,目标就常常消失踪迹。倒是后厨里的油烟一团一团送过来,仿佛看见那精瘦汉子立在灶火前翻着炒勺,铁铲铛铛地敲着锅沿。勉强吃下三分之一,再加把力,也为拖延时间,大约有一半光景,就招手打包和买单,起身向外走。她有意绕路,在餐桌间曲折往返,寻机会与老板娘照面。老板娘埋头在收银机前,她又加紧脚步过去,不等走近,老板娘却又离开了。推门的瞬间,她感觉到自己的荒唐,萍水相逢,何以解忧。这时候,身后伸来一只手,代她推开门,阳光扑面而来,几乎睁不开眼睛。是那个华裔女人,开口道:老板娘谢谢你,下回再来!不及回头答话,已被新进的客人从门边挤开。

  阳光在地面流淌,这一条街就变得颜色鲜丽,忽然想起,这一日是周末,所以人多。她这一个闲人,早已经没有日程的概念,尤其这一段,作息制度瓦解,更失去坐标,仿佛回到混沌世界。走在布鲁克林的街上,路人中大半是游客,手里握着照相机,东拍拍,西拍拍。她也是游客,一个老游客,看惯了风景,却还不回家。无意中,跟着游人,走进小店,一踏入门,就听风铃一声响。店主和顾客都是年轻人,商品也是小孩子的喜好,就又走出来,继续向前。再进下一家,风铃又一声响,街上风铃声连连,呼应与唱和。终于折回头,上桥,向曼哈顿走去。桥上也比那一日熙攘,桥下的水面起着反光,闪闪烁烁。桥栏上零落挂着同心锁,胡涂乱抹的言语就离谱了。心情多少开解些,甚至还用手机拍了几张照片。走到引桥,曼哈顿的市声拔地升起,一片轰鸣,偶有电钻的锐响从中穿透,轰鸣又蛰伏下去。塔吊在半空中缓缓移动,好像巨兽在监控它的猎物。她,迎头过去,不是勇敢,而是没奈何。

# 六

　　事情一开头,就径直往下走。还是那个戴——自从戴来过,丈夫就不再与她直接通信息,这就更像是一个预先安排。戴和她通话,告诉说最近形势变化,她先生不便自己出面,所以托他转告。人事更迭,频繁出台新政,他们这些依凭国企背景的民企,本来身份暧昧,如今处境就十分微妙,所谓"拉一把过来,推一把过去",无论过去还是过来,接下来的麻烦都很不少,正面与负面的拒斥力量相等。在草创时期,骑政策中线所为,到立法趋向完善的当下,几乎件件都是出轨,他们这一批创业者,可说是有原罪的人,蹚过污泥浊水,替世人顶着十字架——现在,她想,圣坛要出来了!耶稣也要出来了!说话人仿佛不是代言的戴,就是丈夫本人,远兜近绕,归纳起来,一个公式:抽象问题具体谈,具体问题抽象谈。她很知道,他们其实越走路越窄,尤其新一代的虚拟经济起来,他们的实体性经营方式就算走到了刀锋上,这才叫"拉一把过来,推一把过去",过来过去都是下滑。生产和市场都是有限资源,又到了重新分配的时刻,危机随之来临。唯有丈夫这样的人,才会扯到"原罪"。对是对,可就是"扯"得很。她想着丈夫这个人,原来这么近,现在无比远。所以——戴说,现在,我们最好做隐身人,继续保持暧昧,留在模糊地带,回顾历史——历史也来了!她又看见丈夫的身影,回顾历史,这一片模糊地带比清晰地带宽阔,它处理了许多理论和实际的两难,总之——她打断戴的话:你的意思是——戴脱口说:不是我的意思!接着改口:也是我的意思。她不由一笑:你们的意思是什么?戴变得嗫嚅了,她忽然感觉,丈夫就在戴的身边,几乎听见他的呼吸声。戴期期艾艾道:就保持现状,一动不如一静。好的,她说,放心,我哪里都不去!对方沉默着,她也沉默,两边都等待着,等待谁先挂电话。是礼貌,在这里则成为一种对决。时间过去,对方到底没挥过她,挂了。她浑身颤抖起来,就像高热引起的寒战,不得不双手环抱,从一个房间走到另一个房间,从厨房走到浴室,从这个浴室走到那个浴室。这套公寓,简直成了囚室。她走遍每一个角落,来回穿梭,身上的寒噤稍平息些,才发现牙关咬得死紧。做着深呼吸,松弛肌肉四肢,心跳恢复正常,她能够思考了。

回想戴的电话,她以为国内正调整经济结构,许多企业主引退江湖,如丈夫这一行,涉及能源,追究起来,难逃其咎,滞留香港,不失为权宜之计。他早申办香港居留,如今满七年,便是合法居民,可是,可是……如果没有维维安,一切顺理成章,现实却是有一个维维安。她想到方才的回答,过于斩截,至少应该提些建议,比如,他可以来美国,全家团圆。丈夫英语不好,是一个否决的理由,再说,女儿要去巴黎,就谈不上团圆。那么,她可以去香港呀!她设想的反驳是,美国新买的房子怎么办?卖了!她在心里说。然后,又会得到一大段全球经济的预测性论谈——这个问题可撞上他的强项了。如此自问自答,果然只剩下一条路,她哪里都不去。想象中的对诘十分聒噪,都听得见声音,自己一个人的声音,对方只是沉默。这沉默漫延过来,将她一并淹没。

陈玉洁在沙发里坐下,疲倦极了。公寓里依然只有最初添置的几件必要的家具,动静都有回音,仿佛一个巨大的空洞。许多时间过去,日光转移,房间暗下,将空洞遮蔽起来,她感到一点安心。蒙眬听见门锁响,一惊醒,原来睡着了。一张年轻美丽的脸,凑得很近,就在她睁眼的瞬间,又离开了。女儿回来了。惶惶想道,没有做饭,让女儿吃什么?等着听女儿抱怨,却没有。自从有了维维安,很奇怪的,不是在他们父女之间,而是她和她,起了隔膜。有时候,她觉得女儿恨自己,恨她无能,让维维安插足。大概还恨她不是维维安,否则,父亲的爱就不会这样分裂。两千年的晚会上,父女俩跳舞的情景出现眼前。两千年,不是开玩笑的,真的,什么终结了,什么又开启了!

思绪弥漫,忽听见女儿的声音:吃饭了。方才还动弹不得的身体,这时腾地起来。女儿打开餐桌上方的灯,摆放餐盘,盘里冒着热气,是速成的意大利通心粉。她坐到桌边,有些惭愧地,低头捡起叉子。餐桌很大,足可以坐下十至十二人的大家庭,就像意大利人的家庭。现在只有她们两个,一头一尾,隔着一具枝形烛台,阻断双方的视线。她大口吃着,夸赞道:很好!自己都听出声音里的巴结。女儿说:谢谢。她们简直成美国人了,家人之间不停地道谢和道歉,这可以视作礼貌,同时呢,是不是也意味感情荒疏。停了一时,女儿说话了:法语课放假,我准备去上海,看阿娘。哦!她答应道,明天替你订机票。已经订好了,女儿很快回答。她抬头望过去,离得很远,在烛台的金属花枝后面,埋在灯影里的,绰约的脸,又长长地"哦"一声。明白了,女儿去的不是上海,是香港,她父亲出的机票钱。还是那句话,钱不是问题。不知道他们父女如何交割的,背着她,她已经出局了,没她的事。心里却另有一阵轻松——从女儿的示好,浮泛的,冷淡的示好,就可看出有事,现在知道是什么事了。女儿很快吃完,将空盘子留给母亲,事情说完,洗盘子的活就还给她了。

　　洗完盘子,收拾干净锅灶,对着厨房的窗口看一会儿。这幢公寓楼,兀自耸立,站在高层,就像身处云端。城市之光升起来,又将它托得更高。是装糊涂,还是为佐证猜疑,她走出厨房,到卧室里取了一沓钱,去敲女儿的门。等里面说声"请",才敢推进去。女儿背对门,蹲在地上整理箱子,她说:把这钱交给阿娘。女儿说:有了。还是将钱放下,用镇纸压住。女儿没有回头,从背影看,似乎在哭,肩背微微颤动。纤细的娇好的身体,后颈里有一个浅窝。她都能感觉到这身子的体温和气味,还有哭泣。她想过去抱抱这身体,可明显感觉到一股拒斥。还有她自己,也在拒斥着接近。越是至亲的人,越是近不了。女儿在疏远她,事实上,她不也在疏远女儿吗?两个受伤人,各领一份伤心,合起来就是两份,情何以堪。她悄然退出,带上门。

　　下一日,她又去了布鲁克林。本还是决定走威廉斯堡桥,但中途改变主意,转为地铁。忽然心急起来,等不及要到"牛铃",见到老板娘。见到又怎样?上回去,见到也像不见到,原就是陌路,又因为陌路,才可倾心相诉。出来地铁,时间才到午后一时,生意正忙碌。但不是周末,兴许好些,就直往"牛铃"走去。她可以等,等客流过去,老板娘闲下来。就像上上回,面对面坐在无人的店堂,听老板娘讲述。这回该轮到她讲,就扯平了。过几个路口,即到"牛铃",推开门,果然不是周末的热烈,七成座光景。华裔女人一边送菜一边回头照应:随便坐!显然认得她。走进几步,在上回立柱后面的小桌坐下。华裔女人端着餐盘经过,放下一杯水在桌上,来不及说一声:炒饭,人已经走过去。四顾周围,没有老板娘的身影。华裔女人却又站到跟前,她想说炒饭,开口却是面条。什么面?女人问。牛肉面,她说。炒面汤面?汤面。这几句应答往来速度很快,方有结论,女人抄走菜单,又不见了。留心看店内形势,但见华裔女人和墨西哥跑堂,脚不点地,折返于前堂与后厨之间。后厨传出的声气亦有些两样,烟火吞吐不那么汹涌澎湃,铲勺砧板的敲击则显得零落。老板娘始终没有出现。汤面上来了,鲜浓异常,便知不是从食材中提取,而是来自现成的汤料,那几片牛肉是后放的,来不及煮滚,所以就半凉。有一种变故在发生。她慢慢地吃面,等待老板娘露面,或者说,等待事态水落石出。客人少去些,仅余几位,其中包括她。时钟指向两点,华裔女人立即挂出打烊的牌子,站到收银机前清点小费。看来,眼下由她掌管店内事务。

　　碗里的汤喝尽,墨西哥人已经换上自己的衣服,双膝敞着破绽的牛仔裤,白色T恤底下看得见硬实的肌肉,走过她身边,笑一下,露出洁白的牙齿。现在,她是最末一个客人了。推开碗,站起来,走到收银机前索得账单,按最高一档小费给付。慷慨的数字让华裔女人脸色变得柔和,她趁便问:老板娘不在?对方含混地说"是的"两个字。她又问:去哪里了?回答依然是含混敷衍的:出去了。什么时候回来?她紧问一句,收银机后的人抬起脸,表情转为警惕:是老板娘的朋友吗?这句话将她问住了,顿一顿,说:是。女人怀疑地看着她,复又低下头去,不再回答。她仓皇退后,向门口去,自觉有落荒而逃的意思,反倒不甘心,镇静下来,说道:我们在柏林就认识。华裔女人一怔,猜不出眼前人什么来历,脸上又换一种表情:老板娘的事情,我们并不知道。

　　吃了个软钉子,多少有些怅然,走出来,茫然四顾,不知要往何处去。身后玻璃门里,有一双猜度的眼睛,想:这个女人是做什么的?她终于举步,沿街走去,街道渐渐开阔起来,也更加清寂,绿地和石阶上面,矗立一座犹太教堂。从底下走过,却进入一扇栅栏,浓荫蔽地,花枝扶疏,蜜蜂嗡嗡飞舞。想不到布鲁克林如此广大。她在石凳上坐下,不远处是儿童乐园,有母亲和孩子玩耍,话音和笑声散开来,轻盈地振动空气。她嘘出一口长气,醺醺然的,仿佛有一股醉意袭来。小孩子走近跟前,仰头看她。黑亮亮的脸蛋,头发被红绿丝线扎成五六个小辫,朝天冲起。小孩将一枝花扔过来,她探身去牵手,却一个转身跑了。就这样,坐到太阳西移,该起身走了。掸去膝上的落叶,出公园,循来路回去搭乘地铁。经过"牛铃",禁不住往里看一眼,这一眼分明看见一个人,在收银台后面,不是老板娘又是谁?猛一推门,门里人倒是一惊。这时,华裔女人忽从店堂深处现身,说道:她等你好久!心中涌起感激,感激代她说出这句话。老板娘并不觉得有什么唐突,从收银台后面走出,领她到临窗的餐桌,就是她们头一回谈话的地方,面对面坐下,女人已经端上一壶茶。其实,她这时意识到,老板娘早已认她作朋友,所以也就不问为什么事而来。积郁的情绪舒缓下来,倾诉的欲望也不那么迫切了,平静地看着对面的人,这就发现这人样貌有变。原本饱满的脸颊变得松弛,于是皱纹生出,不仅是面部,衣服里的身子也枯索了,肩袖处空落落的。华裔女人退出店堂,留下她们自己,就像那一天,可是不对,少了一个,在后厨入口处,光影里的身影。你男人呢?她问。病了!老板娘说。什么病?照理不该这样紧追,疾病属于隐私,她们中国人却大可忽略不计。再则,她们是有缘人。肝病。老板娘果然不瞒她,她却纳闷,肝病的人做大厨,可是大胆得很。医生怎么说?她接着问。换肝!对面扔过来两个字。有保险吗?那人苦笑一下:我们这样的人,都是自己保自己。她倒吸一口气,不知道说什么好。那人却奋勇起来,高声说:我可以把我的肝给他,切一半,可是,什么医学伦理法规,非亲属关系,不可捐供体。可是夫妻属于亲属关系,而且是最密切的亲属!她说。对面的人奇怪地一笑:我和你说,洋人的脑子有毛病,他们相信文书,市政厅的注册,或者教堂里的誓言,戒指换来换去,你愿意我愿意,就不相信眼睛,这是一种有病的人类!她明白他们没有婚姻合法手续,倘现在办理,就又要增加审核手续。我的心肝!压低声叫道,将头埋在臂弯里,伏在桌面上,不动了。

本来是这一个说给那一个听,结果还是那一个说给这一个听。

精瘦、细长、腿脚有功夫、拜师学过咏春拳、福建籍的男人,柏林时候,是她餐馆的厨工,比她年少十岁,彼此有心,但因东家尚在。这东家于他们双方都是有恩,可说是收留他们的人,决不可辜负的。青田女人看着她,又奇怪地一笑:按洋人的脑筋,我没有义务。我和老头,既没去过市政厅,也没上过教堂,威斯巴登那边,老头家里,还有一大群人呢!她没问一大群人里有没有他的太太,有又怎么样呢?我们有人心!青田女人握拳捣捣胸口。老头是在柏林这边走的,没受罪,一觉睡下,再没醒来,积多少德,才有这般福气?也是个受苦人,跟伯父出洋,漂到欧洲,二次大战以后,德国战败重建,需要劳工,才有了身份。这时候,积攒了些钱,就在威斯巴登这地方,做中国餐业,起先是一个亭子,渐渐做大,又各处开出分店,柏林店就是其中之一。老东家过世,她电话通知威斯巴登,等那群人来到,接上手,便离去了。店、房子、家什、钱款,都留下了,就带走一个人。下巴向后厨方向一抬,后厨沉寂着。所有东西都在人家名下,平日里,老头没少给她,做人要凭良心!拳头又在胸口捣捣。两人离开柏林,来到这里,也是投奔老乡,不是温州人,而是福建人,反正,都是自己人!从柏林来到纽约,可真看不惯,就像国内说的"脏乱差",你知道——青田女人说,德国人特别会收拾,脑子有病归有病,收拾东西却不得不服气,一大优点!她不由笑起来,多少天来,头一次展颜。不过,"脏乱差"有"脏乱差"的益处,就是活路多,脑筋坏得轻一些,比较好商量。两人笑起来,并且,一发不可收拾,前仰后合,直笑到眼泪出来,才渐渐收住。

好了,开出这间店,安下家,再生个孩子——青田女人看着她,正色道,你不要笑！我没有笑！她辩解。你笑我生不出来,上回报纸说,七十岁的老太太,还生下一对双胞胎。她不知道哪一张报纸登过这样的奇闻,面对这个女人,伤心欲绝,又野心勃勃,还能说什么？我身体好,生理年龄很年轻,例假正常,整日价想着和男人上床！两人又笑,止住笑又添一句:只想和我男人上床。话说回到这里,气氛沉寂下来,愁容浮起,方才脸上的光彩褪去,蹙眉道:按我们家乡话说,我这样的女人身上有毒,沾一个,灭一个。她心里一惊,有些被乡下人的迷信吓住,嘴上却道:没那样的事！对面的人忽昂扬起来:有这样的事,也不是我！头一个,是寿数有限,该当死的;这一个,还没死呢！我命好,罩得住他,你信不信？她点头说:信！

茶喝干了,什么时候,华裔女人进来店堂,坐在一隅,将筷子插进纸套,再又按桌摆放。到开业的时间了。隔着距离,主雇俩来回说着什么,用的是相近的方言,就知道华裔女人也是青田一带籍贯。她听出几个字,"后厨"和"前堂"什么的,大约人工不足,不是缺大厨吗？于是就要重新调配。都没想一想,贸贸然,脱口而出:我可以帮忙！那两人都一怔。青田女人说:你能做什么？至少,她嗫嚅起来,至少,洗碗！青田女人说:我付不起你这一等的洗碗工。她想表示不要工钱,又怕人以为说大话,不如客观一点,就说:按市价就行。两人都看她,检验说话的真假,她红着脸,又嗫嚅一句:反正我也没事。这一句话比较能信服人,她确实有闲人一个,谁都看得出来。于是,她留下来,当然不是洗碗,洗碗太屈才了,青田女人说,做前堂。这样,自己可以掌勺,不必让小工上灶。华裔女人取出一件制服,紫红色的棉布做成中式斜襟立领,裤子倒是西式,裤脚上各有一个盘龙的印花,脚下是塑胶平底布面鞋。她为难起来,商量说能不能就穿自己的衣服,像你一样——她指指青田女人身上的荷绿裙装。女人说:我是老板娘！她只得换上,两人都忍着笑。老板娘忽想起什么:你找我有事？她回答:没有,我就是没事！一半是人手的需要,另一半是,好玩,就像小女孩扮家家的游戏,穿上制服的她,变了一个人。青田女人上下端详她一回,问:怎么称呼？她说出名字,对方也说出,陈玉洁和徐美棠彼此结交认识。

## 七

如此,陈玉洁过起一种上班族的生活。每天十时走出家门,搭乘地铁。纽约尖峰时段已经过去,人流稀疏下来,车厢里也空裕了。现在,她能够辨别出,座上客多有餐馆里的工人,表情既是漠然,同时又有一种自足。她虽然不像他们的职业化,可至少,也是有去处,知道要做什么的人了。十点三刻踏入"牛铃"——这是一具真正的牛铃,来自德国绿草茵茵的巴伐利亚州。华裔女人,她跟着美棠叫作阿初姐,已经在店堂,后厨里有人到,听得见砧板声响。美棠时在时不在,视福建人那边需要而定,事实上,不在的时间在增多,店内的事务基本由阿初姐掌管。这是个谨慎的女人,口风很紧,从对店务的态度,陈玉洁以为或者是有投资,或者就是恩情重。温州人以乡谊为契约,自成一个社会,内里的规则外边人是无法谙透的。饭店照常营业,但仿佛有一种气息发散出去,生意日渐清淡,小费收入减少,墨西哥人离开了。陈玉洁的加盟就变得重要起来,甚至必不可少。她且格外卖力,其中既有新鲜的成分,也有帮助美棠的原因,更主要的是,这一段日子,她的心情在好转。女儿走了——确定去香港无疑,女儿的信用卡是她的副卡,看得出消费地所在。难免想象父女聚首的情形,他将如何介绍维维安?会不会引女儿进他那个家——她确定无疑,那里有一个家,人是需要有一个家的。女儿和维维安怎么相处,她们应该年龄差不多,属同一代人,也许能做朋友。那晚,女儿饮泣的背影出现眼前,她明白,女儿对即将发生的事情早有准备。一个人的公寓,更显得大而无当,为摆脱四周空间的压迫,她将其余房门都锁上,只在自己的一间里活动。当走过客餐厅去厨房的时候,听见自己的足音,就觉得这种压迫追逐而来。于是,将咖啡机、面包机、微波炉移进卧室,尽最大限度减缩活动面积。

"牛铃"完全是另一个世界,这段时间的相处,阿初姐和她似走近了些,称呼从"陈小姐"改为"玉洁",还与她商量店务。现在,没法和美棠谈什么事了,"魂灵走出了",这是阿初姐头一回向她评价老板娘。生意几近减半,阿初姐建议做成自助餐,以低价招徕,后厨和前堂的劳动都可节省。陈玉洁则对自助餐的客源抱怀疑,只怕新客未来,旧客已走失,她的意见是减少菜式。事实上,她发现,客人经常点的也就那几味,大多只是虚设名目,装门面而已,但凡遇到促狭的客人点将,或是说无货,或是勉强凑合。如今的大厨是原来的小工,能将常用的几道应付下来已属不易,再要有额外之举,一定砸锅。阿初姐觉得有理,当场拍板。两人也不去问老板娘,自主改写菜单,送去打印压膜。次日的下半天,美棠来店里,对菜单的革新视而不见,一路走到临窗桌前坐下。这一回,是陈玉洁端上的一壶茶。因穿了服务生的制服,先没认出她,后又说:以为是阿初姐呢。又低头不语。两人一个坐一个站,沉默好一时,美棠抬起头,认真看她,她被看得发怵。过一会儿,那人开口了:原先他身体好好的,每日早起一套咏春拳,自从你来,就出这样的事!阿初姐在那头看着,身影显得紧张,怕她们起口角吗?她静一静,在对面坐下,说:我确是个有霉运的女人,但并不在这一路。哪一路?那人脸上浮起讥诮的笑容,问道。霉在桃花运上,她说。那人收起冷笑,暗处可见阿初姐的身影似也松弛下来,放心了。陈玉洁开始讲自己的故事,三言两语,交代完毕,自己也惊讶这样没有感情色彩。兴许,她说,你们夫妻和美,不定是借我的呢!美棠目不转睛地看着她,她接着说:无论什么事,总量不变——天哪,她也说出"总量",这才叫不是一家人,不进一家门!总量不变,老天爷分配不同,这里多一点,那里就少一点。什么鬼话!对面人轻声道,脸上的愠怒退下去,换一种温柔的表情。

这一天,美棠在店里守到打烊。晚饭时,她亲自下厨,做一盘温州炒饭,端给陈玉洁。就是头一回来"牛铃"吃的,米饭炒到粒粒松散,珠润玉滑,覆一层金黄的油炸虾米。自己也不吃,就坐在对面,指导她如何将米饭和油渣合起,一并入口,直看她吃到盆干碗净,嘘出一口气,起身说:走吧!

生意不可阻止地下滑,这就是个连环结。店堂越冷清,上客越少;上客越少,店堂越冷清。外卖还勉力维持原状,送外卖的人手,墨西哥人却走了。只有阿初姐自己送,陈玉洁路不熟,又不会骑摩托。她曾经想过开她的车来,可那是一辆迷你宝马,太不合时宜,就打消念头,镇日留守,于是,店务有一半归她处理。每天提早一小时出门,推迟一小时进门,这又有什么用呢?客人继续少下去,有时候,一个上午不上座。厨工坐在后门口用手机打游戏,阿初姐到美棠处帮助料理家事,美棠回中国老家,找一位大师指点,福建人一个人在家休养。陈玉洁现在店堂里梭行,餐桌摆得不能再整齐,碗碟洗得不能再干净,玻璃窗明晃晃的,如此的清洁,只让人觉得肃杀。要知道,布鲁克林是个闹哄哄、乱糟糟的地方,整个纽约就是个闹哄哄、乱糟糟的地方,所有人同时说话,为使自己的声音听得见,不得不吊着嗓门,你高过我,我高过他,他再高过你,最后谁也听不见谁。

美棠从国内回来的那一日,情绪高涨,大师的箴言极其鼓舞。大师说,福建人的星命是在西边,前半段他是顺势行,从香港到欧洲,到美国,不是一路向西?然而,在东岸滞塞久了,应继续向西,所以,就准备迁移。"牛铃"怎么办?玉洁问。美棠说出一个字"卖"。阿初姐声色不动,陈玉洁则是一惊:卖?美棠斩截道:卖!陈玉洁不由惘然,她已经将"牛铃"当成自己的家,若不是有它,每日晨昏如何度过?不要!她的声音带着哀恳。美棠避开她的眼睛:人命关天!说罢走到收银台,打开收银机,又推上,再打开。事实上,心绪烦乱,不知从何入手。玉洁镇定下来,说道:卖给我!连阿初姐都吃一惊,可是,不谓不是个出路。开个价!她说。美棠的手停下来,转脸向她,忽怒从中来,说:知道你有钱,有钱人买幢楼就像买棵白菜,可是,你知道怎么经营?你会吗!玉洁说:我雇你做经理。美棠止不住笑出来,笑着笑着哭了,人朝后一退,坐倒在地上,双手拍着地面。她上前拉扯,被阿初姐止住,动不了。号哭声在店堂里回荡,其中夹杂着诉说,是青田话吧,没一句听得懂。

这一日,"牛铃"照常营业,美棠对玉洁说,饭店接手,一日不可停业,否则就少去一堆回头客,若要装修,只有夜间施工,懂吗?方才一场恸哭,将多日的积郁清空,脸色变得澄明。懂了!她驯顺地答应,心想阿初姐不让她上去劝是对的。那人接着说:留住现金,现金为王,所以,中午必收现金,晚上才刷信用卡。懂了!她说。中国话说,天网恢恢,疏而不漏,这个国家是法网恢恢,密而有漏,你知道区别在哪里?不知道,她谦虚道。读过的书白读了吧!一个是天网,一个是法网!那人得意地说。天网是全罩,法网只罩一半,我们是罩不住的那些人,所以这也不合法,那也不合法,动一动就犯法,但是,在天道里,都是入籍的人,这就叫"星命"——说到此,停下来,仿佛陷入茫然,不知该往何处去,顿一顿,又接下去——所以,我们要往西岸去。西岸什么地方?玉洁问。走一程算一程!叮一声响,进来客人,阿初姐赶紧迎前领座。那人却不肯挪步,当门站着,这才看清是个洋人,英语却说得磕磕巴巴。他说不是吃饭,是寻工。问他会什么,回答"拉面"。这三个人就都笑起来,他却很认真,说曾经在老家布拉格跟过一个中国师傅,学过两年"拉面"——"拉面"两个字是用中文说的,发音很准。美棠和玉洁互相看着,问:要不要?一个说:你是老板,你说了算。另一个说:没过户,你就还是老板!那洋人不知道她们说什么,来回看她们的脸,最后美棠做个拒绝的手势,来人退出了。

  如此搅扰一下,卖店的话题搁置了。又仿佛是一个谐谑的开头,剧情变得活跃。到下半天,忽然上客了。美棠到后厨掌勺,小工将砧板剁得山响,阿初姐的女儿,一个高中生,也喊来帮忙。看女孩伸开小臂内侧,稳稳搁一溜碗碟的手势,就知道在中国餐馆里长大,却不会说一句中文。热腾腾的气氛,像是起死回生,又像最后的晚餐。第二日上午,街区格外寂静,一夜狂欢之后,宿醉未醒的样子。生意回复平淡,美棠也回到时来时不来的旧况。阿初姐告诉说,在法拉盛找到一位中医,给开了方子,有几样药引很难得,老板娘正寻觅。这才叫病急乱投医!阿初姐叹道。陈玉洁倒有一时的心安,因暂时不会有变故,只期盼现状维持一日是一日。每到收工,与阿初姐一并结账,关窗闭火,两人在"牛铃"门前分手,一个驾摩托,一个步行往地铁口。周末的地铁,总是很乱,停开的停开,并线的并线,陈玉洁始终没有总结出规律,都是走着瞧。这日错了一条线,下在陌生的站点,站台上没有一个人,心里有些生畏,索性出站上到路面。远远看见新建的世贸中心,夜雾缭绕中,塔尖发出幽光。她辨别出方位,徒步往中城走去。

凌晨时分,城市在静谧中浮托起来,升高了,空气凛冽。她生出一种奇怪的分离,好像一个自己看着另一个自己,走过一条街,又一条街。红绿灯兀自转换,路口无车亦无人,只有她自己,穿行在楼宇之间的峡谷。她张开双臂,简直要飞起来,飞到楼尖上,俯瞰曼哈顿岛。

这一日,回到公寓,推门就见灯光大亮,上锁的房间敞开门,客厅地上桌上堆着东西,女儿赤着脚跑进跑出。她有一点激动,喊了一声,女儿转过脸,蹙眉看她,问道:哪里去了,这么晚!她说:上班。女儿转回头继续忙碌,似乎有一丝笑影掠过,笑她:你能上什么班!女儿看不起她,她很理解,转身回自己房间,女儿却又说出一句:看你过的什么日子!她站住脚,掉过头,看着女儿:我过什么样的日子,你们比较满意?她着重说"你们",而不是"你",话里有话,难免是刻薄的。她注意到女儿比走前略丰润,经历十多个小时飞行,竟然还很精神,看来这一个月过得不错。女儿瑟缩了,喃喃道:对自己好一点嘛!她心软下来,又一次听到这句话,由女儿说出来,到底不同些。她叹一口气,说:我过得很好。女儿低下头,将桌上一堆礼盒推向母亲:给你买的。谢谢!她说,看见包装袋上写着"崇光百货""金钟广场""太谷城"的字样,不是从香港来又是从哪里?女儿说:下月就去巴黎,已经找好一所学校,那人付了全部学费。"那人"是指父亲,一阵痛楚袭来,她让孩子失去父亲。事实上,父亲还是父亲。停一时,她问道:爸爸还好吗?这个问题真把人难住了,女儿停了更久的时间,然后回答:不知道。

这一夜没有睡好,临天亮方才入眠,一觉起来已是上午十点多,大叫不好,赶紧起床。公寓里静悄悄的,女儿的卧室门紧闭,里面藏着女孩子酣甜的睡眠,几乎听得见纤细的鼻息声。她忽然想到,女儿走了,她又将是一个人在这公寓里,四壁空空,邻里老死不相往来,难得见面,需用外国语寒暄。禁不住悲从中来,冲出门去。电梯下到底层,穿过大堂,站在楼前的合欢树花影地里,静了静,将眼泪吞进肚里。

到"牛铃"已经中午,料想不到,美棠在店里,正和阿初姐说笑,看上去心情不坏,大约药引子觅到了。两人都注意到玉洁神色有异,阿初姐装没看见,美棠的眼睛一直追着,就晓得放不过她,不如照实说了。其时,心情平静下来,却如死水一潭。美棠的眼睛还在她脸上,仿佛看得穿她,说:你这样不行!陈玉洁不明白了:这样是怎样?美棠说:这样的就是这样!陈玉洁无心纠缠,不予理会。美棠的手搭上她肩膀,硬是扳过身子,这使她想起梅西百货里的那个兰蔻女人。中国同性间不忌惮肢体接触,这是多么好的文化啊!美棠扳过她的身子:你要学会崩溃!这倒出乎意料得很,转过眼睛,直看着对面的人。崩溃呀!美棠说。陈玉洁想起这青田女人坐在地上呼天抢地的情景,要是也能来那么一下,或许会轻松很多。可是,她真的不行!美棠继续启发:你看外国电影,洋人碰到屁大点事情,就尖起声音大叫,撕扯头发,然后到洗手间,拉开柜子,翻找药瓶子——哗啦啦撒一地!美棠学着电影里女人的疯狂动作,陈玉洁笑起来。要崩溃,才能救自己!美棠说。看她还是笑,便叹气:你可真能熬,那还怕什么呢?牛铃叮一响,上客了。

## 八

女儿索性不回来,她也就撑持了下去,可一来再一走,情况就不同了。公寓里又剩她一个人,形影相吊。她想,儿女就是让人软弱的一样存在。她很羡慕美棠能够崩溃,崩溃也要有能量不是吗?像美棠这种元气丰沛的女人,才可如火山爆发,岩浆奔腾。她显然热力不足,也是受文明毒太深,异化了本能,自持的结果就是自伤,一日一日萎缩。美棠说,跟他们一起去西岸,地方都定了,圣迭戈。为什么是它?从中国回来路上,在芝加哥机场转机,遇到一个台湾老太婆,说是老太婆,也就六十来岁,在圣迭戈开餐馆,抱怨儿女都不生孩子,不让她做祖母,说一旦有第三代,立马卖掉餐馆,专司喂养。美棠说,要卖就卖给她。虽是戏言,但两人认真交换通信方式。美棠向玉洁说着这段路遇,眼睛烁亮,在日渐消瘦、瘦成长条的脸颊上,有一点叫人害怕。这梦呓般的憧憬并不鼓舞,反是沮丧。事态不可逆地颓圮,越来越加速,越来越不祥。这两人各在迷局,头脑已经糊涂,单阿初姐一人清醒,照管店务。实在忙不过来就遣女儿来帮忙,有时小姑娘还带来意大利籍的小男朋友,两人唧唧哝哝说着情话,交臂而过抽空亲个嘴,难免打翻碗盏,或者上错菜点,轻佻的举止不合当事人的心境,但也调节了"牛铃"里的阴沉空气。

这一天的中午,依然小猫三只两只,帮工的小男女在学校上课,陈玉洁和阿初姐两人对付,尚有余裕。叮一声铃响,进来的是美棠,脸色平静,并不说话,径直走过店堂,向里走去,通往后厨的过道口一转身,不见了。陈玉洁寻到跟前,见地下室楼梯上,有人影一闪,随即也下去。暗中几条光线,从顶盖的金属板缝隙透进来。她磕绊着循动静迈步。空气中充斥一股咸腥辛辣的气味,由脱水的鱼鲜和肉类合成,是唐人街特有的,一旦走近,便扑面而来。她想起第一次来到这里,远远就看见,盖板翻起来,精瘦的福建人,半个身子探出街面,接货放货,行动生风。她叫了一声,纸箱后面传出回答:让我崩溃一下。她不作声了,等待有惊天动地的事情发生。时间在沉默中过去,什么都没有发生,但是,她又分明感觉到一种坍塌,先是一角,再是一面,然后一层一层陷下来。灯啪地打开,地下室一片通亮,却更像是夜晚。阿初姐的声音在头顶响起:你们在做什么?上客了。她振作一下,转身上去,留美棠自己,崩溃吧!她在心里说,按物质不灭的原理,收拾收拾,再做一个人。

方从地下室上来,不禁让地面上的光明炫了眼睛,今天是个好天气。她依阿初姐指点,去到窗边桌上,放下一杯水,客人屈指叩两下桌面道谢,然后将手点在牛肉汤粉一栏。这一位先生,亚裔的脸，从形状看，大约是香港人。她忽觉得面熟，仿佛见过，又不知在哪里。客人双手插在短夹克的口袋里，安静等待上餐。看不出年纪，似乎是中年，因发顶稀薄，面上也见沧桑，但却有一种单纯，让他显得年轻，就像一个在校的学生。汤粉送来，他自己从桌上调料瓶倒出辣椒酱，覆在碗上，筷子一搅，还未进口，额上已冒出汗气。从吃口看，也像广东一带的人籍。牛铃响一声，进来人，隔一条街上修路的南美人，每回都是同样，一块猪排，炸成两面黄，一勺米饭，几朵绿菜花，最后浇上酱汁。近些日子，他们成为中午的主要客源。吃饭带打尖，可消磨一整段休息时间。没什么赚头，但有他们在，店内就显得不那么萧瑟，客引客的，也带进少许生意。香港人还在吃，头埋进汤碗，顶上稀发受了热，竖起来，看上去有点滑稽。顺道时，她替他添了茶，手指头又叩两下桌面。她想，他要是发声说话，也许就想起来是谁。可他一直不张口，于是，那一点模糊的印象消失了。

  南美人离座上工去了，香港人这才招手买单，临走终于开口，问道：老板娘不在吗？她犹疑一下，回答：老板娘很忙。哦，他说，然后走过店堂，推门出去。声音和姿态都是温和的，是个有教养的人，陈玉洁收拾起碗盘，心里想。中午营业过去，她们几个已经吃过，美棠方才从地下室上来，脸上没有泪痕，甚至相当平静，这平静是崩溃之后还是之前？她暗忖道。阿初姐下厨做一碗汤饭，拣几样咸菜放在面前，走开了。陈玉洁站在桌边，看徐美棠用餐，这情景使人想起初次邂逅，但是反过来，这一个坐，那一个站。她告诉说，方才来个客人，问起老板娘。美棠"哦"一声。她继续描绘客人的形象，也是没话找话，气氛不致太消沉：身量不高，黄黑皮肤，态度谦和，口音里——这就吃不准了，因为客人惜字如金，说话极少。美棠说：知道了！再找不出话题，就枯站着，看美棠吃下一碗汤饭。饱食使神经放松下来，方才的平静更可能是极度紧张。此时，脸上浮出红晕，显得十分慵懒。抬头看她一眼，说：那人也是从德国过来，原先在汉堡开书店——她这就想起为什么面熟，那个沉默的书店老板，搬着半人高的书走上走下。书店呢，盘给谁了？陈玉洁问。盘给谁谁要？赔本的买卖,拿老爹的钱不当钱,早晚一回事,关门大吉!美棠仿佛很来气,说出一大串。刚才应该叫你的,玉洁颇有遗憾。千万别!美棠举起一只手挡在脸前,我怕他。她纳闷着,想不出怕他什么。举起的手捂住眼睛:我怕上帝,他是上帝派来的。美棠的手久久不放下,看不见手掌后面的脸,她拾起空碗,走开了。

这天夜里,福建人走了。阿初姐电话给她,约好次日一早去吊唁。美棠的家在布鲁克林福建人集居的街区,不晓得是哪一代的唐山客过海到这里,买下地皮,翻造房屋,出租给同乡人。纵横的街巷,墙上用中文和注音写着:同安道、南平道、泉州道……大约以籍贯命名。美棠所住莆田道,一条狭街尽头搭起灵棚,两行花圈排到街口。一是入乡随俗,二也是生计繁忙,丧事免去繁冗,一切从简。遗体直接从医院送去殡仪馆火化,然后送回,停放在本乡人的祠堂,一间独立的二层小楼。灵棚里只设一张相片,相片中人很年轻,也是精瘦,不笑,严肃地看着祭奠的来客。她和阿初姐各点三炷香,送上白包,就赶回"牛铃",饭店照常开业,正如美棠说的,停一日,拒一批回头客。吊唁的人群里,看见前日来店里的香港人,听见有人与他招呼,称他潘博士。

三天之后,美棠来到"牛铃"。前一日里,新聘的大厨上工了,也是福建籍,但来自不同的县份,早几日就找下了,碍着美棠,等尘埃落定,这时才进店。他称阿初姐老板娘,陈玉洁并不以为意,很快发现,"牛铃"已然易主。其实,自福建人得病,美棠就一直向阿初姐出让她的份额,终于,所剩无几。等福建人走了,其余的全部脱手。这一切,都是在陈玉洁不知情下进行,她到底是局外人。美棠不在"牛铃",她也就没理由在了,最后一次来到这里,一是向阿初姐道贺,二也是,怎么说呢?前后几个月相处,她总要道别一下吧!阿初姐将她们安顿在临窗的桌上,她们总是在这张桌上,面对面。阿初姐一道一道地上菜,很快铺满餐桌,留下她们自己说话,不再作陪——都是自己人,阿初姐说。这一日,最忙碌,进货、卸货、与新厨子交涉,又有应工的面谈。美棠双手抄在胸前,合目养神,她不敢打搅,沉静着。只听牛铃叮一声响,又叮一声响,再叮一声响时,进来了那个香港人,潘博士,看着她们,犹豫一下,走到立柱后面桌前坐下,与两人隔一段距离。

他又来了!她轻声说。谁?美棠合目问。潘博士,她说。美棠笑一笑。请过来一起坐?她问。美棠没回答,就知道至少是不反对,于是立起身过去请人。潘博士受她邀请,没有意外,站起身随后跟来。阿初姐眼明手快,立刻将他的茶盅碗盏收拾起,几乎同时摆开在她俩桌上。现在,他与她坐一边,面对合目不动美棠。有了第三人,气氛就活泛一些,她说:曾经见过你,在汉堡的书店。他当然记不得,抱歉地笑。她又说:那时候,中国学生往你书店好比跑娘家。他欲开口说话,结果还是笑而不语。她觉出这人的有趣,说:书店关门,中国学生没地方跑了,会感到寂寞的!潘博士这才说出一句:今非昔比。这一句可解释中国学生的处境,也可用来解释他自己的,称得上言简意赅。怎么来美国的?她问,自觉得像是审讯,但好奇心迫使,还因为此人的厚道天真,所以就不怕失礼,放肆了。他依然笑着,低下头,惭愧的表情。美棠却在一边出声道:传播福音来了!陈玉洁想起当时就有人告诉,这是个基督徒。美棠说:把老爹的钱造完了,只剩下福音了!她想拦住话头,这话既是渎神,又是伤人。他却接了过去:书店很难经营。美棠睁开眼睛:要我说,所谓福音,就是诅咒,是不是?我男人已经见好,遇上你,掉转身坏下去,坏到底!这是美棠一贯的逻辑,起先不还把她当灾星,如今转到这一位身上,是出于迁怒,但也可能是一种怪力乱神论。他强辩一句:他到上帝身边了!美棠冷笑道:上帝是谁?我们不认识,他应该在我身边的,在那里——她的手指向后厨——在那里炒菜。后厨里的油烟涌出来,仿佛呼应她的话。美棠!陈玉洁叫起来,不要再说了!她真有点骇怕,怕说话人会受罚。美棠转向她:起先还有些信呢,去教堂听讲经,听到什么"尘归尘,土归土",就坐不住了,分明一个大活人,怎么就变尘土了?晓得这不是讲道理的时候,陈玉洁还是竭力劝阻:生死由命,不是潘博士的事!命?凭什么规定生死,是谁给它的权力?美棠态度很好,摆出一副讨论的架势。老天!陈玉洁乖乖地回答,就像受了魅惑,跟随走去。不还是上帝吗?美棠微笑着看对面两个人。她挣扎道:癌症是目前的科学尚无解决的难题。对面的人歪着头:科学出来了,到底上帝还是科学有决定权?这样就进入有神论和无神论的命题。陈玉洁认真起来:上帝有决定权,但它要借用一双手去实施,科学就是这双手!徐美棠问:为什么是科学的手,而不是你我的手?她说:你我太渺小了,一个人的时间也太短促,要经过许多许多代,才能发出一点光芒,科学之光!对面人说:这话我不能同意,照这样说,我们都是白耗时间,浪费生命?潘博士被她们的对话吸引,兴奋起来,几次插话,企图发表意见,都被挡回去。他哪里是她们的对手,一个有强悍的性格,另一个则是知识的力量。但他的笑容,那么谦逊和惭愧,更好像一切都是他的错,于是又显得无辜。他只能不断扶一扶杯盏,它们在双方激烈的手势底下,差那么一点点就倒翻到桌子底下去。

三人走出"牛铃",已是薄暮,这一餐饭,从午前到午后,再到晚间营业时间。阿初姐送到门前,嘴里说着"再来再来",事实上都知道不会再来了。三个人都有些醉,无端地高兴着,走在街上。抬头看见电线杆上高高吊着一只靴子,原来是修鞋铺招徕生意的广告。美棠说:洋人的脑筋很有毛病!潘博士弯腰拾起几块石头,瞄准了向靴子投射,终于有一块射中,靴子动了动,玉洁说:它接受了福音。三个人在威廉斯堡桥口分手,各往各处去。她走上大桥,引桥在布鲁克林上空盘旋,离河面老远老远,等她走到桥中心,灯光亮起了,在心里喃喃说一声"科学之光",继续向前走。

后来,陈玉洁和徐美棠真的去往加州圣迭戈,西岸的南部。那个台湾老太婆出售的餐馆还要向南,临墨西哥边境的一个小城,到摘采草莓的季节,就有大批的墨西哥人过境到农场做工。这里的墨西哥人比纽约的温和,应该说,所有族裔的人都比纽约的温和,安静,亲切,友善。大城市将人磨砺成一种坚硬的材质。这餐馆是当地唯有的两家中国餐馆的一家,已有四十年历史,那老板娘用它养活了三男二女，终于，第三代出生，便收官退休，享含饴弄孙的天伦之乐。她信守诺言，将餐馆出让给徐美棠，严格说，是徐美棠的朋友陈玉洁。按先前的立约，陈玉洁做老板，徐美棠任经理，经理兼大厨，老板负责前堂。原来的一个厨工，一个跑堂，还有一条大狗，一并留下来。那狗太老，不能承受迁徙的动荡，似乎自知无法跟随旧主，很认命地趴在窝里不动。临别时，泪眼对泪眼，很久很久，无奈门外车喇叭一径地催，方才一拍两散。

　　餐馆总共十来种菜式，编号排序，无论鱼肉荤素，一律都是滚水中汆一汆，然后浇上预先调好的酱汁——老板娘称之"打沙司"，不惜赐教，如何配料，打出味厚色浓的"沙司"。出于恭敬，一一应道，心里却不以为然，决定另开新路，往精细清淡方面发展。来客对盘中物流露出谨慎的态度，几天时间过去，一个人也没有了。只得因循老板娘积几十年经验创立的路数，方才渐渐回来客人，生意重又兴隆起来。餐馆没有申请酒牌，不设酒吧，晚上收市比较早。总体上说，小城的夜生活相当节制，只有公路边上的一家餐厅，通宵营业。尤其周末，聚集着年轻人，电子乐的低音，咚咚地敲击，空气起着震荡。从纽约那地方过来，多少会觉得沉寂，可两个人互相做伴。打烊以后，坐在厨房灶头边，做两个温州家乡菜，烫一壶日本清酒，电视机里播放着美棠所说"脑筋有病"的节目，有当无的，半个晚上过去，剩下的便是酣畅的睡眠。她们的睡眠都改善了，公路上疾驶而过车辆，从梦里穿行，使人不至于彻底坠入虚空。

　　即便是这样平淡的日子，也会有意外发生呢！有一日早晨，门敲响了，里边人还没开业呢。敲门声止住，过一时，又响起，来回几番，终于耐不住，开出门去。这一开门不要紧，一声尖叫冲上天。陈玉洁以为发生抢劫，大白天的，竟还有这大胆的事，跑出来，也是一声尖叫。面前站着一个人，谁？潘博士！风衣上蒙一层土，身后一辆租来的车，也是一层土，垂手提一个旧背囊，腼腆地笑着，不好意思抬眼。两个高个子女人，一人一边架着胳膊，脚跟离地提进门去。问他怎么会来？他不回答，也不需要回答,管他怎么来,总之,他就来了。

潘博士住了三天,重又上路了。他出身香港一户富商人家,父亲指望他参加家族事业,攻读商科。他对经商一无兴趣,但也听从父命,来到德国读经济。第一年就被高等数学击败,转读哲学,为此和家庭决裂。终究是自己骨肉,父亲给出一笔钱,从此不再负担,无论生活还是学业。另有一笔存于托管基金,结婚成家时方可支付。他用到手的钱开出汉堡的书店,书店终于关门,便到教会做义工,挣些吃喝。因他始终没有结婚成家,所以名下的第二笔钱便不得动用。逐渐地,他发现自己,最适合的生活是,做一名游僧。开车行驶在西部的沙漠,仙人掌一望无际,太阳照耀大地,前方是地平线,永不沉没。

2016年10月27日　上海

(原刊《钟山》第1期)

# 飞 行 家

双 雪 涛

一

一九七九年,李明奇第一次来高家时,高立宽十分光火,并不是因为李明奇当时穿了一条喇叭裤,系着一条花皮带。当然这样的仪表也许是个起因,最主要的是,高立宽从李明奇出生就认识他,还有他的两个弟弟李明耀和李明敏,还有他的六个妹妹,名字无法列举,但是确有这么一大家子人,就住在高家后面那一趟房。再后面就是一九六七年修的红旗广场。广场原是日本人修的,铺的大理石砖,据说是从阜新开山运来的大石。建好后日本人在广场放了一群鸽子,中国人第一天都给逮走,回家吃了。第二天广场上又放了一群鸽子,还有几个日本兵,端着枪看鸽子,中国人才知道鸽子是喂的,不是吃的。广场的四周是日本人的银行和办公楼,后来日本人走了,这些东西就都留给中国人。一九六七年在大理石广场上立了一座毛主席像,施工时鸽子就都飞走了,再没回来,就此称为红旗广场,因为主席像的底下有一排士兵,为首的一个戴着袖箍儿打着一面迎风招展的红旗。李明奇一家就比邻广场,与高家的后窗户隔了一条马路。房子大概三十几平方米,也是日本人留下的,举架很高,墙窗足斤足两,跟高家一样,是印刷厂分配的住房。不同的是李明奇的父亲李正道自己做了一个隔板,搭在半空,也就是说,凭空盖了一层吊铺,墙上嵌进五个台阶,一家十一口人,女的住在底下,男的住在上面，安排得蛮好。

　　高立宽看不上李明奇除了他的仪表，还有重要的一条是李明奇的父亲李正道过去是高立宽的徒弟。高立宽是市印刷厂的高级技师，拿手的本事是古版印刷，一通百通，所有关于印刷的活计都难不倒他，在厂里很受尊敬，厂长见面也要给点根烟再开口说话。受尊敬不光是手艺，高立宽是个老党员，一九三六年就入了党，那时说叫共产党，更通用的名字叫地下党。高立宽因为是个苦出身，让人一说，心一横，就入了地下党，偷着印传单，他印的传单比别人的都好，色泽鲜艳，历久弥新。高立宽虽然小时候没读过书，不过在印刷厂里认了字，字认得多了，还能措个辞，上级派下来的口号，他有时候给改改，鼓动性更强，上级后来给他写了一封信，说真是行行出状元，没想到有人还是天生印传单的料。那时他不是高师傅，还是小高，小高就印了两年传单，其间蹲了一次国民党的大狱，蹲了一次日本人的大狱，都挨了打，日本人那次打得略狠，一只眼睛瞎了，出来之后便被唤作独眼小高。中华人民共和国成立之后，独眼小高高兴了一阵，不过也没觉得如何，新世界新气象，他还是在印刷厂印东西。没过几天，他才品出这个新世界不一般，那个给他写信的上级当了副市长，一天把他想了起来，给他厂里打了电话问还有没有他这个人，是不是牺牲了。回答说，人在，还是搞印刷，只是眼睛瞎了一只，过去调色是瞪着两眼，现在是一只眼，调得依然没问题。市长就派人把他接去，还提醒他把信带着。聊了一会儿，把信拿回，拍板让他去干部学习班，学习几个月就当副厂长。高立宽当即说，我只有一只眼，不好看，另外也不是当官的料，嘴笨不说，一看人多就哆嗦，当年参加革命不为当官，现在有了新中国，自己已然高兴，还是继续当工人为好。市长说，你这一只眼是为革命丢的，欠你一只眼，该还，你又有点文化出身又牢靠，这样的好机遇不可浪费，不干也得干，明天就去学习班报到。

　　高立宽从市政府大院回来，心里不舒服，把徒弟李正道找到家里来喝酒。李正道第一次去师傅家喝酒，拎了半只熟鸡一瓶白干，两人把鸡掰碎，边吃边喝。高立宽说，正道，你这鸡不错，哪儿买的？李正道说，师傅，买不着，我自己烤的。高立宽说，你当工人白瞎，开个店能发财。李正道说，我烤一只得烤半天，开店准赔死，给师傅吃正合适，下次给您烤只兔子。高立宽心里高兴，觉得这徒弟不但会烤鸡，每次说话都让人舒服，就喝了一大口酒，给他讲了些印刷的门道，李正道歪头听着，时不时把鸡的好位置递给高立宽。高立宽喝得有点快，想起要倾诉的事情，说，今天去了趟市政府，心里不舒服。李正道说，师傅您这话怎么说的，今天您被大轿子接走，厂里都炸了锅，您是老革命，过去您也不说。高立宽说，这玩意儿说个屁，有人脑袋大，旁人一眼就看见，有人屁股圆，总不至于天天脱裤子给人看。李正道说，您说得是。高立宽说，市政府那个院子，过去是日本人的地方，我这只眼就是在里头打瞎的。墙上还有日本字儿，没刷干净。这个干部班我是不想去，可是不去不行，市长得罪不起，不过别看我就一只眼，可是看得清楚，我啊，去也白去，河里游的扔马路上——一步也走不了。这天喝到半夜，李正道就睡在高立宽家，两人脚对脚，高立宽鼾声如雷，李正道一宿没合眼，第二天天一亮，就爬起来给高立宽沏了一大缸子茶，去上班了。

　　高立宽的看法没有错，人贵有自知之明。学习班上除他之外，都不怎么识字，有几个比他说话还笨，说的一口方言，除了自己谁都听不懂。还有一位有鸦片瘾，中途犯了瘾，倒在地上乱滚，让人送回家了。高立宽虽然相貌有些缺陷，可是仪表堂堂，宽肩阔背，一张方脸，说话虽然不比授课的老师，可是硬要说两句，也是能说出两三点，就这分出两三点，不是一锅粥，就压死了人。可是他的问题就出在喝酒上。去了半个月，大醉十天，打伤了两个同学，把一个巡查的老师也打破了脑袋。不单是醉人彪悍，是高立宽从小跟北市场的老师傅学过点把式，要不然也不能两次大狱都活着出来。打伤同学是小事情，打伤的那位老师去过延安，是比高立宽资格更老的老革命，不但是老革命，要命的是还是一位女同志，愣让高立宽揪着头发走了半个走廊，最后拽下一大块头皮来。这位女同志包着脑袋，连夜给组织写了一封信，从太平天国说到十月革命，从十月革命说到义和团，从义和团说到延安整风,总之,是用血的教训确信无产阶级的队伍里也藏着流氓,需要彻底地改造。高立宽卷着铺盖揣着休学的证明回了印刷厂,这回没有大轿车,自己坐公交车回来的,李正道把铺盖卷接过,什么也没问。实话说,师傅好酒,李正道早知道,师傅喝酒之后喜欢动手,他也知道,他就挨过几次打,有一次在饭馆喝到一半,师傅喝得兴起,把他连人带椅子顺着窗户扔到了大街上。这还是自由自在的时候,到了学习班关起来,心里憋闷,半夜跑出去喝酒,醉酒闹事,都在情理之中。李正道是山东人,家里吃不上饭,父母饿得走不动,他一人揣着一包种子跑到东北来种地,一九四〇年河坝决了堤,把地冲了,他就跑到市里来,先是在旧书店给人打工,夜里睡在门板上,白天卖书码书,也认了几个字,后来几经辗转,到了印刷厂。要说无产者,他比高立宽更合格,只是没蹲过大狱,没跟市长通过信,但是他酒量大,不闹事,心灵手巧,也知道时局变了,就像发大水,虽然啥都没了,一地的泥巴,可也是新的机会。

到了傍晚,高立宽终于说话,正道啊,明天给师傅烤只兔子。正道说,好,明晚拎您家去。高立宽说,我手欠,把人打了,这学习班念不下去,市长把我保下来,让我反省反省,下周再去,实在是要把人折磨死。正道一边把裁纸刀擦好,搁在工具箱里,一边说,要不我替您去?高立宽噌地站起来说,你情愿?正道说,看您这么遭罪,我心里难受。高立宽说,得去一个月,见天儿关在屋子里讲马克思列宁,晚上大门都上锁,你行?正道说,我试试,不行的话您来接我。高立宽往地上吐了口唾沫说,行咧,算我欠你一回,明天我去趟市委,把这事儿办了,你家是山东哪儿来的?正道说,山东蓬莱曲南县李家村,我爸我妈都让日本人杀害了。这句和事实有点出入,李正道的爹妈是饿死的,不过如果日本人不来,不打仗,不征兵纳粮,也饿不死,所以从根上说,也不算撒谎。高立宽捉住李正道的手握了握,说,徒弟,以后就算我结了婚,有了孩子,家里也算你一口。明天最后一遭,市委的门儿我再也不进了。李正道有点感动,也有点内疚,决心明天把兔子烤得好一些。

握手是个新事物,高立宽在学习班学的。

所以一九七九年李明奇来家,就算高雅风不说,他也知道这是李正道的儿子,两人长得一模一样,瘦高,挺长的脖子,眼窝深陷,像个德国鬼子。打过招呼李明奇掏出个手绢,把椅子擦了擦,坐下,白色的喇叭裤贴在木椅子上,只坐了一个边儿。高立宽心想,德行,看你憋的什么坏。高雅风二十三岁,在变压器厂工作,长得不太好看,眼珠子有点突出,牙也有点往外凸,顶着嘴唇。但她是高家姐弟三人里最能说的,虽然年纪不大,一旦让她说起来,便跷起腿,一只手拽着脚腕子,眉飞色舞说几个小时也行。就靠这张嘴,说动了老师,给她弄了一个假病历,于是没有下乡,初中毕业早早就进了变压器厂,每个月领二十多块工资,工龄比同龄人都长。可是一九七九年秋天的这天下午,高雅风老老实实坐在李明奇旁边,没有说话,她怕她爸,就像是八哥看见猫,再怎么抖机灵也是没用的。她看着大姐高雅春前后忙活着给李明奇倒茶,心里一边觉得果然是亲姐,平常怎么闹还是给她些面子,一边嘴痒痒想说点李明奇的好处,可是看见高立宽浓浓的挤在一起的眼眉,又都咽了回去。

李正道去了学习班,真个一个月没回来,高立宽依旧耍着光棍儿,白天上班,晚上喝酒,这点工资都捐了饭店。高立宽喜欢请客,因为工龄长,段级又高,工资比别人多,主要是喜欢那个热热闹闹的气氛,喝完酒去澡堂子一泡,泡完倚着澡堂的大长皮椅子聊天,修脚,喝半夜的浓茶。过了十天,差不离把李正道这个人忘了。一个月之后,李正道回来,他看见李正道理了个新发型,头发长了,梳得很齐整,先前有点连鬓胡子,都剃光了,穿着一身蓝色的的确良中山装,一头扎进了厂长的办公室。高立宽心想,你个什么东西?我的手艺你才学了点假把式,去了趟学习班就自己换了身皮,回来不先见师傅,跑到厂长那里露脸,等你换上工作服,我再拾掇你。他没想到,往后将近二十年,李正道再没穿过工作服,先是在高立宽的车间做副主任,主抓生产线改造,伺候几个俄国人,然后又做了全厂的工会主席,抓思想改造的工作,三反五反都是他领头,揪右派的时候他第一个写了材料,把厂里几个搞古版印刷的老师傅点了名。"文革"前,他已经是副厂长,市里的"毛选"都是他主持印的,还去周边的地级市传授过先进经验。高立宽看在眼里,没觉得多么不舒服,一个人是哪块料,活着活着就会显露,这个李正道就算没有这个机会,迟早也得跳出来,成个人物,单说每次讲话不拿讲稿,说得头头是道,主席的语录张嘴就来,高立宽就觉得比自己强了不止两条街。况且李正道每次见到他,都叫师傅,搞几次运动,也没刮着他。高立宽有时候叫他李厂长,他不让,说,叫我正道,没您没我。还算吃过了炒菜,没忘了大马勺,高立宽心想。不过这二十年过去,直到"文革"来临,把李正道打下马,牛棚没蹲,厕所也没让他扫,只是抄了几次家,游了几次街,坐了几次喷气式飞机,剃了阴阳头,不再让他印"毛选",工作呢,回到车间,换上工作服当工人。这二十年间,高立宽对李正道还是有几点不满意,第一,没完没了地生孩子,前前后后生了九个,管生不管养,一心都在工作上,这九个孩子见天儿在街上乱跑,穿鞋没有脚后跟,大的带小的,毫无规矩,不成体统。第二,自打学习班回来,再没给他烤过兔子,那天晚上李正道说改天给他烤兔子,一直没有兑现,高立宽的直觉告诉他,兔子比鸡好吃,可是一直没吃着,干等了二十年。第三,李正道自己爬上吊铺,把自己吊死之前,没有找他商量。一个人要死,是个大事,大事应该和人商量,李正道没和谁说,在外面挨了一顿打,回家给九个孩子挨个儿洗了遍澡,就自己爬到吊铺把自己吊死了。当这么多年干部,到最后死得这么草率,死前也没把他当朋友,高立宽意见很大。

高立宽喝了一口茶,看着他的老婆赵素英,终于说了话,掌柜的,给下锅面条。赵素英比高立宽大,大四岁,相貌一般,个子矮,裹过脚,还结过一次婚,也在印刷厂工作,这些都不是问题,因为高立宽的眼睛算个残疾,所以算是般配,何况赵素英前面那一轱辘婚姻,没有孩子,丈夫暴死,来了高家之后,三年一个,生了两个女孩儿一个男孩儿,高立宽感到满意。唯一的问题是,赵素英性格慢，高立宽性格急，结婚之前不知道，结婚之后才发现，实在太慢，两根电线杆子能走半个小时，你这边火上房了，她那边歪在炕头睡着了。做饭好吃，但是从买菜到做熟，得几个小时，高立宽饿得跳脚，喝多了酒打她，没用，你打完她，正在气头上，她把摔碎的碗筷收拾好，坐在板凳上开始听匣子了，《穆桂英挂帅》。高立宽后来想起过去的资本家，觉得自己在新中国虽然已经翻身做主人，可是又落到这个慢性子手里，于是给她起了个外号，叫掌柜的。掌柜的赵素英从板凳上站起来，到厨房拿了一个大面板，摆在炕沿上，又从厨房拿了一个大铝盆，上面用屉布罩着。几个人都能闻到铝盆里的碱酸味儿。今天包饺子吧，赵素英说。高立宽心头一惊，家里的钱给赵素英管，掌柜的管钱，天经地义，赵素英节俭，存折在哪儿他都不知道，只知道赵有个小手绢，里面包着零钱，他要买酒，赵就打开手绢，拿出一张零票子给他。今天竟然吃饺子，而且看来早有准备，高立宽心里有点矛盾，一方面他觉得赵不应该对李明奇这么重视，不给他好脸，他要是识相自己走掉就是；另一方面，饺子就酒，越喝越有，他一边琢磨着，一边从炕里头把小方桌拉了过来，摆在了炕中央。

## 二

大姑打电话把我叫醒的时候，我刚刚睡熟。挨到凌晨三点，还是不困，就下楼买了一瓶啤酒，喝到第三瓶，终于有点困意，赶忙到床上趴着，也没有马上睡着，啤酒胀肚，五点钟起来撒了一大泼尿，才睡下。北京的冬天不比家里，每天雾气昭昭，冻人不冻水，到了夜里从窗户缝里渗进一股阴冷，这啤酒喝得有点作妖，直打哆嗦，只好把自己深深地裹在被子里。第二天是周六，约好了陪领导踢室内足球，我在大学时是个足球健将，司职右边锋，能甩牛尾巴，现在胖了三十斤，换好运动服就出一身汗，不过也没关系，踢球不是重点，重点是踢完球喝酒，喝酒也不是重点，重点是听领导讲他在大学时是个足球健将，左右脚七十米长传，点对点。问题就出在,因为睡得比较晚,以为得混到天亮,手机没有静音,清早七点半,大姑的电话打进来,我其实刚刚进入深睡眠,忘了自己身处东四环附近的一家出租屋里,腮帮子发紧,以为自己睡在家里那张硬邦邦的单人床上,后来单人床不见了,梦见自己在高考的考场,政治题怎么想也想不出,伸脖子想看别人的,别人都离我很远,且用胳膊把卷子蒙住,急得我想把自己脑袋揪下来。就在这时电话响了,我一激灵坐了起来。哎,是小峰吗?我一听就知道是大姑,虽然已经两年没联系过,但是她的锦州口音辨识度太高,尾音永远是挑上去,像唱歌一样,而且不说喂,说哎,好像对方接听让她觉得很突然。我说,大姑啊。大姑说,你个死孩子,过年也不说给大姑打个电话,你奶天天念叨你。我说,大姑,我还没睡醒,一会儿给你打回过去吧。大姑说,别摆,大姑不是让你还钱,有正事儿找你。我就怕她说这个,大学的学费是大姑给我拿的,毕业五年了,钱我一直没还,其实一共三万,想还也还了,不过她给我拿钱的时候说是给,没说是借,我就认为是一种捐献,欠的是情,不是钱。我大姑是我爸姐弟几个条件最好的,也愿意当家主事。后来她有时候和我联系,让我去看我奶,从北京到锦州倒是不远,只不过锦州确实没什么好玩的,我奶八十岁之后就有点糊涂,见了也跟没见差不多,从没去过。大姑就在电话里说,我也不让你还钱,就让你来看看你奶,就你这么一个大孙子,你也就这么一个奶,哪天她死了,我跟你说,这么大岁数的人,放个屁都可能过去,到时你想见就得看照片了。她这么一说,我觉得难过,马上答应去,放下电话又觉得太麻烦,终归还是没去。可一回味,这个不让还钱有点微妙,似乎还是借给我,只是不着急要,本质和过去有了区别。我说,大姑,你给我卡号,我一会儿把钱给你打过去,这么多年算上通货膨胀,我给你打四万吧。大姑说,你这孩子听话就能听半句,我没说钱的事儿,我说有正事找你。我说,您说。她说,你二姑夫李明奇丢了。还有你哥,李刚,也丢了。我口渴,没水,只好喝了一口昨夜剩的啤酒,说,啥?啥叫丢了?大姑说,就是找不见了,两人上周五早晨一起出去吃豆腐脑,然后就再没回来。我说,报警了吗?大姑说,你哥是个啥人你不知道?去年刚放出来,你二姑说了,李明奇跑之前跟邻居借了钱,现在邻居天天敲他们家门,所以是处心积虑,咱们别报警,自家人找自家人,先找找,实在不行再经官。我说,那您坐火车去沈阳吧,我在北京给您打打下手。大姑说,狗东西,你大姑腰脱五年,还不是你爸死的时候护理你爸累的,你赶紧给我回沈阳找去,找不见我把你奶送回去。这句话有分量,主要包含两个往事。第一是我爸得癌的时候,我妈六神无主,我刚刚考上大学,我大姑从锦州过来主持局面。一天晚上抬我爸去做介入检查,把腰闪了,再没好。第二是,我爸去世之后,我大姑看我家这个情况,就把我奶接走了,给我和我妈减轻了巨大的负担。我说,姑,我不是推托,我是学法律的,现在在银行当法务,不是搞刑侦的,专业不对口,另外我奶在您那儿住惯了,您也说了她老人家身子骨脆,经不起折腾,咱们不要意气用事。大姑说,你是翅膀硬了,还教你大姑怎么做人了?我跟你说,公检法不分家,你马上回去把你二姑夫和你哥找着,要不然我给你奶买张火车票,去你单位静坐,别看她糊涂了,腿脚比我好使得多,你自己掂量。说完就把电话挂了。

我给领导打了个电话,说下午的球去不了,一咬牙,顺便请了一周的年假。本来这个年假答应我妈,带她去香港玩一圈,她天天在家看 TVB 的剧,想去香港吃吃便当。实话说,我也想去,想去迪士尼,坐坐半空中翻滚的那几个器械。有些人恐高,我家人从来不恐高,而且有个特点,喜欢上高,我爸活着的时候,一跟我妈生气就自己上房顶坐着。我妈说,你是猴子变的?我爸也不言语,坐到天黑,下来,气就全消了。领导听说我要请年假,有点不乐意,我手里压着六七份合同,还没改完。但是工作了三年,我一次年假也没请过,他带着老婆孩子全世界的景点玩了一半,有时在国外遥控我加班,所以我第一次张嘴,他也没提出大的异议,让我注意安全,心别玩散了。

到沈阳的时候,已经是晚上七点。家里没人,电饭锅还热,刷好的碗搁在水池边上,还有水珠。十二月的沈阳正式进入冬天,我家是个老小区,暖气没有分户,大家谁也不交钱,但是如果一点暖气不给,又怕冻死几个,闹成新闻,于是就给一点,手凉的时候能摸出一点温度。我妈那双深红色的羊毛拖鞋摆在地上,已经瓢得不成样子,好像两只烤地瓜。这还是我上班第一年春节时在无印良品给她买的,我妈说送鞋不好,好像是暗示她应该改嫁。我说全没这个意思,是现实主义的考虑。我妈脚干,一到冬天脚后跟就开裂,袜子的毛屑渗进裂纹里,看着很不舒服。这两年事情多,没有注意她的脚怎么样,是不是穿上羊毛拖鞋之后有所改善。我走进自己的屋子,一张单人床、一个木书柜、一把能旋转的塑料椅、一盏旧台灯。椅子背后是衣柜,曾经比我高,现在到我下巴,衣柜顶上摆着我的储蓄罐,一只微笑的小猪。我在椅子上坐了一会儿,一晃半年多没回来,我拉开抽屉,里面摆着钢笔和钢笔水,还有我初中时买的打口带,一个老外吹的萨克斯。每次回来都很匆忙,这个抽屉已经好久没有拉开过,里面还有我小时候的作业本,还有从小学到高中的同学送给我的贺卡。我一点点翻看,在紧底下,没有记错,我收藏了一张便笺,上面写着:"小玲,我今天临时出差,你给小峰做饭,馒头在冰箱里。旭光。"我爸生病之前,职业生涯的后期,经常被派到各个村庄去修理拖拉机,这个便签就是那时候留下的。家里我爸做饭,这点可能跟一般家庭不同。

窗户冲东,窗外是一个大酒店,挡住一天中大部分时间的光,只有到傍晚时分,夕照的日光经酒店的窗子反射,才能照进屋内一点。这时酒店的窗户亮了三分之一,大多拉着帘子,有一扇没拉,一个保洁工人在里面铺床,双手抻着被单,用力一甩,罩在一张洁白的双人床上。

门响,我妈回来了。我推上抽屉从房间走出来,我妈正在脱鞋,她弯着腰抬头看我,说,你怎么回来了?我说,遛弯去了?她的头发又白了一片,眼袋也比上次见她大了一圈,体形倒没怎么变,还是微胖界人士,穿着褪了色的红羽绒服像一只棕熊。跟楼上的二嫂去广场了,她说。她每天活动的区域不会超出周围两公里。我说,妈,你知道二姑夫和我哥丢了吗?我妈说,知道,你二姑前天给我打了电话,你吃饭没?我说,在车站吃了,俩大活人咋说丢就丢了呢？我妈说，我问你，这十年，你跟你二姑夫你哥说过几句话？我回想了一会儿说，我爷去世的时候说了几句，我爸去世的时候说了两句，其他的想不起来了。我妈说，我再问你，你爸有病的时候，他们来过几趟？我说，想不起来了。她说，来过一趟，你爸住院一个月了，说不出来话了，他们来了，坐了二十分钟，买了两斤苹果一盘香蕉，扔了两百块钱，就这么一次。我说，啊，我都忘了。我妈指了指自己的脑袋，我从小记性不好，丢三落四，但是这种事我记得清，一样一样都码在光底下。我说，光底下？她说，就像光照着，那么清楚。我说，陈芝麻烂谷子的事儿就别说了，明天我去看看我二姑，你去不去？我妈瞪着我说，你就为这儿回来的？我说，啊，我大姑早上给我打的电话。我妈说，请了假？我说，请了年假。我妈说，香港还去不去？我有点愧疚，走过去拍了拍她的胳膊说，妈，明年。我妈说，行，要不是你爸死了，我指着你？说完走进自己的房间，把门锁上了。

  我妈过去是个十分温和的人，听我爸说，我妈年轻时是个开心果，虽然有点任性，但是十分招人喜欢，梳着一条黝黑的大辫子，一打扑克就偷牌，见谁都笑。工厂倒闭之后，两人自谋生路，我妈变得阴郁了一点，老房子被拆迁，住到郊外的棚户区去，我妈又阴郁了点。回迁之后，房子没有阳光，楼道无人清扫，楼上住着一些以打架斗殴为生的少年租客，直到父亲去世，这一重击，使我妈彻底变成了一个阴郁的中年女人。不过她也没有完全放弃，想要去香港，便是一种努力，可惜我让她失望，想来想去，我在心里恨起大姑的馊主意来。

  第二天一早，我妈的房门没开，我站在房门口听了一会儿，她应该是起来了，不过没有电视机的声音，也许就是在坐着。我找东西吃，饭已经做好了，一盘西红柿炒鸡蛋，一小碗鸡蛋糕，都温在电饭锅里。一个棕色的电话簿，放在饭桌上。我翻开，是我爸的字迹，记着很多地址和电话号码，我找到二姑的地址和电话，不知换是没换，看字迹至少是十年前写的。铁百东，第一个胡同右拐，看见一个卖布鞋的门脸再右拐，二单元三楼，黑色盼盼防盗门。铁百就是铁西百货商店，位于铁西区的中心，我小时候去过,每到周日人山人海,对面是一家新华书店,有两个开放式的书架,其余的书都在售货员的背后,想看或者想买,需让售货员扔过来。小本的其中几页写着好多数字,轴承六个,螺丝八盒,折叶七盒,汽油三桶,底下写着一个字:欠。看样子是当年做工人时记的账。我敲了敲房门说,妈,本我拿上了。没有回答。传来一声窗帘的滑动声,不知是拉开还是拉上。我穿上羽绒服走出门去,把电话簿揣在怀里。

几乎没怎么变,还是一个十字街。除了新华书店消失了,变成了一家必胜客。铁西百货没有了,变成了一家小超市。我在里面买了两箱牛奶。那家做布鞋的店还在,也做寿衣。几个老人穿得圆滚滚,戴着帽子手套坐在院子里聊天。二楼三单元,确有一扇黑色盼盼防盗门。上面贴满了小广告,像一张波普艺术的画。门旁边有一个三元牛奶的木箱,上面写着:高雅风。我敲了敲门,没人答应。又敲了敲,一个声音说,谁?我说,二姑?那个声音说,谁?我说,小峰,高小峰,你侄儿。那个声音说,我侄儿?然后听见拖鞋蹭到门口的声音,那个声音说,劳驾你把猫眼的广告撕了。我撕下,听见里面说,真是我侄儿。门开了。

二姑变得很小,像一只猴子。不过确实是我二姑,我意识到即使她变成一只老鼠,我也能认出她来。她的头发掉了一半,不是整个的一半,是间或的一半,挨着另一根头发的头发掉了,不过还是努力朝一边梳着,看着更显稀愣愣的。两腮塌进去,脸上都是老年斑,牙也掉了许多,笑起来牙床隔着嘴唇嚅动,走路时脚在地上拖着,抬不起来。房子的格局跟我记忆中一样,中间是厅,两侧是南北双卧。她引我进南屋,北屋是我哥的房间,我小时候去玩过,还睡过他的床。不过现在门关着。南屋的床上有两个包子,一个吃了一半,露出酸菜和鸡蛋,另一个僵硬了,像一团水泥。电视开着,一个女人在唱歌。我过去知道二姑得了风湿病,难以下楼,现在回想,知道这件事已经是很久之前,于我却好像是昨天的消息。她的手变形了,像鸡爪,用三根手指钳着一杯水递到我面前来。

二姑说,来就来,还买啥东西?你妈挺好的?我说,挺好。

二姑说,你爱听歌,还是爱看电影,电影频道有电影。我说,都没关系。二姑,大姑给我打了个电话。二姑说,上次见你,是你爸出殡,五年前？我说,五年前。二姑说,也是冬天吧,我哭得太厉害,好多年不出门,一出门就是这种事,你多担待。我说,二姑,你这说的啥话,不哭才有问题。二姑的房间很小,收拾得很干净,地上的红色地板已经不红,但是没有灰尘,她身上穿着一件黑色棉袄,有点大,但是袖口没有一点污渍,脚上穿着红袜子,看上去是崭新的。二姑回头指着窗外说,小峰,你瞧见那里有个烟囱没？我伸脖子看,说,瞧见了。确实有一个烟囱,暗红色,在一百米开外,没有冒烟,侧面镶着一排铁梯子。二姑说,就是这个东西,把你二姑妨了。我说,二姑,我没太懂。二姑说,就是这个烟囱,妨了你二姑的命,病老不好。我没有言语。二姑说,你现在出息了,在北京做头脸人,去找人说说,把这烟囱扒了吧。我说,二姑,我虽在北京,就是个银行职员,管不了烟囱。我看这烟囱不冒烟,梯子也锈了,你不碰它,自会有人扒它。二姑说,我也这么想的,可是十五年了,它还在那妨我。前两天给你妈打电话,你妈说你现在不得了,一个烟囱治不了？二姑沉吟了一会儿说,不该跳舞。我说,啥？二姑说,这辈子就让跳舞毁了。我说,不是烟囱？她拿起包子看了看,又放下说,烟囱是烟囱,跳舞是跳舞。年轻时跳舞,遇见你二姑夫,这是第一毁。上班后跳舞,跳了一宿,出了一身汗,直接去上班,让风扫了,钻进骨头缝,得了风湿病,这是第二毁。教会了你二姑夫,我跳不了,他一直跳,终于人跳没了,这是第三毁。这辈子就毁在跳舞上,小峰,你饿不,去冰箱里拿点东西吃。她这么一说,我还真有点饿了,站起来走到厅里,拉开冰箱门,发现里面满满当当装的都是包子。我把门关上,回头看她,她眼睛盯着电视机唱歌的女人,用脚尖轻轻打着拍子。

三

掌柜的赵素英手握菜刀开始剁馅,高雅春知道她妈话少,刀架脖子上说饶命都得合计半天,怕怠慢了李明奇,就开始找话说。高雅春念的卫校,是个护士,这么说来是一家子人里学历最高的,所以平时主事儿,当半个妈使,也有信心敢说话。她知道妹妹高雅风是个肤浅的人,过去谈朋友,介绍人说半天没用,家里金山银山没用,看了照片才决定见不见。说白了,就奔个模样。这让高雅春很是担心,所以前几次相亲她都跟着去,一看对方是绣花枕头,当场就给搅和黄了。高雅春本人要结婚了,未婚夫是隔壁医专的男同学,分配到锦州当大夫。模样一般,人很本分,家里都见了,很相中,秋天就去锦州办事。这个夏天其实高雅春心情挺复杂,一是要离家远去,锦州也在省内,但是火车要六个小时,平时想是回不来了,担心家里头。二是到了锦州人生地不熟,一切都得适应,过去就听说过个笔架山,退潮时露出条小路,可以直接行到海中的山上去,涨潮时小路被淹没,若是没回来就得困在山中。想到去那里落地生根,心里有点忐忑。三是临走前,想给家人一人织一件毛衣,时间越来越紧,还没有织完。高雅春从包里拿出一罐茶叶,这是托朋友在铁西百货买的铁观音,到外屋拿开水沏上,给高立宽倒了一杯,给李明奇倒了一杯。李明奇欠了欠屁股说,姐别麻烦。这回离近了看得真切,这个李明奇确实长得可以,不但浓眉大眼,鹰钩鼻,两只眼睛的睫毛足有一寸长,忽闪忽闪的,好像眉底落了两只蝴蝶。

高雅春说,听说明奇在军工厂上班?李明奇说,是。高雅春说,好单位,是不是还得保个密?李明奇说,也没啥,具体的工作不让说,但是总之就是造降落伞的。高雅春说,降落伞?李明奇说,好多个车间,都和飞机有关,我的车间造降落伞。高雅春突然觉得此人高雅了一点,不知是为啥,她说,听说去年还是先进?李明奇说,也没啥,我搞了一个发明,改动了降落伞的一个小部件。高雅春觉得此人又高雅了一点,竟还是个爱迪生。高雅风此时插嘴说,他还没说完。这句话起了作用,高立宽也斜着一只眼朝这边看,高旭光本来在看书,这个高旭光是个书虫,"文革"时看大字报,下乡时看字典,回城后分配到拖拉机厂,下班就钻图书馆,性格随了他妈,平时没声,书看了也说不出来,自己哂摸。高立宽却极爱这个小儿子,常说两句话,第一句说,掌柜的,要不是你生了小旭子,我打你更多。第二句是,掌柜的,我们这印刷厂就指着小旭子这样的人活,爱看字儿。高旭光这时也抬起头来,听李明奇的下文。李明奇喝了一口茶水说,我弄的降落伞虽说只是改了一个小部件,但是作用不算小,主要是开伞比过去更快,整体也降了分量,虽说比美国人的沉一点,不过已经接近。没人敢试。我就自己试了一次。高旭光问,你怎么试的?李明奇说,飞机上,五千米。落下出了点小故障,锁扣卡住了,弄了半天,比预计开伞的时间晚了十来秒,也偏了靶点,落在了树上。第二次就好了,实验比较成功,所以得了个先进。高立宽心想,这小子跟他爸一样,爱往上走,迟早摔得惨。高雅春听得心惊胆战,她是护士,有点医学常识,五千米落下,稍有闪失准成肉泥,落在树上,运气不好也是骨断筋折。高雅春说,发明是发明,实验是实验,咱以后专搞发明,不搞实验,这次命大,下次命小,都保不齐。高雅风笑说,这家伙不是命大,是骨头轻。我和他跳舞,他跳女的,我跳男的,拿手一带,他就转起来。高雅春瞪了她一眼,高雅风马上把嘴闭上。李明奇说,我确实比一般人轻一些,不是分量,我有一百四十斤,但是不知为啥,感觉比别人轻,小时候跟我爸放风筝,有一次我爸做了一个大蜈蚣,那天风很大,我被风筝带起来,脚离地飞了一百米,撞到个邮筒才停下来,后来我爸再也不带我放风筝了。高立宽知道有这么一个风筝,用的特种纸,还是他给弄的。想起李正道,高立宽心里又是一紧,这个徒弟心灵手巧,可惜死了,留下一大窝孩子,这个李明奇是老大,帮着他妈拉扯剩下八个孩子,经过这么多困难的时期,一个没死,他还进了军工厂造了降落伞,也算是有出息。高立宽又想到,因为这么多年生李正道的气,从来也没伸手帮过什么忙,一勺豆油都没借过,想到自己五大三粗,心眼儿比针鼻还小,就眨了眨那只独眼,叹了口气。

高雅风听见高立宽叹气,心里发慌,想是刚才说跳舞的事情惹恼了他,便拿眼睛戳李明奇,引他往放在炕头的军包里看。李明奇站起来,从军包拿出两瓶西凤酒,放在方桌上。高立宽看见酒,骗腿上了炕,指了指李明奇说,上来坐。高雅春并不知道高立宽的心理活动还有内疚一环,只觉得这个爸虽是一家之主,其实内心简单,两枚糖衣炮弹就击穿了心扉,又想到自己就要远嫁,更加担心起这个家来。李明奇站起来,试了一试,发现裤子太紧,上炕盘不下,就说,叔,我在炕沿陪你,这两瓶西凤酒是我爸留下的,当年舍不得喝,埋在院子里,抄家没给抄走,今天能喝多少喝多少,剩下的给您留下。高立宽说,你能喝多少?李明奇说,我看状态,吃饱了的话,能喝半斤。高立宽说,够使,今天这酒剩不下。掌柜的,先别剁了,炸盘花生米,也让我们消停会儿。赵素英放下刀,在围裙上蹭了蹭手,去外屋生炉子。高旭光站起来往外走,李明奇说,旭光不喝点?高旭光回头说,最烦这个。说完拎着书走出房门去。这时候正是中午,夏日的阳光正照在房顶上,胡同里头卖冰糕的老郝太太推着冰糕车走过高家门口,旭光拦住她,掏出五分钱买了一根冰糕,顺着梯子上了房顶,在斜沿一躺,又把书看起来。高旭光从十几岁起,就下了两条决心,一是不喝酒,滴酒不沾。二是不打老婆,无论老婆怎么惹人厌,不行就离,绝不打她。要说大部分的儿子,无论怎么努力,内心里总有个核心的部分,和父亲相连。就像影子,无论怎么歪歪斜斜,总是离不了本人的脚后跟。这个高旭光是个另类,从十几岁起,就在灵魂深处闹革命,把高立宽的所有东西都扫地出门,终于长成了一个和高立宽完全不同的男人,这个不同的程度怎么说呢,就像 X 和 Y 的不同。

花生米端上来,杯子摆好,高立宽说,再拿一个。于是三个杯子摆在两人面前,高立宽都给斟满,说,正道,世事无常,没想到这么多年没吃上你烤的兔子,却和你儿子喝起你留下的酒。还是有缘。你走得早,我也迟早得走,先走为大,我先干了这杯。高雅风无所事事,坐在板凳上抱着双腿看两人喝酒,这一中午她憋了一肚子话,憋话比憋尿还难受,尿憋住实在不行可以尿裤兜子里,话憋不住也不能站起来喊出来。高立宽喝酒从来不让女人上桌,要不你可以吃他剩的,要不你就抱个碗坐凳子上吃。赵素英一般都在灶台吃饭,站着就吃好了,因为人又矮又瘦,食量小，钳两口就饱了。此时正在煮饺子。高旭光可以上桌，可是他不愿意对着他爸吃饭，于是高立宽如果晚饭在家吃，都是一个人吃，一个人喝，喝几个钟头，往炕头一倒就睡了。礼拜天如果没人引他出去，他就从中午开始喝，也是喝到半夜，一倒睡了。所以高雅风看着高立宽和李明奇喝酒，心里火急火燎，这要是喝到半夜，她这肚子话就得憋到半夜，想到这里她下意识地晃动双腿，直想挠墙。高雅春有事干，她从炕柜里拿出针线，开始打毛衣。高旭光有个旧毛衣，穿得都是窟窿，她给打散，掺上新线，重新织一件。高雅风看见，马上把两手伸出去，让她姐把线绕上。想了半天，高雅风终于找出一句话，她把头挨过去小声说，姐，咱爸今儿大。高雅春说，大就大，满意就行。高雅风点头，觉得她姐还是她姐，生在头里，多吃了几年盐酱，能沉得住气。

  李明奇这点随了他爸，能喝一斤半，就说能喝半斤。饺子上来时，两人无话，已经各喝了三两酒，李明奇面不改色，花生米一夹一个准儿。高立宽有点喜欢，家人没人陪他喝酒，这小子懂事儿，每次碰杯都矮半截，热饺子往他面前挪，凉的放自己跟前儿。高立宽说，掌柜的，饺子不错。赵素英并没有听见，她端着一缸子凉白开，爬上梯子，递给高旭光，等着他喝干。高旭光问，妈，那个李明奇能喝酒？赵素英说，能喝，你挪挪，这边晒。高旭光说，妈，我也想吃饺子。赵素英说，我专给你包了带虾仁儿的，一会儿给你端过来。高旭光说，三滴答酱油，四滴答醋。赵素英点点头，顺着梯子爬了下来。

  高立宽又喝了二两，醉意醺醺。这是他为人最好的状态，一只独眼看谁都很顺眼。高立宽说，小李，你爸管我叫师傅，你管我叫啥？李明奇说，我叫叔。高立宽摆摆手说，不能这么论，你应该管我叫师爷。高雅风在地上听着有点别扭，这辈儿论得没头没脑。李明奇说，我爸跟您学印刷。我在军工厂，您的本事我用不上。高立宽又摆摆手说，今天我教你点功夫，咱们这辈儿就对上了。说着伸手把赵素英落在炕沿的菜刀拿起来，高家门后挂着一张画像，红光满面，笑容可掬，脸庞像一只熟透了的大苹果。高立宽说，看他左眼。说完把菜刀一掷，正中左眼。李明奇看那画像上刀痕累累,想来平时没少表演。李明奇说,这我学不了,我没劲儿。高立宽说,什么叫没劲儿,手伸出来。李明奇伸手,白白嫩嫩,像个大姑娘的手。高立宽抓住手往旁边一带,其实想把他拽个趔趄,也想试试他到底有没有力气,没想到李明奇腾空而起,面袋一样摔在窗户跟底下。高雅风把毛衣一扔,站起来说,爸,你怎么闹没好闹。李明奇坐起来,爬回原来的位置说,没事儿没事儿,就是忽悠一下,没摔着。高立宽很纳闷,甩了甩手,说,你怎么这么轻?李明奇说,跟您说了,我就是骨头轻。高立宽捏了捏他的肩膀说,有骨头啊。李明奇说,骨头有,但是像是空心的,也许跟我生在吊铺上有关。高雅春有医学常识,知道骨头都是空心的,跟生在哪里更八竿子打不着,但是也没纠正他,知道他是打个比方。高立宽说,怪不得五千米都没摔死你,原来是个鼓上蚤。一会儿教你轻功。李明奇说,轻功好,这我用得上。高雅风看李明奇没事儿,坐下继续织毛衣,两人都倒满酒,这算是个拜师,又干了一杯。

　　李明奇的酒量有个限度,就是九两酒。九两酒之前,谦虚谨慎,戒骄戒躁,九两酒到一斤半,逐步露出真心,想啥说啥。一斤半之后,一头栽倒,人事不省。这点高雅风并不知道,因为两人舞厅认识,混熟之后偶尔也喝点小酒,但是从没喝到这个程度,高雅风也就喝点啤酒,主要是助兴,要是多喝,回家让高立宽闻出酒味儿,准得拿皮带抽她。所以李明奇喝到九两之后,眼神流变,她并没注意。这时太阳已经落山,旭光在屋顶吃过了饺子,书本盖在脸上,睡着了。这个下午高立宽和李明奇已经聊了不少话,从蒋介石聊到杜月笙,从"四人帮"聊到叶剑英,从身处的日本房竟有上下水聊到中日建交时的首相田中角荣,这么一聊不要紧,高立宽一生桀骜不驯,在这个下午被李明奇在话上拿住了。凡事高立宽知道个大概,李明奇知道个细节,高立宽知道报纸上写的一二三,李明奇知道报纸背后的四五六,高立宽的见识有一里地,李明奇的见识出了胡同,还能拐弯,一直看到山海关。高立宽从来没佩服过谁,这个下午佩服了李明奇,有志不在年高,怪不得能穿喇叭裤,这里头学问也不小。李明奇指着自己的喇叭裤说，叔，人之身体受之于父母，五脏六腑俩胳膊俩腿不能更换，这衣服却可装卸，所以穿衣服要注意，衣服就是话，穿在身上就是跟人说的一句话。高立宽说，你这行头说的是什么话？李明奇说，说的是，我和你们有些不同。高立宽点头说，是这么个意思，我穿了一辈子衣服，没说过一句话。最后说到李正道，李明奇说，我爸上吊铺吊死前，给我们这九个孩子都洗了澡，最后给我洗，洗的时间最长，说了几句话。高立宽说，说了啥？李明奇说，我爸说，长兄为大，你做得不错，知道疼弟妹，但是还差点意思。差就差在自己还要更加立事做个榜样。人总有一死，有的死在床上，有的死在马上，能死在马上，不要死在床上，做人要做拿破仑，就算卖西瓜，也要做卖西瓜里的拿破仑。高立宽心里更加服了，自己是永远做不成拿破仑，可是家里有个拿破仑，也让人高看一眼。高立宽说，若是你和雅风结了婚，住哪儿？这一句话让李明奇从拿破仑又变回了李明奇。李明奇低头说，叔，没地儿住，老二结了婚搬出去了，可家里还有九口人。高立宽说，你住我这儿。雅春过两天要去锦州，住得下。

　　高雅风听得直发愣，今天本来就是见个面，李明奇除了有个模样，有个单位，要啥没啥，要不是自己已经跟他亲热过，已然贬值，今天说啥也不能把他领到家里，摸老虎的屁股，就像是买衣服，今天本来就是试试大小，没想到不但买了，还送了一件羊毛大衣。这样的速度让她也有点发慌，赶忙在心里掂量两人是否合适。李明奇这人好处是聪明，坏处是胆子有点大，就像打麻将从来不会屁和，总想飘和杠开闷三家。但是也不是要命的坏处，保不齐让他和上一把，就可以站起来不再玩了。还有一个坏处是抠。有点钱都给自己弟弟妹妹花，若不是二弟李明耀已经成亲，三弟李明敏天生小儿麻痹，没法成亲，他还不能考虑自己成家。这么一想，也不是什么坏处，两人结婚就成了一家人，抠是对外人，抠出来的钱还得回到家里，也就是她的手上。想来想去，高雅风感到这辈子都在眼前明晰起来，她活了二十几年都没把她爸拿下，高雅春是长女，说话自有三分威力，高旭光是老儿子，啥也不干也得万千宠爱，她夹在当中，可有可无，没想到今天她领来的李明奇一个下午就把她爸彻底攻陷，以后姐姐去锦州，弟弟万事不管，厂子也有宿舍，她和李明奇住在家里，似乎可以当政，想到这里高雅风的心情很舒畅。

## 四

我坐在二姑的床头，听她讲二姑夫和我哥的故事，想起了昨晚我妈提到的两次葬礼。较近的一次是我爸的葬礼，参加人数大概三十人，告别仪式时放的是《二泉映月》，喇叭不太好，发出咝咝的杂音，我妈委顿在家，我站在大姑的旁边与每个人一一握手。我爸叫高旭光，是个拖拉机厂工人，去世时五十岁，患的是胰腺癌，发现时已吃不下饭，两个月后就没了。除了最后一周，这两个月其余的时间我爸非常清醒，也知道天命难违，气数已尽，他不爱旅游，所以谈不上去周游世界，一辈子只谈过一次恋爱，就是我妈，所以也谈不上和旧情人叙旧。唯一的爱好就是读书，家里地上床上都是他的书，一个工人爱看书，略有点奇怪，一个工人临死前还在看书，就更加有些奇怪了。我爸在病床上，指挥我去买了几本他一直舍不得买的精装书，其中一套书非常奇怪，是精装本的《十万个为什么》，此书已经绝版，我是在网上买的旧书。我爸说他从小就喜欢这套书，一直攒不出钱来买，现在终于买了，可是翻了几页，就困了。他的朋友很少，生病后几乎没什么人来看他，所以非常清静，醒的时候就拿本书看，困了就睡。我妈对我爸的行径深不以为然，她以为我爸应该有一肚子话跟她说，给她提供一些久未解答的秘密和一些可供回忆的资源。可是并没有，似乎我爸没有什么秘密，一辈子上班就在一个工位，出差只有一个路线，下班就回家做饭，吃完饭就抱本书看，出差时每晚六点往家打个电话，然后在农民家的炕头抱本书看，下岗之后就在广场卖茶叶蛋，也是一个工位，收摊之后回家做饭，吃完饭抱本书看。我爸感觉到自己不行前，把我妈单独叫进病房谈了一会儿，据我妈回忆，也没谈什么，就说他死后，要把奶奶照顾好，奶奶已经糊涂，所以他死了这件事情可以不说，也许也不会发觉,说出差即可。然后叮嘱我妈改嫁,不要有心理负担,他们俩这辈子和睦共处,已经知足。最后一个事情是葬礼时要放阿炳的《二泉映月》,那是他最喜欢的曲子,骨灰埋在爷爷的骨灰旁边。然后把我叫了进去,主要说了三件事情,第一件是好好读书,本科念完之后念硕士,硕士念完念博士,最好一直念下去,这是他的夙愿。学费可以跟大姑借,工作后再还她,他已经打过招呼。第二件是,我的二姑夫李明奇,如果有一天向我张嘴请我帮忙,我最好帮一下,这人不是一般人,只是命不好,没起来,但是他总觉得李明奇的一辈子不止于此。第三件事不是事,是一句感慨,那时他已经说了不少话,非常疲倦,于是说,小峰,我曾经在书上看过一句话,今天才深有体会。我说,爸,什么话?他说,度过一生并非漫步穿过田野,忘了这话是谁说的,现在突然想起,觉得很有道理,很想念躺在房檐上看书的时候,有机会你也可以试试。说完就闭上眼睛睡着了,再没醒过来。

  从我记事起,李明奇很少到家来,我爸和他应该也没什么交集,逢年过节在一起吃饭,都是李明奇说我爸听,也没见有什么深层的交流。所以那时提到李明奇或多或少有些怪异。

  我爷死在上世纪九十年代,印象已经模糊,那时我十几岁,只记得一天上课,被我妈从教室里叫出去,说我爷没了,去哭一哭。进病房前我有点紧张,怕哭不出来,我妈说哭好了给我买手枪,我就有了点底气。进屋发现我爷已经被蒙上了白被单,我吓了一跳马上哭了。我奶坐在病床旁边,数落我爷的不是,我从没见过她说那么多话。我爷去世前,已经病了十年,酗酒引发的脑出血,一直卧床,开始能说话,我小学和人打架打不过,我爷歪在病床上从窗户看见,大声指挥我怎么还击,他的招法非常管用,几下我就把对方打倒在地。后来爷爷家的日本房动迁,他搬到了二姑家,住上了后来二姑分配的楼房,就说不出话了,只能哼哼。他是个急脾气,有时哼哼别人听不懂,能急得从床上滚下来。我爷爷最好的朋友是我二姑夫李明奇,每天都是我二姑夫给他擦身翻身,我爷爷的哼哼他也听得懂,晚上都是他和我爷爷睡在一个屋,这么多年没有得褥疮。后来二姑夫生意失败,听我妈讲,竟在家里准备放煤气自杀,放到一半,听见我爷爷哼哼要撒尿,就去给他接尿,泄了那股气,抱着我爷爷哭了一场,就继续活下去。我爷临死前,把儿女们招到一起,他一生没有积蓄,都换了酒喝,只有一笔动迁款,那天是决定这笔钱的分配,开会时他用眼睛紧紧盯着二姑夫,大家明白没什么分的必要,他的意思是都给李明奇一个人。为这件事,我妈和我二姑还吵了一架,半年没说话。

我爷去世后,我奶不愿意跟二姑夫住,因为二姑和二姑夫两人老吵架,她听得烦心,就搬来我家。我家倒是清静,我奶话少,我爸也话少,只是我奶开始忘事,出去买菜经常不锁门,大勺烧漏了好几个,逐渐成了我们的负担。我爸去世时的遗嘱,其中一项是不要跟我奶说,可是我大姑执意要说,认为这是我奶的权利,这是我大姑的特点,非常仗义,敢拿主意,不过有时候坏事。结果我奶听见这个消息,当晚就聋了,一直聋到现在。想起我爸另一个愿望,是让我念书念到头,我也没做到,念完本科说啥念不下去,厌倦极了,就变成了银行职员,心里有点愧疚。我妈一直单身,丝毫没有改嫁的打算,有老同学联络她,她就给人家一顿臭骂,然后把电话线拔了。李明奇也一直没请过我帮忙,终于到了今天,我来找他,可能也算变相完成我爸的一个愿望,这一层在我大姑给我打电话时没想起来,昨晚我妈闹情绪时我也没想起来,现在想起来,觉得回来得有点意义。

二姑这时正在翻相册,她指着其中一张照片说,你七岁。她家的照片竟然有我,我有点意外,仔细一看,确实是我。穿着我奶做的棉袄,坐在一条大鲤鱼上,鲤鱼底下露出半个不知是谁的屁股。我说,二姑,这屁股是谁的?二姑说,是你哥的,李刚从小就喜欢你,当时怕你掉下来,钻进鱼肚子扶着你。我回想了一下,想不起我哥喜欢我这件事,只记得小时候两人打架,每次都是我挨揍,他揍完我,我爷就揍他,下次他还揍我,所谓条件反射的学说在他身上不起作用。我还记得有时候我放假来二姑家住,就和我哥住在他的小床上,我哥喜欢玩牌,先教会我,再和我玩,他每次都作弊,然后弹我的脑瓜崩,把我弹得一脑门儿青包。

二姑说,你哥羡慕你,你是老儿子大孙子,又考上了大学,他学习不行,我和你二姑夫老打架,我打不过你二姑夫,回头就打你哥,你哥就出去打别人。所以从根上说,都是你二姑夫害的。我想想似乎是这么回事儿,长大之后我很少见过我哥,在我的印象里我哥有个特长,除了揍我,就是打台球。我哥的台球打得非常之好,一度靠之度日,参加各种比赛,后来终于没成为丁俊晖,只是在台球厅里赌钱。我见过他打球,先装成个笨蛋,姿势怪异,歪歪地翘着屁股,有人来跟他玩,他就巧合一样每次赢对方一个球,于是赌上钱,就一直赢到半夜。他拉着我的手,扛着台球杆,哼着歌,走过一排排路灯,有时候他用一只手将我抱起,说,真想把你卖了。我说,卖给谁家?他说,没想好,肯定是山区,吃不上馒头,不通路不通电,把你拴在绳子上推磨。旁的倒没什么,不通电就看不上动画片,我就紧紧搂着他的脖子,防止买家把我夺走。

　　后来他台球不打了,只身去了广东,走私摩托车。隔行如隔山,还没摸到庙门,先摸到了电门,被地头蛇扔到了海里,没淹死爬上来,又回了沈阳。二姑说,你哥最近在干什么不太清楚,好像在帮人讨债。我说,我哥比我还瘦,还能帮人讨债?我姑一笑说,这玩意儿拼的不是体格,主要是个阵势,你哥现在胳膊上文了两条龙,算是个投资。我跟你说,别看你哥学习不如你,脑子很活,原先被人追债,后来一看,莫不如帮人讨债,甲方乙方一换,形势就大不相同。我说,那他到底丢没丢?二姑说,丢了,电话打不通,已经一个星期没回来,上次回来给我买了一堆包子就再没露面。我跟你说,你二姑夫找不找无所谓,他退休金的卡在我这里,是死是活随他去,欠邻居的钱我迟早能还上。你李刚哥你得帮我找回来,他得了抑郁症。我说,我哥咋还得了这么个富贵病?二姑说,谁知道?讨债也有压力,上面有领导,欠钱的人比兔子还贼,前两天帮人搞拆迁,腿差点让钉子户打折。你哥最近想买房,估计是让这房子压的。我说,为啥要买房?二姑说,你这孩子念书念傻了,你哥八〇年生人,现在三十六了,不结婚等着啥?我说,有女朋友?二姑说,我没见过,许是有,要不为啥要买房,这叫推理。我说,您是福尔摩斯,但是我到哪儿去找他?有没有啥思路?二姑说,下楼穿过新华街,路口有个八哥台球厅,他老去玩,你去那儿问问,要不是我下不了楼,早把这个兔崽子逮回来,他一撅屁股我就知道他要拉几个粪蛋。我说,我哥还玩台球?二姑说,过去是事业,现在是爱好。事业挣钱,爱好花钱,懂吧。我说,好,您的电话保持畅通,有事儿我跟您联系。二姑把我送到门口,说,我听说抑郁症好跳楼,你看见你哥,告诉他,要跳等我死了再跳,现在要是跳,没人给他发送,让他在冰柜里冻着。我说,记住了。她关好门,拖鞋蹭地的声音一点点远了。

八哥台球厅不大,有十几个案子,不过灯光柔和,温暖如春。没几个人,灯光底下,码好的台球呈三角形,好像是博物馆橱窗里展览的宝贵文物。老板坐在一台洁白的苹果一体机前,正在打麻将。他见我进来,四处撒么,就站起来说,哥们儿,找人?我说,李刚。我找李刚。他说,刚子?我说,两条胳膊有文身,三十多岁,挺瘦。他说,是刚子,最近没来。你找他打球?他现在不挂了。有时过来教教球。我说,不是打球,他是我哥,我找他商量点事儿。他一指沙发上坐着的一个姑娘,说,你问问美丽子。美丽子,你陪这兄弟玩会儿。说完就坐下了。我心想,了不得,还有日本人。美丽子是个二十岁出头的女孩儿,穿着裙子和丝袜,手里拿着一个镶着水钻的手机。她把手机搁在案沿儿上,从柜子里拿出一支球杆,说,你带杆儿没?我一听是沈阳口音,比我还纯。我说,我不打球,我找个人,叫李刚。她说,你去那边拿个杆。一杆八十,先打三杆。我只好去拿了一个台球杆,她让我开球,我一下打跐了,她说,你握后面,别使劲攥,杆捏碎了球也不快。用胳膊带动,肩膀做轴。我又打了一下,把球打散了。我说,你不是日本人?她说,你才是日本人。艺名。我说,李刚是我哥,一周没回家了,我从北京专程回来找他,把他找着我还得赶紧回去工作。她说,北京牛×啊?你哥亲还是工作亲?你打进一个长台,我就告诉你。我累得满头大汗,就是打不进,她又教了我几次,主要是看点,原来一个白球,看着是一块白,其实有好多个点。我的眼镜老从鼻子上滑下来,她把我眼镜拿走,放在吧台上,说,再打。我终于打进了,球在洞眼上逛了逛,掉进去了。她说,行,交钱吧。我把钱给她,她塞进大腿根的丝袜里,说,你哥生病了,你这二百四十块钱就当买药了。百忧解。我说,人我得见见,在哪儿?她说,别见了,他不回去了。你呢,赶紧回你的北京上班去,又不是亲哥,你就说没找着,或者说找着了他过两天就回去,谁也不会怪你。我把眼镜戴上说,上班不着急,你刚才问我,工作亲还是我哥亲,我想了一下还是我哥亲,人我必须得见。回不回去再说。她说,你是小峰吧。我说,是。她说,你哥说你们家就你出息了,你摘了眼镜就瞎,出息到哪儿去了?我说,是,我虽然念了大学,但是真的也是一塌糊涂,你知道有时候都是虚名,一个家里需要一个虚构的人。她看了看我,把杆拧开,放回柜子。披上大衣,从大腿根里掏出一百块钱给老板说,今儿份子钱,八哥,我下午请个假,看看晚点能不能过来。老板说,真是刚子他弟?美丽子说,真是。那个大学生。老板说,行,忙去吧。明儿再来。

　　美丽子的出租屋离我姑家很近,直线距离也就一千米。是一个狭小的两室一厅,我们进去时,我哥正在和另一个女孩儿坐在沙发上看电视。我哥还是那么瘦,脖子上缠了一圈白纱布。美丽子说,这是菜菜子。沙发上的女孩儿吐出一叶瓜子皮,冲我笑了笑。我哥看见我,说,小峰?我说,哥,你赶紧给我二姑打个电话,我不管你是抑郁了还是躲债呢,赶紧给我姑打个电话。我哥,你不是在北京吗?我说,这不是让我大姑遣回来,找你和二姑夫吗?我哥说,你就专程为这个回来的?我说,就为这个回来的。我哥说,你过来。我走过去,他说,坐吧。我坐在他身边。

## 五

　　两人喝干了最后一滴酒,高立宽从炕上爬下来。此时已经夜里一点,高雅春和高雅风人困马乏,头挨着头偎在炕尾睡了。高雅春的毛衣织了三分之二,连同双针放在炕柜上。高雅风一肚子话到底没说出来,不停地做梦,在梦里跟一个比李明奇还要精神的年轻人跳舞,仔细一看是扮演杨子荣的童祥苓,就跟童祥苓说个不停。赵素英后背靠着已经凉了的锅台,听着匣子坐着板凳睡着了。临睡之前,爬上房顶给高旭光盖了一条薄毛毯。高立宽双脚一着地,差点摔了个狗啃泥。高立宽说,来,教你轻功。李明奇已经醉了十分之九,不过因为说得畅快,一点不困。他跟着高立宽来到院子里,高立宽指着梯子说,你上去,我随后就来。先教你一招,落地无声。李明奇顺着梯子爬到一半,回头说,师爷,刚才说到一半,我有个志向。高立宽仰头看他说,什么志向?李明奇说,降落伞只是个起点,我想造飞行器。高立宽说,啥?李明奇说,飞行器,跟衣服一样穿在身上,飞到房顶这么高,比如你去我家串门,就穿着它飞过一条街,落在我家院子里,然后就进屋喝酒。高立宽说,烧啥?李明奇说,目前我想烧柴油,柴油有劲儿,但是太沉,这得再研究,也许可以烧电池。高立宽说,那得几号电池?李明奇说,电池得特制,最好能充电,充一次能飞几公里。高立宽点头说,是个玩意儿。李明奇说,这玩意儿要是一下飞出了国,不好管理,凡事先迈小碎步,前一阵我听广播,说美国几乎每个家庭都有小汽车,咱国家将来也能,国家搞了这么多年运动,最后还是得搞经济,要不然江山没了。经济搞上去,就成了美国,美国现在有的城市堵车,我们将来也堵车,我这个飞行器不走马路,从人脑袋顶上过,不走美国的弯路,直接超英赶美。高立宽说,不简单,你这脑袋看着不大,其实大,比我沉两斤。李明奇说,发明创造得有本钱,领导不让干,说我脑子里有虫子,您支持支持我,回头我还您,出钱都是老板,以后不但是我丈人,还是我老板。高立宽摆手说,我不当老板,只当你丈人。钱我借你,要不也换了酒喝,走了尿道。你就放手干,自己承包自己,回头弄好了,咱家一人一个,先飞给街坊看看。李明奇有点感动说,师傅,等您老了没人管您我管您,但是您不能因为喝酒了回头不认账。高立宽说,咱们初次见面相互还不了解,我高立宽就是喝酒的时候说的话算,别的时候都不算。你先上去,我撒泡尿。

高立宽撒完尿，忘了李明奇已经上了房，等着跟他学轻功，径直回到屋里，把腿伸到方桌底下，独眼一闭，打起了呼噜。李明奇在房顶坐了一会儿，高立宽没过来，他就琢磨起自己的事儿来。他有点愧疚。这个高雅风，他并不特别喜欢，也不能说是讨厌，但是不是特别喜欢。高雅风有点平凡，严重点说，有点庸俗，想的事情和马路上随便拽来一个女人想的事情没什么大分别。倒是不懒，爱干净，但是话太多，今天他清静了一天，等结了婚，估计就很难清静，想到这里他嗓子眼儿发紧，有点想吐。用手指捅了捅，没吐出来。和高雅风搞对象，主要看中了她的条件。没有下乡，工龄长，工种好，是个钳工，所谓车钳铣没得比，工资是他的两倍，家里姊妹少，三个，父母是双职工，都是老工人，根红苗正，收入不错，甭管是搞政治运动还是到铁西百货买苹果，都有了靠山。这个高立宽是个混不吝，他来之前有点忐忑，不过今天聊完，心里踏实不少，怪不得他爸老说，高师傅千不好，万不好，有一点好，没有坏心。他想起他爸临死前的话，他爸临死前不光说了拿破仑，还说了高立宽，说你要是有一天吃不上饭，不用远走，带着弟弟妹妹到高立宽家门口，他能给口吃的。爸还是看人准，他心里想，我能看到一里地，他能看到山海关，可惜没看清再挺几年运动就过去了，不该置一时之气，也不该这么自私，甩手一走，扔下这么多人，给他造成这么大的负担。想到这里，他想起他爸的样子，想起他爸给他做的风筝，想起他爸的一双小手，干啥像啥，想起他爸在家穿着白汗衫，拿着钢笔在桌前写交代材料，写得那么认真，错了一个字，都撕掉，重新誊一遍，最后想到他爸挂在吊铺的梁上，像一只死鸡，死沉，他怎么弄也弄不下来。想到这里，他抬手揉了揉腮帮子，然后在衣服上蹭了蹭。

瓦片的声响弄醒了高旭光。他用余光看见，坐在他身边的是李明奇，心里有点奇怪。这房顶全家只有他一个人爱上，李明奇爬上来是干什么呢？他往前看去，视野的上部是茫茫的一片黑暗，这晚没有星星，也看不见月亮，只有一团无止无终的黑暗悬在上空。夜晚比白天凉快得多，偶尔有风吹过，掀起他身上薄毯的一角，像是这团黑暗在向他吹气，或者这团黑暗在与他交谈,只是他不懂它的话语。视野的下部,是几个房顶和几棵榆树。所有房子的灯都灭了,只有一盏路灯,在远处不知谁家的门口亮着。这是高旭光熟悉的景象,或者说是他在等待的景象。有时他很纳闷,家里这一团人,每天在忙着什么,或者到底为什么有这么多的事情值得讨论、争吵、坚持、妥协,为之喜悦、哭泣,为之生气,又再谅解。他也闹不清为什么上帝把高立宽、赵素英、高雅春、高雅风、他、现在还有这个李明奇在这个时代这个地方放到一块儿来思考。为什么他每天需要面对的,处处影响到他生活的是这几个人,而不是几个美国人、苏联人、爱斯基摩人,或者是外星人。他的心意不能完全和他们相通,也不能完全投入他们在乎的事情上去,大部分时候只觉得他们吵闹。他喜欢读书,但是不想考大学。这是全家人的疑惑,除了高立宽觉得考不考没大所谓,其他家庭成员都跟他急了几回。一个读书人,应该变成一个大学生,就像是一匹马应该上鞍钉掌一样。可是高旭光不这么想,他有几点考虑,只是从来不说。第一,考大学,有风险,不是考不上丢人的问题,是考上了可能会被分到外地的问题。而大姐已经要走,二姐他并不放心,大姐性格太强,造成二姐有点幼稚。高立宽最为忌惮大姐,第二是他,他是沉默的反抗,最不拿二姐当回事儿,如果大姐走了,他又去了外地,赵素英恐怕一天好日子没有。他曾想过,"文革"时他没杀过人,武斗从没上过街,但是兴许有一天他会杀了他爸,为了避免这个风险,他不应该把他妈留给他爸和他二姐。第二点是,成为一个大学生,变成了一个专家或者专业的知识分子又有什么用呢?刚刚过去的十年,再往前推二十年,这些人有什么好果子吃?他看见他的一个同学用刀挑豁了老师的鼻子,如果他愿意,他可以把刀接过来,去在她脸颊上划一刀。今天说一、明天说二,高考恢复了,谁担保二又变成一,不是另一次引蛇出洞呢?念来念去变成一个臭老九?臭老九这个词不知是谁发明的,虽然高旭光喜欢知识,也还是这么认为:臭老九天然散发着臭味儿。第三点是,与他一个生产班组的一个女工,今年和他走得很近,那个姑娘非常阳光单纯,接受他的沉默寡言和忧伤的气质,他也觉得,如果非得和一个人度过一生,这个女孩是他接受的一种方案。他觉得婚姻生活是这么一种东西,当然孤独是很好的,不过发疯是不好的,婚姻也许也会使人发疯,不过是一种社会意义的疯癫,类似于一种沮丧和失望,而不是灵魂本质的分崩离析。况且赵素英企盼着这件事,或者说,是唯一的企盼,期盼家里出现第三代人,尤其是出现一个孙子。还有一点,高旭光自己并未觉察,那便是一种麻木,是脑中的一片区域在过去的十几年时间里,被纷乱的现实像强光一样持续地照耀,以至于不再有太多的感觉,于是也不愿意做太多的变动,令自己的人生道路冒险地向一个有希望的所在延伸过去。

　　李明奇擦干了眼泪,在房顶上站了起来。高旭光一惊。高旭光没有听见屋里的谈话,以为李明奇是遇了滑铁卢,今儿一气之下要把自己扔这儿。其实李明奇只是被肚子里的西凤酒和热梦催动,想发表一篇演说。但他并不知道自己要说什么,他挥舞了一下手臂,然后用手腕做了一个类似盛饭的动作,好像要把肚子的话盛出来。关键是电池,他终于说。电池要轻,要有劲儿,原理是流体力学,这个倒不难,我们周围布满了大气,就靠这个上天。他打了一个嗝,接着说,不要飞太高,脚趾尖能过脑瓜顶就行。到时候咱们的街全变成立体的,您问了,啥叫立体的?让您问着了,立体的就是二楼的窗户都成了门,一抬腿就进去,百货商店,二楼可以直接敞着窗户做买卖,买二斤冻秋梨,得,钱一递,梨胳膊上一拐,飞走了。您再想一下,人要是能离地三五米,甭说扫房,就说消灭个麻雀,是不是就不用那么费事了,直接给它们连锅端。两人谈恋爱,也不用再往小树林里钻,直接房顶树上,轧马路也不用腿了,走得脚丫子疼,拉着手飞着,边飞边聊,不叫轧马路,叫轧空气,只是女孩儿别穿裙子。说到这儿,得解决一个问题,想飞,肯定是得有反作用力,就是一股气喷地上,把人顶起来。要是飞得高好说,到了平流层,不用使劲也飞了,但是如果飞三米,没有劲从下往上顶着,准掉下来。如果电池成功了,动力不成问题,但是这气老是往地上喷,打人头顶过,就像有个人老在你天灵盖上放屁,也不是事儿。

高旭光听到这儿差点乐了。李明奇不单说,还带演的,得,钱一递,二斤冻秋梨您拿着,都有动作。一会儿演惊慌的麻雀,一会儿演捂着裙子的女孩儿,最后演头上有人放屁的无辜行人。高旭光心里起了一圈波澜,这个李明奇跟他认识的人都不一样,他认识的人在马路走都担心要摔跤,这位还想着在天上飞。有点意思。高旭光想了一下李明奇想象的场景。如果飞行器能成功,首先解决了他上房看书老得爬梯子的问题。其次,他想给赵素英备一个,高立宽要打她,她噌一下就飞走了。然后他又想,不对,赵素英能买着,高立宽也能买着。不过赵素英瘦小,高立宽又宽又沉,还是赵素英飞得快,就算飞得一样快,也得高立宽的先没电掉下来。高旭光随后想到了空想社会主义,想到了欧文、圣西门、傅立叶,欧文也就罢了,圣西门和傅立叶这俩名字多么美丽又空洞,和空想社会主义是天生的搭子。这个搞飞行器的李明奇虽然名字不比人家,可是琢磨的事儿类似。他并没有因此认定李明奇会失败,相反,马克思主义正是从空想社会主义来的,毛泽东思想又是从马克思主义来的,两个凡是又是从毛泽东思想来的,所以凡事都有个来源,有的时候来源很简陋,起点很低,但是不耽误结果很伟大。陈景润就研究个一加一为什么等于二,从这么一个简单的问题抻出一个大道理,这才不是一般人。我们天天拿一加一算账,从没想过为啥就非得这么算,我们天天拿脚走路,从没想过能双脚离地,从房顶飞过去,即使想过,也没认真觉得可行。高旭光顺着这个思路想下去,越发觉得世间伟大的事情,好像都是从李明奇目前这种手舞足蹈的醉态里开始的。高旭光不喝酒,也从没有体会过这种野心的迷药,但是李明奇的状态让他刚蹭到一种幸福感,这种幸福感具体的意思是:就算李明奇最后失败了,也没什么大不了,人生在世,折腾到死,也算知足。这一瞬间的领悟非常短暂,换句话说,高旭光大脑中麻木的区域闪烁了一下,旋即熄灭如同他眼前的黑夜一样,他很快又睡着了,夜风吹动着他的头发和他的确良上衣的领子。但是这一领悟也在他身上留下了痕迹,就是毕其一生,无论李明奇活得如何,他从没改变过他对他的看法,这个李明奇不是一般人。

　　李明奇丝毫没有觉察他有一个观众。他说累了，坐下来，在脑子里盘算着飞行器的应用还是存在着诸多问题。比如人都上了天，是不是也应该有交通规则？屁股上挂着尾灯？要不然一不注意必然追尾。红绿灯怎么搁？难道得造无数几十米的大信号杆子？空中几排车道？横排加竖排岂不乱套？这就不是追尾的问题，还容易追到脚后跟。喝多人的最怕风吹，风一吹，肚子的一斤酒变成了一斤半。李明奇刚才觉得凉快，现在觉得恶心，他顺着梯子慢慢爬下来，进了屋。看见赵素英脑袋搭在灶台上，肚子围着围裙，睡得很香。他轻轻叫了一声，姨？赵素英没反应，仔细一听还有点小呼噜。他关了匣子，伸手从赵素英的腋下一架，把她抱上了炕，放在高立宽旁边，赵素英翻了个身，没醒，高立宽鼾声如雷，如同拖拉机。赵素英在他旁边蜷着身子，像条狗。高雅春和高雅风紧贴着睡在炕尾。李明奇站着看了一会儿高雅风，他过去没见过高雅风睡觉，这是第一次。高雅风睡熟了爱抽鼻子，不打呼噜不磨牙，面目是笑嘻嘻的，额头上有层细汗。李明奇发现睡着的高雅风比醒着的高雅风可爱，看着小，安静。他看了一会儿，然后发现炕柜上放着织了三分之二的毛衣，他不知道是织给谁的，但是他一点也不困，他就拿在手里开始织。高家的人不知道，李明奇的一个强项是织毛衣，他八个弟弟妹妹的毛衣都是他织的，李明奇不想让他们知道这件事儿，一个大老爷们儿能织毛衣，总有点不太地道。但是此时他身上还有热血，手痒难耐，不织不行。他松了松喇叭裤的裤腰带，坐在板凳上，飞快地织了起来，天亮的时候他把毛衣织完了，不但织完了，还在袖子上变换了花纹，他把织好的毛衣放回炕柜，站起身来走出去。

　　太阳还看不见，月亮还没有完全退去，只有淡蓝色的熹微。他感到有些疲倦，这个胡同他第一次来，现在变得非常陌生，但是他应该能找到出口。他跨上自行车，一只脚搁在脚蹬子上，另一脚在地上一踩，像往常一样去上班了。

## 六

　　美丽子和菜菜子都不是我哥的女朋友。我哥的女朋友在中兴大厦卖化妆品。美丽子和菜菜子二人是我哥的朋友,我哥发病之后,就把我哥接来,怕他死,一个白天看着他,一个夜里看着他。这样倒班其实非常合理,因为美丽子的主业是陪人打台球,副业是晚上去KTV陪人唱歌,菜菜子的主业是晚上去KTV陪人唱歌,副业是白天陪人打台球。所以这两人这段时间都取缔了副业,只做主业,将我哥盯死。要说我哥为什么发病?是因为化妆品女孩儿要他买房子,非常人道,给了半年的期限。说你做哪行无所谓,只要有一百平以上市区里的房子,我父母看你的文身都觉得美丽。可是我哥只有文身没有房子,于是只好去借,物以类聚,我哥的朋友们都知道我哥和自己一样没有偿债的能力,过去一起玩得很好,听说他最近要借钱,都忽然忙得厉害。我哥就想到了高利贷,他本人就是做这行的,所以贷点钱并不难,难的是需有抵押。他就将我姑的房产证偷出来,押给了对方。偷房产证十分不易,我姑将房产证藏了起来,本不是防他,而是防我二姑夫,我二姑夫这几十年都没有偷成,叫我哥给偷成了。我哥六岁时有个小棉裤,背带裤,肚子上有个布兜。那时二姑和二姑夫打架,主要是为钱,二姑夫管二姑要钱不给,两人要动刀子。我哥就躲在墙角看,二姑夫手里拿着菜刀,二姑手里拿着水果刀,菜刀需要劈砍,二姑夫其实并没想劈死二姑,劈死她要偿命,她是高立宽的女儿,看在高立宽的面子上也不能劈死她,况且钱也还不知道放在哪儿,二姑却是真要捅死他,女人的情绪没有中间值,爱恋和杀心只在一线间。二姑夫常年跳舞,比较灵活,所以终究没有被捅到,钱当然也没拿着。其实存折和现金就放在我哥肚子上的布兜里,用针线缝着。所以到了他要用钱的时候,趁二姑睡觉翻箱倒柜,发现了他小时候棉裤竟然还没扔,只是看上去小了许多,像个布娃娃。一摸肚兜,硬邦邦,便知道里面有货。挑开一看,果然房产证和存折在里头,存折不知道密码,他单把房产证拿走,放了几页房地产商的宣传单在里头,重又缝上。房产证到手,顺利提了钱,交了首付,可惜晚了几天,化妆品女孩儿非常守时,在这点上像德国人一样精确,过了期限,马上跟一个卖马自达车的初中同学好了,可见备胎已经备了不知多久,也许早已随身携带,买房云云只是借口。我哥拎着砍刀去闹了一气,对方早有防备,几个社会人士在等他,把他打了一顿。我哥拖刀往家走,越想越憋气,就给了自己脖子一刀,人走背字儿势不可当,死也没有死成。

美丽子和菜菜子东一句西一句把故事讲完,我哥只是微笑着听着,没有插嘴,也没有反驳。我确信他得了抑郁症,不是作死,是真的生了病。他的笑容是典型的抑郁症患者的笑容,无所谓的忧伤的笑容。美丽子跟我哥说,你弟来了,你跟他好好聊聊,天天看电视,脑子都看傻了。菜菜子说,我们俩最近看着你,跟哨兵一样站岗,好久没逛街了。美丽子说,对,现在我们去逛街,你家人在这儿,你要死要活都行,这样比较合理,我们算什么东西?两人研究一下到底去哪儿,稍微打扮了一下就出发了。

房间里忽然非常安静,只有电视上传来的枪响,啪啪啪啪,我哥向我靠了靠说,我说话声音小,你离我近点。因为脖子受伤,他的声音十分沙哑,好像信号不好的收音机。他问了问我最近的工作生活,我简单介绍一下,在银行工作,没有女朋友,每天坐地铁上班,六点起来,坐两个钟头到公司,晚上下班,坐两个钟头回家,到家已经困了,就上床翻翻书睡了。我哥又问了问我在银行做什么,我概括地讲了一下,他具体地又问了问,我发现他很熟悉银行的运作模式,只是对一些术语不太清楚,我马上明白他供职的讨债公司也是以同样的原理运作的。又随便聊了聊,我哥说,你最近去看你奶了吗?我说,没有。他说,这事儿过了,你去看看你奶吧。我说,嗯。他说,你嗯什么嗯,你奶特别想你,你知道吗?我说,哥,我奶都糊涂了。我哥说,你奶老给我打电话,现在的事儿糊涂,过去的事儿记得清楚着呢。我说,啥,给你打电话?他说,对,打我手机,几乎每个月都要打一次。跟你说,你爷你奶住在我家时,你二姑二姑夫每天没有消停的时候,你二姑夫有时候不回家,你爷瘫在床上,所以我和你奶成了好朋友。我说,不对,我奶聋了,怎么能给你打电话?他说,你奶没聋,比我耳朵尖,要不是装聋,这几年能消停下来?你爸死了,她就不爱说话了,也不爱听别人说话。我心想,我奶原来是个老戏骨。我说,她给你打电话说啥?他说,啥都说,聊过去的事儿,聊你爷,聊你爷的徒弟,聊你大姑二姑,聊你爸,聊你二姑夫,聊你。我说,聊我什么?她说,你小时候,她从小手绢里拿钱给你买糖吃,你老嫌她抠,每次只拿一点点钱给你,现在她还用那个小手绢,想多给你买点糖,你已经不想要了。她说她要是死在你爸前面就好了,那时候儿子能给她送终,你还小,也能多哭两声。

　　我沉默了一会儿,说,我奶怎么不给我打电话?他说,你奶知道你有出息了,忙,时间宝贵,怕耽误你时间。还有一个原因。我说,什么原因?他说,你奶最喜欢你,但是她跟我是朋友,心里话还是得跟朋友说。我说,你跟我奶都聊什么?他说,我就说我现在很好啊,要结婚了,请她老人家来喝喜酒,过两年让她当太奶。我又沉默,过了一会儿我说,哥,你知道我二姑夫在哪儿吧。他说,知道。我说,你能让他回家吗?我哥说,他不回去了。我哥站起来,去了里屋,回来时手里拿了一本房产证,说,我那个新房子,托人帮我卖了,把钱还了,房产证赎回来,你给我妈。我接过说,你也不回去了?他说,我也不回去了。一部电影结束了,现在是广告,一个体育品牌的广告,非洲欧洲南美洲难民贵族残疾人都在使用这个牌子,他盯着看了一会儿说,你知道你二姑夫造过飞行器吧?我说,飞行器?他说,是飞行器,能上天那种,像个背包,他后来起名叫便携式飞行器。我说,不知道。他说,很快失败了,×,怎么可能成功?飞行器?那世界不是乱了?我说,嗯。他说,你爸还帮他弄过零件。我说,我爸?他说,是,你爸,我舅,帮他偷过工厂的零件。我说,我爸还有这胆子?他说,你大姑,也借过他钱,让他弄飞行器。不知道为啥,全家人都相信他能搞出来。失败之后他又做过好多买卖。倒腾过煤,开过饭店,去云南贩过烟,还给蚁力神养过蚂蚁。我说,养蚂蚁?他说,那阵子我那屋子被他占了,全是小盒子,里头是蚂蚁,我睡在地上,有时候蚂蚁跑出来,爬到我脸上咬我。后来还办过舞蹈班,卖过安利纽崔莱,反正干过不少事情,我爸这点我是佩服的,从来都相信迟早能成功,他跟我说,知识就是力量,这句话还有下半句。我说,下半句是啥?他说,劳动创造自由。国外有老太太七十岁还在念大学,八十岁开始创业,他觉得永远不晚。我点点头,说,哥,我不知道到底咋是对的,但是我觉得是不是应该让我和二姑夫见一面,他回不回去,我也算是见到了真佛,回去能有个交代。他说,你能见着,今晚我们就见,说实话,要不咋说是一家人,缘分就是比旁人深,本来今天我很被动,这俩姑娘看着我,我出不去,你来了,救了我,咱们晚上出门。

　　之后的几个小时,他一言不发,电视上又开始播放另一部电影,是一部喜剧,他看得很认真,也不笑,我没办法,只好也看下去,里面的主人公变成了上帝,从水中走过去,惊喜地看着自己的双脚,纳闷为什么没有沉入水中。

　　天黑了下来,东北的冬天,晚上六点已经看不清东西。寒气像冷酷的话语,从窗户缝里渗进来。我哥没有开灯,电影终于演完了,字幕浮动,音乐响起。我哥站起来穿上衣服说,走吧。他从抽屉拿出一只金灿灿的手表,戴在手上。我们下楼,走到八哥台球厅。老板说,来了?我哥说,来了,杆儿还在吗?老板从吧台里头,拿出一支球杆。杆身淡黄色,尾部深褐色,像一束光。我哥拿在手里说,哥,陪我玩会儿?老板从吧台里走出来,走到后面的杂物间,拿出一支球杆,两人便开始打台球。有几人围着观看,啧啧赞叹,后来人们渐渐散去,台球厅只剩我们三个人,两人还在打。一直打到深夜十一点,我哥停下说,哥,一起玩了二十年。老板说,是啊。我哥说,我走了。老板说,杆也拿走吗?我哥说,也拿走。老板从吧台拿出一个黑色的杆盒,我哥把球杆拧开,放在杆盒里,夹在腋下,领着我走了。

　　走到我姑的楼下,院子里一片漆黑。我哥仰头看了一会儿,几乎所有窗户都黑了。他指着其中一扇窗户说,那是我的屋子。我抬头看,没有看清他指的是哪个。他说,小时候我老从窗户向外望,最远就能看到这个院子。那时候老琢磨跑出去,现在一想,还是在那张小床上睡得最踏实。我说,我这次回来发现,我就在家里的床上睡觉不做梦,在外面老做梦。我哥点点头,朝窗户喊了一声,姨,李刚在吗?没人回答他。声音迅速让夜色吸走了,跟没说过一样。他转身领着我走出院子,打了一辆出租车,他对师傅说,走南五马路,到红旗广场。我说,二姑夫在红旗广场?他说,对,在红旗广场。我说,这么晚了他跑广场干吗去?他想了想,没有回答。

在我的印象里,红旗广场是有灯的,但是今天没有。不知我的记忆有误,还是这个钟点我没来过。四周的老式八角灯都黑着。上面的大理石砖非常平整,比我记忆里的还要光滑。毛主席像立在正中,底下是一圈黑影。我抬头看了看主席像高举的右手,在黑暗中那手显得特别和蔼、平易近人。我哥说,据说广场过去有鸽子。我说,是吗?他说,据说有,后来不知为什么没了,可能是冷。从正面转过去,我看见在主席像的背面,有几个人,正在忙一个什么东西。我又走近前几步,看见了我二姑夫。他手里拿着一个应急灯,正在指挥。他几乎没怎么变,还是那么俊朗,五官层次分明,眼窝深陷,像个洋鬼子,眼睫毛还是那么长。只是脸和脖子干瘪了,头上戴的明显是假发,露出光秃的鬓角。我听见有气泵的声音。气泵?气泵是干什么用的?二姑夫看见了我,走了过来。他比我高一头,身上穿着宽大的羽绒服,底下穿着白裤子,一尘不染,脚上一双单层皮鞋。他说,小峰?我说,二姑夫,好久不见了。他说,你也要去?我说,去哪儿?二姑夫,你一直没回家,家里人让我来找你。二姑夫笑了,说,没人找我吧,你现在怎么样?听说你出息了。我说,没出息,一个银行职员。他说,北京地铁多少条线了?我想了想说,十几条吧,记不准。他说,听说北京打个车就得五十几块钱?我说,主要是堵车,不动弹,干跳表。他说,你妈怎么样?我说,挺好,就是不爱出门。他说,你跟你妈说,我李明奇没忘了她,就是最近忙,没去看她,一个人过不好受,赶紧找人搭伙。我说,你最好还是亲自跟她说,我说没用。他说,还是你替我转达吧,你现在是户主。这时气泵的声音更响了,我看见一只气球,在主席像的旁边鼓起来,越来越大,终于稳稳当当地飘在半空中,底下是一个大篮子。

二姑夫说,小峰,天快亮了,不能再耽搁,我跟你不多聊。记住二姑夫一句话,做人要做拿破仑,就算最后让人关在岛上,这辈子也算有可说的东西。做不了拿破仑,也要做哥伦布,要一直往前走。做人要逆流而上,顺流而下只能找到垃圾堆。我说,这气球是干吗的?他说,是我设计的。一般情况下,这东西飞不了太久,但是我这款能飞一个月,关键是,除了顺着风向,还能一直往上飞。我算了一下,一个月之后,我们应该能到南美洲。我说,南美洲?我的脑中浮现出大片的种植园,几个女人背着篮子摘香蕉。他说,对,南美洲。这时我哥在我背后拍了一下我,说,弟,我先走,你多保重,房产证别忘了给你二姑。说完他走过去,把杆盒放在大篮子里,然后从大篮子里拿出一个背包背上。我说,等一下,二姑夫,你说这气球能一直往上飞,那不是迟早要爆炸?二姑夫说,对了,所以每人有个降落伞,这个降落伞是我三十年前设计的,后来又有了更先进的,我这款库房里堆了不少。有人坐在轮椅上,张手招呼二姑夫。二姑夫说,虽然就聊了这么几句,我能听明白,你小子将来有出息,知道气球能爆炸。我跟你说,人出生,就像从前世跳伞,我们这些人准备再跳一次,重新开始,你呢,回去就说见着我们了,我们准备去南方做生意,你要是你爷的孙子,你爸的儿子,就成全我们一下。这时一辆大卡车从环岛飞驰而过,嗡的一声。二姑夫说,行了,我们出发了。你保重,把你妈照顾好,父母在,不远游,在北京混好了,把你妈接过去。说完他走过去,从轮椅上把那人抱起,放在篮子里,然后把轮椅折叠,也放进去。我想起听我妈说过,我二姑夫有个小儿麻痹的弟弟,估计是他。大篮子里站了大概五个人,四个男的,一个女的,四个人年纪和我二姑夫相仿,我哥年纪最小。我没再往前走,不知该说什么,只是远远地看着。二姑夫拉了一下一个灯绳一样的东西,一团火在篮子上方闪动起来。气球升起来了,飞过打着红旗的红卫兵,飞过主席像的头顶,一直往高飞,开始是笔直的,后来开始向着斜上方飞去,终于消失在夜空里,什么也看不见了。

我站在原地等了一会儿,感到困意袭来。我非常想赶紧回家去睡觉,就站在环岛边上,伸手打车。过了不知道多久,一辆车也没有,环岛像沉默的河流。我想我也许要睡着了,就这么站在广场的边上,在冬天的午夜,坠入梦乡。

(原刊《天涯》第 1 期)

# 大乔小乔

张悦然

一

上瑜伽课前,许妍接到乔琳的电话。听说她到北京来了,许妍有些惊讶,就约她晚上碰面。电话那边沉默了片刻,乔琳用哀求的声音说,你现在在哪里,我能过去找你吗?

她们两年没见面了。上次是姥姥去世的时候,许妍回了一趟泰安,带走了一些小时候的东西。走的时候乔琳问,你是不是不打算再回来了?许妍说,你可以到北京来看我。乔琳问,我难过的时候能给你打电话吗?当然,许妍说。乔琳总是在晚上打来电话,有时候哭很久。但她最近五个月没有打过电话。

外面的天完全黑了,她们坐进车里。照明灯的光打在乔琳的侧脸上,颧骨和嘴角有两块瘀青。许妍问她想吃什么。她转过头来,冲着许妍露出微笑,辣一点的就行,我嘴里没味儿。她坐直身体,把安全带从肚子上拉起来,说能不系吗,勒得难受。系着吧,许妍说,我刚会开,车还是借的。乔琳向前探了探身子,说开快一点吧,带我兜兜风。

那段路很堵。车子好容易才挪了几百米,停在一个路口。许妍转过头问,爸妈什么时候走?乔琳说,明天一早。许妍问,你跟他们怎么说的?乔琳说,我说去找高中同学,他们才顾不上呢。许妍说,要是他们问起我,就说我出差了。乔琳点点头,知道,我知道。

车子开入商场的地下车库。许妍拉下手刹,告诉乔琳到了。乔琳靠在椅背上,说我都不想动弹了,这个座位还能加热,真舒服啊。她闭着眼睛,好像要睡着了。许妍摇了摇她。她抓起许妍的手,放在自己的肚子上,低声说,孩子,这是你的姨妈乔妍,来,认识一下。

在黑暗中,她的脸上露出微笑。许妍好像真的感觉到什么东西动了一下。像朵浪花,轻轻地撞在她的手心上。她把手抽了回来,对乔琳说,走吧。

    许妍捂着肚子蹲在地上。明晃晃的太阳,那些人的腿在摆动,一个个翻越了横杆。跳啊,快跳啊,有人冲着她喊。她用尽全身力气站起来,横杆在眼前,越来越近,有人一把拉住了她……她觉得自己是在车里,乔琳的声音掠过头顶,师傅,开快点。她感到安心,闭上了眼睛。

许妍已经忘记自己曾经姓乔了。其实这个名字一直用了十五年。

办身份证的时候,她改成了姥姥的姓。姥姥说,也许我明年就死了,你还得回去找你爸妈,要是那样,你再改成姓乔吧。从她记事开始,姥姥就总说自己要死了,可她又活了很多年,直到许妍在北京上完大学。

许妍一出生,所有人听到她的啼哭声,都吓坏了。应该是静悄悄的才对,也不用洗,装进小坛子,埋在郊外的山上。地方她爸爸已经选好了,和祖坟隔着一段距离,因为死婴有怨气,会影响风水。

怀孕七个月,他们给她妈妈做了引产。据说是注射一种有毒的药水,穿过羊水打进胎儿的脑袋。可是医生也许打偏了,或者打少了,她生下来是活的,而且哭得特别响。整个医院的孩子加起来,也没有她一个人声大。姥姥说,自己是循着哭声找到她的。手术室没有人,她被搁在操作台上。也许他们对毒药水还抱有幻想,觉得晚一点会起作用,就省得往囟门上再打一针。

姥姥给了护士一些钱,用一张毯子把她裹走了。那是个晴朗的初夏夜晚,天上都是星星。姥姥一路小跑,冲进另一家医院,看着医生把她放进了暖箱。别哭了,你睡一会儿,我也睡一会儿,行吗?姥姥说。她在监护室门外的椅子上,度过了许妍出生后的第一个夜晚。

许妍点了鸳鸯锅,把辣的一面转到乔琳面前。乔琳只吃了一点蘑菇,她的下巴肿得更厉害了,嘴角的瘀青变紫了。

怎么就打起来了呢?许妍问。乔琳说,爸在计生办的办公楼里大吼大叫,保安赶他走,就扭在一块儿了,不知道谁推了我一把,撞到了门上。许妍叹了口气,你们跑到北京来到底有什么用呢?乔琳说,我只是想来看看你。许妍问,那他们呢,你为什么就不劝一下?乔琳说,来北京一趟,他俩的情绪能好点,在家里成天打,爸上回差点把房子点了。而且有个汪律师,对咱们的案子感兴趣,还说帮着联系"聚焦时刻"栏目组,看看能不能做个采访。许妍说,采访做得还少吗,有什么用?乔琳说,那个节目影响大,好几个像咱们家这样的案子,后来都解决了。许妍问,你也接受采访吗,挺着个大肚子,不觉得丢人吗?乔琳垂着眼睛,抓起浸在血水里的羊肉扑通扑通扔进锅里。

过了一会儿,乔琳小声问,你在电视台,能找到什么熟人帮着说句话吗?许妍说,我连我们频道的人都认不全,台里最近在裁员,没准明天我就失业了。她看着乔琳,是爸妈让你来的吧?乔琳摇了摇头,我真的只想来看看你。

许妍没说话。越过乔琳的肩膀,她又看到了过去很多年追赶着她的那个噩梦。上访,讨说法。爸爸那双昆虫标本般风干的眼睛,还有妈妈磨得越来越尖的嗓子。当然,许妍没资格嫌弃他们,因为她才是他们的噩梦。

她爸爸乔建斌本来是个中学老师,因为超生被单位开除了。他觉得很冤,老婆王亚珍是上环后意外怀孕,有风湿性心脏病,好几家医院都不敢动手术,推来推去推到七个月,才被中心医院接收。他们去找计生委,希望能恢复乔建斌的工作。计生委说,只要孩子活下来,超生的事实就成立。孩子是活了,可那不是他们让她活的啊。夫妻俩开始上访,找了各种人,送了不少礼,到头来连点抚恤金也没要到。

乔建斌的精神状况越来越糟,喝了酒就砸东西,还总是伤到自己,必须得有人看着才行。虽然他嚷着回去上班,可是谁都看得出来,他已经是个废人了。王亚珍的父母都是老中医,自己也懂一点医术,就找了个铺面开了间诊所。那是个低矮的二层楼,她在楼下看病,全家人住在楼上,这样她能随时看着乔建斌。乔琳是在那幢房子里长大的。许妍则一直跟着姥姥住。在她心里,乔琳和爸妈是一个完整的家庭,而她是多余的。乔建斌看见她,眼睛里就会有种悲凉的东西。她是他用工作换来的,不仅仅是工作,她毁了他的一切。王亚珍的脸色也不好看,总是有很多怨气,她除了养家,还要忍受奶奶的刁难。奶奶觉得要不是她有心脏病,没法顺利流产,也不会变成这样。每次她来,都会跟王亚珍吵起来。她走了以后,王亚珍又和乔建斌吵。这个家所有人都在互相怨恨。没有人怨乔琳。她是合情合理的存在,而且总在化解其他人之间的恩怨。那些年她做得最多的事,就是劝架和安抚。她在爸妈面前夸许妍聪明懂事,又在许妍这里说爸妈多么惦记她。她一直希望许妍能搬回来住。可是上初中那年,许妍和乔建斌大吵了一架,从此再也没有踏进过家门。

许妍骑着她那辆凤凰牌自行车经过诊所门前的石板路。乔琳从二楼的窗户探出头来,朝她招手。快点蹬,要迟到了,乔琳笑着说。许妍读初中,她读高中,高中离家比较近,所以她总是等看到了许妍才出发。有时候,她会在门口等她,塞给她一个洗干净的苹果。

许妍的手机响了。是沈皓明,他正和几个朋友吃饭,让她一会儿赶过去。许妍挂了电话。面前的火锅沸腾了,羊肉在红汤里翻滚,油星溅在乔琳的手背上。但她毫无知觉,专心地摆弄着碟子里的蘑菇,把它们从一边运到另一边,一片一片挨着摆好。她耐心地调整着位置,让它们不要压到彼此。然后她放下筷子,又露出那种空空的微笑,说,刚才是你男朋友吗?许妍嗯了一声。乔琳说,你还没跟我说过呢。你什么都不跟我说,从小就这样。他是干什么的？许妍说,公司上班的白领。乔琳又问,对你好吗？许妍说,还行吧,你到底还吃不吃？乔琳说,有个人让你惦记着,那种感觉很好吧？

餐厅外面是个热闹的商场。卖冰淇淋的柜台前围着几个高中女生。许妍问,想吃吗？乔琳摸了摸肚子,好像在询问意见。她趴在冰柜前,逐个看着那些冰淇淋桶。覆盆子是种水果吗？她问,你说我要覆盆子的好,还是坚果的好呢？那就都要,许妍说。我不要纸杯,我想要蛋筒,乔琳笑着告诉柜台里的女孩。

那是九月的一个早晨,许妍升入高中的第一天。乔琳撑着伞,站在校门口。见到她就笑着走上来,你怎么不把雨衣的帽子戴上,头发都湿了。她伸出手,撩了一下许妍前额的头发说,真好,咱们在一个学校了,以后每天都能见到。放学以后别走,我带你去吃冰淇淋,香芋味的。

路过童装店,乔琳的脚步慢下来。许妍顺着她的目光望过去,亮晶晶的橱窗里,悬挂着一件白色连衣裙。发光的塔夫绸,胸前有很多刺绣的蓝粉色小花,镶嵌着珍珠,裙摆捏着细小的荷叶边。乔琳把脸贴在玻璃上,说小姑娘的衣服真好看啊。许妍问,你希望是男孩还是女孩？男孩吧,乔琳说,如果是男孩,说不定林涛家里能改变主意。许妍问,他后来又跟你联系过吗？乔琳摇了摇头。

汽车驶出地下车库。商业街灯火通明,橱窗里挂着红色圣诞袜和花花绿绿的礼物盒。街边的树上缠了很多冰蓝色的串灯。广告灯箱里的男明星在微笑,露出白晃晃的牙齿。乔琳指着他问,你觉得他长得像于一鸣吗？许妍问,你这次来联系他了吗？乔琳说,我没有他的手机号码了。许妍沉默了一会儿,说快到了,我给你订了个酒店,离我家不远。乔琳点点头,双手抓着肚子上的安全带。

于一鸣走过来,坐在了她和乔琳的对面。他T恤外面的衬衫敞着,兜进来很多雨的气味。空气湿漉漉的,外面的天快黑了。于一鸣抹了一把脸上的水,冲她们笑了。他的下巴上有个好看的小窝。

到了酒店门口,乔琳忽然不肯下车。她小心翼翼地蜷缩起身体,好像生怕会把车里的东西弄脏。许妍问,到底怎么了?乔琳用很小的声音说,别让我一个人睡旅馆好吗,我想跟你一起睡……她抬起发红的眼睛,说求你了,好吗?

车子开回到大路上。乔琳仍旧蜷缩着身体,不时转过头来看看许妍。她小声问,旅馆的房间还能退吗,他们会罚钱吗?许妍说,我只是觉得住旅馆挺舒服的,早上还有早餐。乔琳说,我知道,我知道,对不起。

车窗起雾了,乔琳用手抹了几下,望着外面的霓虹灯,用很小的声音念出广告牌上的字。直到车子开上高架桥,周围黑了下去。她靠在座椅上,拍了拍肚子,说小家伙,以后你到北京来找姨妈好不好?许妍没有说话,她望着前方,挡风玻璃上也起雾了,被近光灯照亮的一小段路,苍白而昏暗。

乔琳盯着于一鸣,说你的发型真难看。于一鸣说,我知道你剪得好,可我回去两个月不能不剪头啊。乔琳揽了一下许妍说,来,认识一下,这是我妹妹,亲妹妹。于一鸣对乔琳说,走吧,该回去上晚自习了。乔琳说,你先去,我跟我妹妹坐一会儿,好久没见她了。于一鸣说,咱俩也好久没见了,说好去济南找我也没有去。乔琳笑了,明年暑假吧,我跟我妹妹一起去。于一鸣走了。许妍说,别跟人说我是你妹妹行吗,非得让所有人都知道家里超生的事吗?乔琳垂下眼睛,说知道了。许妍问,你们在谈恋爱?乔琳说没有。许妍说,别骗我了。乔琳说,真的,他来泰安借读,高考完了就走了。许妍说,你也可以走啊。

乔琳笑了一下,没说话。

二

许妍找到一个空车位,停下了车。刚下来,一辆车横在她们面前,车上走下一个戴着黑框眼镜的男人。他说,又是你,你又停在我的车位上了。许妍认出他就住在自己对门,好像姓汤。有一次他的快递送到了她家,里面是一盒迷你乐高玩具。她晚上送过去,他开门的时候眼睛很红。她瞄了一眼电视,正在放《甜蜜蜜》,张曼玉坐在黎明的后车座上。

许妍说,我不知道这个车位是你的,上面没挂牌子。她要把车开走,男人摆了摆手,说算了,还是我开走吧。他钻进车里发动引擎。

乔琳笑着说,他一定看我是孕妇吧。现在我到哪里都不用排队,一上公交车就有人让座,等孩子生下来,我都不习惯了。

许妍打开公寓的门。她的确没打算把乔琳带回家。房子很大,装修也非常奢侈,就算对北京缺乏了解,恐怕也猜得出这里的租金一般人很难负担。但是乔琳没有露出惊讶,也没有发表评论。她站在客厅中间,低着头眯起眼睛,好像在适应头顶那盏水晶吊灯发出的亮光。

过了一会儿,她回过神来,问许妍,你主持的节目几点播?许妍说,播完了,没什么可看的。乔琳问,有人在街上认出你,让你给他们签名吗?许妍说,一个做菜的节目,谁记得主持人长什么样啊。她找了一件新浴袍,领乔琳来到浴室。乔琳指着巨大的圆形浴缸问,我能试一下吗?许妍说,孕妇不能泡澡。乔琳说,好吧,真想到水里待一会儿啊。她伸起胳膊脱毛衣,露出半张脸笑着说,能把你的节目拷到光盘里,让我带回去吗?放心,不告诉爸妈,我自己偷偷看。

乔琳的毛衣里是一件深蓝色的秋衣,勒出凸起的肚子,圆得简直不可思议。她变了形的身体,那条被生命撑开的曲线,蕴藏着某种神秘的美感。许妍感觉心被什么东西蜇了一下。

电话响了。沈皓明让她快点过去。听说她要出门,乔琳的眼神中流露出恐惧。许妍向她保证一会儿就回来,然后拿起外套出了门。

    许妍睁开眼睛,看到自己躺在病房里。墙是白的,桌子是白的,桌上的缸子也是白的。乔琳坐在床边,用一种忧伤的目光看着她。许妍坐起来,问乔琳,告诉我吧,我到底怎么了。乔琳垂下眼睛,说你子宫里长了个瘤子,要动手术。子宫?许妍把手放在肚子上,这个器官在哪里,她从来没有感觉到它的存在。乔琳说,你才十七岁,不该生这个病,医生说是激素的问题,可能和出生时他们给你打的针有关。

……医生站在床前,说手术很顺利,但瘤子可能还会长,以后可以考虑摘掉子宫,等生完孩子。但你怀孕比较困难。他没说完全不可能,但是许妍知道他就是那个意思。

医生走了,病房里很安静。许妍望着窗外的一棵长歪了的树,岔出去的旁枝被锯掉了。乔琳说,我知道我说什么都没用,可是我以后真的不想生孩子。不知道为什么,想想就觉得可怕。

许妍赶到餐厅的时候,沈皓明已经有点喝多了,正和两个朋友讨论该换什么车。上个月,他开着花重金改装的牧马人去北戴河,半路上轮轴断了,现在虽然修好了,可他表示再也无法信任它了。

他们有个自驾游的车队,每次都是一起出去,十几辆车,浩浩荡荡。许妍跟他们去过一次内蒙古,每天晚上大家都喝得烂醉,在草地上留下一堆五颜六色的垃圾。有一天晚上,许妍和沈皓明没有喝醉,坐在山坡上说了一夜的话。他们两个就是这么认识的。许妍跟所有的人都不熟,是另外一个女孩带她去的,那个女孩跟她也不熟,邀请她或许只是因为车上多一个空座。到了第五天,许妍坐到了沈皓明的那辆车上,他们一直讲话,后来开错路掉了队。两个人用后备厢里仅剩的烟熏火腿和几根蜡烛,在草原上度过了一个难忘的夜晚。

回北京那天,许妍有些低落,沈皓明把她送回家,她看着车子开走,觉得他不会再联系她了。她知道他是那种有钱人家的孩子,周围有很多漂亮女孩,只是因为旅途寂寞,才会和她在一起。也许是玩得太累了,第二天她发烧了。她躺在床上,觉得自己像一根就要烧断的保险丝,快把床单点着了。她感到一种强烈而不切实际的渴望。帮帮我,在黑暗中她对着天花板说。每次她特别难受的时候,就会这么说。

傍晚她收到了沈皓明的短信,问她要不要一起吃晚饭。她摇摇晃晃地从床上爬起来,化了个妆出门了。那不是一个两人晚餐,还有很多沈皓明的朋友。她烧得迷迷糊糊的,依然微笑着坐在沈皓明的旁边。聚会持续到十二点。回去的路上,她的身体一直发抖。沈皓明摸了摸她的额头,怪她怎么不早说,然后把车掉头开向医院。在急诊室外面的走廊里,他攥着她的手说,你让我心疼。她笑着说,大家都挺高兴的,这是个高兴的晚上,不是吗?

那个夏天,沈皓明时常带她参加派对。那些派对在郊外的大房子里举行,总有穿着短裙的女孩带着她的外籍男友。直到夏天快过完,她才确定自己成为沈皓明的女朋友。那时她已经学会了自己卷头发,并且添置了好几条短裙。到了九月末,她和几个从前要好的朋友坐在路边的烧烤摊,意识到自己以后也许不会再见他们了。来北京八年,一直在认识新朋友,进入新圈子,那种不断上升、进化的感觉,给她带来一些满足。

你想去莫斯科吗?沈皓明扭过头来看着她,春天的时候咱们开车去莫斯科吧?好啊,许妍说。她想到旷野上的星星,以及那些因为喝醉而感觉自由一点的夜晚。

饭局散了,许妍开车把沈皓明送回他爸妈家。当初租房子的时候,他是准备跟她一起住的。后来觉得上班太远,多数时候就还是住在他爸妈家。那边有好几个保姆伺候,饭菜又可心。他爸妈也不希望他搬出来,好像那样就等于认可了他和许妍的关系。

你表姐安顿好了?沈皓明忽然问,明天我妈让你来家里吃饭,喊她一起吧。许妍说,不用,她自己有安排。沈皓明说,后天律师所没事,我可以陪你带她转转,买买东西。许妍说好。

回到家已经是凌晨一点。乔琳还没睡,正靠在床上看电视。她好像在哭,抹了抹脸,对许妍笑了一下,说你看过这个节目吗,把一个城里的孩子和一个农村的孩子对调,让他俩在对方的家里住几天。结果那个农村孩子把城里的"爸妈"给她买早点的钱都攒下来,想给农村的奶奶买副新拐杖。许妍说,都是假的,节目组安排好的。乔琳说,怎么会呢,那个农村孩子哭得多伤心啊。

许妍换上睡衣,在床边坐下,说你怎么会失眠呢,孕妇不是应该贪睡吗?乔琳说,我每天睁着眼睛到天亮,看什么都是重影的,好像那些东西的魂全跑出来了。许妍问,去医院看过吗?乔琳回答,说是精神压力大,可他们不让吃安定。许妍沉默了一会儿,问你后悔吗,把孩子留下来?乔琳笑着说,怎么会呢,我把衣服都买好了啦,白色的,男女都能用。

半年前乔琳打来电话,说自己怀孕了。男的叫林涛,比乔琳小两岁,和她在同一家商场当售货员。他父母一直告诫他,不能跟乔琳谈恋爱,沾上她爸妈,一辈子都别想安生。得知乔琳怀孕,他吓坏了,休假躲了起来。乔琳厚着脸皮找到他们家,林涛的母亲给了一些钱,让她把孩子打掉。乔琳爸妈说,怎么能打掉,就去林家闹,还跑到商场去找乔琳的领导。乔琳把工作辞了,跟她爸妈说,你们要是再闹,我就死在你们面前。

那段时间,乔琳常常给许妍打电话。她在那边问,为什么我的生活里总是有那么多的纠纷呢?

十月的一个早晨,两个女生在学校门口拦住了她,说,你就是乔琳的小跟班吗?最好离那个狐狸精远点,别沾得自己一身臊。许妍不觉意外。她已经发现乔琳在学校里非常有名,追她的男生很多,背后说闲话的也很多。

放学后她和乔琳碰面,没有提起这件事。走到大门口,那两个女生又来了。她们低着头,哭丧着脸说,我们说错话了,对不起,你千万别放在心上。乔琳皱着眉头,一言不发。

她们又去了冷饮店。于一鸣很快也来了。乔琳瞪着他,你的眼线挺多啊。于一鸣说,怎么了?乔琳说,别装傻,你让王滨去吓唬李菁菁了?于一鸣说,太嚣张了,不给她们点颜色看看怎么行。乔琳说,你要是真拿王滨当哥们儿,就别让他干这种事。他身上背着两个处分,再有一回就得开除。于一鸣说,我绝不允许她们这么败坏你。乔琳笑了笑,我才不在乎呢。

许妍对乔琳说,如果我是你,大概会把孩子打掉。乔琳显得很惊恐,说怎么可能,那是个生命啊。许妍说,这个世界上有很多错误的生命,生下来只会受苦。乔琳说,别说了,我绝对不能那么做。

许妍很清楚,乔琳不能那么做是因为爸妈。他们最初是反对计划生育,后来变成连堕胎也反对。特别是王亚珍,成了这方面的斗士。她经常守在医院门口,拦截去做流产的女人,讲各种怨灵的故事,还去吓唬医生和护士,让他们放下手术刀到寺庙里超度。有那么几个女人听了她的话,没做流产,生下孩子以后拍的满月照片,被王亚珍扩印得很大,拿在手里到处宣传。她还爱讲自己的故事:我的小女儿,当时被他们逼着流掉,又打激素又打针,我有心脏病,差点死在手术台上。可孩子不是照样健健康康地活下来了吗?你们现在什么困难都没有,有什么理由不要孩子?她以后一定也会把乔琳当成单亲妈妈的典范。至于乔琳该如何抚养这个孩子,她根本不去想。这几年一直都是乔琳在养家,现在她还没了工作。

她们的不幸,最终都会变成爸妈上访的资本。就像许妍子宫里生瘤,也被他们到处宣扬,无非是为了多要一笔赔偿金。许妍心里的愤怒,如同休眠的火山,这时又燃烧起来。所以或许并不完全是为了乔琳,更多的是想反抗爸妈的意志,给他们沉重一击,——她又给乔琳打了电话。乔琳有点受宠若惊,说你从没给我打过电话。许妍说,你最好再考虑一下,留下这个孩子,一生可能全都完了。乔琳说,可他是活的啊,在我身体里动,真的很奇妙,那种感觉你不会懂的……许妍冷笑了一声,是啊,那种感觉我不会懂的。以后你的事我也不会再管了。

乔琳没有再打来电话。许妍偶尔想起来,会在心里算算月份,想一想孩子还有多久出生。

乔琳坐在操场的看台上，咬着一根棒冰，嘴上都是鲜艳的色素。许妍走过去，说，你躲到这儿有用吗？乔琳不说话。许妍问，你是不是特别喜欢看男生为了你打架？既然你不想跟他们谈恋爱，为什么还要对他们好，让他们围着你团团转呢？乔琳说，可能害怕孤独吧，她抬起头，咧开橘色的嘴唇笑了，你是不是很讨厌我这样的女孩？

许妍在床上躺下，伸手关掉了台灯。但黑暗不够黑，窗帘的缝隙间夹着一道颤巍巍的光。她正犹豫是否要去消灭那簇光，乔琳的手穿过阻隔在中间的被子，找到了她的手。她说，你还记得吗，从前姥姥生病我把你领回家，咱俩挤在我那张小床上。许妍说，那是很小的时候，上了初中我就再没去过。

乔琳握紧了她的手，说我知道上回我说错话了，一直想给你打电话，可是真怕你再劝我把孩子打掉……许妍说，承认吧，你现在后悔了。乔琳说，没有，我想通了，不管我给这个孩子什么，给多给少，他都是奔着他自己的命去的。你小时候受了不少苦，现在不是也过得挺好吗？许妍问，你自己呢，你是奔着什么命去的，干吗非要背那么重的担子呢？乔琳在黑暗中笑了一声，我爱逞能，老觉得没我不行，其实我有什么用啊？她捏了捏许妍的手心，上访的事我早都不抱希望了，就是跟林涛怄一口气。当时他说，你家里要真是讨到了说法，再也不闹了，我就娶你。其实怎么可能啊，人家肯定早交了新女朋友。

许妍翻了个身，闭上眼睛。她感受着乔琳滞重的呼吸。如同一艘快要沉没的船。一个显而易见的却一直被她忽略的事实是，她的姐姐过得很糟，而且也许再也不会好了。她能帮她做什么吗？

她能。沈皓明自己就是律师，而且热心，爱帮朋友。他爸爸又有很多高层关系。

她不能。她根本无法开口。从一开始她就隐瞒了家里的事，说爸爸走了，妈妈死了，她是跟着姥姥长大的。这不是撒谎，她对自己说，只是出于自保。谁能接受一对不停闹事，总是被保安驱逐和扭走的父母呢？不过，既然她一直说乔琳是她的表姐——是不是可以让他们帮一帮这个表姐呢？但是也有风险，她爸妈曾在采访里提到过小女儿的名字，还说她现在在北京生活。一旦那些资料被翻出来，她的身份就掩藏不住了。

许妍勉强睡了几个小时，天快亮的时候醒了。她感觉到乔琳在耳边呼吸，嘴巴里的热气涌到她的脸上。她睁开眼睛，乔琳在曦光中望着自己。她一时想不起来从前什么时候，她也是这样望着自己，用那双圆圆的大眼睛，好像明白了什么重要的事要告诉她。但是她并没有开口。

你看我也是重影的吗？许妍问。

乔琳说，不，我看你看得很清楚。

于一鸣站在她的教室门口。他说乔琳三天没来上课了。许妍说，我爸把腿摔断了，她得照顾他。于一鸣说，我知道，快考试了，这样下去不行。你带我去找她。

外面下着雪，马路结冰了。他们推着自行车往前走。风很大，雪乱糟糟地降下来，天空像个马蜂窝。于一鸣的头发又长长了，他的脸很白，下巴上有个好看的小窝。他神情凝重地说，帮我劝劝乔琳，让她好好复习，跟我一块儿考到北京。许妍说，她不想走。于一鸣说，她在这里没有出路。许妍问，北京什么样？于一鸣说，北京的马路特别宽，到处都是商店，还有很多咖啡馆。你好好学习，两年以后也考过去。许妍问，我？于一鸣说，是啊，我们在北京等你。

许妍怔怔地看着他。他口中呼出的白气在空中上升，然后散开了。

## 三

第二天，许妍录节目到下午五点，然后匆匆忙忙赶去买甜点。那家蛋糕店是从巴黎过来的，最近上了不少时尚杂志。她每次都为带什么礼物去沈皓明家而伤脑筋。

小巧的纸杯蛋糕陈列在玻璃柜里，上面镶着翻糖做的高跟鞋和花环，像是一件件奢华的珠宝。价格当然也贵得离谱，她最终决定买四个。这时乔琳打来电话,问她什么时候回来。许妍说,冰箱上不是有外卖单吗？你先叫东西吃啊。乔琳说,我不饿,你家门怎么锁,我在屋子里喘不上气,想出去走走。许妍把门锁的密码告诉她。她重复了一遍,说要是我等会儿忘了,能再给你打电话吗？

挂了电话,许妍扫视了一圈玻璃柜,目光落在一个有跳舞小人的纸杯蛋糕上。小人单脚支地,抬起双臂,好像正准备起跳,飞离地面。我要这个,她跟柜台里的女孩说。

许妍听到乔琳在身后喊自己。她追上来,把手里的布袋递给许妍,说裙子我帮你借好了,领子有点大,你别两个别针就行了。许妍说,我真的不想主持了。乔琳说,你要是不主持,我就也不跳舞了。晚会咱俩都不参加了。许妍问,干吗要费那么大力气帮我争取呢？乔琳笑了,大乔小乔要一起出风头才好。当时在学校已经有很多人知道她们是姐妹,并且叫她们大乔小乔。

保姆开了门,要帮许妍拿东西。许妍捧着蛋糕盒说,我自己拿到客厅吧。三个女人坐在客厅的沙发上喝香槟。其中一个短发女人笑盈盈地看着她,对另外两个说,皓明就喜欢这种瘦瘦高高的女孩。旁边披着披肩的女人说,现在的男孩都喜欢这种身材。

一个八九岁的男孩跑出来,是沈皓明的弟弟沈皓辰。他手里牵了一只短腿腊肠狗。那只狗穿着蓝色羽绒坎肩,背后有个帽子,跑快一点帽子就扣过来,盖住了它的脸。沈皓辰把狗拽到沙发边,向大家介绍,它叫贝利,有点感冒了。高挑细眉的女人问,你上次那只狗呢？沈皓辰说,送走了,妈妈嫌它老翻垃圾桶。短发女人说,你妈一开始可是爱它爱得不行啊。男孩耸耸肩,我妈妈是个很难捉摸的女人。三个女人笑起来。披着披肩的女人说,皓辰,过来,让阿姨抱抱。男孩勉为其难地向前走了两步,把头转向一边,阿姨,我也感冒了。披着披肩的女人摸了摸他的后脑勺儿,都这么大了,真是有苗不愁长啊。高挑细眉的女人放下香槟杯说,后悔了吧,当时都劝你跟于岚一起去,还可以做个双胞胎。

谁在说我坏话呢,我可是听到了,一个矮胖的女人走进来,穿着深蓝色香云纱裙子,腰部有一朵白色荷花,是沈皓明的妈妈于岚。你儿子,短发女人说,他说你是个很难捉摸的女人。于岚笑起来,对男孩说,宝贝,你昨天不是还说我不用开口,你都知道我要说什么吗?男孩说,我知道你要说什么,但我不知道你在想什么。高挑细眉的女人说,你儿子是个哲学家。

男孩抬起头问于岚,我能让许妍姐姐陪我去玩吗?于岚说,好啊。她笑吟吟地朝许妍走过来,说我都没看到你来了。许妍微笑着说,我买了甜点,饭后可以吃。太好了,于岚说,那我就不让大李再去买了。许妍在心里飞快地算了一下,四块蛋糕,自己不吃,刚好她们四个女人一人一块。

她跟着沈皓辰来到后院。那里有几簇假山和一个凉亭,前面是一小片结冰的水塘。沈皓辰问,你说贝利能在上面滑冰吗?许妍说,不行,它会掉下去。玩点别的吧,我陪你去插乐高。沈皓辰摇摇头,我想陪着贝利,它太孤单了。许妍说,它感冒了,需要休息。沈皓辰说,都是我妈,非让它睡在花房里。许妍问,为什么不让它到屋子里去?沈皓辰说,我妈说我们还不了解它的脾气,要观察一段时间,惠惠姐姐刚来的时候,她也不让她跟我们一起吃饭,说她嘴巴臭,可能有胃病。

许妍通过这个男孩知道了他们家不少事。包括沈皓明刚和她在一起的时候,于岚还给他介绍过一个银行行长的女儿。没准他们见了面,她没问过沈皓明。以后恐怕还有律师的女儿、医生的女儿,她显然不是理想的儿媳,不过他们也没公然反对。有一次沈皓辰说,我妈说哥哥带什么女孩回来都无所谓,谈谈恋爱又不是当真的。许妍相信沈皓辰不至于蠢到不知道这些话不该讲给她听,他是故意的,好让她心里难受。他也会把他妈妈讲保姆小惠的话告诉小惠,然后站在门外听小惠在房间里偷偷哭。这是一种什么爱好,许妍不知道,用沈皓明的话来说,他弟弟是个内心阴暗的小孩。

他们相差十八岁,沈皓辰叼着奶嘴的时候,沈皓明已经系着领结跟爸爸去参加慈善晚会了。他对弟弟没太多感情,一开始甚至忘了跟许妍讲。后来有一次随口讲到他,许妍惊讶地问,为什么？什么为什么？沈皓明问。许妍说,为什么能生两个孩子？沈皓明说,哦,我爸妈都入了加拿大籍。其实不入也可以,罚点钱就是了。

沈皓明推门走出来,对许妍说,我到处找你呢。他冲着沈皓辰的屁股拍了两下,别老缠着别人,你就不能自己玩会儿吗？沈皓辰哀求道,我们等会儿出去吃冰淇淋吧。沈皓明不理他,拉着许妍走了。

沈皓明的爸爸沈金松和几个男客坐在偏厅的沙发上。沈皓明带着许妍走过去,把她介绍给两个没见过的客人。他爸爸说,皓明,给你李叔叔拿支雪茄来。走出房间,沈皓明咕哝道,他怎么还有脸来。你说谁？许妍问。沈浩明说,那个戴鸭舌帽的男的,做生意把周围的朋友坑了一个遍,大家都不跟他来往了。沈皓明返回偏厅的时候,许妍拉住他,说,笑一下。沈皓明皱着眉头,干什么？许妍说,你的怒气都写在脸上,让别的客人看到不好。沈皓明勉强露出一个微笑。许妍也给他一个微笑,进去吧,我去问问你妈妈那边有什么需要帮忙的。

许妍回到大客厅,发现又来了两个女客人。蛋糕不够分了,她有点不安地盯着桌子上的白盒子。开饭了,于岚对她说,我们过去坐下吧。

这种家宴是沈家的传统,每个星期都有一两回。客人彼此相熟,不会感到拘束。许妍环视四周,低声问沈皓明,高叔叔没来？沈皓明说,他开会,晚点来。披着披肩的女人问,皓辰呢？于岚说,让他跟保姆吃,那孩子絮絮叨叨的,大人都没法好好说话了。

戴鸭舌帽的男人挨着女人们坐,一直保持沉默,每当那碟花生米转到面前的时候,他都会夹起一颗。你的古董店还开着吗？旁边的女人问他。没有,他回答,停顿了几秒说,不过我正打算重新开起来。女人问,还在原来的地方吗？啊,对,他说。一个男客人笑了笑,你确定吗?那一带盖了新楼,租金涨了四五倍。所有的人都看向戴鸭舌帽的男人,屋里一时很静。许妍觉得自己所分担的那份尴尬比其他人更多。她理解那个戴鸭舌帽的男人,他一定很渴望成功,只是运气差了点。

饭吃到一半,高叔叔来了。许妍也弄不清这个高叔叔到底做什么工作,只知道他权力很大,帮人铲了不少事。戴鸭舌帽的男人忽然来了精神,一直看着高叔叔,听他跟周围的人讲话。他们笑起来的时候,他也跟着笑了。

晚饭结束后,大家移到偏厅喝茶。沈金松和高叔叔去了另外一个房间,戴着鸭舌帽的男人也跟了进去。沈皓明对许妍说,他肯定有事要让高叔叔帮忙。许妍问,他会帮吗?沈皓明说,不知道,我们去看电影吧?许妍说,走早了你妈妈会不高兴。沈皓明说,管她呢。许妍笑了一下,你可以不管,我不能不管。她拉着沈皓明来到客厅,女人们正坐在那里聊天。沈皓明听到她们都在谈论衣服和包,就说我还是去男士那边吧。

许妍在于岚旁边坐了一会儿,发现桌上的水果叉不够,就起身去拿。让佩佩把甜酒打开,于岚在她身后说。经过走廊,她看到沈金松他们还在那个房间里,好像在说什么房子的事。

她拿着叉子从厨房出来,听到旁边的房间里传来奇怪的声音。好像是干呕,伴随着细小的嘶叫声。她敲了两下,推开门。是沈皓辰,正仰面躺在地上哭。这间屋子长期闲置,空荡荡的,只有一只书柜立在墙边。她蹲下来,说你可真会挑地方。沈皓辰不理她,闭上眼睛继续哭。许妍问,就因为没陪你去吃冰淇淋?沈皓辰抹了把眼泪,说我早就习惯了。许妍问,为什么不叫你的朋友来家里玩呢?沈皓辰说,你要是整天转学,还会有什么朋友吗?他摇了摇头,说这个家里没有一个人真的关心我。许妍说,不要对别人有什么期望,你自己得变得强大起来。沈皓辰撇了一下嘴,我还是个孩子呀。许妍说,孩子怎么了?沈皓辰哀求道,你能让我自己静一会儿吗?我不想回房间,惠惠姐姐像只鹦鹉,一直说个不停。

许妍带上了房间的门。她确实没想过沈皓辰会有什么痛苦。生在这样的家庭,不是应该从梦里笑出声来吗?但是现在看起来,他或许也是一个多余的孩子。他爸妈要他不过是为了装点生活,其实已经没有耐心再陪他长大一遍了。于岚不能放弃太太们的聚会和旅行,沈金松不能放弃打高尔夫和应酬。沈皓辰总是和保姆待在一起。一任又一任保姆。他满意的他妈妈不满意,他妈妈喜欢的他不喜欢。

许妍回到客厅,她的蛋糕盒子被打开了,摊在桌上,里面的蛋糕一块也没有动。有两块上面的花蹭在盒子上,变成了一坨红色烂泥。只有立着跳舞小人的那个仍旧完好。小人踮着脚尖,好像正从一堆废墟里往外爬。

戴鸭舌帽的男人出现在门口,咧开嘴冲着于岚笑了笑,说我来跟你说一声,我要走了。于岚点点头,让司机送你一下?男人说,我叫了辆车,司机好像迷路了。于岚说,坐下等一会儿吧。鸭舌帽迟疑了一下,走过来坐在沙发上。许妍把自己那杯没有动的甜酒放到他跟前,对他笑了笑。

快去把你的貂皮大衣拿来!短发女人把手搭在于岚的肩上。还有那个绝版的蜥蜴皮,高挑细眉的女人说。于岚去取了灰蓝色的貂皮大衣,还有几只包。女人们走上前,有的试穿大衣,有的摆弄着包。只有许妍和鸭舌帽坐在沙发上。鸭舌帽探身向前,目光呆滞地盯着茶几上的东西。他忽然伸出手,拿起那个有跳舞小人的纸杯蛋糕,整个塞进了嘴里。

> 乔琳走到舞台中央,射灯的光不偏不斜地打在她的脸上。她天生知道光在哪里。她趋着步子,荡着纤长的腿,将裙摆转得飞快。每次她双脚离开地面的时候,许妍都感觉到心里一紧。她不知道自己是担心,还是希望发生点什么。直到乔琳平安地弯腰谢幕,她才松了一口气,然后忽然难过起来。她想,很多年后,台下的人不会记得是谁主持了这场晚会,但他们一定记得乔琳跳舞的样子。

十点过后,客人陆续离开。许妍帮保姆收酒杯,被沈皓明堵在厨房门口。他搂了一下许妍的腰,眨眨眼睛,说,不如今晚你就睡在这里吧？许妍挣脱开，一脸正色地说，跟我说说，你是从多大开始，留女生在家过夜的？沈皓明耸耸眉毛，十七？你爸妈也答应吗？许妍问。沈皓明笑着说，他们到我房间来了好几次，我估计是想看看有没有准备避孕套。你准备了吗？许妍问。沈皓明收住笑容，神情变得凝重，我想向你坦白一件事……其实我有一个……年轻时候总会犯些错误对吧……他低下头，双手捂住脸。许妍想把他的手拉开，他拼命躲闪，直到迸发出笑声，他一边笑一边摆手，我实在是憋不住了……许妍推了他一下，自己还觉得演得挺像是吧？沈皓明笑着问，要是我真从外面领回来个孩子，你帮我养吗？许妍说，那得看长得好不好看了。沈皓明说，好看，比我还好看。许妍说，养啊，为什么不养，省得自己去生了。沈皓明伸出双手兜住她，不行，你至少还得生两个。许妍望着他，笑了笑。她说，我还是回去吧，表姐一个人在家。沈皓明说，好吧，我明天陪你们，给你们当司机。许妍说，不用，她脾气怪，你在她会不自在。

许妍穿上外套，拢了一下头发，转过身来问，对了，刚才那个人找高叔叔什么事？沈皓明说，前些年他在郊区找了块地盖房子，当时和乡政府签过合约，但是不算数，现在地要被收走了……许妍问，这事难办吗？沈皓明说，嗯，不过高叔叔去想办法了。许妍说，所以还是会帮他？沈皓明说，不然呢，他住哪里呢？

回去的路上，许妍在心里掂量，是鸭舌帽拆房子的事难办，还是她爸妈的事难办。他既然连那个名声不好的人都愿意帮，是不是也意味着他可以帮她呢？不，不是她，是她的表姐乔琳。再找机会吧，她想，应该多和高叔叔见几面，让他觉得自己是沈家的一员。

许妍回到公寓，发现乔琳坐在楼下大堂的沙发上。她抬起头，抱歉地冲许妍笑了一下，我把密码忘了，你的手机关机。许妍问她坐了多久。她说没多久，我一直在院子里转悠，把开着的小商店都逛了一遍。这里真好，人都很和气，还借给我厕所用。

许妍看着她，乔琳，你能别把自己弄得那么惨兮兮的吗？

乔琳从三轮车上跳下来,笑着对她说,我把写字台给你拉来了,反正我以后再也不用学习啦。许妍打量着那张写字台,桌腿上的贴画已经斑驳,她还记得贴画刚贴上去的时候,上面那张明艳的赵雅芝的脸。她确实觊觎这张书桌很久。姥姥在窗台上搭了块木板,她一直在那上面写作业。

许妍问,成绩出来了?乔琳吐了吐舌头,连那个破烂煤炭学院也没考上。她们把写字台搬下来,乔琳拍了拍手上的灰,说我已经找到工作啦,明天就去华联商场上班,以后你买"美宝莲"都是员工价。她的手指甲上涂着藕粉色的指甲油,穿着低腰牛仔裤,长头发在胸前甩来甩去。她身上的美丽还在增加,但她好像并不把自己的美丽当回事。那股潇洒的劲特别令男孩着迷。

## 四

第二天,十点不到她们就出门了。往常的周末,许妍会和沈皓明在床上赖到十一点,然后去吃个早午餐。但是这一天,天刚亮许妍就醒了。失眠大概传染,她就没见乔琳闭过眼睛。但是乔琳坚持说自己睡了一会儿,还做了梦,梦见自己生了个罐子人。罐子人?许妍皱起眉头。对,乔琳说,就是那种马戏团里的小孩,养在罐子里,手脚都萎缩了,只有头特别大。她打了个激灵,跳下床,说我去做早饭了。

厨房里传出葱油的香味。乔琳用平底锅烙了两个葱花饼。这是小时候最熟悉的食物,许妍来北京以后就再没有吃过。要不是再闻到这股味,她已经忘记世界上还有这种食物了。

许妍想带乔琳先去景山,那附近有一段红墙她很喜欢。街上的车不多,她们静静听着广播里的歌。乔琳抿着嘴唇,似乎很悲伤。许妍说,别想了,那只是个梦。乔琳点点头,知道,我知道。没事的,我在等汪律师的电话,他说今天会打给我的。许妍觉得乔琳在把某种压力传递给自己,这令她感到很烦躁。

车子剧烈地震了一下,许妍回过神来,猛踩刹车,可是已经撞上了前面的车。乔琳拱起身体,护住了肚子。前车的女人对着许妍一通抱怨,然后给交警打了电话。交警来了,许妍把车翻遍了,也没找到行驶证,只好给沈皓明打电话。过了几分钟,沈皓明拨过来,说在家里找到了,上次司机修车取出来,忘记放回去了。沈皓明说,我给你送过去,你在哪里?许妍沉默了几秒钟,说出了自己的位置。

她回到车里。乔琳头靠着车座,双手还放在肚子上。许妍说,我男朋友正赶过来,我跟他说你是我表姐,你不要提爸妈的事。乔琳点点头,知道,我知道。许妍还想交代几句,见她闭上了眼睛,就没有再说。

沈皓明到了,处理完事故,他坐上驾驶座,侧过头来冲乔琳笑了笑,表姐,我开车可稳了,你安心睡会儿吧。

已经过了十一点,沈皓明提议先去吃午饭。他把车开到附近的购物中心。三楼有家粤菜馆,于岚常约人在那吃早茶。沈皓明把菜单交给乔琳,让她看看想吃什么。乔琳看了一下,又把它递给许妍。许妍低头翻菜单,总觉得乔琳在看自己。一屉虾饺上百块,显然不是白领能负担的。乔琳大概早就把她识破了,借来的车,租的房子,一切都充满破绽。她抬起头来的时候,乔琳微笑着说,我吃什么都可以,辣一点就行。

我就知道许妍得撞,沈皓明说,不撞个两三回哪算真会开车?可是车上坐着你,不能有半点马虎。我早就跟她说今天我来给你们当司机⋯⋯乔琳笑了笑,已经很麻烦你了。沈皓明说,她以前不也常麻烦你吗?她说上高中的时候你很照顾她,给她买雨衣,陪她打吊针⋯⋯乔琳淡淡地说,那不算什么。沈皓明说,有时候表亲反倒更亲,我和我表姐的感情就比跟我弟好⋯⋯乔琳问,你有个弟弟?沈皓明说,对啊,一个爱哭鬼,烦死人了。乔琳说,怎么能生第二个孩子呢?沈皓明笑了,你怎么跟许妍问得一模一样,我爸妈拿了加拿大护照。乔琳喃喃地说,哦,外国人⋯⋯沈皓明说,以后我跟许妍至少生三个,你的小孩不愁没人玩。乔琳点点头,好啊。许妍埋头吃着刚上来的石斑鱼。生三个?她似乎听到乔琳在心里暗笑。

乔琳的手机响了。许妍很怕她会在沈皓明面前接电话,但她站起来,离开了桌子。许妍对沈皓明说,下午你不用陪了,我就带她在后海逛逛。沈皓明说,我跟任国栋吃晚饭,上次他女儿百天不是没去嘛,没事,五点出发就行。

乔琳回来了,脸色凝重,失神地盯着面前的盘子。她不吃,许妍也不劝。直到听到沈皓明说,那我们走吧,她站起来,屈着腿往外走。沈皓明喊住她,把落在椅背上的羽绒服交给她。

乔琳跟在他们后面,双手抓着她的羽绒服。里子朝外,破了个洞,钻出一簇羽绒。许妍简直怀疑她是故意的,想要他们给她买件新大衣。沈皓明说,我是不是应该给任国栋的女儿买点东西?买什么呢?他们绕着商场走了半圈,沈皓明忽然停住脚步,指着橱窗说,就买这个吧。小小的白色纱裙被云彩簇拥着,跟上回许妍和乔琳看到的那件一模一样。应该是连锁店铺,橱窗布置得也一模一样。沈皓明问乔琳,知道你的宝宝是男孩还是女孩吗?乔琳摇摇头。沈皓明说没事,转身进了那家商店。

乔琳立即告诉许妍,汪律师说他接不了这个案子。她咬了咬嘴唇,又说,他去开会了,我等会儿再打个电话求求他。许妍说,别这样,乔琳,你以前不这样。乔琳眼泪涌出来,说我真没用,什么事也办不成。沈皓明拎着纸袋走出来,把其中一只递给乔琳,说我买了个礼盒,里面什么都有,白色的,男女都能穿。乔琳把头扭到一边,抹着脸上的眼泪。沈皓明尴尬地拿着纸袋。过了一会儿,乔琳才回过头来,挤出一个微笑,说谢谢,真的谢谢你。

他们到后海的时候,天已经很阴。空气中零星飘着一点凉丝丝的小雪。河面结着厚实的冰,是青灰色的。沈皓明说,出来走走心情是不是好点了?乔琳点点头,说谢谢你们。许妍转过脸,朝河的方向看去。河中央有一辆鸭子形状的船,冻住了,船身倾斜,鸭头望着天空。

乔琳说,我们那里也有一条河,叫奈河,比这个还宽。沈皓明说,我以为你们那里都是山呢,我还跟许妍说什么时候去爬一次泰山。乔琳说,小时候有一回,我和许妍亲眼看到一个放风筝的小孩掉到水里,淹死了。他妈妈在岸上大哭,围了很多人。许妍说,我不记得了。乔琳说,你站在那里,我怎么拽都不肯走。一直等到人都散了,你用竹竿把那个孩子的风筝挑起来,拿着回家了。沈皓明问,那个小孩是她朋友吗?她想要那个风筝做纪念?乔琳笑了笑,她就是想要那个风筝。许妍盯着乔琳的脸。乔琳没有看她,好像还沉浸在回忆里,说那孩子的妈妈后来每天在岸边哭,抱着经过的人的腿,求他们去救她儿子。再后来岸边的树都砍了,盖起一排楼房。她沉默了一会儿,对沈皓明说,许妍想要什么是不会说的。沈皓明说,对,她什么都憋在心里不说。乔琳说,不要紧,只要你一直在那里,默默支持她就行了。

许妍看着面前的湖。午后的太阳照着水面,淬起一片金光。于一鸣放下桨,让他们的船在水上漂。乔琳忽然开口说,我看见过水怪。有个放风筝的小孩掉到河里,水面上升起一团白烟。那团白烟朝我们这边飘过来,我吓坏了,拉起许妍的手就跑。可她好像定住了似的,站在那里一动不动。我就也没跑,挽住了她的胳膊,心想要是水怪过来,就把我们一块儿带走吧。乔琳俯身向湖面,撩了几下水说,于一鸣,什么时候教我们游泳吧。

雪越下越大,河显得更灰了,冻住的鸭子船在身后变小,拐了个弯,看不见了。路边有间咖啡馆,他们决定进去坐一会儿。推开门,里面都是人。沈皓明说,嘿,整个后海的人全都躲到这儿来了。许妍付了钱,在等饮料的地方排队。做咖啡的男孩像是新来的,把热牛奶打翻了。沈皓明从背后戳了戳许妍,说你表姐把手机落车上了,我陪她去拿一下。许妍说,等买了咖啡一起去吧。沈皓明说,没事,很近,然后转身走了。

隔着玻璃窗,许妍看到他们朝来的方向走去,乔琳好像在说什么。她烦躁地看着那个做咖啡的男孩,把手中的收据折成小块,又摊开。

乔琳也许是故意的,汪律师不帮她,她就慌了神,觉得沈皓明没准能帮忙,就想跟他说一说。许妍气恨地用力一挣,把收据撕成了两半。

做咖啡的男孩拿过撕碎的收据,仔细辨认着上面写的是什么饮料。你们连基本的培训都没有吗?许妍气呼呼地问。她把咖啡放在桌上,拉开椅子坐下。乔琳会跟沈皓明说什么呢?事情万一败露,她应该怎么解释呢?她脑袋一片空白,什么说辞也想不出来,只是不断去按手机,看时间的数字变化。

他们终于回来了。乔琳没坐下,她看了许妍一眼,说我再去打个电话。许妍看着沈皓明,想从他的表情里读出一点信息。但他一直在低头看手机。许妍碰碰他的胳膊,拿起桌上的咖啡递给他。他喝了一口,皱起眉头说,真难喝。乔琳回来后,脸色依然凝重,她喝了两口水,捧着杯子发愣。沈皓明看了看外面的雪,对许妍说,你就别开了,我让司机来接你们。

车来了,她们先坐上,沈皓明去取了先前在童装店给乔琳买的东西,让司机放在后备厢。他凑到车窗前对乔琳说,表姐,这两天你要是不走,到我家来玩。乔琳点点头,一直望着沈皓明走过去,钻进车里。他人真好,乔琳对许妍说。

路上她们没有说话。司机拐了个弯去加油。发动机熄灭,广播里的音乐停止了。乔琳望着窗外纷飞的雪说,我明天就回去了。许妍说好。

  太阳从头顶移开,风吹着湖面,水的气味升起来。船从午睡中醒了过来,一点点动起来。许妍、乔琳和于一鸣不约而同地向后靠,蜷缩着腿躺下去,仰脸望着天空。也许是在等晚霞出现,但是渐渐地不重要了。许妍合上了眼睛。湖水像一双温暖的手臂环绕着自己。它的脉搏一起一伏,节律微小而有力。船在缓慢地动着,可他们没什么地方要去。不去对岸,也不回去。他们三个好像可以一直那么待着,谁也不会离开。

  好像什么都不重要了。许妍松开了眉头。她不再计较他们到底有多么爱彼此。她只是知道她爱他们。那股强烈的感情使她觉得自己并不是多余的。她是他们当中的一员,即便是微不足道,可以被舍弃的,她也不在乎。

她睁开眼睛的时候,晚霞已经来过了。只有几块很小的云彩挂在天边。湖面一片金色,望不到尽头。但只是一瞬间,湖水转眼就开始变灰。当她转过脸去的时候,看到乔琳正望着湖面,似乎已经注视了很久很久,又好像是她的目光使湖面暗了下去。于一鸣还没有睁开眼睛,嘴角带着一丝淡淡的笑意。不要睁开眼睛,许妍在心里这样祝福着他。因为随即他会发现太阳已经落下去,船要往回开了。他们的旅行结束了。

晚饭许妍叫了外卖。乔琳没怎么吃,她说想去床上躺一会儿。许妍吃完看了会儿电视。她到卧室的时候,乔琳正坐在床上发呆。许妍走过去拉窗帘。路灯下,有个穿着羽绒服的男人在遛狗。是对门那个姓汤的邻居,他仰起头看了一会儿月亮,从地上抱起狗,夹在胳膊底下,走进了楼洞。

许妍听到乔琳在身后轻声问,沈皓明能帮上咱们吗?许妍转过身来看着乔琳,说,你自己没问他吗?你们两个去拿手机的时候。乔琳摇了摇头,我什么也没跟他说,他问我想不想来北京工作,他可以安排,我说不用了。哦,许妍应了一声。乔琳说,他是律师,又认识挺多人的,没准还能托上政府的关系……许妍问,你怎么知道他是律师的?乔琳说,他自己说的,我真的什么都没问。她低下头,看着拱起的肚子,汪律师不接我的电话了,电视台那边也没回信,我实在没有办法了。这事折腾了那么多年,总得有个了结……许妍笑了一声,你为我考虑过吗?你是不是觉得我想要什么就有什么,过得很容易?你想过几天安稳日子,我不想吗?你小时候至少有个完整的家,我有什么?她的眼圈红了,这么多年了,你们就不能放过我吗?乔琳也哭了,对不起,对不起,我不该来打扰你……她仰起脸,吸了几下鼻涕说,你没看到爸妈现在成什么样子,爸早晨醒了就喝酒,手抖得已经拿不住筷子,妈整天守着电脑,到各种论坛发帖子求助,隔一会儿发一遍,那些人骂她是疯子,把她踢出去,她就重新注册了再发……我真的管不了了,我的身体垮了,在街上晕倒过好几回……她停住了,定定地看着前方,好像要把什么东西看清楚。

桌上的台灯照着乔琳,但她的脸是暗的,腮颊被阴影削去了。许妍望着她,她容貌的改变令她感到惊讶。那些青春时的光彩消失了,这也许是必然的,可它们好像从来没有存在过。没有人可以通过这张脸,想象出她少女时代的模样。许妍仿佛从二楼教室的窗户里看到那个总是微微仰起脸的长腿姑娘正穿过校园,她从那扇大门走出去,然后消失了。她去了哪里?

许妍走到床边,握住乔琳的手。那只手很烫,热量从指缝间汩汩流出来。乔琳的手指很长,这肯定不是许妍第一次注意到这一点,或许在漫长的青春期的某一天,她偷偷打量过这双手,暗暗惊讶于它们的美。但是现在,她第一次意识到,这双手很适合弹钢琴,要是它们能在童年的时候遇到一个钢琴老师的话,他肯定会这么说。要是那时候遇到一个舞蹈老师,可能也会说她适合跳舞。这具承载着苦难的身体,或许同时蕴藏着某种天赋。但是天赋不重要,对有些人来说,一生中没有任何一个时刻,会有人坐下来讨论一下她的天赋。许妍想起大三的时候,她得到了去电视台实习的机会,后来被留下了,那个频道的主任对她说,我并不觉得你很有当主持人的天赋,知道为什么选你吗?因为你身上有股劲,想从人堆里跳起来,够到高处的东西。

许妍握着乔琳的手,坐下来。她感觉自己在靠它取暖。但屋子里很热,地板也是热的,一点都不像十二月。她说,我答应你,我会去问问沈皓明。具体怎么说,我要想一想。我这么做不是为了爸妈,只是为了你,你明白吗?许妍攥了一下她的手说,给我一些时间好吗?乔琳点了点头。

十点过后,沈皓明打来电话。他说你猜怎么着,礼物拿错了,给你表姐的那袋才是给任国栋女儿的裙子。许妍夹着手机打开纸袋,解掉奶油色的缎带。那件缀满珍珠的小礼服折叠着,静静地躺在盒子里。要我现在送过去吗?她问。不用,沈皓明说,反正给你表姐买的礼盒任国栋女儿也能用。我打赌你表姐生女儿,他在电话那边笑起来,我买的裙子肯定能派上用场。

## 五

　　从北京回去不到一个月,乔琳就生下了一个女儿。比预产期早了一个多月,但是孩子很健康。她发过来几张照片,小小的一团,手脚却很长。沈皓明看了两眼说,跟你长得有点像。

　　那个月许妍很忙。台里在筹备一个新节目,过年的时候开播。每天连着录十来个小时,一段话反复说。这期间她去过沈皓明家一次,沈金松没在,只有于岚和几个太太在打麻将。许妍替了几圈,输掉六千块。临走时于岚说,咱们过年再打。许妍想这倒是个讨于岚开心的法子,于是许妍说服沈皓明过年不去苏梅岛,而是留下陪他爸妈。到时没准还能在家宴上遇到高叔叔。

　　许妍接到电话的时候是傍晚。还有三天就过年了,下午她和沈皓明去买了一堆烟火。回来的路上有点下雨,据说到了后半夜会转成雪,气温降十度。此前一些天北京都很暖和,让人有一种春天来了的错觉。

　　手机响了,跳动着一个陌生的号码,当时她正站在沈皓明家的花房里,指挥保姆把兰花搬到屋里去。沈皓辰也被喊来帮忙,许妍觉得让他干点体力活有好处,至少没那么多时间胡思乱想。他撇了撇嘴,说这些花可真丑。她双手叉腰看着他,你觉得什么花好看?假花,他回答。她让沈皓辰把面前这一盆搬到客厅,然后接起了电话。

　　是她妈妈。在那边大声号哭,告诉她乔琳自杀了,晚上一个人出门,跳进了城边的那条河。还在抢救吗,还在抢救吗?她连着问了好几遍。她妈妈说是昨天的事,人已经没了。许妍挂断了电话。

　　周围一片寂静。她搓了搓手上的泥巴,搬起一盆兰花往外走。

　　天气湿漉漉的,好像已经下雪了,仿佛有些凉飕飕的东西,带着爪子,紧紧地揪住了她的头皮。她伸出手,想触碰到空中的雪花。砰的一声,花盆跌落在地上。瓷片在地上打转。嗡嗡,嗡嗡。

　　沈皓辰走过来,看着她脚边的花盆。哈哈,他有点得意地说,假花就不会摔成稀巴烂。走开,她冲着他喊,蹲下把兰花从碎瓷片里捡起来。沈皓辰吓坏了,站在那里没有动。许妍捡起兰花磕了磕土,抱着它们走了。

　　她把花放在旁边的座位上,驶出了别墅区的大门。窗外是呼啸的大风,雪花如同决绝的蛾,砸在挡风玻璃上。她紧握方向盘,浑身发抖。泪水在眼眶里转悠,她蹙着眉头,盯着前面的路。为什么乔琳要这样做?她感到很愤怒,在北京的最后一个晚上,她不是答应得好好的,回去等着她的消息。她为什么就不能等一等呢?

　　车子冲下高速,擦着一辆卡车开过去,横冲直撞地拐了几个弯,在一片空旷的停车场停住。她狠狠地砸着方向盘,喇叭发出尖锐的鸣响,她不是说会想办法的吗,为什么不相信她呢?她靠在椅背上,大声哭起来。

　　手机在旁边座椅上响了好几遍,是沈皓明。她坐在黑暗里,等屏幕最终暗下去的时候,才对着它喃喃地说,我姐姐死了。

　　她没有回去参加追悼会。

　　除夕夜下着小雪。她站在院子门口,看沈皓明点着了烟花。她仰起头,望着光焰绽放,坠落。天空又黑了下去。几片雪落在她的脸上。

　　她给家里打了个电话。她妈妈一直在哭,不停地说,乔琳为什么那么狠心抛下我们?那边传来婴儿的啼哭,还有她爸爸的咒骂声,盆碗掉在地上,发出叮叮咣咣的响声。她妈妈问,你到底什么时候回来啊?这好像是她第一次对许妍表达需要。再过几天吧,她回答。你永远都别回来!她爸爸吼了一声,电话挂断了。

　　许妍一直没有回泰安。她心里有股怒气无法消退。她觉得乔琳不理解她,不相信她,甚至根本不希望她过得好。她这么做是为了让她永远感到内疚。在很长一段时间里,这股怒气有效地抑制了悲伤,使她可以正常入睡。

四月的一天,她去沈皓明家吃晚饭。那天只有他们自己家的人,吃了巴黎运回来的生蚝和新西兰鳌虾。于岚抱怨生蚝没有上次的新鲜。你下个月不就去巴黎了吗?沈金松拿着遥控器换台,屏幕上出现了一个穿白色西装的女主持人。她看了一眼手中的稿子,抬起头来:

"一九八八年,在泰安的一家医院里,患有风湿性心脏病的王亚珍生下了第二个女儿。她没有一丝做母亲的喜悦,只是感到很恐慌。在她的身旁,那个只有三斤八两的女婴睁开眼睛,好奇地打量着这个世界。那一刻她是否知道,这个世界等待她的不是温暖的祝福,而是无情的责罚呢?手术室的门外,乔建斌坐在长椅上,一夜没有合过眼。在经历了辗转于计生委和医院之间的几个月后,他已经疲倦不堪。然而他们家的厄运才刚刚开始……"

许妍盯着屏幕,一只手攥着毛衣领口,感觉自己就快要窒息。

这个"聚焦时刻"有时候还能看看,沈金松说。于岚说,有什么可看的,不是钉子户就是超生。妈妈,妈妈,沈皓辰说,你算超生吗?于岚说,宝贝,生了你加拿大政府还给我奖励呢。

"……记者来到乔建斌家。乔建斌被开除以后,全家人就以这家诊所维持生计。现在门口依然挂着'平安'诊所的招牌,但是已经好几年没有来过一个病人了。一楼的诊断床上堆满了各种保健药。有的早已过了保质期,王亚珍就留给家里人吃。她拿起一瓶药给记者看,这个是帮助睡觉的,我大女儿老睡不着,我就让她吃……在过去二十多年里,乔建斌和王亚珍一直通过各种途径寻求帮助,希望单位能恢复乔建斌的工作……"

镜头掠过他们家。角落里的蜘蛛网,桌子上油腻的桌布,泛着黄渍的马桶,最后停在墙上的照片上。那是一张他们全家的合影,可能也是唯一一张。当时许妍大概四五岁,站在最右边,乔琳的手搭在她的肩膀上。

许妍感觉所有人的目光好像都朝这边涌过来。她几乎就要从座位上弹起来,冲出房间了。

随后,主持人讲述了这些年乔建斌家的生活,也讲到那个超生的小女儿,因为早产和用药的原因导致不孕。但她的去向并没有提及。也没有提到乔琳的女儿,只是说乔琳这些年,一直在为这件事奔波,导致恋爱失败,也丢掉了工作。两个多月前,有天晚上她像往常一样,哄孩子睡了觉,然后离开家走到河边,跳了下去。

画面切回演播室。女主持人说:"就在自杀的前一天,乔琳还给本节目的编导发过一条短信。在短信里,她这样说:'陈老师,我恳求您给我们做一期节目。这不是我们一家人的问题,很多家庭都有类似的遭遇。我相信节目播出以后,一定会引起很大的反响。如果还需要什么材料,您随时找我。给您拜个早年!'"主持人垂下眼睛,停顿了几秒,"我们将这期迟到的节目献给乔琳,希望她能安息。同时,我们也希望热心的律师朋友能跟乔建斌一家联系,帮助他们走出困境。感谢您的收看,我们下期再见……"

沈皓明气呼呼地说,这也太操蛋了。于岚看了他一眼,你想干吗?这种案子又不是你管的。沈皓明说,我可以去问问我同学,说不定有人愿意接。沈金松说,犯不着打官司,这种事找对了人,就是一句话的事。于岚说,有捐款电话吗?直接给他们打过去点钱就是了。

保姆端上水果。电视里已经在播连续剧,但许妍不敢去看屏幕,仿佛先前的画面下一秒就会再跳出来。她缩着肩膀,低头盯着面前的盘子,直到听到沈皓明说,我们走吧,就站了起来,跟随他走出大门。

她抱着自己的包坐进车里,身体一直在发抖。你的外套呢?沈皓明问。她才发现忘记穿了,别回去拿了,她几乎用哀求的语气说。车子停了,她走下来,发觉自己在一个空旷的院子里,周围都是深红色的砖墙。她打了个寒战,问,这是哪里?沈皓明说,苏寒有个生日派对,我不是跟你说了吗?

屋子里很吵,拼起来的长桌两边坐满了人。除了苏寒,她一个都不认识。沈皓明挨个介绍,她一直点头,却记不住任何一个名字。这是方蕾,沈皓明指着右边的女孩说,她跟我在英国一所学校,也读法律,算是我学妹。女孩笑了,你没念几天就转走了,也好意思自称是学长?沈皓明说,嘿,学校的校友录可是有我。女孩耸耸眉毛,那是为了让你捐钱好吗?沈皓明笑起来。许妍也跟着笑了一下。笑意在她的脸上一点点消失,泪水突然涌出来。

　　乔琳拉着她的手往山上走。许妍说,快下雨了,回去吧。乔琳说,你要去北京了,我得给你求个护身符。许妍说,可是摆摊的都回去了啊。乔琳说,再往上走走看嘛。

　　大雨降下,她们跑进一座庙里。两人抖着身上的雨水,乔琳长头发上的水珠溅在许妍的脸上,她咯咯笑起来。许妍说,严肃点,菩萨会生气的。乔琳收住笑,环视了一圈大殿,低声问,这个庙是求什么的啊?

许妍支起手肘,托住腮悄悄抹去眼泪。沈皓明正在问那个叫方蕾的女孩,你什么时候搬回来的?方蕾耸耸眉毛,你怎么知道我搬回来了呢,我看起来不像是回来度假吗?沈皓明摇了摇头,我才不信你在英国待得下去呢。

　　她们并排站在大殿中央。菩萨的脖子伸进黑暗里,看不见脸,但许妍能感觉到,有一簇白光从上面照下来。

　　乔琳小声问,你说那么多人来求她,她能帮得过来吗?许妍说,只帮她喜欢的人吧。乔琳笑了,说那她肯定喜欢我。当时我一直盼着妈妈能把你生下来。而且我还说,想要个妹妹。你瞧,菩萨就把你给我了。许妍说,当时你才两岁,就知道求菩萨了?乔琳说,我说不出来,但心里想的东西,菩萨一定能知道。许妍说,你要是知道后来发生的事,当初就不会那么希望了。乔琳说,我还是会那么希望的。我从来都没觉得不该有你,真的,一刹那都没有,我只是经常在心里想,要是我们能合成一个人就好了。她握住了许妍的手。她的手心很烫,仿佛有股热量流出来。

给我们拍张照片好吗?许妍听到有人在喊自己。是苏寒,她正站在方蕾和沈皓明的身后。许妍接过手机。苏寒笑着问沈皓明,还记得吗?那阵子每个周末我们三个都开车到郊外BBQ。后来过了一个暑假,回来大家都变得很忙,就没有再聚。也可能你们两个聚了,没有叫我。方蕾斜了她一眼,你说对了,我们在瞒着你谈恋爱。沈皓明点点头,后来她把我踹了,我伤心欲绝,就回国了。苏寒笑起来,小心你女朋友当真,回头跟你吵架。沈皓明说,她才不会呢。

大殿里飘过几丝凉飕的风,雨好像停了,有个人靠在门边看着她们。那人穿着一件破袄,逆光里看不到脚,还以为是坐着,后来才发现,脚被袄盖住了,他是个矮人。很老,布满皱纹的脸像一团揉搓起来的废报纸。她们往外走,他在一旁开口说,你们想知道自己的命运吗?她们对望了一眼,没停下脚步。他说,不收钱,我就当给自己解闷。

他走到她们跟前,仰起脸盯着乔琳,说你早运不顺,有一些坎,三十岁以后越来越好。乔琳问,怎么个好法?他回答,儿孙满堂,有人送终。乔琳笑起来,有人送终就算是好吗?矮人没回答,把头转向许妍,你啊,想要什么东西,都得跟别人去争。许妍问,那最后能争赢吗?他摇了摇头,说我不知道。许妍问,你也有不知道的事啊?他点点头,有一些。

苏寒用手指戳了戳沈皓明,说你可得劝劝方蕾,她现在是个愤怒少女,什么都看不惯,整天批判社会。沈皓明说,这叫回国综合征,过一段就好了。方蕾问,就像你吗,坦坦荡荡地做着你的沈家大少爷?沈皓明有点激动,说别把我想得那么麻木不仁好吗,我一直都想做点事啊……

然后他讲起出门前看的电视节目来:有对夫妻意外怀了二胎,按规定应该打掉,忘了为什么拖了好几个月,反正不是他们自己的责任,七个月才去引产,孩子生下竟然活着……苏寒感慨道,命可真大。沈皓明说,可是这算超生,男的丢了工作……讲到乔琳自杀的时候,方蕾摇头,这是我觉得最可悲的,因为上一辈的问题，子女的一生都毁了。苏寒说，这个故事有意思的地方是，合法生的姐姐死了，不合法出生的妹妹倒是活下来了。现在他们不就只有一个孩子了吗，还算超生吗？

许妍离开座位，走进洗手间，反锁上门。

乔琳不是不相信她，而是对世界不抱什么希望了。许妍记得乔琳最后一次打来电话，是一天清晨。她说，我今天出月子了。许妍问，你的奶够吃吗，现在能睡着觉了吗？乔琳没有回答，只是说，都挺好的，我就是跟你说一声，你去忙吧。她的声音淡淡的，没有高兴，也没有悲伤，只是有种解脱的感觉。她好像一直在等这一天。等孩子出生，等她过了满月……她那么迫切地希望解决爸妈的事，不是期盼能过什么新生活，只是希望有一个让自己心安一点的结果。如果没有，她也不能再等了。她已经松开了双手。

外面的人在不耐烦地敲门。许妍拧开水龙头，把脸伸到水柱底下。外面的声音消失了。好像沉入了河中，耳边只有汩汩的水声。我就是想来看看你，乔琳转过脸来笑着说。那双有点发红的眼睛在黑沉沉的水底望着她，然后熄灭了。

许妍回到座位上，跟沈皓明说自己可能着凉了，想先回去。沈皓明说，我们一起走吧。在车上，他说，方蕾听我讲了新闻里那个事，也挺来气，说她有几个从国外回来的律师朋友，没准有谁愿意接。我回头再给高叔叔打个电话，让他跟泰安那边的人说一下。这事反响很大，不解决一下，他们自己也难交代。许妍怔怔地望着他，这是乔琳拿命换来的，她想，眼泪掉下来。沈皓明很惊讶，这是怎么了？他抓住许妍的手，你不会是当真了吧，以为我和方蕾谈过恋爱？我们在开玩笑啊。许妍摇头，没有，没有，我只是有点感动，你真的心肠很好。她望着沈皓明，伸过手去，摸了摸他的脸颊。他拿下巴蹭了蹭她的手心，笑着说，我忘刮胡子了。

# 六

五月初,许妍回了一次泰安。学校已经给乔建斌恢复了工作,按照退休教师的待遇发工资。据说那期"聚焦时刻"惊动了北京的大人物,出面给计生委打了电话。但是乔建斌和王亚珍对结果并不满意,因为赔偿金的事没有落实。他们还在继续上访。

自从节目播出以后,他们接受了不少采访。乔建斌的口才练得越来越好,见到摄影机镜头,眼睛就放光。他有些得意地告诉许妍,那些记者都挺佩服我的,觉得这个社会就缺我这种有点轴的人。王亚珍开了个微博,在上面写这些年他们家的遭遇,被几个有名的记者和学者转发了,很多人在下面留言。王亚珍每条留言都会回复,有的谈得来的,还加了QQ。

这些外界的关注使他们一天到晚都很忙碌,暂时缓解了丧女之痛。但是一旦他们回到眼前的生活,意识到乔琳永远不在了,情绪就会再度崩溃。家里的灯坏了,没有人修。冰箱里臭烘烘的,还放着乔琳买的蛋糕和酸奶。桌上的婴儿奶粉敞着盖子,已经结成了疙瘩。一到天黑,蟑螂就变得猖狂,在桌子上到处爬。于是王亚珍又哭起来。乔建斌的情绪比较两极。有时候安静地坐在那里,对着桌上的酒瓶发呆。有时候暴跳如雷,大骂乔琳没良心,白白把她养到那么大。王亚珍哭完了,就在那台陈旧的电脑前坐下,开始写微博:

"你们不知道我的大女儿有多好,长得漂亮又懂事,性格活泼,所有的人都喜欢她。我难过的时候,她总是安慰我说,妈妈,都会过去的。这个世界上没有过不去的事……"

她写着写着又哭了起来。许妍走过去坐在她的旁边。她转过身,搂住了许妍。许妍轻轻拍着她的背,让她安静下来。电脑发出叮当一声,王亚珍从许妍的怀里坐起来,抹了一把眼泪,有人回复我了,她说,连忙握住鼠标点击了两下。

回来的最初两天,许妍住在附近的旅馆里。第三天晚上,乔琳的孩子有点发烧,她留下来照看她,睡在了乔琳的床上。枕巾没有换过,上面还有乔琳没带走的香波的气味。许妍枕着它,想起小时候的愿望,从未被她承认过的愿望,那就是她可以睡在这张床上,不,不是和乔琳一起,而是她自己。这个破烂不堪的家,对她有一种吸引力,她渴望自己能作为一个合法的女儿,住在这幢房子里。在漫长的童年和青春期,她见过不少优秀的女孩,富有的、美丽的、聪明的,可是她一点也不想成为她们。她只想成为乔琳。她想取代她,占有她所拥有的东西。即便那些东西包含痛苦和不幸,也没有关系。因为她觉得那是本来应该属于自己的东西。如果没有乔琳……她无数次这样想。小时候她和乔琳站在河边,一样的太阳照着她们,可是她感觉到乔琳在阳光里,而自己在阴影里。如果没有乔琳……她可以向右挪两步,走到阳光底下。

小时候的愿望是如此真挚和恐怖,被她一直揣在心里,缓缓向外界释放着毒素。很多年后,它实现了。乔琳不在了。现在她睡在乔琳的床上,作为爸妈唯一的女儿。许妍把脸埋在枕巾里,失声痛哭。她可以撤销那个愿望吗,这一切是否会有不同?乔琳会幸福一点吗,而她是不是能长成另外一个人?乔琳不在了,她并不能走到阳光底下。她将永远留在阴影里。

婴儿发出响亮的啼哭。许妍抱起了她。黑暗中,孩子皎洁的脸上没有泪痕,也没有难过的表情,好像先前发出的哭声只是为了把许妍从痛苦中拉上来。她静静地看着许妍。小巧的眼仁里像是蓄满宽广的海水。许妍想对着它忏悔,但更想把所有的祝福都给它的主人。如果她的祝福也像她童年的愿望一样有法力,她希望她能得到自己和乔琳永远无法得到的幸福。

许妍从于一鸣身旁醒来,时间是凌晨三点钟。旅馆的窗户关不严,寒风钻进来。立冬了,北京很冷。许妍约于一鸣吃了晚饭,然后又去喝酒。快结束的时候,乔琳忽然在他们的谈话中消失了。许妍记得于一鸣怔怔地望着自己。随后的记忆一片模糊。许妍不记得自己说了什么、于一鸣说了什么、他们有没有接吻。她好像有点疼,也可能没有,只是她觉得自己应该有点疼。

她把于一鸣叫醒了。他从床上翻下来,抓起地上的衣服。女朋友还在家里等他,喝醉之前他就强调过这一点。他一边穿衣服,一边对许妍说,我知道是因为你刚来北京,有点想家,过些日子就好了。

走到门口,许妍喊住了他,拿起背包伸进手去掏索。他问怎么了。许妍说,乔琳有个东西让我带给你。他站在那里等了一会儿,她还是没有找到。他说,我真得走了,以后再说吧,然后拉开门走了。

那支钢笔一直放在书包的隔层里,许妍前两回见于一鸣总是忘记给。也许是想有个和他再见面的理由。但是现在,她非常想把那支笔给他。她打开灯,把包里的东西倒在地上。

乔琳的孩子特别安静。在度过最初那段离开母亲的日子之后,她很快适应了新生活。每次喝完奶就睡着了,醒来只是轻轻哭几声,然后安静地等着。许妍抱起她来的时候,孩子把头贴在她的胸口,好像在听她的心跳,脸上露出一丝微笑。每次放下她,她都会嘤嘤地发出两声,许妍心里一紧,又把她抱了起来。

外面已经很暖和,她抱着孩子走到太阳底下。槐花开了,地上落了厚厚的一层花瓣,被风吹着,散了又拢到一起。她走到河边,在石阶上坐下,想让孩子睡一会儿。但是孩子不睡,和她一起注视着面前的河。你闻到你妈妈的味道了吗?她问孩子。孩子笑起来。

孩子叫乔洛琪,名字是乔琳取的,但是好像没有人记得她的名字,爸妈都管她叫孩子,乔琳的孩子。他们好像仍把她看作是乔琳的一部分。她的圆眼睛和乔琳很像。有时候望着它们,许妍会有一种想和乔琳说话的渴望。但她不知道该说什么,她想说的乔琳应该都知道。现在乔琳知道世界上所有的事。知道许妍回来了,知道她和孩子在一起,知道她很想念她。

离开的那天清晨,许妍又抱着孩子出去散步。路过火车站,她对孩子说，这里面有火车，呜呜呜，汽笛拉响，然后哐当哐当开走了。以后等你长大了，坐着它去找我，好不好？孩子没有笑，静静地看着她。她心里一紧，攥住了孩子的手。她无法想象孩子如何在那样一个破败的家里长大。

回到家，许妍把晾在门口的婴儿衣服叠起来，放在柜子里。她看到了那只纸盒，压在柜子最底下，露出一个角。打开盒子，那件白色连衣裙和她记忆里的样子不一样，塔夫绸没有那么硬，荷叶边也没有那么复杂。她给孩子穿上，把她抱到窗口。阳光照在胸前的那些小珍珠上，像雀跃的音符。你知道你很漂亮吗？她小声对孩子说。孩子软软地趴在她的肩上，用脸蛋蹭着她的脖子。

许妍坐在火车上，听到鸣笛声一阵心悸。她合上眼睛，想睡一会儿，但是耳边都是嗡嗡的噪音。她心烦意乱地拧开水，咕咚咕咚喝下去，然后盯着窗外飞快掠过的树和房屋。她一点点安静下来，并且做了个决定。回去以后，她要把所有的事都告诉沈皓明。他早晚有一天会知道的。她想跟他商量，等孩子大一些，把她接到北京住。要是有可能，她想收养她。

司机在车站等她，接她去吃晚饭。沈皓明订了一间日本餐厅。刚谈恋爱的时候，他们来过一回，从榻榻米包间的玻璃窗望出去，能看到小小的日式园林，但是现在天色太晚，覆盖着青苔的石头都变黑了。喝点酒吧，她跟沈皓明说。我正想说呢，沈皓明拿起酒单翻看。

清酒端上来，盛在圆肚子的蓝色玻璃瓶里。她和沈皓明碰了一下杯子。沈皓明问，片子什么时候播？她怔了一下。沈皓明说，这次出差拍的片子。她说，哦，下个月吧，还不知道剪出来什么样。然后她问沈皓明，你妈妈去巴黎了吗？沈皓明说，没呢，下周走，她们非要坐徐叔叔的私人飞机。许妍说，挺好，她们四个可以在飞机上打麻将。沈皓明撇了撇嘴说，无聊透了。

窗外园林的轮廓被夜色吞噬，只剩下灯光照亮的一角，石头发出幽绿的光。许妍喝了一杯酒，抬起头看着沈皓明，说，你知道吗？我一直觉得你身上有很多可贵的品质……她笑了笑，说你知道我不擅长表达,可我真的觉得你特别善良,有正义感……沈皓明问,你干吗要说这个呢?她说,而且你对我很包容,我们的家庭情况不同,生活习惯也不一样,我身上肯定有很多地方让你不舒服……沈皓明打断她,别说这种话行吗?许妍又给自己倒了一杯酒,把发烫的脸贴在杯子上,说我十八岁来到北京,谁也不认识。课余时间我当家教,做导购,帮人主持婚礼,赚了钱给自己买衣服,去西餐厅吃饭。我就是想过体面一点的生活,你明白吗?我小时候家里什么都没有,连写字台也没有,要在窗台上写作业……我特别珍惜现在的生活,珍惜你,所以我一直……许妍哭了起来。沈皓明蹙着眉头望着她,她心里一凛,不知道怎么说下去。

服务员送进来甜点。两人默默吃着。沈皓明给她倒了酒,又把自己那杯添满。许妍喝了一口,鼓起勇气说,我表姐,冬天来北京的那个……沈皓明啪地一下把杯子放在桌上。许妍愣住了。他沉了沉肩膀,说我这两天,在方蕾那里过的夜,嗯,他又倒了一杯酒,说我本来想过几天再说,可是你把我说得那么好,让我很惭愧,我没打算瞒你,你知道我最讨厌骗人的。许妍茫然地点点头。她攥住酒壶,想再倒一杯酒,但始终没有把它拿起来。瓶壁上有很多细小的水滴,像一种痛苦的分泌物。她轻声问,你们俩的事是刚开始,还是已经结束了?沈皓明不说话,点了一支烟,白雾从他的指缝里升起来。许妍用手臂支撑着从榻榻米上站起来,说我先走了,等你想清楚了,告诉我你打算怎么办吧。

她拉开门向外走,沈皓明追出来,把外套披在她身上,说你又忘了穿大衣。然后他张开双臂拥抱了她。这是最后的告别吗?她一阵心悸,推开他跑到路边,拦下一辆出租车。

回到家,她发觉自己浑身滚烫,好像在发烧,就设了闹钟,吞了两片药躺下来。帮帮我,她在黑暗中说。外面天空发白的时候,她感觉乔琳来了,背坐在床边,扭过头来望着自己。她的目光并没有应许什么,却使许妍平静下来。

闹钟响了很多遍,她挣扎着坐起来,看了看另外半边床,很平整,没有坐过的痕迹。她洗澡,烤了两片面包。手机上跳出一条短信。她没有看,走过去拉开窗帘,外面下雨了。她把杏子酱涂在面包上,慢慢吃起来。吃完才拿起手机,点开短信。

沈皓明:我们还是分手吧,对不起。

她喝光杯子里的牛奶,拿起伞出门了。

请假十天,积压了很多工作,她一口气录了三期节目。中场休息的时候,编导进来跟她聊节目改版的事:活泼一点,别死气沉沉的行吗?要是收视率再这么低,节目就得停播了。许妍说,那我就去主持一档新闻节目。编导朗朗地笑起来,"聚焦时刻"那种吗?真没看出你身上还有社会责任感。

许妍换了一套衣服,坐在镜子前补妆。她问化妆师,你觉得我剪个短发怎么样?化妆师说,嗯,挺好。别再留齐刘海儿了,挡着额头影响运势。许妍笑了笑,说听你的。

回家的路上,许妍拐进一家美发店。从那里走出来,天已经黑了。夏天的风吹着脖子,很凉爽。她去便利店买了两个面包,然后往家走。路边有一家酒吧,或许是新开的。她朝里面张望了几下,有很温暖的灯光。她推开门走进去。

酒吧很小,只有一个男人趴在角落里的桌子上。她坐上吧台,点了一杯莫吉托。角落里的那个男人走过来,要添一杯威士忌。是对面那个姓汤的邻居。他冲她点了点头,然后回到自己的座位。

店里放着喑哑的电子乐,像是有什么东西发霉了。喝完第三杯,她觉得自己应该醉一次。她从来没有试过,交过的几个男朋友都很爱喝酒,她必须保持清醒,好把他们送回家。有人在敲桌子。她抬起头来。店主面无表情地说,我要关门了,我女朋友在家等我呢。然后他走到角落里,把她的邻居叫醒,站在那里看着他把口袋里的钱摊在桌上,一张张地数着。

许妍坐在姥姥家门口。明天就要动身去北京,箱子已经装好,还有很多小时候的东西要处理。她把纸箱拖到外面,坐在门槛上慢慢挑。乔琳朝这边走过来,手里举着两个蛋筒冰淇淋,融化的奶浆往下淌。她坐在许妍的旁边,把香草的那只递给她。

乔琳说,我买了支钢笔,你帮我送给于一鸣。她们默默吃着冰淇淋。一个住在隔壁院子里的小男孩走过来。约莫十来岁的样子,站在那里看着她们。乔琳指着冰淇淋说,下回我给你买一个,好吗?男孩没说话,仍旧站在那里。地上散着从箱子里拿出来的乱七八糟的玩意儿。装风油精的瓶子,雪花膏的铁皮盒子,一块毛边的碎花布……这些不成为玩具的玩具,曾是许妍童年最心爱的东西。乔琳说,雪花膏盒子好像是我给你的。许妍说,我拿纽扣跟你换的。什么纽扣?乔琳问。许妍说,那是我最喜欢的纽扣,你竟然不记得了。她把蛋筒塞进嘴里,起身进屋洗手,忽然听到背后发出叮咣一声响。

隔壁的小男孩从地上那堆东西里拿起一只风筝,转身就跑。乔琳对她说,走,我们把它抢回来!

男孩到了胡同口,转了个弯,朝大马路跑去。她们给一辆车拦住,落下了很远。但她们还在往前跑。乔琳脚踝上的链子发出丁零零的声响。她的长头发在风里散开了,许妍闻到香波的气味。小男孩消失在马路的尽头,但她们没有停下。头顶上翻卷着乌云。许妍恍惚发现这一会儿的工夫,把小时候整天走的那些街都走了一遍。如同是快进的电影画面,一帧帧飞过,停不下来。乔琳拉了她一下,伸手指了指天空。在天空的最远端,一只绿色的风筝,正在一点点升起来。

许妍停下来,和乔琳仰头望着天上。那只风筝垂着两条长长的尾巴,像只真正的燕子。它在大风里探了个身,掠过低处的黑云,又向上飞去。

许妍和她的邻居站在酒吧的屋檐下。邻居说,好像又下雨了。她笑着说,有什么关系呢。邻居说,我希望下雨,这样土能好挖一点。许妍晃了晃她的短发,你说什么?邻居说,我的狗死了,我等会儿去埋它。它现在在哪里,许妍哈哈笑起来,你不会把它冻在冰箱里了吧?邻居的脸抽搐了一下,说我真的不想回家,我们能再喝一杯吗?许妍说,好啊,我家里有酒。邻居问,你男朋友呢?许妍说,分手啦。邻居说,遗憾。对了,什么时候能尝尝你做的饭呀,经常在走廊里闻见,特别香。许妍说,也可能是外卖。邻居说,不是,周围所有的外卖我都吃过。许妍问,你没有女朋友吗?邻居说,我喜欢的都不喜欢我。许妍说,你肯定有很多怪癖。邻居想了想,喜欢在浴缸里泡澡的时候吃橙子算吗?

雨下大了,他们跑起来。许妍踩到一个大水洼,雨水溅了一身。她笑起来。来到屋檐底下,邻居抖了抖身上的雨水,转过头来问,对了,你的表姐怎么样了?她的孩子好吗?许妍不笑了,望着他。

他说,有天晚上我下来遛狗,拿着手电乱扫,结果忽然在灌木丛边看到一个女人,躺在那里跟死了似的。我刚想喊保安,她睁开了眼睛,说没事,我只是晕倒了。我想扶她起来,但她说想再躺一会儿。我也不好意思丢下她,就坐在旁边,陪她聊了一会儿天。许妍问,她都说什么了?邻居说,忘了……哦对,她说,我肚子里的小家伙好像很喜欢北京,不想离开这儿,我就跟他说,你很快会回来的,你以后会在这里长大的……嗯,你表姐还说,让我到时候别忘了带我的狗和他玩……

许妍哭起来。乔琳从未说过要把孩子托付给她。然而她却知道孩子会来北京的,大概是笃信自己和许妍之间的感情,并且因为她了解许妍是什么样的人,也许比许妍自己更了解。那颗在掩饰和伪装中裹缠了太多层,连自己都无法看清的心。

许妍看向天空,好让眼泪慢点掉下来。她点点头说,孩子很快会来的,跟你的狗一起玩……

邻居说,狗死了啊,我今晚要去埋它……

许妍喃喃地说,你不知道那孩子有多乖,一点都不吵,你一逗她,她就咯咯笑个不停,是个女孩,很漂亮,眼睛圆圆的,穿着白裙子,像个小公主……

邻居说,哦,那我再养一条狗吧……

雨声淹没了他的话。许妍站在楼檐底下,静静听着外面的雨。她不知道能否照顾好孩子,以后会不会为了前途想要抛弃她。她对自己完全没有把握。可是此刻,她能感觉到手心里的那股热量。有些改变正在她的身上发生,她的耐心比过去多了不少。也许,她想,现在她有机会做另外一个人了。

(原刊《收获》第 2 期)

# 母　亲

曹　寇

一

　　星期三的晚上,我接到一个陌生电话,当时我正在北京一个酒局上喝得昏天黑地。这个电话虽然没有像影视桥段中夸张的那样让我立即从酒精中清醒过来,但确实叫我吃惊不小。为此我还暂且从酒局中脱身,找了一个所谓僻静的地方。而这个僻静之所无疑正是饭馆厕所里的蹲坑隔间。也就是说,对方不仅能在话筒中听到我的声音,也许也能听到如厕人士的说话声、呕吐声、排泄声,以及抽水箱那一声声巨吼。不过,诚如厕所蹲坑隔间发明者的初衷那样,这确实是一个私密空间,使我们看上去每个人都有点隐私。

　　电话那头是一个嗲声嗲气的女人的声音。这不表明她是一个年轻女人,恰恰相反(如果我没有记错的话),这个自我介绍为"刘女士"的人,她应该五十多岁了。嗲声嗲气只是她的音色和说话方式,这在十年前就是这样。十年前,刘女士四十多岁,当时即已离异多年,但女儿蒋婷跟着她,当时蒋婷已经二十出头了,正在南京读大学。蒋婷和我巧遇于某张酒桌,然后我和她成了男女朋友。因为单亲家庭,蒋婷像很多同类女孩那样并不留恋自己的家庭和户口所在城市。据她自己说,我对她不错,她希望留在南京,毕业后找一份工作,也可以应我的要求与我结婚。要知道当年我正在婚龄的黄金阶段,无论从世俗舆论、个人愿望还是情感浓度上看,我都没有不想和蒋婷结婚的道理。因此,出于某种谈婚论嫁的程序或规则,我和蒋婷去拜望过她的妈妈,也就是这位刘女士。当年年底,刘女士还曾应邀到南京我的家中和我们一起过了年,受到了我的亲友们的热烈欢迎。但是,过完年刘女士离开南京不久之后,我就和蒋婷分了手。从此再无任何联系。一晃十年过去了。

至于她现在为什么自称"刘女士",我也不懂。

刘女士说,她现在正在南京出差,待两天,希望能和我见一次,聊聊。我只好在说话声、呕吐声、排泄声,以及抽水箱那一声声巨吼的间歇中告诉她,我现在在北京,要到后天才能回去。这不算谎言,虽然我还没预定好后天返回南京的高铁票,虽然我在北京并没有非得要挨到后天非做不可的重要事情,但她既然说待两天,我选择后天回去,正好她也走了。我确实想不出和她有什么非见不可的理由。我甚至想不出她的模样了,是那个穿着正式、烫着头的中年女人?包括她的女儿,我也陡然感到面目模糊了起来。真是遗憾,十年过去,我已经很少会想起这对母女了。

她显然没有想到这一点,在电话中,刘女士有点为难的样子。不过,她很快做出了一个决定,就是在南京多待一天。"我马上就去酒店前台办一下,加一天。好吗?"她这话让我有点过意不去。尤其是我还想到了她之前说如何打探到我的手机号码的事。我们不可能会互相保留十年前的手机号码。这十年正是手机及号码不断更新换代的时代,就算保留,号码很容易失效不说,在技术上也很困难。把一个号码用到十年以上的人并不多。不过,这里我倒可以卖个乖,我的号码就用了十年以上。这说明,她的手机中早已没有了我的号码,相信她的女儿也是。

她是这样找到我的手机号码的:虽然她十年前来过我家,但后来我搬家了,所以没有直接上门。不过,十年前我在城北郊区一所地理位置很特别的中学教书,便于记忆,所以她赶往了那里。最近几年,那一带刚刚开发,到处都是工地,治安混乱,尘土飞扬。她锃亮的尖头小皮鞋一定踩着了当地的污水,她那身行头和打扮很容易被聚集在小卖部门口打牌下棋的老头意淫一番。飘扬在空中的塑料袋还可能一个俯冲盖住了她勤于修刮的略显蜡黄的脸,让她非常愤怒地用两根指尖将它掀起、甩开。她很容易地就找到了我工作过的那所学校,但因为我早已离开(八年前),教职员工花名册上不再有我的姓名和联系方式,也没有曾经的同事与我还保持联络,最要命的是看门大爷已非当年那位(当年的说不定已经死了呢),后者并不愿意让这样一个操持着北方口音的中老年女人擅闯大门。另外,我不知道她是如何向我的前同事们介绍我和她的关系的。朋友?前女友的妈妈?亲戚?无论是哪一种,我都觉得足够幽默。神奇之处在于,正好我一个初中同学经过了校门。这位同学初中毕业就到社会上混了,结婚很早,他的孩子已经在这所学校就读了,幸运的是我已经离开了这所学校,否则我的初中同学很可能会成为我的学生家长之一。按理说,初中毕业后我也不可能和这位初中同学会有什么来往。巧合在于,不久前曾有过同学聚会,也是我参加过的唯一一次。我记得我的出现曾在同学聚会上造成了一个小小的涟漪,大家纷纷指责我"忘本",居然那么多次聚会都没有出现过。但既然来了,就好。很快,这个涟漪就被波涛汹涌的敬酒和拼酒活动替代了。大概正是在觥筹交错之中,我们彼此礼节性地留下了对方的号码。然后像命中注定的那样落到了刘女士的手中。她不虚此行。她回到酒店,迅速换下被城北地段漫天灰尘污染的脏衣服,洗了个澡,还给自己贴了个面膜,这才在台灯橘黄色光线的照耀下拨通了我的电话。

所以,我从厕所返回酒桌之后,就和身边一位朋友说,明天我就回南京。怎么了?他很吃惊地问。我说,家里有事。然后重新投入酒席。我对当天的记忆到此为止。如果说还有什么的话,我记得和刘女士通完电话后我曾习惯性地拉了一下抽水箱的绳子,这可能与我当时蹲在坑上打电话有关。但我就是蹲着,并没有露出屁股。另外,我说"家里有事"这句话的准确性也让我十分怀疑和懊悔。我喝多了,第二天起来非常难受。但我还是咬着牙爬上了返回南京的高铁。

## 二

　　时间太久了,我似乎已经不太记得和蒋婷在一起的日子,但也没如我想象的那样全忘。我们是在酒桌上相遇的,结束后,我提议要不要再喝点?她没有像女大学生习惯性地那样申述次日还有课什么的,和我走了。我们在一家烧烤摊喝。一人要了一瓶小二。聊什么了,完全不记得。但可以肯定的是,我们都很高兴,因为我们后来又一人要了一瓶小二。次日醒来,她就躺在我身边,我们连衣服都没有脱,也没有盖被子,而是并排躺在被子上,在我的家里。头发遮盖了她大半个脸,我用手拨开那些头发,吻了她一下,她醒了,没有吃惊,更无尖叫,而是对我无声地一笑,露出了她并不整齐也不雪白的牙。

　　她的父母在她八岁的时候就离婚了。她跟妈妈。但她妈妈长年在外,北京、石家庄、济南什么的,当过幼儿园阿姨,保险推销员,公司文职人员,等等。蒋婷被放在山东聊城乡下,在姥姥家。姥姥对她最大的希望就是外孙女长大了不要像她的女儿那样跟人结婚又离婚。姥姥不仅觉得这是一件丢人的事,关键是孩子太可怜了,没有爹,也几乎没有妈。她一说这些,就会眼眶发红,抹泪不止。姥姥给蒋婷做吃的,做各种好吃的。蒋婷总是强调它们的好吃程度。这是一种记忆使然,并不真实,这是蒋婷自己说的,她知道这一点。舅舅们不喜欢她,蒋婷也不喜欢舅舅们。在蒋婷十五岁的时候,姥姥死了。蒋婷的妈妈将她接到了济南。蒋婷也见过几次爸爸。爸爸在广东,一个干瘦男人。爸爸在那里又娶了老婆生了孩子。她在爸爸家生活过一个暑假,她不喜欢广东湿热的天气,她也不喜欢穿裙子。但她喜欢爸爸,爸爸不爱说话,甚至有什么事,也不说话,只拿眼睛看看她。她的爸爸会打骂训斥他和后妻生的孩子。她知道他并不把她当自己的孩子那样对待,爸爸只是一个有血缘关系的陌生人而已。但她还是喜欢爸爸,听爸爸的话。考南京的大学就是爸爸的意愿。他年轻时候考过,但没考上。

蒋婷也不是不喜欢妈妈,只是始终没有找到跟妈妈怎么相处的办法。妈妈严厉起来让她惧怕,各种要求特别多,比如蒋婷对裙子的厌恶就和妈妈有关。后者总是爱买一些时髦而又廉价的裙子让她穿。穿出去倒也没什么,没听到有什么人笑话她。但因为源自妈妈的强迫,她确实觉得那些裙子穿在自己身上很别扭很丑。高中的时候,蒋婷叛逆了两年。跟男同学谈恋爱,学会了抽烟喝酒,和老师和妈妈吵架。有一天妈妈动手打了她,她居然反击了。她第一次发现妈妈原来比自己矮小,也没自己力气大。她吓坏了,但她不可能向妈妈道歉,而是在自己房间哭了很长时间,她很伤心。

妈妈在那些年也频繁地谈过几次恋爱,有过另一段短暂的婚姻,嫁给了一个姓王的叔叔。这段婚姻让蒋婷和妈妈的关系蒙上了一层阴影,那就是王叔叔有个十八九岁的儿子,他试图强奸蒋婷。虽然此事以妈妈与王叔叔果断离婚而结束,但对蒋婷造成的伤害,已经无从弥合。这种伤害不在于强奸企图和强奸本身,蒋婷说,就算王叔叔的儿子强奸成功了也没什么。问题是,妈妈这种动荡不安的生活突然让女儿的感觉很糟。她进而想到,一切的不幸似乎都是妈妈带来的。同学们的讥笑,舅舅们的冷酷,在蒋婷看来,甚至姥姥的死也与妈妈脱不了干系。据说正是因为妈妈跟一个有妇之夫谈恋爱,对方妻子没有找到妈妈,但找到了姥姥。姥姥羞愤难当,以中风抗议自己不堪的晚年,不久就死了。

认识不超过半个月吧,蒋婷就从学校宿舍直接搬到了我家。她的东西比我想象的要多,我不得不将两门橱换成四门橱。她还让我知道洗发水沐浴露牙膏什么的,除了超市货架上那些,还有别的。她将我的家布置一新,桌子开始习惯了台布,窗台也享受了绿植。更关键的是,当我步履沉重地下班回来,老远就能看到自家的炊烟(假设烟囱以虚线方式存在于我们的单元房外)。她已有的生活经历当然决定了她不会做饭,但这对她来说并不困难,网络和烹调图书很快就使她成为一名巧妇。并非贫困的经验(虽然蒋婷家庭破碎,但她自幼并不缺钱),而是考虑到我的收入有限,蒋婷在购物方面也做到了货比三家、价廉物美。随着学校里的课越来越少,她也懒得出门,偶尔跟同学聚会还会将我拉上。收拾屋子洗衣做饭,一切停当,蒋婷会坐在阳台一角玩电脑或看书。

　　我的亲友显然被蒋婷感动了。他们一方面觉得这是我的福气替我高兴,另一方面他们甚至妒忌这一点。这小子凭什么这么好的运气?在他们的眼中,之前那些年我恋爱、相亲,没有一次成功的劣迹已经宣告我是朋友圈和这个家中的一个老大难问题。蒋婷的翩然而至,彻底粉碎了他们的自以为是。这甚至让他们在谈房价和股票的问歇还谈到了一些事关缘分和命运的话题。唯一让他们感到忧虑的是,蒋婷还是个学生,年龄比我小将近十岁。毕业工作后的蒋婷是否会有变化?谁也拿不准。而我唯一和必须做的,就是降低这一变化的系数,而降低变化系数的最有效的行动就是结婚。婚姻虽然是滋生婚外情、绿帽子、红杏出墙等坏事的肥沃土壤,但道德和法律的制高点势必将是烛照这些黑暗行径的道义明灯。现在迫切的问题是,我必须得到蒋婷妈妈的认可,同时尽快促成双方长辈的见面。

## 三

　　也就是说,我比电话中跟刘女士说的提前一天回到了南京。这点她并不知道。但李芫知道,李芫是我的老婆。后者在电话里问我,你打算怎么办?我说这不存在怎么办的问题吧,刘女士跑来找我,想见一见,就见一见呗。她说,你之前不是说你要在北京多待几天的吗?我说是,但现在我改主意了行吗?她说,哦,我懂的。

　　这是在高铁上我们彼此发的短信。刚下高铁,她如我所料地打来了电话。我理解为这是一种妻子的本能。本能包括她首先希望我在她的"视线"之内,其次,我们是一家人,理应勤俭持家,为了节省漫游费,在我一脚踏入南京本地后才打电话,可谓恰到好处。

李芫:怎么讲？

我:什么怎么讲？

李芫:你现在去见她？

我:我疯了吗？我先回家。

李芫:那晚上呢？

我:晚上我也在家啊。

李芫:不跟她见？

我:明天吧。

李芫:哦,好,我知道了。

这样的交谈过于吃力,让人感到不舒服。我想挂掉电话,但我还是控制住自己的情绪,补了一句:你什么时候下班到家？

她反问:你说呢？挂掉了电话。

李芫的反问当然也是一种情绪。我既可以理解为她是在指责我明知故问(她下班了当然要回家),也宣示着某种不确定因素。也就是她可能一气之下不回了。她是一个喜欢回娘家的老婆,这在以前时有发生。当然,这也和我们的孩子壮壮长期在外婆家有关。李芫的工作较忙,而我因为在家工作,不要说带壮壮,家里有人走动都会扰乱我的思路。恰巧李芫的妈妈刚刚退休,无所事事,而且喜欢自己的外孙,心甘情愿地带。不过,她要求外孙不叫她外婆,而是叫奶奶。壮壮也便有了两个奶奶,两个奶奶便有了竞争关系。如果壮壮被另一个奶奶(我的母亲)接走了,这个奶奶就会心神不宁,担心壮壮与另一个奶奶的关系超过她的。关于这一点,也正是我母亲对我失望的地方。她何尝不想和自己的亲孙子多相处相处,而李芫显然是站在自己母亲一边的。婆媳之间与生俱来的不和因此加剧了。我作为夹在这对婆媳之间的儿子或丈夫,完全无能为力。我的位置一旦倾斜于某方,就会遭受反方向的眼泪、咒骂和负气而走。不过,现在这事还不至于让李芫到那一步。另外,以我对她的了解,她晚上肯定会回来,认真与我翻来覆去地谈论此事,并还会面授种种。

回到家,如我所料的那样,地板上已经蒙了一层灰尘,冰箱里空空如也。唯一让我感到意外的是,因为有段时间没人居住,进屋之后我居然能闻到家具和墙壁向我散发的气味。但这不重要。放下行李后,我就忙活开了。因为不用上班,结婚以来,家务都归我。我出门,李芫就回娘家。这并非是我对李芫的抱怨,我毫无怨言。她的履历没有让她有过操持家务的必要,她繁忙的工作也限制了她一度有志于此的尝试努力。这既算是我们之间的约定俗成,也算是合情合理的家庭分工。

我记得蒋婷从我家搬走后,我一度还很不适应。阳台上的绿植因无人照料,渐渐枯萎。最后只剩下了一盆仙人球。但搬家的时候(已和李芫恋爱),我蓄意地放弃了它。还有墙上的几块污渍,那是蒋婷在和我发生争执时顺手操起茶杯砸的,如果我没记错的话,她当时喝的是速溶咖啡。此外,蒋婷刚刚搬走那段时间,我经常迟迟不能入睡,我总是会不自觉地听楼道里的脚步声。蒋婷的脚步声我能听出来。然后是她开门进来,在换鞋垫上,她会站一会儿,叹一口气,这才换上拖鞋进卧室。如果发现我睡了,她会蹲在床边看我一会儿,在我的唇上吻一下,然后我就醒了,回吻她。但我真的再也没有听到过她的脚步声。这不仅早已过去,而且我早已搬了家。在收拾屋子、做饭的整个过程中,我并没有过多地想到刘女士和蒋婷。她们和我婚前的那个房子有点关系,但在这个房子里没有她们的任何痕迹。

李芫并没有一到家就跟我开始谈论蒋婷和刘女士。在我们共同生活的这些年里,她对我的过往已经很了解了。她知道蒋婷是谁。如果她想知道刘女士为什么要来找我跟我聊一聊的话,我也无可奉告,这不还没见还没聊嘛。这或许说明李芫还是理智的,也有其应有的聪明。她问了问我这段时间在北京的情况,我如实相告。我则不得不表示关心一下我们的儿子,她说有奶奶(外婆)难道我还用得着操心?说得也是。我确实从来没有操心过自己的儿子。总之,气氛有点僵。上床做爱后,这种僵硬才缓和了下来。

李芫:明天,你跟她怎么见?

我:她说想来我家。

李芫:你答应了?

我：如果你不同意，我就叫她别来。
李芫：我干吗不同意，我还想看看她什么人呢。
我：另外，她还提到想看看我妈。
李芫：就是说你妈也来？
我：要不你把你妈也喊来？
李芫：去你的。
然后李芫想了想，说，那明天把壮壮接回来。

## 四

既然女儿反复说明不喜欢自己的妈妈，出于某种势利，和蒋婷前往济南看望刘女士那次，说成不当回事显得过了，也不符合我的性格，但确实准备得不够充分。见面礼只是百货商店买的几样南京特产，牛皮糖和桃酥之类的。后来据说，我的穿着也很让刘女士失望。总之，我的态度确实与在火车站等候多时的刘女士的热情难以匹配。

当时已是深秋，济南的深秋比南京要冷得多。穿着缀有花朵的高跟鞋、玫红色呢子大衣、头发刚刚烫过高高耸起的刘女士被车站附近的冷风吹得不断擤鼻涕。我们出站看到她时，她就正在用手帕擦鼻子。即便是十年前，使用手帕的人已经不多了。所以无论是穿着和做派，刘女士给我的第一印象确实是一个过时的女人。她将脑袋向后偏去，用一种身高比我高一个头的眼神打量我（事实上她没有我高），也让我对自己的判断力感到自信。简言之，她很县城，很土。她唯一让我欣赏的是她沙哑的嗓音，不过事后证明，这只是当时她在风口被吹感冒了的缘故。她的嗓音比女儿娇气，比女儿哆。老实说，刘女士只比我大十来岁。我不免想起自己中学时暗恋过的与刘女士年龄相等的英语女教师。那是一个性感的女老师，尤其当你答对她的问题时她报以微笑和 Yes 的一连串神情和动作。毕业多年，我实在难以想象我的英语老师会成为刘女士这样。

我们在她的家里安顿了下来，两室一厅一厨一卫的单元房。

虽然我能明确地感受到屋子刚刚整理打扫过，但仍然可见脏乱的实质。比如茶几上还残留着抹布草率抹过而留下的一个弧形灰尘形状。比如角落里一些类似瓜皮果屑的东西。比如原本可能胡乱摆放在沙发上的脏衣服，此时无非在她卧室里的衣橱中摆放着，因为她只是将它们攒成了一个硕大的不规则布球，那些衣服始终想滚出来，所以，衣橱门费力地虚掩着，倒像里面藏有一个偷窥者或奸夫。她家中真正让人觉得清爽的是厨房，虽然里面堆了不少纸箱、杂物，虽然灶台上落满了灰尘，但绝无各种瓶瓶罐罐，乃至在煤气灶和抽油烟机上，连烟熏火燎的痕迹都没有，与一个装修多年无人入住的房间相似。我们坐下不久，就出去找馆子吃饭了。其后几天，饭食都是如此解决。

可能与风俗有关，在济南的三天里，我都是睡在小房间的单人床上，母女二人则睡在大房间的双人床上。这是有意思的。也就是说，刘女士平时一个人也睡双人床，那是"她的床"，她岂会拱手让出？第二，虽然她明知自己的女儿早已和我同居，但她不愿意亲眼目睹女儿和我睡在一起。另外，如此安排也算合情合理，双人床两个人睡单人床一个人睡，自古以来就是真理。难不成让蒋婷睡单人床我和刘女士睡双人床？只是每天睡前，蒋婷会在我的单人床上坐会，但开着门。刘女士不时会探头进来问女儿什么时候洗澡什么时候睡觉。如果刘女士在洗澡或干别的，我也对她的女儿做过爱抚和亲吻之类的动作，但因为时间有限，无法深入。这倒让我感觉不错。确实有一天下午，应该是第三天下午，刘女士出门要办点什么事，我和蒋婷做了一次。刚开始是在我的折叠单人床上，但场地不够，噪音太大，后来蒋婷才勉强同意移到刘女士的席梦思双人床上。我们的速度很快。它既是整个过程的耗时长度，也包括强度和获得高潮的短促。这让我们非常惊讶，也感到害羞。我们甚至没有看一眼对方，了事之后就迅速穿戴整齐，将双人床恢复原状，然后一本正经地双双坐在客厅沙发上看电视。此时，刘女士也适时返回。她的速度也快。

除了这些，就是我在这对母女的带领下游逛济南城，以便刘女士尽一尽地主之谊。刘女士热衷于比较。比如在大明湖,她会问南京有没有这样的湖？我报之以南京有玄武湖和莫愁湖,名气也不小。那么有像千佛山这样的地方吗？我说没有,不过南京有个栖霞寺,寺庙后面有几块绝壁,上面雕凿了不少大大小小的佛像。芙蓉街这样的老街区,南京当然也有,比如夫子庙嘛,都是卖低劣工艺品和假古董的地方呗。至于著名的趵突泉,南京确实没有,不过南京确实也有个旅游景点也叫珍珠泉。汤山也有温泉,虽然没有趵突泉这么有文化,但据说蒋介石和宋美龄夫妇当年还是经常去泡澡的。刘女士显然对我的说话方式不太满意。她不得不向自己的女儿求证:是这样吗？蒋婷毫无兴致,说她不知道。蒋婷到底知道不知道南京这些名胜古迹？我也不知道。我们没有一起去游玩过这些地方,其因在于我们都不喜欢去这种地方,我们愿意待在家里,侍弄绿植,洗衣做饭。

　　游逛了两天,虽然我什么也没说,蒋婷已经率先受不了了。也可能与此事无关,母女二人在第二个晚上发生了争吵。我在小房间里听到了隔壁沉闷而剧烈的说话声,但能听出她们是在控制自己,蓄意避免引起我的注意。我曾试图打听她们争吵的内容,蒋婷说与我无关,我便永远不得而知了。第三天,我们没有再游逛,就是待在屋子里看电视,聊天。也无非是她问我答。下午,刘女士速去速回了一趟,前文已述。没想到当晚,母女二人再次发生了更为剧烈的争吵。正在我关在小房间里手足无措之际,刘女士不经邀请推门而入,满脸泪痕地一屁股坐在我的单人床上。接着,她的女儿蒋婷也准时站在了门口。女儿看着母亲,母亲则将脸埋在两个青筋暴露的手掌和那条手帕中。她们都不说话。问也无济于事。不说话让我不知从何劝解。所以我只好作壁上观。

　　小林,刘女士终于擦干了眼泪,抬起一张因为啼哭和擦拭而红光满面的浮肿的脸对我说,今晚,我睡这,你去大床跟她睡。

　　这……我不得不吞吞吐吐起来,这样不好吧,你们母女……

　　不关你的事,你别管,蒋婷打断我的话,甚至还用一只手稳住我,好像担心我听凭其母的安排马上就爬到隔壁那张大床上去似的,她说,我们收拾东西,马上走。说着她又掉转身去了隔壁,听得出来,她在收拾东西。

刘女士这才站起来,然后在门口回过头跟我说话:小林,对不住了,让你不舒服了。她从小就不听话。唉。

当然没有走。不过,蒋婷没有再和她妈妈睡一张床,而是和我挤在小床上凑合了一夜。因为拥挤,睡不好,次日起来,我俩都一脸菜色。

## 五

本来我们预计还要一起去蒋婷的乡下老家,她不止一次地说过,她那个村子与河北省仅一河之隔。那是一种北方的河,与南方很不一样。两岸没有很多植物,都是农田,河中也没有船只和渔夫。它就是一条河,单纯地由河床和河水组成,默默无闻,不舍昼夜,此外似乎没有其他任何意义。在这条河上,有一座水泥大桥可以将她送到她嫁到对岸河北的表姐家。舅舅们对她谈不上好,但表姐自幼带着她玩,一直对她不错。除了那些一望无际的玉米地,姥姥的坟头和表姐大概才能给她带来所谓老家的亲切感。不过,这些终归经不起推敲。它们过于戏剧,过于电影,并非生活的真相。真相是她连续两晚都和许久没见的妈妈仍然彼此憎恨(起码是表象上),发生了争吵。蒋婷决定直接返回南京。

说好了刘女士不用再送,但她还是跟到了车站。不是站台,而是候车大厅,她不能进来,如果进来,她需要买一张站台票。她就这么隔着候车大厅的玻璃墙看着我们安检、验票,我们始终在她的视线之中。如果我们回头看她,她则满脸堆笑,并指手画脚,夸张地翻动嘴唇,似乎同时在向我们说唇语和哑语。她仍然穿着三天前接站时的行头。只是高高烫起的发型有所垮塌。我们(其实主要是我)不停地用手背向她的方向挥舞,示意她赶紧回去。但从另一个角度看,与撵她也无异。我注意到蒋婷终于掉了两滴泪。

我现在能确定的是，我并不了解蒋婷，或者没有彼此入心。比如时至今日我其实也不知道这对母女的矛盾具体是什么。蒋婷不爱谈论这些。她是一个沉默寡言的姑娘。我们之间的男女关系得以维系，我想这和我自己也是一个沉默寡言的人有关。在这个世界上，迄今为止，蒋婷是我唯一整天不需要讲话也不会觉得压抑窒息的人，反而觉得踏实和安全。我们各干各的，互不干涉，但又彼此认同，如胶似漆。这么说可能有点夸张。这么说吧，我们是十年前这个世界上一对相当安静的情侣。最后我们分手，或许也与安静被打破有关。

一大早我就给刘女士打了电话。我代表自己的全家邀请她来吃晚饭。她欣然答应了，出乎我意料的是，她并没有问到"全家"是个什么概念。她倒是喋喋不休地向我汇报，这几天她把南京很多名胜古迹都跑了。十年前到我家过年时去过的，有些地方她还重游了一遭。没去过的，比如总统府、中山陵什么的，她都觉得很好。她说南京真不愧是六朝古都啊，"确实不比济南差到哪儿"（原话）。那么，既然现在还是上午，而我约的是晚饭，她则需要马上去一趟栖霞寺。"就这么定？OK？"她说。我也只好喔凯。也就是说，这通电话看起来并不像她要来找我，更不像是为了见我特意多待了一天，而是，她很忙，忙着游山逛水，忙着举起自拍神器在某个景点大门门前搜寻自己一个最适合最美的表情。晚饭到我家来，也看上去并非她的情愿和主动，而是受邀而已。我只是给她百忙的生活增添了另一忙。这一个忙对她来说谈不上重要，也谈不上拒绝。反正她透露出来的信息大致如此。

这倒也非我第一次领教。十年前，也就是我和蒋婷从济南回南京当年的年底，蒋婷不断接到刘女士的电话。蒋婷一如平常地刚开始并不愿意告诉我这些电话的内容，后来实在经不住其母的骚扰，才如实相告。鉴于蒋婷一般过年都不回家，刘女士敏锐地意识到女儿今年肯定会在我家过年，作为一位好些年没有和女儿一起过年的妈妈，刘女士想到我家来和我们一起过年。闻听此言，我没有立即表态。我一直不太擅长和别人相处，尤其在屋子里在家里与人相处。我和自己的母亲相处得也不算母慈子孝,大学毕业工作不久,我就搬出来自己过了。在蒋婷之前,当然也有过前女友曾在我家短暂地住过,大概正是因为同居,才让我难以忍受所谓的"二人世界"导致了不可避免的分手。而蒋婷,她之所以能跟我和平相处,前文已述。我毫无恶意地把自己的想法告诉了蒋婷。蒋婷表示理解,沉默良久。但刘女士的电话再次响了。蒋婷掐断不接。电话再次响起,然后任其歌唱。应该是一首流行歌曲吧,十年前蒋婷手机的铃声。这首掐头去尾的流行歌曲在我们之间反复唱响,始终不曾将全曲唱完,让我们非常难受。最后,我不得不像一个男人那样站起来,告诉蒋婷:接吧,告诉你妈,来吧。

然后就是和十年后一样的风格。刘女士迟迟不告知启程日期,还在春运期间声称不急着买票(当时网络订票还不太容易)。蒋婷的意思,让她没来成也不错。但出于礼节(尤其是我家人获知这一情况后),我不得不亲自致电邀请再三。三请四邀后,刘女士姗姗来迟,在除夕下午来到了南京。当然,我和蒋婷前往车站迎接,我的母亲和姐姐姐夫则在家里大烹大炒,准备着热情款待远客。在我母亲看来,善待准亲家母才是给我娶媳妇的标志和首要程序,她老人家看上去为此已经整整准备了一生。

如何和我母亲说刘女士十年之后再次造访这件事确实还挺费了我一番脑筋。在她那里,刘女士母女早已是明日黄花,毫无记挂于心的必要。她现在耿耿于怀的是真正的亲家母(李芫的妈妈)夺走或削弱了本属于她的"奶奶权",在此问题上和亲家母的明争暗斗才是生活中的核心事件,或许也是乐趣。让她深恶痛绝的是她的儿子还不能帮助她在斗争中占据上风。她形单影只,孤身作战,其悲壮在舞蹈结束后的广场上怎么说也说不完。这么一想,我认为曾经的准亲家母突然到来,或许她也未必不见。这样的听众要比广场上那些老大妈有效多了。这起码能让她在幻想中进行一番对比:如果远在济南的刘女士是她孙子的外婆该多好啊。

我显然低估了我妈的觉悟。她好不容易弄明白这件事后,突然在电话那头紧张了起来,首先质问我到底想干什么,你是真傻还是假傻?你已经结婚了,也有了小孩,她说,日子过得挺正常的,这么个女人跑来想干什么?你根本就不应该见这个女人,更不应该搞到自己家里去。李芫呢?她知道?她知道归知道,但你不能这么做,你这是对你的家庭不负责任的表现你知道吗?此外,我这么做不仅对不起已有的家庭,而且"你又给你老婆给你丈母娘抓了个把柄你知道吗?你又让我在她们面前理亏了一次你知道吗?儿子哎,你真是疯了"。

# 六

我的母亲对我的不满,还包括父亲死得早,所谓既当妈又当爹。也就是说她对我(包括我姐姐)付出的要比一般的母亲多。姐姐终归是别人家的人,这一逻辑也存在于母亲从来不认为自己是陈家人(娘家姓陈),而是林家人。不过,我的姐姐嫁出后之所以能够获得她的好评,却又背离了这一逻辑,那就是姐姐勤于回娘家,给母亲和我带来了很多照顾和帮助。如果姐姐像她一样自绝于娘家,恐怕母亲的广场演说会更丰富磅礴。

母亲的愤恨集中在我的婚前和婚后。婚前,我始终没有结婚,这让她很焦灼。比如蒋婷这件事,一度让她血压升高卧床不起。她完全无法理解,一个姑娘已经到一个男人家住了,双方的家长也见了,怎么这事就黄了?这件事让她必须在床卧病一段时间,猛然置身广场,叫她如何和自己的老伙伴们解释呢?然后就是婚后,她不能和李芫和平相处,尤其是祖母权被亲家母悍然分割和夺取,特别让她失望。她号称"懒得"和李芫母女理论,但和亲生儿子我,她有必要声讨我的不孝,一把鼻涕一把泪地陈述自己的委屈,一如当年一把屎一把尿地把我抚养长大。

从另一角度来看,我的母亲毫无必要如此。诚如她的老伙伴安慰她的那样,乐得清闲。儿子不跟她住在一起,她独居三室一厅的大房子,每个月从国家那里领取不算丢人的退休金。据说她在当知青的时候曾经是生产大队文艺骨干,除了唱歌跳舞,还会弹琴吹笛。早年,她还希望我姐姐能够延续她的兴趣爱好,斥巨资买了一架钢琴。可惜姐姐并非这块料,我显然也不是。换言之,如果她需要时间的话,那么她有大把的时间干自己喜欢干的事,她可以掀开蒙在钢琴上的布罩子,擦掉上面的灰尘,用满是皱纹的手在黑白琴键上敲出她喜欢的音符,我相信,这时候她的脑子里会像放电影一样再现她少女时代的七十年代的列车、农田、灌溉渠、大队书记、树杈上的灰蓝色的高音喇叭、乡村夜晚的狗叫声……但她没有动过那台钢琴。当然,据说广场歌舞也有上述功效,而且是以集体的方式,她们过惯了集体生活。她们不擅长独自面对自己。她们对劳动的理解仍然与农业生产有关,就是要动,要出汗,要累得够呛,在抱怨中获得成就感。具体到她现在的年纪和身份,带孙子是实现这一成就感最合法最合乎天性的方式。可惜李芫的妈妈,我的岳母和她履历相似,所见略同。她们的矛盾实质,或许就是只有一个孙子或外孙。

在这一点上,如果刘女士是壮壮的外婆的话,确实可能不会与我的母亲形成上述对立。她还年轻,现在也不过五十来岁。十年前,她仍然还是一个待嫁的离异妇女。我母亲第一次见到刘女士的那天,也就是十年前的除夕之夜,前者大吃一惊。时年已六十岁的她完全无法想象一个四十几岁的女人可以和自己在饭桌的首席上并驾齐驱,加之刘女士的求偶愿望还健在,花哨的北方县城穿衣风格也让她身边的老太太显得更加灰暗。刘女士只比我姐姐大几岁,和我的姐夫相当于同龄人。我的姐夫居然恬不知耻地阿姨阿姨地招呼她吃菜喝酒。而坐在蒋婷身边的我的外甥,当年正处于青春期变嗓时期,虽然他并不愿意和我们多说什么话,但就我的经验看来,二十出头的蒋婷也未尝不可以成为他性幻想的对象之一。

那是一顿非常诡异的年夜饭。吃完饭后,遵照某种传统,刘女士率先拿出钱包给了我外甥压岁钱,然后滑稽地不得不接受我外甥在我姐夫教导下的一句"谢谢奶奶"的谢词。我妈不甘示弱,当即也给了蒋婷一个大红包。本来平辈之间不应有压岁钱一说，我那好心的姐姐思前想后觉得没必要占刘女士的便宜，所以她又给蒋婷来了一个红包。其间的拉扯、谦让和感激，让人眼花缭乱烦躁不已。大家还一起坐下看了会儿春晚，等待赵本山出场，继而像往年一样哈哈大笑后才各自散去。之后几天也没闲着，不是我姐姐姐夫邀请，就是我舅舅舅妈邀请，团团圆圆一大桌人，老的老小的小，节目相似，总之，我和蒋婷疲惫不堪。

我不是说此类场景在我和李芫婚前婚后不再发生，相反，她就是南京本地人，遍布亲友，场面更为壮观。我只是想说明，在当年，我和蒋婷还很不适应这些。它们吓到了我们，让我们面面相觑而又看不清对方。我们试图就这些聊一聊，但我们很快发现，我们怎么聊似乎都不在正题上，让我们开始怀疑自己的理解力以及在某种程度上开始怀疑对方。生活比我们预想的要喧嚣得多。若干年后，当我和李芫遇到相同的场景时，我却没有了这些感受。李芫和所有的亲友都能应付，她的应付不是虚情假意，而是真情实感。在这方面，她不仅得体，而且勤奋，她的存在使我也坦然了起来，认为这些都是人之常情，堪称活在世上的证据。然后最终认识到，这一切没有什么不对，很好。

与去济南不同，我和蒋婷睡大房间双人床，刘女士则睡小房间单人床。南京没有暖气，我们给刘女士添置了电暖器她仍然觉得冷。睡觉并不费劲，但起床颇费踌躇，她每天都在空调热风的吹拂下和电暖器的烘烤下起床，因此她的房间门打开时，一股热烘烘的女人体味会涌入寒冷的客厅，让我的镜片为之一湿。那些饭局消停后，我和刘女士在济南的所作所为相似，也带着她畅游起了南京。她喜欢这些，每到一处都要拍照留念。这些照片的特点是，她要求自己位居大门入口处，必须要把某个公园景点的门楣题字涵盖在内，这样一来，在那些巨大的牌楼和雕刻之间，她在照片中显得很娇小。也有近景和特写之类的，比如她单手扶住一根梅枝，在花团锦簇中露出她那张攒满了笑容略显宽阔（腮帮子大）的脸。就像她跟老天说好了那样，年后没几天，天气转暖，果然春回大地万物复苏的景象。她还在山水之间脱掉了呢子大衣,穿着一件紧身的高领毛衣上蹿下跳。见此,我由衷地发出感慨,告诉蒋婷:你妈妈不仅年轻,长得也不丑。

## 七

我妈当然还是来了,而且来得很早。进屋第一件事是站在换鞋垫上谨慎地扫视一眼,这才午后,李芫当然还没下班,然后她才大口喘气,喊饿死了饿死了。她连午饭都没有吃,就去菜场买了一大堆菜。进了厨房。她没有先做那些菜,见我中午没有剩饭剩菜,她假装生气地找到半筒挂面给自己下了碗,并越来越生气地指责我(其实是妄想性地针对李芫)把厨房弄得这么脏,然后在面条煮熟之前利索地收拾一新。每次来儿子家,她除了当一回清洁工,也不忘自掏腰包买很多菜。虽然她声称是买给孙子吃的,但谁都知道,她其实是在讨好李芫。李芫父母健在,退休金更高,对我们的补贴也更多,这让她多少有点愧疚和不服气。这也算李芫轻婆家重娘家的原因之一吧。

吃完面。择菜洗菜的时候,我妈开始埋怨刘女士。

这个女人真是,大老远跑来干吗呀,又不算亲戚,都这么多年了。不会有什么事吧?

我不知道,我说,她在电话里什么都没讲。

就是嘛,要不我还不来呢。我不喜欢这个女人。我只是不放心。

你有什么不放心的?

不知道,我妈认真看了我一眼,你比我还老糊涂?你吃过这对母女的亏你忘了?

我没搭这句。如果说恋爱未成对方离开了你就是吃亏,那我确实吃了亏。但显然又不是这么个道理。

她现在人呢?见我不吱声,我妈问。

说是去栖霞寺玩了。

切,就知道。这个女人骚得很,我到现在还记得她穿那身花。

人家年轻吧。

年轻？我没记错的话，也是半老太婆了。

"半老太婆"这个词倒是让我想到一个问题，那就是十年不见刘女士现在到底是什么样子？如果我在大街上，或者我现在也在栖霞寺，能在人群中认出她吗？我不禁努力地开始回忆她的长相。但什么也想不起来。我只记得她较为花哨的穿着和高高烫起的头发。

因为要准备晚饭，我妈表示她今天不能帮我打扫屋子。但她认为今天打扫屋子非常重要，因为家里要"来客"，虽然这个"客"在来之前即已遭受了她的批判。所以我得动起来，好好收拾收拾。我只得遵命。

平时都是李芫打扫收拾屋子，我已经习惯了，她也不需要我动手，我的参与被她誉为添乱。但在跟蒋婷生活的那一年里，都是我们两人一起打扫收拾。当然不是说李芫不爱整洁，而是蒋婷更为苛刻，开关插座上的灰尘，沙发缝隙内的碎屑，连刷牙时，牙膏她都不愿意我从中间挤而必须从尾部开始。另外，她还热衷于重新布置房间。比如床原来在卧室里是居中摆放的，但过了一段时间她认为应该靠墙或靠窗，房间里的其他家具也便因此而挪动到新的位置。所以和蒋婷收拾屋子相当于一项工程，起码是一项重体力活，确实不是她一个人能干得了的。每当我们干完，她总是十分满意地在房间内全新的空间结构里走来走去。然后问我怎么样？我说，挺好的。然后等待下次重新集体搬动。

刘女士来那次，我们的床就在窗下。蒋婷的目的是当她中午醒来的时候，伸手拉开窗帘，阳光就直接照在她的身上。刘女士对此却很不以为然。她对女儿的生活处境非常不满意。她甚至攻击女儿的穿着，老气横秋，并强行拉着蒋婷去买了一件花哨的羽绒服。蒋婷和我的生活确实色彩暗淡，她喜欢单色纯色。刘女士不仅用自己的形象给我们的屋子带来了花色，还给我和蒋婷的大床购置了遍布玫瑰花瓣的四件套。刘女士走后，我和蒋婷躺在这些玫瑰花瓣间心情无比沉重。因为她告诉我，她不打算留在南京了,她要回济南。

那我们呢?我问。

你说呢?

分手?

不然呢?

好吧。

玫瑰花瓣的四件套也被我扔了。我从来没有那么彻底地搞过卫生。我把所有能让我联想到蒋婷的物件都扔了,尤其是我们一起生活时购置的物品。床肚下她遗留的长发,衣橱里她衣服取走后残留的气味,甚至我们没有用完的一包避孕套。我是不是还可以这么夸张:后来我连房子都卖了,换了现在的房子也是因为想彻底摆脱蒋婷在我生活中留下的痕迹?这肯定是做作了。我还没有失控到那个地步。换房子是因为我认识了李芫,我们决定结婚,在李芫看来,我原先和蒋婷住过一年的房子无法装得下她,尤其无法装得下她已经开始膨胀的子宫。

李芫和壮壮进门时,显然愣了一下。她知道我妈会来,但显然没有想到自己的家突然变成了这样,我从她的眼中才发现:我收拾屋子的能力和水平太高了。一切都被我擦过了,散发着静悄悄的反光,连换鞋垫上的鞋子,也被我鞋尖冲门外码放得整整齐齐。我妈则在厨房热火朝天地忙活。

哟,真隆重。她冷笑了一下。

# 八

我们一度认为刘女士不会来了。因为天快黑的时候我给她怎么打电话她都不接。我提议我们吃吧,但李芫不说话,我妈则看着儿媳,问孙子:壮壮,你饿不饿?饿了你先吃。就在我妈捧着饭碗追着壮壮喂食的时候,刘女士电话来了。她说她现在已经到了我们小区,不知道怎么走。我只好下楼去接。我控制穿鞋的速度,尽量慢腾腾地开门、下楼。

我确实也不急于立即面对刘女士,我承认自己有点慌乱。

我不知道能不能认出她来，更不知道她到底来找我干吗。小区里都是晚归的人，有一个还冲我点了点头。我记得他有一条温顺的大狗，晚饭后在小区公园里经常出现，壮壮曾将小手放在它的牙齿之间安然抽回。我可能也回敬了点头，但还是跟一辆电动车彼此避让时差点撞上。

刘女士就站在小区门口那个桥上。我一眼就认出了她。她还那样，依旧是色彩鲜艳的大衣、围巾，区别是她戴了帽子，脚上那双高跟长靴显得贵重。除了挎包，她手上还拎着一塑料袋的东西。"阿姨"，我这么叫了声她，她连看都没看我一眼，就将那袋东西交给我拎着。

都是买给你妈妈的。太沉了，她抱怨道，估计手都被勒出了印子。说着她把手从手套里拿出来看了看，并没有。这些做完，她才笑盈盈地看着我。

小林，她说，你还那样哦。

嗯。我不知道怎么接她的话，走吧，都等半天了。

你妈妈在吗？

在。

她仍然没问我是否结婚之类的问题，而是就我们小区环境谈了起来。她夸赞我现在的居住环境比十年前好多了，还一把拽住我的胳膊，其因是被一条冲她皮靴跑过来的吉娃娃小狗吓得尖叫了起来。我注意到有小区的人多看了我两眼。

进门的时候，她明明先看到了李芫，但她还是越过李芫的肩膀先和我妈打招呼。大姐，你好啊。甚至连鞋也没脱，就冲过去跟我妈来了个拥抱。我妈尴尬地诺诺，一只手象征性地在她的背后碰了碰。这完了，她才微笑着向李芫致意。

小林，你的媳妇挺俊的，她说。没想到不需要我事先说明，也不需要我交代，她早已心知肚明。

谢谢。李芫答。

然后她就发现了沙发上的壮壮。壮壮或是认生，或是被刘女士进门时这一连串动作吓到了，把自己藏在沙发扶手后面只露出两个大眼睛看着她。

啊呀,多可爱的小家伙。说着她冲了过去,想一把抱住壮壮,不过被壮壮躲开了。他轻车熟路地跳下沙发,然后绕过茶几,迅速地躲到李芫的腿后。

没事的,壮壮,李芫说,去,叫,叫奶奶。

壮壮显然不会叫。

不用不用,刘女士蹲了下来,逗孩子,你叫壮壮啊,长得真壮啊。

然后她掉转头嗔怪我的样子,说,小林,你怎么不早说。又问壮壮,你几岁了?

五岁零四个月。李芫代答。

大姐,你真是好福气啊。她试图恭维我妈,我妈干硬地笑了笑,就立即转身去厨房端菜了。这时候她大概才意识到自己穿着一双靴子在我家擦拭一新的地板上,几枚偶蹄类动物般的脚印十分扎眼。她连说抱歉抱歉,返回换鞋垫那换上拖鞋。她瞬间矮了一大截。

要不要喝点酒?这只是礼节性地征询,我记得刘女士不喝酒,而且她极其反对蒋婷和我喝酒。不过这次她居然大喊,太高兴了太高兴了要喝要喝。迫于无奈,我也只得给我妈和李芫分别倒了点红酒。我妈和李芫也从来不喝酒。四个人真的像很高兴似的交杯换盏了起来。壮壮因为吃过了,大概也丧失了对刘女士的好奇心,回到沙发看动画片去了。刘女士频频举杯,不仅跟我们所有人都"干"了一回,还多情地和沉迷于动画片的壮壮也"干"了一下。饭桌上,主要她一个人在喋喋不休。然后自嘲是不是喝多了。事实是,直到饭后收拾碗筷,刘女士那半杯红酒也没怎么动。

奇迹在于,刘女士既没有提她女儿蒋婷,也不爱谈自己,居然也能用她密集的语言填满整个饭桌。她大谈南京的名胜古迹,谈房价,谈房屋装修,济南的草包包子,聊城的酱菜,以及各种逸闻趣事。看上去,她绝非蓄意避而不谈,而是不重要。看上去,她此番来我家,就是跟我、母亲和我素未谋面的妻儿见上一次。她表现得像极了一位多年不见彼此深知无需赘言但凭谈兴的亲友,也像一个我们在马路边捡回家让她吃顿饭的莫名其妙的疯子。其间,我妈可能有点扛不住,试探着问蒋婷现在的情况,但大都被她充耳不闻地略过了。不过她也不能一概予以不理,她简略地聊到了自己。说自己现在在一个保健床垫公司工作,职责就是向广大饱受病痛和失眠之苦的人推荐一种高科技席梦思床垫。好在她没有强烈推荐我妈去买这个床垫,她只是陈述她现在干什么。至于有没有重新组织自己的家庭,她则前卫或豁达地表示,世界是多极的,价值观也是多元的,人们没必要过一样的生活。有的人迷恋于夫妻双双把家还,有的人更乐于孤身一人逍遥自在。即便如此,我们仍然不知道她是夫妻双双把家还,还是孤身一人,我们只能自作聪明地从她的口风中认为她是后者。但这是错的。

晚饭结束后,我们一下子陷入了尴尬之中,不知道接下来是一起看电视呢还是干什么?李芫在收拾碗筷的时候曾用眼神示意过"她什么时候走",我则用"我也不知道"的眼神答复她。这是我们,包括很多夫妻都会使用的交谈方式。刘女士确实没有表现出吃完就走的潇洒,而是在壮壮身边坐下,打算再跟孩子切磋切磋人生。可惜壮壮已经在沙发上睡着了。

李芫想把壮壮抱上床。

能让我看看他吗?刘女士说,语气近乎哀求。

这完全出乎我们的意料,让我和李芫面面相觑。

刘女士接过李芫递来的小被子,帮壮壮盖好,并职业地掖了掖被角,过程中一直深情地盯着壮壮的小脸。壮壮似乎被她看得有点害羞,将半张脸埋进了被子。她则微微探近身,继续盯着看。我妈从厨房里擦干手出来的时候,试图跟刘女士继续客套地说什么,后者赶紧用一根食指放在唇边,示意我妈小声点,不要吵醒孩子。我妈赶紧闭嘴,三个人环绕着刘女士和壮壮。

刘女士俯下身在壮壮的脸蛋上轻轻地亲了一口,这才站起来。我们看到她的眼圈有点红。但她笑着,一些皱纹在顶灯的照耀下出现了条状阴影。

那么,我走了?她像商量那样轻声问我们。

还早呢,李芫说,可以再坐一会儿。

不了。走了。说着她就径直去取自己的皮包。

我妈赶紧跟上,热情挽留。就差说出你也可以住这儿的话。但刘女士只是微笑,不为所动。她穿好大衣,系上围巾。然后向李芫招手,从皮包里取出两张百元钞票,硬塞给李芫。她惭愧自己不知道我们已经有了孩子,不,壮壮,壮壮真是个好孩子,而她居然空着手见壮壮,这是不应该的。弥补这一过失的唯一办法就是李芫替孩子收下这两张钞票。她甚至动情地说道,壮壮还小,也许根本就没有记住她这个人,更不会将来还能够想起。但她既然来了,和壮壮见了,就是一段缘分。这段缘分也不是能用钱来表示的,况且也不算什么钱。就是意思意思,见证这段小小的缘分。

老实说,这段话叫人动容,让我们不知说什么好。刘女士再次和我妈拥抱了一下,这次我注意到我妈双手都拍了拍她的背。然后由我送她下楼。下楼的时候,李芫给我使了个眼色。我懂她的意思。

## 九

有一件事,我妈和李芫都不知道,因为长期以来我无法描述这件事。

十年前的春节,鞭炮声消停后,我、蒋婷和刘女士,我们仍然像一家人那样住在一起。刘女士住的时间比她本来打算的要长。我们再也不用出门找地方吃饭,我们在自己家买菜做饭。我们一起看电视。我们还一起购物,一起去看过一场电影。有次我们打扫卫生收拾屋子时,刘女士还参与了进来。她力主我们把床重新居中放在卧室,我们顺从了。她也力主我们换上她送给我们的玫瑰花瓣四件套,我们也笑纳了。她还嘱咐我们以后酒要少喝一点,多出去运动运动。说着她还推开了窗,窗外确实春光明媚。有几片风筝在我们的视线内飘荡。

这是一面。另一面是,刘女士四十来岁,迟迟不走,她给我造成了一些难以启齿的困惑。比如她当时正在经期,沾满血的卫生巾就这么公然摆放在马桶一侧的纸篓里。她换下的内衣就这么悬挂在我和蒋婷居住的大房间的阳台上。我们在睡觉,她会就那么穿着秋衣秋裤突然推门进来说个什么事。逛商场或看电影,她甚至还在另一侧挽起我的胳膊。然后就是有一天,蒋婷出去买菜,她在洗澡,她围着浴巾叫我帮她将水温调一下。调好水温后,我看了她一眼,我承认我看她那一眼中掺杂了不伦的情欲,她很敏锐地感觉到了,这是我从她看我的眼神中领悟出的,她的眼睛和神情只是一面镜子。没有更多了,仅此而已,但仅此足够。

在我这十年的猜测中,她应该把这件事告诉了蒋婷,用什么方式说的,我不知道,蒋婷甚至没有告诉我她为什么要走。迄今为止,我都认为蒋婷离开我与这件事有关。

蒋婷说她要回济南,我送她。在此之前,她已经给自己打了很多纸箱包裹。这些纸箱包裹就堆放在客厅里。在离开之前,她仍然和我睡在一起,我们仍然做爱,仍然一起买菜做饭。这一度让我觉得她是在生气,而并非真的要走。她说她买了车票,我仍然不觉得这是真实的。然后就是她跑邮局寄这些纸箱和包裹。她拿不动,我必须帮忙。我们搬动这些纸箱包裹费了很大力气,汗流满面,相视而笑,我还是不觉得她走是真实的。然后她就走了。我把她送到车站。她仍然有很多行李,我不得不买一张站台票,把她送上火车。安置好了,我还嘱咐她方便面、火腿肠、水果、零食这些在火车上吃的东西放在哪儿。她都点头说好。然后火车要开了,我下车。我仰着头看着车窗玻璃后的她,她冲我笑,挥手。她走了,真走了。

她在南京的手机号码注销了。网络通讯也毫无回音。我家的钥匙她放在了茶几上,有两个月我都没动那串钥匙。后来我不得不将钥匙收起来,钥匙在茶几厚厚的灰尘上划了两道黑色的印子。在深夜,我还在听楼道里的脚步声,我能听出她的脚步声,但没有她的。她消失了,整整十年。

蒋婷在这十年里结过一次婚,但很快就离了。刘女士说,因为那个男的会打她。有一只眼睛几乎被打瞎了。现在蒋婷跟一个男人同居,那个男人是一个坏人,无所事事,天天问蒋婷要钱,蒋婷都给。蒋婷的工资也一般,自己并不用什么钱,绝大多数给那男人花掉了。蒋婷没有生孩子,她想生一个,但每次都掉了。

我觉得我们家婷婷过得太苦了。刘女士有了点哭腔。

是,我说,是不容易。

但她自己觉得很好。

十

刘女士和我在小区花园的长廊里坐了会儿。

我猜你已经结婚了,她说,但是我不能肯定,我觉得你应该没有结婚。

对不起,我结婚了。我说。

你误解了,我没有说你结婚不对,你当然要结婚,我也没有叫你和我们家婷婷重归于好的意思,那是不可能的。

是,确实没有任何可能了。

我只是挺难过的。

别难过了阿姨,你不挺潇洒自在吗?

怎么可能,谁能潇洒自在呢,我们又不是神仙。

那你为什么不重新嫁人呢?

然后她说她有个男朋友,说起这个男朋友,她高兴了不少。这个男人在她口中叫老陈,六十岁左右,是个医院的退休医生,老婆死了,孩子也都各自成家立业了。老陈对她很好,嘘寒问暖,体贴照顾,这辈子也没有哪个男人对她这么好过。另外,老陈的孩子也很认可她,尊敬她。五十岁生日,就是老陈和他的孩子们给她过的。蒋婷也不反对,但是蒋婷没有参加她的生日宴,这些年也不太跟自己的母亲来往。她不知道自己该不该嫁给老陈。

为什么?

刘女士沉默了好一会儿。突然问我,你觉得我还适合结婚吗?

当然没问题。你不老,况且这跟年龄没关系。

那你妈妈呢？

我妈？如果她愿意跟个老头结婚，我没意见。

说得好听。

真的，我想不出我有什么反对的理由啊。

好吧，我信你。

这时候那个遛狗的家伙出现了，他看到我和一个陌生女人坐在一起，似乎无意撞破了奸情那样很不好意思地打算绕道而行。我不得不主动招呼他，然后摸了摸他的狗。虽然他不怀好意地盯着刘女士看，但我没有也无必要向他介绍她是我的什么人。

小林，你人很不错。刘女士等遛狗人和他的狗走了后，郑重地说。

我有点心虚，我说我自己不知道。

她说，真的，我挺喜欢你的。

我一下子紧张了起来。

你又误解了，刘女士甚至笑了起来，你别胡思乱想。

没没没，说着我站了起来，感到无所适从。

她笑，笑出了声。然后陷入了沉默。

过了好一会儿，她说：小林，你是个适合过日子的好小伙，哦，现在也不算小伙了。

我不知道怎么接话。

小林！刘女士突然严肃了起来。

嗯？

你知道吗，我一直把你当我的女婿看，虽然这么多年没联系，我还是把你当我的女婿看。

为什么？

因为我不喜欢婷婷后来找的那些男人。

也不能这么看问题吧？

刘女士没有搭我的话，她径自说了下去，我和婷婷爸爸离婚很早，这你是知道的，娘家现在也没什么人可走的，我没什么亲人，有的时候我都不知道我们家婷婷算不算我亲人。我来找你真的就是探望一下你和你妈，哦，现在还有你媳妇和你的壮壮。

谢谢你这么想,我会告诉我家里人的。

唉,她叹了口气,但是我可能是自作多情。你现在知道了吗?

什么?

就是老是下不了决心跟老陈结婚?

我真的不知道。

我要是想结婚,多少次婚都结了。我只是放不下我们家的婷婷,你懂吗?

你可以不用管她的。

我觉得好累。

说到这里,刘女士居然哭了起来。

我不知道怎么安慰她,或者她也不需要安慰,她需要哭一下。等她哭完了,才掏出纸巾擦了擦脸。她已经不再使用手帕,这说明了十年确实是一个不容小觑的时间长度。

好吧,她站了起来,就这样吧,不早了,我得回宾馆了。

我也站起,陪着她向小区大门走去。外面停着几辆出租,她老远就冲它们招手叫唤。这一下子让我很焦躁。

我能问你个问题吗?

我感到自己的脊背发硬。

啊,什么?

我说了一遍我的问题,声音确实很小。

什么,你再说一遍?

我清了清嗓子,一字一顿痛苦无比地说:你知道蒋婷为什么要跟我分手吗?

刘女士应该没想到我会提这个问题,或者在她看来这根本就不是问题,她的回答也表明了这一点。

她说:啊,你不知道?

我说:我真不知道。

她说:那是因为她不爱你啊。

(原刊《红岩》第 2 期)

# 呼叫转移

黄昱宁

## 一

喝到第三杯,我还是没想起李波扬是谁。自称是李波扬的那个人,端着杯子绕着圆桌子来回跑,见人就碰杯,头顶上浮着一圈从吊灯上洒下来的光。空调开得太热,屋里烟气重,他的脸就像给焐熟了,连皮带肉涨开来。他的羊毛衫早就脱了挂在椅背上,又不知给谁挤落到地面。衬衫已经敞开两颗扣子,可是领带还是没舍得拽下来。领带上的圆点花纹看着眼熟,大概是个安吉拉叫得出来的牌子。我叫不出,不过看他浑身上下,只有这领带还像是真的。

"哥们你敬过我两回啦,"我说,"眼瞅着你半圈顺时针半圈逆时针,高了吧?"

"高什么?我是高兴——反正再高也认得出你小子。"

他开始报中学的名字,看得见湖面的教室。"全他妈搬走啦。那地方如今是个度假村,前两年省城机关开个会什么的喜欢往湖边跑。听说也快维持不下去了,下文件不让乱开会呢——特别是,风景区。"

我在那中学只待过三个学期,完全想象不出一面湖、一片芦苇荡就可以算风景区。按照李波扬的说法,他在初一三班,我们二班被班主任关起门来收拾的时候,他隔着一堵墙能听得清清楚楚。"那嗓门,带夹层的,西北风灌进大破锣,你们是怎么扛下来的……怪不得你那么快就转学。"

酒劲泛上来,往嗓子眼里堵。我刚想说当初我转学是因为我爸在省城有了工作,就被李波扬截断话头。他得意地报出我转学以后的动向:在省城上完中学,高考砸了,复读一年以后临阵脱逃。"你小子,听说直接跑到国际大都市去了?"

屋外一个窜天猴震得玻璃窗咯咯响。服务员刚摆上桌一大锅胖鱼头,一团热气冲上天花板,又散开往鼻子里钻,呛出我一串咳嗽。这锅里肯定没少搁辣椒。如今在城里吃淡了嘴,我已经不大习惯辣得这么直接。包房里摆了三桌酒,一大半人我没见过。我想这一大半里,有一半连我爸也喊不出名字。这个我每回填表都要写在籍贯栏里的县城,我至少有十年没有来过了。上一回也是春节,也是一天接一天地喝酒吃饭,也是吃完了喝完了我还是闹不清谁是谁。亲戚,亲戚的亲戚;老邻居,老邻居的邻居;或者亲戚的老邻居,老邻居的亲戚。

"在哪儿不是混日子!"我顺口就接,"隔着小一千公里呢,你怎么什么都知道?"

"打听。你转学那会儿我就跟你们那破锣班主任打听过了。然后就顺着往下打听,你那中学里我也有人啊。这年头你只要肯打听,美国的事儿也跟隔壁一样近。"

"问题是你为什么要打听我?"

"好奇啊。小时候你就跟这里的人不大一样。不爱说话,可是有主意。你还记得你有篇作文给破锣批判过吗?她教我们两个班的语文,直接拿到我们这儿来念。反面教材。"

冷了大半的茶水泼过来,牛仔裤上洇开一大片水渍。灯光下裤裆的轮廓顿时清晰起来,有点扎眼,我忍不住用手挡了一下。我爸坐在我隔壁,大概正跟他隔壁那位抢单,手肘一捅,茶就翻了。

所以坐在李波扬的位置,应该能看到我一边捂住裤裆一边问:"我写什么了?"

"装,真能装。你看你混大都市的,就是沉得住气。"

"忘了,真的。"

我没忘。我是说,我忘了李波扬,但我记得那篇作文。我记得我把《一件有趣的事》写成一件尴尬的事。两家人吵架,一家把另一家养的狗骗出去,套个麻袋直接送进狗肉火锅店。我甚至在最后,写火锅店里飘出"一缕异香"。

"你想表达什么?"破锣在课堂上很激动,额头冒出一片油光,"你才几岁啊,整天都在看什么想什么?"我记得破锣在痛心疾首了十分钟以后冷静下来,建议我把结尾改一改:有人幡然醒悟,刀下留狗,两家人从此成了好朋友。"这叫冰释前嫌,教你们一个新词儿。"破锣得意地揉揉鼻子,"这样一改,本来不及格的作文就成了范文。你描写得很生动,只要立意高一点,我都可以推荐你去参加作文比赛。"

立意,真是个好词儿。我想我要是当初听了破锣的话,可能真的参加了作文比赛,高考也可能不会砸,或者砸完以后照样能翻盘。你把一件事儿做下去,变出一百种花样,也抵不上事先就往高处站一站,知道什么时候改个什么样的结尾。

事实证明,我爸不管跟谁抢单都是白抢。单早就被李波扬截了,开席前就买好了。可他完全没当回事,散席时还在念叨我那篇作文,惊叹破锣能让所有的小孩吓得尿裤子就是拿我没办法。软硬不吃啊你小子。他勾住我脖子喊佩服佩服,喷我一脸酒气。我几乎是半拽着他来到屋檐下,从裤袋里挖出一盒烟,挑出一根好歹没被茶水浸湿的,递过去。

"那什么,你如今在哪儿混?"

"哪儿都不混,我李波扬落叶归根。我他妈的转了一大圈还是回来了!"

"看样子你在这里挺滋润?"

"嘿嘿你猜怎么着?我总算混出点人样来了。"

二

"人样?骗子也算人啊!"安吉拉按摩的手势骤然加重,狠狠地在我肩膀上掐了一把。安吉拉在发廊里给客人洗了一年头,做梦都想跟着老板强尼学做头发。强尼没拿她当回事,倒总是怂恿她给男客人做颈肩按摩的时候多用点心思。"像梅丽莎那样,眼睛会说话,手也会说话。一下轻一下重,一下硬一下软,客人的骨头就跟着酥一阵麻一阵。安吉拉,你以为小费是怎么来的?"

我不大愿意听安吉拉讲这些,就好像我从来不叫她安吉拉。那是她在发廊里闲得发慌的时候,从沙发上一堆花花绿绿的时装杂志里挑出来的名字。她念的时候一个字一个字往外蹦,最后竟然把重音落在"拉"上。听得我想冲过去捂住她的嘴。洗头妹都有英文名字,梅丽莎乔安娜艾米莉。她们来自不同的家乡,头发上飘着一模一样的冷烫精的味道。睡这个和睡那个并没什么区别吧,我想。我没必要因为跟她有一搭没一搭地睡着,就得听她讲故事。再说,听了又能怎样?我难道准备找她老板,或者塞给她小费的男客人,打上一架?

"轻点儿——你又不认识李波扬,哪来这么大的火气?"我侧转身,顺手拍拍安吉拉结实的屁股。

"天底下骗子都是这个德行,你也好不到哪里去。"安吉拉瞟了我一眼,眼神有点复杂。我赶紧挪开视线。还是盯着她的屁股比较省心。如果她有钱,或者说我有钱买那种更高级的内裤,这会是一个很漂亮的屁股。

但是,她的第二个"骗子",我是说这个词,还是像一颗流弹,嗖地从我太阳穴边擦过去。后来回想,千真万确,整件事就是从这一刻开始的。总有那么些事情,你七兜八转也只是在外围徘徊,非得有人踹你一脚,你才会老老实实地跳进那个早就给你准备好的圈。

就连李波扬也没敢直接把我带进去。那天晚上吃完饭,他约我第二天在县城里转转。一大早,他的车开过来,换了一件浮夸得可以上台演戏的花格子呢西装。我以为我一眼就看穿了他。"果然发财了啊,"我夸张地凑近车厢正面,在显然是刚刚洗过的亮锃锃的白漆面上照了照自己龇着牙假笑的脸,"宝马2系,好车。"

"哥们挺懂车啊。"李波扬也凑过来,两张笑脸。

我当然懂车。在李波扬捏着嗓子念叨的那个国际大都市里,我打过至少七八种工,但干得最久的工作就是每天晚上当代驾司机。什么型号的车里可能飘着什么气味的香水,里面会坐着什么样的车主——是横在后座上吐得不省人事,还是在副驾驶座上大叫大嚷抢方向盘——我都有数。我知道,以现在的行情,李波扬这一款,哪怕是在正规店里买新货,二三十万也完全拿得下来。但我决定装傻。再说了,二三十万的宝马虽然有点可笑,但换了我照样买不起。

我决定把傻装到底,所以我没问他是怎么发财的。然而,车才开出去,李波扬的那张嘴就再没离开一个钱字。"钱转起来才是活的,我也是这两年才想明白这件事。"他深吸一口气,"你得想,闭上眼睛使劲想,想象整个世界的钱,你懂吗,其实是连在一起的,只不过暂时分在不同的口袋里。"

"就好像咱们身边这片湖,"其实湖离得很远,他的脑袋只好往两边都转了一下,反正总有个方向是对的,"咱们从小靠湖吃湖,但每年这片湖都有枯水期是不是?不要紧啊,咱得记住,更远的地方还有条大江呢。有那条江在,湖总会装满的。时间问题……"

"满了就会发大水,"我慢慢地,冷冷地说,"你倒不怕把你家房子淹了?"

"我这是打比方啊老同学,"李波扬只是稍微顿了一下,兴致一点儿都没减,"你脑子比我灵多了,真要玩上手,钱转得比我快。"

直到十天以后跟安吉拉讲起这些事,我才意识到我和李波扬之间的默契。总之,我不接口,他也不挑明。我们好像都认定,一旦把那个词儿说出来,它就失灵了,死了,会像一具碍事的尸首,横在我们俩中间。那我们还怎么说得下去?所以我们讲话自觉地绕着圈子,跟他的宝马一样。县城就那么巴掌大点地方,车绕足一圈半,开到一栋两层楼的红顶白墙的砖房跟前。他刹完车跳下去,动作流畅得就好像眼前坐着一排观众。"我平常都在这里,楼上可以洗把澡睡个觉什么的,楼下当办公室用。"

看我还在发愣,他诡异地一笑:"眼熟吧?好好想想,你来过。"

十年前还是十五年前?那时候县里还有不少人,最新鲜最时髦的人和物都喜欢待在台球室。我不一定是在这里学会抽第一根烟的,也许是在城东那一家。如果在这里抽的是第二根,那么,紧接着,也是在这里,我的脸上遭遇了初吻。我初一,那姑娘职校,刚从她省城的表姐那里偷到一根断了一半的唇膏,几乎全都抹到了嘴上。"名牌。"她用食指抹我脸上的唇印,想想不太舍得,又伸出舌头舔舔食指。

"现在没人玩这个。城东那家也快要关了。我接过来改造了一下。"

回过头去想那时候,总是隔着大团大团的烟。我这不是在比喻,是真烟,而且是劣质烟。同样的房子,外面阳光普照的时候,台球室里也是灰蒙蒙的。这种灰和整个县城连成一体,无法分割。不像现在,李波扬叫人新刷了漆,多开了几扇窗,多加了一层楼面,从里到外都透着亢奋。于是这房子反倒古怪起来,执意不理会四周的寥落,自顾自地傻嗨。

他似乎懒得摸钥匙开锁。从玻璃窗望进去,办公室一半亮,一半黑,七八台半新不旧的电脑,竖着天线的路由器,地上到处是连上线或者没有连上线的接线板。"我带的那五个小子,都扛着钱过年去喽。"他侧身站在窗前,阳光斜照过来,他的脸上也是一半亮,一半黑,"你是没瞧见热闹的时候,人人都在往外拨电话。你可以用手机,也可以用电脑群发……呃,技术的事儿,你要是有兴趣我待会儿细说。"

我一阵烦躁,急着摸烟。他手快,一根中华直接送到我嘴边,刚叼上,打火机又凑过来。"有的忙是真好啊。只要有三五个人在屋子里忙活,整块地就热气腾腾,看起来就跟你们大城市里的证券交易所差不多。一座房子,一座村子,都得有人气才行。人气人气,非但有人,还得有气,大家都要兴兴头头,知道忙了也不会白忙,这样才好。"

我知道他在说什么。这些年尽是一拨又一拨到沿海打工的后生,县城以及周边的村子都像给扫荡过一样,冷清得可怕。全国各地都这样。李波扬前年在南方打工,接到家里电话说老娘摔断了腿。他跟新娶的老婆算账,他修空调比她洗盘子挣得多,就打发老婆回家照应两个月。才两个月啊,这娘们生生地就跟回家探亲的吴德清跑了,据说是跟人合伙到越南去开工厂。昨天他满场飞的时候,身边至少有五六个人都在小声议论这事,东一句西一句,拼起来大致是这个样子。可能有半句飘进了李波扬的耳朵,我还以为他会生咽下去,可他并没有。一丝诡异的笑意,从他鼻翼向面孔两侧展开。"现在老子就在这里不走了。就算这娘们回来找我,我也不认得她了。"

"李总好风度啊。"桌上有人用筷子敲着碗边喝彩。

"跟风度没关系。我是没空,忙,挣钱还来不及。"

一支烟抽了大半,我还是没想好怎么问下去。问深了不好,问浅了也不好。关于县城这两年的传言,我爸说过两嘴,网上也查得到,它始终静静地躺在我眼角的余光里。只要多看它一眼,我知道,我的太阳穴就会一跳一跳地痛起来。但我总得跟自己说老实话吧。我有点喜欢眼前的画面:砖墙上有人用粉笔写过什么又被涂掉的痕迹,我们在装作谈论一件好像永远都会继续下去的事业,说到紧要关节就狠狠地在窗台上摁掉烟头。

"这年头能搞到五个劳力,不容易。咱县里,就你一家这么干?"

我是明知故问。他大概也知道我明知故问。他先是挥挥手支应一句"各干各的",然后压低嗓子告诉我,这一带,村子越小,干这行的越集中。"不过他们不挑活儿,不像我,"李波扬说到这里,头又抬起来,音量恢复正常,"我只带人干我瞧得上眼的活儿。"

我又听了一会儿,大致听懂他的意思。村里搞的是人海战术,县里——或者说李波扬这里——玩的是设计套路。以前一个套路可以管三个月,现在一个月就在网上传开了。不过,话说回来,安全账户的套路老不老?电子密码器失效的套路老不老?你不怕寒碜照样用,一天发几百条,十天半个月总有上钩的。

"那你们——他们——到底发给谁呢?"我总是在他说到最兴奋的时候插一句,表示我还在听。

"随机发当然可以。不过,如果想多中两个奖,可以买号码。村里也有专卖这个的,八百块买一万条连名带姓的电话号码,怎么样,不贵吧?"中奖,他终于找到了让我们俩都松一口气的词。这个奖你不知道什么时候能中,也不知道能中多少。想法干一票大的,以后就不用再干了。像李波扬这样一本正经当师傅的,跟手底下几个徒弟肯定说过这样的话。

我惊叹了两句,私人信息原来这么不值钱,这么容易就弄得到。"那是啊,哪怕用最笨的办法,你到废品回收站去蹲两天,有多少名片通讯录快递单上都白纸黑字地写着名字、地址和号码?你换个手机,用那个软件,叫什么来着——反正你用它把信息统统同步到另一个,你以为这个过程不会泄露?还有,你们城里人办个手续买点东西,不是动不动就上网的嘛,留下多少漏洞你想过吗?再不行就满世界发链接,逮着一个倒霉蛋就送他一个木马程序,什么信息都套得出来。反正他们有的是办法,具体我不懂,也没必要懂。我只管花点小钱买下这一大堆,嗯,就当它们是彩票好了。总有中的时候。"

"然后呢?"

"其实接下来的这一步最关键。你得学会筛。你能中多大的奖,主要就看你会不会筛。你想想,一个孤零零的号码有用,还是一对互相之间有关系的号码有用?如果有很多对呢,用处是不是更大?"

"不一样的关系,能变出不一样的套路。"我下意识地接了一句,声音轻得只有我听得见。我以为只有我听得见。

"开窍了,嘿嘿,我就知道你会开窍。这里不比你们大都市,这里找不到几个开窍的人。说真的,咱这里还是小打小闹,跟南方没得比。人家现在搞出一整条产业链,刷客,卡商,黑客,月入百万。我也不懂,我也在学。"李波扬在窗台上掐掉第三个烟头,顺势在毛糙的砖面上划过一条黑线。

李波扬的表情越来越正经,像那种在台上做报告的领导,讲形势很严峻发展是硬道理。我本来想说昨天我还在新闻里看到台湾人把基站放在马来西亚,抓他们还得出动国际刑警。我想说有一天你可以把这生意做到越南,顺便把你老婆找回来。可是他的模样太认真了,四周没有一丁点可以开玩笑的空气。

一辆小卡车懒洋洋地从正前方驶过,车速慢到我不可能不注意它。车厢四周贴满红布,布上的白色美术字一个个蹦到我眼里。坚决打击电信网络新型违法犯罪行为。打防并举,彻底铲除。这样的宣传车在小县城里从不过时,通常还会装着高音喇叭,会有痛心疾首的女声由远及近,再由近及远。大概因为还在过年,有人关掉了高音喇叭,只剩下标语在默默地移动,看上去既冷清又滑稽。就好像,全世界都在过节,但街上总会游荡着孤魂野鬼,一个个都努力绷着严肃的、人类的脸。

我们都装作不知道对方也在盯着那车看。我的眼睛都没有眨。

## 三

有些事情,你听一遍,跟着笑笑就过去了。直到你把它从记忆里挖出来,一勺子一勺子挖出来,滑溜溜地黏在自己的舌头上。非得让你的牙齿和舌头卷一卷,嚼一嚼,非得让你用自己的话再讲一遍,你才会意识到,这件事情到底意味着什么。

尤其是,当你开始讲的时候,正好选在这样的时刻:你刚从安吉拉结实的身体上爬下来,鼻子里全是她头发上的冷烫精味道。她在你耳边奇怪地哼哼唧唧,你搞不清楚这代表她满足了还是没满足。谁他妈搞得懂女人?最安全的办法就是该干的时候卖力干——三十来岁的男人如果干这个都惜命,你就真的可以去死了——完事以后什么也别聊,倒头就睡。她们如果没到位,就会跟你找碴,就会看什么都不顺眼,砸掉几个倒霉的碗。如果她们到位了,你甚至更惨,她们的哼哼唧唧不知道什么时候变成了呜呜咽咽,你听不清楚她们在讲什么,但你从她们爬满眼泪的脸,从她们肩膀晃动的样子,知道她们在等待你答应什么,承诺什么。她们在等着你发个誓,好把她们刚才飘到云端里的感觉固定下来。男人排空下半身之后,像潮水一般袭来的睡意,除了帮助你消除疲劳,其实更大的好处,就是避开女人那些可怕的仪式,避开说那些恐怖的词:永远,一辈子,戒指,爱。

半梦半醒间,你总是能依稀感觉到女人抱住你的腰,听她在你耳边口齿不清地叫你骗子。你心里恨恨地想,我要真是个骗子也不至于混得这么惨。一个转身,你坚定地入睡,清楚地听见自己在打呼噜。

然而这一回,你的脑袋却没跟着身体一起放空。光着软塌塌的身体,盯着天花板,想要开口说点什么的人居然是你。你竭力回想着李波扬的语气,他对你的态度显然比对他徒弟更恭敬,他一边说一边小心翼翼地观察你的反应。他故意把人称搞得含含糊糊,实在没法避开的时候也不用"我"——他只肯说"我们"。他说"我们"的时候亲热地拍拍你肩膀,让你自然而然地成为他的同谋。他是这么开头的:"比方说——"

"比方说,"你仰面躺着,左手在安吉拉汗津津的大腿上滑动,"有个老板。"

"就是我们发廊的那种老板?"安吉拉难得看到你的话这么多,兴致勃勃地插嘴。

"身家比你们强尼大多了——大老板,懂吗,有私人司机那种,喝醉了也不用请代驾。"李波扬并没有这么说,但你愿意这么想。好像老板越大,整件事情就显得越正当。

这个老板有个秘书。李波扬没说秘书是男是女,但你觉得她应该是个女秘书,那种胆子还没大到坐到老板腿上、心里却总在揣测老板口味的女秘书。"有一天秘书收到一条短信,"你的手突然在安吉拉腿上停下来,"是一个陌生的手机号,但是能准确地喊出她的名字。那条短信告诉她,这个是她老板的新手机号,原来那个不用了,千万记得存一下哦。"

"这样就能上当?"安吉拉想翻身下床,被你按住,"如果她打老板原来的电话问一下,就一定能拆穿了。"

李波扬可没有解释为什么,你只好顺着安吉拉的问题,自己给故事添油加醋。"可是她为什么要打呢?晚上,嗯,是晚上,九点多的样子,秘书想,难得老板跟她这么不见外,难道她倒要傻乎乎地去证实吗?万一这个点打电话被他老婆截到怎么办?万一这个新号码老板只给特别亲密的朋友呢?"

你兴奋起来。好像房间里凭空下了一场雨,细节像蘑菇一样从阴暗潮湿的地方一串串冒出来。"所以秘书乖乖地存下了号码,嗯,那天她睡得很香。到了第二天——真的,其实只需要一个晚上的美梦就够了——她就对这个新号码确信无疑。从此以后,她有事找老板,就会打这个新号码——"

"那不就彻底露、馅、了?"出租屋里的热水器年久失修,根本调不高温度,安吉拉被头顶上浇下来的水冻得打了个激灵。字与字之间,你能听到她的牙齿咯咯作响。为了取暖,你跟她一起挤在水龙头底下。你抱住她,她的面孔正好抵住你的锁骨。

"事情好玩就好玩在这里啊,"有那么一刹那的工夫,李波扬得意的表情从你和安吉拉的身体之间飘过去,"他们哪有那么笨呢?这个电话早就设置好呼叫转移了。秘书一拨新号码,就自动接到旧号码。所以,你懂吗,说话的还是这两个人,但移到了另一条电话线⋯⋯"

你和安吉拉同时爆发出笑声,笑声与水花一起溅在墙壁上,听起来潮湿而刺耳。屋子太小了,马桶、淋浴龙头和煤气灶几乎连在一起,跟睡觉的床铺也就隔着半堵墙。房东说这叫一室半,六十年前造的工人新村的老户型,麻雀虽小五脏俱全。"我要是再贪心点,"他说,"摆五张上下铺群租,房租至少再多收一千。"安吉拉说这话不夸张,你们不见面的时候她就得睡到发廊边上的群租房里去,这里头的行情她清楚得很。所以,有时候,你会疑心她有事没事地要来你这里睡觉,其实只是为了睡觉。

每个月五号,房东总是在隔壁棋牌室打完通宵麻将以后清早来敲门,耐心地等着你穿衣服刷牙磨磨蹭蹭。你不凑齐那一堆皱巴巴的钞票,他是不会走的。他说十年前就在无线电厂下岗内退了,他说还好手里多一间房子。"我只要现金,"他说,"家里开销就靠收房租。卡里的下岗工资十年没动过了,那是要攒起来给儿子讨老婆用的。我就一张卡——要那么多卡干什么?搞不好还会给骗子骗掉,我家老太太……"

房东说的是他八十八岁的妈。他妈的故事你不是第一次听,然而你每次听都会像第一次那样,用鼻子发出鄙夷的声音。中央首长的保健医生开发的神药,连吃一年保三年不生癌,连吃三年保十五年。今天付钱,明天退款,还全额退款,这是在做慈善,嗯,也可能是临床试验……好吧,都说到这份上,还有人要哭着喊着跑到银行去给骗子打钱,银行保安拦也拦不住,那还有什么好说的?

你懒得想下去。你的思绪已经在岔道上拐了个弯。你在想,用大老板的名义骗,这算不算骗?骗一个秘书的钱,一个想上老板的床的秘书,算不算骗?这个念头还没飘到眼前就被你举起手轻轻挡开。然后你的手落下来,揉揉安吉拉的头发。从安吉拉的笑声里,你也听得出,她也觉得这不算骗,至少跟老太太受的骗,不是同一种。

"呼叫转移——但是钱呢,钱呢?"安吉拉从龙头底下冲出来,抓起毛巾就往床上跑。房间小,不用跑很久。从你的角度看过去,她几乎就像是往那个方向扑腾了一下,便准确地摔到了床上。

你几乎是吼着告诉她答案:"一个月以后,秘书收到一条短信——"

"临时去日本出趟差,正登机。有笔钱来不及联系财务,你先帮我垫付一下。三十万。回来送礼物给你。账号是……"你回忆着李波扬的语气,一个字一个字地背下来。

安吉拉用被子裹住肥嘟嘟的小肚子,大腿和两只乳房的上半个圆露在外面。她抓起一只枕头捂住嘴,哧哧地笑。你注意到她最近又白了。在大城市里待着,尤其是在大城市的发廊里待着,就好像天天在吃漂白粉。她甚至变得更聪明了,刚才还半闭着的眼睛猛地睁开:"对啊,老板这么信任她,不拿她当外人,她当然要冲到银行去提款啊。砸锅卖铁也得转啊。再打这个手机,那边已经关了,当然也没有什么呼叫转移了。她肯定想,不奇怪啊,老板一定是在空中飞着呢。"

到日本怎么也得飞三个钟头吧。足够女秘书含着微笑,怀里揣着美好的未来,把所有的积蓄,甚至问东家借一点,西家挪一点,凑足三十万,统统打进那个账户里。

## 四

没下雨,路面干燥,一整条路都没在修,每一盏路灯都亮着。我住的房子和我要去的饭店正好在这条主干道的两头,只需要过四个路口。然后我应该开着客人的车,在地图上拉个对角线,从城里的这一头开到那一头。我知道那一头的别墅区离地铁站不远。

干代驾的不是每天都能碰上这样既省力又赚钱的大单,而且还是刚过九点的第一单,这简直像个奇迹。我支起折叠滑板车,小腿肚上的肌肉微微打战。刚才跟安吉拉闹得太疯了,无论如何出门前应该眯一会儿的。可我连眼皮都没合,一秒钟都没有。

非要踩上滑板车,非要被迎面吹来的夜风灌进鼻孔里,我才感觉到有什么东西又回到了我的身体里。至少,在这种状态下,哪怕冒出再奇怪的念头,我也很清楚这是我自己想出来的。我不用在想象中把自己劈成两半,把弄不明白的事情统统推到对面那个人身上,我不知道怎么称呼他,我只能说你你你。你啊你,你倒是说说看,这算不算骗?

一个完整的人,哪怕像我这样瘦,肉身也是沉重的。用力蹬一下滑板车,这感觉特别明显,好像总有什么要迎着风从眼睛鼻子嘴巴耳朵甚至肛门飞出去。几万分之一秒的挣脱,然后是几万分之一秒的坠落。我重重地固定在我之中。

所以,我在第二个路口停下来,拿出手机——对于这一串动作,我没什么可以推托的。我没有办法说,我中了邪或者被鬼迷了心窍。我在这台双卡双待手机上打开另一张卡,从没用过的那一张。李波扬送给我的时候,我只是顺手塞进口袋。把它装进手机是春节过后,回城的火车上。那天,我买不到硬座,怀里揣着站票,把行李箱横在厕所边上的过道里,人就靠着箱子坐在地上。厕所的门开开关关,臭气一阵阵飘出来,一连有几个拎着裤子从里面出来的人一脚踩在我的箱子上,每踩一次就骂一句。我随便数数,至少有九个中文的卧槽和六个英文的发克。安吉拉连着拨过来几次电话都被我按掉。我想那时我烦透了,所以我不仅关掉了手机,而且打开后盖。卡槽上的空当,那个一直就存在的空当,显得格外刺目。

"放心,这张卡是用真人身份证实名注册的。我李波扬送佛送到西,配套供应。"

我没有傻到追问这张真实的身份证或者身份证复印件是从哪里来的。他供应的套装里,还包括几个电话号码,以及这些号码的主人的名字、身份,还有他们手机里的全套通讯录。一个名字就是一张关系网。

"不信你挨个查查,全是住在你那国际大都市里的。有头有脸。都是我筛出来的优质资源。大过年的,这就当送你个红包啦。"

"弄到这些你花了多少钱?"

"这就看你怎么算啦。买信息当然要钱,但这不重要。重要的是经验。你说经验值多少钱?"

"但是我没经验啊,我也不准备干你这行。这个红包对我没什么用。"我想我当时的语气一定不够坚决不够有力,否则他的脸不会在同样有气无力的阳光下,立刻堆出笑容来。"拿着吧,有备无患。就当存着一张不会过期的彩票。随时开奖。要不然,明年春节你再来,如果没用,原封不动还给我。"

我的视线避开他的脸,他的眼睛。李波扬比我见过的所有人都自信,他认定明年此时,我还能在这里找到他。安吉拉总是跟我说,如果强尼卷走那些老客户预付卡里的钱,拍拍屁股走人,她一点儿也不会意外。哪怕是明天也不会意外。城里所有的发廊、美容院、健身馆,哪怕是看起来很高级、只有外国人进去的那种,不也都是这么干的?但李波扬的语气、表情,跟这些人都不一样。他简直是当着我的面,认认真真地在钓竿上装好诱饵,然后向我甩过来。他胸有成竹,他拿我当个人才,他甚至用上了"优质资源"这样时髦的词儿,听起来比我见过的那些醉得满车乱吐的老板都更像老板。我想他不但相信我明年春节会回去,甚至还相信我会留下来,留在这栋红顶白墙的砖房里。这里是他的——那地方叫什么来着?——这里是他的华尔街。

滑到第三个路口时,我已经圈定了目标。在李波扬的名单上,冯树排在最后,备注上写着"导演",李波扬用记号笔在这两个字旁边画了个问号。在李波扬看来,相对于排在前面的经理,导演是一种非常可疑的职业。"性价比可能有问题,"李波扬说。这话听着耳熟,他在跟我讲完那个呼叫转移的故事之后,也这么嘟囔过一句,"你想你得花上一个月等机会,夜长梦多。回报率还不如那些老套路高,比如恭喜中奖那个,真的是实报实销。群发个几百人,总有人转点零花钱给你。"

"那你为什么还要讲那样的故事给我听?"

"这个……我就是觉得好玩。这种高级玩法,我的徒弟听不懂。你懂。"他说你懂的时候,眼睛隔着玻璃闪闪烁烁。我这才意识到,昨天晚饭时他并没有戴眼镜。平光眼镜。

"这事情到底是不是你干的?"

"不管是谁干的,你觉得有区别吗?老实说,有时候我自己也搞不清楚。我今天跟你讲的是登机打钱,明天就是绑架交赎金,我就这么一说,你就那么一听。"

我搜过冯树,可是网上讲得含含糊糊。冯树应该不是那种影视剧导演,我看到他的名字跟几部陌生的话剧联系在一起,好像还在戏剧学院里兼着教授。我想象不出有谁会随手给导演打钱,可我还是放过了一个广告公司的客户经理和一个保险公司的行政助理,直接调出了导演的通讯录。

我最多只能在这个路口磨蹭三分钟。这点时间只够我把短信发给三四个人。我在短信里亲热地喊他们的名字,请他们务必更新号码,在落款写"冯树敬上"。最后两个字突然从我手指头冒出来的时候,我打了一个激灵,好像所有的中学语文知识都在这一刹那活了过来。导演是不是应该这么文绉绉地说话?我不知道。我只知道,我在努力想象自己就是这个叫冯树的文化人。从一个人变成另一个,李波扬需要一辆宝马,一件花格子呢西装,加一副平光眼镜,而我只需要两个字。

我判断不出客人的年龄。被霓虹店招的光衬着,他看起来也就三十五岁。从后视镜看他钻进车里,垮在后座上,我又觉得这完全可能是个五十三岁的男人。车是奥迪,旧款,怎么开都不出错,怎么开也没快感。三言两语一搭脉,我就知道这人的酒喝得不多不少,刚上头,正是最爱说话的阶段。

他问我的折叠滑板车多少钱,如果路很远我怎么来得及滑过来。对对对地铁啊还可以地铁,他说,我我我在地铁里看到有人拎着你这种车的。他把问题一个接一个扔出来,我端着方向盘在心里数五六秒,他便把这些问题挨个收回去,忘掉几个,自己再解决几个,并且对自己的答案表示满意。他问我大晚上的开车送一帮醉鬼回家是什么感觉,然后哈哈哈大笑三声说这还用问吗能有什么感觉?他说我肯定会在心里笑话他们,我在驾驶座上摇摇头。我想他没看见我摇头。

夜斜在车窗两边,嗖嗖地往后倒。喝了酒的男人一阵冷一阵热,我能听见他的手一直在按车窗键,所以风一时从背后吹来,一时又停下。高架桥上看到的高楼都只有半截,缺笔少画的灯箱广告牌拼成一张空落落的、拔去好多牙的嘴。我老是想抓起身边的随便什么东西,扔出去,填上这张看不到边的嘴。我当然抓不到什么,我只能使劲往嘴的深处看,简直能听到那种从喉咙口发出的呼噜呼噜的声响,像黏着一坨浓痰。

比起那些开出租的,我这份工收入不稳定,也没人给我买五险一金。我得时不时地在白天打点零工填补亏空,比如到哪个装修队里凑个数,帮着砸掉两堵墙。不过,哪怕再让我选一次,我也不会去开出租。白天,这座城市的每段路都丑得没法看,我没法不走神,没法不打瞌睡。堵在十字路口前的转弯车道与直行车道中间、两边都看不到希望的时候,我不相信我控制得了自己的脾气。还有,也许我能管住自己的胃,却没法控制我的膀胱,我讨厌开着开着突然跳下车去找个绿化带就地大小便。女司机连这么干的资格都没有,她们憋急了会哭,哭着开进路边的学校里,央求让她停两分钟去趟厕所。"路上到处都是黄线,都是。"她们哭着说。

代驾不一样。夜晚的道路对司机比较友好,夜色也比较适合哄骗自己的眼睛、耳朵和头脑。不管是保时捷法拉利还是劳斯莱斯,都是我开的——它们的主人暂时放弃了控制权。哪怕转错一次弯,客人也不会像在白天那样突然尖叫起来,指责我是故意的,就为了多挣几块钱。至少有那么几分钟,我会沉浸在愉快的错觉里:路是我的,车是我的,整个夜都是我的。

手机就是在这愉快的几分钟里响起来的。第一条短信进来时我甚至没听见。客人在一声高一声低地自言自语,我在哼着尧十三的黄色歌曲。这曲子配他的唠叨倒也不难听,我想。我发誓,在那几分钟里,我已经完全忘记了冯树这个名字,忘记我在半个小时之前还用过他的身份。

第二条进来的提示音正好跟那句关键的歌词重叠,以至于,我觉得我刚刚压低嗓子唱完"鸡巴"两个字,就听见一记清脆的、类似于放屁的声音。接得实在太巧了,我只能一边开车,一边用眼角的余光搜寻声音是从哪里发出来的。手机亮着,我腾出左手按了两下,两条短信一起跳出来。

——冯树老师,您这是什么意思?拉黑了我一个月,又扔个新号码给我。我打过去还是忙音。您是在故意逗我吗?

——你给个机会,我可以好好说话。我有事情要告诉你。

我差点以为是安吉拉出事,腿一抖,在眼看着要闯过红灯时终于踩住刹车。此时大半个车身已经跨过停车线。幸好后面空着一大段,没有车逼上来。这个路口的红绿灯要等三十秒,足够我用三秒钟意识到这两条短信都来自那张新开的卡,而且来自同一个人。剩下二十七秒,我的脑筋飞快地转动,把这两条的内容合到一起,拼出一个名叫萧萧的女人。

萧萧是冯树的学生,也许不仅仅是学生。萧萧被她的老师,也许不仅仅是老师,拉进了黑名单。萧萧接到了她以为是冯老师其实是我发的短信。萧萧以为在黑夜里看到了一束光。萧萧想抓住这束光,她打了冯老师的新号码,却被我设置的呼叫转移挪到了冯老师的旧号码。那边还是冷冰冰的忙音,拉黑的并没有变白。冯老师也许正在睡另一个女学生,他什么都不知道。

后来回想起来,我有一万个理由学着冯老师的样子,当场把萧萧拉黑。看样子冯老师是个成功的男人,让成功的男人头痛的女人一定是个麻烦的女人。一个有专业精神的骗子不应该自找麻烦,他的好奇心必须适可而止,为他的目标服务。更何况,冯树拉黑萧萧的号码,也许就跟我按掉安吉拉的电话一样。我敢打赌,天下没有一个男人不能理解这种快感。

然而红灯在这一刻换成了绿灯。我的车,不,那男人的车,一个趔趄,往前冲。前面一马平川,车很快就达到了最匹配它性能的速度。在这种速度下,不是我在开车,而是车在开我。后座上的男人话越来越少,我几乎能感觉到酒精在他的大脑里弥漫的路线。管说话的和管思考的区域应该都沦陷了,接下来那块可能管做梦,因为我听到了他粗重的呼吸正在变成含糊不清的梦呓,夹杂着几声反胃和咽口水的声音。我取得了真正的统治权:如果我乐意,我可以随时来个急刹车,让他吐出来。

人在这种进可攻退可守的状态下容易产生幻觉,他会觉得对任何事情,那些跟他不相干的事情都有发言权。他甚至觉得这些事靠自己耍点小聪明就能解决。萧萧的第三条短信就在这时候闯进来,它是那么清晰、简短,像一道闪电。

——我想我怀孕了。

## 五

事实证明,这一单生意并不好做。我是说代驾的这一单。我不晓得这个人到底喝了什么酒,这种酒精到底要让他的情绪转几个弯。总之车到他家以后,我只好耐心地等着他醒过来,发呆,然后毫无预兆地捂着脸哭出声。

"一个人,他妈的我一个人喝。"

可你至少喝得起酒。

"干马提尼。到第三杯就喝不下去了。"

这是我见过的酒量最差的客人。

"你懂吗?就他妈一个人怎么喝,九点就买单走人。"

可这车是你的,这独栋别墅也是你的。

最后我也毫无预兆地嚷起来。我说你能快点哭完吗?我还有生意要做,我得蹬着车滑到地铁站,然后至少坐五站才有希望接到人,这里是别墅区不是酒店区,这里没有生意做你懂不懂。你喝酒的时候,有人在加班有人在偷东西,还有人在怀孕。所以你能不能快一点?

他被我嚷傻了,递来三张一百说别找了。我没客气,揣进口袋,蹬上滑板车,头也不回地往地铁站跑。进站前,我拿出手机,回复萧萧:忙着。别闹。过会儿联系。

萧萧果然安静下来。一整个晚上我都在想关我屁事回家就关机睡觉。半夜三点摸黑进门,安吉拉睡得人事不省,月光透过破窗帘洒在我这边。插座在床头板斜下方,我抓起一只枕头垫在屁股和半截翘起的地板之间,插上手机充电。切换到新卡的微信账号只需要两秒钟,新账号自动搜索到萧萧的号码只需要十秒。去年用几百块买来的旧智能手机——多半是小偷卖给二手店的销赃货——质量好得简直像个阴谋。

萧萧飞快地加上号,一秒钟都没有耽搁。我想她一定是守了大半夜,手机都被她捏出汗来。我决定先发制人。

——这么晚还没睡?

——你怎么忍心让我等这么久?

——刚忙完。

——你怎么忍心一直不接电话?

——别打了。我还屏蔽着。

——你怎么忍心?

半夜三点钟,一个只会说"你怎么忍心"的女人,显然没有足够的判断力来怀疑我的身份。眼看着要掉下悬崖的人,就算眼前唯一一根枯藤上长满毒刺,她也会死死抓住吧。我一阵得意,揣摩着冯老师的语气,又向前跨了一步。

——一打电话就吵架。我觉得我们得换一种方式交流。

——那你能保证别把微信也拉黑吗?原来的那个就没法用了。

——我保证。只要你乖。

紧接着发来两大段语音。我贴在耳边听了两遍。沙哑的女声被哭腔拉扯得走了形,听起来像一团黏糊糊的纱布。句子颠三倒四,说到一半音量突然拉高,直冲耳膜。我听懂三件事:冯树的老婆坐完"移民监",从美国回来了;萧萧答应过冯老师不去打扰他;萧萧后悔了。

"我答应你的时候不知道我会怀孕。"她尖叫,就好像怀孕不是怀孕,而是半夜在厨房里打开灯,赫然在她眼前蹿过的老鼠。

我没法替她抓住老鼠。所以我什么也没说。又过了几分钟,她发来一个哭脸,两个字:我乖。

——太晚了,先睡一觉,总有办法解决的。

——好。

安吉拉在床上翻了个身,手越过中线,伸到我这一边。我关掉手机,先是腿再是胳膊再是脑袋,慢慢填上她身边的空位。她嘴里咕哝一声,没醒。我轻轻抬起她白胖的胳膊,帮她侧转回去,掖好被子。也许是我的错觉,月亮仿佛又升高了一点,整张床透亮透亮,就像泡在清水里。

我是个骗子,我想,通讯录里还有很多猎物,他们都背着沉甸甸的钱袋子。我数着钱睡过去,醒来才发现,那个说过会乖的女人一点都不乖。我的微信里多出几十条信息,一条条看完已将近中午。这些文化人,上大学读这个士那个士,就是为了大清早写出那么多废话。对他们来说,这就跟刷牙漱口上厕所一样自然。照照镜子,我看到我歪着嘴角一脸苦笑。我只是个兼职骗子,身边只有一台手机两张卡,我家里也没有什么跨国大基站。我得尽快摆平了这一个,才有力气对付下一个。

反正我不能被猎物牵着鼻子走。我决定先晾她一会儿。安吉拉一大早就去发廊上班了。今天装修队不开工,对街的黄焖鸡米饭生意清淡,用不着我去帮忙。姚胖倒是电话过来问我有没有兴趣跟他一起倒腾一场演唱会的票子,我说不干,手头周转不开。水咕嘟咕嘟冒泡,我先扔了一块方便面,想想从昨天晚上到现在就没好好吃过什么,又往锅里扔下一块。

吃得下第一块,就吃得下第二块。我脑子里叮一下亮起一盏灯。

我去抓手机,打开新卡,往冯树的号码发一条短信。内容是现成的,我只需要换一种语气,改掉几个字。两包方便面的调料一起跳进锅里,红烧牛肉和辣白菜猪肉的味道在小小的房间里夸张地扭作一团。有那么几秒钟的工夫,我觉得我快要被这股香气活埋了。

——冯老师,这是我的新号码,您存一个呗。原来那个号码不用了,原来那个萧萧也……想明白了。您可别拉黑我,就当收了个新学生。

如果我是个女人,我是说如果,我至少能挑男人爱听的说。我才不会傻到眼看着人家在到处躲我,还冲上前去嚷嚷我怀孕了。从萧萧眼前蹿过的老鼠,在冯老师眼里就是一条蟒蛇,或是一口把他吞下去,或是将他越缠越紧,直到他断气为止。

冯老师当然不会那么容易断气。过了一小时,我便确信他没有拉黑我的号码。一切顺利,微信自动搜到冯树的号码。我默默地加上他,他默默地点了"接受"。沉住气,我对自己说。现在我这个号码的微信上只有两个窗口,一个冯树,一个萧萧。不管在现实中他们发生过什么,即将发生什么,此时此刻,在我的手机上,他们紧挨在一起。他们就像两个扎在一起的气球,只有我看到气球上的小洞,看到有什么一直在往外漏。秘密,李波扬说,就是权力。天晓得这两年他是从哪里学来的这些神神鬼鬼的理论。

冯树主动打破沉默的时候,我一点都没意外。

——萧萧,看到你心态很好,我很高兴。

　　——嗯。都不容易啊冯老师。

　　——你懂就好。工作还习惯吧?要不要我跟你们主编再打个招呼?

　　——不必。薛老师很照顾我。谢谢你给我介绍杂志社的工作。

　　我能准确地叫出"薛老师"。为此,我的手背上兴奋地起了一层鸡皮疙瘩。萧萧在清早发来的话,那些多愁善感的絮絮叨叨,突然都有了新的意义。一种口吻,几个名字,错乱的细节,零碎的情绪,只要我有足够的耐心把它们收集起来,总有用得上的时候。每用上一次——只要不是拧着用——我就能换来冯树更多的信任。反过来也一样。

　　两块方便面果然提供了更充足的能量。我觉得我脑筋的转速又跑到了时间前面。两个窗口都在有一搭没一搭地亮着,我保持着舒服的闲聊的节奏,把他们的对话搬来搬去。当冯树问"你怎么突然就想明白"的时候,我把萧萧所有的话都搜索了一遍,找到一个法国作家的名字。凭着这个古怪的名字,我在网上搜到一大堆忧郁的男人的侧影,他在每张照片上都穿着看起来并不暖和但应该很贵的呢大衣,他总是竖起领子抽着烟。他好像说过很多话,都是那种可以印在书上的警句。我有时候真是搞不明白,为什么有的人只是讲话有点道理,就可以凭这个吃上饭,买看起来并不暖和但应该很贵的呢大衣。如果按这个标准,李波扬每句话听起来都很有道理。他能开上宝马,把红顶砖房变成他的华尔街,也得算是一件合理的事情。

　　我挑了一句。每个字我都认得,但我没法解释这究竟是什么意思。我把它贴在冯树的窗口。

　　——因为,没有对生活绝望,你就不会爱生活。

　　我简直可以看到窗口抖动了一下,虽然我知道我看不到。我觉得冯树在极力压制那种仿佛终于对上密码的喜悦。

　　——你还那么喜欢加缪吗?

　　我顺手把这话扔到了女人的窗口。

——怎么可能不喜欢？我反抗,故我在。

## 六

反抗不是个谁都能用的词。至少你得站高一点,哪怕爬几格楼梯也好。电影里都这样,镜头往上仰,人看起来比平时高。你得穿着皮鞋,皮鞋头擦得干干净净,但是最好别发亮。他们会说,发亮的那种有点土。他们也爱穿运动鞋,纯色的帆布鞋和夸张的气垫鞋交替着穿。你从他们的鞋往上看,有时候居然能看到男人穿着黑色长袜,外面套着七分裤,再往上会有墨镜和反戴的棒球帽。这样的装束,必须配上歪着的脑袋和歪着的嘴角才合理,隐约可以见到他们的牙齿上粘着口香糖。他们脚下的电动滑板车是真正的滑板车,他们不需要用什么力气,手里握着遥控器就能控制滑板的方向和速度。他们就像踩着一台电熨斗,绿光一闪一闪,从林荫道上压过去,路面上简直要哧哧地冒出热气来。

他们从你身边滑过时,你觉得有目光透过墨镜,朝你简陋的折叠滑板车瞟了一眼。只要那一眼,你们就交换了彼此的身份：他是在反抗,而你,是个代驾司机。

萧萧是不是属于这类人,你有点吃不准。你把她的朋友圈相册全过了一遍,没看到几张她的自拍,就算有也是背影,侧面,或者抱着一摞书正好遮住大半个脸刚好露出两只眼睛的那种。这些照片拍得很讲究,而且不是那种用修图软件修出来的讲究。在这些照片上,光总是聚在合适的地方,周围总是没有多余的东西。你想,她在杂志社工作,跟着摄影师蹭两张好照片也是应该的。就像安吉拉在发廊里天天蹭这个发膜那个精油一样。"我是帮他们练练手。"她总是这么说。

你站在萧萧的杂志社门口。你觉得这块地方并没有照片上那么好看,地上有水坑,花砖这里向上翘起一块,那边往下陷落一截,踩上去一脚高一脚低。弄堂好长,经过一个突兀的拐弯,你才能撞上杂志社白底黑字的门牌,看到一只白猫从一堵波浪形的矮墙上走过。你目不转睛地盯着它的步态,以为它会在哪个波峰或者波谷掉下来,然而并没有。

这座城市总是在你想不到的角落里藏着一栋小洋楼。你如果不紧不慢地从那里走过,可以看到一角草坪,或者一扇落满灰尘的彩色玻璃窗。这些楼,不算收门票当景点的那几栋,好像只剩下两种用处。有些一到晚上灯箱就亮起来,穿旗袍或者和服的迎宾小姐站在门口忽闪着假睫毛。招牌不怎么明显,而且通常是外国字——这些有执照的饭店或者没有执照的私房菜你常来,你一直以为在这里接到的客人会比那些从大酒楼里出来的,稍稍懂礼貌一些。然而并没有。

另一些旧洋楼倒是挂着明显的中文招牌,有时候一扇门挂好几块,但那些字并不能清清楚楚地告诉你,那里的人都在干什么。天地人演艺基金会,海纳川影视工作室,文艺家沙龙,小小的美术馆或者音乐培训学校,前面挂一个你不认识的文雅的人名。还有,乡土文化研究中心是什么意思?听起来好像跟你接近一点,但是你讨厌这个名字。有一回你踩着滑板车从他们门前经过,看见里面出来几个中年男人,半秃的头顶上都浮着一层油,手里都拎着一模一样的编织袋,上面印着一串字,大概是研究中心成立几十周年。你知道明天这些男人或者男人的老婆就会拎着这些袋子去买菜。

相比之下,你至少能看懂萧萧上班的地方是一家杂志社。你甚至在安吉拉的发廊里翻过这本杂志。就那么孤零零的一期,扔在一张脏兮兮的紫色条纹沙发上。那些等着强尼做发型的女人对这本没兴趣。她们说黑白照片太多了。"杂志有点卖不动,主任让我们每人包一百张订单。"昨天萧萧在微信里说。这句话前不着村后不着店,就像落在一片洼地里。周围全是戏剧、诗歌和抽象画。你倒是很高兴,因为总算有一句是你能听懂的。卖得动才怪啊,你握着手机笑起来。你很想告诉她,黑白照上看不清衣服的细节,发廊里的女人们不可能拿着这样的杂志到网上搜同款,或者到马路对面的裁缝店照着做一件。

你当然没有这么说。因为冯树不会这么说。萧萧也并没有指望回答,她只是停顿了十几分钟,就跳过这个话题,说到一部他们一起看过的老电影。"真正的方法派,"她说,"现在哪还有这样耐磨的表情肌?"你来回读了三遍,照着镜子比画,还是不明白表情肌到底指哪块肉。实际上,你觉得大部分问题她都不在乎有没有答案。她只需要那么一个窗口,让她感觉到冯树在听她讲话就可以。

你抬头,视线越过波浪形的矮墙,打量这栋三层小楼的立面。你不知道她在哪个窗口。你只知道她今天确实来上班了,因为一路上她都在刷朋友圈,拍一地落花,配一句诗,再抱怨一声:春光如此明媚,上班如同谋杀,谋杀逝水年华。

两天,仅仅两天,你就觉得跟这个叫萧萧的女人已经认识了两年。你很奇怪她有那么多无关紧要的话可以说,有那么多云里雾里的表达方式,有那么大段大段的空闲。如果有人能给你找一份清闲的工作,有事没事陪你看个电影告诉你什么叫表情肌,这个人值不值得你像天神一样仰望他,值不值得你抱着手机从早到晚地等他?你说不上来。

你想起那年旷了省城复读班的课,揣着攒了十年的压岁钱,来到这座城市。你摸黑敲开表姨家的门,看着他们正在收拾碗筷。你咽了下口水,没有说下了火车以后你什么都没吃。后半夜你从客厅的沙发上滚下来,用一沓餐巾纸捂住不停流血的嘴唇,一声也不敢吭。你在长途电话里跟妈说再提一句高考就别想找到你了,一本既然没希望,就干脆什么也别上。再有人把你绑到什么工厂什么小镇里喊着口号补课,你就死给她看。死给她看这种话有点娘娘腔,这你知道。尤其是,在表姨的客厅里对着电话这样嚷,对面沙发上的表妹能清楚地看见你脸上挂着一泡冰凉的鼻涕。但你顾不得了。你要说的是你早就想说的:那些拼了命考进二本的同学,最好的结局也不过是在省城当个公务员。你不喜欢实现命中注定的事。实在逼急了你还会反问你爸,如果做人就该认命,那你当年为什么要从县城跑到省城去?

你说这里什么都好,表姨夫在驾校里当教练,跟着他不愁没饭吃。你没有提的是,表姨夫的学费一分钱也没少收。孝敬教练的两条烟你给不起,就替表姨家拖了两个月的地板。他们倒是不需要你洗碗,因为你总是知趣地找个借口,在外面混完饭才回去。你发现人的胃是有弹性的。那段时间你总是有很多新发现。三顿当然可以,但两顿其实也行。哪怕只有一顿也是不会死人的。你后来心平气和地想,这一切还是公平的。当然很公平,毕竟你白白蹭了他们家两个月的沙发。

公平这两个字,你是在来到这座城市以后才真正弄懂的。好多看起来说不通的事情,只是因为你没在心里搁上一把秤。城市越大人越杂,品种越是翻得出花样,你可以往秤上搁的东西就越多。冯树心里当然也有秤,他们管这种更精致的秤叫天平。在冯树的天平上,一头是萧萧的眼泪,另一头是那个从美国空降下来接管他的老婆。你猜,冯老师心里有点过不去的时候,就往萧萧这一头加了一份工作。然而,现在的问题是,萧萧不再只是萧萧,萧萧说她怀孕了,这块新加的砝码该怎么算?也许,你隐隐觉得,在摇摇摆摆暂时没法平衡的瞬间,你赚钱的机会就来了。

你低着头又在弄堂里转了一圈,走到弄堂口再折回来。这一带你熟得很,弄堂口出去右拐就有一家据说是老字号的点心店。那里的豆腐脑和小笼馒头好吃得让你完全可以忽略服务员的态度,你甚至学会了两句本地话,学会笑着接过他们摔在你桌上的滚烫的碗,夸一句真灵。按平时的节奏,你现在就该坐在那里,踏踏实实吃一顿早午饭。然而你没有走出去,因为在你的手机上,萧萧安静了一上午的窗口突然亮起来。

窗里亮着一排照片。你犹豫了一下,一转身走进杂志社旁边的一家小咖啡馆。你当然从来没在那里花过钱,可你以前在门廊里蹭过他们家的无线网络。今天还是很好用,刹那间所有的照片都像花朵一样在手机上舒展开。

诊断书。尿检报告。B超像。早孕。六周。病历上有个问号,大概是因为萧萧没有表态以后到底是去产科还是计划生育科。

——上班路上我去医院把报告都拿全了。其实昨天检查就做完了。你看看清楚,都在这里了。

——嗯,看清楚了。

——你说怎么办?

你怎么知道该怎么办?冯树也不会比你更知道该怎么办。你决定拖一下。在一个更好的时机出现之前,你想,还是别贸然把冯老师吓跑。站在冯树的立场上,你也许应该说,这些检查里没有一项可以证明这孩子是他的。你心里开始组织句子,一边想一边盯着咖啡馆的旋转门。有个两三岁的小姑娘跟丢了前面的妈妈,在门里转了一圈,又回到原地发愣。你看到她垂下头,自来卷刘海遮住了眼睛。

你弯下腰,同时做了两件事:你双手半推半抱着把她送到门里面;你还做了一个决定:那种话,哪怕借着冯树的名义,你也问不出口。

——别慌,我在。你知道我没法答应你什么。

——你总得见见我。我总得去医院。如果没有你,你让我怎么进去?

——那么,如果我在,你能下定决心吗?

——我不知道。但你至少不能躲起来!

站在咖啡馆的门廊里,左转四十五度,你就能看见杂志社的正面。门口的草坪其实并不大,但镂空的铁门把视野里的浅绿色分割成一条一条的。你看不到草坪的边,就会以为它一直延伸到院子深处。你看到那只白猫走累了,躺在草坪上阳光最充足的地方打盹。

——我这两天实在太忙。再给我一点时间行吗?不会超过一个礼拜。

——是排戏吗?我看到学校门口的海报了。明天的试演我还想来看呢。

——千万别。

是的,千万别。如果让他们撞到一起,你的呼叫转移就玩不下去了。你在门廊里踱了一个来回。

——就只是试演嘛,你现在还是好好休息比较重要。

——也好。其实我挺怕看这戏的,虽然很熟。以前听你讲课的时候,有好几段台词我都能背。

——怕什么?

——我也不知道。太强烈了,也许。

——等事情都解决了,正式演出我给你最好的票。听话,乖。

——嗯,我乖。

——那开心点儿。你看外面阳光多好。

——哦,也许。我置身于阳光与苦难之间。

你懒得再查。这一定又是那个法国作家的话。文化人就是喜欢用不着调的大词儿。真应该有人告诉他们,什么才是真正的苦难。

——过十分钟我要去忙。好久没见你,拍张照片给我看好不好?

——你真的要看?

你也不知道为什么会突然提出这样的要求。你感觉到自己的好奇心像溢出杯子的水,这样很危险。

——真的。这天气,站在你们那片草坪上,脸对着阳光,拍出来一定很美。

你走出咖啡馆门廊,站到杂志社的铁门边上。至少有十分钟,手机上一点动静都没有。以至于,最后当她出现时,一恍神之间,你以为她是从手机里钻出来的。

你完全没有看到萧萧穿过哪扇门,沿着哪条路走来。草坪中心靠后有一丛蜡梅,黄花谢了一半。萧萧倚在树底下抬起一只胳膊,你想她手里一定握着手机。她的动作很舒展也很刻意,一个想象着自己将被看到的女人总是会这样刻意地舒展。站在能看见她的位置,阳光正好直射你的眼睛。你看不清细节,你只知道萧萧的身量比你想象的要小两号,那么瘦那么薄。阳光把她,以及她身边的一切都照得扁平。你无法想象在她薄得就像一片纸的身体里,有什么东西已经活了六个礼拜。

于是你低头看自己的手机。你知道照片正在从窗口一张张跳出来。另一个萧萧活在手机里。她很会拍照,她让光和阴影扩张她那件被风掀起衣角的白色外套。蜡梅树的影子落在她的身体上,阳光下的白在屏幕上成了阴影里的灰。只有手机上的萧萧,才是立体的。

# 七

戏剧学院门口果然贴着海报。海报上冯树的名字很显眼,正好叠印在剧照上那女人的高跟鞋上。照片应该是夜景,拍得模模糊糊,泛着黄,多半就是故意做成这种效果。艺术家有时候近视有时候远视,有时候简直就是瞎子。鞋子也不好看,旧,残,眼看着鞋跟就要断。

冯树的名字上方浮着两排小一号的字,一行中文一行英文。我盯着中文看,但也不怎么懂。

他们跟我说先乘欲望号,再换公墓号。

再往上,剧名是大空心字,立体的,就像咣当一下砸在海报纸上。我得在十米开外才能看清楚。

欲望号街车。

照片上没有街也没有车,只有女人的背影。卷头发,窄腰身。戏六点半就开场,我的生意开张一般要到九点半,正好接得上。当然这不是理由,无法解释今天我为什么特意换上最贵的外套,为什么先在校门口徘徊五分钟,然后走进去。

在这座城市里,我进过影院,但没看过话剧。我是说,省城高中里的文艺表演不能算。一样是学校,这个叫作戏剧学院的地方,才有资格演这种叫话剧的东西。校园不大,只要沿着门口的林荫道一直往前走到尽头,那栋显眼的灰蓝色的三层建筑就是中心剧场。我一进校门就认定了这一点。然而,经过操场边,看到一个女生把腿架在树上,我还是跑过去问路。

同学,我说,我要去看戏。我说同学两个字的时候,掂量了一下自己的语气里有没有足够的自信。是的,我看起来应该和这些大学生一样年轻。是的,我的高考成绩甚至比他们好得多,只不过,从小没有人教我练习怎么把腿架在树枝上,让筋骨变得更柔软。

女生灵活地转过上半身,瞄了一眼我手里的折叠滑板车。她的笑容在放下腿的一刹那就从鼻子发起,迅速向脸的各个方向展开。好吧,我想,除了筋骨,还有这样的笑容,都得训练有素才行。表情肌,我想起那个词儿,脸上禁不住抽搐了一下。

"直走,就那边。时间还早,来得及。"

"谢谢。你是表演系吧?你们是不是这么分的?"

女生笑出了声。"你猜。"

我不知道怎么把搭讪进行下去,只好原地转半圈,然后往剧场方向慢吞吞地走过去。好在混票要比搭讪容易得多,再灵活的表情肌也没法帮助守在门口的学生拦住我。重要的是经验,李波扬是这么说的。经验值多少钱?至少值一张票吧。

我女朋友在里面,我说。我一边说一边伸长脖子往里看,装模作样地指指点点。对对对,就是她,长腿,发箍亮晶晶的那个。两个人的票都在她手里呢。门口又跑来一群学生,簇拥着一个看起来略微年长的老师,那人在挥舞着一只手激动地说着什么。相隔五十米时,我看到鸭舌帽底下的马尾辫。三十米,从步态和手势判断,这更像是个留长发扎小辫的男人。艺术家不都这样?再靠近点,我听到那人拔高了声调说这出戏你们应该一人看三遍至少三遍。我确定,这是一个高亢的女人的声音。守门的学生,注意力全被她引过去,齐刷刷喊尹老师您也来了啊。没人注意我已经走进剧场,而且挑了第三排紧挨过道的空位坐下。

虽然以前从没来过,我还是可以断定:在戏剧学院里试演的戏,大体都是院里的学生和圈里的熟人。熟人和熟人都是一边握手一边坐下来,屁股挨到哪里就坐哪里,没人按票上标的座位号码来。只要挑没人占过的座,进退方便,就没人会来管我。

这是一个骗子应该做的事,我心满意足地想。眼光准,脑子清爽,混在人群里谁也不会注意。这是个好兆头。我终于为今天晚上来看冯树的戏找到了理由。

灯暗下来。身边占座的两个学生招呼熟人过来。五六个人从我身边挤过,他们的腿擦过我的腿。根据马尾辫,我认出了尹老师。我看到她挤进去,坐在第三排正中。大幕拉开,尹老师第一个鼓掌。

欲望号和公墓号确实都是车,应该是很多年前在外国马路上跑的那种有轨电车。但是舞台上并没有车,我只是在台词里听到了海报上的那句话。我听到胖女人字正腔圆地问瘦女人:"出什么事了?你迷路了?"瘦女人放下行李箱,用力地表现出明明有点惊慌却故作轻松的样子。"他们跟我说先乘欲望号,再换公墓号,过六个街区以后下车。"

她有点儿紧张呢,我听到身边的学生甲对学生乙说,你看她手都在抖。乙轻声说:"这个角色本来就是很紧张很神经质的,所以她这么演也对。咱们看她后面的爆发力够不够。如果够,那冯老师也算选对人了。"

甲干笑几声,笑得意味深长。

瘦女人是主角,戏里的人管她叫布兰琪。故事发生在美国南方,一间穷人的屋子乱糟糟地摊开在舞台上:板条箱,深色窗帘,老式电风扇。几个黄种人假扮的白人和黑人在台上走来走去。为了说服我们他们是外国人,演员耸肩膀的幅度比外国电影要大得多。看起来布兰琪曾经在那个叫密西西比的地方过了几年好日子,所以她的妹夫,那个壮实的码头工人有事没事就要翻她的箱子。

舞台真是一个奇怪的地方。灯光亮到哪里,哪里的人就浑身都是劲,扯着嗓子说车轱辘话。妹夫的身上总是绷着太紧的T恤,浑身油亮而潮湿,晃着膀子从箱子里拽出一堆毛茸茸的东西。"货真价实的狐狸毛皮,足有半英里长!你的狐狸毛皮又在哪里呢?"他冲着老婆大声吼,"毛茸茸,雪雪白的毛皮,一点都不掺假!你的白狐狸毛皮在哪里呢?"

我其实看不清台上演员的表情,我想别人也看不清。我猜,他们的表情肌一定得奋力扭曲,弄到又酸又痛,我们才能看出一点点动静。然而,妹夫的吼声有种莫名其妙的穿透力,他的话不像布兰琪那样文绉绉的,每个字我都能听懂。他的声音既让我疲倦,也让我兴奋。你的白狐狸毛皮在哪里?这话完全可以从李波扬的嘴里说出来,降低声调和音量,带着他温和的、狡猾的笑意。

后来我一定是走了好大一段神,或者睁着眼睛打了个瞌睡。布兰琪的声音在我耳边有一阵没一阵地飘着。她总是把嗓子吊起来说话,絮叨着跟这个男人和那个男人的往事,要不就是抓住她妹妹的手说我们一定得弄到钱才有出路。这个戏里好像只有她妹妹的脑子是正常的。她冷静地看着姐姐,叹口气,说:"我猜,能弄到钱总归是好的。"

真正一个激灵醒过来,是一个钟头之后的事。布兰琪在尖叫,像个轻薄的瓶子那样被她的妹夫摇晃。我忍不住担心这个被冯老师看中的女演员晚饭吃得太多,万一晃出一点就尴尬了。他们奔跑,交换位置,两个人的皮鞋用力蹬着舞台,发出夸张的、仿佛有很多人同时发出的声响。我刚刚还处在半睡眠状态中的脑袋一阵晕眩,太阳穴附近就好像被一群蚂蚁攻占了。像个轻薄的瓶子那样被他摇晃着的布兰琪,不知从什么地方抓起了一只同样轻薄的玻璃瓶,砰地在桌角上摔碎,然后攥着半截瓶子,用尖锐的一面指向他。

蚂蚁同时发力,和着整齐的节拍一口咬下去。一阵剧痛,从我的太阳穴迅速蔓延到整个头皮。

"我要拿玻璃尖戳你的脸!"

"我打赌你干得出来!"

不自量力的女人,我在心里骂了一句。戳你的脸,用玻璃尖。这种话,这种语调,对于一个愤怒的、浑身都是肌肉和力气的男人来说,既是辱骂,也是春药。这样的男人我见过太多了。

她果然被他轻而易举地捏住手腕,整个人轻飘飘的像碎了一样。他从破碎的瓶子手里抢走了破碎的瓶子。她跪倒在地,然后被他抱起来,摔到床上。灯光渐渐暗下来,音乐响起,不知道是小号还是长号吹的调子,还有鼓。

掌声。身边的两个同学又开始议论布兰琪的爆发力,一个说虽然是新人但确实很会演,另一个鼻子里哼了一声,说会演的多了,她要不是天天往冯老师办公室钻——也许还不止办公室——怎么也得再排上五年队吧。我的视线越过他们,看到尹老师拍一下手,捂一下嘴,也许在抹眼泪。我下意识地用力抽抽鼻子,感觉鼻子好像被什么东西堵住了。

是时候了,我想。别人都在插队,萧萧还在傻等,这无论如何说不过去。我拿出手机,默默地把诊断书、尿检报告和 B 超像转发给冯树。

## 八

女主角牵住冯树的手,又是拥抱又是转圈地谢幕。有人献花,主持人上台招呼大家先别走,导演和主演会留下来跟观众交流。几个学生开始收拾台上的碎玻璃,有人在搬桌椅。尹老师被几个同学簇拥着从我身边挤过去,听到有人在台上喊尹老师,她猛一抬头,马尾辫甩在我脸上。我愣了半分钟,等回过神来,尹老师已经跳上舞台,坐在了冯树边上。

台上摆着三把椅子,导演,主演,尹老师。我总算弄清楚演女主角的叫于莎莎,可是她好像在刚才的摔摔打打中把爆发力全用完了,现在只能像只畏光的猫咪那样,安安静静地靠在聚光灯下的扶手椅上。尹老师显然憋了一肚子话,抓过话筒就说好久没有看过这么过瘾的戏了。封闭空间,螺旋上升,聚焦式,紧张线,同性恋禁忌,荷尔蒙爆炸,被侮辱被损害,这几个词在我耳边嗡嗡响,天知道是什么意思。我觉得尹老师更像是个搞装修的,偶尔也替人看看病。

冯树看起来很平静。也许是我视力有问题,我看不出我刚才转发的照片对他的情绪产生任何影响。他脸上的所有特征都能在聚光灯下给他加分。皮肤,鼻子的侧影。哪怕是头上那些明显超出他实际年龄的白发,也在灯下闪着好看的、充满涵养的银光。观众席上的气氛比刚才演戏时热闹许多。这些演戏的和学戏的,他们的鼓掌和哄笑不是普通的鼓掌和哄笑。我是说,他们的动作、表情和声音都比我们标准。

尹老师是最标准的。她说着说着就站起来,说着说着又坐下去。有那么一瞬间,她突然伸出手指向观众席:"刚才我好像看到宋宜的。老同学,你在吗?上台来跟大家打个招呼啊——"

冯树微笑着接口:"她看了大半场,现在忙着去招呼赞助商了。还有个庆祝酒会。"

尹老师咧开嘴豪爽地笑起来,看一眼冯树,就像看一个被宠坏的孩子,然后再转头看一眼观众。她终于找到了机会,抖出早就准备好的包袱。

"大家都在戏里听到了,'能弄到钱总归是好的'。我们要致敬有眼光投资艺术的企业家,也要敬佩秀外慧中的冯太太。她始终在灯光照不到的地方,默默地支持着我们这位德艺双馨的艺术家。"

掌声雷动。有人吹口哨。冯树站起来深鞠躬。我的视力不知道为什么突然又好用起来,我看到一丝尴尬从他脸上掠过。

我看看表,时间很紧了。主持人宣布提问环节开始。我也不知道哪来的冲动,第一个站起来抢话筒。我深吸一口气,用自以为最标准的普通话一字一顿地问他。

"冯老师,我只有一个小问题。我不懂戏,我就好奇,你们那只玻璃瓶是真砸吧?那是不是说,每演一场就得碎一只瓶子?"

冯树突然站起来。不管视力好不好,谁都能看出他有点激动。

"这是一个好问题。"他的口气就像幼儿园老师,随时能从口袋里拿出一枚五角星贴在我的脑门上,"我一直在等这样的问题。没错,我们每演一场就砸碎一只瓶子,排练的时候砸得更多。我们管道具的准备了好几箱。我要那个效果。我要演员的心也像这瓶子一样打哆嗦,碎成粉。我要让每个观众的心都跟着碎一次。我们居住的这座城市,我们所有居住在大城市里的人,实在太习惯于麻木不仁。我们都是行尸走肉,全都是。但是,至少在看戏的时候,我要给你们更真实更尖锐的东西。"

掌声再起。尹老师的两只手都捂住了嘴,腾不出可以拍的,只好努力仰起脖子,似乎想努力把眼泪憋回去。于莎莎挺直身体,拼命点头。

但是冯树还是没有刹车的意思,甚至没等掌声彻底停下来就继续发挥。"有人建议我把这个新奥尔良的故事做一点本土化的处理,把背景移植到我们这座城市来,这样莎莎也不用把自己扮成一个外国女人,还能省点服装钱。其实我知道,扮也扮不像。"于莎莎在边上知趣地吐吐舌头,底下一阵哄笑。

"但是我说没必要!"冯树的声音铿锵有力,"你们对这样的故事会有一丝隔膜吗?这种气息,这种力量。你们眼前是七十年前的新奥尔良,但让你们泪流满面的,是你们自己,是你们自己眼前的生活。还有什么,比这种跨越时空的共鸣更震撼?难道你们不觉得,每一座城市的街道上都开着一辆这样的车,它们的名字都叫欲望号?"

鼻子被堵住的感觉又来了,眼前起了一层雾。我承认,人有时候是真的会很喜欢这种感觉,最好就这样被说服,被安抚,最好永远都不要有人来关掉聚光灯,最好冯树的头发上永远闪着充满涵养的银光。然而时间真的到了,我没有听后面的问题,抓起搁在座位底下的滑板车,一猫腰,悄悄往门外走。

退场时我才注意到门口果然立着一幅易拉宝广告,旁边站着一个穿旗袍的中年女人和一个腰腹部明显发胖的中年男人,女人脖子上搭着一条羊绒大披肩,上面画着一只张开大嘴的老虎头,尖锐的牙齿露在外面。这个牌子安吉拉一定认得。他们时而微笑相视,时而跟退场的这位老师那位老师打招呼。凭直觉——我是说,凭着一个骗子的观察力——我知道女的是冯树的老婆宋宜,男的多半是赞助商。我跟在一位拄着拐杖的、看起来德高望重的老头身后。赞助商过来递名片,也发了我一张,我顺手塞进牛仔裤口袋里。直到那天半夜,开完车回到家,脱下牛仔裤往床上一甩,这张名片才掉出来。借着昏暗的床头灯,我看到头衔那一栏只有两个字:儒商。

我在黑夜里笑出了声。我想有儒商在,冯老师和冯太太都不会缺钱。我拿出手机,往冯树的窗口里打了一个问号。

——你什么意思?

——你说我什么意思?该发的都发了。

——这能证明什么……算了我不想闹那么难看,你就清清楚楚地告诉我,你要什么。

——我要你陪我去医院。

——医院里到处都是人。到那里不是成了演戏给别人看?萧萧,你想问题能不能不要这么感情用事?

我的火气一下子蹿到头顶。萧萧叽叽歪歪那一套效率太低了,再学着她的口气说话我就要疯了。按冯老师的说法,还是来一点真实的尖锐的东西吧。

——冯老师,那您就这么拍拍屁股走人了?要不要我去找宋老师谈谈?或者您的儒商朋友?

——你什么时候学会用这种口气说话了?

——是您逼的。

——行,我不会拍拍屁股走人。你开个条件。只要不去医院,怎么都行。

——我需要一点赔偿。您觉得我遭这个罪,值多少?

——萧萧……你这样我很心痛。

——那您觉得我的心痛值多少?

冯树沉默了半小时。他试着拨了一次我的电话,铃响到第三声被我掐掉。我当然不能接,萧萧也不该接。不管是什么情况,掌握主动的一定是那个不接电话的人。

我在这半小时里冲了个澡,翻箱倒柜找出安吉拉留下的一大袋薯片,囫囵塞了个半饱。微信转账证明从窗口里跳出来,我的心脏一阵狂跳。

四个零。五万。单笔转账的最高限额。

——再多我也没了。你先用着。

——我明天去医院。

——萧萧,你……自己小心。其实,像这样把事情分开来看,桥归桥路归路,我们大家都能轻松一点,也挺好。我一直担心你太学生气,现在我可以放心了。

多念书的好处是凡事都能讲得出一番道理。道理是一部慢吞吞的升降机,冯老师捧着五万块,踩上升降机坐半个小时,就从心痛上升到放心,顺便拯救了一个感情用事的女学生。这样一想,冯老师应该觉得很划算,我猜他还有点儿感动。他们太容易感动了。

我也有理由感动一下。我忍到第二天上午,拨了李波扬的电话。我想告诉他我终于挣到第一笔钱,说多不多说少不少,我想说我居然失眠了这到底是兴奋还是别的什么,我不知道。我还想说我弄到一张儒商的名片,你看我们是不是可以把事情弄得更好玩一点。电话没通,一个女声在机器里轻快地表示:机主不在服务区,请稍后再拨。我听话,稍后再拨,这回变成了男声:抱歉地通知您,您拨的号码已停机。

这可真有点扫兴。扫兴的感觉会生长,会在皮肤底下一跳一跳地痛,会连成一大片焦灼。为了不去想这事,我一翻身起来,从抽屉里找出家里所有的现金,揣在腰包里。我出门,被雨水喷了一脸。我蒙上外套的头兜,滑板车与湿滑的地面摩擦出刺耳的声音。

房东来开门的时候,整个人都像是刷了一层糨糊一样的僵硬。

"有没有搞错——提前交房租?小伙子你没事吧?"

我想说,有人给我提前发了工资,所以我可以不用像以前那样躲着你。我好像早就在等着这一天,把一沓皱巴巴的钞票豪爽地递过去,并且故意弹落一张,看着你把它捡起来。

"免得明天一早被你砸门啊。我要睡个好觉。"

"其实吧,今天晚上我倒是没办法去搓麻将的。本来准备这个月就晚两天找你。"

房东的老婆穿着加厚棉睡衣出来,头上的卷发器拆了一半。已经拆了的那一半,有几缕卷成方便面形状的头发被风吹得竖起来。她手里攥着一只新碗,一块毛巾。

"小伙子拿好。寿碗,福气。"

"呃……老太太吗?"

"还能有谁——"她话刚出口又觉得不妥,硬将后半截吞下,转成另一句,"医院里也就住了十来天吧。其实就算早发现也没用,这把年纪还是少受点罪好。你说是不是?"

我茫然地说是是少受罪好。我的左手捏着红色的粗瓷碗,右手下意识地摸了摸碗的表面上凸起的花纹。

房东叹口气,瞟了一眼老婆,眼神复杂。"受不受罪,我也不好说。人活着就是来受罪的。"

"要不是老太太一时糊涂——"他老婆的声音陡然尖锐起来,"我们这些小辈还能怎么做?临了临了,不想想自家孙子,倒是念叨着那个杀千刀的骗子。"

"这事不是早就了结了吗?"我问。

"了结什么!躺在病床上说胡话,还在怪我们拦着她没买下中央首长的神药呢。她说得罪了首长的保健医生,人家再也不给她打电话了。她说前面的钱打了水漂,送佛送到半路,后面报应就来了。这不是老糊涂是什么?"

他们家里那台固定电话,要不是因为老太太成天守着,老早就停机了。现在总算可以扔掉了。

"多什么嘴啊你,"房东朝地板上跺了两脚,"你早干什么去了?这些年你在家里也没给老太太好脸色,你让她成天憋着一肚子话跟谁说?骗子骗子,你以为是头上长角的?不就是有耐心跟老太太聊个天么?但凡你的嘴,还有你儿子的嘴能有骗子一半甜……"

"我儿子难道不是你儿子?拆迁房租出去就是为了给你儿子讨老婆。他跟的是你家的姓,老太太有哪点吃亏了?"

我没往下听,把毛巾搁在腰包里,默默地撤出吵架现场。我的一只手控制着滑板车的龙头,另一只手攥着没法塞进腰包的寿碗。雨水往碗里落,不一会儿就存了小半碗。我不用低头看,也知道水里倒映着孤独的电话,还有守着电话的老太太。

## 九

医院的电梯口排着两列长队,两个保安在维持秩序。每一列队伍都在两个角落拐弯,弯成两个压扁的 S。萧萧就站在左边那列队伍里,陷在离电梯口更远的那个拐角。另一侧的小电梯是给医护人员专用的,电梯工正在往外赶人——那人手里拎着水果篮,一看就是病人家属。

你跟着一个戴着工作胸牌、正在打手机的医生走进小电梯。你冲着电梯工指指前面的医生,电梯工迟疑了一秒钟,还是挥手放行了。你站在电梯上,又看了一眼萧萧在两小时前发来的话。

——我今天无论如何也得去医院了。你真的不来吗?

你把这句话搬到隔壁窗口。其实,哪怕不搬你也知道冯树会怎样回答。

——我们不是都说好了吗?萧萧你看,师生一场,你经济上有困难我义不容辞。听说你们杂志不景气,我也在想办法。以你的天分,本来去那里也是权宜之计。相信我,你在戏文系里打下的底子,不会用不上。看得远一点,别耍小孩子脾气。

有那么一瞬间,你简直要被冯树说服了。你抹掉"经济上有困难",然后转发过去。萧萧没回话。直到现在,你在电梯里打开手机,她还是没有回话。这异样的沉默让你烦躁。你在她的病历里找到了医院的名字。你一路滑到医院门口。你认出了她的白色外套。你有种强烈的预感,不管怎么说,这事儿应该到头了。

萧萧在楼下排队用了足足半个小时。因为你上楼以后,就坐在计划生育科门外的长椅上看着表。她一定是个好学生,你想,一辈子没有插过一个队。你不敢看坐在长椅上的其他女人的表情,你不喜欢想象她们刚才经历过什么,或者即将经历什么。有个外地口音的女人在哭,有两声压不住,音量陡然放大。守在门口的胖胖的护士一瞪眼,指指房间里面,对她说:"轻点儿,里面在手术。人家在里面哭,你在外面算怎么回事?找你男人哭去。"

她的男人远远地站在窗边抽烟。第一次,你试着从女人的角度看过去,发觉男人的表情和动作单调得可笑。所有的男人都这样。在胖护士愤怒的逼视下,他磨磨蹭蹭地往女人这边挪。

萧萧连这样窝囊的男人都没有。她的库存里只剩下"师生一场"。只有你看到她从走廊深处走来,捏着病历卡在门口徘徊,总算横下心来往里冲的时候又被胖护士拦住。"急什么啊,给我预约单,前面还有十三个号。"

三小时。萧萧跑来跑去,上了六次厕所。你下楼买玉米棒和茶叶蛋,在医院的绿化带一边转悠一边吃。你看见,经过昨天一夜春雨,又有一拨新芽从光秃秃的白玉兰枝头爆出来。再上楼,长椅上看不见萧萧的身影。你瞟了一眼胖护士桌上的病历卡,萧萧的那张已经被抽走了。

你的胃一阵抽搐。你轻声骂了一句卖玉米棒和茶叶蛋的小贩,心里却很清楚这跟你吃下去的东西无关。为了打发时间,你拿出手机搜索冯树的名字,页面上跳出几条前天试演的新闻,配的都是演出结束后于莎莎还来不及卸妆的脸。"最年轻的布兰琪,也是最有可能的布兰琪。"这是尹老师的评语。新闻最后,记者兴高采烈地说,冯导宣称这个戏还要再回炉打磨,试演完第二天就预订了戏剧学院排练厅的时间,因为那里"最能激发他的灵感"。记者有理由相信,在今年初夏的国际艺术节上,"这样厚积薄发的精品力作定会大放异彩。"

排练厅。这几个字你看着眼熟。你在萧萧的对话窗口里搜索,果然找到好几条。

——常常怀念小排练厅。闭上眼睛,那股潮湿江南的旧地毯的气味。初吻。你的气息。

——我是一个不能上大舞台的人,人一多我会发抖。只有你知道,在小小的排练厅里,我也可以是女王。那里只属于我们俩。

冯老师的灵感原来是这样激发的。窗口吹来的凉风钻进你的衣服,在背上撩起一层鸡皮疙瘩。两个小时之后,当黄昏的一圈淡紫色光晕裹住萧萧的上半身时,你闻到了潮湿江南的旧地毯的气味。

小排练厅并不小。狭长,幽深,正对着门口的西墙上嵌着长方形的大镜子。南墙靠近镜子的那一侧有四扇落地窗,即便是傍晚的光线也算充足。你站在门口,刚才你顺手关掉了走廊的灯。相对于厅里的敞亮,门口是一团安全的黑——黑到当萧萧背对着你发呆时,当你轻轻拉开她刚刚随手带上的门,然后侧转身体往里看时,她都毫无察觉。

其实要察觉早就察觉了。从诊室里出来,萧萧就应该能察觉有个男人总是在离她不远的地方。你带着滑板车,不是拎着就是踩着,没有比你更显眼的男人了,就连忙成一团的胖护士也疑惑地朝你翻过好几个白眼。胖护士还对萧萧说姑娘你别急着走,说最好坐一会儿观察观察,说记得让医生开一周的假条。萧萧的耳朵和眼睛就像堵上了塞子蒙上了罩子,听不见她也看不见你。她就那样愣愣地走出去,一直走一直走,走出门诊楼,走出医院大门,一个路口接一个路口。你们走着同一条东西向的大马路,她在马路南侧走,你在北侧踩滑板。你的视线越过四条车道上的汽车和摩托,看见她的腿在发软,可她的速度一点也没降下来。走到第三个路口时,你就已经确定,她是在往戏剧学院走。

昏暗中,你仍然可以看见排练厅门口的黑板上有字。你凑近,依稀辨别出两行:10:00—16:00,欲望号街车,冯树。看来排练刚结束,现在这段空当正是所有人吃晚饭的时间。你下意识地往门里面张望,看见萧萧已经一屁股坐在地毯上。你的胃又一阵抽搐,想象着江南的潮湿如何沿着地毯,迅速漫延到萧萧全身。排练厅里的萧萧跟舞台上的布兰琪也没什么两样,把脸埋在两只手里哭泣的时候,肩膀同样会剧烈地晃。

你的血往头上涌。你觉得,你的忍耐也是有限度的。你想他妈的骗子的时间也是时间,真没必要追看这么无聊的连续剧。文艺是毒药,谁信谁是傻子。冯树信不信你不知道,于莎莎和尹老师你也不知道,你只知道萧萧信。她非但喝了毒药,而且喝高了,现在就跟酒驾一样随时会撞倒什么或者被什么撞倒。她不明白唯一的解药就是回去好好睡一觉,然后认认真真地花点钱。在这个世界上,再也没有什么能比钱更管用,更能占满那些胡思乱想的时间。她应该去买毛茸茸、雪雪白的狐狸毛皮,或者跑到安吉拉的发廊里,把所有的按摩和护理都做一遍。只要抓起一把钱朝强尼眼前晃一晃,他就会捏着嗓子学着香港人的口音喊阿姐。阿姐你的眉毛要修一修,阿姐你的皮肤要补个水,阿姐你今天算是来对了新出的卵巢护理要不要试试这个不用不知道手法有讲究……

你的手机在振动。你看到萧萧的窗口不断发出语音信息。你一边贴在耳边听,一边看着萧萧左手擎着手机对着它喊,右手握着另一件东西。你大着胆子又往里面走了两步,看清楚那是半截砸碎的瓶子,显然是刚才排练留下的。你耳边的手机播放的声音和从正前方传来的、萧萧嘴里发出的声音,交错在一起,构成不搭调的、让你难以忍受的二重唱。

——葬礼跟死亡相比可漂亮多了。葬礼都很安静,可死亡呢,不一定。

——你难道不喜欢新奥尔良这些阴雨绵绵的下午?一小时过得不像一小时,而像是永恒的一小片掉进了你的手中。

——我将被安葬在海上,缝在一个干净的白布口袋里,从甲板上扔下去,在正午时分,在夏日炎炎的日光里,葬身碧蓝的大海,蓝得就像我第一个情人的眼睛。

## 十

后来,我把事情前前后后想了好几遍,每次都卡在那个瞬间。每次我都觉得,整件事情就是一座怪模怪样的积木房子,只要改变其中一根的位置,就不会在那一刻坍塌下来。

比如,要不是我的房东只收现金,我那天一定会顺手在手机上转一笔,说不定一口气就付掉半年的。比如,假使安吉拉的生日能够提早一个星期,其实早三天就够了,她一定会缠着我买礼物下馆子,多少用掉点儿。再比如,如果那天我打通电话,李波扬一定会这样教导我:"早跟你说了,钱一到手,第一件事就是转出去,安安稳稳地搁进自己的口袋。然后?你还问然后?然后当然是掀开后盖,卸掉电话卡,废掉这个弄不好能让你进监狱的号码。"

当然,归根结底,我相信,是因为这个奇怪的、有镜子有光线的房间,是因为这些会演戏的人。台词在他们嘴里飞来飞去,每个字都有一股神秘的力量。它们就像给老太太打电话的保健医生,能洗脑,脑子上每一条沟沟坎坎都不放过。一切都像是设计好的。萧萧说她对这戏又熟悉又恐惧,可谁知道她真的能把台词背出来,而且挑的每一句都那么锋利?我为什么偏偏就在前一天去看了那场戏,所以听她念台词就好像对上了密码?明明是初春的黄昏,可我分明看见:配上那些台词,萧萧右手握着的半截玻璃瓶闪着盛夏正午的强光。

总而言之,在那个瞬间,我把钱转给了萧萧。五万块,一分不少,我甚至没有来得及计算这两天我耽误了多少正经工作,耗掉多少手机流量。我有权扣掉一点手续费的是不是?在那一刻,我相信萧萧就要死了,或者像布兰琪那样被人送进疯人院。我想不出还能用什么办法救她。这事你真的没法怪一个骗子。他能想到的最重要的事,最他妈浪漫的事,就是转账,转账,转账。

玻璃瓶和手机一起落到地毯上。五分钟的沉默加上从萧萧喉咙里释放的变调的呜咽。呜咽变成狂笑,上气不接下气那种,笑到你以为她已经窒息。走廊另一头已经有人听到了动静,有脚步声在向排练厅靠近。我一猫腰,一个滑步,从相反方向滑出大楼。我用最快的速度狂奔,一直滑到家门口才相信不会有人来抓我。打开手机,一条消息从萧萧的窗口弹出来。

——我卖。我卖还不行吗?我以为,不能复制的时光,蚕豆大的婴儿,我的爱情,这些都是有市无价的。但您出了价。那咱就成交。发票您收好。

我想问你没事吧,刚按发送键就被退回来。根本不用我卸掉电话卡,萧萧已经把我拉黑了。我难过地想,在拉黑之前,她本来可以发一张商场或者发廊的照片给我,让我知道,我挣来的钱有没有变成毛茸茸雪雪白的狐狸毛皮,或者五十次卵巢护理。那样我会好受得多。

后来,你总算找到了李波扬。你看到他穿着花格子呢西装的背影。背影被框在长方形里,两个人的两只手按住他的肩膀。等他转过来,脸上被打了马赛克。那是个法制节目,叫《警钟长鸣》。

"你发展了多少下线?"

"下线?你是说有多少兄弟跟我一起干?前前后后十来个吧。没数过。"

"你们在一起干什么?"

"你们不是都知道了吗?"

"采访呢,"旁边的警察呵斥他,"老实点。"

"诈骗。电信诈骗。涉案金额二十五万。哦等等,我昨天到底交代了多少?"他转头问警察。马赛克跟着他的脑袋一起转。

底下字幕显示:主嫌犯李某某,涉案金额九十八万。镜头转成李波扬的砖房,屋里的电脑和接线板。镜头扫得威严,像是在逼视,以至于我居然看出地板上还残留着一点台球室的气息。摄像机在房子里转了一大圈,又跟着警察来到大街上。果然有宣传车驶过,这回的横幅是喜气洋洋的。镜头拉近,一个大特写:成功捣毁我县诈骗团伙。祝贺电信攻坚战初战告捷。一个错别字都没有。

再度切进李波扬的马赛克脑袋时,画外音的声调陡然沉重。刹那间,你不由屏住了呼吸。你差点以为他们会把他当场枪毙。

"你还有什么想跟家里人说吗?"

"我就不连累我家里人了。我本来想给他们长脸,现在长不了脸那就什么也不说了。再多说一个字就是丢他们的人。我只想说一句,有个叫吴德清的小子你听好了,不管蹲几年我都会出去找你。你等着。"

你想了一个晚上,才想起吴德清就是把李波扬的老婆拐到越南去的男人。你闭上眼睛,祈祷越南的电视上也能看到中国的《警钟长鸣》。

后来,有那么一个晚上,出车之前,我冲进安吉拉的发廊。最后一个客人顶着一头新染的金发吹着口哨从我身边走过。我向梅丽莎使了个眼色,她拎起包就走,一边带上门一边高声喊:"安吉拉,就剩你们俩啦,门别忘了锁!"

安吉拉的嘴张成一个圆,哦字只说了一半,舌头就被我的嘴堵进去。

"怎么了?你干亏心事了?"

"没。我是说,也许干过吧……现在没事了。不过,有些事情你也只有干过以后才会死心。"

"那你还是别告诉我吧。我今天第一回上手,剪了个板寸,客人说不错,下回还要点我。你别扫我的兴。"

"所以以后用不着在我头上练了?太好了。"

"想得美。明天开始我要练发根定型。"

她的脸涨得通红,不知道是因为我抱得太紧,还是因为今天的事情让她太兴奋。我搂着她结实的屁股往墙那边靠,摸到总开关。灯暗下来。

安吉拉很重,我好不容易把她推到离我们最近的一张理发椅上。她的胳膊碰到了一根很粗的电线,电吹风哐当一下掉落在地面。安吉拉想去捡,被我用力抓住手腕,再次按倒在椅子上。我竭力回忆布兰琪的妹夫在舞台上是怎么把女人扔来扔去的,但我没有他那么多肌肉。这两个动作已经让我精疲力竭。

"你真的有点不对头。"

"没什么。我就是想问问你,我们是不是凑合着把婚结了?这样是不是就可以不折腾了?戒指我会补。"

刚才还在反抗的安吉拉突然松下来,整个人软软地瘫在椅子上。两分钟的沉默。

"我可用不着你来将就我。"

"倒也没。"

"我也不想将就你。"

"哦。"

"我的意思是,我特别希望你提这事的时候你就是不提。我都快绝望了,真的。现在吧,我把最苦的日子挨过去了,我觉得总算看到了一点光。你倒又把这事给想起来了。"

"你想离开我?"

"倒也没。"

"那你什么时候再考虑?"

"没个准。你等吗?"

萧萧最后一条信息,那个我倒背如流的句子从眼前飘过。

"成交。"我说。

后来,为了让这个故事更像一个故事,一个可以圆满谢幕的故事,你每天都在寻找后来。你甚至在汽车后视镜里找到了线索。虎头图案,一根根竖起来的锐利的虎牙。你的视力和记性好起来真是天下无敌。你确信你看到了宋宜的披肩。

宋宜的边上坐着冯树,他映在后视镜里的面孔看起来老了一大圈。也可能是因为之前你见到的他全是在舞台上的样子。银色奔驰,跟你猜想的差不多。车门关上的声响不轻不重,没发出一点杂音。

"叫你少喝点少喝点,死活不听。有必要吗?"

"有没有必要是你定的吗?对不起,我忘了,一直是你定的。什么事情都是你定的。"

"你什么意思?你找碴是不是?你故意发酒疯是不是?让别人知道我们俩的关系不好,对我有好处还是对你有好处?或者,对剧社的投资有好处?"

"别他妈提投资。别以为拉来点鸡巴投资,我就是你的奴才,你就可以当着这么多人的面,跟个戴假头套的房产商打情骂俏。我没死,我他妈就在边上!"

你猛打方向盘,故意来个急转弯。你听到冯树喉咙里发出咕噜咕噜的声音,你在想原来导演骂起人来也并没有更特别的字眼,除了他妈的就是性器官。与此同时,你的脑筋也在飞快地旋转,你在搜索关于儒商的记忆,暗自赞叹那个假头套质量不错。一眼看不出真假。

短暂的沉默之后一定是疾风暴雨。只不过,宋宜的疾风暴雨听起来就像一阵接一阵的断气。她好像气得讲不出一句完整的话,只能扔出一个个词,词跟词之间加上标点。比如,血口喷人与双重标准之间是惊叹号,恶人先告状与哀莫大于心死之间是省略号。女学生甲女学生乙女学生丙之间倒是一个标点都没有,她是一口气顺下来的。

你没有听见萧萧的名字。也可能是她的名字会刺痛耳膜,所以你把它自动屏蔽了。

"你这样我很心痛,"冯树的话越来越耳熟,"真的。你忘了我们当年是怎么过来的。"

"别演戏了,我都看你演了一辈子了。"

然后是用拳头捶打车门。"司机停车!听到没,叫你停你就停!"

摔门。依然不轻不重,没有一点杂音。这一款质量没的说。

宋宜隔着车窗对车里扔下一句:"我没忘,我什么也没忘。你最好也长点记性,想想这车、这房是从哪里来的!"她一边说一边昂起头向他们家的方向走去。你知道这是市中心的高档小区,一平十万起。从这里步行过去,应该还得走上半小时。

冯树忙不迭地扔过来两百块钱,嘱咐你开到他们家车库去。

"停好就自己回家。车钥匙交给门口的保安,把车号告诉他就成。那里没有人不认得我们这辆车。"车还没停稳,他就冲了出去。

你稳稳地往前开,不去看车窗外,到底谁追上了谁,谁给谁一个耳光,谁把谁碾成了粉末。你不去想怎么会有这么巧的事,也不去想这事到底有没有真的发生,发生的时间是今天、明天,还是要再过十天、十个月、十年。这不重要。在一个好故事里,这一点儿都不重要。

重要的是,当这一幕偏偏落在你头上的时候,你将胸有成竹。你知道,你已经准备了一生,你时刻准备着。就像台上的每个演员,都知道下一句台词怎么接,下一个瓶子怎么摔。他们不会放过任何能把火星点燃的时刻。就像布兰琪说的那样,他们把一小时看作一小片永恒。

太晚了,车库里一个人都没有。你将会把车停在一个最暗最偏的角落,四周一个探头都没装。你将会蹲下来,一个接一个地找轮胎气门嘴。你将会把刚才在路边捡到的树枝准确地扎进去。树枝触到了弹簧,你再往下用力按。你想起萧萧上气不接下气的笑,此刻这笑在你的脸上默默延续并终结。一片寂静中,你将会听到,有咝咝咝的声音在墙壁与墙壁之间回荡。

掌声。

(原刊《人民文学》第3期)

# 花 与 镜

张 天 翼

那位警员先生要求我讲一下我在过去的二十四小时做了什么,您开始录音了吗?好,那我开始讲了。

距现在二十四小时之前是晚上六点半,我刚把我女儿温蒂从社区游泳课上接回来。我开车,她坐后面的儿童座椅(你们要不要察看?座椅完全符合儿童保护法要求的规格)。后座有个微型冰箱,不过是二手的,有时充满电也只能坚持几个小时。每次我来接温蒂的路上,会给她买一支冰淇淋放在里面,她上车第一件事总是去找冰淇淋吃,昨天我选了腰果味的。

她把书包放在一边,就呆呆坐着没动。我说,温蒂,再不吃冰淇淋要化了。她有点恹恹的,我从后视镜里观察她。儿童的苦闷、快乐,所有情绪都纯粹而浓重,因为她们投入整颗心整个身体去苦闷和快乐。

她小声说,爸爸,刚才在游泳池,我的趾甲掉了。

把车停稳当,我转到后车门去迎接她,把她抱出来。我的邻居大胡子男人(他叫乔纳森)牵着他的短毛波音达猎犬,瞪着我,嘴唇里冒出一声不友好的嗯哨。

温蒂在我耳边问,爸爸,那个人为什么每次见到我都会发出奇怪的声音?

我说,因为他没有女儿,他嫉妒我有你。

我先把牛肉从冰箱拿出来,搁进微波炉化冻,然后让温蒂坐在沙发上,我坐她对面,问,哪只脚?

她不出声地把左脚跷到我膝盖上,神色严肃。我给她剥掉粉红小象运动鞋和袜子。她仍然不出声,只是屈伸足趾,几根脚趾一下下弹动,发出嘚、嘚的有节奏的声音,拇指、第三个和最末一个趾头上的趾甲都不知去向。

她忧愁地说,可能丢在游泳池里了,我想偷偷回到池子去找,可是老师已经让我们排队去洗澡了。

人的趾甲头发都会自己生长,温蒂的不会。她的趾甲脱落之后没有痕迹,不会露出血管断裂、皮肉破损的样子。只像一条小虫掉了脑袋,因此显得更细更短。

我问,有没有别人看见?

她点点头。柯林·斯特朗看见了,他做热身活动的时候排在我旁边。

他怎么说?

他问我,你不疼吗?我说不疼。

温蒂也没有痛感,她只会"感觉"到手指被割破,或指甲掉落了。我说,没关系,我会想办法的,你不用去想它,明天就好了。

饭后照例是吃水果时间,她像所有孩子一样,得追着满屋跑才肯吃一口菠萝。水果吃完,我在茶几旁坐下来,等待温蒂展示她今天的作品。她在幼儿园画画,演舞台剧,捏黏土,学做饭菜。这里的幼儿园是小学的一部分,像预备培养室一样,在器皿里把种子孵出芽,再移到温室去。老师带她们排演简易版莎士比亚戏剧,会用小相机拍照,再把照片交给孩子带回家当纪念。她经常会带回比波提切利和提香的杰作还美的杰作,能让罗丹和乌东愧死的泥塑。最近她们在排练《冬天的故事》,她饰演被国王父亲抛弃到荒野等死的公主帕蒂塔。

昨天晚上,她拿出一沓粘贴画给我看,告诉我今天她画的十三张图是一本书,连起来讲述了一个英雄拯救地球的故事。英雄穿着我早晨送她上学时穿的蓝条纹衬衣。

她又从书包底部找到一张卡片,介绍说,爸爸,这是安德森小姐送给我的。

安德森小姐是谁?

她是二年级的,今天下午老师带我们到她们的游戏室和体育场去参观,每个二年级学生负责接待一个幼儿园的学生。安德森小姐是我的向导。

卡片打开,里面贴着一个七八岁小姑娘的照片,她抱着一只烟灰色折耳猫,头上戴一顶小小王冠。下面写着名字:米歇尔·安德森真诚为您解惑。温蒂伸出手指,指点那个王冠,爸爸,安德森小姐是她们年级评选出的"舞会皇后",将来我也能当"舞会皇后"对吧?

当然。

我也会有 D 罩杯吗?

当然,你会长成所有房间里最性感的女人。


我给温蒂洗澡,抱她上床。睡前照例要读故事。不管先读哪本书,必须由一段《毛毛与时间窃贼》压轴。那是德国人米契尔·恩德写的童话。各位先生,我觉得一个人毕生至少要把那个了不起的故事读三遍。它的主角是一个不知由何处而来的孤女毛毛,和一群"时间窃贼"灰先生。灰先生本身没有生命,不占有"时间",只能靠坑蒙拐骗,窃取人类心中生长的"时间花",把花瓣卷成烟抽才能活下去。当然,最后就像一切好莱坞电影一样,毛毛手执最后一朵时间花,单枪匹马打败窃贼团伙,拯救全世界。

温蒂心爱的一册是配图简写本。她认得的字还不够多,不足以读原本。这本里面"时间花"的图案都是用果子露一样橘绿和粉蓝色绸缎缝上去的,被她的手指摸了太多遍,摸得起了毛。我答应她明年上学认满两百个单词之后,就给她买一本全是字、不带图的《毛毛与时间窃贼》。

我读道:

  有一个巨大但却平常的秘密。大多数人都随随便便地接受了它,丝毫也不感到惊奇。这个秘密就是时间。为了测量时间,人们发明了日历和钟表,但这并不能说明什么,因为谁都知道,一小时可能使人感到漫长无边,也可能使人感到转瞬即逝——就看你在这一个小时里经历的是什么了。这是因为:时间是生命,生命在人心中。

每到这一段,温蒂就会双手交叠按在胸脯上,面色庄严,表示她的时间收藏在那里。

读到坏人灰先生与毛毛的第一次交锋,我和温蒂会暂时分角色扮演。我来当阴森森的灰先生。我阴森森地念道,不要白费力气了,你根本不是我们的对手! 温蒂·毛毛睁大眼睛,柔声说:难道没有人爱过你吗?

在故事中,毛毛说完这句坏蛋就大惊失色地败退了。现实中我每次都会从角色里跳出来说:有! 那就是你啊。

晚上九点钟,我把书合起来,表示阅读结束,她满足地叹一口气,滑进被窝里。

爸爸,明天我的趾甲就会长出来,对吧?

当然。

我低头依次吻了她光滑如禽蛋的额头,大溪地珍珠一样柔润的脸颊,又咬了一下羊脂凝成的鼻尖,在她咯咯发笑的时候,我把手伸进被子里,顺着她天鹅绒的皮肤摸下去,在她肋骨侧面像搔痒一样,拇指一按。

于是,长睫毛啪嗒一声关上了。她的身体极快地冷下去,内核停止运转之后,这具赝品放弃了对真品的模仿。

这便是她的睡眠。

她像一具小小的死尸。作为人她太小,作为玩具她就太大了。我掀起被子,拨开她白棉布睡裙的下摆,再在开关处撤一下，她的肚皮就弹开一个巴掌大的圆形盖子。我从那儿抽出废物储藏槽，这一整天温蒂吃下的三顿饭和下午茶都在那里。我把一次性废物袋扎口，扔掉，把储藏槽刷净，擦干，放回温蒂肚子里，合上盖子，然后给她换外出的衣服。

我得带她去见蒂亚戈。见客要有见客的样子，虽然她自己永不会知道。

温蒂的衣柜比我的衣柜还大，小孩子的衣服总比大人的贵，制造商知道人们给孩子花钱会比给自己慷慨，我的情绪是从人类那里全面复制的，这一点也没落下。温蒂有小号柠檬黄亮片蛋糕裙，小号的巧克力色钟形绸裙，带刺绣背心、马裤与长靴的小号骑装，小号鸽灰色露背晚礼服，小号罗缎洋装……

反正她永远不会被惯坏，我可以尽情大手大脚地供养她。她永远不会升入小学，她将一年又一年地在预备幼儿园里度过她的五岁，十个五岁，十五个五岁。她永远不会认得多于两百个单词，她每年都画同样的画，捏同样的黏土绵羊和柯基犬，以同样的盼望度过无数个五岁。

她也得不到《毛毛与时间窃贼》。她的父亲不是拯救世界的英雄，与此相反，我才是那个时间窃贼，我偷盗时间花，让它们一年一年为温蒂续命。

昨晚我给她换的是翠蓝茶会礼服裙，红铜色头发扎上墨蓝发带，再配上杏色漆皮玛丽珍皮鞋。我知道你们会问我什么问题……不，这并不像小孩子给芭比娃娃换衣服的游戏，一点不像。正相反，我无法形容我每次给温蒂换衣服时的心境。

你们不会理解，不会理解这种彩排的甜蜜和痛苦，我忍不住想象她芳龄十八时会多么光彩夺目，然而每次这种想象都刺疼我，我的温蒂不会长到穿足码衣服的年龄。

晚上九点三十分，我收拾好东西带足钱，抱起美得像个幻觉的温蒂，把她放进一只像大提琴盒一样的皮面长方箱子里。箱子里有做固定用的大块海绵，剜出一个温蒂的形状，有头有脚，有双臂双手搁在腿边的空当。我握起温蒂的小手,团成半拳,刚好能填充进空白末端的圆洞里。

这玩意是蒂亚戈给我定做的,一只巨型玩具盒,一具移动小棺材。有时背着它走在路上,人们会以为我是个街头音乐家。有一回我把它放在餐桌对面,自己坐在这边喝咖啡。另一个背小提琴的家伙过来坐,问我,你这乐器形状真奇怪,是什么?

我笑笑说,是我女儿。

他挑挑眉毛,嘻,我遇到过拿大提琴当老婆、拿单簧管当老公的,当女儿的倒头一次遇见,你"女儿"会唱点儿什么?

我继续诚实地回答,她现在会唱"小星星闪呀闪""伦敦大桥塌下来"。

那个家伙笑得差点呛死自己。

……总之就是这样,我再一次背着我的乐器、我的女儿在夜晚出门去。我让她躺在后座,开车一个小时,到达城市边缘。那儿另有一番繁华。

诸位都是正派人,大概没去过那个外号"马蜂窝"的地方。它在官方城市地图上是一片暧昧的灰色废墟,因为它脏,乱,淫荡,许多洁身自好与热爱家乡的人士拒绝承认它的存在。它像绅士们私处一块不体面的花柳疮。

不知道的女士们一定也猜到了,那儿有一切臭烘烘但鲜活的买卖:买卖毒品、器官、精子卵子以及非法改装的机械人……政府禁止人与机械人通婚,但是没有立法禁止通性。你们根本猜不到人们多喜欢跟机械人做爱取乐!

你能在"马蜂窝"的四十多个妓院里找到近五十年几乎所有女机械人的型号。还有从日本走私来的"源氏姬",那是几十年前一家大阪工厂研制的一批性爱机器人,以《源氏物语》中的角色命名,空蝉,夕颜,胧月夜,末摘花……每种名字代表一种体貌与个性。可惜只生产过一批五百台就被查封了。那五百台在爱好者中间成了传奇,被称为"源氏姬"。五百台源氏姬,大概有一半在私人收藏家手里,三分之一在博物馆中,有时在拍卖会上能见到一台。即使见识过一次源氏姬都是值得吹嘘的经验，而"马蜂窝"妓院里就有两台。一台紫姬，一台明石姬。

我把车速放慢，慢慢开在马蜂窝的大街上，女机械人们站在街边招揽生意，跟人类妓女一样，挺高胸脯，一腿支地，一腿松弛地伸出去。给妓女写程序的家伙们大多比较懒，输入几种颜面肢体反应、几句对答就完事了，一点创意都没有。

不过，具有"人机性爱"嗜好的男人普遍对机械妓女有种独特的审美，我姑且称之为"破损美"吧：他们喜欢看到它们身上留有一些损害痕迹，比如一边是完整乳房，另一边剩一个露出内部线路板的圆窟窿，又比如脖子上的人造皮肤剥落一块，在做爱时舔舐露出的细铜线，会有微麻的感觉窜过舌尖。我记得很多年前好莱坞拍过一部科幻片，一个脱衣舞美女的腿被僵尸咬了，不得不锯掉，换成一支机关枪。这个造型被很多机械妓女模仿，她们拆掉自己的一条腿，换成高仿真机关枪或狙击枪。

这样描述是为了让诸位看到我所看到的情景：尽力揣摩与迎合人类怪癖的女人们，把自己弄得千奇百怪，像一场大爆炸或大车祸的幸存者们。

我在蒂亚戈的店子门口停车，一个非洲人种型号女机械人面无表情地走过来，每只手牵一个小机械人，两个金发蓝眼的男童，长得一模一样，像布格罗画里跳出来的天使，脸颊粉红鼓胀。左边男童的眼睛少了一只，与另一只长睫毛湛蓝眼珠相对称的是一个乌溜溜的洞，洞里闪着一粒红光。那女人停在一步之外，瞪着眼对我叫道，一对打七折，三人打九折！先生，你跟我玩儿的时候，这小哥俩能用嘴……

每到这种时候，我都错觉温蒂也是其中一分子。幸好她不是。她有父亲，她明天会到幼儿园排演莎翁剧，而不是站在街边打折。幸好每次在我的怜悯心快要按捺不住之前，这种旅程就结束了。我从后座抱起箱子，夹在胳膊底下，一只手推开挂着"close"牌子的玻璃店门，门楣上挂的钉子铁皮"风铃"一阵乱响。

这是个古董店，老式电视机、收音机都能在这儿找得到。坐在杂物中间看店子的还是那个老机械人，深黑色卷发披在肩头，四肢动作支支棱棱地站起来，发出早期仿真水平很低的合成音：晚上，好。

我说，约瑟，你好，你记得我吧？

约瑟双眼发直地瞪着我，那是老式的、先扫描面部再叠加搜索脑内资料方式。我耐心等待，它终于笑了。哦，彼得，你，好，温蒂，好吗？

我伸手拍拍腋下的箱子。谢谢你，温蒂还不错。带我去见蒂亚戈？

混到今日，蒂亚戈也算是半方霸主，管着马蜂窝十几个店面，但他的爱好仍然是鼓捣改装机械人。地下室里正传出一阵阵怪异的声音，是一个女人的呻吟。约瑟腰板僵硬地欠欠身，离去。我在门口站住，宽大的精钢工作台上仰躺着一个全裸的女机械人，四肢平摊，胸脯处被剖开，一只乳房被掀到一边去。

蒂亚戈半个头和两只手都埋进那女人胸口，犹如一种怪异的性爱体态。那女人仰面看天花板，嘴巴张开，发出断断续续的单音节。

谁看到这一幕还能不笑的，先生们，我愿意给你们一个金币。

我捂着嘴巴倚靠门框站着，直到那女人的哼唧声停止，蒂亚戈抬起头来，长吁一口气，像盖茶壶盖一样把乳房扣上，一面拧紧几处细小螺丝一面嘟囔道，下次有人让你喝乱七八糟的液体，不要真咽下去，记住没有？

那女人答应着从台子上跳下来，左手整掠银色长发，她的右手是一枚航海时代风情的三爪铁钩。

蒂亚戈向我点点头，摘下眼睛上的圆筒式放大镜。亚希暖，这是彼得。彼得，这是亚希暖。有个婊子养的嫖客让她喝了硝酸，发声器差点烧完蛋，居然有人手提箱里装着硝酸瓶子来妓院，这他妈什么世界。

蒂亚戈是个"半人"。他原本是个拆弹兵，运气不好被炸飞了半边身子,运回国内医院,政府出钱把他七拼八凑地组装成一整个,换了半边金属颅骨,半扇金属肋骨,半卷人造大肠,再加仿真左腿左臂……女人们常问他,你哪部分是真的？他会答道,蜜糖,爱你的这颗心和底下那玩意儿,都是真的。

后来他就靠组装改造机械人混江湖了。他像捡旧家具一样,凡是他救回修好的机械人,都会另取一个《圣经》里的名字:约瑟,亚希暖,路德,耶西……

亚希暖向我瞬一瞬银色睫毛,非常程序化的一个媚笑,甜得像人造果酱。蒂亚戈走过来拥抱我,连同我腋下的皮箱一起抱住。彼得,哦,我亲爱的小彼得……温蒂又出问题了吗？

我说,这回不是大问题,掉了点零件而已。我把大箱子摆在工作台上,像掀开珠宝箱一样掀开盖。海绵人形里镶嵌着温蒂,完美无瑕的温蒂。一整支象牙雕成的温蒂,华美的裙子布料包围她,她像童话里的一页插图。

先生们,你体验过父亲向别人展示女儿时的自豪吧？那种快乐胜过新婚的王妃展示她的钻冠,胜过冠军展示他们的锦标与奖座,因为有一个呼你为父的女儿,是神的恩宠。即使那"呼唤"是程序……然而,石头缝中生出的花朵岂不也一样香美？

我看到亚希暖脸上出现了真正的笑容——不是她体内程序写定的肌肉和眼珠运动方式,是油然而生的笑。她微笑,跟上来的是感慨,以及真正的羡妒。

我拾起温蒂的足踝,脱掉皮鞋和袜子,给蒂亚戈看丢掉趾甲的小脚。

他眯起眼睛,亚希暖的眉毛挑上了天。我知道,我知道这事摆在破烂残缺的他俩面前有多反讽。是,我就是那种孩子摔下滑梯就会叫救护车的父亲,你们尽管笑好了。

几枚趾甲而已,彼得,我上次跟你说过,她这个型号的配件已经断货了。天哪,不过是几枚趾甲。

不行,趾甲可不是小事,她得上游泳课,她的同学会看出来的。

亚希暖圆睁眼睛,喂,你女儿居然不知道……

我断然道,她为什么必须知道?!

难道你以此为耻?

蒂亚戈举起双手。好啦,你们两个闭嘴,我想想。他伸手拍拍脑壳,发出敲铁盆子的铛铛声。随即像真的敲出什么一样,手在空气中一牵,食指急速点动。蜜糖亚希暖,你记得上上月运来的五台送到哪家店了吗?

亚希暖面无表情地说,街尾27号那家"沙堡"。

在跟蒂亚戈步行到"沙堡"的路上,他不回头地问,今年的邻居有没有比往年好一些?

我想想我的邻居看我们的眼神,笑了一声。都差不多,他们的想象力永远停留在"亨伯特和洛丽塔"阶段。

蒂亚戈哼了一声,又哼了第二声。社区圣诞舞会那些烂活动不要参加了,还不如来马蜂窝看艳舞嘉年华。

我们走进"沙堡",门在背后无声关闭。马蜂窝的妓院一律有种特别的、非橙非粉的灯光,让我觉得像是处于一只巨大的蛋里,或是子宫。雏鸡和胎儿半梦半醒间,看到的八成就是这样被筛过的、柔和的光色。

地板擦得洁净晶莹,反射走廊天花板上的灯光,令光芒泛滥如溪流,足以泛起十只摩西的藤篮。门口有个人在等待蒂亚戈,两人以老朋友的姿态很随意地握手。那人是人类,他朝我咧嘴一笑,炫耀似的露出断了一半的犬齿,和两颗烟黄门牙中间宽宽的牙缝——只有机械人才是完美的,人类的不完美凌驾于他们那无生命的完美之上。

彼得,早就听说过你。赏脸喝一杯吧,蒂亚戈,我搞来了摩洛哥的仙人掌盐酒。

蒂亚戈说,先干正事。在哪个房间?我们自己过去。

在二楼圣家堂。

到了房间门前,蒂亚戈敲门,过一阵里面才传来一个声音,行了,进来吧。我们推门进去,走进了安东尼·高迪设计的圣家族大教堂。

模拟树干与树叶的粉红石柱高耸,支撑起仿佛在云端的拱顶,光从不可知的地方照进来,从彩色玻璃窗里透进来,穿过大理石雕刻的树荫,五彩斑斓地洒在姜黄内壁、吊灯和布道台上。

光辉闪耀的受难立面,祭坛下边铺着一张巨大的绣花地毯,一个骨架粗大的裸体男人正站在上面,用块毛巾擦拭自己的家什。他体毛很重,满腮蓬乱胡子,胯下也是一堆黑幽幽杂草。云端的圣光照在他毛烘烘的身上,那些毛变成了金色。

他脚边有一堆东西,像只小动物似的蜷曲着。等我们走近时,那堆东西蠕动起来,忽地抬起一张脸。

我骇得屏住呼吸。那是温蒂的脸。

跟温蒂一模一样。甚至连鼻尖的微微翘起、颧骨上几粒椒盐色雀斑都一模一样。

蒂亚戈斜眼看看我,又看看那男人,喃喃道,让人在教堂里干一个小姑娘,操,断牙那家伙还真想得出。

那男人说,我的钟点还差半小时呢,断牙刚说给我打八折。你们两人他收多少钱?

蒂亚戈闭紧嘴唇,理解成懒得开口和不肯透露都行,他跷起拇指往教堂门口戳了戳。那男人心领神会地笑一笑,挪动沉重的盆骨和屁股走出去。

我在那个小女孩面前蹲下来,同时不得不紧一紧手臂,要确认我的温蒂还在箱子里,才能驱散心里错误的怜惜。

她直勾勾地盯着我,用温蒂的大眼睛卷睫毛,同时具备温蒂那张开嘴唇时露出一截白门牙的样子。平时温蒂这么瞪我的时候,多半马上就要问一个我答不上来的问题了。

果然她开口问了。你是来接我回家的吗?

果然,我没法回答。

我回头看着蒂亚戈,蒂亚戈苦笑。别看我,我也不懂,不过大伙糊弄五岁小孩的不都是那些鬼话嘛。

那小女孩显然很失望,眼珠转到我手臂下的箱子上。那么你是不是吹笛子的?那是你的笛子?你能让老鼠跟着走吗?

我开始觉得这件事变得残忍了。我问,你叫什么名字?

黛朵。

那个双音节名字从她樱桃色的嘴唇上掉下来,像一支两个音符的短歌,像两滴露水先后打在鲁特琴弦上。

我点点头。黛朵,我不是笛子手,你看我也没穿花衣服,是吧?……我笑一笑,掀开了箱子。

黛朵的眼睛和嘴巴张圆了,我甚至看得到她喉咙里粉红的小吊钟。随后她欢欣地叫出了声,妹妹!天呀,她是我妹妹,我就知道我肯定有妹妹。

她飞快从围在身上的布料里爬出来,四肢并用,像一只小猫似的敏捷地爬到箱子边,小心翼翼摸了一下温蒂的脸蛋,确定那是真的,不是空气,就大胆地伸手在温蒂的头发里耙梳了,手势里天然有一种长姊和小母亲似的严肃与爱怜。

她又抬头看着我,一种快乐的容光洋溢在脸上。谢谢你把我妹妹送来。我妹妹真漂亮,她的裙子和发带真好看,这裙子是你给她买的吗?……

趁她用手指好奇地抠温蒂发带上绣的桔梗花,我朝蒂亚戈比画一下,手在肋部示意,意思是要不要把黛朵关机、再办事。蒂亚戈点点头。

于是我坐到她身边,像屠夫一只手把匕首藏在背后,一只手抚慰羔羊,我顺着她的头顶抚下去,手掌缓缓航在红铜色长发里,彩色玻璃窗里滤出的金光照在上面,我的手像在火焰之中灼烧。

她扭转头,我妹妹叫什么名字?

叫温蒂。

真好。你是从树皮和梧桐叶搭成的小屋里找到她的吧?

这时我的手已经顺着她的肩膀,滑到了她肋侧。

我说,是的。

我的手指揿下。黛朵的眼皮关闭,身子往后倒,软绵绵倒在我手中。

我把温蒂从箱子里抱出来，跟黛朵并排摆在祭坛上。一个裹着重重纱裙，一个寸缕不着，穿戴一身彩色的光。她们显得如此纤小，像刚从云端掉下来的天使，又像先后从子宫里娩出来的双胞胎。

温蒂和黛朵是二十年前原产地法国的儿童机械人，"Toy Kid"，她们专门被制造出来陪伴没有兄弟姊妹的同龄孩子，分为三岁款、五岁款、七岁款，智力、体力都采取该年龄孩童的平均值。

由于人类孩子长得太快，生长速度加速了他们对伴侣的更换需求，很快，这些无法学会更复杂的乐高积木搭法的同伴会令他们厌倦。因此 Toy Kid 的内核芯片和处理器普遍使用廉价低等材料，用上十几个月就会报废。

这种替代品风靡一时，很多中产阶级父母们乐于花这个钱，让儿童机械人陪着自己孩子沉浸在那些对成年人的智力来说十分煎熬的游戏里，像找到替代服役的人。

然而就像所有时尚产品一样，Toy Kid 只流行了三四年。美国路易斯安那州某社区发生了一起连环杀人案，连续三个女童被虐杀，破案后人们发现凶手竟然是同社区一个八岁男孩。小凶手家境富裕，父母都是高薪专业人士，警方在他家发现了好几个被肢解得残破不堪的儿童机械人。很多教育学者与未成人犯罪专家纷纷跳出来在访谈节目中说，乖顺服从的 Toy Kid 对孩子的心理健康并无裨益，而且用它来替代父母的陪伴，儿童在得不到重视的情况下反而会激发破坏欲……

于是那股给家里孩子买机械玩伴的风潮骤然降温，赚够了的公司不再生产 Toy Kid。人们把那些死了一样的男孩女孩扔到垃圾箱里，或者像搬家时丢弃猫狗似的，开车到城市边缘，把它们留在那儿。这种型号的机械人不能做粗重活，维护也太麻烦，身上零部件又无法换给其余成年体态机械人，因此除了熔化炉，人类给它们想到的唯一一种回收身份是：性玩具。

世界各地的二手机械人拍卖网上，Toy Kid 一年比一年更炙手可热，每一发布，几秒内就被抢拍光了。单身汉们买一个像小号睡美人似的废品机械女孩回去，放在床底下，每晚拎出来当泄欲工具。而像马蜂窝的妓院这样的买家，会把她们交由蒂亚戈们修补、改装，加入特定程序。

我得到温蒂的时候，她还不如街面上大腿装仿真枪的妓女。我花了很多钱才从各个城市的旧货店、机械人零件网站凑齐同型号的眼睛、牙齿、膝关节……温蒂像拼图一样一块一块完整起来。我给自己拼回一个女儿。

帮忙的始终是蒂亚戈，因此他这套动作我看了不知多少遍：默不作声地从工具箱往外掏细小得像鸡骨头的工具，一样一样在两个女孩身边摆好。

我把温蒂的鞋子再脱下来，露出她的赤脚，又忍不住低头吻了一下。她足心的纹路跟黛朵的犹如同一种藤蔓刻花，刻在玉祭器上的花纹。

等蒂亚戈戴上他的单眼圆筒放大镜，开始用工具剥除黛朵的趾甲，我就转过身去，在教堂里慢慢踱步。

全息影像如此逼真，光无处不在，犹如置身海底。彩窗边整整一面石壁浸透了翡翠的颜色，下半段又逐渐过渡成橘黄。石头树叶之间，历代主教徽号像星星一样，眨着慈悲的眼珠。

我听见蒂亚戈在后面下令：音乐。

于是，还嫌这一切不够黑色幽默似的，唱诗班女童们的声音在高空中响起来。

几十条银子似的喉管唱道：

> 我的生命伴随着
> 人间无尽的悲恸歌声
> 我真切地听见赞歌
> 呼唤全新的世界
> 尽管如此辽远……

最后我听见蒂亚戈说,好了。

我回到女孩们身边,替换已经完成。温蒂的小脚丫完美无缺地朝天跷着,沐浴在红彤彤的圣光里。空气里有一点融化的化学物质的刺鼻味道。

蒂亚戈略带讽刺地说,放心吧,这下她那些人类同学看不出破绽了,她不会被认出是个机械娃娃的。

并排搁着的脚,黛朵的几根足趾上空了。她不配得到完整吗?不,完整是被选中的。就像人类的胎儿有些生来残疾,有些生来美丽。盲目的选择,那不归我选。

音乐忽然停了,断牙的声音从最近的一扇窗那儿传来,就像他站在窗外似的。你们鼓捣完了?真不来喝口酒?

蒂亚戈笑着骂道,每个房间你都监视,当 NC-17 的活动电影看是吧?

不能看这个我开妓院干吗?少废话,过来陪我喝两杯。

这时是午夜十二点半,我很想带着温蒂回家。但蒂亚戈对我说,陪我喝点酒再走,刚补过的地方也得放置一会儿。我看看那两个女孩。她们头并头躺着,像威廉·沃特豪斯那幅名画《死神与睡神》。

我对断牙说,你得把这房间锁上,不能让人进来。

断牙的声音:知道了,你这爹做得还挺当真的。

我们走进圣家堂通往钟楼的电梯,电梯门打开时,外面是博格塞美术馆的小厅堂。壁上悬挂卡拉瓦乔的年轻酒神图:丰腴青春的少年袒露圆润肩头,手臂里抱着一篮子珠宝似的葡萄。断牙劈开两腿坐在画底下的一张小桌旁边,桌上有酒瓶和杯子。他伸展两条爬绕青黑文身图的手臂,表示欢迎。

蒂亚戈说,老淫棍,还挺懂享受。

我们大概喝了五瓶摩洛哥仙人掌盐酒,作为佐酒菜,我不得不把我的老故事挑着讲了讲。断牙可喜欢听了,瞪圆了眼,时不时嘟囔一句，耶稣。到快三点的时候我才终于摆脱他，从博格塞美术馆回到圣家堂。

一下电梯就听到说话的声音。乍听时还以为是极低的音乐，但往前走几步，我愣住了。

两个小女孩盘膝坐在祭坛上，两个都光着身子，完全赤裸，一个背对另一个，后边那个正把面前的长发编成小辫子。她们向我转过来两张一模一样的小脸，盯着我瞠目结舌的样子，同时咻咻笑起来，一模一样的音色，一模一样的节奏。

我分辨不出哪个是温蒂，分辨不出满腔焦虑与爱该投射到谁身上，一瞬间我觉得我有两个女儿，我同时爱着她们两个，难分难解。

幸好这时温蒂叫了一声，爸爸。

她转头对背后的黛朵说，我爸爸来了，我得走啦。说完很干脆地跳下地，自己穿鞋穿裙子。我长长地松一口气，心中却十分疑惑，我与蒂亚戈离开时两个女孩都处于关机状态，是谁把她们打开的？

温蒂先把鞋穿好，再把裙子套到头上，小脑袋从领口里钻出来，黛朵跟过来，体贴地伸手替她把辫子掏出来，又帮她揪一揪袖子的肩部，系好背上拉链，俨然是个照料妹妹的姐姐模样。我默默看着她们，心里涌上一种极度不适的温柔。这种照料另一个孩子的本领写在她们的程序里，她们天生是要给别的孩子做伴的。

爸爸，黛朵说她家在海边，是树皮和梧桐叶搭成的小屋，以后我们能去她家玩吗？

我笑一笑，也许可以。

黛朵也开口了，温蒂答应明天来看我的，你们会来的对吧？她像一朵葵花似的转动细嫩的脖颈，向我扬起一张皎洁的脸盘。

这时温蒂正面对我站着，我瞥了一眼，发现我女儿正在朝我挤一只眼睛，那是要我迅速跟她做同谋的意思。

于是我说，当然会来！

回程不能再把温蒂装箱,我一只胳膊夹皮箱,一只胳膊抱着她走回车子。她趴在我肩头,双臂搂得奇紧,侧着脑袋,脸颊和嘴唇贴在我脖颈侧面的皮肤上。

她会呼吸,但那种一鼓一瘪的胸腔起伏只是对呼吸的模仿,她的鼻端不会喷出温热的二氧化碳。

我听到她闷闷的声音。爸爸,我们为什么要到这儿来?

我来看望一个老朋友,不放心把你自己留在家里。

她又问,黛朵说我是她妹妹,是真的吗?

这让我怎么答?……我反问,黛朵还说了什么?

她说我的裙子真好看,她也想要一条。

开车回家途中,黛朵的眼睛和表情一直在面前晃动。这导致我没注意到车子的雨刷上夹了一片巴掌大的"棒棒糖屋"粉红广告。是的,棒棒糖屋是马蜂窝的一家妓院。这就是我的邻居乔纳森先生所供述的、我把女儿送到妓院去卖淫的证据的由来——他把它拿走了。那张广告纸完美契合了他们一贯的想象。

温蒂没有问那个大到能把她装进去的盒子是干什么用的。盒子放到后备厢去了,她独自待在后座上,纤细的小腿提起来,鞋子后跟踩着座位边缘,双手抱膝。我从后视镜观察她的表情,问道,温蒂,你是怎么醒过来的?

她说,我也不知道,一睁开眼睛就醒了。

我暗忖道,也许房间没锁好,有嫖客溜了进去?这想法让人不寒而栗。

回家进屋时,时间已过半夜三点,她仍是失魂落魄的样子,伸出手小声要求我抱她上床。这都很反常,我抱起她往卧室走的时候,想,是不是那个雏妓对她说了什么或做了什么?毕竟她每天耳濡目染的是……

黛朵自己也是个孩子,但是先生们,你们可能懂得当自己女儿有受到伤害的危险时,其余一切人无论仙女教母还是美国队长都是面目可憎可疑的嫌疑人……那种感觉吧?

被子还摊放着没收拾,保持我带她出门的样子。我把她平放在床上,脱掉鞋子,她立即一翻身钻进被子里。

我说,还没脱衣服呢,温蒂。

我自己脱,爸爸,你去拿书,读一段毛毛的故事再睡行不行?

我转身从书架上找回书,关掉照明灯,打开投影夜灯,房间的天花板和上半部分立即出现了深蓝的夜空和缓缓旋转的星座。她已经在被子里飞快脱掉裙子抛在床边,两条圆滚滚的手臂摆在被子上。人造星辰的光,映在她的人造瞳孔里。

我读了短短的一段,她便眼睛半开半阖做倦怠状。其实她并不会觉得困,这只是一种乖巧地做出的伪装,好让我能结束读书去休息。

她在我不再接续阅读、合起书页时甜甜一笑,睡意充盈的样子。我探身给她额头最后一吻时,她忽然问,爸爸你会唱歌吗?

怎么问这个?咱们又没这个传统。

她显得有点困惑。他们都说爸爸妈妈会给唱歌……

我猜"他们"是幼儿园里的人类孩子。我说,今天就到这里吧,要唱歌也要等明天。

我第二次伸手按下她肋侧的电源开关,接着抬手熄了灯。

这时是凌晨四点,我得赶紧开车到社区电影院去。我在那儿做一份兼职:三点多钟最后一场夜间电影结束后到早晨八点早场电影之间,把十个影厅打扫干净。

这不是难事,机械人生来就是替人类做机械性劳动的——如果我有资格说"生来"的话。我在绒布磨脏了的座椅窄道中间飞快跑动,一只手拖着像尸袋一样的巨大垃圾袋,一只手把座椅扶手杯架上的可乐杯和爆米花桶抓起来丢进去。可我脑子里总是回放温蒂从被子里抽出裙子、抛在床边地毯上的情景。

似乎有些不对劲……到底是哪儿不对劲?

我忽然直起身。她抛出来的只是裙子,翠蓝色的茶会礼服裙,她没有脱掉袜子。该死。

五点四十分,我从电影院开车回家,天空已经变成青灰,路上开始有了晨跑的人类和遛狗的家仆型机械人。我尽量把所有动作的声音减到最低,走进屋里,走到温蒂的卧室前,轻轻推开房门。

有声音,是立体书。一个合成的女人声音在读《猜猜我有多爱你》,那道嗓音如此耐心、柔和,如此母亲,每次我都被煽动得也想叫一句妈。我甚至怀疑听过了这么完美的假妈妈,小孩子还会喜欢真妈妈敷衍、急躁、时不时交杂一句"小混球你快闭眼我求你了"的睡前故事吗?

屋里像被贼洗劫过一次。跟趁所有爸妈不在家、疯个够本的小鬼一样,黛朵拿温蒂的东西办了狂欢节。书、玩具、衣服被从抽屉和衣柜里翻出来,组合成一层覆盖物,堪称均匀地丢撒在床面地面上。另一小部分延伸到黛朵身上:她穿着带亮片的蛋糕裙,外边加一件巴伐利亚风格的刺绣小背心,下面还穿了一套骑装里的马裤。她就这么坐在地毯上,望着面前打开那本书。

她的坐姿跟温蒂完全不一样。温蒂喜欢把小腿折叠,脚尖向后贴在臀部侧面。黛朵则是双腿并拢,向身前长长地伸出去,两枚圆润的膝盖骨紧贴,脚踝叠压着,上半身歪向一边,那一边的手臂支在地上撑住。

那是个娇美女人的雏形,除了比例不对,哪哪都对。我曾无数次想象过长大的温蒂这样坐在大学校园的草地上,似笑非笑地看着对面讨好她的男孩子。

黛朵的两个脚尖像字母 X 一样,柔韧地绞缠成一个锐角。左脚上少两枚趾甲。

书里的假妈妈读道:"小兔子倒立起来,脚爪撑在树干上。它说,我爱你一直到我的脚指头……"立体影像从书页上投射到空气中,父与子,两只栗色兔子,在不存在的月光和草地上蹦来蹦去。有一次小兔跳到了黛朵膝盖上,她毫不犹豫地伸手去抓摸,预料之中地抓空,然后笑得岔了音儿。

故事结束后,那女声又把故事里的句子唱了一遍。睡前故事附送睡前歌,生产商想得很周到。黛朵跟着那歌摇头晃身子地唱,缺趾甲的脚指头一边搓动一边打拍子。唱完一遍,她的手指在空中的按钮上划一下,把歌倒回去再放一遍。

温蒂喜欢听故事,她喜欢听歌,昨晚睡前她就让我给她唱歌来着。

屋里充满了她鼓捣出的很带劲的热闹,所以她一直没知觉有人在后面看。那个人的目光融化了又凝固,心在胸膛里荡秋千。小卧室的窗帘还没拉开,贝壳粉色的旧式棉布帘子厚厚地隔开外面的世界,外面那个明朗真实的世界。

声音和光在不知第几遍循环里停下来,电量耗尽了。假妈妈不会不耐烦,但她会没电。这个早晨这么苦,这么长,我不知道在跟谁耗着、拖拉着,不肯出声打扰那个深深沉浸、乐在其中的小背影。

她把静下来的书合起来推到一边,又去身边的书堆里翻新书,嘴里唱:"我爱你直到月亮那里,哦,那真是非常远,非常远的距离……"

一个声音在后面跟她唱出下一句,"而我爱你直到月亮上边,再回到我和你这里。"

她像河边饮水的鹿听到枪栓声一样,扭转头颈。

我唱完那一句,面无表情地站在门口,迎着她仰视的目光。

黛朵像个小俘虏似的双手扶地,上半身和下半身一直拧着,挪动双腿朝我爬了几步。

我说,早上好,黛朵。

她的脸颊是恒定的粉红色,没法变苍白,只有表情是惊慌失色的样子,嘴唇扩成一个边缘不断变形的洞。

最后她带着哭腔说,早上好,爸爸。

我摇摇头,别用那个词,我不是你的爸爸。告诉我,你跟温蒂是怎么说的?

她的五官像融开的蜡,缓缓变形,化成一摊,继而发出嘤嘤呜呜的声音,像一只被踢了一脚的小狗一样呜咽,然而没有眼泪。

我说,说吧,说完我送你回去。

她哽声答道,我问温蒂想不想装成我,留在沙堡玩玩,反正没人分得出我们俩……

五岁是孩子最好奇的时候,虽说是玩玩,但温蒂还是犹豫了。黛朵以"第二天我会跟你爸爸来接你"说服了她。这就是为什么我带着假温蒂离开妓院的时候,假黛朵不放心地询问,想确认我是否真的会去接她;昨晚黛朵走进家门,没有自己回卧室,要我抱她上床,因为她根本不知道卧室在哪里。她也不知道我跟真温蒂没有睡前唱歌的传统……剩下情节我不忍心再复盘,再重筛一遍这个以五岁智商殚精竭虑编织出来的细密骗局,同样是种痛苦。傻孩子黛朵,她怎么会傻到觉得自己能伪装别人的女儿?

然而另有一个问题我不愿去想:在她自己的计划里,她打算伪装多久?打算把温蒂扔在妓院多久?

不愿去想的本身就是想了。因此我的心又硬起来(抱歉这只是个比喻,我只有处理器,没有心),或者说,我摁灭了一些火星似的摇摆犹豫。

黛朵正在慢慢解开刺绣背心的扣子,沮丧悲痛得像四肢出了故障。我想起昨夜的疑问。你能自己控制开关?

黛朵摇摇头,不能。

那你是怎么醒过来的?还唤醒了温蒂?

我的开关总失灵,断牙不愿意给我换零件。

我说不出话了。人类嫖客更喜欢鉴赏机械人的残缺,但我怎么能跟她说这个?

这时她把自己剥得只剩一条吊带衬裙,双手交叉握住下襟的两个角,作势要往上撩起,我说,衬裙别脱,你挑一件正常的衣服穿好,咱们就走,那件就送给你,温蒂不会有意见的。

她放下两条胳膊,窄肩膀跟着那个动作往下塌,手心向上僵硬地支在腿上。那动作不属于五岁的小女孩,那是个心灰意冷的女人的动作。

她带着哭音、拖长了声叫道:爸爸!

那可真是让人心肝俱碎的一声。

但我还是摇了头,我重复说,不,别用那个词,我是温蒂的爸爸,不是你的。

她发出低声的啊啊哭叫,每个啊中间像抽搐一样"呵"地抽一口气,并耸起肩头笨拙地蹭脸颊,擦拭不存在的眼泪。这个动作也是程序写定的,该型号的机械儿童有四种哭泣模式。在哽咽中间,她挣扎着说,他们告诉我会有人接我回家的,我家是海边一座树皮搭成的小房子,外面还有吊床和狗屋,我不要那个小房子了,我想要你,爸爸。

我的女儿是温蒂,我只有一个女儿。

我跟温蒂是一样的,一模一样!比人类的双胞胎小孩还像。

不,你们当然不一样。

是的,现在也许不一样,但是再过几个月就完全一样了。

我瞪着她说不出话来。她说得对,再过一个多月,温蒂的芯片会再次报废,需要再次更换、重启,她的记忆数据没法复制出来,那时她会像任何一个刚刚出厂的机械儿童一样,像任何一个没有记忆的人类婴儿一样。

但是怎么会一样呢?不一样的。我不想再解释。我往前走两步,从床上拿起一套衣裤抛到她面前的地毯上,简洁地说,快换,我在外面的车上等你。

等待的时间比预想中短,她从门里走出来,没穿我随手挑的那件,而是换了一套郑重其事的圆领泡泡袖长连衣裙,像是个要跟大人去参加婚礼的乖孩子。

邻居家的乔纳森先生又出来,一只手抽烟,一只手拇指朝前,扶在腰眼上,在烟雾里眯着眼,看着黛朵拉开车门,坐进去。

我调整一下后视镜。儿童座椅你会用吗?

她用骤然淡漠下来的声调说,会用。我从镜子里看着她爬到椅子里,给自己系上安全带。

我启动汽车时,她不客气地打开了那个迷你冰箱,发出一声低呼,哇,冰淇淋!

我也有点诧异,迷你冰箱竟然一直没停电,冰淇淋还没化。她动静很大地关上冰箱盖子,撕掉冰淇淋蛋筒的封纸,咬了一口。儿童机械人没有味觉和冷热感,但黛朵和温蒂吃冰淇淋的表情都相当逼真。

我把车子驶上街道,街上很多无人驾驶的车,保持一模一样的稳定速度,像在生产线上被匀速运送向前的成品。能透过车窗看见后座的人吃盒饭、在电脑上打字、戴着全息头罩玩游戏。开过一辆家庭款轿车,两个人正在后座做爱,女人跨坐在男人髋部,脖子往后仰,得意洋洋地往外看,迎接一切探索的目光——这段时间流行这个,据说在行进的车流中做爱,可以刺激性高潮。黛朵一面舔冰淇淋一面盯着那对人的动作,我按了一个钮,后座车窗变得不再透明。

她转回头,冷笑一声。我这才想起她的职业,她不是温蒂那种"真正的"五岁小童。我和她的眼睛在后视镜里相遇,果然,她不肯放过这次嘲讽的机会,眼中闪出恶意的、兴奋的光,下巴往前一挺。嘿,嘿,你不是不肯把我当成温蒂吗?我见过的可比那个有趣多了。

我不说话。

她把一根手指搭在嘴角,露出那一侧犬齿咬住指尖(去年特别红的性感女影星拍过这种姿势的杂志封面,编程的人应该是把类似图片资料复制到了她的动作模式里)。你也可以用自动驾驶,然后上后座来,我给你……

我说:闭嘴!

但她仍不放松。你知道机械人也会招妓的对吧?

冰淇淋化得很快,有一道奶油汁顺着手腕流到手肘上,她抬起胳膊顺那条杠舔上去,翻起眼睛盯着后视镜里窄窄一条的我的脸。我说,黛朵,你这样没有意义,咱们和平地度过这段车程,可以吗?

她沉默了一会儿。嗨,你怎么跟温蒂解释她没有味觉?她肯定会跟同学讨论冰淇淋和点心的味道吧?

我答道,生病,我跟温蒂说她有遗传疾病,她不会去讨论她感觉不到的东西。

黛朵点点头。她说,那你又何必给她买冰淇淋?

跟你非要吃冰淇淋的理由一样。

车程过半的时候,她问我,你是怎么遇到温蒂的?

是这样的:好多年前曾经爆发过一次"毁灭机械人"游行,导火索是新闻报道一个妻子长期跟家中管家机械人偷情,那女人辩解说那并非通奸,因为机械人不过相当于大一点的按摩棒而已。她胜诉了,被判成婚姻官司里的无过错方。其实这事情如果现在发生,至多在新闻网站占个边栏位置,但那几年类似案例太多,很多人把婚姻和职业中的失意归咎于让他们显得笨拙迟钝的机械人。愤怒情绪很快蔓延全国,几个著名品牌机械人的展示体验店被砸被烧,聚众捣毁机械人的集会越来越多。

我所在城市的游行前夜,人们陆续把准备焚烧、捣毁的机械人扔到指定地点,堆成一垛。我是凌晨三点钟被扔到"尸堆"角落的,半个小时之前我的身份还是产科工作的医疗机械人。一旦有得选,有很多准父亲会在"男助产士"与我之间选择我,他们更愿意选一双无性别的机械手去缝合他太太的下体。因此那天我从产室里出来,手还没洗干净,就被一群值夜班的男助产士推进急救车,拉出来抛在了大街上。

大部分机械人都拆除了能量芯,处于死亡状态,还有一些过了报废年限的,时而发出不受控制的奇怪声响,吱吱咯咯……我被设置成了静滞待机状态,只能躺着仰望星空,心想这会是我见过的最后一片星空。我一个个回忆我接生过的小婴儿的脸蛋,给每一颗星星取上他们的名:菲欧娜、科斯塔、列奥、塞缪尔、吉娜……

这时我听到旁边有个小女孩的声音:嗨,你好,我叫露西,你叫什么名字?

露西距离我大约两米远,躺在一个搬运机械人的大腿旁边,她有一颗长着红铜色长发的小脑袋,脸蛋精美完整,在黑暗中像自己能发出光一样。我听说过这种儿童机械人,见是第一次见到(我诞生的这个国家经济和观念上都落后一些)。我说,我叫萨姆,你好,露西,是谁送你来的?

露西说,我爸爸。她的语气居然平静而且有一丝愉悦。

他有没有说送你来干什么?

她以笃信的语气说道,来变成真正的露西。

我问,什么叫"变成真正的"?

我跟玛蒂尔达一起读过一本书,书上说有一只玩具兔子经过改造变成了真正的兔子,爸爸说等我改造过后,也会变成真正的小女孩。

这鬼话跟大人们骗小孩说你乖上一整年、圣诞老人就会把你放上送礼名单一样。我叹一口气说,是,他说得对。

露西跟我望了一会儿星空,又问,变成真露西之后,我会跟现在有什么区别吗?

有啊,如果你是真的,你爸爸就不会送你到这儿来……改造了。

天亮之后他们就要"改造"了,是不是?

……是的。

大街上有汽车鸣地开过去,路过街心这堆奇异的金字塔时放慢车速,车窗里有面孔探出来看。在不远处某个机械人单调的嘀、嘀声里,露西要求道,天还不亮,萨姆,你给我唱个歌好不好?

我给她小声唱了《天空中戴着钻石的露西》。我说,你知道你的名字有多棒吗?一九七四年人们在埃塞俄比亚找到一块三百二十万年前的女性骨骼化石,给她取名叫露西,她被当作人类最早的祖先。

她说,哇哦!

我说,还有更棒的呢,二〇一〇年天文学家观测到一颗距地球约十七光年的星球,因为大家都很喜欢披头士那支著名的歌《天空中戴着钻石的露西》——就是我刚才唱的那个,所以那颗钻石星星也被取名叫露西。它有多大呢?印度洋的最大宽度是一万二百公里,那颗钻石直径约四千公里。

露西叹一口气,往天上看。也就是说,现在那儿就有一颗叫露西的星星?

是的。

她转头看着我,微微一笑,我喜欢你,萨姆。

谢谢,我也喜欢你,亲爱的。

我真希望能记住那颗跟我名字一样的星星,也记住你。不过爸爸说再过几天我就会"报废",会忘掉所有东西,所以得到这个地方来"改造"。萨姆,"报废"是什么意思?

我说,"报废"是一种病,很小很小的病,简简单单就能治好,露西,我不会忘记你,就算你"报废"之后忘记我,我也不会忘记你。

又有人来了,一群少年抬着一个中年男教师模样的机械人过来,把它的身子荡起来扔在"尸堆"上,这造成了一个小规模雪崩,等雪崩结束,我也被埋没得只剩一个脑袋半个胸膛在外面。

清晨六点,天已经亮了。露西爬过来,折叠双腿跪在地上,胸口贴着大腿,像一只困倦的母兔似的缩起身体,红铜色长发垂下来。她的目光跟地面平行,投在我脸上,嘴角和眼睛充满冰糖似的亮晶晶的、甜蜜的光。

她悄声说,嘿,我要吻你一下,萨姆。我吻你一下,你就永远不会忘掉我了。


车窗外的建筑已经变得越来越破败,墙上的涂鸦也越来越多,黛朵听我讲完了上面的故事。

她问,后来你找到她了?你怎么知道你没认错?


汽油、柴油等助燃的液体喷浇得到处都是,人们还拿来了吱吱作响的电锯,让齿轮在空中飞转,等待把机械人大卸八块。在最后的时刻到来之前,我对露西说,你猜怎么着?如果你闭上眼睛、卷起舌头张开嘴,就听不见声音了。

露西照做了,用牙齿抵着舌尖,亮出了那块人造软体的底部。她把那个动作坚持了一会儿,失望地睁开眼。没有啊,萨姆,你的法子不灵,我还是听得见声音。

那是个小小的骗局,是她第一段"生命"里最后一个谎言。

黛朵盯着后视镜做出那个动作,张开嘴,卷起舌头,露出舌底。机械人舌底都印着一块不显眼的编码,不细看会当成小黑斑。我从后视镜里跟她笑一笑,知道她明白了。我记住了露西的条码,露西自己不知道,那是寻找和相认的最牢靠的线索。

黛朵问:后来呢?后来你没有报废?

没有,那场游行结束之后,所有被焚烧、捣毁、肢解的机械残骸被运到废物熔炼厂。我的朋友——我后来的朋友,蒂亚戈——是专门回收修理的工匠,他从尸首堆里挑拣出在他救治能力范围内的伤员,修补、调试,重新编写程序,再给他们取一个新名字,卖掉。我有百分之六十七的脸部材料更换了,连眼珠都从蓝色换成了浅灰,重启之后,我发现自己变成了远洋油轮上的工人彼得。船上活儿太苦,居住条件又太差,人类不爱干。夜里我负责值班开船的时候,在黑漆漆的海浪上看到的全是露西的脸。干到第三年,第三次从南极回来,岸上的世界发生剧变,有了"机械人赎买自由"这回事。再过三年,我攒够钱下船了。一年之后靠蒂亚戈的帮忙,我终于在一个流动马戏团找到露西……

车子在距离"沙堡"几米的地方停下。上午八点钟的马蜂窝安静得诡异,今晚的男主角们现在还在公司当小职员,机器妓女们跟白昼也没必要发生关系,街面上几乎没人走动,只有几个流浪汉躺在角落里睡觉,我拔出车钥匙,双手放在腿上不出声,黛朵也不再出声。我忽然觉得跟她有了一种狭小空间里被强迫产生的亲密,好像坐完一程长途飞机,有些邻座男女就成了未婚夫妻。

她脸上没有表情,组成她脸部的仿生材料没接收到任何指令。我下车,拉开车子后门,向她张开手。过来,黛朵。

我的怀抱里迎进来一个绵软得十分熟悉的小身体,属于温蒂的爱自然而然地被召唤起来。我抱着她往沙堡的大门慢慢走,感到她伏在我身上的小胸脯起伏,两个没有温度的身体紧贴着。

她说,萨姆,你也看过我的舌头了,你也不要忘记我,行吗?

好,其实事情到这儿就差不多讲完了。我敲门把断牙叫起来,没有说是黛朵使心计更换了身份,只说是我心急认错了,让他带我去储藏室找温蒂。

储藏室像个巨大的停尸间,靠墙都是刷成青灰色的铁柜子,方格瓷砖地擦得光亮雪白。断牙拿出电子账簿,在页面上划动手指,让我看一个个妓女的头像照片。还没等找到,黛朵自己说话了:我的编号是 SS651。断牙盯了她一眼,走到墙边的控制面板去输密码,嘀的一声,有一个铁格子的门弹开了。

温蒂在里面。已经关机的她像昏死似的靠在壁板上,头歪在一边,身体是赤裸的。我脱下身上衬衣,把温蒂包住、抱起来,黛朵动作干脆地钻进那个空出来的格子里,面朝里蹲坐下来,闭上眼睛。

临走时我问断牙,昨晚我女儿有没有跟你的客人……

断牙举起一根文着海锚图案的食指晃一晃。我要是你,我就不去想这种事。得啦!我当你没问,带你女儿走吧,我回去补觉去了。

这时是上午八点半,我回到车上,白衬衣里的温蒂像裹在襁褓里,好生生地合着眼睛。很久之前,我曾这么抱过很多刚从母体上摘下来的黏答答热腾腾的人类婴儿。那些真实又虚幻的拥有和幸福感,聚合在虚幻又真实的温蒂身上。我把手伸进衬衣底下,从她的耳朵头发检查到手臂胸口,没有,没有丢什么东西,没有人类嫖客的手留下的痕迹。最后我犹豫了一下,还是把手伸到她两腿间摸了摸。

先生们,你们要说这种触摸是猥亵那也随你们。我在马戏团找到露西的时候,她那个女孩的部位是一片无数人类狂欢践踏过的废墟,在后来的重建过程中,那一处是最后修补好的地方,因为她散布在世界各地的同型号伙伴们磨损得最快的,都是那个部分。蒂亚戈曾提议用别的材料做个替代品,我拒绝了。再后来我们托人买通荷兰一个私人博物馆的管理员,他把博物馆里陈列品"露西"的某部分拆下来,换成蒂亚戈制作的仿造品,把原配件寄给了我。

做博物馆里的木乃伊、睡美人,或是做马蜂窝里的雏妓黛朵,温蒂距离那两种生活只隔着这层白衬衣。现在,她身上也同时有了那两个女孩的一部分。

我的手在衬衣里挪动,滑到她肋骨上,按下去。

小小机械身体内部发出一阵只有我听得到的细微声响,像一切孩童跨越梦与现实界限的一次长长吸气,一次跳跃。我的温蒂睁开眼睛。

她小声说,爸爸。

我开车穿越半个城市,送她去幼儿园,迟到是肯定的了,好在上午头两个小时是自由绘画和泥塑时间,晚一点也不要紧。路上她跟我道了歉,说昨晚不该贪玩跟黛朵交换身份。

后视镜里的脸蛋,跟刚才那段车程里看到的一模一样,有一瞬间我怀疑自己再次抱错了女儿,但那张淡红的嘴角往脸颊上一撇,撇出了微妙独特的差异,我的心又踏实了。她问,黛朵会不会被罚?

我说,应该不会。你昨晚过得怎样?

之后的大半天我和温蒂都过得像平常一样,她去幼儿园,我去上班。除了凌晨打扫社区电影院的兼职,我的正职是在一家手工表作坊铸造零件,虽然现在连快餐店桌上的餐具筒都显示时间,但体面的人类还是认为手工制造的表更有面子。而机械人工匠稳定的手比人更适合干这个活儿。

我下午四点接到温蒂幼儿园老师的电话,告诉我我必须去一趟。温蒂没出事吧?没有,她很好,不过……具体情况等您来了再说吧。

我听出那个人类女教师声音里克制的愤怒。三十五分钟后,那愤怒从她涂着樱桃色唇膏的嘴唇里射出来,像一簇子弹似的打在我脸上。

她还是个刚从大学毕业没多久的年轻姑娘,让她当众说出这样的话,确实有点为难她了——请您解释一下,一个五岁小女孩为什么会说出"吃我的阳具;舔,不许用牙咬;慢慢地动"这种话?

我慢慢环视左右,办公室墙上挂着上次绘画作品展的优秀作品,很郑重地镶了框,靠墙一圈摆放童书的核桃色书架,幼儿园的负责人,儿童保护委员会、福利局、儿童服务保障处……的人们沉默盯着我,我从他们的目光里看到一个禽兽父亲,还藏匿一点残忍的快感和兴奋,等待我的辩解揭开一个气味荤腥的畸恋故事,满足被那只言片语逗起的猎奇胃口。

以上就是我的辩白。

我要说:法律允许机械人赎买自由,我已经赎清自由了,有权自主求职与生活。你们可以查阅我这儿存储的证明文件。温蒂是废弃物,她的所有者自动放弃了对她的所有权,这个我也有照片和自然人证人签字生效的文件。

我说,法律没有禁止机械儿童接受与自然人儿童相同的教育,所以温蒂可以在任何一个幼儿园入学,为她的心理健康着想,我也有权隐瞒她的身份……是的,我有权认为温蒂具有"心理健康"。

我说,今天下午她在戏剧课上失控说出的话,是系统的一次小小紊乱,修改一下就没事了。当然,如果你们担心温蒂仍会对其余孩子产生伤害或坏影响,必须退学,我完全可以理解。

我说……没问题,我有法子跟温蒂解释,我有经验。至于她的同学们,在那出《冬天的故事》里听到温蒂讲那些话的孩子,得要你们给解释了……帕蒂塔那个角色,也得另找个女孩演了。

我会抱着温蒂离开,不用太多谎言,她有乖顺的天性,如果我说不要问,她就不会问,反正再坚持一个多月,一切记忆都会再次丧失。

温蒂,在你用一枚亲吻把我锚定在时间的湍流里之后,我和你就不再有别的名字。我们没有时间,我得从人类那里盗取时间花,来维持你的生命。不是因为寻找奥兹国的冒险,而是因为要承载你的疗治,我才有了心。你是比正品更珍贵的赝品。在一切虚假的血肉呼吸之中,只有我对你的爱是真实的,比时间花还真。

我将一次一次重新启动你,等待你睁开眼睛,叫:爸爸。

**附件1:**

昨晚发生的事,我答应过我爸爸,不会跟任何人讲,所以跟你们也不能讲。不过,我可以告诉你们,我求爸爸把黛朵带回家,他已经答应了,他说无论如何都会让黛朵变成我们家的一员。他从来都说话算话。

我就要有个姐姐啦,耶!

**附件2:**

**【声音文件 B003 转化】**

系统音:编号 No.5910387 Toy Kid 第一次启动,请输入密码与激活词。

启动者:好,听得到吗?听得到就点点头。你好,你的名字是露西,以后你叫我爸爸。你有个姐姐玛蒂尔达,比你大……哦你的年龄设定是五岁对吧？她比你大两个月,你的任务是陪玛蒂尔达一起玩。

No.5910387:好的,爸爸。

启动者:不要提"妈妈"这个词,你们没有妈妈。

**【声音文件 B007 转化】**

启动者:露西,把这件裙子换上……好,跪下来,朝镜子这边侧过来一点儿。行了,这次我自己拉开裤子拉链,下次你替我拉开,记住了？

No.5910387:好的,爸爸。

启动者:含住这个,然后我抓住你的头控制节奏,就跟我教你和玛蒂尔达跳舞一样。

No.5910387:好的,爸爸。

启动者:不要跟玛蒂尔达谈论这件事,这是我跟你的秘密,而且干这件事的时候,你不要叫我爸爸,叫安东尼,记住了？

No.5910387:记住了。安东尼。那么我的名字呢？我仍然是露西吗？

启动者:是的,你还是露西,永远是露西。

(原刊《山花》第4期)

# 小 相 山

欧 曼

背景：小相山地处中原大地，名不见经传，南有湿地公园，西接中部平原广袤土地，北有顺天河环绕，公路水路四通八达，地理位置与自然风光优越，曾经一度商业发达，素有"小汉口"之称。旧时的小相山区内多岗丘，有大小山峰二十余座，小相山为众多山峰中最矮的一个。为什么用最小最矮的山取为地名？有两种说法：一是古时此处曾出过一任宰相，其人身材短矮，人称"小相"，但其为人却"不流世俗，不争势利，机智善言，借事托讽"，深得百姓爱戴，故而得名；二是当地人为表自己谦虚之意，不托大不居高，以小见大，让后世之人虚怀若谷，时时保持向上之心。时至今日，地名由来的个中真相已无从考证。

## 一 看 山

我在这周突然繁忙起来，因为两件事。第一件是公事，我被局领导亲选进入"扶贫专班驻村结对帮扶"一年。第二件是私事，九十八岁的老姑奶要我陪同回乡看山。

出发前，局长专门找我谈话。办公室内，他显得语重心长，"千万不要小看结对帮扶这项工作，从全局利益来说，这是要纳入部门绩效考核的；从个人发展来说，基层工作经验对于年轻干部的成长非常重要……"

我懵懵懂懂地跟随负责扶贫专班的郝南一起上车。郝南是局里老人,业务上接触不多,混个脸熟。坐在他的车里,我客气而生疏,闲扯了一通空气污染啊、工资下调啊之类无能为力的话题,郝南问:"去过东堂村吗?"

"小时候熟,离我老家五里地。"

"怪不得局长会派你,原来是家乡人,家乡人好办事啊!"

我诧异,"扶贫有什么事不好办?每年各级领导新春慰问,各个委办局年节走访不都是一个套路。给钱给物资的,下面的人都客气得很。"

郝南说:"年轻人,这你就不懂了,现在结对帮扶要纳入绩效考核,村里领导和群众有一票否决权,就不是简单的自上而下的事情。你还不知道吧,去年咱们的扶贫考核就没通过,幸亏两年时间,今年大考,再不过就得吃不了兜着走!"

哦,是这样。我还以为扶贫只是下乡走秀,顺便趁着春光大好去乡村旅游,随便玩玩儿呢。

我们到了东堂村,村委会里只有村主任董主任留守,郝南跟他打个照面,他告诉我们村支书这周不在村里,就忙自己手头上的事情去了。郝南打村支书周麻子的电话,结果不在服务区。他便拉我熟悉情况顺路做入户调查。

忙碌一天回到家中已是晚上八点,正准备洗澡睡觉。

我爸进房,"今天回老家扶贫了?"

"离老家还有五里地呢,要扶一年,你女儿要成乡村干部了。"

"正好有事跟你商量,"老爸不顾我瞌睡连天接着说,"老姑奶跟我说想回乡看山,单位实在事多抽不出时间,要不你陪她一趟,反正顺路……"

在我们家,老姑奶的大名如雷贯耳,她是我爷爷的大姐,爷爷活着时,家中大事小情有一半得看她的脸色。老姑奶是个惹不起的人物,我爸这一辈,她瞧得起的子侄只有三位,我爸有幸入内。到了我们这辈,子侄多达八个,能让老姑奶看中的只剩下大堂兄尹齐中,尹氏家族地道传人,品学兼优、人才出众,只是他太过优秀,赴美留学后干脆做了美国公民,从此东西两隔。就算如此,她愣是把自己那只人见人爱的翡翠玉镯送给了仅有一面之缘的准堂嫂。那只玉镯通体翠绿透亮,中间有一条靠人体精血长年佩戴供养出的红血丝若隐若现,寒冬温润,长夏冰凉,一年四季不离老姑奶右手,前几年有古董行的买家出二十万她都不让。结果五年前就这么白送给了当时的准堂嫂(好在如今已经与堂兄结婚成为一家人)。这一举动彻底得罪了其他家族成员。说她没长后眼睛,齐中已经混成海外同胞漂洋在外了,为自己晚景着想,也得给身边的孩子们留点念想。

"算了吧,我可伺候不了她老人家!"我一面脱鞋上床一面痛快回绝。

"荣荣,你可不兴这样耍脾气,老姑奶一辈子守寡无儿无女……"听着老爸千年不变的絮叨,我很快睡着了。

我承认自己并不喜欢老姑奶,这和同情心无关,也和我妈说的"利益"无关,只不过,作为一个年近三十自食其力的女性,我早过了要讨长辈欢心的年纪,也不想任何人干预自己的生活。

为了老姑奶的安全,老爸破例将爱车借我下乡,我立刻有了花木兰替父从军的感觉,事已至此,也只好做顺水人情。郝南自然高兴坐顺风车。

坐在副驾的郝南打听出老姑奶是奔百岁的长寿老人,如获至宝,陪着老姑奶一路聊家长里短。郝南今年五十六岁,副处十年,仕途无望,最大的业余爱好就是养生,郝南开口闭口都是吉利话,末了直奔主题向老姑奶打听长寿秘方。

老姑奶说:"人老话多,树老根多,长寿秘方不晓得,我有一个习惯倒养了很多年。"

"您老说说?"

"我告诉你,人要喝汤。每个星期煨一铫子汤,筒子骨加脊骨,热天配海带和冬瓜,冬天可以用萝卜或者莲藕,油焖子要厚,人老根老,全靠油养。喝碗热汤睡一觉,养好精神百病消。"

郝南喉结打滚,"我三高,不能见大油。"

"那是医生在哄鬼,我高血压这么多年,就是靠喝大油汤活着。"

郝南侧身望了我一眼,我说:"我从小最怕喝老姑奶家的汤,冬天碗面上可以结一层猪油。"

我把郝南放在村委会大院门口,约好下午会合,便带老姑奶去看山。

郝南一离开,车厢里突然空旷安静下来,我不知道聊些什么,只专注开车,后视镜里老姑奶却一路望向窗外。

我们一路从老街走到新街,街上只有三三两两的人,不算忙碌的来往车辆,这些年每次走这段路我内心都有一种无法言说的空洞,儿时商贾云集的街市不复重见,外面的世界早已日新月异,故乡却在萎缩凋零。

沿着顺天河向西,一路缓慢行进,路还是那条路,虽然刷黑过,仍不好走,我开得很慢,一进老家地界,老姑奶就把车窗打开不住朝外张望。

"顺天河臭了!"老姑奶突然说了一句。

"臭好多年了。要不关上窗户开空调?"

"不用,再臭也是家乡水。"

"不瞒您说,我最怕喝家乡水,喝一回起一回疹子,这些年每次回乡都要自带水源。"

"你毛病多,跟你妈一样太讲究。"

我懒得跟老姑奶理论过敏体质的问题,送佛送到西,好事做到底,何况她一贯嘴不饶人。

车又开了一会儿,老姑奶问说:"怎么还没到玉佛山?"

"玉佛山十年前就开完了啊!"

"那追马山呢?"

我把车停下来,用手指了指车右方,"喏,还剩那个采石场。"

"胡说,那么大个山,"老姑奶走下车,望着采石场的招牌,"这么点石头怎么可能是追马山?"

"这就是追马山啊!"我跟着下了车,不耐烦地解释说,"我小时候一放假就在这里钻老虎洞,怎么可能会搞错。"

"那么大的追马山啊……"

"我每年上一回坟,这个山就小一点,老话不是说水滴石穿愚公移山吗?"

"这么好的山就让人给开没了?是谁让他们这么干的?"山下的矿厂正处于半停工状态。老姑奶向人打听矿主,工人告诉她,矿主是本地人,常住汉口,偶尔来一趟。

"作孽!作孽啊!这个后生作孽啊!"

自从爷爷死后,老姑奶就再也不来上坟,她说人要行活孝不必行死孝,走形式做样子,只能哄人不能哄鬼。"您老人家快二十年没上坟哪里会知道这些事情。再大的山也叫人一点点地开平了。"

"那东阳山呢?东阳山还在不在?"

"东阳山应该还在吧!"

"快快,我要去看东阳山。"

老姑奶看了趟东阳山就决定,她要回乡居住。这个决定把家族老小都惊动了。快百岁的老人,怎么还能独自回乡?乡上就一个三甲医院,长期医生短缺,药品不足,发烧感冒还行,治个阑尾炎都有可能丢命。我爸他们坚决不同意,轮番来劝。

老姑奶发话,第一她身体还好,不可能说死就死;第二活到这个年岁,她也不怕死;第三如果大家真有孝心,就排个表轮流陪她回乡住一段时间。

这辈子从没有人做得了老姑奶的主,她发了话就是结论。我爸他们一合计,轮流陪不现实,干脆请人!

家里的老宅多年空置,我们请了几个小工粉刷修整一通,换了新马桶和冰箱,一个月后的周末,一大家子浩浩荡荡地开回老家。

我们忙进忙出布置的时候,老姑奶就坐在大门口的石凳上闭着眼睛晒太阳。

保姆魏阿姨四十多岁,在医院做过护工,懂得基本用药和急救常识,我爸他们把手机号码留给魏阿姨,又另给了两百元话费,让她每天报平安打电话。

一切安顿停当,大伯打前恭谨地问:"大姑妈,东西都搞好了,我们准备走,您还有没有什么话?"

老姑奶坐在石凳上一动不动,有那么一阵,我以为她已经石化了。等了好一会儿,她缓慢地睁开眼睛,"就好了吗?你们要走了?"

"好了,都弄好了,天不早了,我们这就走,您还有没有什么事?"

老姑奶眼睛一一扫过我们的脸庞,目光最终汇聚到大伯和爸爸身上,"你们每个星期要派人回来看我一眼,别忘了,啊?"

不知道是谁先开始,还是大家一起感应到了什么,大伯、爸爸突然哭起来,连同站在身后的小辈们也感受到气氛里的异样。

"我又没死?你们哭什么丧?"老姑奶大着嗓门训说,"等我死了,倒要看看你们哭不哭得出来?"

大伯说:"您住几天就回家算了,还是汉口方便,这里条件差,医疗也不好,身边又没个亲人,真有什么事我们鞭长莫及。"

"你们工作要紧,没事我也不需要麻烦哪个!"

老爸拉我站到前排,"齐荣这一年都在乡下扶贫,一个星期跑两趟,我把车给她,您有事只管吩咐。"

当着一家老少,我赶紧说了一堆保证承诺之类义正词严的话,老姑奶难得说了一句:"齐荣长大懂事了!"

我和郝南充分发挥舆论优势,把我们扶贫的意图写成宣传口号,把扶贫的目的和要求制成简单表格问询村民意见,专门把填写说明附在后面。传单发了两趟,收效却不明显。我们去村民家中走访,要么外出打工不在,要么觉得浪费时间不谈。愿意谈的多半是诉苦,要求我们帮忙解决家里的宅基地问题啦、子女读书就业问题啦、户口迁移问题啦、家中病人就医报销问题啦……遇到这种情况,我和郝南只能像小学生一样老老实实地做做笔记,根本不敢接腔。一个月下来成效甚微。这次扶贫的重点是解决村里公共资源缺失问题,但一家一户走访下来大家都对这个根本不关心。看来,没有周麻子帮忙,任务休想完成。

在电话里约定了时间,我们总算见到了周麻子。周麻子人如其名,脸上有大大小小的麻子,说麻子其实有点牵强,应该说是疤痕才对。据他本人介绍,他曾经承包矿山多年,脸上的疤痕就是开矿时点炸药伤的。

在东堂村新建的会议室里,周麻子带领村委会全体班子成员跟我们扶贫专班一行五人见面问好。周麻子坐在会议桌中间读报告,介绍村务公开、两委班子构成、村籍人口资产、农田水利、计生教育、扶贫就业等。报告内容翔实,行文规范,周麻子夹着蹩口的普通话抑扬顿挫,颇有领导风范。这样正式的接待场面完全超出了我对东堂村和周麻子的原有印象。

冗长的会议开到中午才结束,周麻子一看时间不早便安排董主任准备中餐。郝南赶紧推说组织有规定,不能给基层添麻烦。周麻子便笑着说:"不是公款消费,我私人掏腰包请客,总可以赏脸吧?"

郝南推托不过,只好招呼我们一同前去,暗地嘱咐我提前把单买了。

酒菜齐备,周麻子一举酒杯先干为敬,郝南也是酒林中人,自然不在话下,余下村委班子成员和我们几个部下一一对饮。酒过三巡周麻子说:"不是我怠慢你们上头来的领导,说实在话,我这个村支书一个月满打满算三千块,要是天天守在村委会上班,一家老小都要喝西北风。"

董主任一边斟酒一边补充:"书记的生意铺得大,哪在乎这点工资,还不够养车钱。"说这话的时候他朝外张望了一眼,我这才注意到餐馆门口停的那辆宝马 X6,原来是周麻子的。

周麻子说:"我是操心的命,奔死奔活一辈子。原来开矿,这村里不说全部,至少有一半在我矿上干过,后来矿开完了又转行搞建筑,这几年建筑行业饱和了,又回来承包搞农庄……你们上头的领导不晓得,不是我吹牛,这个书记是大家逼着我当的,不当不行,不当就是自己发财吃独食,就是忘恩负义。"

董主任忙说:"哪个敢说您忘恩负义,我抽哪个烂嘴巴!"

周麻子话匣子大开："上头的套路我都懂,今天这个领导立个名头搞检查,明天那个领导来评比又搞检查,任务压到基层,我们累掉一层皮也搞不完。我也不是三头六臂,能做就做,不能做就等,大不了扣工资,反正也不靠那吃饭,最好你们把我就地免职,那就彻底解脱了!"

郝南听出话音不对,"我们算什么领导,就是来基层学习锻炼的,这位小尹,局里的高才生,还是您同乡,书记是不是该喝一杯?"

我赶紧把酒倒满,恭谨地敬周麻子。

周麻子坐着不动,"老乡,姓什么?哪个村的?"

"我是小相山正街尹双喜家的。"

"尹双喜我认得,是你什么人?"

"我爷爷!"

周麻子一拍大腿果断地站起来,"真是老乡,来来,酒满上,轮辈分我算你个叔,我们叔侄俩喝一杯。"

酒桌上一片叫好,我和周麻子连喝三杯,两个人都喝得满脸通红,周麻子把手架在我肩膀上,"不错不错,尹双喜的孙女有霸气!"

郝南趁热打铁,赶紧拉近关系,"周书记啊,我们前后都来了一年多了,时间过半,任务还没过半,不好交差啊,您看看,这剩下的工作我们要怎么配合呢?"

周麻子笑说:"去年上头选扶贫单位的时候搞抽签配对,我前一天打麻将赢了钱,就猜到那天会手背,果然把你们林业局抽到了。你说说,我东堂村又不搞旅游又不搞开发,派你们林业局有什么用处?隔壁的下墉村抽到建管局,去年免费修了一条大马路,那是什么概念?要我们提要求?好办啦,村里的两口水塘多年没有清淤,水利设施年久失修,还有前年搞的村村通公路已经有了大面积破损,其他的不说了,就这两样,你们能不能办?"

郝南赔笑说:"林业局是清水衙门,搞点绿化种植还行,要拿真金白银搞建设,局里全年的办公经费都不够你们用。"

周麻子冷然说:"你们天天在办公楼里吹空调摇笔杆子,哪里懂得我们基层工作的难处,不是我说俏皮话,你郝处长来坐我这个位子绝对坐不下来。"

郝南早已不悦,强压火气说:"尺长寸短,各吃各饭,都不容易。"

董主任看出气氛不对,"今天得喝尽兴!酒桌不谈公事,再谈公事就罚酒。"

周麻子应和说:"再开瓶二十年白云边,不喝倒不算数!"

我晕着头下去结账的时候,酒桌上已经倒了大半。趁着领导们睡得烂醉如泥,我给魏阿姨打了个电话,她说老姑奶正在午睡,这几天来一切均好。

郝南几个小时后才醒酒,我们开车回家,郝南问我吃饭花了多少钱,我把发票递过去。

"什么?那点农家菜加酒水竟然要两千三!"郝南酒醉都醒了,"狗日的,被宰了!"

直到扶贫快结束我们才从一位老乡口中得知,这家餐馆是周麻子儿子开的。

## 二 转 山

局里召开周工作会议,最后一个议题讨论扶贫,郝南在会上发言:"那帮村干部,刁滑得很,不来点真东西肯定不会让我们过关。"

局长四两拨千斤,"我没得本事帮他们修路,你要有这个本事,局长你来当。"

郝南立刻闭嘴。

局长说:"我知道你们工作辛苦,局里的同志们也不轻松啊!你们专职搞扶贫,局里从领导到同志都是一个人干两个人的事情。"

郝南赶紧说:"确实是让领导和同事们费心了。"

"周麻子我又不是没见过,把他的准头摸清楚,他敢漫天要价,就能就地还钱。我看你们最好驻村,随时跟踪他们的工作流程,免得把时间耗在来回路上看不到成效。要是驻村,局里还可以安排驻村补贴……"

会议决定,郝处长带头驻村,我当助手陪同。

回家收拾行李,老爸恨不得把家里吃的用的全都让我给带上。

老爸说:"你一个女孩子住在村民家里安不安全?现在农村空心化严重,都是老弱病残,万一遇到坏人怎么对付?"

"还有郝处长啊。"

"他不是爱喝酒打麻将吗?你怎么方便整天跟他一起?要不,你干脆去陪老姑奶一起住,相互有个照应。"

我炸了,"有没搞错,陪她?"

"怎么不行?魏阿姨可以帮你做饭洗衣,你不是更轻松?再说,住镇上总比村里方便,去村里办事也才五里路。"

老妈说:"荣荣,你爸这次算是没出昏着,老姑奶身后无人,你要是这次跟老姑奶把关系搞好了,她百年以后,留套学区房给你也说不定。"

我被老爸老妈押着送到老姑奶住处,就此开始与老姑奶朝夕相处的生活。

开头的一周最忙,村里这些年相关资料以及台账因为年代久远人事变动都不全面,且多是手抄本,我们一边查看一边帮忙重新整理统计有关数据。为了给村干部留下好印象,我和郝南总是最早到办公室,最后离开。

周麻子成天忙自己的生意,村里的大小事务基本是董主任处理。郝南白天和我一起查资料台账,晚上有时和董主任打几圈麻将,我则是早出晚归,与老姑奶同住屋檐下王不见王,倒也相安无事。

周六一大早我简单整理衣物准备返家,老姑奶叫我:"齐荣,你别忙回去,开车带我去转转山。"

"转山?"

"人老了,腿脚不灵便,你今天不是休息吗?"

我心里无比郁闷，好好的休息日就这样糟蹋了。

车停到东阳山下，老姑奶下车来到山脚说要登山。

"开什么玩笑？"我赶快制止，"这山虽不高，也有百米，又全是野路，您这样大的年纪怎么能爬？"

"这山我从小熟悉，再说不是还有你么？"

"我？"

老姑奶说完也不理会我的反应，拄着拐杖向上爬去，我赶紧跟在身后。山路崎岖，但路势还算平稳，看来山路一直有人走。我们一路走走停停，一个多钟头才爬到山顶。六月夏中，骄阳妩媚，草长莺飞，山风不急，透着清爽，我们坐在山头俯瞰老街古镇，儿时脑海里那片好山好水、心旷神怡的田园风光与眼前这片河流田庄、街市房舍星罗棋布却透着满目疮痍的现代街市不断撞击。十岁以后因为成长和学业压力，我好像再也没有上东阳山看过风景。没想到二十年后再上山，陪同的竟然是九十八岁的老姑奶。

物非人非，今不如昔。"可惜了这片山水！和小时候完全不一样了。"

"和我小时候就更不同了。"老姑奶说，"从前，你太爷请过一个风水先生就是从东阳山那头坐船来的，他在这山上找了块上风上水的好墓地，可惜太爷死得急，没人记得那块地。"

老姑奶此行原是来寻那块风水墓地的。只是事隔多年变化太大，我们最终无功而返下了山。

这样爬了大半山，回来后老姑奶倒头就睡，我生怕她有个好歹，吃过饭就坐在她房间的老式三人沙发上刷手机，没想竟也睡着了，等我醒时发现已是次日清晨，身上盖着一条薄毯。

"醒了？"

借着窗帘透出的微光，我冲靠坐在床头的老姑奶应一声便起身去屋外倒了两杯水，一杯给自己一杯给老姑奶。老姑奶喝完说："是个有眼力的孩子，长得也乖巧，学问也不错，为什么还不结婚呢？"

我随口说："怎么您也问这种话？"

"我不该问?"老姑奶把杯子递给我,"明白了,姑奶是孤老,还是个守了一辈子寡的老孤老!"

"我不是这个意思,"我赶紧解释,"我是真心觉得,如果只是为了成家、面子、年龄太大、条件不错而结婚,到底有什么好处?"

老姑奶笑说:"你说这话的口气倒像我们尹家后人。"

"我本来就是尹家后人。"

"尹家哪里会把女人当后人?"

"我的名字可写在族谱里!"

"两回事,"老姑奶慢慢把腿挪下床,扶着床头站起来,"现在这些尹家后人哪一点还有尹家人的脾性和骨气?"

早餐照旧是清粥小菜,老姑奶却不动筷子,"人老了嘴馋,我现在就想吃鲜鱼糊汤粉。"

"这容易,我带您上街坐馆子去。"

"好好,帮我把碗拿上。"

这是老姑奶的又一嗜好,从记事起,任何时候吃饭都拿专用的铜碗。

正值周日,街市上人来人往,最大一家早点摊正是久负盛名的鲜鱼糊汤粉。

老家原是鱼米乡,这鲜鱼糊汤粉是用黄鳝、财鱼、泥鳅等鲜鱼大骨加生姜、胡椒慢熬制成原汤,粉丝是用上好的精米特制的细粉过开水烫熟,浇上原汤,撒上葱花,面上铺一层鲜嫩的黄鳝、财鱼、泥鳅片,那种热辣鲜香穿肠,吃过大汗淋漓,周体通泰。有些食客,喜欢就着原汤粉,泡上一根刚炸好的油条,更是别有风味。爷爷在世时,每次回乡必定点这道鲜鱼糊汤粉给我当早餐,我也是此中大爱。于是祖孙二人坐定,一人一大碗吃开来。几筷子下去,老姑奶又不动了,"是我老了,还是味道不对?"

"显然是味道不对。"

"倒了可惜,拿回家喂野猫。"

这铜碗原是实心的,端起来十分费力。长期使用的碗底和碗面都有不同深浅的划痕,把糊汤粉倒进门口的石钵里,却等不到那只老野猫的踪影。铜碗在阳光下发出耀眼的光,我很想把那些细致的花纹一看究竟,"这碗可真重!"

"重吗?我拿了一辈子,倒是越来越轻了。"老姑奶坐在门前的藤椅上,阳光照着她银灰的短发,却照不开她脸上一道道的皱纹,"我从五岁开始用这个碗,你算算多少年?"

我吃惊地看着眼前的"古董","这碗用了九十三年?为什么?"

"一个算命先生教的。这原是一套,你太爷大大小小连盘带碗筷、勺子总共做了十八件,如今只剩下这个碗和那把汤勺。"

"是那个如意柄的汤勺吗?我见过。"

"几十年了,丢的丢坏的坏,等什么时候这两样也没了,我也该走了……"

我们一老一小坐在初夏的阳光里,话题却不知从何时变得伤感。从记事起,老姑奶从来不是一个伤感的人,虽然一生孤独,但自寻烦恼从来不属于她的性格范畴。

阳光终于隐去,乌云在低空翻滚,天地肃杀,眼看暴雨来袭,我扶老姑奶回到屋内休息,"我最讨厌下雨,你太爷爷走的那一年长夏,雨特别多特别大。"

关于家族往事,爷爷和父亲也讲过一些,但男人讲家事,多半三言两语,太过正式且枯燥乏味,大部分家族往事和趣闻都是逢年过节时老姑奶和奶奶讲得多,只是老姑奶从不讲自己。

我的好奇显而易见,"太爷爷肯定特别疼您!"

"他是这世上对我最好的两个人之一。可惜他走早了。"老姑奶靠在床头,我坐在床尾,屋里没有开灯,我们仿佛在缅怀那不尽的过去和故人。

"我是长房长女,又是头胎。所以,虽是女儿,但你太爷还是高兴得要命。百日宴摆了五十桌,方圆百里有头面的人物都来道贺。为什么?尹霸王添闺女啊,哪个敢不攀,哪个敢得罪?不知有多热闹。

"人是三截命,我肯定是享福享到前头去了,后头才会遭那么多罪。我长到快五岁,你太奶肚皮再没一点动静。中药偏方吃了无数,一胎都没有坐成。这就不对头了。有一种女人是秤砣生,生娃独生一个。若真是这样,老太爷肯定得纳偏房。那年代哪有妇科检查这回事。东阳山那头出了个有名的算卦先生,老太爷把他请到家里来问卦看风水。算卦先生问清楚生肖时辰,得出结论,太爷太奶命中有子,后继有人,只是没到时候。这个算卦先生姓梁,乡间秀才,家道中落,五代单传,半俗半僧,据说开了只天眼,十分灵验。太爷太奶留他吃饭,他也不客气,该吃吃该喝喝。过去家里人请客,小孩都不兴上桌,但我是家中独苗,太爷的掌上明珠,又生得灵气逼人,当然是例外。你太爷顺嘴说让他给我看个面相。梁先生估计喝高了,问清楚生辰八字随嘴就说了句大实话——人有三截命,大小姐怕是福享到前头,后面要受些罪了。

"我那时饭刚吃到一半,你太爷听出梁先生话里有话,便让从小带我的张姆妈领我去后巷玩耍。所以,梁先生的原话没有听到,只记得梁先生笑着翻看我右掌的样子,梁先生不长胡子,面色白净,颧骨高眼窝深,一副洋秀才的模样。他说,大小姐真是个可人儿,可惜了。他从怀里掏出一块银圆,去买糖吧!我说不要。梁先生大笑一声,大小姐果然是见过世面的孩子,我小瞧了小瞧了……

"后面的事全是太奶许多年后讲的,那时你太爷已经离世了。我和张姆妈刚离开,太爷就面色犯难,太爷最疼我,从小到大没动过我一根指头,只要不是天上的星星月亮,我是想要什么就能得到什么。哪里有人说过我半个不字?可梁先生根本不理这回事。他不是俗世中人,只按各人的命理解说,并不理会俗世中人的喜乐。梁先生说,尹大爷,你这女娃生得漂亮又聪慧异常,可惜她命轻了。这种分量生在一般家庭那还可小富即安,但生在你们家中,又是长房长女,就压不住阵脚,只怕终究伏不起这样好的家世。说句不当的话,长此以往,要么夭折,要么损家。"

我坐在床尾听到此处心头一紧,在旧时乡间,人们是极信算卦问卜这回事的,"他真这样说?"

老姑奶继续说:"太奶当场哭出声来,太爷疼我,不服这口气,问他如何转运,只要有破解之法,酬劳翻倍。梁先生说,命很难转,但可以补。太爷就问他如何补救。梁先生说,办法也不难,给大小姐打制专用的铜筷、铜勺、铜碗,每饭必用,增加分量,最好送到小户人家帮养,吃粗茶淡饭,穿棉麻布衣,成年后嫁一户独子的寻常人家,过平常人生,娘家这方不要过多帮衬,至此方可平安此生,于家于己有利……"

屋外一阵闪电照进屋内,很快接着一阵雷鸣,将我们从一种岁月悠长的情绪里打捞出来。

"所以,太爷就给您打了铜碗、铜勺、铜筷?您从五岁开始一直用到现在?"

"对。"

"那太爷真把您寄养到别家了吗?"

老姑奶在床头沉默,半晌才说:"没有。他不舍得。"

我知道谈话并没有结束,便起身去屋外倒了杯水进来。老姑奶喝了小半杯,我问她雷已经打过了,要不要开灯?她说不要,屋黑话不黑。

这老姑奶,近百岁的人,也不糊涂,"您昨天去找的墓地,也是梁先生帮选的?"

"是的。你太爷一辈子爱才,听谈吐便知道这梁先生不是凡人,说的话虽不中听,但太爷还是留他在家里住了好几日,奉若上宾。那梁先生也与太爷投契,又问太爷信不信风水。你太爷谈不上信也谈不上不信,那梁先生说,我云游四方,这次从东阳山过来,发现山上有一块上风上水的宝地,我带你去看,只你一个人,你若跟这地有缘,将来百年后可以安葬在那处。那天吃过午饭,梁先生要带太爷去看东阳山上的宝地,我平时是习惯午睡的,也不太跟脚,那一天也不知道是为了什么,非要跟着你太爷一起去。梁先生说,也好,这也是大小姐的缘分,让大小姐一起去看看也没什么问题。车夫把我们送到东阳山脚下,梁先生打前走,太爷领着我跟在后头,东阳山我们很熟悉,但是梁先生左拐八绕不知道走到半山一处什么地方,那地方杂草丛生,罕有人至,几乎没有落脚之处,太爷只得抱着我。梁先生说,我用八卦测过,这块是这方圆百里中难得的宝地,大旺家宅,你若信我,从你这代起,百年后都可以安葬在此。太爷问,这样的宝地先生送我,我该怎么谢?梁先生说,我一年中有半年云游四方,家里还有一位六十岁的老母亲放心不下,我外出的时候你能不能帮忙奉养?太爷说这不成问题。我们下山后,太爷让在厨房帮忙的方姐住到梁先生家里,一日三餐照顾梁妈妈,梁先生后来又来过家里几次,再往后就真的云游四海不见踪影了。"

"这梁先生真是个怪人。"

"梁先生走后不久,你太奶就真的坐了胎,隔年生下你二姑奶,太奶说,二姑奶跟我小时候不同,长得眉清目秀,哭起来细声细气,不像我小时候,吃奶是急脾气,一口接不上就会大哭大闹。真正是一个娘胎生出两样娃。太奶隔了一年又怀了一胎,太爷爷那个高兴啊。可惜六个月时早产,还是个男孩。太奶早产后大伤元气,成天没精打采。此后一年肚皮再无动静,太爷又派人去找梁先生,梁先生要出远门不肯来,只派人送来一封信,让太爷放生一百只乌龟,太爷放生后隔了不久,太奶又坐了胎。太爷去给梁先生送信,梁妈妈说梁先生已经走了快一年没有音信,太爷也没多问,送了一百块大洋给梁妈妈。那年的生意也是出奇的好,太爷忙前忙后高兴得不得了。怀这一胎,太奶吐得特别厉害,人都难受得脱了形。人人都说肯定会生男孩。太爷心想着尹家终于后继有人,那年过年给家里帮工做活的每人额外做了一身新衣裳,那个新年,老宅上下不知道有多热闹多高兴……"

老姑奶话到这里,脸上挂着一丝不易察觉的微笑,好像还沉浸在过去的喜悦中,我心里却突然紧张起来,爷爷是遗腹子,太奶后来成了小相山赫赫有名、骂人不眨眼、常人惹不起的尹太婆,"太爷后来是怎么死的?爷爷说是病死的。"

"那年冬天去汉口办货回来就病了,当时事多也没在意,吃药拖了几天,前一夜起了一阵高烧,早上退了,只说头还痛,到中午勉强吃了小半碗饭,人还没走到店里,就在路上没了。"

"到底什么病呢?"

"脑出血,算是家族病。"

可以想象当时的局面。偌大的家业突然失去主心骨,太奶怀着未出世的爷爷,老姑奶不过十岁,二姑奶才四岁,一大家子的局面如何支撑?太爷刚死,太爷的三个兄弟就找上门来,太爷一直掌管着家族产业,现在他走了,分家最自然不过。太奶挺着大肚子一面承受着丧夫之痛,一面要应对家族纷争,一面还要面对街镇上各路不怀好意的男男女女牛鬼蛇神。寡妇门前是非多,太奶生生被逼成小相山最厉害的寡妇尹太婆。

大雨连续一下午都没有停止。可能是下午的话说得太多,晚饭吃得很安静,老姑奶用那双因多年风湿而骨节巨大的手托着老铜碗,我第一次感到一种难以言说的沉重与伤感。

## 三 寻 山

江城近期大雨,城区内涝,防汛形势严峻,东堂村地势高,没有内涝困扰,局里让我们这两周回单位随时防汛候命,扶贫工作可以推后一步。想到要离开老姑奶,我突然内心一阵不舍。

五天的时光少有的漫长,我从不知道自己会急切地盼望回到老姑奶身边,连老爸都忍不住觉得奇怪。

连续一周的大雨,门前巷弄里有积水退境后的痕迹,一进到老屋,一股霉气扑面而来。魏阿姨说,老姑奶还没有起床。

我打开房门,光影微暗,见到老姑奶躺在床上,身体随着呼吸平稳起伏,我心头这才踏实。

天照常阴着,不时下雨,去东阳山是不可能的了。吃过午饭,坐在满是霉气的老屋内,老姑奶看了眼头上的天花板,"祖屋里那道房梁好像就是这个位置。"

"应该是的。"

"太奶那年准备在这上面上吊,幸好你爷爷在她肚子里踢了一脚没死成。"

"哦。"我这才抬头重新打量头顶的天花板,五岁时祖屋拆了重建,我的印象并不深刻。

"你太奶最疼你爷爷,最恨的应该是我。"

"怎么会?"我说完,突然觉得言不由衷。

"我不怪她,这是命,我拖累了她。"

她平静地说完这句,我却喉头哽咽。我不知道在那些年里,太奶和老姑奶之间到底发生了什么,一个让母亲憎恨的女儿和一个不爱自己孩子的母亲该如何在对方的苦难和自己的苦难中"和平"相处?在命运的无望里,两个女人的剑拔弩张到底达到何种程度,我无法想象,却深深悲伤。

"太爷走了,这世上再也没有庇护我的人,我成了多余的,家里只剩下一个老妈子,后来连老妈子也请不起了,我真就像梁先生说的那样,穿布衣、吃粗食,成了家里的粗使丫头。不管我做多少事,太奶都不跟我多说一句话,一日三餐,冬寒春暖也不过问。知道她恨我,恨透了,我却无法怪她。其实我也很想知道,如果当年太爷听了梁先生的话送我去寄养,会不会这一切就不必发生?是我命硬让她失了这一切,害我们这个家失去了一切……我去东阳山那头找了很多次,只是再也找不到梁先生了。"

我不想打扰老姑奶的叙述。

"你爷爷出生时非常瘦小,成长却异常顺利,我从小带他,不像姐,倒像个小妈。他跟我最亲,知道太奶不喜欢我,就偷偷把太奶留给他的炒米、冰糖分我一半。我看着你爷爷,就像看着另一个太爷。但你爷爷到底跟太爷不同,你爷爷也算自学成才精明一世,只是总少一些太爷身上的那种霸气。"

"我爷爷哪里能够霸气?我听说奶奶的老气胸就是进尹家门后被太奶气出来的。太奶活着时,每年三十夜里,别人家欢天喜地、老小团聚,太奶总要寻由头骂人,屋里骂完还不算,还要站在大门口对着正街骂。以致家里人都不敢惹她,一到年三十集体不说话,她找不到理由骂人,就一个人站在大门口哭,每次非得爷爷奶奶一大家子全体来劝,劝了还不行,还得跪地下求她才肯罢休。说实在的,我幸好出生晚没见过她本尊,单凭这些,我对她就一百个差评。"

"你不了解她,太奶这辈子也不容易。"老姑奶停顿片刻,像是累了,又像回味,"尹家人忠孝好学,一辈子怕惹是生非。虽说忠孝传家久,诗书继世长,但太迂。你倒有几分太爷的脾性,要是男孩就好了。"

这是我多年的痛点,我在这个家族里为着男孩女孩的身份挣扎太多年了,没人知道我有多讨厌这种出生决定论,"生而为人,我堂堂正正,是男是女,为什么要介意?"我说完,便起身去给手机充电,我不想与老姑奶讨论性别优劣问题。

周日,雨还在下,像是没完没了。午后的闲谈成了我和老姑奶习惯的交流方式。一个从二十几岁开始守寡直到九十八岁的女人,究竟藏着多少秘密呢?最大的秘密不过是她那场短暂的婚姻。奶奶在世时不止一次讲过,为了不让老姑奶守寡,太奶几乎要与老姑奶断绝关系。两个从来水火不容的女人,吵了无数次架。一辈子不出远门的小脚女人,小相山街上赫赫有名、骂人不眨眼的老寡妇尹太婆,竟然追到汉口去给自己刚成为新寡妇的大女儿说媒。在汉口那间十八平方米的小屋内,太奶奶坐在靠背椅上,对着自己一辈子不待见的大女儿气势汹汹,说得口干舌燥又苦口婆心。老姑奶站在一边默默听着,最后只说了一句话,亡夫刚走,守孝三年。太奶知道劝不动,只得说,好好,你有志气,我等三年,你要说话算数。老姑奶点头同意,便送太奶回程。

三年守孝期满,老姑奶还是不回娘家,继续住在汉口的小屋内。痴心不改的太奶带着二姑奶和爷爷跑到老姑奶的夫家,太奶一把鼻涕一把眼泪,又哭又闹让夫家劝老姑奶改嫁,夫家王老太爷本来也没打算让老姑奶一辈子守寡,结果老姑奶当场让太奶下不了台,抱着王存良的遗像出来,竟然要求从亡夫姓,并发毒誓,从此终身不嫁。听说从来不输下气的太奶是被爷爷和二姑奶扶着出的王家大门,回家后躺了三天三夜没吃饭,从此后再也不过问老姑奶任何事情。

我以为今天的话题会讲到这里,结果老姑奶却讲起了爷爷小时候的趣事。我从来不知道爷爷小时候是穿老姑奶和二姑奶的花衣服花裤子长大的,为了不穿花衣花裤哭闹过无数次。也不知道爷爷从七岁上学住先生家开始,每周离家返回学堂前都会提前上山打好一周的柴火,为了不让家里的女人被别人笑话,冬天的时候五点就要进山,带上干粮砍柴到半夜……那代人的生活和境遇,是我们这个年代的人无法想象的。

新一周的防汛,好在最大的阵雨已经过境,问题不大,局里的同事都松了口气。周五下班,一进家门,老妈难得扯出笑脸,"明天中午给你约了饭局,好好打扮见人。"

"又是这一套?"我边脱外套边走进房内,老妈跟进来,"什么叫又是这一套?你要能够嫁人成家,我还省得操这份闲心!荣荣,这次的小伙子可是协和医院邓阿姨介绍的,留德医学博士,年轻的副教授,你不要不当回事。"

自从上次失恋后,空窗两年以来,隔段时间,我就在老妈的指导安排下,与各路"青年才俊"会面。我妈选女婿的视野之发散,目标之随机,观点之更新实在让我叹为观止。从最初的机关男、技术男,到学院男、生意男,从富二代到拆二代,从留美的到留非(南非)的,相亲对象各行各业、林林总总。

尹氏家族,妯娌三个,只有我妈生了女儿。我们家族是个严重看性别的小社会,所以,我从一出生就注定输了。这种失败感和无力感贯穿了我童年和青少年时期的家族生活。很多年里我都觉得,不管有多努力,不管是不是漂亮可爱或者考试一百,不管进211还是985,不管写得一笔好文章还是考进公务员队伍,在亲戚们眼里,我迟早都是别人家的女人,可有可无的存在,所有的奋斗和努力到头来不过是个屁。可是谁又愿意自己一生让人看不起呢?特别是我妈和我又天生好强。我把努力全用在了工作学习上,我妈就把努力全放在未来女婿的人选上。

老话说得好啊,一个女婿半个儿。每次提到我未来老公,我妈都会用一种打鸡血的口吻说:"荣荣,一定要争气啊!"你看,她用的是争气,而不是合我心意。是个人大约都知道她说的争气是个什么概念吧!

相亲无数,但面对留德医学博士,我还是忍不住有几分好奇忐忑。坐在咖啡馆里,身上披挂着刚入手的三千块"例外家战袍",手上是朋友代购的一万七的"王菲同款杀手包",我算是给足了这位医学博士应有的体面。

博士穿了套休闲服饰,我们都到得很准时,各点了杯咖啡。话题从各自的工作谈起,主要是我在提问,我实在是对骨科很感兴趣,作为长期敲键盘从事文字工作的人,鼠标手加颈椎病严重,借着相亲,顺便当是看专家门诊了。

博士的回答很有医学范儿,我们的关系不断在相亲男女与医生病人中来回切换,交流还算顺畅。我原来一直觉得医学博士是另一类生物,能够和医学博士谈情说爱的人,智商必须高,还得足够胆大。

博士并没有吓我的打算,他把工作描述得很职业,我原来担心的关于手术室里的刀光剑影、太平间里的逸闻趣事之类基本没有触及,我们很平和地吃完了午饭,相互留了微信、电话就愉快地分手了。说实在话,这次见面的印象还不错,我开始对他心怀期待了。

这周我和郝南重新回到东堂村驻点,村支书周麻子让董主任送来一份关于本次强降雨对东堂村的救灾专项扶助的申请报告。报告上的金额吓我一跳,五十万,好家伙,真敢开口。郝南收下报告,说到村里先了解一下情况,便拖着我挨家挨户走访。

东堂村主要的积水点是老矿坑造成的,圈山开矿,炸山取石,山开平了,资源尽了,土地荒了。前些年红火的时候,村人有一半靠山靠矿吃饭,这两年国家严控了矿山开采,加上内需减少,矿厂关的关停的停,村里的年轻劳力近的去武汉市内谋生,远的去北上广活路,极少有人留在村里。

老矿坑旁堆着一座碎石堆,矿坑形成了一个人工的池塘,百米远处还有一处天然的池塘,站在远处,两口池塘像两只苍老的眼睛,无奈地注视着这片没有生机的土地。因为下过大雨,两个池塘的水全都泥黄得要命。我记得初次来村,董主任曾介绍过,原先天然池塘是村里人主要的生活用水取用点,面积是现在的三四倍,这些年各种非法填塘,面积越来越小,水质更是脏得不像话,好在如今都用上自来水,这个池塘也渐渐荒废了。连日大雨后,正是这两口池塘形成的内涝威胁着附近村舍的安全。

我们沿村查看灾情,拍照片做记录,郝南回驻村点写材料汇报给局里,我开车回老屋正赶上饭点。

刚吃完饭,汤还没来得及喝,老妈的电话就打进来,她问我对前天的医学博士印象如何。我据实回答,有点好感,可以下次约会发展一下。老妈在电话那头话锋一转,"下次?还有下次?尹齐荣,我早叫你省着花钱省着花钱,一个女孩子,那么高调干吗?要那么贵的衣服包包干吗?现在人还没嫁,大手大脚爱花钱的名声已经在外了,你知不知道?"

"你到底想说什么?"

"我说什么不重要,人家男方说什么才重要。王博士的朋友的同学,就是上次和你相亲过的小黄,人家男生说你爱虚荣,花钱大手大脚,不是适合成家的女人,你看看,相亲黄了不说,你这爱败家的名声也出门了,将来怎么嫁得出去……"

我不知道如何听完那通电话,心里怒火已经无以复加。我立刻给医学博士打电话,他在电话那头很意外,我几乎没给他说话的机会,"王博士,我是尹齐荣,就是前天跟你见面三个钟头,吃过一顿一百三十块钱午餐的尹齐荣。"

他显然已经听出我语气里的不善,"找我什么事?"

"我可以花两个小时打扮,穿两万块的行头,去见一个我感兴趣的男人,也可以花三分钟时间找件菜场大妈的T恤衫去敷衍这个男人,你觉得哪种情况更合乎你的审美标准,或者说是价值标准?"

"我们有些误会……"

"不要说误会！这世上误会太多,但肯定不应该在一个见面一次、时间不到三个钟头的男女之间出现。很遗憾你和黄渣男是朋友,而你居然把黄渣男对我的评价照本全收,还把他的言论当成对我的价值评论到处散布。"

"我和小黄并不熟,只是……"

"不要说只是！作为一个博士,你应该有自己的价值标准和判断,为什么不用自己的眼光来看待问题和女人？你是野鸡大学毕业？我请问一句,我不偷不抢不拐不骗,捧自己的碗吃自己的饭,堂堂正正挣钱,高高兴兴花钱,这有什么问题？这妨碍到任何人了吗？"

"……没有。"

"一个女人有能力挣钱有能力花钱,一不靠父母啃老本,二不靠男人傍大款,自我成长自我提高自我投资,这又有什么问题吗？这难道不值得尊重和赞美吗？"

"你误会了,其实……"

"现在误不误会都不重要了。请你马上收回言论,不然我的嘴巴也不是白长的。"

挂了电话,老姑奶和魏阿姨呆愣地看着我,我把桌上剩下的半碗番茄鸡蛋汤一饮而尽,好像那是一碗烈酒,我打了个饱嗝,这才找到点快意恩仇的感觉。

回到房间,心头怒火还在燃烧,眼看逼近三十岁关口,不急着嫁是骗人的,原以为这位相貌还算堂堂,学识品位还算上乘的医学博士能够成为我的发展对象,最次也能混成将来可以免费蹭专家门诊的"男性朋友"。原来不光落花有意流水无情,并且人家根本就把我当成物质女加负能量。发泄过后,一种深刻的自我怀疑突然袭来,难道我真的那么不堪？

老姑奶进来的时候我正把头埋在枕头下,是的,一个人的时候,我其实很鸵鸟。"你的脾气可真大呀！太奶要是活着,肯定都拿你没辙。"

我一屁股坐起来看着坐在床尾的老姑奶风平浪静的表情,一条巨大的代沟横亘在我们中间,我不想跟一个九十八岁的女人讨论如何赢得男人的好感,"我现在才不管太奶什么奶。"

"你这火气可真大哦,"老姑奶笑说,"你这孩子也不知道像谁了,太爷要活着肯定另眼看你。"

"我现在心情不好,只想一个人待会儿。"

窗外的雨下个不停,我几乎整晚失眠。早上感觉自己有些发烧,只得跟郝南请了病假,郝南知道我不是真病不会赖在家里,让我放心休息。他这两天的主要工作就是两边协调,然后打报告替东堂村申请救灾款,事情不多,一个人足以应对。

醒时已是下午,手机里好几个未接来电。首当其冲的就是黄渣男。我果断把他的电话拉入黑名单,我和黄渣男约会两次就发现他的渣,主动提出不再见面,他死缠烂打无效只能不了了之,没想到冤家路窄,这种人居然认识王博士,以黄渣男的渣,当然不会放过这样的陷害"良机",我还需要跟这种人废什么话?

我给老妈回了电话,看来老姑奶已经把我生病的事情给她讲过了,她让我不用担心,邓阿姨是自己人不会到处乱造舆论。我妈最后用一种见多识广的口吻总结说:"现在医患关系这样差,医学博士虽然素质高、职业稳定,但从业风险也不小啊!医学博士其实也不算什么,以我女儿现有的条件,根本犯不着为这种男人伤心……"我挂了电话,坐在床上发呆,第一次感觉自己可能真的没有婚缘,会孤独终老。

## 四　望　山

雨是在半夜停的,而我也在半夜醒来。傍晚时分睡到现在,倦意已然全消,忧愁却并没有消散。轻轻下床,穿过堂屋走到屋外,没有月光,天地间只剩下黑沉一片,没有声响,世间的一切全体静默,我感觉到一种巨大的遗世孤独与彷徨无助。我突然哭了。小声地、沉默地在暗夜里哭泣。我把白天的委屈积压到现在,终于再也积压不住了。我任泪水横流,一个人在黑暗的世界里不知道站立了多久,只觉着夜空中那没完没了的水汽快把最后的信心全打湿了,我突然听到一丝轻声呼唤,"齐荣在外面吗？进来一下。"

老姑奶的主卧室与屋外一墙之隔，她听到我哭了？她是否再次把我看扁？就像家族里其他人一样？我抹了把眼泪，冲着屋内应了一声。无所谓了，要看扁就看扁吧，要可怜就可怜吧，我走进屋内，打算以一个失败者的面貌来面对一切。

床头的小夜灯开着，老姑奶半坐着靠在床头，"齐荣，坐上来吧！陪我靠会儿。"

我顺从地坐在床尾，老姑奶搭了条已经洗得掉光了毛的毛巾被在身上，那双出奇大的脚露在外面。我盯着双脚出神，据说作为大家闺秀老姑奶曾缠足一年，每天痛得大哭小叫，最后太爷发话不让缠了，结果这么一收一放，倒放出一双天足来。老姑奶一米六四的个头，有一双三十九码的大脚，上了年纪，骨头变硬，穿鞋都是四十码起步。

"咱们尹家人都是这种大骨节的脚型，穿鞋子容易变形不好看，老了还特别爱骨头痛。"

我哦了一声，悲哀地看了眼自己的大脚骨，很不幸，我也是这种脚型的受害者，"还好我没生在旧社会，不然更加不容易嫁吧！"

"嫁个好人跟脚大脚小没有关系。"

我抬头看着坐在对面的老姑奶，夜灯照拂下，她的皱纹更深了，目光却接近柔和，我并不熟悉她如此慈祥的一面，问题却已脱口而出："您当年嫁的人好吗？"

"他当然是好人，而且是我在这个世界上见过的罕见的好人，也是除了你太爷之外，对我最好的男人。"

"最好的男人？"我不知道该不该同意她的看法，事实上，这个最好的男人不过跟老姑奶做了不到一年的夫妻就溘然离世，老姑奶甚至没来得及怀上一儿半女，却为这段短暂的婚姻独守了一生。作为一个受过高等教育的年轻女性，我无法理解她这种落后守旧的贞洁观念。

老姑奶并不理会我的质疑，她挺了下腰，我顺势把一个靠枕垫在她的后背上，"你太爷爷走后没多久就分了家，你太奶奶怀着你爷爷自然争不过其他房吃了大亏。那年我十岁,已经开始感受得出家庭败落的滋味了。好在你爷爷出生了,就像太奶说的,咱们终于有了撑门面的人。日子虽过得艰苦,但一切都变得有了希望。你爷爷十五岁就当家理事。我到了二十五岁还是老姑娘。太爷死后,太奶基本拿我当长工,平时根本不关心,论结婚还是让她操心不少。她是相信梁先生话的,所以从我十八岁起,就开始给我物色合适的男人,当然都是穷家小户独子家庭。可惜我从来不是个听话的姑娘,一路挑挑拣拣就到了二十五岁。太奶奶又急又不急,急是怕女大不中留,留来留去留成仇,不急是家里的确少个劳力干活,论起做事,二姑奶那种慢性子小姐作风真是不顶用,我在家多留一年就有一年免费劳力好用。"

"二姑奶一辈子温文尔雅,阿弥陀佛的个性,走路都怕动静大了。"

"你爷爷十五岁就能当家理事,太奶越发看我不顺眼,我不嫁人事小,挡了她嫁二姑奶和你爷爷娶亲才是大事。可一个二十五岁的老姑娘能有什么好男人看得上?"

"关键您还挑剔,也不是什么男人都愿意嫁!"

"太奶愁得不行。好在我其一本就不怕她,其二不怕嫁不出去,大不了割小麦,你们嫁娶随意。你爷爷也帮腔,说长姐嫁不了人,大不了将来他来养老送终。你太奶这才不逼我的婚事了。"

"可我听说您的夫家在当地是极有财力和声望的大家族啊,那这门婚事是怎么回事?"

"人有时候就是这样子,你越着急得到的时候越是没有,等你不急了,一切倒来了。那年长夏,也是这样大的雨水,小相山那边的集市都淹了。行商的人,最会想办法,不能在陆上交易就走水路。最简单的就是开了商船到湖上,一条商船就是一个流动的商铺。那时,家里还在经营生意,但是规模已经不大。"

"这个听爷爷讲过,在朝正街的老屋前摆个摊位,卖些洋火、肥皂、针头线脑的东西。"

"那是我第一次去商船上看货,大大小小的商船停满了顺天河,卖什么东西的都有,前面一条船上卖大米,后面那条船上卖木材,左边的小船卖布匹,右边的大船卖瓷器。南来北往的船,林林总总的商品,也不分类,就那么混杂在一起,河上河岸都是人,连绵数里……"

我在老姑奶的叙述中仿佛看到昔日那舟行十里商贾云集的盛景,这条水道上的生意链条一路连着更远处的方周河,覆盖方圆数百里范围。

"我那时和几个一样的小本生意人合租了条船在水道里一路前行,针线、肥皂、皮筋、麻袋都进到货了,就只剩洋火,同船的老乡介绍说,这条水路上的洋火生意都叫王李镇的王家垄断了。我们不久来到王家的那条大船上,王家的大船主要装木料,兼卖洋火,一箱箱的洋火上披着油布毡。我上了船,和伙计谈好价钱付了款,伙计正准备把最上头的一箱洋火搬到我的小船上。我对伙计说要下面那箱。伙计不同意,说是按顺序拿的。我说不对,连天下雨,上面的肯定潮了。伙计说,盖着油布不会潮。我说要么拿下面那一件,要么开箱验货。伙计说,你就做这么点小生意,要求也太多了,我们这里十件起拿的都是这个规矩。我说我不管你们什么规矩,洋火潮了就是废物,你不能拿走潮的洋火给我。"

"他们到底给你换了没有?"

老姑奶脸上浮现一丝不易察觉的微笑,"我的大嗓门把他们管事的少东家从船舱里吸引出来,那是我第一次见到王存良。"

我的脑海里几乎闪过一幅画面,年轻英俊的少年公子从船舱里出来,对着站在船头火气冲天又风华正茂的落魄小姐,多么像旧时代的鸳鸯蝴蝶梦,"哇!你们一见钟情了?"

"应该叫不打不相识。"

"那年他多大?"

"他那年二十六。用他后来的话说,看我虽然脾气很大,但气质不俗,就喝停手下,亲自从下面给我搬了一箱洋火。又问我在哪里做生意,我看他面善,就报了家庭地址,当时并没想其他。"

"过了半个月,我在门前出摊,王存良居然跑来看我,我当然记得他,他是我见过的少数好看又有气派的男人。我问他怎么来了,他说想在正街上看一下铺面,问我熟不熟路。从小在这里出生长大,这街面上哪个角落我不熟悉？我让二姑奶过来替一下,领了他就去正街上逛铺面。他见多识广一路侃侃而谈,我们谈得尽兴,好像有说不完的话,我从来没有和陌生男人讲过如此多的话。他突然问我,尹祖灵,你对我印象怎样？我当时有点蒙,但还是实话实说对他印象很好,觉得他是个很有魄力也很诚信的生意人。他接着说,我老婆死了三年,是病死的,有一个女儿快五岁了,我很中意你……"

"原来是二婚男？"我惊问说,老姑奶并没有怪我打断。也是,旧时代,他这种大家长子哪有二十好几不结婚的道理。"他就在大街上说这些话么？"我实在无法想象在旧时代发生这样的事情,就算换在现代,恐怕也没有几个女人可以不被一个见面才两次的男人求爱吓到。

"我听到这个话,当真被吓到了。按道理一般的女子听到这话早就掉头吓跑了,我却怀疑他在开玩笑,想知道他到底打的什么鬼主意。我不作声,只盯着他的眼睛,一个人眼里的善恶骗不了人。王存良见我不出声接着说,那天在船上见过你后,就到处打听情况,知道你是见过世面的大家小姐,现在家境虽然不及从前,也是个眼高于顶的人。我们王家在王李镇有些名声,我读过些书,这些年做生意走南闯北也算见过世面,年纪虚长你一岁,我是真心诚意的,你愿不愿意嫁给我？"

我想到老姑奶那锐利的眼神就有些胆怯,真不知道她当年盯着王存良听他表白时,王存良有没有被她的眼力杀伤,"他是诚心吗？他的眼神是善是恶？"

老姑奶赞许地冲我一笑,靠在床头闭上眼睛,像在回忆过去的美好,又或在体味当下的满足。窗外,清晨已经悄然来临,一缕晨光闯进屋内,好一会儿,她睁开眼睛说:"我盯着王存良一点没有犹豫地把话说完,眼里全是善！从十岁老太爷过世后,我们尹家一路走下坡路,我太懂得人心善恶、人情冷暖。那时我只知道,眼前这个男人说的每一句话都发自肺腑,他是真心喜欢我的人。我知道了他的真心实意,却突然害怕起来,我一句话都说不出口就那么疯跑回了家,把自己关在屋里蒙头睡觉。"

"害怕?"我脱口而出问说,立刻明白了过来,是的,命运,被梁先生算定的命运。一种难以言说的无奈爬上心头。

"我浑浑噩噩地过了三天,想要王存良来找,又害怕他真的会来,每一天每一刻都如坐针毡。第四天,他真的来了,还带了媒人和礼物。我站在堂屋里看着太奶吃惊又客气地跟他说话,看着太奶好奇又讨好地问东问西,太奶几次想拉我一起说话,我却傻瓜一样站在边上,木头人一样。太奶留他们吃了午饭,又派我送他们出门,我这时才清醒过来。让太奶陪媒人先坐一会儿,我要领王存良去一个地方。"

"一个地方?"

老姑奶眼神投向窗外,天已经全亮了,早起的车响和人声逐渐沸腾,我不知道她在窗外看到了什么,又或者什么都没有看到。"我走在前头,王存良跟在后头,我一句话没说,他也没问。正夏的午后,我们走得汗流浃背,终于到了太爷的墓地。我告诉他,这里面躺着的是这个世界上最疼我的男人,但是,他却是因为我死掉的。王存良显然不明白我的意思。我这样做就是要让他明白。我把五岁那年遇到梁先生开始家里所经历的变故都说了一遍。我已经豁出去了,我告诉王存良,自己一生已被算定。要么嫁不好,要么选择孤独终老。我不想害他。不管怎么说,这辈子能够得到像他这样男子的爱慕,也算值得了。我说完便蹲在太爷墓前号啕大哭,自从你太爷死后,我再也没有这样子哭过。我那时只是觉得,这辈子我再也不可能跟任何人成家了。"

"后来,他应该没有被吓跑吧?"

"他没有被吓跑,但他还是被我说的这一切吓到了。他说要先回去考虑一下,然后我们就一起下山了。下了山以后,太奶看我们的样子不对头,一个劲追问,我告诉她,我们八字不合,这婚事就算了。太奶也就不再多说什么。"

我起身给老姑奶倒了一杯水,魏阿姨正在厨房里给我们准备早餐,老姑奶把水喝完接着说:"送走王存良后,我每天拼命地干活,从早到晚不让自己停下来,因为只要停下来,我就一定会想他。我像牛马一样不停做事,累到一倒在床上就直不起身体,这样他就不会在梦里来打扰我。我想他已经被吓跑了,再也不会来了。半个月后,我低着头正在家门口打芦席,手上一道道血口子,已经麻木得不知道疼,我打芦席很专注,直到有人叫了一声……

"我在太阳下忙得头昏眼花猛然抬起头,王存良正站在面前,他把我拉起来,我像个木偶一样跟在后头,也不知道要跟去哪里。我们一路走到东阳山脚,王存良说,我回去就派人打听梁先生,但他多年远游再没回来,我在这东阳山上转了好几次都没有找到你说的那块宝地,今天拉你过来,我们一起找找看。"

我叹道:"他可真是实心。"

"你太爷死的时候,我私下也来找过,但一无所获。事到如今,我只好跟着他漫无目的地上山去找。"

"你们后来找到没有?"

"没有,我们连续找了三天都没有找到,到第三天傍晚,我们坐在东阳山头,看着夕阳一点点下山。王存良说,算了,我们还年轻,以后还有的是时间来找。尹祖灵,嫁给我吧!我不怕你命硬,因为我的命也很硬,你知不知道我老婆死的时候老丈人就说我命硬克死他姑娘。我们这样的人在一起,还有什么可怕的呢?你就放一百个胆子嫁给我好了……"

我不知道眼泪是什么时候流下来的,我们这一代看的狗血电视剧太多了,现实中的爱情又足够冷血无情,我们还年轻着就早已不相信什么了。在这一刻,我才知道原来这个世界上真的有过这样的爱情故事,而且就发生在我们家族里。魏阿姨进来叫吃早饭时,我的眼睛还红着,却已忘记了自己昨日的悲伤。

我休息了两天终于恢复元气。再来到东堂村时,水已经退了。在村委会办公室整理资料时,周麻子突然过来。周麻子脸面浮肿,样子很不好看,"郝处长,不是说好的五十万么,怎么才三十万? 现在三十万能做成什么?"

郝南赶紧说:"我们是按照五十万上报的,但财政局下拨给村里就是三十万,我们尽力了。"

"我昨天跟下塬村村主任打了一晚上麻将,他们村跟我们村受灾情况差不多,人口面积也差不多,他们报的四十五万,一分钱折扣没打全拨下来了。"

"这个情况还真不知道,我回去问一下。"

周麻子早就对郝南不满,他一早看出郝南在局里没什么实权,所谓请示最后就是不了了之,冲口骂说:"少跟老子请示报告那一套,你当我是个苕不晓得行情? 你个狗日的出工不出力,天天在我这里混朝朝,你算老几?"

郝南这个年纪在事业上早没什么追求,派他来干扶贫这个吃力不讨好的差事本就窝火,没想到周麻子敢这样说话,"你是老几啊? 一个破村支书,真当自己是土皇帝?"

周麻子没想到平时好脾气的郝南今天也敢回嘴,扯开嗓门骂道:"你还真是扶贫扶出名堂来了啊,怎么样啊,以为老子不敢动你,以为你真是上头来的大领导了不起? 信不信老子打得你认不到北!"

"你敢打我一下试试? 你说起来是个村支书,其实一天到晚只晓得吃黑,晓得你是这种人,三十万都给你拨多了……"

郝南话还没有说完,周麻子的一记拳头已经打到他的脸上,我还没来得及反应,周麻子的第二拳已经又上了手,郝南这才反应过来,迅速与周麻子扭打在一起,两个人像两只红眼斗鸡。我在一旁又拉又劝也解不了围,十分钟后,总算有村民路过帮我把两人拉开劝离,这场戏才告一段落。

郝南明显吃了苦头,他一个文弱书生,哪里干得过混社会的周麻子,郝南气得不行,直说要找领导报案。等我准备给局长打电话,郝南又让我把电话按掉,局长一直不待见郝南,他如果跟局长讲这事,局长不见得会站他这头。郝南难过委屈得不行,我陪他去附近的医务室包扎消毒,五十好几的郝南居然痛得哭起来,不知他是因为伤痛还是心疼。我见不得男人哭,又不知怎么劝。郝南从医务室出来问:"今天去你老家住行不行?这个样子回家肯定要被老婆问东问西。"

如果这个时候拒绝郝南就太不仗义了,我开车载他回老屋。老姑奶对郝南还有印象,立刻安排魏阿姨收拾房间,二楼的房间打扫一下就能住人,郝南伤在脸和胳膊,上下楼没有问题,他进房休息,连晚饭也没下楼来吃。我只好把饭端去房间,郝南没吃两口,一会儿给家里打电话报平安,一会儿又给局长简单讲了下扶贫资金情况,只说和周麻子有点不愉快,打架的事情没说,听得出局长没给他好口气。郝南挂了电话两头犯难。

晚上,我照旧来到老姑奶的房间聊天,这段时间,我们祖孙俩几乎成了无话不谈的对象。老姑奶问到底发生了什么事情,把郝南搞成这副模样,我这才把发生的事情一五一十讲给她听。

老姑奶说:"这个周麻子大名叫什么?"

"周良铁。"

"哦,我认得这个后生,当年他是咪咪姐帮忙接的生。"

"您认得他?"

"我不光认得他,他爹周破锣,他娘陈细姑我都认得,他是不是很为难你们?"

我长叹一口气,"说实话,他可不是一般的难缠。"

"他小时候我有点印象,这样吧,明天我和你们一起去会会他怎么样?"

"您去见他?"

"我一个老太婆,谅他也不敢怎样。"

老姑奶睡了午觉起来问郝南的情况,我告诉她郝南昨晚没睡好正在补觉。老姑奶便说:"让他休息,我们去会会这个周麻子。"老姑奶也不等我多说,拿了拐杖就出门,我赶紧跟上。

我一边开车一边给老姑奶介绍东堂村的情况,她半闭着眼睛,也不知道在不在听,我说,这个周麻子是个挂名村支书,长期在汉口做生意,我们现在过来不一定能够碰得到他。老姑奶并不理会，依旧闭着眼睛养神。

车开到村委会门前，那辆宝马X6居然在，我突然又喜又怕，老姑奶已经九十八岁了，真不该拉她进来蹚这个浑水。

扶着老姑奶下车慢慢走进村委会大楼，周麻子正跟村办主任谈着什么，见到我们进来像没事人一样。我扶老姑奶坐下，叫了一声："周书记，董主任。"

周麻子看了我一眼，"我已经跟你们局长打过电话了，事情很清楚，姓郝的骂人在先，我动手在后，这个道理上哪里都讲得清楚，你不用替他解释，要道歉，你让他本人过来，什么都好说。关于扶贫资金的事情，你们要重办，这是关系到老百姓切身利益的大事，一碗水要端平……"

没想到周麻子居然恶人先告状，想起郝南昨天受了伤还左右为难，今天病病怏怏敢怒不敢言的样子，我心里一百个替他不值和委屈，又说不出一句合适的话来对抗。

一旁的老姑奶突然说："周良铁，齐荣好歹跟你乡里乡亲，你说这个话，一点情面都不给呢！"

周麻子看了老姑奶一眼，"你是哪个啊？我的面子不是随便给的。"

老姑奶气定神闲地说："你爸叫周纯生，外号周破锣，大嗓门，破喉咙，一米七八的大高个，身板壮如牛。你妈陈细姑却是个小个子，一米五几，说话细声细气，眉目也细，又长得白净，像是画上那种一阵风就能刮倒的人物。这两个人本来是过不到一块的，但你外公好赌钱，输到最后只能卖女儿，你妈说是嫁，其实就是卖给了你爸。"

周麻子面露不快，"你是哪个？到这里来搬我的家谱。"

老姑奶不理会，继续说："跟了你爸，你妈真是一天安生日子都没有过过，年年月月眼泪都没有干过，打也打不赢，吵也吵不过，最后只能躲。你爸长年干体力活，张嘴破锣嗓子，铁打的硬身板啊！整夜不消停，把你妈整得死去活来。你妈那种体格哪里受得了他那种男人，话又说不出口，说出口也只能遭打，只好夜夜躲。你爸出门讨生活，一走十天半个月，只要从山那边干活回来,你妈就在地里忙到半夜,实在地里没有活儿了,出门拾煤球,上山砍柴火,顺天河挑担水,也要忙到半夜。说来也怪,你妈做姑娘家就病病瘆瘆,跟了你爸也是三餐不继,都担心你妈怀不上娃。谁知道你妈人长得精瘦却特别能生养。街上人都笑话,只要周破锣连着回来两个月,陈细姑就得大肚子。陈细姑生老大的时候,街上专门接生的咪咪姐吓得半死,生怕接生不下来大小性命不保,你大哥周良金生了一天两夜,陈细姑鬼门关前走了一遭,生下八斤半重的大小子。当时镇上人都不信。陈细姑才多少斤两,有八十斤没有?咪咪姐逢人便说,秤是从老尹家借来的,谁不知道我们老尹家的秤有准头?天字第一号准,童叟无欺,大伙这才相信。"

周麻子听到这里也是一愣,这一番话可能有些内容是他都没有听过的旧闻,"太婆,您是尹家哪位祖宗啊?"

老姑奶指了指喉咙,"话说干了,你倒杯水来我告诉你。"

不等周麻子开口,董主任就迅速倒了水过来。"我在娘家名叫尹祖灵,现在小相山认得我的人都死光了。"

"您是齐荣的什么人?"

"是我老姑奶。"我回道。

"你们别打岔,听我讲完。后来,陈细姑又生了良银、良铜、良铁、良钢,生良钢的时候,咪咪姐回来说,陈细姑真的不能再生了,别人生娃是越生越富态,陈细姑是越生越瘦小,再生娃就要把自己生死了。咪咪姐跟我弟媳说,陈细姑那双脚板太薄了,没有一双鞋底厚,吓死人,那是长年生娃没吃没喝没休息,硬把自己生空了。我弟媳跟陈细姑有三代亲,看不过眼,拎了一斤红糖两斤泡米去看她,陈细姑就着开水一泡,一口气吃了一斤泡米兑红糖,要不是我弟媳拦着,她还能再吃。弟媳回来告诉我弟弟,我弟尹双喜有心,寻了个机会跟你爸说,儿多母苦,该对陈细姑好一点。话可能起了点作用,你妈这才过了几年安生日子。哎,要不说陈细姑命苦。生了五个儿子,良银三岁得了场重病没了,良铜长到十五岁却在顺天河里游泳淹死了。良铜读书最聪明,平时也懂事,乡里乡亲没有人不喜欢。镇上的人都说,良铜一死,陈细姑就掉了半个魂。好像没有几年,陈细姑就走了,走的时候应该还不到四十五吧!"

周麻子脸色黯淡下来,"我娘这辈子命苦,死早了,没有享过几天福,死的时候我们兄弟几个都没有发财,我一直对她心里有愧。"周麻子沉默片刻,"当年您家能够送我娘两斤泡米一斤红糖,我晓得那是稀罕东西,这恩我谢了!欠人情要还人情,混世道要讲义气,这道理我懂。按辈分算,您老是我的长辈。我知道了,您今天是来帮他们说和,没问题,看在死去老娘的面子上,昨天的事情就一笔勾销。晚上您就留下吃饭,我代死去的老娘好好谢谢您老人家。"

事情的解决如此突然又顺利,简直超出我的想象,周麻子在上次吃饭的地方摆了一大桌,还让我把郝南也叫过来一起喝酒。老姑奶坐在桌中央,周麻子发话,今天桌上以老姑奶为主,不许抽烟,酒自愿喝。主菜是地道的小相山三蒸,蒸泥鳅、蒸五花肉、蒸莲藕。郝南看着九十八岁的老姑奶连吃三块蒸五花肉直呼上了无知医生的当。

出门的时候,老姑奶像贵宾一样被众人簇拥在中央,周麻子亲自开车送我们到家门口,并答应改天登门拜访。郝南一路上高兴得忘乎所以,局长专门给他来了电话,局长去找财政局领导批条子,重新核实了东堂村的灾情,决定按五十万重拨水灾建设款。一切都得到了圆满的解决,郝南对老姑奶赞不绝口。

老姑奶回家第二天就病倒了,病起得急,来势也汹。我们连夜把她送回汉口救治,虽然只是伤风感冒,到底年岁大了,中途因为呼吸困难,医生下了两次病危通知。这次住院,长辈们吓得不轻,本来回老屋住众人都反对,现在更是如此。但是老姑奶表示,出院后还是要回乡去住。所有人照旧没能说服老姑奶,大伯说了半日最终流着泪从她病房出来。

我陪老姑奶又回到了老屋,一切好像又恢复到两个月前的样子。魏阿姨悄悄对我说,这次回来老姑奶吃不动了,一天只有一顿吃得像样。这天吃过晚饭,老姑奶突然对我说:"齐荣,你帮我把周良铁叫过来一下,我有事找他。"

我赶快给周麻子打了电话,他说人在汉口,答应明天赶过来。

我陪着老姑奶躺在床上,九月的夜风已经有了凉意。经过这次生病,老姑奶明显瘦了,像个宽大的衣架支撑着干瘦的身体,"齐荣,你听到什么声音没有?"

我听了一会儿,什么声音都没有。

"有人在叫我,齐荣,有人在叫我。"

次日周麻子来时,老姑奶正在午休。我陪他坐在老屋门前的青石凳上,午后的太阳力度已经减弱,但我们还是烤出一身臭汗,我几次请周麻子进屋他都不愿意,他说从前老家门口也有这样两个青石凳,已经好多年没有坐在这样的石凳上晒过太阳了。

老姑奶醒了,我和周麻子进屋陪她说话。周麻子说:"您病刚好,就躺在床上给我们说话吧,我老娘活着的时候没有时间好好陪她说话,现在特别想听您多讲几句。"

老姑奶靠在床头,我陪在一边,周麻子坐在旁边的沙发上。"良铁,我想让你帮一个忙。"

"什么忙您说。"

"我五岁那年,有一个游方的梁先生领着我家老太爷去东阳山看过一块宝地,几十年过去,我们找了很多次,却再也没有找到过,你不是常年开矿山吗,能不能帮我去找找?"

"东阳山上的宝地?我怎么从来没听说过?"

我就把事情的来龙去脉对周麻子简单讲了一遍,他这下明白过来,"原来是这样,找地没问题,这附近的山没有我不熟悉的,那地到底是个什么模样您得说明白。"

"齐荣,把官皮箱拿来。"

老姑奶有一个随身走的官皮箱,我一直很好奇里面装了些什么。箱子时代久远,箱角破损,表漆剥落,上面的铜锁配饰也掉了大半,箱体表面散发着人体肤脂长久触摸形成的自然光泽。我们像是在观赏一件珍稀古董,看着老姑奶把官皮箱打开,箱内的结构远比想象中要复杂许多,有镜架、抽屉,还有暗格。老姑奶从暗格里取出一张发黄的信纸,叠成小块的信纸逐渐打开,里面是一张手绘的草图,图上画着两个成年男子和一个小女孩站在半山腰的地方,寥寥几笔,看得出那个地方的布局杂乱却又草木丰美,远处可以望见高山,脚下便是河流浅滩。画作者显然并没有受过专门的训练,铅笔素描用笔并不老练,但美的意境已经表达充分。

"这是我二十五岁那年凭着记忆画出来的,那年我的丈夫王存良还活着,他去找过,据说还找到过,但我后来去找却没有找到。我相信只要东阳山还在,那块宝地一定就在。"

周麻子看着我,我不知道该如何给他解释王存良的事情,那是老姑奶这一生的故事。

送走周麻子回到屋内,我问老姑奶,当年王存良真的找到过那块宝地?既然找到了宝地,那她为什么又不知道地方?

"他是单独上山找到的,"老姑奶靠在床头平静地说,"那时我们已经结婚了。我有没有告诉你结婚是一件非常幸福的事情?是的,结婚很幸福,比我原先想象中的幸福得多。他待我很好,虽然公爹公婆对我并不算满意,但他是站在我这边的。只是女儿雅芬有些认生,她是个可爱的孩子。我一开始还是像从前在家里一样,从早上睁眼开始就干活。但是王家不比娘家,人多业大,家里常年都有帮忙做事的老妈子和丫头,根本就没有多少事情可做。再加上王存良跑船,隔一个月就要出门跑一趟水路,我们结婚后五天他就出门去了码头。这样的日子也成了婚后的常态。我简直闲得有些发慌,我们都很想要个孩子,不孝有三,无后为大,在我那个年龄,别的女人都生养好几个了,但我过了小半年都没有一点动静。小相山和王李镇原本就隔得近,太奶早年生养困难的事情很快就被三姑六婆传到王家人耳朵里。公婆坐不住了,找了大夫来看,其实我心里更着急,很担心自己真有什么毛病不能生养,但是大夫仔细看下来说一切都还好,可能是长年劳作,有些宫寒和失调,吃几服药调理一下就行了。我把这话告诉刚跑船回来的王存良,他没有多说只让我宽心,还从行李里拿出一对手镯。我一看就知道是上等行货。王存良说,自从我嫁进门,每一趟的生意都很好,这是感谢我给他带来的好运气,将来等生意再做大一些,他会出来自己单干,家里的事情就交给二弟,让我先帮他孝敬公爹公婆几年,我们的好日子还在后头……"

我听着老姑奶平静的叙述,苍老语气中的每一个细节都让我有一种不真实的快乐,一个人在人生中等待一场苦尽甘来,就是这样一种忐忑不安的心绪吧!

"我怀过一个孩子,可惜流产了。"

"啊!"家族里一直传闻老姑奶结婚时间短从没生养,这种八卦我还是第一次听到。

"我从五岁起就被太奶不待见,很多女人该懂的东西其实我都不懂。太爷死后,家道中落,我每天忙成陀螺,根本就不知道怎样爱惜自己的身体,连好不容易有孩子怀上身都不知道。我那时很伤心,王存良也一样,但他一句话都没多说我的。那段时间刚好是航运淡季,他钉着厨房见天给我做好吃的。坐趟月子下来,我还胖了三斤。有一天下午他回来告诉我,找到了梁先生说的那个宝地。他形容的样子果真和我五岁那年看到的一样。我想跟去看,他说还没出月子不能出远门,不然落了病就麻烦。要不你把印象中的样子画下来,我看了画就知道找的对不对。我立刻找来笔纸边想边画,画好了给王存良看,他说和找到的宝地一模一样。我们太高兴了,找到了宝地,好像找到了打开命运之门的钥匙。我再也不用担心害怕了,有了这块宝地,一切都可以改变。"

我在心里松了口气,却又大大地存疑,宝地果真有如此神奇吗?果真能够改变一个人或者一个家族的命运?看着老姑奶苍凉的面容,我当然知道命运最终将她导向了哪里,突然害怕知道一切。我僵着身子一动不敢动,大气也不敢出。

老姑奶却依然平静,"我还没出月子,王存良又要走船了。这一次成了我们的永别。船在龙王庙附近出了事故,消息传来已经是第二天,我赶过去守在江岸上,我在长长的江岸上没日没夜地走,没日没夜地喊,没日没夜地哭……水狗子请了一个又一个,他们轮番下水,捞了七天七夜,活不见人,死不见尸,王存良就这样一句话都没有留就走了,他死了,我的心也死了。"

虽然结局是我早已知道的,但听到这里,我的心还是茫然又空洞,我们试图去拥抱生命中那些罕见的美好,可那些美好总那样轻易就溜走,让我们无法抓住!面对命运的无常,除了无能为力,还能说什么呢?我很想说点什么安慰的话,却不知道应该说什么。我默默地流下眼泪,不知道是为过去还是为现在而哭泣。

## 五 葬 山

这期间我基本上都在陪着老姑奶,偶尔去趟东堂村,也没什么事情可做,郝南几乎承担了我分内的全部扶贫工作。自从老姑奶做通了周麻子的"思想工作",周麻子的配合度大大提高,再加上局里新拨的五十万救灾款已经顺利划到东堂村的账上,有钱能使鬼推磨,所有的问题都迎刃而解。郝南来看望老姑奶时居然长胖了,他说现在天天在周麻子开的餐馆吃饭,农家菜养人。他现在跟周麻子关系已经一日千里,但他又悄悄告诉我们,这个五十万的救灾工程已经包给了周麻子的关系户,据说周麻子在里面也有股份。

我其实已经不关心这些事情了。自从上次与老姑奶长谈后,老姑奶的话就慢慢变少,有时我陪着她坐半天,试图引起某些话题,她也并不搭理,常常走神或发呆。魏阿姨说,老姑奶越来越吃不动……

又是连续下了三天急雨,终于停了,从长夏到初秋,这个年份的雨水真是多得可怕。天一放晴,我想陪着老姑奶出门晒个太阳。老姑奶却说走不动,我们吃了午饭,正准备午休,周麻子开着宝马 X6 送了两条活鱼过来,让魏阿姨给老姑奶炖汤喝。在过去的一周,老姑奶几次让我打电话追问周麻子找宝地的结果,我感受得到她说不出的焦虑,但结果仍然让人失望。周麻子也没找到宝地,只能把地图郑重地交到老姑奶手里,我们再次与那块传说中的宝地失之交臂。听到这个结果,老姑奶坐在老藤条椅上长久地沉默,她双目噙满浊泪,目光却不知道望向何处。

我提议陪老姑奶出门转转,这次她没有反对,周麻子让我们坐他的车,他当司机。我问老姑奶想去哪里转,她说东阳山。还是那样的路径——老街、顺天河、追马山……最后是东阳山。到了东阳山脚,我问老姑奶要不要下来走走。她摆了摆手,走不动了。尽管我叫了她一辈子老姑奶,但在那一刻,我突然意识到她真的已经老了,好像这一程便是穷途末路。

我们陪着老姑奶坐在东阳山脚下,平日里并不起眼的东阳山突然高大起来。久雨初晴,空气中的水蒸气含量充分,阳光照在身上似乎也水润了。陪着老姑奶坐在山下的空地上慵懒地晒着太阳,有一搭没一搭地说着各自关于东阳山的回忆。在我的儿时记忆里,东阳山上有老虎洞有猫洞,都是捉迷藏的好去处。周麻子却说东阳山是当年的避暑胜地,一到夏至傍晚,半个镇上的孩子都会到东阳山上抢位置乘凉……老姑奶说,她小时候看到的山山水水我们更加没有看到过。那时东阳山西南一马平川,一到汛期,湖水可直达山下,烟波浩渺,水阔连天。当年梁先生站在东阳山头说的对联她到现在都记得——风吹孤帆远,渔火满渡霞。

我们从回忆拉回现实,放眼望去,整个小相山境内,山已经炸平了,水已经弄脏了。年轻人都走了,集市已经散了。没有青山绿水,没有良田美宅,我们谈着谈着突然都开始沉默。

"咱们的老祖宗把这块地叫作小相山是不是叫错了?"老姑奶突然问道,"年轻的有本事的都走了,剩下些老弱病残真就被人看小相了不成?"

这句提问真让我和周麻子始料未及,周麻子当然是不服气的,他好歹也算是致富带头人,怎么能让人看小相呢?"您不能这样讲,现在年轻人往大城市跑,这是时代的趋势,不光咱小相山这块,您放眼全中国,哪里不是这样呢?以前是农村包围城市,现在是城市吸收农村。都是为了发展。"

"大道理我明白,人活着要挣钱嘛,良铁,你不是开矿的吗?这一座座山开没了,也有你一份在内吧,你现在也算是咱这里的有钱人了吧?"

周麻子老实承认自己算是有钱人,不过,现在开矿生意也不好做了,而且国家在这块也管得严了。

"良铁,我也算是经商世家出来的,开矿也是门生意,就算你不做也有其他人会做的,到如今,怪谁不怪谁,这山也没了,这地也坏了,说了也是白说。我只是觉得,咱们这样发展下去,得让咱这块地上的子孙如何生活?这一代挣到钱了,那下一代呢?山总会挖空的,水总会用脏的,但我们这块地上的人还得活下去,可我们靠什么活呢?"

周麻子找不到语言解释,只能干笑两声,老姑奶又抬头望了一会儿东阳山说:"良铁,你最后能不能帮我一个忙?"

"您说。"

"我想让你在东阳山上开一个洞,不要太大。这事情最好快点,打一个洞要多少时间?"

老姑奶又往山上看了一眼,指了指山腰的方向,"就在那个地方,山中间,好不好开?往下一点也行。"

周麻子看了一眼老姑奶指的方向,"这山不高,不是我吹牛,您想在哪里开洞对我来说都不是难事,只是不明白,您开洞有什么用处?"

"我要走了,我想埋在山上,宝地可能这辈子都找不到了,但只要东阳山还在,这山就是我的宝地。"

虽然早有准备,但老姑奶这样一说,我还是吓了一跳,周麻子赶紧说:"您瞎说什么?您身子这么硬朗,头脑这么清楚,日子还长着呢!"

"你们不懂,时辰到了,王存良已经等我太多年了,我该去了。"

那天回来,老姑奶就让魏阿姨把周麻子送来的活鱼拿出去放生。

大伯和爸爸他们是第二天到的,一起到的还有周麻子。木然地听命她指挥我做这些事情,好像等候一场悲剧上演。

晚饭时魏阿姨做了好些菜,老姑奶坐在中间,大家有意无意地都把话题往水灾、交通上引,大伯说:"听说小相山这块要泄洪,今年的水灾是内涝,我看大姑妈明天就搬回去,您年纪大了,身体又不太好,真到了大转移的时候就不方便了。"

大家纷纷应和。老姑奶说不信,小相山地势这么高,要泄洪也轮不到这里,"我活到这个年岁,没有什么看不开的。我死了父母,死了弟妹,没了丈夫,没有子女,但我是这片土地上长出来的人,这片土地没有绝后,我就有后。你们还有良铁都可以算是我的后人。"大家听到这里都不约而同放下筷子。

"我的日子不多了,这次回来就没打算再去汉口,我是在这里出生的,死后要埋在东阳山上。良铁,开洞这事就拜托你了。老大,孩子们能够回来的就让他们尽快回来看我一眼,其他的孩子都不远,齐中在美国赶不赶得回来?我想见他。老幺,你赶快找人帮我把老床拆了打口棺材吧,不用太结实,能把我装进去送上山就行了。"

没有人再吃得下饭,上次出院后,有些话老姑奶已经跟大伯单独说过,但他还是坚持说:"您现在没病没灾,说这些话干什么?我们到现在也没有好好尽过孝,您这样讲我们如何想得通!"

"老大,我的时辰到了,你怎么还不明白?我这生不想给任何人添麻烦。干干净净地来,干干净净地走……"

我妈和大伯妈率先哭出声来,周麻子走出门打电话安排手下尽快开山。大伯和老爸分头打电话安排余下的事情,我陪着老姑奶坐在堂屋里,看着众人忙碌的身影,感觉某种不真实的存在。

等到众人再次团聚在堂屋里,已是一小时后。老姑奶坐在老旧的藤条靠椅上,其他的人或站或坐围在她的身边。我手里抱着老姑奶的官皮箱。老姑奶指了指里面,"我所有的家产都在里面,最值钱的是三套房子,我要走了,钱财这东西生不带来死不带去,你们看看怎么分?"

大伯和爸爸说:"我们没意见,随您的意思,想怎么分就怎么分。"

老姑奶说:"老大,老幺,我想过了,怎么分都是分不好的,怎么分都会有人占便宜有人吃亏,与其这样,我这钱就不分了,行不行?"

大伯问说:"您的意思我没搞明白。"

"我这钱,不是娘家给的,不是夫家送的,是一点一点挣来的,我自己挣的钱,如何花都是可以的对不对?"

周麻子说:"您说吧,我今天就算见证人,您想如何安排这钱,没人敢说不对。"

"我想把这钱捐给咱小相山,捐给咱小相山的每一个后人。咱们这块地被祸害得太厉害了,得有人出来,把这块山水再变好回来。"

一屋子的人这才明白老姑奶的意思。

"我不知道这事该怎么办。你们肯定会有办法,我已经操不了这种心了。我只问你们一句,你们每一个从这块地界走出去的子子孙孙,你们是高是矮、是男是女、是胖是瘦都无所谓,是尹霸王的后代还是周破锣的后代也无所谓,小相山下如今还有没有顶天立地的后人?你们摸着良心,对着天地,老实诚恳地回答我,咱们祸害的土地,祸害的山水能不能再变好回来?我小时候看到的旧山旧水你们没有见过,我死后这里的新山新水你们可以替我看到。我今天可以魂归故乡,你们将来要魂归哪里?"

半屋子的人站着竟然听不到一丝声响。我在这种巨大的沉默里突然间明白了很多往事,很多从小不了解的家族往事。爷爷一生对老姑奶的恭顺敬重,族中长幼对老姑奶的爱憎惧怯。一个女人从二十六岁开始守寡,几十年孤独岁月里练就的强悍与孤勇。很多年来,我都已经忘记了神圣和责任这类词的含义,此刻,却感到这些词语的真正分量。

不知道这晚有多少人没睡着,到了后半夜,我悄悄溜进老姑奶的房间。她醒来,我熟门熟路地睡在她身边,夏末的夜晚已经有了凉意。"您怕吗?"

"从前怕过,现在不怕了,"老姑奶在黑夜里望向我,"齐荣,不要怕,你是个好孩子,将来有一天也会像我一样什么都不怕。"

我不知道自己会否拥有老姑奶那种决绝的勇气,遗世而立的个中甘苦并不是每个人都需要体味的。

"把我的官皮箱拿过来。"

房产证、钥匙和存折已交到大伯他们手中,官皮箱轻了好多。"您想拿什么?"

她在黑暗里把官皮箱暗格打开,月光下,我看到一只翡翠玉镯,很显然那是王存良送她的那对中剩下的另一支,"这个给你!"

那只玉镯真是罕见的好货色,我想起打它主意多年的家族男女,突然觉得一切都毫无意义,我把玉镯戴回了老姑奶的手上,"您戴着吧,要是见到王存良,也好有个见证。"

老姑奶长久地拉着我的手发呆,这次没有推辞,"我们家族的祖宗可能并不保佑我。不过没有关系,齐荣,老姑奶将来肯定会保佑你,也会保佑这个家族的子子孙孙……"

我忍不住哭起来,眼泪滴在她手背上,"我不想让您走!"

"齐荣,时辰到了,我听不到他的声音,听不到江涛声了。"

"江涛声?"窗外的月光静静地流淌进来,就像千百年来流过世上的每一个角落,一切再平常不过,我的心绪跟着宁静下来。

"我一直住在三民路那一片,王存良最后一次走船就是行驶到那附近的江面上出事的。那以后,我一辈子都没离开过那一带。从年轻到现在,几十年光阴,熬过一个又一个冷清的夜晚,居然能活到这样的寿数。"

长情永远是女人的专利吗?我想知道她难道不怕孤独?却问不出口。

"我相信王存良一直留在那块江底,他在那片江底保佑着我的平安。我夜夜听着江水浩浩荡荡奔涌,夜夜听着江涛拍打江岸,那声音就好像是我的男人在对我说话,我听着涛声,就好像一辈子没有离开我的男人……"

我静静听着老姑奶无悲无喜无忧无惧地表述,感受她起伏人生的坚忍与从容,我并不全然理解她的选择,却满怀悲伤。

## 六　镇　山

　　老姑奶从第二天开始绝食,竟然没人出来劝阻。我每天给她送水,陪她说话,她却越来越少地睁开眼睛。想到所有人都在默许死亡发生,我不知道是该感到"可怕"还是该觉得"宽慰"。

　　大伯和老爸把老床搬到屋外的空地上一点点地敲打。老床睡了多少年没人说得清,床木原本的黑漆基本掉落,但却显示出木质的黑色。一个简陋的棺材在他们的手里逐渐成形。

　　周麻子几乎每天来家里,讲讲开洞的进度,陪在老姑奶床边片刻。

　　晚上是最热闹的时光,所有的人都围在老姑奶的床边。大家回忆关于祖屋里的往事,关于爷爷奶奶、太爷爷太奶奶的往事,大家杂七杂八地说着,老姑奶已经说不出话,就那么躺在床上,偶尔睁开眼看一下众人。

　　绝食到第五天,家族里所有男女老幼都过来了,除了远在美国的尹齐中还在途中,而老姑奶已经进入弥留状态。我们轮流在她的床边呼唤,可是毫无效果。大伯他们已经开始准备后事了,我却不想放弃,我给相亲失败的医学博士打了一个电话,在熟悉的人中,他是医学权威。他很意外我的来电。我已经不在意所谓的面子了。我简单地讲述了下老姑奶目前的状态。他答应下班就赶过来。

　　傍晚,医学博士来了,还带来支丙球。丙球马上注射进老姑奶体内。我送医学博士离开的时候,老姑奶已经再次复活过来。

　　尹齐中在此后第二天下午赶来。他带着老婆孩子一起在床边呼唤好久,老姑奶终于睁开了眼睛,双眼里闪烁着最后的光芒,那光芒最终黯淡下去。见到了尹齐中一家,她已经全无心愿,再次安静地闭上了眼睛。

　　所有人聚集在堂屋里,对这个多雨的长夏而言,这是一个有着难得明媚月光的晚上。第九天夜晚落下,老姑奶终于"睡着了"。女人们帮忙擦身、整容、换装。男人们在堂屋里谈论着什么。大伯跟尹齐中讲到了老姑奶的钱财和房产,尹齐中完全不介意老姑奶的安排,他遗憾自己在国外没有时间来帮忙处理这样复杂的"身后工程",建议成立一个以老姑奶名字命名的恢复故土基金会……我们抬着老姑奶落地,又把她送进棺材,鞭炮和花圈都省了,她需要安安静静地上路。我把官皮箱放在老姑奶巨大骨节的脚边,把她戴着翡翠手镯的右手摆在胸口,作为快一百岁的女人,她看起来端庄宁静又从容美好。

　　凌晨的月光照过每个人头顶,大伯和爸爸走在前头,周麻子和尹齐中走在后头,四个男人平稳地抬着棺椁,我们一行人在泥泞中行进,沉默地穿过街市。东阳山就在前方,而我们已然忘记了难过和悲伤。并不高大的东阳山此刻在我们心里变得伟大神圣起来,有一种说不出的庄重和责任正引领着队伍前进,而某种灵魂深处的自觉与救赎正把我们推向另一段人生。

(原刊《人民文学》第5期)

# 此事无关风与月

李　清　源

## 一

他就在门后等候。

走廊没铺地毯,赤裸的水泥地面犹如铜鼓,但有皮鞋踩过,即如援槌而击。不同的鞋子是不同的槌,在不同的脚下擂出不一样的鼓点,或急或缓,或疏或密,或清脆或重浊,或高亢或低沉,声声不漏地传进他的耳朵。从昨晚入住这家宾馆,他的脑海就被鼓点占领了,夜渐次深,鼓点又变成马蹄,轰隆隆驰骋来去,无情地践踏着他脆弱的睡眠。他关掉房内所有灯,在黑暗中寂然而卧,从脚步声推断那些过客的高矮胖瘦和性情。他想到了她。

如果是她走过,能不能从脚步分辨出是不是她呢?

这应该不难,但有个前提,必须得知道她走路是什么样子,脚步的声音又有什么特征。他开始回忆,试图从往事里寻找她鞋跟的回响。

回忆从初见开始。那时的情景与此刻颇为相似,所不同的是,那间酒店高档多了,房间和走廊都铺了地毯。毯绒厚而密,上面印着紫红色的图案,重瓣繁蕊,花藤漫绕,看上去富丽气派,跟酒店的格调很搭。在这样的毯上行走,所有噪声都被吸掉了,所以,当实木房门被笃笃叩响,突如其来的声音把他吓了一跳,好像那声音和制造声音的人从天而降,搞得他措手不及。

想到这里,他在黑暗中笑起来。他侧身而卧,一边脸压在枕头上。枕头不够柔软,而他脸上的肌肉已显松弛,他的笑容自唇角绽放,开到枕头处,就被枕头挡住了。他的笑是自嘲。那一次他太紧张了,以至于多有失态。那段时间他正跟老婆闹离婚。究竟为什么要离,似乎也说不清,就是觉得过不下去了,再耗下去都会死。刚好他又调整了工作,事务烦冗,家庭单位两头受累,怨气遂以原子裂变的幅度迅猛增长。一天晚上,他忙完公务,走出单位时已经满天星斗。回家不可能有饭吃,他钻进一家小馆子,要碗烩面,又要了瓶二锅头,酒足饭饱之后,在春风沉醉的街道里鼓腹夜行。不时有女子从身边走过,飘飘的衣裙长长的腿,弄得他心旌摇荡。他在一个街口停下来,抬头打量面前那栋十几层的建筑。建筑临街而立,旋转大门上方矗立着四个光彩夺目的大字:杏园酒店。他在酒店外稍作犹豫,就在酒精的鼓励下穿门而入,走进灯火辉煌的大堂。

在他们这座城市,有个很有意思的现象:最好的几家酒店大多以果园命名,比如梅园、桃园、梨园,以及他所入住的这家杏园。在这些果园命名的酒店里,特殊服务是众所周知的秘密,而且据说,杏园里的姑娘尤其迷人。他住进八楼一个大床房,按照服务牌上隐晦的提示拨通电话,选了一名十九岁的小姐,然后去浴室冲澡,先把身上的卫生打扫一下。莲蓬里的水有点儿凉,哗啦啦如秋雨袭人,体内燃烧的酒精渐渐被浇灭,他开始后悔了。他并不是第一次招妓,而且作为一位有名气的知识分子,这种事对他并不构成道德上的谴责和压力。他后悔,是因为冷静下来的头脑意识到了可能潜藏的危险。风传刘市长曾在省城某酒店消费,几天后,就收到一张他主演的性爱光碟,附信勒索五十万。在本市,杏园酒店这个目标太大了,必定也有好事之徒在盯着。而自己仕途正好,只要不出意外,再干两年必能扶正,甚至有望外放辖下县市当县市长。在此关键时刻,万一闹出点儿乱子,岂非自毁前程?黄脸婆跟自己闹离婚,也必将更加理直气壮。凉水澡冲罢,他的丹田已结冰,裹着浴巾走出来,他决定中断交易。就在他准备拨电话的时候,叩门声突然响起来。

可想而知他当时的惊悸。一旦心中有鬼,任何响动都是惊雷,纵不足以使他在风声鹤唳之中吓尿裤子,也够他心慌气短吓飞几条魂魄。至于叩门者的脚步,他仔细想了想,确信没听到。地毯那么厚,他也不可能听到。

叩门者就是她。那时的她真年轻。叩门声坚韧不绝,似乎他不开,她就会一直敲下去。他蹭到房门旁,忧心忡忡地拉开一条缝,看到一张稚气犹存的脸。他虽不是花间常客,但也知道姑娘们的年龄就像她们的名字,只是符号而已,不可当真,所以当"鸡头"在电话里介绍她,说她今年十九岁,他根本就没信。彼时,看着门缝外这张不失天真的脸,他依然不信她是十九岁:之前是不信有这么小,现在是不信有这么大。他警惕地问:干吗?

这话问得太荒唐了,以至于姑娘愣了一下,以为敲错了房门。她抬头看了看门牌号,才又笃定下来。先生,你叫的服务。她说。

她说的是普通话,但不标准。他据此得出两个结论:第一,她不是本地人;第二,她入行不久。这让他心头稍安。他以手护门,说:我没叫。

姑娘再次抬头看门牌。806,没错。她说:你叫了。

我不要了。

他要起无赖,将门砰的一声关上。叩门声随即响起,不卑不亢,锲而不舍。他就像逃债的赌徒,被人追堵在房间内,要打不占理,要逃无路逃。他在无休无止的叩击声中坐立不安,几乎崩溃,再次将门打开一条缝。我说了,我不要了!他冲外头的姑娘吼叫:赶紧走!

说是吼叫,其实嗓门儿很低。他怕声音太大,被其他房客听到。姑娘并未被他装腔作势的姿态吓到,神态坚决而镇定。你不能不要。她说。

为什么?

因为这儿很安全。

他一怔,继而羞臊不已,深藏腹心的秘密被人戳破,除了尴尬就是难堪。不要就是不要!他假装义愤,将眉头拧起来,表现出一种道德上的厌憎。快走,否则我报警了!

这回轮到她发怔了。她从门缝里盯着他,神情变得无比复杂。那副神情如此特别,像雕刻一样印进了他的脑海,并在日后每一次回忆时清晰浮现。在回忆的时候,他已经完全理解了她那神情里所包含的每一种情绪和态度,而在当时,面对着那张一时呆滞的脸,他只有一点儿表面的感受。纵使如此,他也被触动了:他在她的唇角看到无奈,在她眉间看到抑郁,在她那双突然黯淡下去的眼睛里,则看到丝丝缕缕迷烟般的绝望。报警是个严重的威胁,她在一怔之后,转身默然离去。他躲在门缝内目视她离开。在朦胧的走廊灯下,她的背影娇小而单薄,驼色紧身翻领小毛衣和棕色弹力紧身裤包裹上下,在纤细的腰间,则挂着一条当年流行的小短裙。她脚踩两只白色坡底休闲鞋,踏在厚墩墩的地毯上,如同一只悄无声息的猫。她走过了大约四个房门,他改变了主意。

喂!他打开房门,将身子探进走廊。回来!

他至今弄不清自己当时究竟为什么改变了主意。相信了她所强调的安全?她娇小无助的背影让他心生怜悯,还是突然良心发现决定继续完成被他无理中断的交易?或者这几个原因都有,并且相辅相成吧。而在这些难分难辨的理由之外,还有一个似乎不相关的小缘故:他看着她落寞而去,忽然为自己的傲慢和无理而自责。凭什么对人家小姑娘如此蛮横呢?仅仅因为她是个小姐?那也是个自食其力的职业,有什么理由歧视人家呢?他回想着刚才自居道德高地的荒谬,颇有点儿羞愧难当。

还好姑娘没跟他计较,他叫她回来,她就回来了。她不但没计较,还表现得很感激,一进到他房间,接连说了好几声"谢谢"。他颇有点儿惊讶,难以理解她何以如此谦卑,后来说开了才知道,他之前粗暴中断交易,几乎要害她赔钱:"鸡头"收到他的招嫖电话,即备案在册,送小姐过来服务。收到嫖资对半分,"鸡头"称之为中介费和管理费,统称劳务费。如果客人反悔,中止交易,她们一般会叫马仔来解决,逼令出钱。万一遇到不好惹的主儿,就只能自认倒霉,劳务费则由出台的小姐赔,总之,

"鸡头"是不会白忙的。

还好你回心转意了。她说:我正缺钱,都快急死了,再赔一笔劳务费,还怎么活?所以得谢谢你。

这话无疑太夸张。他订的服务是包夜,服务费八百,半数也就是四百。区区四百块钱算个甚,能要了她的命?但说起来,自己总归也有错,不够道义。他坐到床上,点起一支烟,吹出一团团烟雾,袅袅绕绕地悬浮在两人之间。他的眼光穿过烟雾打量她。房间里灯光比走廊要亮,此时的气氛也和缓得多,他得以清楚而从容地鉴赏她的身材和相貌。大概一米五几的个儿,略显纤弱,但也并非特别瘦,紧身的衣服也颇勾勒出了一点儿肉感。最惹眼的是一对乳房,鼓囊囊地顶在胸前,令人一望而生亵念。其实它们的绝对体积并不大,但在她身上,就显得格外醒目。她在说话,向他重申这间酒店的安全,强调老板后台很硬,很多本市的大老板和大领导经常在此消费,根本没人敢查。他捏着烟笑起来。

如果我坚持不做,你是不是要去找马仔来收拾我?

我才不会呢。她说:我大老远来这里是为赚钱,无依无靠,谁也惹不起。你一看就是大老板,我哪敢得罪你?自己认倒霉就是了。她说着走过来,将手包放在床头柜上,动手为他宽衣。所谓衣,不过是件浴袍,剥掉之后,他就成了一只肚皮肥硕的光猪。

服务过程不便多讲,总之,他很满意。满意后的他对她心生爱怜,而她亦如一只乖巧的猫,贴肉卧在他怀里,脸颊温存地蹭着他的胸膛。她的脸堪称清秀,但说不上多俊俏,皮肤也不够白,就像材质较劣的 A4 纸,透着一点儿麦灰色。综合评算,她不过是中等姿色,但就胜在年轻——准确说应该是"年少"。他抚摸着她光洁弹手的肌肤,目不转睛地看着她,越看越觉得她年龄小。

你到底多大?他问。

她笑了笑说,其实我二十一了,生了张娃娃脸,看上去显小。

她倒很诚实!他心生赞许,将她搂得更紧了些。他还不想睡,闲聊遂以问答的方式继续进行下去。他问了很多问题,诸如叫什么、哪儿人、家中还有谁、干这行多久了、为什么要干这行,等等。这些都是无聊的话题,正常情况下只有体验生活的文学家们才热衷于此,可是对于颇有点儿心不在焉的他来说,实在没有什么更新鲜的话题可谈,就客串了一下猥琐文学家。她倒很配合,但有所问,即一一作答。于是他就知道了她家还有三个人,一父一母外加一弟弟;她入行半年多了,先是在邻省一个城市干,两个月前才经人介绍转到这里。至于入行原因很简单,为了赚钱养家。她父母体弱多病,尤其是父亲,有非常严重的肾病,就在几天前再次发作,至今仍在住院。而小她一岁的弟弟,也该盖房讨媳妇了。

这个故事并无新意,但肯定讨文学家的喜欢,他平常爱阅读,至少看到过三五个类似情节的小说,而且很可能,它并不是真的。作为欢场讨食的风尘女人,最擅长的恐怕就是琢磨人心,编一个小女子悲惨身世哄哄恩客,又岂是难为之事?她这样讲,难说不是看准了他内心的善良,意图以此打动他。他是混官场的人,当然不傻,也在不停提醒自己保持必要的警惕,可不知为什么,当她讲完后,他都信了。

很多事是没有理由的,也不在你是聪明是傻,有时候你明知道是坑,也非跳不可。这就是命。他事后这样跟朋友解释。我遇到她,也是命。

这是最讨巧,也最省事的解答,可以拿来搪塞一切质疑。但是很显然,它也很难服众。其实他根本不必解释,基于对他的了解,朋友们对他这个信球行为都是心存理解的。他们甚至认为,如果他没那样做,反倒不是他了。讲义气,同情弱者,这是美德,但也是缺点。朋友们说:美德到你身上都成了缺点。

那意思就是他智商低了。朋友们的讥嘲并不令他受伤,却促使他去总结其他足以影响决定的客观原因。他想了想,觉得当时应该是有点儿喜欢上她了。喜欢她什么呢?年轻吧,还有姿色,性格也温和。这样的女人谁不喜欢呢?她说话也有特点,语速不快不慢,声音温柔,却不时有倔强的言辞。那倔强不是强词夺理,也不是愤愤不平,而是对不幸生活的某种不满,认命却又不甘心。讲完之后,她叹了口气,神色间流露出一抹忧伤。他就绷不住了。

为什么不找个别的事干?比方说,做个小生意。他说。三百六十行,哪个行当都能挣钱。

我也想做生意,就是没本钱。

你想做什么生意?

开个小店,卖小玩意儿,卖衣裳都行。卖饭也不错,胡辣汤豆腐脑我都会做。她想了想,又说:回老家搞养殖也好,养蘑菇,我有个亲戚,养蘑菇发财了。

想法倒挺多!他笑起来,而且这些想法还都可行,说明她至少曾经认真寻思过,而非此时的信口开河。他说:要干这些,得多少本钱?

她又想了想说,得三万吧,三万差不多了。

五年前的三万不算多,也不算少。那时本市的商品房均价三千,三万元可以买十平方米。他说:如果有这三万块钱,你愿不愿离开这一行,回去重新生活?

她说,愿意啊,当然愿意。但有其他门路,谁愿干这个?

他的手在她脊背上抚摸。运动产生的热量早已散尽,裸露在被子外的肌肤微微发凉,他的手掌轻缓滑过,隐约感受到一层若有若无的微栗。然后他拍拍她的肩,把她从胸前推开。他叫她走,理由是他不习惯跟陌生人过夜。这个理由很牵强,也很拙劣:不习惯过夜干吗包夜?她有点儿纳闷,但是看到他从衣兜里掏出钱夹,八百元如数支付,也就不说什么了。他看着她把钱放进手袋,然后将衣服一件件穿起来,心头忽有一点儿惆怅。

回去早点儿休息,好好睡一觉。他对她说:明天等我电话。

她正在系鞋带,闻言抬头看了他一眼,然后继续系。走出房门前,她握着门把手要开不开,犹豫了片刻,从手袋里取出二百块钱,折回来放到床头柜上。想必是她认为自己没有付出相应劳动,不愿多收。他一下子被感动得稀里哗啦。没办法,他总是很容易被陌生人的言行感动。他在感动中板起脸,一把拽住她的胳膊,把钱强行塞给她。

拿住!他吆喝道,听话,拿住!不拿我生气了!

或许是怕他生气?她没有再多推让。他盯着她把钱重新装进包内,想要矫情地拥抱她一下,她却转身走了。在出门前,她回头说:你好好睡吧,这里很安全。

他顿时又有一点儿尴尬,但这次他没有生气。他已经对她气不起来了。他拿着电视遥控器心不在焉地搜台,耗了半个小时,下到大堂把房子退了。已近午夜,街上人车寥落,迎面掠过的风仍有凉意,夹带着来自郊区农田的土腥味。他一路步行回到单位,在办公室的行军床上睡到天明。醒来时,阳光已经照进窗子,温暾地泼洒在窗台那盆山茶上。山茶花正开得炽烈,红色的花瓣重重叠叠。一只蜜蜂在窗外贴着玻璃嗡嗡飞舞,想要亲近这花朵,却被它看不见的东西隔在咫尺之外。他看着花和蜂出了会儿神,掏出手机给她打电话。

喂!他说:听出我是谁了吗?

嗯,听出来了。她说。

你马上收拾东西,一个小时后我去接你,送你回家。

好。

她的声音很温柔,像云,像水,像棉花糖,像清晨浸透馥郁花香的阳光,充满了人世间所能想象得到的最动人的柔情。而她的语气,却又非常笃定,似乎已经料定这样的结果,并已做好了准备。

## 二

所以朋友们都骂他愚蠢。

你说让她等你电话,她就明白什么意思了,退给你两百块钱,不过是假做姿态,让你认为她人不错,值得你为她花钱。他们说:你个信球货!

朋友们七嘴八舌,把他往死里批。他们被他荒唐的行为惊呆了,并为由此造成的结果愤怒不已。

他们愤怒是有理由的。首先,他对资助女人的事讳莫如深,从未对任何人透露过,包括他们这几位心腹好友。而人家可是什么事都不对他隐瞒,哪怕是情人外遇老婆出轨,恨不得全世界都眼瞎耳聋不知不觉,都会在喝酒的时候向他袒怀倾吐。他当然有他的理由,所谓"施恩不图回报,为善不欲人知",听上去冠冕堂皇,但在朋友看来,就显得不够意思。大家都把隐私拿出来无私共享,你心里头却秘藏着一部"三言二拍"故事,试问友谊何在?

坦诚讲,他刻意隐瞒此事,也并非全然是高风亮节,还有很现实的考虑。单位有位副局长,据说跟市里几个主要领导都有关系,在省里也有很硬的后台,因此前途看好,被公认为他最主要的竞争对手。竞争并不可怕,可怕的是不以正常手段。此君行事阴鸷,擅长背后整人,尤其喜欢从作风问题上下手。有同事调侃,说他之所以仇视男女问题,是因他阳痿,长得又猥琐,没女人缘,因此格外妒恨私生活不检点的人。这就像在帝王时代,最痛恨男女乱搞的,不是寺里的和尚,也不是孔夫子的信徒,而是宫里不能乱搞的太监。有这样一位彼此较劲儿的同僚,他怎敢走露裤裆里的秘密?须知官场上的信息通道犹如蜘蛛网,每位官员都是网上的一个点,任何一个点上的新闻,都能在很短时间内借助四通八达的线路传遍全网。他不敢冒这个险,所以他那天晚上趁酒招妓,旋即就后悔了。

这也是他送她走的时候没去本市长途汽车站,反而绕远送去省城的原因。而他敢做这件事,还有个重要前提:她是自由的。在问答对话时,他曾问过她,做这行是自愿还是受人胁迫,有没有像传说中的那样被坏人控制。她说是自愿的,在这儿做有人管理,但并不限制人身自由,想走随时走,但是走了再来,可能就没那么容易了,除非盘靓条顺活又好,卖相过人。

要进这几个酒店做,得有关系呢,随随便便的"野鸡"根本进不来。她说:我来这儿,也是经人介绍。

那么也就是说,她既然带上行李跟他走,就等于自断后路,不可能再回来重操旧业了。这让他很欣慰,一路上话语稠密,滔滔不绝地讲述做人的道理和新生活应注意的事项。她坐在副驾驶上认真听,不时点头应承,神色之间充满仰慕之情。多懂事的孩子啊!他在心里这么叹息。到省城后,他先请她吃了顿饭,然后送她去火车站。他一直没提钱的事儿,她也沉得住气,自始至终都没问,以至于让他有种错觉,似乎她主意已定,不管有没有钱,都要从良去了。多好的孩子啊!他在心头再次叹息。车至火车站广场,他才从包里掏出一包钱递给她。共三万,用橡皮筋扎在一起,包裹在一张报纸里。她犹豫了一下,要接不接。拿着!他以吆喝的语气说。她这才收下。她低着头沉默了一会儿,抬头望着他。

我不说"谢谢"了,这两个字儿太轻。她说:我也不知道怎么报答你。你叫什么?你还没告诉我你叫什么。

我不需要你报答,也不需要知道我的名字。回去好好生活,孝敬好老人,照顾好弟弟,就是最好的报答。

他这番话堂而皇之,一副来自影视和文学作品的矫情腔。他被自己这种堂而皇之的矫情感动了,心里头热乎乎的,执意要陪她去买车票,然后把她送进候车厅。过程中她一直不说话,似乎沉浸在感激之中,不知道说什么好,遂以默默相对。他之前话讲得太多,把该说的和能说的全都说完了,此时也觉得没什么可以再说。气氛就在动人的沉默中变得有点儿尴尬。还好过程不长,不到半个小时,就买好票准备进站了。候车厅有安检,无票莫入,两人就此别过。在他想象里,此刻应该有个仪式性的道别,比如拥抱一下,彼此说些保重的话,而她会以近似偷袭的方式亲自己一下,可能还会流泪,然后拖着行李箱依依而去,边往里走边回头向他挥手。可是很遗憾,想象中的这一切都没有发生。她仅仅是说了句"我走了",就走了。安检过道窄而短,一进门就什么都看不见了。他目送她乍然消失,突然很失落,兀自站在安检口的金属栅栏外,好像做了个怪诞的梦。他有点儿生气,觉得她没有礼数,连最基本的人情都不知表示。他坐到车上,打开音响找音乐,找来找去,没一首能让人安静的。后来翻到林忆莲的一首歌。他喜欢林忆莲,这个小眼睛女星的声音温柔而有力量,还带着一点儿宿命式的孤独与忧伤。

　　我觉得有点累
　　我想我缺少安慰
　　我的生活如此乏味
　　生命像花一样枯萎

　　这首歌他听过几次,名字叫《不必在乎我是谁》。车是单位的,音响效果不好,旋律里的深情和婉转被机器磨损,传出来时已粗糙许多。他略感疲惫,背靠车座听了一会儿。歌词很直白,也有点儿俗气,没有文艺作品应有的含蓄和蕴藉。他不怎么喜欢这首歌,只是被歌名触动了。他扭头望向车站。广场上人潮翻涌,候车厅门口也排起了长龙,密如蚁聚的人群里早已没有她。是不是坚持送她进站,被她当成某种监督了呢?如果是,她肯定会觉得他不信任她。他并没有明确说要给她钱,她就跟随他离开了那个地方,说明她是信任他的。而他却没有给她应有的信任,她一定会伤心,并因此疏忽了仪式性的道别吧。就算是小姐,也是有尊严的呀!他这样想着,自嘲地笑了笑。

　　这天晚上,他跟老婆吵了一架。他老婆去银行取钱,发现少了三万,第一反应是怀疑他要转移财产,为离婚做准备。老婆在纪委工作,专职审查,要收拾他很容易。她不动声色地与他吃晚饭,然后看着电视谈了会儿子女的事儿,突然话锋一转,要求他在十秒钟之内说清楚三万块钱的去向。他的脑袋当时就短路了。他根本没想到事情会暴露得这么快,都还没顾上编故事。他挣扎到第七秒时才反应过来,然后用剩下的三秒钟撒了个谎。他说钱借给张三。张三是他一个朋友。老婆说:张三借钱干吗?他说:他儿子不是要结婚嘛,买房子。他老婆当即给张三老婆打电话,打听婚房买在哪个小区。张三老婆说没买呀,家里几套房呢,不用再买。他老婆挂掉电话,脸板得像生铁,两只眼里冒出两把刀,愤怒刺向无耻的丈夫。

　　老实交代吧!

　　他意识到撒谎是没用的,反而会使事情更加复杂,索性窝在沙发里装死猪,任凭老婆百般逼问,一句话也不说。他老婆怒不可遏,气得要放火烧房子。这时候他手机响了,掏出一看是张三,没好气地挂断。张三又打,再挂,还打。他只好接了。张三第一句话是:嫂子是不是在审你?他鼻孔里哼了一声。张三说:钱数多少?嗯是千啊是万,咳嗽一声一个数。他说:啊。然后咳嗽起来,一连咳嗽了三声。张三说:好了,把手机给嫂子。他就把手机递给老婆。他老婆接过去,听到这样一番话:

嫂子,钱是我借的,三万,我打牌打太大,输疯了,不敢让你弟妹知道,你弟妹那脾气你清楚,她要知道了,非砍死我不可。所以就找我哥借。你刚才给弟妹打电话问买房子,我一听就知道肯定是你问钱的事儿,我哥替我撒谎了。你放心,我过些天就还,但是千万替我保密,不要告诉你弟妹。

挂掉电话,他老婆冷笑不已。真是好朋友啊!她说:赶紧的,请他喝酒去吧,感谢他救场之恩。他知道没事了,至少罪证已失效,否则她不会就此罢休。张三是朋友里最精明的,他暗自庆幸第一时间撒谎撒到他头上,若换个人,此事已不可收拾。好形势不可浪费,老婆要偃旗息鼓,他偏要乘胜追击,喋喋不休地批判老婆过分:这么一搞多难堪,让他以后还怎么面对朋友?夫妻之间连这点儿信任都没有,还有什么意义继续过下去?他老婆恼了,瞪着他说:别给脸不要脸啊,信不信我查下去,让你下不了台?我不管张三借钱是不是真的,限你五天之内,把钱拿回来!

查啊,你去查啊!

他这样说着,钻进书房去了。五天后,他乖乖把三万现金拿给老婆。这是他从股票里割出来的。老婆深明经济决定一切的道理,自结婚后,就把财政大权牢牢地攥在手里,他想弄点儿私房钱,以备办私事之用,就悄悄养了几只股票。朋友那儿也需要给一个说辞。这个好办。在第二天张三主持的压惊宴上,大家反复追问,他欲说还休,唧唧歪歪了很久,他才说钱是给了老家的妹妹,她家里穷,有急用。大家想到他老婆的为人,即刻都相信了。

这场风波扼杀了他一些多情的想象。若没有这个几乎难以收场的意外,他可能还沉溺在义救风尘女的浪漫情景里,说不好还会对她怀抱一点儿以身相许的期待,就像影视里惯用的桥段那样。在变态同僚和明察秋毫的老婆双重威胁下,所有超越现实的男女私情全都自觉领便当。既然当不了情种,就当圣人吧。所以,从她离开那天起,他从没有主动联系过她。

　　在分别后的头两年内,她也没有联系过他。这应该是好事。试想,在某个非常敏感的时刻,突然接到一个历史不清白的女人电话,要跟他叙旧情或者谈生活里的新情况,将蕴含着多么巨大的风险!他深明这一点,所以,当他因着某些东西而想到她时,并不会因为她的寡情而心生怨意。当然,一点儿小小的失望是难免的。再联想到送别时她的态度,他甚至会有点儿闷闷不乐。她大概是个不懂感恩的人吧!他这样想。

　　让他稍感欣慰的是,她虽不打电话,但每年都会发几条短信。精确地说是三条:一条他生日,一条中秋,一条春节。这说明她并没有把他忘掉,但也仅止于此。因此,当两年后的一个下午,她突然打来电话,想向他再借两万块钱,他就有点儿不高兴了。

　　那天是周四,工作时间,他正陪主管基建的副市长考察矿区公路建设。看到是她的来电,他颇感意外。她破例打电话,想必是有要紧的事儿,他犹豫了一小会儿,躲到一边按了接听。简单寒暄几句后,他问她有什么事儿。她的话有点儿期期艾艾,说想借点儿钱。他就说现在正忙,过会儿再打吧,就挂断了。他走回副市长身旁,继续陪同考察,却再也听不进去工程经理的汇报。他觉得很郁闷,好像是被她讹上了。好人难做啊,一朝行善,终生被黏,圣人形象一旦确立,想中途下车都难。他有个老兄,退休之后牵头成立了个慈善组织,搞了几次活动,经媒体一报道,颇产生了些影响,但从此,办公地就被各种需要救助的人包围了,有些人甚至打听到他家地址,率领家小堵上门来。难道这个女人也想缠上我吗?他略带厌烦地想。他正出神,副市长突然问话,询问工程配套的相关问题。他吓了一跳,赶紧集中精神应付领导。当天工作到很晚,在山上吃罢工作餐时,天空已布满星辰。司机送他回家,途经市区一个十字路口,遇上红灯,逗留了一会儿。路口边上就是杏园酒店,他隔着车玻璃,看到灯火辉煌的大堂和旋转门上方那几个光彩夺目的大字,往事油然上心头,这才想起她今天打过电话。他说让她过会儿再打,可她并没有再打。这是否说明,她已经感受到了他的冷淡,于是知难而退了?他心生一点儿愧疚。她打电话之前,一定踌躇了很久,鼓足勇气,不料接通后,自己却给了她一盆冷水。他这样想着,愧疚之情迅速放大,进而又想到了责任问题。是他把她带出苦海,那么就有义务在她需要的时候继续给予帮助,所谓帮人帮到底,送佛送到西,半道上撒手不管,也未免不够君子。他对司机说:小王,靠边停,我想散散步。

他走到一条比较安静的街,拨了她的号码。他想,她会不会赌气不接呢?一念未了,电话已经接通了。她语声低沉,还有很厚重的鼻音,似乎刚刚哭过,此时尚未缓过来。看来她的确是遇到困难了。他问她发生了什么事儿。她说她爸病危,急需用钱。他说,把卡号给我,我打给你。那边陷入沉默。他等了一会儿,等不到回音,就说:喂!她说:在的。

把卡号给我。

嗯,好。她说。顿了一下,又说:我会还你的。

先别说这个,救人要紧。

救人的确要紧,可是钱呢?他答应得爽快,一挂掉电话,就开始犯愁了。股票已经跌得不像样子,无法从中抽钱,怎么办?他想到了老朋友们。救人如救火,容不得拖延,他不顾时间已晚,当即给朋友们打电话。朋友果然爽快,仅拨了一个电话,钱就打过来了。他如释重负,马上从ATM机给她转了过去。第二天中午,他给她打电话,问她父亲病情如何,她说正在重症室。他本想多聊几句,问一问她别后都做了什么生意,情况如何。说白了,他想问问之前那三万块钱怎么花的。但是还没来得及说这些,忽有人找,有个要紧的事儿需要他去办,于是就挂掉了。一挂之后,就又双双不再联系,于他,是怕频繁打电话过问钱的事儿,会让她觉得难堪,而她呢,本来就没打过电话,现在不过是回到之前的状态而已。

一切看似又趋归平静。生活依旧庸常无趣,而愿望中的升迁,仿佛就在眼前,却又遥遥无期。人生如此,让他备感无聊。

## 三

他很快就不觉得生活无聊了。

借给他钱的是李四。两个多月后的某个周末,大家在张三家打牌,李四也在。大家东扯西扯,有人问到李四老婆的生意。李四说赔了,屁股后天天一堆要账的,烦得很,恨不能把老婆推给他们顶账。张三说:你老婆就一个,债主那么多,怎么顶?刀子卸了每人分一块?李四翻眼。蠢货,就不能一家轮几天?张三夸赞:好主意!哎,嫂子是不是知道你这想法,故意赔钱的?

李四一贯爱开玩笑,大家也没人当真,嘻嘻哈哈,热闹而过。他却放在了心上,觉得有必要尽快把钱还给李四。这天晚上,有人邀他吃饭。这人是搞工程的,在竞一个标,而招投标事宜由他负责,之前已邀请多次,都被他拒绝了。这次又殷勤邀请,他觉得不能太无情,就答应了。此人神通广大,各方关系都打点得很好,公司资质和实力也不错,这个标基本已经定下是他的了,所以去吃他一顿饭也无妨,反正又不用为他去违反规则。他以此为理由说服自己,开车去了市区东十公里外河边的一家饭店。席上无外人,只有那个老板和他一个女助理。三人推杯换盏,相谈甚欢,喝到开心处,女助理掏出一张银行卡递过来。这是此类饭局应有的情节,无须为怪,但要让他坦然伸手,一时半刻还是做不到。老板说:相关领导都有,不光您一个,这只是一点儿小小心意,不求领导为我的事违法乱纪,只求念兄弟这点儿情谊,不要给小鞋穿。他瞪眼说:你这是什么话?老板赔笑。开玩笑开玩笑,来陶局,再敬你一杯。

临走时他已半醺。卡是女助理塞进他衣袋的,非他自己亲手拿的。回到市内,他在一个比较偏僻的 ATM 机前停下来,进去查看了一下。钱不多,五万。不过什么事都不用干,又不担风险,这个数也差不多了。他当即转了两万给李四,将卡抽出来塞到鞋垫下。不久后工程开标,中标的却不是那位老板,市长临时插了一下手,结果就变了。他觉得有点儿对不住老板,想把钱退给他。转念想他花钱只是买自己不作梗,而自己事实上也真没有作梗,并不负约,况且收钱的又不止自己一个,没必要心存亏欠。再说,那点儿钱已所剩不多,若要退,还得去转借。想想还是算了吧。

几天后,他正在办公室忙,忽然接到老婆电话。他不耐烦地接通,还没说"喂",老婆的声音已经撞上耳膜。

你是不是收人五万块钱了?

老婆压低了嗓门儿,但语气极其严厉,犹如一声山炮,直接将他震成了木头。老婆是市纪委第三纪检监察室主任,纪委信访科主任是她老表,此话从她那儿传来,必是被人举报无疑。老婆命他立即回家商议对策。到家之后,老婆先审问钱的去向。他自知事情已如纸中之火,无法再瞒,遂老老实实从头交代。老婆掂起茶台上的热水壶砸到他身上。壶里尚有余水,淋淋拉拉洒了一身。

你个王八蛋!老婆破口大骂。你去死吧!

老婆并没有让他死。她从家里拿钱补上缺口,让他赶紧打进廉政账户,然后再主动找局长和书记坦白情况。他依计而行。找局长和书记前,他还心存委屈,觉得那个老板太他妈不是人,明明"相关领导"都意思了,却只举报他一个,分明是欺负他老实。他本想跟局长书记结成联盟,不料想掏心之后,才发现人家都没收钱。那个老板认为已经十拿十稳,只给他这个负责人象征了一下——活该他最终中不了标!——他彻底蒙了。

由于扑火及时,加上他老婆鼎力相助,动用各种关系替他开脱,最终有惊无险地过了关。至于前途,这时候还好意思想前途?未免太贪心!事情过去后,他老婆把家产列了个清单,分门别类井井有条,然后通知他去办理离婚。他自知理亏,无颜再争财产,办过离婚手续后,就带上自己的东西灰溜溜离开了。他先住在儿子家。儿子儿媳对他还算理解,但他总觉儿媳妇看他的眼光很古怪,也不大跟他说话,深自羞惭,熬了不到一个月,就又带上东西离开了。九月的黄昏污浊不堪,大团大团乌云浮荡在雾霾密布的天空,秋风从西而来,刮得满大街垃圾飞扬。他拖着行李箱,孤独行走在薄暮中的街道。雨点穿过层层尘埃落下来,一滴滴打在他脸上,然后汇流成溪,顺着脸颊往下流。他掏出手机,拨了她的号码。铃声响了很久,他几乎都绝望了,那边终于接通。他再次听到了那个印象中几乎已经模糊的声音。

喂!她说。

是我。

我知道是你。

他沉默了一会儿,说:你能不能来陪陪我?

她说:好。

第二天她就来了。他请了三天假,接到她后,直接带她到了邻市,住进一家快捷宾馆。她穿一件黄色小西服,一条白色紧身裤,碎发变成了大波浪卷。脸好像黑了点儿,但她本来就有点儿黑,时间也久了,弄不清是不是跟原来一样。她肩上挎着只棕色单肩包,安安静静地跟着他。进到房间时天色已晚,他站在床边,神情憔悴地望着她。她走到他面前,轻轻将他抱住。你到底怎么了?她说:到底遇到什么事儿,这么不开心?

她的声音这么温柔,语气也很诚恳,恰似情人发自肺腑的关切。这是他从没体验过的感受。这感觉真好,虽然远不抵付出的代价,终归有所补偿,不至于输个精光。他也将她抱住,两团富有弹性的肉球温软地顶在胸腹之间。他抱住她,在她的催问下讲了事情经过。一开始,她还偶尔插一下话,就不理解的事物问句为什么,到后来就不出声了,只是默默倾听。差不多讲完时,他感觉到胸前一片水湿,低头看了看怀里的她,发现她在流泪。

对不起!她说:我害了你。

他心中一时百味杂陈,却只是笑了笑。没事!他说。

这三天他们日夜腻在一起,就像热恋中的男女。事实上到第二天,他在床上已经力不从心,剩余的时间大多都是躺着说话,或者搂着她看电视。他们聊了很多,比如各自的家庭、生活里的烦恼、两地不同的风俗和小吃,等等。她说她结婚了,就在半个月前,这次出来向老公撒了个谎,说是参加一个闺蜜的婚礼。说到这里,她在他怀里嘻嘻笑起来。他忍不住也笑了,心头却有一丝失落飘来荡去,犹如萦绕山腰的雾霭。

三天匆匆而过,一切都还算美好。唯一让他心生芥蒂的是,当他问起这几年她都做了什么,她总是支吾以对,或者闪烁其词,明显不愿多谈。她不想说,他也就不再勉强,只是难免会有困惑,似乎她这些年的行迹也变得可疑起来。芥蒂虽小,却如种子埋在心田,而每一次在回想时的疑虑,则如一次次密雨灌浇,使它一点点发芽成长,最终枝繁叶茂,在心中遮起一大片阴影。

她走之后,他们仍有联系,但不频繁,十天半月会有一条短信,除了问候起居,也没什么其他内容。这种状态持续了将近三年。其间她生了个儿子,给他发短信报喜,并请他给孩子起个名字,因为他是她所认识的文化水平最高的人。这个要求不能拒绝,他翻书稽典,起了个很大气的名,又给她转过去一千元锁子钱。而他,工作和生活都没什么好说的。一开始他住在朋友家的空房里,大半年后,做生意的儿子心疼爸爸,在东区买了套二居室给他住,当然,房产证上的名字可没他的份儿。他本来也没脸再在单位待下去,要办内退,但因能干事,而局里能干事的人不多,所以局长和书记都不答应。无奈何,他就天天打混等着退二线。有人给他介绍女人,闲着也是闲着,相了几个,都看不上。更多人在张罗着撮合他和前妻复婚。这也是孩子们的心愿,他也并不反对,只是前妻坚决不允。她说她不能容忍男人的背叛,尤其是如此荒唐的背叛。一个有身份有地位的男人,竟然为了一个仅有一日之缘的小姐违法乱纪,自毁前途,该有多么愚蠢!她宁死不愿再跟这样的蠢货生活在一套房子内。他闻听此言,羞愧难当,却也只能唾面自干,无言以复。每当长夜难眠,或者孤独来袭,他就会想女人,想给她打个电话聊聊天,或者约她再见。甚至有几次,他都决定要去找她,但最终无不废然而罢。她已经结婚了,还是不要打扰她的家庭生活了。而自己,大节已经堕地,儿女亦已蒙羞,倘若再闹出点儿什么事儿,在亲朋好友面前如何自处?所以,还是老老实实了此残生吧。业余时间,他打打牌,看看书,跟驴友们去爬爬山,力争过一种健康生活。他还成了老朋友慈善会的忠诚义工,并将工资之半捐了出来。他认为这代表着某种救赎,而手无余钱,则会减少很多犯错误的机会。至于他是不是还想借此塑造某种形象,试图扳回人们对他的看法,就非他人所知了的。

总之,这三年一切平淡。他孤单地生活在热闹的人群之间,忙碌地浪费着冗长光阴,以一种健康而积极的方式自暴自弃,直到今年七月某一天的早晨。他每天都起得早,在大妈们占据广场翩然起舞前,他已经绕着东区走罢一圈。回来后洗个澡,他拿起手机看了看,见有一条新微信,是她发的。自有微信以来,他们就很少再发短信,因这个联系起来更方便,也更省钱。打开微信阅读毕,他愣住了。她又借钱!这是赖上自己了吗?他郁闷地想。没道理当年帮她脱离苦海,就得替她负责一辈子吧。他没有回复,换过衣服上班去了。他一上午心神不定,担心她会再发信息催问,然而等到下班,除了几条垃圾短信,手机上并未收到任何信息。他望着窗台上那盆茶花发了会儿呆。大概是侍弄不周,山茶已不再开花,每到花期,仅仅结出一些骨朵儿,不等绽放就凋谢了。他拿起办公室里的电话,看着手机拨通她的号码。

与上次一样,嘟声仅仅响了一下,她就接通了,而且她声音依旧很低沉,还有很重的鼻声,似乎刚哭过。他问她遇到了什么困难,她说儿子得了急性脑炎,很严重,进了ICU抢救,急需钱,一时借不到,就想到了他。她问他方不方便,能不能帮帮忙。他说:我手头没有,我借借看,你等我电话。

他手头真没有这么多钱。她要一万五,数目比以前少,可是他也比以前穷。他坐在皮革已皱裂的办公椅上,把相熟的人一个个过滤,盘算向谁借比较好。想来想去,还是张三最合适。于是他去了趟张三家。他觉得打电话不如见面说,电话里拒绝人很容易,当面就不好意思太无情。张三正在跟两个朋友斗地主,相互都很熟,他坐旁边看了会儿,就提出了借钱的要求。张三笑眯眯地瞅着他,问他借钱干吗。他实话实说,那个女人的孩子得了重症,进监护室了,急需要钱。张三说:那孩子是你的吗?

他说:别乱放屁。

张三说:那关你什么事儿?

帮人帮到底。他说:她开口了,总不能见死不救。

天底下没钱治病的那么多,你怎么不帮别人?

这是个让人无语的问题,看似符合逻辑,实则蛮不讲理,充满了小市井的狭隘和冷漠。他瞪着张三。废话少讲,你到底借不借?

要是你干别的,肯定借,哪怕你是去找小姐。但是这个,我不借。张三说:这女人害得你还不够惨吗?

他站起来就走了。带门的时候他有点儿赌气,手上劲儿大,砰的一声响彻楼道。真是不可理喻!他愤然想:不借就不借吧,还扯东扯西,什么嘴脸!秋风凉薄如水,在楼宇丛生的城市里哗哗流淌。他行走在青桐树斑驳的阴影下,心房里渐渐充满忧伤。他想到了与朋友们的关系。自他受贿事发以来,朋友当然还是朋友,吃饭喝酒打麻将,以前一起干吗,现在照旧一起干吗,但在感觉上,总似隔了一层东西。举个不恰当的例子,就像做爱时戴了个套子,虽然一样深入,却不再有肉贴肉的亲密无间。最初他以为是自己多心,后来多方注意,越注意越觉得有问题。今日张三的态度,在他看来,便是最直接的证明。得势相附,失势相倾,有用则来,无用则去,原属人之常情,没什么不好理解,试想,谁会把一个没有价值的东西放在眼里?只是他很悲哀,交了这么多年的朋友,你以为是伯牙子期,不料却是油头市侩,让人情何以堪。街头店家门口的大音箱在放歌,是流传已久的神曲《爱情买卖》,一句歌词锐不可当地闯进耳朵:最后知道真相的我眼泪流下来。多么应景的句子啊!他跟着旋律哼了一遍,嘿嘿笑了笑,掏出手机给她发微信:

没弄到钱,很抱歉!

几分钟后,她回了微信:没事儿,我再想想其他办法。

他看罢微信,将手机关掉,回到家蒙头大睡。反正有她老公呢,自己身为外人,帮是人情,不帮是本分,况且自己也并非不帮,实属力不能及。张三说得对,天底下需要帮助的人那么多,能管过来吗?他这样想着,渐渐也就把这事儿淡忘了,只是性情越来越孤僻,很少再跟朋友们来往,尤其是张三。他并不怪张三,可就是不想见他。

直到两个月后,张三才意识到他的刻意疏远。他觉得这很荒谬,就做了些准备工作,然后设宴请客。李四奉命来叫他,只说去吃个饭聊聊闲天,在场的都是老朋友,并无外人。他被李四拖到城北的"好厨子"饭馆,跨进包厢,看到张三端坐其间,顿觉没好气。酒过三巡,张三踢开椅子,手捏酒杯站起来,两只眼瞪着他。

就因为我没借给你钱,你就疏远我?他一口喝光杯中酒,取过手包,掏出两沓钱拍到桌子上。要钱是吧?给你!你今天不拿走就是王八蛋!

他眉头攒起来。你想干吗?

不干吗,就是要证明我他妈不是重财轻友的人。张三说:你只知道我不借给你钱,你知不知道我为什么不借?那个婊子一直在骗你,她根本没从良,向你借钱的前一天,她还卖淫被抓了!

他吃惊地盯着张三。他和她的事情败露后,张三曾设宴慰问,大家对他的不幸遭遇深表同情,继而追问他和小姐的故事细节。他心情糟糕,很快就半醉,在他们陷阱重重的提问中坦白了所有情节和信息,包括她的姓名、年龄和籍贯。张三是市公安局政治部主任,可以通过内部协查平台查询国内任何人的违法记录,他这样说,那一定是真的。张三将他和女人的事从头分析,术语纷飞滔滔不绝,一副义愤之情不可遏制的样子。其他朋友也不时应和或补充几句。他明白了,今天这个饭局原来是鸿门宴,不对,是批判会,这帮亲爱的朋友们狠针峻药,下手凶猛,完全不考虑他承不承受得住。他们认为他们是在治病救人。玻璃杯里的茶水渐渐冷却,黄褐色的液体犹如隔夜的尿。他双手捧着杯子,眼光无力地趴在薄薄的杯沿上,满耳朵都是责难之辞。

她就是看你实在,吃定你了。张三说:你个信球货!

## 四

他决定一探究竟。

他是在饭局后第三天早上出发的。国槐和橡树掉光了叶子,在微茫晨光里萧瑟而立,他背着帆布包走出小区,看到雪片像烟灰一样飘下来。他没有告诉任何人,向单位请了个假,理由是近来心脏反复不适,要去省城住院治疗。本市第一汽车站有辆直达她们县城的班车。车站不远,他步行而往。走进车站时,雪花已渐繁密,被寒风翻卷着忽西忽东。他在车内坐定,望着漫天飞雪,无端想到了易水河边的荆轲。

一百五十公里的路程不算太远,下午四点钟,他已赶到了她所说的那个村庄。这边也在刮风,但没下雪,阴晦的天空里隐约能看见太阳的影子。他走进村口一家小卖部,买了盒烟,然后说出她的名字,打听她家怎么走。店主是个五十多岁的小个子男人,瞟了他一眼,说没有这个人。他撕开烟盒,抽出支烟递给店主,请他再想想。店主接过烟,在他的打火机上点燃,说:真不记得有这个人,她爹叫什么?

他说:不知道。

她娘呢?

他有点儿尴尬了。也不知道。

那没办法,你再去问问别人。

村子很大,差不多有小镇的规模,他顶着风四下游走,见人就问,一直打听到天光昏沉,才彻底死了心。毫无疑问,她撒了谎,她家并不在这里,甚至她的名字也可能是假的,就像她们出台时的称呼,小美小丽小花小朵,不过是掩护本名的代号而已。那么她所讲的家庭情况,是否也属杜撰呢?他坐上最后一班城乡客车回县城,望着窗外陌生的夜色愠怒不已。

车近县城时,他忽然又想到一个问题:如果她所说的一切都是假的,张三又是怎么查出来她的信息?这个迟到的发现令他寒彻骨末，觉得被整个世界戏耍和背叛，忍不住哈哈笑出了声，惹得旁人纷纷看过来，就像看个神经病。没有食欲，只想睡，到县城后，他随便找一间小宾馆住进去，也不洗澡，直接蒙着被子栽到床上。可是又睡不着，脑子里乱糟糟的净是这件事。他发誓要找到她，不管多久，也不管多远。至于工作，去他妈的工作吧！

　　目标确定之后，事情就变得好办起来。五年之内，她换过两次手机号，理由是挪了地方做生意，换个当地号打电话便宜点儿。他撇开微信，用短信给她发了条信息，问她近来可好。等到半夜才接到回复，共四个字：还好，你呢？她以短信回复，证明手机号码还是之前那个，而那个号码归属某市。他回短信，说他很好，天冷了，给她买了套冬衣，要给她寄过去，让她告诉地址。又过了很久，她回复过来，说不用了，谢谢，让他也注意身体。他说已经买了，不寄只能丢掉。她这才发过来收件地址，是某市某街一家便利店，与手机号码所属城市吻合。

　　其实有更精确也更便捷的办法找到她：手机定位。但这要警方和电信部门配合，他没这个能力。次日一早，他直奔某市，在手机地图的帮助下，很快找到那条街的那家便利店。就在车站附近，不大，但很干净，旁边也都是小门面，诸如五金电料、水暖安装、定制窗帘之类。他假装买东西，进便利店走了一遭，没有见到她。此处肯定是代收邮件的地方，她并不在这里上班。这是意料中的事儿，所以他并不沮丧。接下来有两种办法：一种是找商场买件羽绒服，通过快递寄到便利店，然后守在附近等她来取，即可跟踪她的去向。这是备用方案，现在他要先试试另一种。他打开微信，找到"附近的人"功能，点选"只看女生"。他觉得，如果她仍操故业，很可能会常用这个功能。点选之后，呼啦一下出来一大排女士，而高居其上的，是一个"附近的朋友"，微信名叫"依人"，头像是美颜过的照片，看上去很性感。呵呵，正是她。

　　功能显示，她在附近两百米内。他在手机地图上定下一个位，然后绕街而行，走了大约三百米，再次打开"附近的人"。她依旧在,这次显示是在三百米内。他如此绕行,找了五个地点,画出五个圆,然后在地图上相叠加,最终呈现出一个重合的部分。这当然有误差,不可能精确标示她所在的位置,但是只要有个大体方位,再加上时间和毅力,要找到她应该不算很难。他在手机地图的指引下,朝重合区域走过去,进入一条狭长的街道。这条街在车站对面不远处,两边小宾馆和发廊林立如栉,大概是天冷,街上无甚行人,窄小的街道也显得空旷。他在一家宾馆前停下来。所谓的宾馆,不过是个家庭旅社,由一栋四层民居改造而成。这是重合区最靠近核心的建筑。他决定住在这里。

里面陈设很简单,没有电梯,没有地毯,也没有遍布各个楼层的摄像头。楼道和走廊都是水泥的,不少地方起皮,被重新修整过,一片一片如同满地补丁。房间也很寒酸,仿瓷涂料粉刷的墙壁已失去本色,卫生间里的洗手盆摇摇欲坠,而散发着污秽气息的便器,竟然还是蹲式的。他联想到了杏园酒店,两相比较,简直有天壤之别。假如她真的重操旧业,或者根本就没有退出过,她会在这儿接客吗?他感觉很疑惑。

他昨晚没睡,本想歪床上眯一会儿,养足了精神好办事。可是走廊里不断有人来去,橐橐的脚步声伙同廊道的回音,粗暴践踏着他脆弱的神经。还好离天黑已不远,他抽了几支烟,夜色已然漫上窗台。他先去附近饭馆吃饭,饭后回来,看到老板娘正在一楼大堂与人聊天。老板娘四十多岁的样子,穿着黑绒绒的皮草,一张脸肥白欲滴,假睫毛黑而长,嘴唇则红得像刚揭了皮。这么一副尊容,欲使人不联想到老鸨,简直比抽彩中奖还难。他回到房间,抽了一支烟,然后给前台打电话。前台只有老板娘在,听到客人说淋浴没热水,马上就来了。这是个非常拙劣的借口,老板娘打开水龙头,热水很快就雾腾腾地洒下来。老板娘是聪明人,立刻明白了客人的意图,不等他羞涩开口,主动关怀起了他的夜生活,问他要不要小姐。

他装出一副老手的样子,说:货色怎样啊?能不能挑选一下?

老板娘有备而来,当即从皮草内掏出一沓照片,他一张张翻看。照片上的女士只能用两个无比恶俗的词来形容:浓妆艳抹,搔首弄姿。不过看上去还都有一点儿姿色。他漫不经心地翻着,问老板娘:这些照片真实吗?老板娘嘿嘿一笑。广告嘛,肯定有点儿美化,太认真就不厚道了,但是活儿都很好,你试试就知道了。活儿很好,是不是意味着入行时间久?而入行时间久,岂不是代表着年龄也比较大?想想也是,倘若是年轻貌美的小姑娘,肯定要去高档场所赚大钱,怎么可能来这种地方浪费青春。而他此次来是为找人,对这些女士们的活儿并无兴趣。照片一张张过手,眼看就要翻完,在倒数第三张,他终于看到了一张熟悉的脸:正是她微信头像所用的那个。他的手不由自主地颤抖起来。

天太冷了。他说:这个不错,就这个吧。

老板娘把头凑过来看看照片。这个不行,她不在。

去哪儿了?

回家了。

什么时候?

天快黑那会儿,坐老乡的车走的。

这算不算是擦肩而过、失之交臂呢?他懊恼不已。多久回来?他问。

不知道。老板娘说:你再看看别的,别的也不错。

他将照片又过了一遍,抬起头来瞅着老板娘。当面细看,老板娘又是一种风韵,而且额眉干净,眼睛明润,年轻的时候想必也是个美女。你呢?他问:你今晚有空吗?

## 五

他就在门后等候。

老板娘已打电话问过,她下午就会回来,至于到达时间,可能要到黄昏了。所以心急也没用,他只有等待。趁此时间,他可以做些准备工作,比如兑现承诺,去商场给她买件羽绒服。十一月的天光最短,白日在云层里晃了几晃,便坠入参差凌乱的楼丛,才五点多钟,天就已经黑透了。这时老板娘打来电话。

她上去了。老板娘说。

他马上蹿到门后。他这样做是有用意的:当她叩门,他会打开一条缝,容她侧身而入,然后立即将门推上,再以后背顶牢。他怕看到是他后,她会夺门而走。他藏身门后,闻听走廊里脚步声款款而来,到了门前,又款款而去,一颗心悬起来又放下,放下去再悬起来。终于,门被叩响了。门上没有猫儿眼,无法让他先窥她的面容。他手握把手,激动中又有一点儿犹豫。开与不开,见或不见,在此时都有不堪重负的理由。可是怎能不开呢?这些年的荒唐遭际,将在今晚得到一个说法,隐藏在时光和距离之后的真相,也将在此夜一一印证。他轻轻压下把手,将门带开一道窄缝。

窄缝突然扩张了几倍,显然是被门外的人推的。紧接着一个人从半开的门里挤进来。是个女人,鬈曲的长头发披散在前胸后背,俗气的红呢外套包裹着壮实的身躯。脸庞还算丰满,但气色不好,鼻梁和眼睛周围布满黄褐斑,犹如一团晦气笼罩在脸上。他怔住了。没错,来者是她。可真是她吗?在他想象里,从门缝里游入的应是细细瘦瘦的白鲦,不料却闯进来一条肥硕的草鱼!尽管已有心理准备,他还是难以接受。仅仅三年啊,曾经的动人少女就变成了庸常村妇,还有什么比时光的无情摧残更令人惊怖的呢?

他怔的时间太长。她与他同时看清对方,同时发怔,她的怔很快转化成惊愕,继而是惊慌,扳开门就逃了出去。他要阻拦已经晚了,追出门时,她已经飞奔过三个房门,折进楼梯道,咚咚咚跑下楼去,全然不顾高跟鞋可能崴了脚。他赶到楼梯口,想要追下去,两只鞋底却如粘在地上。他扶着肮脏的铁栏杆,望着视野有限的楼梯道发了会儿呆,默然回到房间。唉,这算什么事儿!他坐在破沙发上闷头抽烟,抽了两支后,掏出手机拨打她的号码。拨了五次,她都没接。怎么办呢?只有继续抽烟。烟雾连绵不绝,充斥于冰冷的房间内,犹如幻灭之情将他淹没。

两小时后,房门再次被敲响。他以为是老板娘来问究竟,将门打开,却看到是她。她站在尺余之外,抬头望了他一眼,又复垂下头去。他说:进来吧。她就进来了。他将门反锁,站在靠门的方向,这次不用担心她跑掉了。他仔细打量她,娃娃脸的轮廓还在,娃娃气已经没有了。她一直垂着头,似乎不敢看他,神情却不是羞怯,也并不扭捏,只是不自然,千般万般不自然。他盯着她看,看得久了,不由自主也不自然起来。

脱吧。她说。

这应该是最好的开场白。两人脱光衣服,钻进冰凉的被窝,他搂住她,她也温驯地被他搂住。他的手在她身上轻轻抚摸。她的皮肤已不似记忆中的那么光滑,肌肉也不如以前紧致,尤其是腰腹部位,指掌到处,满手都是松软的赘肉。她在他怀里抖动了一下,好像敏感地方被触碰到,生理上本能地排斥。

芳姐给我打电话了。她说。芳姐是老板娘的花名,这他知道。她说你们谈了很多。

嗯。

都谈了些什么?

该谈的都谈了。他说。他把手掌从她腰上挪开,把她搂得近了些,似乎这样可以使两人更暖和。他的三百块钱没有白花,老板娘把她所知道的事情通通告诉了他。于是他知道,她所计划的事儿全都做了:先是开小饰品店,生意不好,又卖服装,依旧不赚钱,然后就卖小吃,干了一年,多少也挣了点儿,但跟不上家里的花销,就又改行去学美容美发。学习的时候认识了一个小青年,谈恋爱结了婚,婚后两人开了间美发店,她又生了孩子,小日子还不错。后来不知何故,两人突然又离了婚,孩子归她。养孩子需要钱,而她经过这么多折腾,意识到自己不是做生意的料,只好去省城打工。她把孩子放在老家她妈那儿。孩子太小,她妈又太老,照应不好,一场高烧引发了脑炎,她又没钱治,差点儿把命耽误了。

她在你们那儿干这行,本来干得好好的,收入也不错,虽说发不了财,也够养家。就因为遇到你,把一辈子毁了。老板娘说:你倒是好心,以为救她出苦海,可不知道她离开这一行,才是真的进了苦海。各人有各人的活路,适合你的不一定适合她,你逼她做生意,十足害了她。

他说:我没有逼她,是她自己愿意的。

那是她不了解自己。你看看,折腾这么久,最后不还得回到这一行?就是代价太大了,以前条件好,能进出高档酒店。生了孩子以后,整个人都变形了,要脸儿没脸儿,要身儿没身儿,一样是卖,价钱可是天上地下。

他麻着脸抽烟,听得无比气闷。顺着老板娘的逻辑推引,将会得出一个令他狼狈不堪的结论,所以他不能认同。他承认卖淫是人类最古老的职业之一,也尊重性工作者的人格,可卖淫毕竟是违法的,从事这一职业也很没有尊严,但他没跟老板娘辩论这个,他怕得罪了她,翻脸不再提供信息。

你怎么看这个问题?说到这里,他问怀中的她。

她没有立即回答。从她神色看,好像并不是不知道该如何回答,而是不愿谈这个话题。的确,这个问题很容易辩驳,尤其是关于"尊严"的论调,根本禁不起以现实为依据的反诘。事实上,这些反诘也一直在他脑海里并不遥远的地方回响,只是过于直白犀利,缺乏成熟人士应有的淡定和蕴藉,而被他在潜意识里自我修正掉了。气氛变得有一点点僵。她感觉到了这种潜在的不愉快,觉得还是回答一下好。

我真的不想干这行。可是孩子病重急救,我又借不到钱,只好到医院附近站街。就是太倒霉了,才接了两个人,就被派出所抓住,罚了三千块钱。是芳姐帮我交的罚款,又借钱给孩子治病。孩子出院以后,我就来这边了。她说:先活着吧,再慢慢找能做的事儿,等有合适的工作,我就不干这个了。给我点儿时间,好不好?

他无言以对,只能把她搂得更紧。这说明已经取得他的谅解。她笑了笑。她侧身而卧,一边脸压在他胸前,她的笑容从唇角舒展,传到他胸膛前就被挡住了。你放心,我说到做到。她说:以后孩子长大了,我可不想让他知道他妈妈是干这个的。

说到孩子,气氛似乎轻松了些。桌子上有两只盒子,一只是幼儿早教机,另一只装的积木。据老板娘说,今天是她儿子的生日,她回去也是为了这个。他觉得有必要给这个素未谋面的小家伙送点儿礼物,就在给她买羽绒服时,顺道买了那两盒东西。她顿时变得非常开心。儿子肯定很喜欢! 她说:哎,你要不要看看儿子的照片? 她说着,从他怀里爬起来,要拿床头柜上的手机。他拽住她,把她拖回被窝。

　　回头再看吧。他说:别感冒了。

　　哦。她说。

　　他觉得身上开始发热,需要做些活动降降温,就爬到了她身上。在开始活动之前,他说:你还是别干这个了,我这几天再给你弄点儿钱,你好好想想能做什么事儿,好不好?

　　她没有回答,或许是身体已经投入状态,思维就受到了限制,并未意识到他究竟在说什么。直到几分钟后,他都已经忘掉了自己说的话,才听到她梦呓似的说:好。

(原刊《芒种》第 6 期)

# 所有的星星都有秘密

肖　勤

一

寒气是从一寸寸泥里渗出来的,土地太孤单。雪花和山上的人气一样稀落,老娘拿着香纸烛,抬头看天,表情寡淡——天也好,你老汉也好,真能保佑啥子? 命都是自己挣的。

神轿坡一年比一年萧条,撂荒的田土,山瘦,人瘦,薄冰不成气候,零星几畦菜地,偶尔一声狗吠。

又求老娘搬下山,老娘还是不肯。铁打的衙门流水的官,你以为你副县长当一辈子? 哪天混不走了,这儿还有个根。

老娘就这脾气,从小到大冯玉就没从她嘴里听到过一句好话。她一个寡母,习惯了把最坏的打算摆在前面,用她的逻辑——先落到底儿了,之后生活所有的起色,都是白捡的。

冯玉开导老娘,日子再向回走,也断然没有活回神轿坡来的道理。

谁知道呢? 人是三截草,不知哪截好。老娘喊了一声,盯着老神龛上燃烧着的两支烛出神,蜡烛突然开烛花,嚓嚓嚓,一朵接一朵,映着老娘那张苍老的男人脸,坚硬,少肉,冷,缺乏女人最起码的柔软。冯玉低头苦笑,他以为他当上副县长后这脸会暖和些,结果更冷了。人家盼儿子出人头地,她只盼儿子扎根贴地——大风刮过来,断的永远是树,没见过贴地长的野茅草给刮断过。

跟她说不清,只好埋头去烧纸,院门口的女贞子树下,是年年烧纸的地方,火光照耀,下通酆都,上接天宫,他老汉要是真骑着一股风来收拜生辰的阴纸洋,倒也稀奇。

背后木门嘎吱一声响,手机铃声伴着昏黄的灯光从老屋里泻出来,接着是儿子嫩得掐出水的声音——

冯县长,电话。

只有这声音让老娘快乐。老娘咧着嘴,从喉咙里冒出一串沙哑又欢喜的笑骂,说,这干净。

她一笑,冯玉就笑了,几大步倒回去接过手机开心地问,谁?

那头声音细沉,说,姓袁的开始查了。

查什么?冯玉刚松开的眉头又皱了,圣百?博爱?

不然呢。

冯玉的头轰地炸了。

他知道会惹麻烦,但没想到会惹到姓袁的那里去。这老家伙,较劲的主。

我说吧,恢复定点医疗资格,多少人盯着,你不信,要在刀尖上舔蜜,要危险的快感,快感是吧?这回遇到姓袁的,够你快的,现在怎么收拾?冯玉没好气地问。

对方却不以为然,说,袁神仙出来,我们就唤鬼。

唤鬼?冯玉一头雾水,什么意思?

这个你就不要多问了,也不要晓得太多,不然到了场面上你稳不住,你这个人呢,五行不定。对方似笑非笑,说,五行不定,输得干干净净,是个问题。我就知会你一声,心头有个数。

挂掉电话,冯玉还是有点虚,回头看,院坝黑洞洞的,风雪把树下那堆火光吹得东摇西晃,他不禁打了个冷战。

看吧。老娘扑打着肩上的碎雪,碎啦啦骂,屁大一个县,鸭脬大个蛋,今天食堂菜拉稀,明天医院设灵堂。冯家祖坟,就没生当官那根藤。

冯玉烦乱不安,闷声说,我得走了。

走吧,再讲一遍,过桥过坎的,记得叫一声,莫让那些东西带走了魂。老娘抹一把院墙上的积雪搓落手上的香灰,道,叫你莫上来,来一趟费你牙缝一点时间,倒累得我屋前屋后忙半天,伤人。还有,少借人家的车,你回老家要用,人家就不用?

晓得老娘是嘴巴硬。伤?神轿坡的日子荒得生草。不点穿,只答,这车太好,人家回老家不用,放着也是放着。

老娘听不明白了,叫花子回家还借两升米,还有回家嫌车太好的?

他老家一村的叫花子,摆不平。冯玉答。

老娘啧啧两声表示理解不了,转了身,唤大黄狗,幺儿,走。语气倒是比和他讲话温柔得多。

下山已是深夜,高岗县城一片寂静,风不动,空气不动;清瘦的月亮不动,青灰色的街道也不动。冯玉从所有的不动中嗅到了危险的味道,它冷冽、隐蔽,在静水一片的空气中,无声地徐徐移动。

打开车窗,风冰凉,扑面而来,孤独猝然刺入,就像那年,他坐在镇政府院子里收秋,去路荒凉,寸草不生。

然后,这辆路虎的主人——画家,他走进院子,乱搅一气,冯玉死气沉沉的生活顿时变得很有意思。

两个截然不同的人,就那么莫名其妙地相识了。

## 二

那时候冯副县长还是镇长。

深秋的黄昏,晚霞红似朱砂,天空像一片壮观的红色草原,放牧着成千上万的羊群。

而他没有羊群,他身边连个鸟都没有,一个人坐在镇政府院子里收秋。

收秋是高岗民间的说法,秋冬之交,昙花一现的秋阳好比老枪最后一响,牵筋带血,向死而生,精华。

太阳是一双眼睛,贵州是眼睛的下睫毛,阳光就在上面,却很少能洒到下睫毛上。天无三日晴,谁说的?说绝了。高岗的秋天又是眼睛的泪窝,下不完的雨,像一张绵密不绝的网,太阳好不容易挣脱出来一次,因为憋得太久,灿烂得就有点决绝,是挣出来、拨响了的绝响。在高岗,庄稼命、人命和天命都是一个道理,一季一世的收成,遇上艳阳天,这收成就响了,遇不上,雨绵密,秋风紧,运不通,就不响。

阳光将尽。冯玉木然盘坐在水泥乒乓球台上,手里捏着一颗乒乓球。球崭新,洁白如少女。书记要调,风声早传开了,新书记是谁却不见传,老到的都看出了名堂——大姐嫁了不嫁二姐,那就是二姐没戏。于是,下班后爱留下来和冯玉杀几盘的几个人突然变得十分敬业,不是下村未归,就是加班不止。

冯玉打了个哈欠,虚出两汪眼泪,蒙眬间,一个中年男人晃晃悠悠走进大院里来。很打眼,因为高,也不单单是高,他留了长发,卷曲的长发,扎起来,洋歪歪,明显不是本地人。他先猫到上岗牌那里看了半天,又探头往党政办值班室里头找了找。找不着人,才四下张望,看到水泥台上正打哈欠的冯玉,立马夸张地张开双臂信步走来,哈里路亚,他用极富磁性的迷人声音说,上帝说,要有光,于是有了光。

冯玉再打了个哈欠,抹一把泪水,日×,收秋收到个疯子来。

长头发说着就到了跟前,盯着冯玉一看,头偏了偏,笃定地说,冯镇长。

太阳落山了,院子阴凉一片,冯玉不置可否地跳下水泥台,拍拍屁股上的灰,不耐烦,有事?

车没了。长头发搓搓手,龙场的羊肉凤坡的汤,冲你们的羊肉来,刚进馆子,车就让你们镇上的大侠给开走了。

你的意思是,你车丢了?在我们镇上?冯玉有点困惑,上下打量这人,四十或五十,看不准。眼窝很深,带点桃花,是了,搞艺术的男人都长头发,都带桃花,有妖气。

是车的事,也不是车的事。长头发说,找政府帮个忙,三百多公里跑来,总得把羊肉吃了再走——我钱包、手机全在车上,全身上下只有一条裤衩一团长,外加两个团。

话一野就有意思了,冯玉忍不住笑,边笑边摸出手机打给派出所,叫查监控。打完一看,食堂老莯正倚在门口瞅小玉姑娘蹲地上洗碗,哈嘴伸脖子的,盯的不是地方。就招呼老莯,给你一百,去街上买两斤羊肉来,汤要滚,红油要足。还有,我寝室坛子里头的杨梅酒,打两斤,给这位人民,不,团长,和他的两个团压压惊。

老莯舔舔嘴唇,意犹未尽地夹着腚去了。

有没有朋友在高岗?冯玉问,想想人家都团长了,怎么说也是在自己地盘上出的案子,总得管。

有一两个,不记得号码,都在手机里。长头发摸摸鼻尖,自嘲,光顾着画画,能记住的数字不超过四位数。

名字呢,总记得吧?

长头发报了个名字,说,远了些,这朋友是你们市里的人。冯玉一听,格神的,这人当然是市里的人,不光是市里的人,还是县里的座上宾,他一个小小的镇长,够不着。

长头发看出他的狐疑,说,生意场上的一个朋友,不认识就算了。

怎么能算了呢?冯玉嘿嘿笑,他不来接你,我还不得再杀几只羊。电话嘛,拐来弯去总能找得着的。

电话打过去,那边吃惊不小,连连说,冯镇长,你给俺哥说一声,我保证,一个小时,准时到。

羊肉汤锅上来了。秋夜冷,但老莯把食堂的炉火捅得很旺,杨梅酒是老酒泡的,几杯下肚,外面风吹泡桐哗啦啦响,屋里汤锅滚烫,莫名就有了共剪西窗烛的味道。冯玉有点感慨了,拉拉杂杂聊上了。

碰一碰杯子,说到了"不遇"。

冯大官人的"不遇"是啥?

不响呗。不像团长大人,几十万的车没了,天大的事,不管,只惦记着吃肉,大蒜漱口,冲上了天。

团长不以为然,拐角遇到爱,绝处有生机,不响是一时,不会是一世。比如他,穷孩子出身,初中时手拉手活动拉到了学画画的哥哥,教他画画,给他买画笔画纸,资助他一路念完大学。美院毕业,就在哥哥画廊工作,穷画家一个,可后来哥哥酒驾出车祸去世,他替哥哥成了画廊老板,顺便每年替哥哥给他父亲画一张肖像。画着画着,哥哥的父亲变成了他的干爹。

后来,干爹开始让他帮他做一些事情——干爹表面上是个退休领导干部,暗中却有不少投资,全靠儿子。儿子死了,总得有个人接着打理,眼前这个穷孩子,有良心,有良心就是好事。

干爹是谁,不便说,话多嘴杂。

投资些啥生意,也不好说,杂,东一脚西一脚,有门就踢。干爹不是平常人,有四通八达的信息和资源,对财富有精准的嗅觉,就像饥饿的人,天生能闻出藏匿在柜子里的美味。他也差不到哪里,穷山沟里出来的孩子,一旦有了吃饭的资本,压抑多年的嗅觉迸发,能量惊人。干爹对他的器重,胜过对死去的儿子。

冯玉嫉妒,大画家,你真幸运。

幸运吗?画家幽然一笑,想想看,你明明是活的,却又是死的,你身体里住的那个亡灵明明是死的,却又是活的。你活的不是自己,是他。

这世上又有几个人活的是自己呢?冯玉答。

也是。画家笑,我呢,其实总想着有一天,放下干爹的生意,四处流浪,从青海湖一路走到纳木错,找个我爱的藏族姑娘,必须叫卓玛。我们在高原打马徐行,画神鹰飞过雪山,格桑花开满草原。可惜半夜酒醒,星空遥不可及,佛偈声远,唐卡绚丽浓烈,布达拉宫庄严绝美,纳木错宁静纯洁,统统抵不过纸醉金迷,埋深了。

所以呢?

所以。画家意味深长地举起杯子,碰了碰,碰的是话,也是酒杯——兄弟,活在当下,展望未来。必须是卓玛,但不是又如何?

冯玉不禁莞尔,顺从的,却微苦。

锅里红油翻滚,屋外天寒风冷,而炉火正旺,两个交换了喟叹的男人,彼此对看一眼,突然就生死契阔了。

一个小时刚过,食堂外面热闹起来。黑麻麻的寒夜长空,横来竖去闪满灯柱,接着六辆越野车前前后后杀进院子来,雄赳赳一字排开,冯玉头昏脑涨走出食堂,往院子里一扫,只见最差的一辆,也是四个圈的货色。

冯玉回头把画家盯了十几秒,趁着酒意,白了画家一眼,说,兄弟不响,你响上天。

画家老谋深算地笑,说,我要的是体面。你不能,记住,不响不可怕,怕乱响。又说,白首如新,倾盖如故。兄弟,这顿酒,我装心里了。

说罢上车绝尘而去。

冯玉站在黑魆魆的夜色中,鼻尖一团冷汗。

这以后画家和冯玉的对话就基本是这个模式了,不说全,碰得差不多就散。分寸得当,拿捏到位,极有默契。深得干爹真传的画家虽不在官场,却是江湖老手,不免狂妄,却绝顶聪明,每次对话都是一场精神的抚慰和疗养。挂掉后意犹未尽,虽不是君生我未生,我生君已老,但感慨年华如水,相见恨晚却是有的。最完美的是两个人完全来自两个不同的世界,又相距遥远,诸事不需设防,数年相知,胜过人间情谊无数。

画家这个人,太聪明,不入行,太可惜了。

第二天一早,画家的车找到了。镇上黄家皮鞋店小媳妇羊水破了,男人撸起袖子出门,瞅到隔壁店门口刚停了辆路虎,上去打起火就载了媳妇往县医院跑。派出所顺藤摸瓜追到医院,宽肩横臂的汉子抱着个嫩娃娃,无比荣光地冲着派出所所长点头,对对对,我偷的,我偷的。

画家打电话给冯玉,笑,冯大书记,我还以为你那里有江洋大盗,搞得我千山鸟飞绝,万径人踪灭,结果是慈父起贼心,万般柔肠结。

冯玉也笑,说,乱喊啥子书记,说过不响的,专捅人家痛处,不厚道。

画家嗨了声,说,响,我会掐算,信不信,暗杠开花,不光是响,还要和。

一个月后,书记调走,芝麻开花一节节,冯玉果然成了冯书记。

冯玉打电话给画家,画家那头音乐阵阵,群魔乱舞,这个在叫欧巴,那个在喊巴嘞巴嘞。

多承吉言,大哥在哪里掐呢?

我在首尔斯密达,阿你哈萨哟。画家隔着万水千山,在那边疯得一塌糊涂,一时间,美女玉浆,灯红酒绿,活色生香地呈现在冯玉眼前。我就说了要响的,哎呀哎呀呀我的宝贝。

最后一句,已经不是说给冯玉听的了。

冯玉放下电话,看一眼窗角被雨水泡起水泡的石灰墙皮。冬雨绵绵,屋里屋外都是泥土被沤烂的味道,他有点兴奋也有点伤感——画家的出现让他平静的水面上莫名浮起了一个绚丽的水泡,那么细微,却着实搅乱了他死水一潭且闭塞枯燥的乡镇生活,仿佛古龙小说里欲罢不能的唐门一毒。

## 三

副县长这一"响",也是画家"掐"的。那段时间他心里七上八下,打过去,画家依旧是哑着,静着,最后淡淡一句——是你的,还是你的。

事实上冯玉和画家好些年没见面了。画家满世界折腾,今天在北京的午夜留下许多情,明天又在罗浮宫魅影独欢,还没来得及刺激他,人家又已经在泰国哐当哐当地学人家钢舌头说话了。

人生得意须尽欢,画家道,既然是替人家活的,自然要替人家活好。

那辆路虎一直留在了高岗县城。

"八项规定"出来了,高岗的领导个个不习惯了——公车回老家、送孩子、上医院,统统不要想。最不习惯的是冯玉。高高的神轿坡,住着孤零零的老娘,丢不下,可是神轿坡山高路陡,一年里有五个月夹雪带凌,以前冯玉上山都用公家的越野。公车一停,冯玉上趟坡就麻烦了——自家那辆起亚根本不是菜,得借。

借个鸟,画家说,都副县长了,东借西借,面子都借没了,哥车闲着也是闲着,你用。

从此冯玉用车时,就有人把那辆路虎开到楼下,按一下喇叭,车钥匙塞进楼下冯家的订奶箱里,走了。

也是画家的意思——跟个送车的小兄弟扯淡,犯不着,冯大人一天那么多家国大事要处理。

他问过画家,有了干爹,"在那遥远的小山村",亲爹怎么样?车给自己了,画家开啥回去?

画家瘪着嘴苦笑,说,刚当伪公子那几年,烧包得很,一回老家户户送礼,送得一个寨子的狗看到我都摇尾巴,我老子走在村道上想抽根烟,一弯梢的人挤着给他点火。后来村里修路,一口气给我派了五十万,我傻呀,甩了十万,结果路修好,独独断我家门口那一截。我老子呢,不骂村里人,骂我狗日的。我气不过,有一年回去故意空着手,搭鸡公车,我去,那天那个热闹——天上地下的狗都在咬,硬没人出来管。我老子怵怵惶惶挡在门口,苦怏怏的,居然不让我进屋,说人要脸,树要皮,你整成这样,还回来做啥子?让人口水淹死我?我听了那话,转身就走了,算算,小十年没回去了。

不怕他想?

寒心了,大年三十的,出租车都打不到一辆,他逼我走。画家在电话那头淡然说道,跟着老爷子,别的没学会,心学硬了,旧时王谢堂前燕,最终人散车马稀——那年我丢车,你请吃饭,才是真情谊,所以了,你用个车算啥子!

冯玉心底温暖,嘴里谨慎不安,说,车太好,怕人家说招摇。

招摇?你开辆昌河试试?你还没到资格大到摆低调的时候,你真那样,叫寒酸,拿你当笑料下酒的人一路排到四川。画家斩钉截铁地说,别傻了。

## 四

有一种人,大事发蒙,小事发慌。曾梅就是这种人,鸡飞狗跳要汇报,风吹草动也要汇报。一大早又追到办公室,又胖又矮的身子惊慌慌跟着冯玉转。

秘书刚一出去了,曾梅热腾腾一团身子扑到桌子前,脸通红,声音打战——他们要查。

哪个他们?查什么?冯玉下意识向后坐了坐,曾梅个子不大,但胸脯不小。

纪委袁大春书记,昨天快下班了他突然通知我们开会,要求抽查国庆节前恢复定点医疗资格的圣百、博爱两家民营医院,要抽八十份病历。

查呗。冯玉低头批文件,有头晚那个电话打底,他不慌。顿顿,说,查了纪委觉得不该恢复,又停就是。

曾梅眼睛都要瞪出来了,冯县长,你不是不知道,袁书记亲自督办的事情,怎么可能这么简单?他要求调隔壁县的专家来协查,这是怀疑我们。

冯玉心里盘算,有人请神,有人唤鬼,让神和鬼打架去吧。

他不想和曾梅多说,问,你接过圣百和博爱一分钱没?

没有啊,县长,我发誓,我当"合医办"主任四年,绝对没有收过任何一家医院的钱。曾梅的声音陡然往钢里走,像李铁梅了。

我接过圣百、博爱一分钱没?

那……也怕是没有。曾梅迟疑地答,肯定没有。

那怕他怀疑啥?

曾梅带着哭腔说,查谁谁出窟窿啊。我说过,两亿多,六个人的合医办管不过来的。

高岗县管不过来,其他县同样管不过来,这世上有人的地方就有案子,没见着出了贼就杀捕快的。再说,我们恢复两家医院定点资格是为了民生,为了国庆期间的稳定。冯玉把一沓文件重重地扔到桌子上。

民生。稳定。

这些词,金光闪闪,多有分量,不是尚方宝剑,也是金钟罩。

## 五

天气骤冷,天空泛出硬邦邦的钢蓝色,这是高岗特有的景致,是寒流来袭的预兆。高岗的冬天向来比贵州其他地方要冷,算一算,该来了。

袁大春不怕冷,天气越冷他战斗的欲望越强烈,他甚至能听见周身的骨节在冷空气中喳喳作响。冷风是好东西,催人奋进,催人警醒,全身的汗毛被风刮耸起来,这样的状态才适合作战,特别是与那种不好、不便却又必须下手的对手交战。

因为寒流来了。

精神抖擞走进办公室,拨通手机集团短号,80023。按照县四大班子的排序,他是纪委书记,短号排序80007。

有些话,他不方便和年轻的副县长冯玉说,不是不方便说,是不想说。直觉告诉他,他们根本就不是一路人。冯玉心太高、太深,又太急,章法不对,初衷也不对。

但有些事,总要解决的。

袁大春拨通电话前的一个小时,冯玉正往医院走,风大,吹得人站不住,夹着雪凌,打到脸上生疼。县城整个就一风袋子,走到哪里都是呜呜的风声,可这风刮不熄冯玉的牙火,它冒着烟,往脑袋里钻,痛得冯玉想把头割下来。

县医院院长恨不能把他秃顶的脑袋都塞到冯玉嘴里去,最后,他忧心忡忡地说,再拖,一颗带坏两颗,两颗带坏一窝。

冯玉咧着嘴抱怨,换个牙,光是消炎就要整几个星期,我哪来那么多时间?副县长就是只猴子,锣一敲戏一开就得翻跟斗。

说着锣响了,007有请,急事,开个小会。

冯玉长松了口气,袁大春的靴子终于掉下来了。四天了,爷等这电话把牙都等上火了。

冒着大风穿过钢蓝色空气的县城,树上的叶子刮没了,街道上的人也刮没了,冯玉抽着冷气咝咝咝赶到县纪委会议室,袁大春懒洋洋坐在那里,嚓嚓嚓剪着他的指甲。

有些人注定是你命里的死结,比如这个小疙瘩的袁大春。

从冯玉当上副县长那一刻起,袁大春就没拿正眼看过他。这个在全世界产量排名第三位的万山汞矿区长大的男人,生来带着毒,别的毒浅了入不了他的眼,深了他不怕,顶多一嘴还一嘴,看谁咬死谁。凭这邪劲头,袁大春当了十一年纪委书记,也因为这邪劲头,转了三个县的岗,五十二岁了,袁大人依然是纪委书记。

袁大春不拿正眼看冯玉——何止袁大春,高岗县里厌弃他的人多了。

就因为老汪和他PK,他胜了,老汪败了。

市委组织部宣读冯玉任职文件那天,四家班子领导没兴趣向他表示祝贺,他们急着去火葬场,去给一个人送葬。送葬是大事,在这种时候对生者表现出过多的欢喜与祝福是很不恰当的——如果非要为他们的傲慢与不屑找一个理由的话。

平塘镇党委书记老汪三天前死于突发脑溢血。

时间再往前推两个月,慎重填下"身体健康"的老汪参加了全市副县级领导干部公选,高岗三十多名科级干部一窝蜂参加考试,最后只剩下老汪和冯玉。

老汪的厄运是从考察前公示贴出去那天开始的。

某人举报老汪偷偷超生了个儿子,在乡下四弟家养着。

墙倒不用人推,有风就成。省计生委以迅雷不及掩耳之势空降高岗,等老汪知道时,人家已经把材料都录完了。从接生的医生,到他四弟的老婆——天天替别人养着个儿子,锅不碰碗碰,哪能没点嫌隙。

老汪给开除了,转眼天堂地狱,过不去,天天抱着酒瓶子。四十多岁的人,血压常年就不低,一喝,人没了。

老汪活着时人人幸灾乐祸,一死,又觉得愧疚了,这感觉不好,得转移到别处。别处是哪里呢,想一想,应该是那个告状的

"某人"。"某人"到底是谁呢？还能是谁，当然是坐收渔利的人——其实姓冯的何必呢，一口锅里吃饭，抢个副处把人往死里逼。

风吹鸡蛋壳，一刮刮过几条河。一夜之间，全县人民都知道了有个黑心烂肺的冯大官人。

县长不嫌乱，安排冯玉分管文教卫计，还笑，既然省计生委督查大队长是你老表，你把这条线维系好，关键时候能救人命。

冯玉只差骂县长的祖宗，忍气吞声缠着县长赌咒发誓，那个大队长是公的母的我都不知道。您能不能让我避个嫌？

爱开玩笑的县长站在"高岗欢迎你"的广告牌下，上下打量这个已经进入了"他们"的队列却被大家归为"黑软件"的年轻的副县长，神色错杂。

冯玉说，不是我。

县长点点头，目光写满惋惜。

惋惜他被冤枉，用力过猛，还是其他？不清楚。和煦的五月，槐花遍野，但阳光冰凉，洒满冯玉的肩，不是滋味。

两年多来，高岗县大大小小的工作，你方唱罢我方登台，掌声不断，却没有一声为他而响，无论他如何卖力，总是难讨到好。

孤单了，突然就孤单了，或者说更孤单了。从小到大其实他都很孤单，现在，他终于成了他们中的一员，却被一堵无形的墙堵在外面。

都不喜欢他，包括老娘。凭什么？

他目光阴郁，不喜欢就不喜欢，谁离了谁不活。

什么东西在缓慢而坚硬地改变着一切。神轿坡满山的湿蕨在春天里抽芽，又在冬天的冰雪中腐烂成泥，混合着摇落的松针、野茶树、五倍子、杉木叶、茅枝子，变成一种气息。这气息在幽暗的山林里发酵，充满挣扎的欲望。这欲望藏匿在仇恨而隐忍的笑意里，就像开满鲜花的山林间，有一双灰黑色的眼睛。它的主人行走在高岗，把尾巴都夹到腔骨头缝里，它却藏匿在深处，等待一场成功的反扑。

一股风看见了，隐约传来冷笑。

冯玉听着,还以礼貌的微笑。

又一股风窥透一切,说,假的。

这股风是卫计局局长何长顺,来自老鸹山。老鸹山的风野道,时不时给冯玉来一撩子,让你烦。五十六岁的何长顺从兽医当到卫计局局长,是锅老杂烩,论资排辈冯玉够他不着,当了副县长也蹬打不开——冯玉一安排工作他就是一副"我晓得"的嘴脸,笑得贼眉兮兮,坐着的时候不断点头,站起身一出门就还按他自己的意思干。冯玉一问他,他便拖长了腔调答,冯县长,你放心,我——晓——得。

你晓得个卵。冯玉表情无风无浪,心头野火燃烧。

比何长顺更难对付的是袁大春。姓袁的这股风带着认证标志,官方授权,何长顺的风只是乱心,他的风要砍人。从冯玉进入"他们"开始,风就一直刮着,今天查学校矿泉水,刮倒八个教工站站长;明天查民政股,关进去四个股长。反正姓袁的刮来刮去、薅来薅去,就只刮只薅冯玉这一亩三分地。

现在,纪委会议室,这两个辣手老角子都凑齐了,冯玉深深吸了口气。

围攻还是单挑?

# 六

"纪委书记"这四个字贴在袁大春身上是完全不搭的,个头不足一米六的袁大春有点孙猴子投胎的味道,疾恶如仇又魔性十足。他不管养殖业,却带动了高岗的养殖业发展,因为他,高岗请客喜欢吃鸡,升学鸡、毕业鸡、相亲鸡、年会鸡。

换届之年,县委书记和袁大春一起调到高岗,书记看高岗县干部一堆软糊瓢,八百米的排水沟半年修不利索,一桌酒席倒是能抵上环卫工人半年工资。书记大手一挥,老袁,整顿。

袁大春牵起架势没几天,就请书记吃火锅,书记兴致勃勃赶过去,见一口空锅,问,菜呢?

锅里头。

书记有点蒙,坐下来说,你这锅里有啥?

思想,袁大春伸出双手做奉献状,满满一锅都是思想。

书记明白了。前两天袁大春给抽调上来的专项整治组申请食堂补助,让他给否了。动不动就是经费,就是吃,有点思想觉悟行不行?

堆了七八年的旧疾,从乡镇抽了十几个人,食堂不管饭,你让人家吃什么?思想,思想又不能当饭吃。袁大春当时就嚷嚷开了。

书记还是没同意,不是钱的问题,活没开干就敲碗,坏了规矩。

这下好了,人家请他吃思想。书记气得扭头就走,在车上想了半天,第二天通知监察局局长,叫"那个鬼"把请示交到县长那儿去。

于是第二天"那个鬼"又打电话请书记吃饭。

这回吃啥?书记没好气。

鸡,辣子鸡,一大锅。袁大春在那头简直就是热气腾腾。

书记警惕地问,这锅鸡……有没有思想?

高岗老百姓请人吃饭时,喜欢指着一锅鸡给朋友讲述关于"思想鸡"的故事,那感觉仿佛他们和纪委书记很熟,和县委书记更熟。如此,这样一场谈笑风生的饭局,才能吃出主人的面子和里子。

被笑侃为"原地踏步踏"的袁大春不在乎面子,也不在乎里子,副县十一年,他压根没想过再往上走一步,原地踏步踏就原地踏步踏,纪委书记这职务合他的胃口,什么"他强任他强,明月照大江"。鸟!他袁某人一把大刀守江头,过人不过妖。

冯玉也不在乎,他知道今天袁大春是请他来吃"策略鸡"的。袁大春这些日子可没闲着,你看他时他在剪指甲,你没看到他时他在磨刀。

磨吧,冯玉面无表情地坐下。

窗外,大风正把几株香樟刮得要死要活,漫天都是飞卷的细雪米。

袁大春收起剪子,轻叩桌子上的举报信,坐在他对面的曾梅面如死灰,一看就是个背黑锅的——两家被政府取消两年定点医疗资格的民营医院,一年不到莫名其妙又恢复资格,绝不是合医办主任曾梅这种人敢干的。

这是个老实又胆小的中年女干部,传统的短卷发,一件毛领的暗红色羽绒服,千韧冈、雪中飞、冰雪季之类的城郊接合部畅销产品。

这种女人,买个菜做个饭带个孩子可以,坐在门槛上跟人吵个嘴都缺钢火,怎么能当合医办主任呢?袁大春叹口气,每年两亿多农村合作医疗资金,交给这么个没主意的,早晚要出事。

曾梅开始打嗝,说得断断续续,大概意思是,国庆节前两家医院的员工闹上访,要吃饭,要生存,考虑到节庆期间的稳定,就恢复了。

就恢复了?袁大春冷笑,政府红头大印给停的,你一个合医办就恢复了?

又横了卫计局局长何长顺一眼,问,你的主意?

何长顺反瞪袁大春,精巴皮瘦一张老脸垮下来,糙惯了的嘴张口就是粗话——我老鸪山上下来的人,从不干这种没屁眼的事。

袁大春骂何长顺,粪瓢嘴。又问曾梅,那就是你的主意?

曾梅一张脸红涨得要爆掉,低着头,又胖又短的手指紧抠着会议桌,满头卷发随着她越来越密集的打嗝声不停地颤抖。

曾主任也有道理,稳定是大事,既然国庆节也过了,冯玉插话,纠过来就是。

纠?袁大春接过冯玉的话,似笑非笑,这么简单?要处理人的。

曾梅猛地抬起头,一瞬间,她的整个精气神全垮下去,嗝也不打了,脸上的皮肤陡然松弛得像老了十岁。她盯着袁大春,十秒,二十秒,三十秒。

接着她用细得不能再细的声音哀求,袁书记,我是老实人,我当不了这个主任,我不当了行吗?

不当也得把问题说清楚。

我说什么?曾梅崩溃了,号啕大哭,有问题也是你们的问题,医院又不是我同意开的,狼是你们放进来的,和狼吃饭喝酒进进出出的人也是你们,捐几个钱到乡下学校,你们不是给政协委员就是荣誉市民,现在拿我开刀,我就一个小主任,你凶什么凶?你吓我做什么?你有本事吓他们去。

袁大春站起身走到窗边,冷不丁猛然推开窗户,冷风卷着硬邦邦的雪米哗地扑进来,所有的人都打了个寒战。

好,你说——袁大春站在风口,风吹乱了他的头发,却没有吹乱他的声音——他们是谁?

天光哐当一声坠下来,暗了。

冯玉倒抽一口冷气。

磨了半天的刀,终于霍霍冲着他来了。

你妈的蛋。冯玉拳头紧握,手心出汗,想,老子一没有吃他们的饭二没有接他们的钱,顶多是程序不当。再说,哪个粮仓没老鼠?

曾梅没这定力,吓坏了,她突然站起来,一头冲出会议室。然后整个走廊里响起曾梅凄凉的哭声、杂乱的脚步声和喧闹的开门声、好奇的询问声。最后,曾梅神经质的声音尖厉而歇斯底里地从走廊尽头传来——有本事去抓他们,拿我开刀算什么,我不干了,不干了!

几个男人坐在会议室里,神色各异,默不作声。

好半天,冯玉叹口气,那颗火牙实在是太痛,痛得半边身子都木了。他挪了挪身子,说,老领导,以后这种事您先跟我通个气,我门前的雪我先扫,扫不干净,再请您老人家出马,你这样我下不了台。

袁大春喷一口烟,毫不掩饰他的鄙弃,你门前雪都堆成山了。

冯玉苦笑,全县领工资吃饭的人一万七,我这一块管了九千,从人还在娘胎里,管到他进烟囱,十个手指按不住一百个跳蚤。

袁大春扬起眉毛，说，你嫌跳蚤不好按，有人想按还把命丢了呢。

冯玉憋得太阳穴突突一阵乱跳，说，老领导，话都说到嘴边了，不是我。

袁大春不看他，扭头看外面漫天狂风，沉着脸，说，也不是说老汪，是有些功夫，不在弦上。

这话意思深了，冯玉心头紧了一下。

袁大春拿起信，摔在桌上，冷哼，这玩意，明里是从省里来的，其实哪封不是从自己县里出去，到省里转一圈再回来的？你说是不是？

冯玉不说话。

曾梅不是管两亿资金的料，得换人。

我觉得那不是你我考虑的问题。冯玉冷冷回答。

袁大春吃他一记，闷头走了出去。然后走廊里响起他凶神恶煞的声音——还看，还看，看个屁，都给我滚进去。

外面嘻嘻哈哈一阵笑，然后是此起彼伏的关门声，一个个不像是挨了骂，倒像是给舒舒服服挠了次痒痒。沉闷的机关大楼，间或有一点热闹看，谁不喜欢。

袁大春在高岗就是这么个怪物，抽烟喝酒骂娘，领导干部形象全让他给臭了，可高岗人说，这臭是臭豆腐的臭，他们受用。

## 七

曾梅开始写辞职报告，眼泡哭得像金鱼，从卫生局一个打字员开始，辛辛苦苦几十年，好不容易才当上个合医办主任，说丢就丢，不甘心。

从小她的成绩就好，可是不讨人爱。她长得不好看，个子也不高，还婴儿肥——到老了还婴儿肥，还豁牙。中专毕业分配工作都一年了，单位领导一说到她还记不住名字，费神地说，那个牙箍。

后来她的牙好多了，但仍然扔进人堆里就捞不出来，她躲在人群里,老老实实、任劳任怨、胆小顺从地活。是局长何长顺把她从人海里捞出来,推荐给县委。

踏实,忠诚。何长顺很认真地对县委书记说,就是长得不好看。

这话将了县委书记的军。不用,就是嫌人家不好看,传出去拐个弯,就是——县委书记只用长得好看的女干部。

只好用。

但她提任合医办主任后,何长顺又后悔了,说,完了,用错地方了! 刀恁利,曾梅恁老实,握不住。

何长顺长的是双毒眼——

这两年,眼看着市场乱了,县城里,屁大个地方,三两间破房子,也叫医院。新农合资金成了民营医院的取款机,骗的套的虚报的,最后都是一句话——反正又不是你的钱。理直气壮得你都替他不好意思。

她也想过好好管。可是两亿多资金后面是成千上万张病历和发票,她只有六个人,穿林海跨雪原气冲霄汉那就不提了,顶多搞点突击抽查,抽到哪几张病历不对就罚款——面对她的"一身正气",医院毫不掩饰他们的不在乎,罚就罚,反正羊毛出在羊身上,只要剪子还在手里。至于剪子,尊敬的曾梅主任最好不要收掉,请问,你的管理就没有漏洞吗? 既然有,那就谁都别咬谁。

难受,她明明该是一条看家狗,却生生被他们整成一条在马戏团配合他们演戏的狗。

电话响,一看显示的名字,烫手般缩回。

那边一直打。

嗨,怕什么呢? 都要辞职了。

曾主任,给您添麻烦了。太太从美国回来,带了点营养品,给老人家的……

没用。曾梅干涩地说,你们嘴巴张得太大。

不说那个事。对方嘻嘻笑。真就是给老人家带东西来。

本来,大鱼吃小鱼,小鱼吃虾米,大家都能混点生活,怎么说的？我给你们怎么说的？不听,大鱼小鱼虾米全通吃,不给人留活路,人家能不告?

说了不说这个。对方还是笑,老人家上次说想去趟香港,要不我来安排?

她老糊涂了。曾梅斩钉截铁地答,我不糊涂。

主任,对方摆出一副耗子耍猫的得意劲头,这世道,不糊涂不如装糊涂。

你慢慢装吧。曾梅讥笑,有一种抽刀见骨的痛快,检查组就来,祝你好运。

主任,这话说得好伤感情,我们是好朋友。

好个屁,老娘不干了。老娘只要不干了,怕你们?曾梅恶狠狠地、粗鄙地说完这句话,胸口一团浊气往上涌,和着多年的委屈,变成泪水淌下来。

那头是一阵意外的沉默,最后无趣挂断。

没清静几分钟,门又被捶得咚咚响,是何长顺的风格。他说,寡妇门前是非多,敲门要响,说话要敢。

曾梅不想搭理,蹑手蹑脚穿过过道,趴在猫眼上看他几时走,刚凑上去,何长顺一张马脸正朝猫眼凑过来,气得她干脆一把打开门,撒泼,干什么?

何长顺尴尬地挠挠头,自顾自走进屋,拍打着手上的资料呱啦,你还会瞒呢,全县重症患者四百八十七人,去年全部没有得到二次报销,你居然不给局里汇报。

曾梅火劲没散,硬邦邦顶过去——合医资金十月份就崩盘了,调了上年结余才勉强把最后两个月撑过去,拿什么来二次报销?

你还凶,栽花不行,捂屁最行。

我不捂,放出来你接?你拿钱二次报销?

我拿?你不管控好资金,让些贼医院套走了,你叫我拿?

贼医院怎么了?是我放进来的?

我不和你吵。我问你,你不觉得二次报销对重症病人和家属来说意味着救命吗?

曾梅顿时哑了,这个她比他懂,她和这些病人打交道不是一年两年,当然,很多也就只能熬三五年……

但她有什么办法,她管不住那些伸到钱箱里的手。它们不是一双两双,也不是三天两头,它们是天天捞人人捞时时捞,这个一勺那个一瓢,曾梅就是忙到吐血也不抵事。它们还威胁她,要管住一二三,就得管住四五六七八,哪里漏一个洞,都是她渎职。

何长顺站在狭小的过道,问,坐哪儿?

曾梅无奈地领着他穿过过道,来到改装成书房的阳台。

何长顺一屁股坐在书桌上,开门见山地问,是姓冯的他的主意吧?

曾梅吃了一惊,顿了顿,点头,又摇头,说,他不会承认的。

什么时候的事?

国庆节前。曾梅委屈地答,下了十多天的雨,那天终于晴了,我推着我妈下楼晒太阳,我妈坐在轮椅里,捂了床花开富贵的毛毯,我笑她像只芦花母鸡,她还冲我叫,咯咯嗒。

那天本来心情挺好的,太阳好,我妈精神气也好,还指着飞机在天上划过的白浪,说是飞机走尿了,把我笑得肚子疼。结果冯县长叫我去他办公室一趟。

冯县长。何长顺啐一口,说,屁县长,脑后见腮,必是阴胎;喜怒无常,必是阎王。他使阴招整死了老汪,你还冯县长。

曾梅不和何长顺争辩,何长顺在乡镇待了二十九年,田坎文化一大堆,酸的辣的,香的臭的,拐弯的挖坑的。她根本就不是他的下饭菜。

其实当时冯县长要她恢复时她心里就已经咔嚓了一下,又不敢说不行,只好说那得上县长办公会,至少也得他签字。

他不干,和她谈方法论——上会太敏感,搞不定。你以合医办名义先同意他们恢复,试试风向,好就算了,不好,等过完国庆节我立马出面纠。

她无可奈何地走出办公室,再也没有心思看飞机走尿了。

你不跟我说?何长顺气鼓鼓的,你是我的人。

曾梅反问,我都下水了,还拖一个你?合医有事我都是直接找他,什么意思,你又不是不明白。

何长顺不领情,骂,当英雄?结果现在死而后已,只有辞职谢罪。

辞就辞。曾梅梗上了,这水太浑,谁搅进去谁完蛋。我辞了职,申请提前退休,带我妈回老家。

两人沉默。

曾梅家这个用阳台隔出来的简陋书房实在太冷了,风刮过来,有一种"我站在猎猎风中",恨不能啥的感觉。

甘心吗?何长顺长叹一口气,望一眼曾梅,声音温和。

不甘心。曾梅收起笑容,垂下头,眼眶又红了,不甘心又如何。

## 八

合医办新任主任人选,何长顺直接向县委书记推荐了泥泓镇计生办主任陈小好。何长顺是杆老枪,他的推荐,书记认。

陈小好的考察效果跟何长顺吹嘘的一样好,看着何长顺得意扬扬的德行,袁大春提醒,收一下,你这表情,县委这些年简直就是埋没了人才?

哪里,好花开在深山里。何长顺挤眉弄眼,不怪领导。

但是当何长顺把陈小好带到袁大春办公室时,袁大春整个人都不好了。陈小好长得也太袖珍了,身高不到一米五五,细眉长眼,身形像个没长醒的孩子。

好半天,袁大春啼笑皆非地说,你和我比矮呢。

陈小好不好意思地笑了,神态秀气,但全身写满了紧张。

他越看心里越没底。

何长顺看出来了,拍着胸膛说书记你放心,我老鸹山上下来的人,从不乱打诳语,小好看上去秀气,其实有钢火。你忘了,男生女相,必是咬卵犟。

袁大春看着这个"老鸹山上下来的人",忍不住要笑。这家伙黑瘦的脸,十天有九天都挽着裤管,满嘴荤言秽语。

其貌不扬的何长顺身上有基层干部最珍贵的品德,苦得、干得、累得,关键是忠诚和勇敢。老鸪山是高岗县最边远、最穷的村民组,几十年也就出了三四个吃公粮的。何长顺动不动就用"老鸪山上下来的人"表白自己这一辈子能混到现在已经赚足了。谁都像何长顺这样想,天下太平,纪检干部全部下岗多好。

何长顺从基层一线干起,摸爬滚打几十年,手上偏方多。

陈小好就是他出的一道偏方。来自农村,对群众有感情。长期搞计生,敢碰硬。医专毕业,懂专业。长期工作在乡镇,在县里没有关系和瓜葛。媳妇家是县城酱油大王李九鲜,穿的是钱裤子,不怕被"策反"。五大优势,足以对付八方妖魔。

袁大春总之是不放心,要求陈小好表态,陈小好沉思半晌,细声细气挤出一句话,书记硬,我就硬。

袁大春哭笑不得,说,我硬得很。

陈小好不笑,眉头紧锁,忧心忡忡地说,但是,真不好管,水太深。

## 九

一碗豆花面,陈小好足足吃了半个小时。

回城了,任职了,草鱼跳龙门了。短短半个月,陈小好不再是泥泫镇的计生办主任陈小好,是县合医办主任陈小好。

镇里的同事都说他是猪圈楼上落红苕,运气好。

他心里清楚,他不是幸运的猪,而是倒霉的红苕,马上要被拿到火上去烤。何长顺这老法师一直就怕合医办出事,可又没办法去一张张查病历和发票,整天干着急,火烧屁股。

那个胖墩墩的、一说一个笑的曾梅主任,家境并不好,又死了男人,她主动辞去这个肥缺,不用想也知道,火山在喷岩浆,人家在撤退。他倒好,往死里撞,要想不被火山吞没,就得把火山口盖住。可这口子,盖得住吗?

手机来电,是媳妇李铁,声音居然糯滋滋的,亲爱的,妈做好饭了,叫赶紧回去吃饭。

妈做了饭?陈小好惴惴不安地放下碗,他这个穷山村出来的女婿,从来都是厨房做菜、饭厅打杂的命。

回到"家",酱油大王难得满脸笑意,来,整一杯。

陈小好盯着一两五的杯子,为难。

李铁横了他一眼,他赶紧端起来。

干,上了香火板板的人,豪气点。酱油大王哈哈大笑。我们李家如今也有个当官的了。

一个副科,陈小好不好意思地说,不算个啥子,满大街都是。

合医办主任可不是一般的副科。酱油大王的眼珠子精光直冒。

是了,凡是搞钱的名堂和门道,没有他不知道的,人家混了一辈子江湖,锣一敲就知道来了个什么草台班子。

给你提个醒。酱油大王夹花生米,没夹起来,反复几次,干脆拿手抓起一把塞进嘴里,含糊不清地说,一、浑水少摸鱼,我们家不缺;二、水至清则无鱼,眼不见心不烦,眼见了也当没见,懂吗?水深着呢。

懂,陈小好心想,懂才心焦呢。

吃完饭带着孩子恩恩爱爱三个人回到家,李铁开灯,不亮,脸立即就拉长了,今天几号?

陈小好没吭声。

又没交电费?

点点头。

什么意思,钱呢?

打麻将输了。陈小好淡定地说。

上个月也是输了。李铁尖叫起来,你他妈除了打麻将你还会做什么?

小不点背着书包站在门口不耐烦地叫,老李,我要尿尿。

陈小好赶紧抱起孩子摸黑进了屋。

卫生间里,小不点尿完尿,从兜里偷偷掏出两张钱,外公给我的,给你。

陈小好鼻子发酸,看卫生间窗外的万家灯火,摸着小不点的头,坚毅地、轻声地说道,我不会要你外公钱的,宝贝,你知道。

奶奶要用钱。小不点老练地回答,就算借的。爸爸,奶奶会死吗?

不会。陈小好蹲下身,在黑暗中紧紧抱住儿子。所有的暴风雨正朝他奔袭而来,唯儿子温暖的小身体是佛的所在。

十

陈小好歉疚而拘谨地站在冯玉面前,眼神闪烁不定。他花了整整十二天才把所有病人调查完,这时间的确长了些。

我刚到,不太熟悉情况。

冯玉冷淡地瞥了陈小好一眼,他对这个新合医办主任不感兴趣。接过调查材料,冯玉直接翻到最后一页。

两家医院在恢复资格的两个月间,套取合医资金两万余元。

冯玉暗中吐了一口气,肚子里跑过一万匹"草泥马",这凶险。两万多,不算啥。

陈小好走后,冯玉反锁上门打电话。

不是说全搞定吗?怎么还有两万多?

多少给点东西让他们咬嘛,不然他们牙痒。对方懒洋洋的,声音里带着点戏弄和闷骚,十九个镇,哗啦啦的黄河水——连夜全部到位,每户一桶油一袋米一百块钱。风一般的汉子。

什么时候了还哗啦啦,确定每家都到位了?

那必须。

不知道为什么,猛然间,一个不祥的念头飘过冯玉的脑子,陈小好那闪烁不定的眼神浮现在他眼前。冯玉猛然抓起材料,沉声问,你确定每家都到位了?我问你,你手上有八十户的名单没?

开什么玩笑,哥管策略,把大方向,不管鸡毛。

还是不太对劲,冯玉感到全身的血液在变冷,袁大春没有这么容易对付。冯玉迅捷翻动资料,手指冰凉,听我说,黄大全、李路、孙万材、白贵喜,有没有?

等等等等。对方仿佛明白过来什么,急促打断他,别挂,我叫他们传过来。

两分钟后,对方重复,黄大全、李路、孙万材……有。

冯玉松一口气,正要挂,那边声音突然收紧,高了两度,你刚才说孙万材后面是谁?

白贵喜。

再后头……

朱玉、朱小学、林草、李桂花……

我×。那边沉默了片刻,冷笑起来,缓慢阴柔地说,有意思,很有意思——中套了,除了前面几个名字是一样的,后面的人全部不对。

冯玉如同被当头一记闷棍,喃喃道,我就说,我就说!八十户,一夜之间你们都能见着,那么巧……人家……是等着你们去呢。怕是……录了音。

对方失了手,尴尬窝火,默不吭声。

不只这个,他们手上肯定还有另外一套调查材料。冯玉头痛起来,你估计会有多少?

两个月,四五十万吧。那边嘟咕,每个月的任务是二十五万。又道,这事奇怪,抽出来的明明就是这些人的病历,除非……他们暗中另外抽了一批,谁?

冯玉寒着脸,答,还会是谁,合医办新来的主任。

陈小好?对方问。

冯玉暗惊,你知道陈小好?你隔高岗那么远。

决战于千里之外嘛,好吧,你该干啥干啥,这事有我。对方哼哼,跟我玩。

你怎么处理?又唤鬼?我知道你们做大病历套钱,替病人垫付他们自付的那部分,让他们不敢说真话。但是陈小好未必是心里有鬼的人。快感,快感,你这一个快感,整出恁多麻烦。

不是得意惯了嘛,一有人挡路心里就不舒服。对方嘻嘻笑,接着开始慢条斯理、抽丝剥茧,声音里渐渐透出森冷的寒意——

没鬼,缝总有吧?那就找缝。

冯玉要给气疯了,说,就算陈小好有缝,姓袁的没缝。

那就让他走人。那边轻描淡写地答,嘴里嚼着什么,说,记住,人没有缝,机制有缝,机制没缝,螺丝螺帽有缝,这世界唯一不变的就是变,唯一的公平就是人人皆遇不公平。

好,那你找!抓紧找!冯玉心头暗火中烧,恼怒对方,又恼怒陈小好和袁大春——找到了我陪他们慢慢玩。

是的,从现在起,老子陪你们玩。放下电话,冯玉细致、认真、缓慢地拔下桌上仙人掌的一根刺。

不怪我,他想,是你们逼我的。

## 十一

办案中心位于天语山南侧,青瓦、白墙、黑铁镂花大门,僻静庄肃,院门上书写着两个大字——清莲。乍一看,以为是山中雅人幽居。

十来个人默默坐着,桌上堆着一沓厚厚的资料。

谁先说?袁大春抬了抬下巴。

跟推测的一样。监察局局长郑平安波澜不惊地说,第一份抽查病历涉及的人家全部有陌生人进出,送粮送油送钱。其中,在黄泥坡村民组病人王明喜家中,我们还没来得及走,狗就开始叫,我们躲进里屋。村民组长带着几个人进来,说如果有人来查住院的事,就说记不住。走的时候,留下了一百块医疗回访费和米油。

热闹,袁大春叉起腰,演起谍战片了,接着说。

王明喜不是尴尬嘛,拐了个弯表扬村民组长,说怹热心,村里一有病人他就联系医院,医院也热心,开车接送。

我们点了一句,说,羊毛出在羊身上。王明喜很聪明,不吭声了。事实上,我们走的每一户,在住院问题上都不说真话。

那这一沓调查材料怎么拿到手的?

陈小好在旁边不停地抿嘴,脸红了,像藏着小聪明被发现的孩子。袁大春指指他,你说。

我们另外抽了一套,在去年没有得到二次报销的重症病人或者他们的亲属里抽的。袁大春明白了,心头星星一样亮了一下,陈小好的确是个好偏方。医院套资金,对于一般病人来说无关生死,顺便还能贪点小便宜,可对重症病人来说意义就不一样了,二次报销被取消,就是因为救命钱让医院和自己一起合谋签字套走了。仔细想一想,自己分的是一杯,人家可能是一桶,明白这一点,能不说真话?

久经沙场的郑平安不说话,往上扶了扶眼镜,嘴角浮出一丝笑意。

好吧,结果?袁大春抬了抬下巴。

四十多万,郑平安收起笑容,淡淡地答,虚套率高达百分之三十。

沉甸甸的数据。

大家都缄默了。

陈小好第一次参加这样的会议,沉重严肃的气氛让他很不习惯,甚至有点莫名的愧疚和忐忑,早上交第一套调查材料给冯县长的时候,他还满脑子都是对不起。现在,从大家的慎重和沉默中,他体会到了这条战线的残酷,这气氛里仿佛有浓烈的血腥味。想着这些,他不好意思地低下头,不敢看袁大春的眼睛,那眼睛森森要吃人。

何长顺站在窗子边,他太瘦,习惯性勒了勒皮带,自嘲,猫搭台子耗子唱戏,羞死先人。

你会说!你会说你管不住?袁大春白了何长顺一眼,骂,养你只瞎眼猫。你自己看看,都烂到什么地步。

何长顺不依了,说,书记你怎么这么说呢?我的眼睛不是曾梅吗?她装瞎,我也没办法。

行了,都散了。袁大春寒着脸吩咐,记住,出了这栋楼,大家把嘴巴闭紧点,屁大个高岗,妖怪能人不少,白天抽的病历,晚上全敞了气,还好这天语山的树叶没变成窃听器。我就不信,区区两个医院,堂堂一个高岗县收拾不住?

众人惴惴然不语,想着抽查的名单被泄露、病人被收买,入户调查都要费如此大的周折,都不免后怕和感叹。且医院背后的东家,本地人多多少少也是知道一些的,不好说,也不便说。出门后,借着暮色,也不敢扎堆,前前后后东一个西一个分左右两路开车下了山。

出了门,郑平安拍拍陈小好的肩膀,说,这才开头,怕不怕?

陈小好挤出一丝笑容,想,也怕,可是,真怕就不来了。没敢说,转身搭了何长顺的车。

两人下山,想着那些盘根错节的关系,太深沉,对手又强劲,都心闷,一路无话。陈小好在县城十字路口下车后,手机响了。

陈主任,那边的声音很温和,说,刚从山上下来,还没吃饭吧?

陈小好脑袋轰的一声响,连呼吸都忘记了,整个人像被一桶冰水从头淋到脚,动弹不得。好半天,他缓慢地转动身体,四下张望,冷风吹过街头,已经有红灯笼挂起,喜庆的街道,璀璨的灯光,一切和谐美好,却有一双鬼火一样的眼睛藏在里面,盯着他,还知道他刚从山上下来。

陈主任,新官上任三把火,佩服,给个机会,学习学习?温和的声音温和地说,如夜色下安静的车流,舒缓安然。

毫无防备的陈小好开始听到自己的心跳,打鼓一样越来越急,在耳膜边巨响,咚咚咚,咚咚咚。

## 十二

陈小好跳楼了。

何长顺声音沙哑,带着哭腔。

袁大春正骑了自行车从清莲下山,一听,赶紧停下来。

他茫然四顾——天语山的夜色如此美丽,山下是县城的万家灯火,风吹过耳畔,如大提琴低语,暗蓝色的天空铺满星光,一切那么宁静安详有序,宁静得让人感觉春天已经不远了,陈小好怎么会突然跳楼?

四周一片死寂，如无边的海，袁大春感到自己身体内的某些东西在摇晃，意志、斗志、勇敢，以及其他。这样力不从心的感觉很可怕，他当了十一年纪委书记，从来没有这样过，正乱，一松龙头歪到路坎下，打了个滚，狼狈不堪，也顾不上，抓起摔在地上的手机，焦急地问，你现在在哪里？

重症监护室。何长顺吸溜着鼻子，低声说，哭成一团了都，考虑到家属情绪，假装抢救了一会儿。六楼跳下来，哪里还有救！老吴刚刚拉了心电图。

陈小好为什么会跳楼？他怎么跳的楼？左脚先，还是右脚？虚空的那一脚，如何踩在空气上？空气是不是像棉花？是不是很柔软？袁大春无法想象。

茫茫无边的苍穹如一张黑色的幕布，他仿佛看见陈小好站在上面，风吹乱他的头发，掀起他那件常穿的灰色棉夹克下摆，风里有一双无形的手，牵着他往前跨出一步，优雅或绝望的一步，然后，他像断线的风筝一样陡然坠下，咔嚓，画面凝固在这一秒，世界静止，苍穹凝结，从此时空封存……

警察呢？他站起身，一拐一拐往山下跑，脚步狂乱，喘息不止。

在现场。

发现什么……可疑的有没有？

没有，他事前给泥汯镇的书记打了个电话，说，他累了，想走了。好像是告别的意思。

老……董？

不是，是刚调去的新书记，王志。

王志？袁大春急刹住脚步。

如果他没有记错的话，陈小好从泥汯镇到县合医办任职后，王志才从县里调到泥汯镇任书记。陈小好跳楼前，要打也该打给老董，而不是王志。

多年职业的敏感把他从震惊中拉回来。

翻查手机，陈小好和他的最后一次联系是七天前。陈小好急切地表示想要见他，必须要见。语气很坚决。

他当时正输液,感冒没好,急性中耳炎,灌脓,转转头脑袋里都像熟西瓜一样荡着瓤,痛得要命。又和书记吵了一架,更难受——这把年纪的人和书记吵架,是人都觉得是你的问题,倚老卖老呗。人一难受就情绪不对,还把多年当官当出来的坏脾气臭架子给搅了出来。他想我还输着液呢,痛得要死,你说要见就见?我再器重你,这个纪委书记也不是给你一个人当的。

最近没空,过两天吧。袁大春冷冰冰地答。

书记! 陈小好在那边急急地叫。

他把手机甩一边。

现在想起来,陈小好最后那一声书记,是有哀求的意思。

他哀求什么呢?

一路冲下山,冲上大路,立在路中间,差点撞在出租车上。

司机穿着一件印得开花开朵的厚羽绒服,标准八〇后,啪一口吐掉口香糖,破口大骂,要死啊。

袁大春钻进车,吭哧吭哧喘。

车里不紧不慢放着歌——

> 如果天黑之前来得及,
> 我要忘了你的眼睛,
> 穷尽一生,做不完一场梦……
> 南山南,北海北,
> 北海有墓碑……

袁大春鼻子发酸,脑子一团乱麻,理不清楚,却有一个模糊的指向。

喂,喘完没?到底去哪儿?司机开了半天不见他说话,烦了,又盯着他满身的泥看个没完,坡上偷白菜?偷到哪儿去?

县委。他从牙缝里进出两个字。

现场和医院有何长顺他们,而他是纪委书记,去现场不合适,容易让人生误会。

而且,他需要第一时间解答心里的疑问。

翻出常委会会议纪要,陈小好十一月十日提任县合医办主任,离开泥泫。王志十一月二十三日调任泥泫镇党委书记。

再查两人的工作经历,陈小好一直在乡镇,王志是从县公安局到镇里任派出所所长,然后任镇政法委书记、公安局副局长、泥泫镇党委书记。

工作经历不交叉。

工作地点不交叉。

亲友也没有重叠。

那么,陈小好临死前,为什么会打电话给王志?

袁大春想了想,再打何长顺电话,还在医院?

嗯。何长顺的声音很混浊,也很混乱,寿衣没有,老被也没有,倒头纸和香烛都没有……脑袋又摔成那样,捧都捧不拢,副院长亲自在缝……书记,是我们害了他。

袁大春打断他,长顺,理智点,听我说,把后事交给其他人,你立即回小好的办公室,查一下抽屉或其他地方有没有遗书之类的东西。还有,去一趟跳楼现场,找找他的手机。

何长顺愣了,改用小得不能再小的声音问,书记,什么意思?

说不清楚,总觉得不对,你在现场时看到他手机没?

我哪里顾得上啊。王志打电话给我,急得什么似的,说小好给他打了通电话,他感觉不对,小好像是要寻短见。今天是小好值班,我就立马开车到单位找人,刚进院子,车灯一晃,地上黑乎乎摊着个人,我腿都软了。下车一摸,嘴嘴没气,脖子脖子不跳,抱起头来黏稠稠一大片。我老鸹山上下来的人,见过死死伤伤的场面够多了,可也顶不住这架势……何长顺说着说着声音又哽了。

别说了,去找。袁大春再次打断他,马上,不要惊动其他人。

好,马上。何长顺立即进入状态。

## 十三

何长顺赶回卫计大楼时,院里还密密麻麻围满了看热闹的人群,手电筒光、警车的顶灯光、隔壁家属楼阳台上的灯光争先恐后地亮着,把一个不足三百平方米的四合院照得白天一样。相反的,卫计大楼则暗麻麻一片,前两天楼道路灯线碰线,还没修。

唉,也许修好了陈小好就不会跳楼了。何长顺悲伤地想,命这个东西,说不清楚。

警戒线内,大槐树下,警察和法医还在忙碌,地上已经用石灰粉画了轮廓,轮廓正中是一摊还未凝固的血迹。年末岁尾之际,本该充满新年的气息,但空气中却是浓重的血腥味和人群因紧张而生出的众多复杂的体味,酸臭味、烟味、烤肉串味,还有汗渍味、脂粉味、香水味、抱孩子的年轻女人奶孩子的味道和婴儿湿尿布的味道。这些气浪和着热烈兴奋的猜测声、议论声一阵阵扑来,仿佛他们不是来向一个生命送别,而是来欣赏一场难得一见的演出。死者的痛与死亡变成了他们观看演出后的点心,他们正意犹未尽地品尝和享用。

何长顺愤然环视着一张张兴奋的面孔,再想起医院里陈小好那张灰白色的脸,突然喉咙干涩。

眼前那白生生的石灰轮廓线,分明是生与死的分界。

他仿佛看到秀气腼腆的陈小好,被诅咒在里面,正用侧身向左的姿势痛苦地睡在地上。左手像交警一样打成直线,右手用奇怪的角度上翻,而左脚蜷缩膝盖内收,就像拱身怀揣着一个宝贝一样,右脚则是反向弯曲着,甩到了右手肋的位置。陈小好的眼睛半睁着,湿漉漉地盯着他,无声地说,救我。

怎么救,你的腿断了,你的手也断了,你的头盖骨也破了,你的肝和肺都摔破了。你这个蠢猪,龟儿子,砍脑壳的崽,你连跳楼都敢,为什么就不能好脚好手地活着?

在心头把陈小好骂了个遍,何长顺的眼泪又淌下来。

不敢再看,何长顺埋下头,闷不吭声地越过人群,沿着树的阴影往楼道走。

谁?一束手电筒光打过来。

我。何长顺惶然地背靠墙壁,撑手挡光,眯着眼答。

冯玉的声音扬过来,你不是在医院吗?怎么回来了?

人没了。何长顺有气无力地说,我还在那里做什么?你不过去看看?

就去……你要上楼?楼顶在出现场,拉着警戒线呢。冯玉把手里的电筒朝上晃了晃。

那个,我不上顶楼,何长顺犹豫着找了个借口,我钥匙掉办公室了。

等一会儿吧。冯玉看看手表说,快了,顿顿,问,那你用什么钥匙开办公室?

何长顺正发愣,楼上一阵脚步声乱响,四个警察晃着手电筒急匆匆跑下来。

怎么样?何长顺和冯玉异口同声问。

走前面的高个子老警察破着嗓子骂,能怎么样,就那么跳的呗。老不管小不顾,图自己利索。

确定是他自己跳的?

楼顶全是灰,除了他的脚印,没发现任何第二人的脚印。

何长顺急了,说,屁,上星期工人还上去修过水箱呢。

屁你吃。老警察劈头一句还过来,新鲜脚印懂吗?修水箱?路灯线断了不见修,黑不隆咚像个鬼楼,不跳才怪。

那个……何长顺吃了骂,尴尬地问,有没有看到手机?陈小好的手机。

手机?老警察回头看看其他几个,确定后,摇摇头。

院子里有没有?地上?

又回头,确定,再摇头。

冯玉皱眉说,迅速找,第一时间交上来。

何长顺心里一咯噔,觉得有什么不妥,怎么个不妥法,说不上来,只觉得手机也好遗书也好,第一时间掌握在自己手里才妥当。

老警察点点头,边走边招呼冯玉,冯县长,要不我们回去,找个地方把情况给你总体汇报一下?

何长顺趁机一口气跑上三楼,回头看四下无人跟来,迅速钻进陈小好办公室——办公室没关,今天是他值班,他不值班就好了,就不会跳楼,要跳,也不在单位跳……咔,怎么想的呢……

楼下响起了警车呜啦呜啦发动、驶离的声音。

接着,人声也如同潮水渐渐退去。

何长顺躲在门背后,大气也不敢出,直到一两声轻微的猫叫声传上来,他才摸到电脑桌旁——陈小好在离开时还关了灯。一个要自杀的人,如此冷静,到底是遇到了什么过不去的坎?

屋里漆黑一片,只有电脑主机闪着萤火虫一样的星点蓝光,把屋里的气氛衬托得阴森凝重。何长顺坐在电脑前,正考虑是开还是不开,怎么开,会不会录指纹啥的,突然,侧面办公室的门里蹿出个人影,嗖一下闪过去,刮带起一股阴风,接着是唰唰唰一阵密集细小的踢踏声往楼下而去,不像人的脚步,倒像是什么东西的尾巴。

何长顺吓得七魂都散了,腿脚动不了,喉咙也发紧,喊不出一个字。不是他胆小,想想楼下还有一摊血呢,陈小好就死在他臂弯里,这又是合医办办公室,夜半三更冒出个黑影,不是鬼是什么。

可是鬼怎么跑成那个样子呢?那黑影他分明很熟悉,却怎么也想不起来是谁,那唰唰唰的声音分明在哪里听到过,也想不起来。

好半天,他紧张得发硬的声带终于嘀一声松弛开来,发硬的腿也挪得动了。他战战兢兢起身,掩上门、拉上窗帘,又把沙发上值班盖的大毛毯罩到电脑上,头探进去,扯了张抽纸盖在手指上,这才小心翼翼地打开电脑。

电脑很干净,像年节前老鸹山上清扫过的土地庙,没有陈小好的任何照片,任何文件,更没有遗书。

抽屉里没有,文件夹里没有,椅子的坐垫下面也没有。

仿佛陈小好从未到合医办来上过班,从未进过这屋,从未用过这桌子这电脑。

难道,这一个多月的陈小好,不是人?

何长顺赶紧甩甩头,想,走火入魔了。

刚把头从毛毯里伸出来,突然,啪一声,黑暗中响起清脆的开关响,办公室陡然亮如白昼。

明亮的灯光下,他披着一条古怪的大毛毯,头发乱得像草窝,眼因惊惧而可怕地瞪着,又瘦又皱的一张老脸神色惨白。

一群警察密密麻麻站在他面前。

何局长,派出所走一趟吧。老警察叉起腰,铁青着脸站在他面前,表情充满骄傲和讥讽,我就说了,回马枪总是能杀到几个人的。

## 十四

十一月二十三日晚,常委会讨论王志等人的任免那天,陈小好一直在发短信过来。

那正是袁大春最愤怒的一天。

离开会只有十来分钟,他正在洗手间,陈小好发信息说,他们和我打赌,赌这案子立不了。他们还要我试探一下你们,只要你和何局长愿意收手,一年分别按十沓五沓记账,单独给你办张卡,密码给你。

袁大春震惊,这样狂妄的事情,他入行十一年真没遇见过。都铁板钉钉,他们还敢这样刀上滚肉走,明枪明刀地晃。

他们什么时候说的?

把我约出去,茶楼里说的。

录音了吗?

没有。

下次记住。

没用,他们来,左边一个、右边一个,收我手机。

他们收你手机?谁?袁大春满脑子全是脏词,堵在喉咙里,憋得一脚踹翻洗手间的废纸篓。

他们是所有人……所有不是你、我和何局长的人。袁书记,他们人太多了。陈小好的短信里流露出浓烈的悲伤和无奈。

别悲观,有组织在,多给何局长和郑局长汇报,关键时候,可以直接找我。袁大春发完信息,寒着脸走出洗手间,正好政法委秦冬书记进来,看他一眼,似笑非笑地点点头。袁大春脑子咯噔一下,脸上不敢轻易流露任何情绪,只说,尿啊。

尿。秦冬答。

都有点心不在焉。

开会,说是讨论人事,其实只是过最后一道程序,三下两下就散了,袁大春有意拖到最后,他要和书记谈谈。

是的,难怪"他们"敢和陈小好打赌——两家民营医院套取农合医资金的事实已经坐实。但是,监察局局长郑平安找了检察院,检察院不接,说是对照刑法,该是诈骗罪,归公安局。找过公安局,也表示难接,说正经案子一大堆都忙不过来,这事交给卫计局自己处理,该罚就罚,该关医院就关医院,非扯到公安局来做什么?

好像这案子"不正经"?

总之这案子没人接。

让郑平安深入了解情况以后,袁大春总算明白陈小好说的水深是什么意思了——

说是招商引资来的医院,其实刨根揭底都有高岗本地人参股,人家这是套路,分一杯羹给本地人,相当于买下了保护伞。这座他陌生却又熟悉的小县城,有着一片他从未涉足也无法涉足的丛林,那里藤蔓丛生,互相依赖攀爬,欣欣向荣。

袁大春手里只有一把刀,斩不断那么多的根。

县里入股的人还真不少,公安局检察院、四家班子领导的亲戚、市里省里说不清道不明的关系……人家都等着分月红年利,你从天而降,说要断人家的财路就要断,可能吗?

斩不断也要斩。袁大春想,老子就不信了。

但是,从归属上说,这案子不归纪委和监察局,前面做那么多也只是督办,所以让陈小好来当头刀菜。陈小好看上去斯斯文文一个人,三下五除二把材料取得清清楚楚明明白白,可现在有什么用?那么厚的两沓材料,全在合医办保险柜里存着。

屁用没有。

生气的原因吧,他有点发烧,全身每一个细胞都不舒服,像是吃伤了、跑伤了、累伤了。耳朵嗡嗡响,痛。

一条路,陡不怕,怕走不到头。

他得和书记深入地谈一谈。

明亮的白炽灯下,书记微笑着掏出一支烟,一脸等他去撞钟的表情。

只要他最后走,书记都明白有事要谈,他是书记的刀、剑、长矛,左手和右臂,这几年,他们亲密且互相信任,吵个架都能吵出高岗县养殖业的新高度。

但这一次袁大春觉得书记默契的表情里有着什么不一样的东西,有点让他担忧。

果然,对话只用了短短的几分钟,不过彼此像走了很长的一段路,路崎岖不平,陡峭坎坷,不知名的各种草类凌乱蓬勃地挡在面前,有刺,锋利尖细,走一步扯一步,扎进裤腿里,浑身不舒服,磕磕绊绊,他走得肝火烧,书记则走得有点力不从心,也不看袁大春。

最后,书记猛吸口烟,从烟雾中挤出一句话,停医院。案子,再说。

再说?袁大春瞪大眼,整了半天,你给我这一句?

不然呢?书记沉闷烦躁,秦书记和冯县长前两天都汇报过,一是公安局案子实在是太多,的确忙不过来,而且他们不接也有他们的难处和理由,明明是卫计局管理失控,凭什么要公安来擦屁股?现在这事要扯上二次报销,两年加起来,县里少说得拿出四千多万,冯县长昨天已经问过了财政局,年根上,不说四千多万,四万都难。

袁大春一听头大了,他才迈一步,书记已经走了一大圈。

那就不管了?

管,我说了,退资金、再处违约金,平了山头撵虎走,亡羊补牢总要做的。书记摁灭烟,又点燃一支。

之所以摁灭,是表示决定已不容更改,再点燃,是表示这个话题终结。

袁大春不干——你觉得他们只是在套取农合医资金吗？这是民生问题啊，是大事！而且他们是公然向组织、向法律、向正义挑衅。你知道他们胆子大到什么程度？他们居然敢要挟我们的人，收手机，谈话！他们找我们的人谈话！

一群鸟人，混生意的，能挑个屁战。书记不耐烦地说，他们没那么大本事。谈到民生，违约金可以重一些，三倍，五倍，十倍，你们定。

那之前的呢？这才只清了一部分，你撵他们走，我们不清了？袁大春质问，以前还可以吃思想，吃觉悟。以后呢？吃聋子鸡？

书记给噎住了，抬起手一沓文件朝他摔过来。

这是他俩惯常的亲昵，狠摔东西笑骂娘，越摔越骂越亲。摔着骂着笑着，有些事就结了。

可这次袁大春不买账，凶巴巴地瞪着书记。

书记尴尬地叹口气，由他看，面无表情地说，如果你现在拿得出来四千万，我叫公安局马上启动程序，否则，年节上，维稳为大，你谈的民生是小民生，是局部，县委要考虑的是更大的民生，全县的民生。

关全县民生什么事？这是案子。

钱呢？没有钱，只有挖东墙补西墙，但是现在在年根上，县里好不容易筹到的钱，哪一笔不是用在民生上的？你以为是用来吃饭喝酒的？书记反问。

沉默了。

好长时间，两个人的身体都坐僵硬了，笔直的上身，紧绷的后背，无语的对峙。

L形办公区的侧楼里，黑暗中，冯玉站在副楼的办公室里，透过蓝色玻璃，静静俯视正楼的三楼常委会议室里静坐对峙的两个人影。

灯光照在书记脸上，沉重、疲倦。

他再次见识了画家的厉害。

之前,画家在电话里很肯定地说,一切会在新年到来之前终结。

冯玉听着,眼前出现一个手持魔杖的人,这人的脸已经模糊,三年没见面,冯玉快想不起他什么样子了,但奇怪的是,他一直在他的生活里,无处不在。或者说,画家一直就住在他的心里,他想的,他要的,他痛苦与纠结的,他都与他同在。

至于你,你只管保持沉默。你又没贪。画家说,就什么都不用怕。

是的,冯玉想,他的确没贪,之所以不贪,是因为高岗不是他的终点,他有远方。

他的贪,不在这里。

三楼的灯最终熄灭了。

夜陡然坠入很深很厚的世界,厚得没有一丝光亮,厚得冯玉找不着自己,他倚着墙,长长地叹了口气,无边的黑暗中,那声音巨大得把他自己吓了一跳。

他本该松一口气的,可不知什么原因,他轻松不起来。

## 十五

一根已经长在肉里的刺,就算它不再让你痛,但你永远不要奢望它会长成你的肉。

对冯玉提出的收兵建议,画家并不采纳。

案子那头停下来了,但他必须继续找陈小好的缝,这人是把好钢,好钢在别人手里是件危险的事情,只有他成了自己人,或者是彻底住嘴才安全。

他还要搞定袁大春,要送神,袁大春这根刺绝对不能留在高岗。

画家第一次用恶狠狠的语气说话——好好的一块肉,生生让姓袁的给拱了。

冯玉没好气地答,要不是你们吃得太厉害,让其他医院没活路,也不至于被咬到今天。

画家叹口气,说,是你们县里那几个股东太贪,我隔得远,管不住。

你管不住你给我捅这么大一窟窿。冯玉来气。

哥马上给补上。画家迅捷地答,不能把你搅进来。

数天后,被再次关停的两家医院打出了财产转让公告。

冯玉暗看在眼里,静默不语,他知道,来"买"下医院的人,依然会是画家和他的朋友们,圣百也好博爱也好,无非再换个名字,借尸还魂。

只是冯玉想不通,画家怎么在他毫不知情的情况下,在高岗笼络了这么多的"朋友"?

那些都是棋子。画家毫不在乎地答,跟你说什么。

那我呢?冯玉一怔,问。

你?画家也一怔,笑声低沉,答,亲,我是你什么,你就是我什么。

## 十六

医院关停了,冯玉心上一颗石头落了地。二次报销依然没有,绝望的人继续绝望,开心的人尽情游荡。有人在等新年新的愿望,有人却在等死,还有的人,站在远处,安然等着看他们死。

还有的人,正去往死亡……

那天寒流刚过去,气温上升了七八度,夜市热闹起来,白天不敢摆出来的年货摊摆满人行道,腊肉、糖果、炒货、衣服、帽子、围巾、糕点、卤料、饼干、鲜橙多、雪碧、冒牌的八个核桃和黄月亮洗手液……高岗街头一片小商品批发市场的景象。

白天冯玉上了趟神轿坡,为什么要上去,说不清楚,总之心里头有点荒,不是紧张的那种慌,而是躲避、不安又找不到边沿和结尾的那种荒。

一到家他便开始拼命干活,先是割完了父亲坟上乱长的荒草,取了几筐大堰泥兑水夯了一遍院坝里的坑凼。再就是老娘堆在堂屋里的苕藤,他统统宰碎,装进半人高的薄膜袋里,密封好,竖放在老屋后的屋檐下,那是猪儿们一个冬的伙食。最后,他打完了五间老房的阳尘,又拿出带上山的报纸,烧水倒面调了一锅糨糊,把烤火的地楼屋全部糊了一遍,山上风雪不断,他却忙得满头大汗。

老娘不理他,顶着风独自倚着门框,望着对面山上白茫茫的雪凇沉默不语。

冯玉闷头做完事,饭也不吃,说是怕晚了路上结凌开车危险,急急回了家,煮了碗面,边吃边看《焦点访谈》。看完《焦点访谈》,他点了根烟,起身走上阳台,戴上手机耳机听音乐,夜风凉,带着神轿坡上熏腊肉的杉叶香。真好。

从十楼望下去,是热闹喧哗的烟火人间。

耳机里唱《北方女王》,歌词忧伤断肠——

> 这里的秋天,开始变得寒冷,孤独了忙碌的人。
> 总是有一些善良的狗,心中藏着秘密……
> 你和我一样,都是说谎的人,拥抱城市的灰尘……
> 后来在一个慌张的夜晚,我看见了一个憔悴的人。

就在这时,音乐断掉,手机响,何长顺在里面声嘶力竭地吼叫,小好跳楼了。陈小好,跳楼了!

客厅的钟指到八点十一分,世间所有的夜晚都会有的这个时刻,注定为谁定格。

到底哪个环节出了意外,冯玉不清楚。赶到现场,泥泫镇新任党委书记王志站在警车旁,一脸无助且无辜的惊慌。

冯玉犯疑,但没敢问,那表情是个坑,他怕摔进去。

陈小好、王志,答案应该全都在画家那里。

电话打过去,画家半天不说话,也不诗意了,也不深奥了,沮丧直白地骂,整大了,不想这样的,个咬卵犟。

再就问不出什么了。

卫计局院子里,手机、电筒、车灯,所有的光束都在乱闪,闪得种满槐树的院里影子丛丛,阴风惨惨,冯玉感觉到处是陈小好的眼睛,天上、地上、墙壁上、树枝上、叶子上。

全是陈小好。

地上的血,也在细声说,我是陈小好。

风吹动树梢,沙沙沙,墙上地上树上的眼睛们全部动起来,蚂蚁一样,沙沙沙,朝他聚来,他惊吓地缩缩脚。

## 十七

夜深沉,黑漆漆的县委大楼里,纪委的窗户亮着灯。

袁大春坐在桌前,看着眼前一排排文字发呆。

十一月十日,陈小好调离泥汝。

十一月二十三日,王志调任泥汝镇党委书记。

今天是十二月十二日,陈小好自杀。

陈小好为什么打电话给王志?

倒回去七天前,陈小好一再强调要见他,有什么事?这期间又到底发生了什么事?

一连串的问号,弄得袁大春焦头烂额,他一把搓烂信笺,颓然长叹。

这些日子,一场中耳炎折磨得他实在是难受,与书记的交谈又对不上路。他总不能背着书记往上捅。钱是个大问题,办法没想出来前,只能躲着陈小好——是他雄赳赳给人家打气——我硬得很。

结果人家去冲锋陷阵,落得被人要挟、收手机、"谈话"的地步时,他却窝在医院输液装孙子。

真没想到陈小好会跳楼自杀——是自杀吗?

如果说是某一种力量将陈小好置于死地的话,那里面无疑有他袁大春一份"功劳"。从第一次出现在他面前开始,陈小好就不断在变化着眼神,忧心忡忡的、胆怯的、跃跃欲试的,然后是勇敢的、渴望战斗的,接着是炽烈的、几乎燃烧着的——这个年轻人,似乎因为自己能够在一个纪委书记身边共同战斗而荣耀自豪。

屁。

见不到自己的这最后七天,陈小好肯定是遇到了什么,可到底是什么呢?

或许,聪明细致的陈小好会留下什么线索,比如手机。

可是手机到底在哪里?

去找手机的何长顺突然没了联系,电话也一直不接,这个老咬卵犟跑到哪里去了?

办公室的门被悄无声息地推开,沉思中的袁大春并没有发觉,直到一个微微发颤的声音响起——

袁书记。

袁大春抬头,吓了一跳。

曾梅像幽灵一样无声地站在门口,脸色苍白,像块生石灰,泛着青,微凸的豁牙因为恐惧和紧张更显得突兀,白森森地露在嘴唇外面。她是走到县委大楼来的还是坐车来的,不知道,只知道她的头顶呼呼冒着热气;身体呢,晃着,好端端站在那里,却跟在无边的海上一样,不可抑制地摇晃着。

袁大春在曾梅瘫软在地上之前扶住了她。

陈小好死了。曾梅带着哭腔,不停地哆嗦,不知什么时候外面下起了冻雨,曾梅的肩头全润湿了。

我知道。袁大春痛苦地回答。

他跳楼了。曾梅恐惧地瞪大眼,说,当时我就在隔壁大办公室里,辞职后我难受,又怕我妈看出来,就说加班,天天晚上跑办公室里发呆,我很少开灯,怕大家看到了笑话……他进来时在打电话,我没好吭声,听了半截后,更不敢吭声。

袁大春脑子电光石火一亮,你接着说。

他要那边给他点时间,他只差六万了。然后那边不知道说了什么,他就开始求,真要把人逼死吗? 又说,那我成全你们。说完他就摔了手机,那手机哐当一声摔到墙角,弹到这边办公室来,我想去拿,但是不敢动,因为我听到他开始哭。

哭什么?

不知道,一小会儿吧,他开始在电脑上嗒嗒嗒嗒打东西,打得飞快,我摸到门边看,他那双眼睛盯着电脑,红红的、恶狠狠的,好吓人。弄了好半天,他关了电脑,提起桌子上的一瓶酒,咚咚跑出去,再然后……

曾梅停下来,嘴巴张得老大,却发不出声音,只眼泪一滴滴往下淌,好半天,嗷一声缓过气哭出声来——我真不知道啊,楼下闷声闷气一声响,我还以为谁在关车门。前前后后不到十分钟……警车呜呜响着开进院子里来,我透过窗户朝下看,黑乎乎一摊血。书记,我在办公室里吓得发抖,差点晕过去了。书记你想一想,好端端一个人,十分钟前我还听到他和人说话,十分钟后就死了。那声音还在我耳朵边热乎乎的,哭声现在还在……

曾梅说到这里,已经哽得说不出话来了,只用发抖的手反着在羽绒服帽子里一阵乱薅,她手短,人又胖,薅起来费力。

袁大春疑惑不解地捞起她的帽子,一捞,捞出只手机。

我怕有人搜身,帽子……安全,走廊黑麻麻的,下面都乱成一团,居然还有人钻进小好的办公室来,也不开灯。曾梅用手背抹一把泪,长嘘了口气,惊慌不安地说,会不会是来找这个?那个人是干什么的?我怕他找到我屋来,趁他发呆,我捡起手机就冲出来了,然后……到处找你,打你手机,老是占线,后来又关机了。

袁大春这才注意到,手机没电了。

曾梅说的那个人应该就是何长顺吧。袁大春给曾梅倒了杯水,把陈小好的手机拿在手里折腾一番,又沮丧地甩在桌子上。

摔坏了。

是我关机了。曾梅小声说,我怕它响。

袁大春意外地看了曾梅一眼,打开手机,整半天,又叹气,没密码。

我试试,曾梅想了想,说。

嗯?

交接工作时,他问我合医办公共邮箱密码,我说是147258,他笑,说是大宽张,又说他的手机也是大宽张。

袁大春心头想,都以为曾梅笨,这女人绵里藏着针,粗里藏

357

着细呢。

147258,不对。

147369,不对。

最后一次,曾梅小声欢呼,258369,对了。

袁大春翻通讯记录,最近一段时间,一个尾号3479的号码与他联系最密切,其次是短号41104。

查一下这两个号。袁大春说。

解开手机密码的曾梅显得镇定踏实多了,掏出手机麻利地核对,3479是王志书记,41104不用查,是我们系统的,泥泫镇计生办财务何小苗。

袁大春哦一声,又翻短信。

一则短信引起他的注意。

杨东第,9000,2016。李仁利,12000,2015。陈草狗,8500,2012。潘四娃,11000,2013。

收件人是41104何小苗。

你叫这个何小苗来一趟办公室,悄悄地。袁大春说完,感到不祥,难道陈小好有经济问题?

何小苗出现时把袁大春吓了一跳,这哪里是小苗,是棵大树,魁梧胜过男人,站在袁大春和曾梅面前,呼哧呼哧喘着气,两眼眶又红又肿,惹得刚擦干泪的曾梅又哭起来。

好端端的,何小苗往沙发上一坐,瘪着嘴哽着嗓子,下午还联系,他说心里不舒服,晚上问我们几个在不在县城,他值班,想找人喝酒,他说他从家里偷了瓶酒出来……我说他老婆怎么不去死,家大业大的,甩个手打个牌一晚上就是几万,就是一个子儿都不给小好。小好的妈尿毒症都晚期了,她还死管着钱不放……我们哪晓得小好要寻死,大家都在镇里,都没来。结果……还是来了,多好的一个人,摔得……都碎了。

曾梅擤一把鼻涕,瓮声瓮气地说苗,不扯这个,我问你,小好下午发给你的短信是什么意思?

还能是什么意思?何小苗说,下午他打过来,我立马就给他上了账,只差六万块了,还跳楼。

上什么账?六万块是怎么回事?袁大春终于抓住了那个无形的答案,他是不是挪用了计划生育抚养费?

何小苗愣了愣说,是啊。

陈小好的妈两年前患上尿毒症,陈小好没地方借钱,就挪用了计生罚款,一头给老百姓打白条,一头拿去救急,每个月节省了钱就凑起来还一点,年底发奖金再还一点,这几年花了十九万,前面还了四万多,最近又还了九万多,还有六万。

最近还了九万多?为什么?

新来的王书记发疯呗,一来就要求搞地毯大核查,核对五年来所有的超生户罚款收缴情况,这不是逼小好吗?东拼西凑借了九万多,他一笔笔打给我,我一笔笔给他入账,然后按他发的信息和金额开票据给农户。何小苗愤愤地说,镇上一时半会儿也不缺这点银子,小好人家是拿去救命……

袁大春听得脸都绿了。忍不住骂,挪用这么多公款等于是贪污,你还帮他瞒着,胆子够大。

何小苗一听,腾地站起来杵在袁大春面前,足足高袁大春一个脑袋,居高临下一通雷鸣电闪——他房子是媳妇的,贷款贷不了,镇里借,也说财政有规定,借不了,难道看着他妈去死?我们帮不上忙,当哑巴不行吗?小好又不是不还!你是县领导,你不缺钱,你不知道缺钱是什么滋味,你不知道你妈你爸你家里人躺在病房里生不得死不得是什么滋味!

袁大春火了,说,何小苗,说什么呢?!

说你。何小苗火冒三丈,我说呢,上周劝他给你坦白,自首,请求宽大处理,他说没用。果然没用,这回好了,逼死了。你们逼死的不光是他,还有他妈他爸,他妈尿毒症,他爸半边瘫。你不是组织吗?去关心呀,他妈两年没拿到二次报销,你管?还有,谁给小好收尸,你?犯错误?不犯错误问你借你给吗?啊,你给吗?

牛高马大的何小苗一席狂轰滥炸,劈头盖脸砸过来,袁大春整个人都炸蒙了,好半天缓过劲来,扯了扯毛衣,悻悻地骂,女子家家,学得像哪吒,喊你来是想了解一下情况,陈小好为什么要自杀。

还用说,姓王的逼的呗。何小苗恨得咬牙。

又一道阴影从袁大春眼前掠过。

他转头看曾梅,圣百、博爱,是不是里面谁和王志有关系?

曾梅思忖片刻,脸色发青,说,圣百有个暗股东,陈天福,老城关派出所所长,之前同王书记在乡镇派出所搭过班子。

原来如此,袁大春捏紧拳头。

十号陈小好这颗棋子摆到县里来,人家二十三号把王志这颗棋子摆到泥泫去。料着陈小好有纰漏,过去找呢。结果,正义终究比罪恶更在乎清白,更恐惧被钉到道德和法律的墙上去接受审判。于是卑鄙者一马平川,陈小好则被点中昔日的死穴。

小好是被逼上死路了——要么和他们一起当鬼,要么因为贪污挪用公款罪判刑入狱,条条路上都有蛇,都咬人。

难怪陈小好会被搜身,连个音都没法录。他们面临的是一场塌方式的腐败,黑手已经侵入重要部门,甚至是权力机关内部,一旦揭开黑幕,高岗官场不说集体沦陷,一窝一串是有的。不然他们也不会如此艰难,处处受制。

事态在加剧,一切正在变得难以控制,袁大春隐约感觉到,对手太自负,从他下手时开始,对方就在谋篇布局,在跟他"玩"。这不是一两个人,这是一群人,一群吃惯了、吃顺了的人。他们已经吃得自己是谁都不知道了。

书记要求平了山头送老虎,却不料恼羞成怒的老虎要吃人。

但是,这群人也没想到,事情在陈小好这里搞砸了,一颗小小的棋子,竟然宁可玉碎不为瓦全。

他们玩大了。

袁大春站起身,叮嘱曾梅,明天一早去一趟陈小好办公室,把放资料的保险柜抬出来,我让郑平安来帮你,拉到纪委。

资料不在保险柜里。曾梅细声说。

袁大春和何小苗愕然看着她。

我……曾梅沉重、忐忑、扭捏又骄傲地说,我太了解他们了,郑局长也知道这一仗不好打,好打也不会等到今天。公安局检察院都不接案子后,郑局长就提醒陈小好转移资料,保险柜太明显……陈小好和我商量后,资料全在我妈的床垫子下面。

你妈走尿的。何小苗失声惊喊。

你才走尿。曾梅羞红了脸,郑重地对袁大春解释,我妈她不走尿。

袁大春难以置信地看着曾梅,瞠目结舌,这还是两个月前那个惊惊怕怕的女人吗？人家一路游击战打着走呢,什么是忠诚,这就是忠诚。

你们都回去吧,袁大春叮嘱,今晚的事一定要保密,如果你们不想陈小好白死的话。

曾梅忧心忡忡地看着袁大春,说,书记,我怕下一个是你呢。

我？袁大春自信地笑,我赌他们没那胆！我跟你说曾梅,还有马妹子,有我袁大春在,他们逃不了。

我姓何。何小苗不满地更正。

你生机勃勃,像马。袁大春认真地说,这样很好,永远不要失去信心。

## 十八

从公安局听完汇报出来,冯玉不敢去殡仪馆,他怕看到冰棺里的陈小好,更怕陈小好突然坐起来,揪住他说,是不是你？

真不是他,但是他为什么不敢面对陈小好,不敢面对袁大春他们呢？

想到这里,冯玉身子一僵,火牙又开始钻心地痛。

什么时候,一直想要融入的"他们",变成了今天他所对立的"他们"。一旦失去了他们,他是谁？

哲学的命题来了,他是谁？为了谁？依靠谁？

空气里飘浮着一种奇怪的气息,像硫黄,像中药,像芥末,像暴雨雪来临前的辛寒。画家的意思,要他保持沉默,只要不说话,世上没有任何人能找到你的软肋、挖出你的秘密。

我的软肋和秘密是什么呢？冯玉有点疑惑。路过凤湖时，他示意停车，让司机和秘书先去殡仪馆，自己要了条船，在凤湖里瞎荡。

这一夜太混乱，他需要静静，从头理一遍，正好有点微雨，清醒清醒也好。

他在心里问画家——我没有贪污，我和你的友谊来得纯粹无欺，两家医院进来之前你也不曾给我透露过任何信息，招商引资来的时候，我甚至不知道有你在里面。那么——我，到底为什么要沉默？我为什么要害怕呢？

画家在他心里飘浮不定地笑，说，你怕事实。你的软肋我早就说过，五行不定，输得干干净净。

事实是什么？事实是你心里的秘密。

我没有秘密。

你有，虽然你一直不承认，但你记得，那天你喝了酒，和我说，姓汪的偷生超生，孩子养在四弟家，凭什么提副县？

是的，我是说了，你是我大哥，我们无所不谈。

这就是你的秘密了，你贪大——从你看到那六辆车开始就埋下的种子。当然你也不知道这种子会长成什么样子，常青藤？罂粟？蒲公英？稗子？总之让它长，没关系。我们隔得那么远，远得三年没见过面，你可以让这种子随时生长在你生活里，也可以随时拔掉它。人的天性是趋利避害，当你发现这颗种子有那么一点意思的时候，你开始有意无意地浇灌它，利用它。比如，适时地表达你的渴望——你从那六辆车开始已经知道，我是一个有能量且喜欢招摇的人，更喜欢被人需要，那样显得我很牛×。穷山沟里出来的孩子，谁不是这样？你也一样，只是你还不够强大，所以你种下种子，让我成你的树，你的刀，你的矛。你告诉我老汪的软肋，然后让我去刺死老汪。你喝酒、吃饭、惋惜、自辩，因为你真的什么也没有做。可是，你真的什么也没有做吗？

我……没有那么龌龊。我就给你说说心里话。

你有。不然你说人家有私生子做什么？你表面清明、克制、敬业，但你一直在谋。你不贪是因为你的克制后面有更大的贪婪。

你非得这样咄咄逼人吗？展示你的聪明。你已经害死了陈小好——当然我不知道你是怎么弄的。我很自责,难道你不自责？

你的意思是你很高尚？这些年你用的车,表面上是借,其实我还得给你加满油、配一个管理它修理它的人,负责随时开到你面前。

那是我们兄弟之间的情谊。

就是兄弟情谊害了人,你用我的车用得心安理得,我用你的权力也用得有恃无恐。你不分管卫生,我也想不到要来高岗开医院。我有的是赚钱的门道,不差这点,就是我们两个人的友谊——这块鸦片——害的,上瘾了才知道是鸦片,知道时又有点晚,我×。

雨下大了,绵密如丝,冯玉吸了吸鼻子,拿出手机,打给画家,他不要在心里和他对话,那样他会输得很惨,他要扳回一局。

喂,电话接通了,那边很安静。冯玉深长地吸了口气,问,你相信神吗？

不知道,神还没在我生命中出现过。画家嘴硬,嘻嘻笑,电影台词就是这样的。

神有正反两面,或许他用另外一张脸出现在你我面前过。

是吗？我倒是愿意看到他是死神的样子,那我就随他去地狱。画家狠狠地答。

冯玉无语。

扑通一声,桨掉进水里。

他赶紧去捞,湖水冰凉刺骨,没捞着,反而被船舷上的木刺伤了手。他盯着渗血的伤口,突然回忆起刚才看到的那一摊夹杂着粉红与粉白色脑浆的血。

他开始晕船,想吐,想上岸。没有桨,回头一看,船已经离岸很远了。

## 十九

老城关派出所里,灯火通明。

老警察问,你藏在死者的办公室里干什么?

何长顺骂了句谁家的先人。横着脖子说,老子不和你讲,我要找袁书记。

说清楚了再给你找。

他不来我不说。何长顺警惕地答。圣百、博爱,都有所长陈天福的股子,现在他被拉到这里,不是件好事。

陈所长,老警察朝外面喊,何局长他不说。

找找他身上。外面轻描淡写地回答,有没有可疑的东西。

何长顺一听火了,大骂,姓陈的,你找一下试试,老子是人大代表,你绑我!老子混江湖时你还在穿开裆裤,既然你不要脸,老子就帮你抖开,你们的医院被我们查了停了,要吃牢饭了,你打通上上下下,不接案子,还他妈每天揪着陈小好不放,你以为你搜得了陈小好的身,就搜得了我的?老子告诉你,老子老鸹山上下来的人,不吃你那一套,你有枪,老子有刀,老子包里随时有刀,从你们威胁陈小好开始,老子就一直带着刀。老子就不信了……

突然蹿进来一个人影,冲着他就是两耳光,打得他眼冒金星,接着,一张又脏又臭的抹桌布塞进他的嘴。

何长顺双手大拇指被一根鞋带牢牢反铰着,气得呜呜狂叫,眼睛瞪得牛眼大。站起来就要踢飞脚,却反被一脚踢在肚子上。

你看到我打他了没?陈天福问。

老警察犹豫不决地摇摇头,又说,怕是……不好吧。

何局长的嘴巴臭,爱骂娘,他一进来啥也不说,净骂娘,你们呢,也不知道他是人大代表,他也没告诉你们不是?所以,等明天早上,你们给我讲了,我再请示县里。陈天福微笑着挥挥手,让局长去里头休息。

何长顺嘴巴给堵着,说不出话来,但他脑子没坏,照理说陈天福就算有天大的胆子,也不敢这样对待他啊。明天,一出派出所,他往袁书记和人大常委会主任办公室一坐,陈天福到底还想不想当这个所长?

这杂碎,看来是急红眼了,要不,就是他还有别的什么招数没使出来,更恶的,更可怕的。

拉拉扯扯越过三间办公室,何长顺被甩进派出所最里面的小房间,黑洞洞,没有光,只有一扇陈旧的木窗,玻璃破了,风飕飕往里钻。

夜渐渐深了,气温降到零度上下,何长顺开始觉得身子发僵。这样下去不是办法,没准真给冻死了,他得早点见着袁书记。

左想右想,何长顺边哆嗦边寻思那扇窗户。

半夜,嘈杂声消失,何长顺在黑暗中瞪大眼睛,竖起耳朵听——外面响起一阵阵呼噜声,电视机的声音一直在响,却始终没有被换台,值班的干警应该是睡着了。

何长顺蹑手蹑脚挪到墙根,拿脚轻轻勾挪杂物堆里的一根条凳,移到窗下。

踩上板凳,何长顺探出窗,一股冷冽的乱风卷着碎雪打过来,扑在脸上,痛得他眯上了眼。模糊的夜色里,眼前模糊一片,窗下有隐约的潺潺水声,但实在是太黑,又没有光,什么也看不见。

为什么没有光?来不及想,何长顺反铰着手笨拙艰难地翻了出去。

## 二十

喀斯特地貌的高岗县有一条半明半暗的岩腔河,老县城和城墙的一段就建在岩壁之上,远远看去,如同悬崖上的城堡,充满惊悚的建筑美。

老城关派出所的位置,正是当年老城墙哨台的位置。呈长条形的建筑,一头往城里伸,面朝大街——走出去就是热闹的老城烟火巷,巷里专卖泡菜坛、炭火、竹筛、刷把、木盆、竹背篼一类的农特产品;大大小小的茶摊茶馆,一杯茶两块钱,来往都是小老百姓,很少有机关的人进出。另一头临崖——崖有十几米高,下面是乱石嶙峋、水流深寒的岩腔河。

除了派出所的人和少部分生在县城长在县城的老人以外,绝大多数人不知道,长条形的老城关派出所临时搭建在最里面的那间堆放杂物的小屋子。墙外不是想象中的平地、街道、店铺或巷子,而是"一脚踏过生死界,举步便是阎王殿"的所在。

第二天下午,警察在岩腔河里找到了"失踪"的何长顺。

他已经死了。脸朝下,下半身在河面上,挂着一层薄薄的河霜,上半身埋在河水里,一头灰白的头发在水中幽然浮动,安静凄凉,眼睛瞪着,嘴巴张着,脸上伤痕累累,神情惊惧挣扎,仿佛有话要说。

但是何长顺没法开口说话了,他无法说明他偷偷摸摸藏匿在陈小好办公室里的诡异行为,也无法解释他为何要逃离派出所。

银行首先发现了问题——何长顺和陈小好的账户在陈小好死亡的第二天上午,分别有十二万和九万的进账。打账的是昔日圣百和博爱的院长。

两家院长在遥远的省城委屈地坦白,他们是套了点钱,所以何长顺和陈小好一直在要挟他们,索要封口费。至于两人死亡一事,他们表示震惊和遗憾——若知道就不会打款了,而且他们已经准备好了信访件,要控告二人利用权力索贿。

王志坐在办公室里,眼睛红肿,他实在是睡不好觉。陈小好挪用计划生育抚养费是该被追责,也该开除公职、判刑。但早知道陈小好会吓得跳楼,他宁愿不查。

一切不言自明,一个是临退休前捞一把,一个是病急乱投医。狼狈为奸又互相提防,何长顺担心陈小好死前在电脑里留下什么证据,因此,所以,于是——

陈小好的电脑被他收拾得干干净净,连只蚂蚁都找不着。

县委办电话通知各科局,何、陈二人均属非正常死亡,不允许开追悼会,不允许各相关科局以工会名义悼念送葬。

这个冬天仿佛比任何一个冬天都要冷,冻雨绵绵,无声滴落在稀稀拉拉的花圈上,殡仪馆旁的山坡上,成片的芦苇林立,静默如洁白的引魂幡。

只有袁大春穿戴整齐去送葬,他不在乎谁告他,谁告他告去吧。

灵堂前,何长顺的爱人表情呆滞地坐在那里,看着雨滴一滴滴掉到地上,发出轻微的声响和细小的涟漪。她也是老鸹山上下来的,在城管局当工人,她不相信自己的男人是贪污犯,看到袁大春,她艰难地挤出一丝苦笑,环视空荡荡的灵堂,说,这里冷清得,还能装下一个冤魂。

袁大春说不出话,只能摇头。他的嗓子已经哑了,吵了两天的架,从政法委到书记办公室——何长顺去陈小好办公室是他安排去的,陈小好死得蹊跷,他想看看有什么东西留下没有——那又能说明什么问题?只能说明你袁大春一直被何长顺蒙蔽,何长顺没有鬼,为什么连个灯都不敢开——那是因为案情一直很复杂——能复杂到开个电脑都要用毛毯把头罩起来?

说不清楚。

既然说不清楚,他没再提陈小好手机的事。

从现在起,他有他的套路。


冯玉没敢去殡仪馆,他怕灵堂起风,怕灯下有影子,怕风里有人叫他的名字。

面对无端出现在死者存折上的巨款,何长顺和陈小好的家属最终选择了沉默。

县委对老城关派出所进行了全县通报批评。

一切有条不紊,诸事盖棺定论。

只有曾梅和袁大春清楚,这棺盖的是冤。

烧完何长顺的头七,曾梅推着老娘消失在高岗街头。

她一辈子爱过两个男人,现在都死了。现在,她要走,她把手机给了袁大春,她也只能做到这里。

袁大春也彻底沉默了,胡子拉碴,不修边幅,脸色发青,眼神阴冷,开着年终总结会,他竟然在上面睡着了。

书记找他谈话,说,要不离开高岗,换个岗位吧。

好。他抠抠眼屎,答。

长顺呢,书记又说,性子躁了点。

是。

派出所,不好说,总之有过失。

对。

书记叹口气,说,你还是狂点的好,这样我心里好受一些。

袁大春迟钝地转了转眼珠,说,不仅仅是人死了,关键是民生。有些事,不断根,以后还会有。

书记皱眉,毅然道,四千万也好,五千万也好,县委政府一起来想法。可是现在医院解体走人,档案都没了,合医办的调查材料和原始病历也不见了,关键的两个当事人也死了,我们怎么办?

袁大春定定地看着书记,一动不动。

书记被看得有点发毛。问,什么?

你刚才……袁大春肿着两个大眼泡,疲倦、缓慢地说,你刚才说,我们。很久了,你一直说的是,你。

书记苦笑,说,我们是一起吃过"思想鸡"的。

袁大春脸上缓缓露出一丝隐约的笑容——材料都在。袁大春缓慢地、一字一顿地说,人证,他们不死,我不敢保证。他们死了,我敢保证,有人会说实话的。

你确定?

我确定,因为良心不会死。比如王志,比如,那个一说到何长顺就把头歪到一边的老警察。你以为我们纪检监察这段时间真在睡大觉?

说着,袁大春的手机嘟地响了一下,是邮件提醒,袁大春点开,瞥了一眼,突然顿住,看着看着,他开始抿嘴笑,越笑越开心,眼却红了。

陈小好发的。他昂起头,不让眼泪流下来。

书记愕然,说你糊涂了。

我没糊涂,陈小好说,今天应该是他的七七,大家都忙过了……他还说,他错了,但他的心是干净的,他情愿带个干净走。

你莫吓我。书记伸出手要去按呼叫铃。

袁大春拦住他,眼圈发红,声音依旧沙哑——小好还说,就算阴阳相隔,真相永不磨灭,因为有一种邮件,叫定时发送。书记,死人是不会说谎的,对不对?

窗外有炮仗声隐约传来,再过几天,就是新年了。

## 二十一

路虎停在楼下,喇叭响了一响,冯玉走下楼打开送奶箱,里面却没有钥匙,正发愣,车灯亮了。强烈的逆光中,冯玉看到驾驶位上隐约坐着一个人,一个他不想见到的人。

那人声音疲倦忧伤,要回神轿坡?

冯玉点点头,扫了他一眼。

三年不见,突然看到这张脸,冯玉有点意外,也有点惊慌,四处张望,确定没有被监视,这才迅速上了车。再一细看,那个夸张又潇洒地呼唤上帝、说"要有光,于是有了光"的画家跟眼前这张脸完全合不上,卷曲浪漫的长发没有了,剩下一颗光溜溜的脑袋,人顿时显得异常衰老,不是说头发没了显老,是老在没有遮挡的眼神上——那眼神灰暗无力,蒙着一层无法聚焦的虚。

上坡去做什么?

种菜、喂猪。冯玉冷笑,袁大春都动作了,我离上坡的时间也不远了。你不是说,五行不定,输得干干净净吗?你不是说,要危险的快感吗?现在都有了。我老娘守得好,不然还真没个退路。

还是先陪我回趟老家吧。画家面无表情地说。

冯玉不回答,催,快开车,出城再说。

两个咬卵犟。画家又说。

冯玉皱起眉,闭上眼。

不该挑头来开医院。画家的声音沙哑不堪,我也没想到,居然控制不住高岗的局势……又重复道,兄弟,先陪我回趟老家。

老家是不是有事?冯玉睁开眼,回过神来。

他死了。画家嘴角叼着烟,若无其事吊儿郎当的样子,却藏不住突然溢出的泪水,他抹一把,再抹一把,猛烈地呼吸,然后咳嗽,心脏都咳出来一样。

谁死了?

在那遥远的小山村,我亲爹。画家咳得厉害,表情扭曲。

冯玉呆住了。

五行不定,输得干干净净。画家喘着气,恨恨地说,以为是你,结果是我。


车子驶上国道,腊月了,整个山野已经冻透,不再折腾,风也冻足了,伏在谷桩地和油菜叶上,夜很静,静得像块凝固的黑色玻璃。两旁,高耸入云的山崖黑乎乎立在眼前,巨大而压抑。顺着它昂头往上看,锅底一样漆黑的夜空出现了两颗远而小的星星,在空旷的寒夜里孱弱地闪着微光。

恍惚中,冯玉感觉和画家相识的这几年像一场梦。他眼前浮现出找到何长顺时的场景,那漂浮在水中的头发,它灰白、细软,微微游荡,藏着秘密。

何长顺现在就在天上看着吧,还有陈小好。

这两颗星星,就是他们两个吧?

远处,不知是县城还是来路上,一阵急促的警笛声或急救车声断断续续地传来。

画家猛然刹住车,茫然地朝着声音的方向看,像迷路的孩子。好半天,他的喉咙里发出奇怪的吞咽声,然后,他用更古怪的声音颤抖着说,怹软蛋呢,魂都吓丢了。

冯玉也咽了咽口水,心想,我的也丢了。这时,他突然想起老娘经常提醒的那句话——过湾过桥,记得喊一声,莫让那些东西把魂带走了。

晚了,从故意向画家透露老汪有偷生的事开始,他已经送走了三个人,老汪、陈小好、何长顺。老娘不搬下神轿坡,老娘眼毒呢,自己养大的孩子,是羊还是狼,她清清楚楚。

不怕不响,怕乱响。

这几年,响错了,也想错了。世界不是他所想的样子,世界自有它的干净和透亮,所以他永远融不进它。这个世界有袁大春那样的人当门神,有陈小好和何长顺这样的人当死士,他永远进不去。

兄弟,你问过我,关于神。知道吗,昨天晚上,我梦到了神。画家缓过神来,虚弱地呢喃。

警笛声渐远。冯玉松一口气,再次闭上眼睛,同样虚弱地问,他是不是长得很可怕?

不。画家轻声答,他长了一张善良的脸,他是我爸爸。

天高地阔,夜色如墨,一辆路虎飞驰过田野,像骏马飞驰过草原。但是,车上的两个人都知道,再也没有草原了,只有牢笼,心的,身的,魂的。

天上,两颗寒星兀自闪烁,它们不说话,它们知道所有的秘密——青海湖、纳木错,还有等候在草原的深情的卓玛。

(原刊《人民文学》第 7 期)

# 他 乡

阿 袁

　　孟渔没想到,几天后姬元果真给他打电话了。
　　姬元说,孟老师,我为你接风吧。
　　孟渔有些愕然。接风?接什么风?他都来这儿小半年了。而且,她和他,半生不熟的,也不是接风和被接风的关系。
　　孟渔不想去,他一向不喜欢太主动的女人。他是一个传统的男人,在男女关系方面,还是习惯"凤求凰"的。这"凤求凰"不只体现在求偶最后的那个环节——动物世界里的昆虫是那样的,雄性昆虫为了和雌性昆虫交配,之前拼命地抖擞自己艳丽的尾羽,甚至性器官,向对方发出最明确清楚的信号。这是低级世界的两性关系,简单直接。但人类不这样,人类是进化了的高级动物,会更迂回曲折、更隐蔽地接近目标。"我为你接风吧",这句话,或者这个行为,在孟渔看来,就属于曲折和隐蔽的接近。
　　我为你接风吧。
　　然后呢?——一定还有然后的。
　　姬元对孟渔,应该没有政治和经济的意图,那么,就是最原始的生物意图了。
　　可惜,孟渔没兴趣。

　　但那天姬元一点也不知道孟渔的这个想法,她把孟渔那句"不必了吧"理解为省得她破费的客气了,所以就很坚持地说,"尚周记"知道吧?就在学校附近。我们一小时后"尚周记"见。

孟渔还是去了。为什么呢？他自己也不知道。

也许只是因为那天他不想洗被单，他本来应该洗被单的，被单在卫生间的塑料盆里都浸了好几天，他一直懒得去洗。这是一个人生活的代价。要自己做饭，自己洗衣物。他已经不习惯做这些事了。自从结婚之后，他过的基本是衣来伸手、饭来张口的生活。老婆是有洁癖的女人，三天两头洗洗涮涮，只要一看见太阳，她就想洗东西。仿佛让太阳空照院子，就浪费了。家庭妇女的庸俗逻辑。他嫌她这样。她从来不会什么也不做，就那么好好地坐在院子里晒晒太阳。更别指望她能像系里的女老师那样安静地坐在太阳下读几页书。他是喜欢看女人坐在太阳下读书的。那几乎是风景了。他对古人云的"红袖添香夜读书"是不以为然的，"夜读书"太绮艳了，与其说是读书，不如说是男女的一种媟狎。挂羊头卖狗肉，是一种对书的失礼。好像书是某种情趣用品，一如女人的华丽内衣那样。这过分了。一个读书人，至少应该对书庄重其事。因此，比起"夜读书"，他还是更喜欢夫妇俩一起坐在青天白日下读书，他觉得那种画面更干净，有一种健康和明艳之美，像欣欣向荣的植物一样。但他们家从来不这样，总是他读书，而她在院子里晒这晒那。他们家的院子里在天晴时从来不会清闲的，总是晾晒了各种各样的东西，冬天是腊肉香肠，夏天是衣裳鞋袜。在六七月盛夏的艳阳天，她甚至会像张爱玲的《更衣记》那样，把箱子里的陈年旧衣都翻出来晒——只是没有《更衣记》里晒的旧衣裳好看，那些大户人家的绫罗绸缎，之所以年年拿出来晒，不过是对从前富贵的反复温习和眷恋。类似于一种祭奠仪式。表面是晒衣，其实是晒旧时锦衣玉食的好生活呢。可他们家从来没有过锦衣玉食，那些散发出樟脑丸味道的旧衣裳，霉了也就霉了，蛀了也就蛀了，有什么好晒的呢？他真是不明白。

可家庭妇女原来也有家庭妇女的价值。没有家庭妇女，浸在塑料盆里的被单，不论浸多少天，也不会自己把自己洗干净了。他终于明白胡适为什么会忍受小脚泼妇江冬秀了。也因此对一向景仰的胡适生出了微微不屑，就为了一辈子舒服地"吃喝拉撒",而牺牲更多雅生活的男人,怎么狡辩,也属于"鄙"的那一类了吧。

姬元点了文昌鸡,点了椰奶咖喱蚵,点了蒜香黄秋葵,点了萝卜糕,点了椰丝糯米粑,还拿着菜单不放,两眼炯炯地上下看个不停。孟渔忍不住问,还有其他人?

没有,就我们。

那会不会,点太多了?

多吗?

多了。

可这家和乐蟹做得好吃着呢,不能不点的。

那萝卜糕和糯米粑是不是有些重复了? 都是主食。

也是。那划掉一个?

划吧,吃不了的。

孟老师,你想吃萝卜糕,还是椰丝糯米粑?

我不论。你随便好了。

姬元斟酌半天,终于划掉了萝卜糕。

可还没等那个系蓝围裙的伙计转身呢,姬元又把菜单从他手上要回来了。

我想吃萝卜糕。

那不要糯米粑。

我也想吃椰丝糯米粑。

孟渔哭笑不得。

反正,也不是鱼与熊掌不能得兼。萝卜糕糯米粑之类,咱们还是可以得兼的,是不是? 孟老师。

姬元笑着对孟渔说,一副颇欣慰的样子。

孟渔也尴尬地笑,客随主便,他还能对这个半生不熟的哲学系女人说什么呢?

在姬元之前,孟渔从来没有和哲学系女人吃过饭。事实上,非哲学系的女人,孟渔和她们吃饭的机会也不是很多。孟渔是个内向的男人,孤傲、落落寡合,且生活又素来节俭,不喜欢请别人吃饭。虽然中文系一向有相互酬酢的风气,但一般是别人酬他,他不回酢别人,这当然行不通,来而不往非礼也。不过,"非礼"的时间一长,他就渐渐被排斥在这风气之外了。他没觉得有什么不好,他本来就不是那种在饭桌上应付自如的男人,不像同事孙东坡,独处时蔫不拉叽萎靡得很,但只要一上酒桌,突然间就"桃之夭夭灼灼其华"起来,整个人会变得又活泛又鲜艳。所以孙东坡特别贪恋人群,贪恋酒桌,有事没事,就学曹操,来一回"我有嘉宾鼓瑟吹笙"。但孟渔不一样,一个高校的副教授,囊中羞涩,一个月禁得起几回"我有嘉宾"呢?而且,在人群里,孟渔总是不自在。孟渔喜欢自个儿待着,哪怕吃饭,哪怕喝酒,他也喜欢自斟自饮。他老婆也喜欢他这样。男人不到外面应酬,总是好的。她经常用她的方式鼓励他。你看看孙东坡,整日在外面都吃成啥样了?肠肥脑满的。孙东坡原来也很苗条的,像孟渔一样,但现在双下巴都有了,真是肠肥脑满的。或者说,哪家哪家的芋头不能吃,是用有毒药水去皮的,哪家哪家的藕不能吃,是用硫黄漂白过的。她总能在第一时间掌握这些消息,好像她在食品监管局工作。他知道她说这些话的用意。她这个人,虽然没多少文化,心思却很缜密很复杂。不就是希望他别出门吗?要他只在家里吃饭。他本来不喜欢出门,但他实在不喜欢她自以为是的小聪明。更邪恶的是,她甚至鼓励他孤僻。他只要和谁稍微走近一点,即使是男的,她也不喜欢。她会有意无意中伤那个人。有一度他和同事孙东坡与老鄢来往稍微密了些,她就想方设法离间他们。她说起他们的语气,会有一种克制不住的恶意。更别说系里的那些女老师,只要有机会,她就会不遗余力地诋毁她们,用她自以为隐晦的方式。他不知道她为什么希望他孤僻,希望他与世隔绝。但他确实感觉到她不喜欢他和别人多接触,她似乎恨不得把他像鸟一样关在笼子里,然后罩上一块黑布。是不是他孤僻了与世隔绝了,就只能依赖她或爱她?他这么揣度,这揣度有些阴暗了,但他就是没有办法往好里想她。是不是做夫妇久了,都会生出一种怨气?

在他和女人吃饭的有限经验里,孟渔以为,女人吃饭都是很秀气的。

朱茱吃饭就秀气。这辈子,除了姆妈和老婆,朱茱可能是和他吃饭次数最多的女人了。在朱茱的老公沈一鸣到美国访学的那一年,他真是和朱茱一起吃过无数顿饭的。像夫妇那样。他们相敬如宾举案齐眉。尽管那时"举案"的是他而不是朱茱——这回想起来有些白璧微瑕了,但他还是觉得好。不知为什么,他和老婆在一起时,会恪守一些男人的原则,所谓男人能做什么不能做什么之类,但和朱茱在一起,他就不讲究了,什么都想为朱茱做,只要朱茱喜欢——至少那时是那样的。有什么关系呢?京兆尹张敞不是还像丫鬟一样,为他的妇画眉吗?这是恩爱夫妇之间的一种好法。他喜欢他们在一起时看上去像夫妇,过寻常日子的夫妇。他还清楚地记得朱茱坐在他对面细嚼慢咽的样子,也清楚地记得她家的食具,淡绿色的用来盛姜蒜的小碟子,碗只有枇杷大,他那时这么说的时候,朱茱怪他太夸张了,"你见过这么大的枇杷?见过这么大的枇杷?"她把绘有淡黄色细花的饭碗举到他眼面前,问他。她拿碗的手,修长圆润,白如柔荑。不像他老婆的手,青筋暴露,男人的手一样。这都是七八年前的事了,可一想起来,还和昨天一样。

老婆虽然长得粗糙,吃饭甚至比朱茱还秀气。他们第一次在师母家吃饭的时候,她几乎是一粒一粒地吃,师母说她像"吃猫食"。师母家养了一只猫,是只叫"南子"的母猫,这名字是导师取的。孟渔不知道导师为什么要给自己家的母猫取一个这么名声不好的名字。南子吃鱼时就这样慢条斯理。一条小鲫鱼,它用它的樱桃小口,能吃上半个时辰。吃一口,捋一下胡须,吃一口,又捋一下胡须,就好像淑女在用绣花手绢擦嘴,妩媚得很。冬天天冷,鱼容易凉,导师守在边上,每隔一会儿就用微波炉把鱼加热一下,他怕南子的胃受寒。南子的身体不好,导师煞有介事地对他们说。导师是个很严厉的人,没什么人情味的,没想到,对一只猫却这么温柔体贴。师母有时会假装吃醋,说导师对那猫比对她还好。导师竟也不否认,兀自抱着南子在怀里摩挲。

孟渔猜师母或许不知道历史上南子其人其事的,要是知道,怕就真吃醋了。说不定会在南子的鲫鱼里下砒霜呢。女人嫉妒起来都是不可理喻的。不过,也或许知道呢。上了年纪的妇人,都有睁只眼闭只眼的智慧,也自有一套让婚姻保持体面和有趣的方法。导师看猫,师母看导师看猫。这犹如下之琳的诗了,"你站在桥上看风景,看风景的人在楼上看你",谁在当中得到的乐子更多真是难讲的。师母说吃东西慢的人有富贵相,命好。师母那时正撮合他们,所以对老婆所有的行为都加以牵强附会的美化。后来孟渔知道,校医务所的女护士们都是这么吃东西的,不是像猫一样天生仔细优雅,而是故意这么吃。慢条斯理地吃饭是有诸多好处的,无论是从瘦身的角度,还是从养生的角度,还是从女性审美的角度。医务所的女人,一个个都是很会做女人的。怎么吃,怎么穿,怎么说话,怎么走路,都讲究套路的。像文人写八股文章,或演员在台上唱戏,起承转合,唱念做打,都是程式化动作。他特别憎厌看这样的八股文章。每回看到老婆把青筋暴露的手指,翘成兰花状,然后噘了嘴用匙子小口小口喝汤的样子,他都作呕。

但姬元吃饭的风格,完全颠覆了孟渔对女性吃饭"很秀气"的认识。

也不是说姬元吃饭就梁山草莽般狼吞虎咽风卷残云。她也是一口一口吃的,虽然不是朱荣那样细嚼慢咽,也不是他老婆那样矫情做作,但也还是正常的吃法——吃的速度,既不太快,也不太慢;一筷子夹的菜,既不太多,也不太少,总之姬元吃饭的样子,并没有太吓着孟渔。

"不秀气"主要是指姬元的食量。

孟渔记得,他早就搁筷子了,在食物被吃了约一半的时候,他就开始喝苦丁茶了。来海南之前,他从来没喝过这种茶,在家时他习惯喝菊花茶,加一小把枸杞。老婆说这种茶养生,补虚固精。他对养生没兴趣,尤其反感"补虚固精"之说,听起来好像他那方面不行似的。他老婆可能真以为他那方面出了问题,因为他们后来确实疏于房事,总是一两个月也过不上一回半回的。

他提不起兴致。老婆虽然嘴上不说什么,却很努力地为他炖各种各样的养生补肾汤,每天早上给他泡上一大杯菊花枸杞茶——应该说枸杞菊花茶,因为后来枸杞比菊花多多了,红艳艳的,是梅花点点开的景致。教古典文学的老周每回都会故意十分认真地盯了这景致看,脸上是男人那种意味深长的表情。孟渔恼羞得很,有一种被窥探了隐私的不悦。他也不能解释什么,一解释,倒像此地无银了。其实老师们都爱喝菊花茶,或者胖大海,这两样东西对嗓子好。学校里的老师,嗓子大多像老生一样嘶哑——天天在阶梯教室的讲台上喊着,不破嗓子才怪,但没有谁会在杯子里放那么多枸杞。孟老师,枸杞有什么作用呀?有时老周会一本正经地问他。他恼火得很,但还是会半笑不笑地牵牵唇角,算作答了。老周的嘴,是一贯孟浪的,有为老不尊的德行。孟渔懒得和他多纠缠。

来海南后第一次喝苦丁茶是在系主任老蒲的家里。老蒲的老婆是当地人,苦丁茶泡得特别酽。他一口下去,苦得几乎咂舌。但之后就爱上了。他是个容易爱上苦味的人。尤其中年之后,他更愿意吃苦瓜、莲子、莴苣之类的食物。倒不是从养生的角度,而是一种"志同道合"的选择,有点像陶渊明的爱菊、周敦颐的"世人甚爱牡丹,予独爱莲"的意思。食物也是有品格的。他觉得那些苦味的食物更清高,更有操守。虽身为食物,却能不媚于世,不悦于人,像那些萧散避世之隐士。他就怀着这种"托物言志"的心态,喜欢着那些苦味的食物。

海南菜他也喜欢,自然,不做作,一派天真烂漫,有一种"豆蔻梢头二月初"的新鲜。

孟渔那天其实吃得也不少。萝卜糕吃了两块,椰丝糯米粑吃了两个,蟹那东西,本来在外面他不怎么吃的,嫌麻烦,尤其和不熟悉的人一起吃,实在难看相。但它就放在他面前,近水楼台,他也吃了几只蟹腿。而蒜香黄秋葵,因为属于带苦味的"有操守"的食物,所以就吃得更多了,大半盘都是他一个人吃掉的。就算这样,他搁筷子的时候,桌上的菜,还有不少。

我吃好了,你慢慢吃。他对姬元说。

他也不过是客气一句。两个不怎么熟悉的男女一起吃饭，其中一人——还是男人，先搁了筷子，说起来，是很没有风度的事情。他也知道的。

但他吃饱了——也没有勉强自己继续奉陪这个女人的兴致。

他以为，姬元接下来也会讪讪放下筷子的。

但姬元没有。她接着"慢慢吃"，直到把桌上的六个菜吃个精光——真是精光，盘子里最后剩下的，只是些葱姜蒜作料了。

孟渔喝苦丁茶的时候，一直在观察姬元。

他有观察生物的习惯。小时候，他家和鲁迅家一样，屋子后面也有个百草园，百草园的颓壁残垣里也有各种虫子，蝉、果蝇、螽斯、蟋蟀，还有水坑边飞舞的蜉蝣。最漂亮的是蜉蝣，"蜉蝣之羽，衣裳楚楚"，一只只像着霓裳羽衣的贵胄公子哥儿，可惜是朝生暮死的薄命公子。他捉了它们放进玻璃瓶里，看它们如何伸胳膊蹬腿，如何打架斗殴——如果瓶里放进两只雄虫，再放进一只雌虫，是很容易打架斗殴的——孟渔会辨别许多虫子的雌雄，雄虫一般羽毛艳丽，短小精悍，身材苗条婀娜；而雌虫个头较大，尤其腰及屁股部位，十分肥硕，动作起来，有尾大不掉的迟钝，而且吃得更多。它们会一边雍容地吃，一边雍容地交尾。

姬元吃东西的样子，看上去，颇有那些雌虫之风。

孟渔之前是带了想法来的，他觉得姬元之所以为他接风，不过是巧立名目，而名目之下，是她对他有生物意图。

所以他一直冷眼旁观，看姬元如何一步一步地对他实施那意图。

女人吃东西本来是唱念做打的一部分。如果有男人在场的时候，女人压根不好好吃东西。如果是一群男男女女的宴，那饭桌就更不是饭桌了，而是个大戏台子，女人争奇斗艳，搔首弄姿，八仙过海，各显神通。所以他老婆会翘了兰花指嘬了嘴小口小口地喝汤；朱茉会害怕鱼刺——那么细的鱼刺呢；五十多岁的马丽会用童声对他说："小孟，我实在吃不下去了。"他们有一次去长沙开会,酒店明明有丰富且免费的会议餐,她不吃——说不想吃,非要和他出去吃当地风味小吃。可一碗牛肉米粉,她还没吃到小半碗呢,就用奶声奶气的童声对他说:"小孟,我实在吃不下去了。"他当时真想扇她一嘴巴的。都是这么大年纪的人了,还不知道三岁小孩都懂的"粒粒皆辛苦"的道理。不过,马丽也可能是例外,她是因为研究冰心的儿童文学,把自己研究得走火入魔了。但究其性质,也和朱茱的怕鱼刺,和老婆的兰花指,是一样的。这是一种性别上的情不自禁。女人不论是老是嫩,也不论是雅是俗,这方面在先天都有着一样无可救药的浅薄和戏剧化的本能。

孟渔总是忍不住,把女人当成他玻璃瓶里的虫子来观察。

他喜欢看她们在瓶子里"蜉蝣之羽,衣裳楚楚"的样子。

但姬元却没有"衣裳楚楚"。姬元说"我们一小时后'尚周记'见",他特意晚去了几分钟,不是他拿腔作调,也不是他没有风度,而是他以为就算他晚上几分钟,姬元也会比他更晚的。但没想到,他到"尚周记"时,姬元已经坐在那儿边看书边等他了。

她清汤寡水土木形骸地坐在那儿看书。孟渔一时间真是愕然了。

在孟渔的经验里,女人但凡赴宴——也不管是大宴小宴,都是要装扮的。但姬元没有,既没有盛妆,也没有薄妆,这个孟渔一眼就看出来了。姬元穿一件暗绿色衬衣,旧的,领口都有些泛白了,左眼睑下方,有一块明显的褐斑。

不知道是不是因为她正好坐在窗口阳光下,他看得尤其分明的关系。记得那天他们在香格里拉的大堂里乍一遇见,在流光溢彩的灯光下,姬元的脸上,好像还是干净的,应该没有这块斑。这块斑的直径估计有三厘米吧,就那么枯叶似的堂皇地落在眼角。姬元为什么不用粉遮掩遮掩呢?

孟渔内心生出某种复杂的东西。不知为什么,他隐隐有被冒犯了的感觉。

而且,整个吃的过程中,她也太聚精会神了,太心无旁骛了。他从来没见过吃饭这么认真的女人。仿佛她是在做一件很重要的事情,这件重要的事情还很美妙,所以她整个人的注意力,都在那上面,无暇顾及其他。虽然偶尔她也抬起头,愉悦地朝他笑笑,算尽地主之谊。但那笑,和那愉悦,和他无关,完全是美食的"余音袅袅"。是她和美食之间两情相悦的结果。他能感觉出来。

他几乎失礼地盯着姬元脸上的"枯叶"琢磨。那"枯叶",近了看,似乎更像某种蛾子的翅膀,一种有着棕褐色圆弧形状后翅的蛾,是叫米蛾,还是就叫枯叶蛾?他记不太清了。但姬元浑然不觉,兀自挥汗如雨地吃着——说"如雨",是孟渔夸张了,但姬元是真吃出汗来了。她的额头和鼻翼在阳光下,有一层细密的汗珠,闪闪发亮。天气还不怎么热呢,他这个男人还吃得悠哉悠哉呢,可姬元一个女人竟然吃东西吃出了汗!

这真是一只奇怪的"昆虫"。

难不成是他想多了,她对他根本没有生物意图,接风就真只是接风?

从头到尾,他们也没聊几句。他没见过这么话少的女人。女人在饭桌,一般吃得少,说得多,喜鹊一样饶舌的。可姬元正相反,吃得多,说得少——比他说得还少呢。

他们间或也聊几句的。她问过他,认不认识哲学系的某某某,或某某某。

他说不认识。哲学系他除了认识搞古希腊哲学的马益老师,其他人,他都不怎么认识。

她"哦"一声,就没下文了,继续吃。

但那一次接风对孟渔而言,还是有收获的,一种很实际的收获。

姬元家有洗衣机。当他不经意说到塑料盆里脏被单的烦恼时,她建议孟渔把被单拿到她家洗。

他们两家原来离得不远,都在师大教工老宿舍那儿,之间就隔了几栋楼。

他本来应该推辞的,以他孤僻的个性,推辞这种事才是自然而然的。何况他和她也没有熟到可以去她家洗被单的程度。

但他没推辞——想到要手洗那黑乎乎腻兮兮的被单,他那句"不用了"就没说出口。

姬元说,没关系,你来吧,反正我一个人。

这句话按孟渔的理解,和自荐枕席也差不多。但姬元的声音里,又有一种晴天白日的坦荡,一种不拘小节的大方,一种没把他当男人的"思无邪"的大剌剌的东西。她的语气,太清明了,没有一点带性别意味的拖泥带水藕断丝连,就好像孙东坡对他说:"老孟,来支烟?"

不过是"来支烟"那样的建议,他若推辞,倒小气了。

他自己对自己这么说。

于是第二天孟渔就用一个大塑料袋子,把被单、枕套什么的全拿到姬元家去洗了。

姬元家房子不大,二室一厅。作为一个女人的住处,她的厅也未免太凌乱了,饭桌上杯盘狼藉,沙发上也堆满了衣物和书,地上也是书和横七竖八的鞋,还有几只灰尘仆仆的坛坛罐罐。至于室如何,孟渔不得而知。虽然一室是半掩的,如果孟渔愿意,还是可以看个大概的,但孟渔非礼勿视——也没有视的欲望,这间屋子,和姬元这个女人一样,都散发出一种我行我素的潦草和简慢。

孟渔又隐隐有一种被冒犯的感觉。

他对姬元没兴趣,而姬元似乎对他也没兴趣。不然,断不能如此简慢。

那她为什么又是接风又是请他上门?

这难道是哲学系女人的独辟蹊径?

孟渔真是遇到了一只前所未有的奇葩"昆虫"了。

洗衣机洗被单的时候,他们就坐在阳台上喝茶。姬元家有个大阳台,大到与这小房子不相称的程度。阳台一分为二,一半用玻璃封了,里面有桌有椅还有个原木简易书架;另一半露天,除了两根晾衣绳,几个衣架,空荡荡的,什么也没有。

孟渔的被单,就被晾晒在那空荡荡的半边。

这太阳,很快就干了。姬元说。

孟渔没有阻止她。他的房子,只北面有阳台——一个几乎不是阳台的阳台,两平方米而已,晾几件衣裳都促狭了,确实晒不开被单的。

有时夜里,他睡不着,拿把椅子到那儿坐坐,感觉自己就像一只坐井观天的青蛙。

而姬元家,即使半边阳台,也相对宽敞得很。

这半边,是顾春服坚持要封的。本来我想阳台全露天,但顾春服不喜欢。顾春服想要全封,我不喜欢。折中的结果,就是这样:半边封,半边露天。

顾春服——

我前夫。

也是。这房子还是能看出婚姻生活的痕迹。虽然邋遢,但生活器皿一应俱全,那些坛坛罐罐,当初想必是用来装干果米豆的,也可能用来腌各种瓜果蔬菜,他家就有许多这种坛坛罐罐,比姬元家还多,大大小小的,摆满了厨房。他老婆喜欢熬各种养生粥,黑米、薏米、黍米、赤豆、花生、芝麻、核桃。他家晚上,基本就吃这些五颜六色各式各样的粥,就着各式各样的腌菜:酸豆角、糖醋萝卜、芥菜香干。他老婆说,芥菜不仅开胃消食,还能抗癌。他老婆知道所有抗癌的食物:芦笋、甘蓝、花椰菜、红薯、胡萝卜——但他真是吃烦了这些东西。

书架上大多是哲学和文学书,波伏娃的《女宾》、苏珊·桑塔格的《反对阐释》、米兰·昆德拉的《生命中不能承受之轻》,还有鲁迅的《朝花夕拾》——孟渔没想到,姬元竟然读鲁迅。

是以前读的书。我现在看阿加莎、爱伦·坡、松本清张。

好像是这样。书架最下面一层,还有其他地方散落的,都是这类书。

上次在"尚周记",姬元看的,孟渔记得就是爱伦·坡的《黑猫》。

这些书,你别说,还挺有意思——现在,有意思的事可不多。

这一点孟渔也同意。

书架最上层,还有几本不同版本的《生物学》教材,还有一本《生蚝养殖》。

那是顾春服的书,他是搞生物学的,海洋生物学。

孟渔注意到,姬元说起前夫的语气,特别自然而然,平淡得很,没有一点激烈的怨怼,像乐府《有所思》里的那个"当风扬其灰"的女人;也没有一点悲怆,像《上山采蘼芜》里的那个"长跪问故夫"的女人。倒是有几分像"弃捐勿复道,努力加餐饭"那个女子的老实本分。

不知为什么,孟渔下意识就把姬元当弃妇了。

一个像姬元这样粗衣陋服、姿色平平的女人,在这个浮世绘般秾艳的时代,应该很容易成为弃妇的吧?

而这个家——孟渔略略一打量,就有弃园之荒芜感。

后来孟渔知道其实不是那样的。

是姬元先要离婚的。姬元说,不是他不好,顾春服其实是个不错的男人,如果遇到一个合适的——或者说正常的女人,是可以过正常的婚姻生活的。就算他们之间没有爱情——她和他结婚,不是因为爱上了他;他和她结婚,也不是因为爱上了她。这一点,两人都心知肚明。她三十三了,他三十六,到了应该结婚的年龄。两人见了几次面之后,虽然没有华年的怦然心动,也没有盛年的天雷地火,但也没有互相厌恶,这就是婚姻的基础了。世上的夫妇,有多少是从爱情开始的婚姻?而所谓爱情,不过是肉体相互吸引的另一种说法而已,一种更体面的说法。可肉体相互吸引最靠不住了,它倏忽而来,倏忽而去,神出鬼没的,你拿它毫无办法,倒不如一开始就没有,是不是?她女友苏冯堇语重心长又循循善诱地教育她。事实上,顾春服就是她帮姬元介绍的,在姬元调到海南来之前,她就已经开始打他的主意了。他和她老公是同事,周末经常到她家吃饭的。当然是苏冯堇邀请的。苏冯堇打从读书时起,就喜欢请人吃饭,她是擅长且热衷做漂亮的女主人的,那种伍尔芙笔下的"房间里的天使"。像达罗威夫人和拉姆齐夫人那样的,美丽、优雅、温柔,让所有男客人垂涎三尺。姬元知道。但苏冯堇要姬元领情,你不知道,一个单身男博士,行情有多俏?我不帮你盯紧点,就被别人抢走了。这个姬元也相信,苏冯堇对别的女人,可能不怀好意,但对她,倒一直是真心相待的。女人和女人,也是要相契的。她们俩就契合得很,这也是奇怪的事,本来她们俩是完全不同的女人,可以说南辕北辙,但偏偏就成了闺蜜。她能想象苏冯堇为了帮她笼络住顾春服如何煞费苦心的样子,为了在顾春服面前美化她如何舌绽莲花、齿如瓠犀的样子。

所以姬元结婚,亦有盛情难却的意思。她实在不忍拂了苏冯堇的好意,苏冯堇不惜动用老公的关系帮忙把她调过来,然后把顾春服当宝似的献给她,然后殷切地等她领情,她不能不知好歹。而且,她那时也正处于人生的特殊阶段,心灰意冷,弱柳扶风——她本来不是弱柳的体质,一直像白杨般挺拔的,但那时不一样,真是一株东倒西歪的蒲柳,很容易就倾斜在某种硬实又温暖的所在——顾春服当时给她的感觉,就是又硬实又温暖的所在。

后来她才知道,顾春服的处境和她也是差不多的,他之所以和姬元结婚,也有盛情难却的意思,可以说,是看苏冯堇的面子,或者说,他过于信任苏冯堇了。苏冯堇是个高明的游说者,她避实就虚,把姬元吹嘘得天花乱坠。她不吹嘘姬元的外在——相反,她对姬元的外在,做了相当谦虚的描述,谦虚到顾春服乍见姬元,倒有几分"惊艳"了,他之前做好了见到一个丑女的心理准备,不然,苏冯堇说什么"好女人关键不是秀外,而是慧中"。那话的意思,不就是姬元没有"秀外"吗?没想到,姬元一点也不丑,眉清目秀,身材匀称。而苏冯堇吹嘘的姬元的内在,也就是那些"慧中",什么聪明,什么不俗,什么"落花无言,人淡如菊",怎么求证呢?

就算可以求证,姬元的身上,也确实具备这些品质。只是,这些品质对婚姻生活有什么作用呢?

婚姻中的女人不需要聪明,尤其还是貌似哲学的聪明——

动不动就一本书、一支烟,或坐或站在阳台发呆,这样的画面,顾春服后来真是看够了。

就算看够了,顾春服也没有提出离婚。他是温良恭俭让的君子,做不出那种杀伐决断的事,只好委曲求全。姬元不做饭,他就做;姬元不收捡,他就收捡;姬元挥金如土,他就勤俭持家;姬元不屑人情世故,他就帮着礼数周全。总之,一年的婚姻生活过下来,顾春服原来一头的鸦鬓都斑白了不少,几乎有"朱颜辞镜花辞树"的萧瑟秋意了。

姬元倒还好。她本来就是个随遇而安的人,之前对婚姻也没有太美好的憧憬,因此对她而言,婚前婚后也没有太多不同,她仍然读她的书,恍惚她的恍惚,在自己的世界里自得其乐,或闷闷不乐。偶尔心血来潮,也会下厨房做几个菜——一般都做得不怎么样,好在顾春服不挑嘴,总是吃得一干二净。顾春服是个很配合的人,虽然不主动,但也不扫人兴致。她建议喝酒,他就喝一杯,她不建议,就不喝;她谈兴来了,要和他说话,他就说几句,她不想说,他就不说。

如果不是在苏冯堇家见过顾春服红光满面、春意盎然的样子,她以为他就是那种清淡的人,像藕和莴苣,像黄连素,天性里有清热败火的功能。他们两家周末经常聚会,一开始,苏冯堇打电话过来约的时候,姬元还担心顾春服不乐意,因为顾春服看上去,不是那种热衷社交生活的男人,而且苏冯堇是她的女友,本着"他是他,她是她"的原则,她不能用她的生活来绑架他的生活。但后来发现,她多虑了。因为顾春服对这种聚会,比她还积极还兴奋呢。聚会一般是在周六,他一到周五就开始春江鸭暖般蠢蠢欲动了。有时苏冯堇的电话打晚了,他就坐立不安,从厨房到客厅,又从客厅到阳台,来来回回走个不停,把姬元都走得不耐烦了,干脆主动给苏冯堇打电话:"冯堇,这个周末怎么安排呀?"他这时就会对姬元特别温柔,甚至会过来抱一抱姬元,用他刚刮了胡须的下巴在姬元的耳背蹭一蹭。这种小儿女的婉转情态在他们之间是很少发生的。他们夫妇相处的模式,一向是"君子之交淡如水"的。顾春服平时端谨稳重,不苟言笑,但有意思的是,一到苏冯堇家,就又言又笑了——不论苏冯堇说什么做什么,都能让顾春服眉开眼笑,春风满面。

她这才反应过来,顾春服和她结婚,是爱屋及乌的意思。

他是以金岳霖爱林徽因的方式,爱着苏冯堇呢——一种客厅里的道德的爱慕方式。

她提出离婚,没说原因,他也不问,两人就心平气和地离了。

没发生任何争执。一套单位的旧房子,因为是姬元父母出资买下来的,也是姬元父母出资简装的,所以还是姬元住。至于其他,姬元说,你需要什么,拿什么。

两人的共同所有本来也不多,一年多的婚姻,还没来得及繁衍出太多的东西。况且,两人都不是那种积极建设的人。所以顾春服最后也没拿走什么,除了他的四季衣裳和他的书。书还有些没拿干净,也或许是他不想要了的书。但姬元也没丢,就任它们在那儿搁着,反正也占不了多少地方。万一哪天顾春服又需要了呢?

这些,都是姬元断断续续告诉孟渔的。

他们现在时常坐在姬元家的半边阳台上喝茶,或坐在某家饭店一起吃饭。姬元总能发现哪家哪家的哪道菜好吃——"特别好吃,孟老师,我们去吃一回怎么样?"吃了一回之后,姬元又要吃第二回了,"上次那个什么什么菜,太好吃了,孟老师,我们再去吃一回如何?"孟渔一开始还有些别扭,孤男寡女的,没事总在一起吃饭,不合适。但姬元的态度,大方得很,一点也不扭捏,完全是"君子坦荡荡"的做派。孟渔一个男人,也就不好意思"小人长戚戚"了。系主任老蒲偶尔在周末会给他打个电话,请他去他家"坐一坐",一起讨论讨论课题的事儿,他们有一个合作的课题——也就是因为这个课题,老蒲才把他调进来的。但孟渔不太喜欢去老蒲家"坐一坐",每回都是拎上几斤枇杷去,然后喝一肚子苦丁茶回来。老蒲的夫人,喜欢吃枇杷,第一次接过他买的一箱枇杷时,就一惊一乍地说:"天哪!小孟,你怎么知道我爱吃枇杷?"这真是自作多情,孟渔哪里知道她爱吃枇杷。但朱荣爱吃。她家客厅方几上的那个青花大碗里，放的总是淡黄色枇杷。"你不觉得它们像齐白石的画吗？"他还记得朱荣歪了头打量枇杷的样子。他其实不怎么吃这种水果的，嫌寡淡，水一样。老婆间或买一次，也是用来煮冰糖枇杷百合汤。她说枇杷生吃会释放出微量氰化物，虽然不足以致命，但吃多了，总不好。他虽然讨厌老婆的养生之道，但不知不觉中，还是受了不少影响。他现在一个人住，有时会拿水果当饭吃。枇杷当然是不能当饭的，所以他不买。但每次看见，他还是会怔怔的，有一种恍若隔世的感觉。那天他去老蒲家买枇杷，也是鬼使神差。没料想，歪打正着，竟让老蒲的夫人如此欢天喜地。于是就成惯例了。每回老蒲要他过去"坐一坐"的时候，他就买上几斤枇杷，就在小区门口的水果摊上。但不知为什么，他心里老大不乐意，仿佛这个满脸褶子和雀斑的女人也喜欢吃枇杷是件奇怪的事，几乎亵渎了"齐白石画一样"的枇杷。他也知道这么想是莫名其妙了，但他还是忍不住。

　　比起去老蒲家"坐一坐"，孟渔觉得还不如和姬元去哪家饭店吃哪道菜呢。姬元这方面真是专业水准，她建议去吃的东西，还从来没有让孟渔失望过。每回约好了某家饭店，她都先到，然后挑外面或窗前的位置坐。他还没见过这么爱晒太阳的女人。难怪黑，难怪脸上会有那么大块的褐斑。这也是他对姬元如此冷淡的原因之一。他不喜欢肤黑的女人。姬元告诉他，她之所以调到海南来，百分之五十是因为海南这玻璃一样明亮的阳光。还有百分之五十呢？孟渔问——是后来问，那时他们已经交往甚密，有点无话不谈的意思了。当时他没接话茬，只是笑笑，很有修养地沉默以对。孟渔自己知道，这和修养没什么关系，他只是用这种笑而不言的方式来表明他对她没兴趣。这个女人喜欢不喜欢阳光，为什么来海南，他一点不关心，而且也要让她知道他不关心。这是他不厚道的一面，他看上去温和敦厚，但骨子里也有文人的狷狭刻毒。姬元问他，孟老师为什么调到海南来呢？他学她说，百分之五十是因为海南干净的空气。这也是可能的。他们原来的那个城市，如今雾霾问题严重，空气质量指数常年是轻度污染,在秋冬季节连续多日没有下雨的情况下,就重度污染了。有许多退休教授,都在海南买了公寓,来这边养老。那些没有退休的教授呢,就学候鸟,也纷纷在寒暑假时飞过来租套公寓待上几个月。说过来洗肺。所以孟渔调过来的理由,百分之五十是因为"海南干净的空气",和姬元百分之五十因为"海南玻璃一样明亮的阳光"一样,都是又现实又浪漫的好答案。还有百分之五十呢?姬元问——也是后来问。他们那个时候的谈话,还没有稠密起来,而是疏疏落落的。她问一句,他答一句,或半句。

"这个菜怎么样?"

"不错。"

——仅此而已。

孟渔不想深入他们的谈话,也不想深入他们的关系。姬元呢,好像也是这样。他不知道她是识趣,还是对他亦没有兴趣。反正她从来没有就某个问题喋喋不休。他答一句也罢,半句也罢,甚至半句也没有,她那边也无所谓似的。"有时三点两点雨,到处十枝五枝花"——他们那时的谈话,确实有点这种疏落清淡之韵味。

孟渔喜欢姬元的这种"疏落清淡",一种类似于喜欢苦瓜和苦丁茶的喜欢。

两个半生不熟的男女,在一起聊天犹如一起跳舞,是宜疾不宜徐、宜密不宜疏的,因为一徐下来疏下来,彼此会尴尬会不自然。而姬元这个女人,身上却有一种让人慢下来疏下来也不要紧的东西。这一点,孟渔打一开始就感觉到了。孟渔这个人,和姬元正好相反,身上总有一种让人莫名紧张不安的东西。他自己也不知为什么,也许是因为沉默寡言的个性,也许是因为打小形成的自傲或自卑,反正他和别人相处起来,就是会让人不由自主地拘谨。即便他和朱荣好的那段日子,他也没有真正轻松自在过,他的情绪一直有些焦躁,有些昂扬,像一张拉开的弓,有着很饱满的张力。那是另一种紧张不安。他天生缺乏"众乐乐"的能力,只能"独乐乐"的。

但和姬元一起,竟然一点也不觉拘谨,和"独乐乐"也差不多。

或者是李白那种。花间一壶酒,独酌无相亲。举杯邀明月,对影成三人。

他和姬元,就如李白和影和明月,虽然也坐在一起,但一点也不妨碍彼此的自得其乐。

这也是天作之合了——虽然这合,只是喝喝茶吃吃饭而已。

就因为只是喝喝茶吃吃饭,才更不容易。

没有情欲掺杂的男女相处,就如没有钟鼓铙钹配音的清唱,是更有难度的。

这一点,孟渔也知道。

而且,姬元不单这点好,她身上还有一个让孟渔惊讶的品性,或者说美德。那就是她从不要孟渔的回酢。她请了这一回,下一回还是她请,请了下一回,下下回还是她请。

孟渔偶尔也过意不去,把伙计叫过来,要结账,但姬元比他快,还没等孟渔看清账单,姬元已经把钱付给伙计了——她竟然不对账的。

她不多说话,这点和他老婆不一样。他老婆在饭桌上是时常抢着埋单的,"我来我来",她尖着嗓子说。但十有八九是买不成的。她这方面是很机灵的,很会审时度势,挑那些已经有了坚决埋单的主的饭局,才去抢——自然抢不过别人的,她的包总是层峦叠嶂,等到她翘了兰花指把钱包从那层层叠叠中捻出来,别人早已把单埋了。"你真是,我说了我来的。"老婆最后,还要亦嗔亦怨地说上这么一句。

而朱茱,从来想不起埋单的事。就像《罗马假日》里的公主一样,她总是仪态万方地坐在那儿,等别人埋。仿佛那是天经地义。

姬元的路数,孟渔还从没经验过呢。

姬元到孟渔家做客是后来的事。

他们那时已经交往三个多月了,限于食友性质的交往。他们在一起已经吃过无数次饭,也喝过无数次茶了,也一起抽过无数次烟。姬元抽烟,孟渔倒也不惊讶。搞哲学的女人,总是反其道而行之的。认识姬元之后,孟渔对哲学系的女人下了这么个结论。

不过,在姬元那儿认识了也是搞哲学的苏冯堇后,孟渔意识到他犯了以偏概全的错误。因为苏冯堇和姬元完全不一样,呈现在玻璃瓶里的样子,据他观察,似乎是一种新品种的昆虫——也不全新,有点像他老婆和朱茱的羼杂,一半像他老婆,一半像朱茱。

孟渔以前是没有烟瘾的。和孙东坡他们在一起时,他会人云亦云地抽上一支,或半支,他习惯在烟还有半截时就摁熄它,老鄢心疼不已,如果那是他带来的好烟,就更心疼了,他会"啧啧啧"地批评孟渔奢靡浪费。孟渔独处时一般不抽烟,除非有了特别值得庆贺的事,才仪式般地抽一支。或因为想朱茱想到不行——有段时间,他真是被朱茱弄得"瘖痳思服"。

真正成为老鄢那样的烟鬼是在老婆出事后。当某天——他记得那是个春天,因为窗外的桃花又开了,他正站在办公室窗户前怅惘,一个妇人来敲他的门,他开始还以为是老鄢的老婆,老鄢的老婆孟渔远远见过一面,也是这种枯藤老树般的样子。结果不是,人家是校医院某某医生的老婆,过来警告孟渔,要孟渔管好自己的老婆。什么意思?孟渔一时有些不明白,他为什么要管好自己的老婆?妇人用略有些鄙夷的语气对孟渔说,为什么?因为你老婆在外面乱搞。乱搞?和谁?还能和谁?和我老公呗。孟渔更觉得荒唐了。和这个女人的老公?这怎么可能呢?妇人看着可不年轻了,那她老公,不是更老?难不成他老婆和一个老头搞上了?自古嫦娥爱少年,而孟渔的老婆却爱上了她家老头,所以那妇人才语气鄙夷?甚至还很诡异地有点扬扬得意。女人这种生物,真不可理喻。妇人甚至还工笔似的描绘了过程。妇人的老公某某,是妇科医生。孟渔的老婆一开始找她老公看乳腺小叶增生。乳腺小叶增生怎么看呢?自然要摸。她老公这个人,她是知道的,有洁癖,不怎么愿意碰有病的女人,一般建议她们去省一附医院做磁共振成像检查,或乳腺钼靶X线摄影检查。但孟渔的老婆说她不相信机器,更相信某某医生几十年的临床经验,求他摸,他也不好拒绝,同事嘛,于是就摸了。哪知道,孟渔的老婆被摸上瘾了,之后天天去。要不是有天她突然去他办公室找他,她还真以为他在办公室看报纸呢——之前她问过他的,怎么下班了不回家?他说在办公室看了会儿报纸。谁知道报纸是人家的老婆呢。

那妇人走之前问孟渔,你老婆是你来管呢,还是我来管?

孟渔那天坐在书房抽了一夜的烟,其实也没有那么痛苦,只是一时有些茫然失措。那个妇人要他管好自己的老婆,可怎么管呢?女人又不是狗,可以用绳子拴在院子里。系里老苏家的狗,有段时间专门跑到隔壁老周家的院子里出恭,早上一趟,晚上一趟,就在老周家的石榴树下。那段时间正是石榴开花的日子,周师母每年这时候喜欢和朋友在树下茶叙的——老周夫妇早年在英国留学过,所以他们家有喝下午茶的习惯。老苏家的狗,平时也不往老周家跑的,偏偏挑了石榴花开的时候去,好像也知道赏花似的。结果周师母那个季节的茶叙被老苏家的狗破坏了——实在没法叙,因为树下总有一股子狗屎味。周师母就气呼呼地跑到老苏家,警告老苏夫妇,要他们管好他们家的狗。苏师母也觉得有"狗不教"之理亏,只好把狗拴在院子里。可孟渔总不能也把老婆拴在院子里,她要上她的班,下她的班——至于什么时候下班,他之前一直漠不关心的,早也罢,晚也罢,他从不过问,她也不说。他倒没疑心过她,她回家晚了时,手上总会拎些东西:某种时令蔬菜,或一袋苏圃路的馄饨皮,他老婆总是舍近求远到苏圃路去买馄饨皮的,她说那儿的馄饨皮里加了蛋清和高粱面,更有韧性,营养也更全面,或几个"一箪食"的包子——他早上习惯吃两个菜包子,就一碗馄饨或水泡饭什么的,所以她总惦记着头天晚上为他准备好。

而且,她尖着嗓子议论社会风气时,那么道貌岸然,那么三贞九烈,怎么可能做这种"不要脸的事"——那些婚姻外男男女女的事情,通通被她定义为"不要脸的事",而那些男男女女,也通通被她定义为"不要脸的人"。就连先生鲁迅,在她这儿,也是个"不要脸的人"。他觉得好笑,她倒是有"王子犯法与庶民同罪"的平等,什么反封建包办,什么恋爱自由,她不管,杀无赦。

而且,他也犯了推己及人的错误——在他看来,她实在没有做"不要脸的事"的资质。女人的长相决定女人的道德水准,越媸越道德,越妍越不道德。它们之间基本是一种负相关关系。一个女人,如果长成名伶那样,还想道德,几乎就是"噫吁讠,蜀道之难难于上青天"了;而如果长成凤姐那样,那么想不道德,也是"噫吁讠,蜀道之难难于上青天"。原来和孙东坡、老鄢在一起时,大家就爱这样胡说八道。

可原来审美之事,也是"各花入各眼"的,不能用儒家推己及人那一套。他真是小看他老婆了。难怪她神情里有一种"死了张屠夫不吃混毛猪"的硬气。原来她已经找到另一个屠夫了,就在他的眼皮底下。他竟然没察觉。要说,蛛丝马迹也是有的,如果他用心一点的话。他老婆比以前更平和了,他在书房看书的时候,再也听不到厨房里哐里哐当摔摔打打的声音了;她也有段时间不口诛那些男男女女了,几乎有大赦天下的度量了;她的衣裳,尤其是上衣,更紧身了,把她两个柚子似的胸,凸显了出来,大有呼之欲出之效果。他还以为她在穷兵黩武呢,所以更加视而不见。

没想到,她另辟蹊径了。

这事无论如何他应该有所反应的,按那个妇人的说法,"管管自己的老婆",可如何管呢? 冲到医务所去把那某某医生打一顿,然后再把老婆打一顿? 这种市井套路,于学院似乎太喧哗了。学院里的男女,遇到这种事,一般是冷处理的。要雪泥鸿爪,了无痕迹。像之前沈一鸣和朱苿一样。也不知那时沈一鸣是怎样做的。这事也不能去请教。他绞尽脑汁地想了一夜,也没有想出什么办法。早上老婆进书房时,发现一烟灰缸的烟蒂,吓一跳,然后一如既往地开始抱怨和教育孟渔,说抽烟不好,会得肺癌,会得咽喉癌。他猛地抓起烟灰缸砸向她身边的三脚木架,玻璃烟灰缸和架子上的陶瓷花钵相撞,当的一声之后,碴子飞珠溅玉般碎了一地。他几乎松了口气——这应该算一种管教了吧?

老婆却一点也没有理亏的意思,凛然道,没什么,不过是他初一,她十五而已。

而且,她的十五,比他的初一,正派高尚多了。他是喜新厌旧,属于道德品质败坏;她不同,她是为了健康,可以说是一种养生之道。和喝海带豆腐汤,喝肉苁蓉、当归、赤芍、蜂蜜茶的性质是一样的。她这两年,一直在炖这种东西,当药喝,为了治她的乳腺小叶增生。她的乳腺小叶增生越来越严重了,右边的肿块一开始摸上去只是粟粒般大小,后来如豆了,再后来就如樱桃了。也就是说,她的小叶增生可能已经变成囊性增生了,而囊性增生是很危险的,极有可能转化成乳腺癌。她们这个年龄的女人,是最容易得乳腺癌的。她的同学某某某和某某某,一个已经因为乳腺癌切除了乳房,左右两个都切了;一个不肯切,在用药物治疗,每天战战兢兢如履薄冰地活着。她也怕呢,因为那个樱桃般的肿块,她怕得要命。可肉苁蓉什么的,都是辅助性的,治标不治本。真正有效的,还是要保持内分泌调和。而内分泌调和,需要规律的夫妻生活。《健康女性》杂志上有一个美国专家也说,充分的爱抚,以及美好的高质量的性生活才是防止乳腺癌最好的方法。所以她去找某某医生,完全不是为了别的,只是为了治病救人。她右乳边樱桃大小的肿块,经过某某医生这一段时间的治疗,已经变小变软了许多,差不多又成豆子般大小了。不信,你摸摸。

他不摸。他已经很长时间不摸它们了。老婆的小叶增生他是知道的,她隐约提到过,她对自己的身体病痛一向是轻描淡写的,她喜欢在他面前表现出自己健康的样子。但对他的身体,喜欢小题大做。只要他稍感小恙——几声咳嗽,或喉咙略略有些痛,她就会大惊小怪,然后把他照顾得无微不至,唯恐他不知道自己娶了个护士似的。有时他觉得她好像盼望他生病呢,他一生病,她人就活泼多了,几乎有些欢天喜地的。

按他老婆的说辞,她和那个某某医生只是治疗和被治疗的关系,而且治疗还卓有成效——她右胸上的樱桃般大的肿块,已经变成豆子般大小了。

这话是什么意思?难不成他不但不能打某某医生,还要弄面"妙手回春"的锦旗送给他?

他几乎有些钦佩起老婆来,这个女人,真是临危不惧。在这种情况下,还能理直气壮!还能振振有词!

他不知道某某医生的老婆在办公室到底看到了什么,她在描绘这部分时倒是语焉不详的。也是,怎么详呢?他也不能问。"在办公桌上看的不是报纸",在办公桌上看?那是怎么个看法?

那女人走之前,问他:"你老婆是你来管呢,还是我来管?"

他真是不想管的,可以的话,他愿意让她来管。

问题是,她管得了吗?看她枯藤老树般的样子,能是他老婆的对手?

估计也就是去找医院领导哭闹一回,或几回?

那样的话,就闹得沸沸扬扬了。

到时,他怎么办?

他老婆也不是没有给他留余地,说只要他保证和她过规律的夫妻生活,能让她的内分泌调和,她也可以不再去找某某医生治疗了。某某医生已经说了,估计再治疗几个月,她右胸的豆子大小的肿块,就会变回粟粒大小了,再治疗几个月呢,粟粒就有可能消失不见了——当然,如果夫妻生活不规律,不及时排瘀散郁,它又可能长回来。

真是有理有据有节!

可规律的夫妻生活,要用什么数字来衡量呢?

难道像学校里要求老师发论文那样,一学期要多少多少篇,一年又要多少多少篇,定量考核?

再说,她内分泌调和的事情,他怎么保证?

那就没办法了,只能再去找某某医生治了。她说,挟天子以令诸侯般。

他无语。

还不能提离婚。他还没开口呢,她就先深谋远虑地把他的这条路堵死了,"他初一,她十五"而已,如果他要离婚,她就要把他过去的"初一"宣扬出去。不就是鱼死网破吗?不就是同归于尽吗?她不怕。

他知道她不怕,她这个人,骨子里就泼。虽然时不时用兰花指做出一副柔弱婉转的样子,但她不是兰花,是苍耳,人一沾上身就弄不掉的虱马头——他们那个地方叫这种讨厌的植物为虱马头。

他不能到这个时候还把朱荣牵连进来。

还有女儿。他一直不怎么亲女儿的。女儿长得太像老婆了。紧窄的额头,长下巴,闽粤人的皮肤和颧骨,也是一块黑乎乎的"糖醋排骨"。他亲不起来。他老婆以为他封建,重男轻女,"乡下出来的嘛",他听到她这么对女友吴六朵说,他也不辩解。但女儿却和他亲,喜欢看他的脸色行事。一遇到他和老婆意见相左,她就旗帜鲜明地站在他一边,像小狗一样忠诚。"看看你女儿。"他老婆嗔怨说,她最喜欢把"你女儿"挂在嘴边,好像不这样说他就不知道是自己女儿似的。他一直以为女儿是更爱他的,还略有些不劳而获的报然,因为每天照顾女儿一饮一啄一梳一洗的都是老婆。他后来才知道女儿的曲折心思,她是用这种方式帮她妈妈呢。女儿似乎打小就觉察了父母关系不太好,所以用一种近乎无间道的方式来努力巩固他们的家庭关系。

他有些心酸。女儿小小年纪就这么老成世故,这么不天真。作为父亲,总不能说一点责任没有。

他不能再给女儿雪上加霜。怎么说,那也是他女儿。

而且,他也有自知之明,他斗不过他老婆的——也没有和她斗的精神。

于是走为上了。正好这时认识了老蒲,是老蒲主动联系的他,说在某学报上拜读了他的大作,十分欣赏他的学术观点和研究能力,问他是否有意调到他们学校。他们教研室这几年在学术梯队上有些青黄不接,老的老,像他,已经"廉颇老矣";小的小,又尚在"牙牙学语"的阶段;而像孟渔这种如狼似虎、年华正好的少壮派,他们教研室,几乎没有了。

他后来才知道老蒲调他是假公济私。虽然他说教研室青黄不接也是实情,但老蒲之所以如此急不可耐地调他过来,还是为了他自己。老蒲手上有一个国家重点课题,经费三十几万呢,加上学校一比一的配套,就六十几万了。六十几万的经费已经以各种名目报销了一大半,结题的时间也快到了,但他结不了,因为没有研究成果。没有研究成果却把课题经费花了,那是学术欺诈了。和包工头拿了钱不盖楼、女佣拿了钱不干活是一回事,都是诈骗。这些年,高校已经有些教授因为这个出了事,有的被开除教职,有的甚至坐牢了。教授坐牢可不是开玩笑的。老蒲这才想出收了孟渔的计策,因为孟渔的那两篇论文,研究的内容和发表时间正好吻合老蒲的课题。只要孟渔加入他的课题组,愿意把他的这两篇论文算他们一起研究的成果,再抓紧时间在C刊上两人联名发上一两篇论文,按期或者往后拖延个半年一年结题应该就没有问题了——拖延个半年一年还是可以的,老蒲去科研处转圜转圜,再说,搞学术研究嘛,也不是农民种土豆,哪有那么精确收成的季节。所以老蒲才"满堂兮美人,忽独与余兮目成"般地相中了孟渔。

这也是天赐良缘了。一个想要,一个想给,于是一拍即合了。

所以孟渔仓促来海南,也有走麦城的意思。和姬元差不多。

孟渔的客厅几乎只可容膝,还幽暗。也不知这房子是怎么设计的,客厅像过道一样,一边是厨房,一边是房间,没有窗户,只靠房间窗户的光线来照明。孟渔平时一个人,房间的门不关,就有一门框的光线很集中地照进客厅,时长时短,如《西游记》里照妖钵的效果一样。其他部分愈加黑暗了。这也是孟渔为什么迟迟没有邀请姬元到他家来的原因之一。到了他家待哪儿呢?两个人在半明半暗的客厅坐着,无端地生出某种说不清道不明的暧昧来。房间倒是相对明亮和宽敞,可他们这样的关系,总不好待在房间里。

好几回他们从外面吃饭回来时,先经过他的楼。姬元问,你就住这栋?他说,是。硬是没有开口请姬元上他家坐坐。这有些无礼了。但他不管。不知为什么,打一开始和姬元交往,他就表现得有些无礼。

他本来也不是这样的人。虽然对女人谈不上殷勤备至,像孙东坡和老鄙他们那样,只要见了异性——也不管是怎样的异性,一概表现出一副"氓之嗤嗤"的嘴脸。他不这样,他总是有些冷淡的,除了朱荣,他似乎还没有对哪个异性特别热烈过。

但他的冷淡,也是在分寸和礼仪之内,是学院派彬彬有礼的冷淡。

可在姬元这儿,他明显不讲礼数了,有点欺负姬元的意思了。

也许因为姬元这个哲学女人不拘小节,也许因为姬元身上散发出了某种可以随便对待的气息。

反正他不在乎。姬元高兴也罢,不高兴也罢,与他无关的。他没有一丁点要取悦姬元的想法。

这一回请姬元,也是很随便的一句话引起的。他们有一次在某家饭店吃饭,点了一道杂鱼煲,杂鱼煲热气腾腾,姬元又吃出一额头的细密汗珠,一绺汗黏黏的头发耷拉下来,从眉毛中端,有几次差点就拂到鱼煲里了。姬元把它拢上去,它又耷下来,她又拢上去,它又耷下来,如此反复再三。他在一边都看着急了。这个女人的耳朵,是怎么长的,怎么会夹不住头发呢?他这才发现姬元的耳朵似乎比别人的浅。尤其和他老婆比起来,他老婆的耳朵特别深,且往里凹,看上去像一只大牡蛎。这是达尔文的"用进废退"吗?

对姬元的吃相,孟渔真是不敢恭维的,但姬元不在乎,只一个劲儿地去挑鱼煲里的芋艿,她说她特别喜欢这杂鱼煲里的芋艿。好吃,好吃。她十分朴素地赞叹着。一点也没有文化女人的花哨用语。他们中文系的女人在饭桌上,如果要夸赞某道菜,绝对不是这么个夸法。那要和《红楼梦》宝黛作海棠诗比才般的花团锦簇,斑斓纷呈,不可能就一句"好吃,好吃"了事。但他一个"好吃"的芋艿也没吃,自从老婆说过,外面饭馆的芋头都是用药水浸泡去皮的之后,他在外面就不吃芋头了。姬元还以为他在承让呢。"你也吃呀,孟老师。"她一直叫他"孟老师",这让他感觉轻松。这个女人并没有因为他们走近了些就自作主张亲昵地称呼他。不像有些女人那样。他原来有个师妹,只是因为他向她借过两次书,他就成她的"渔"了。人前人后总"渔""渔"地叫着,好像他们之间私交多密似的。他后来就敬而远之了。他不喜欢那种蹬鼻子上脸的女人。

好吃,好吃,姬元说。

他一时大意,说了句,这算什么,我做的,比这个还好吃。

是吗?姬元仰起脸,不相信似的看他。

他这才发现他说的那句话是有问题的,带了扣眼,像说书人的"要知后事如何,且听下回分解"。

正好那天他在菜市场看到了很新鲜的三花鱼和黄骨鱼,于是就给姬元打电话了。

反正,也该请请姬元了。

他庖厨的手艺还是很不错的。那时为了把沈一鸣比下去,他像做学问一样,很是认真地研究过一段时间的菜谱,尤其鱼菜。在资料员姚老太太夸张的言说里,朱茱爱吃鱼,沈一鸣爱做鱼,两人是天作之合。他不爱听这话,做鱼吃鱼而已,说什么天作之合。他一向有些嫌弃姚老太太,话多,喜欢在资料室大放厥词,也喜欢因为莫名其妙的理由赞美某些孟渔讨厌的男人。比如沈一鸣。比如沈一鸣做鱼。他不服。所以几乎用"烹小鲜如治大国"的力气,暗暗和沈一鸣较量,也果然功夫不负有心人。

我是不是做得更好?是不是做得更好?

是。

想起当初和朱茱的语带双关的对话,他又走神了。

要不是灶上的汤钵盖子突然扑哧扑哧拉警报似的往上沸腾,那锅杂鱼煲就煮老了。什么东西一老,就没有看相了。

姬元倒是百无禁忌。他在厨房做饭的时候,她就像那些趋光的植物一样,十分自然地把枝丫伸展进了他的房间。他的房间是整间屋子唯一有阳光的地方。或许对姬元而言,只要有阳光,那就相当于外面吧?其实他房间里也确实没有什么私密的东西,一桌一橱一床而已,床上的被子是整理过的,因为姬元来,他之前还是简单收拾了一下,不是"为悦己者容"的意思,而是一种习惯。

这是你夫人吗?

他没想到,姬元看见了他电脑桌面上的照片。那是朱茱的照片。有一次,她赤脚盘腿坐在她家沙发上看书,他拍的。照片上的朱茱,穿一件烟灰色小背心,一件孔雀蓝绿色细条纹棉麻短裤,头微微地低着,饱满的脑门儿花朵般熠熠生辉。他当时从厨房洗好了碗过来,一时有些看痴了。他实在喜欢朱茱居家的自然而然的样子。好像他们在一起已经过了半辈子,之后还要在一起过下半辈子。他那时真以为他们会好上一辈子的。

这照片原来藏在某个很隐蔽的文档里。自从来海南后,他就把它放桌面了。这样看起来方便。反正他一个人,可以想看谁就看谁。他现在时不时地还会看一看朱茱的,就如时不时会翻一翻那些他喜欢的书一样。没有当初的心旌摇荡、血脉贲张,是"闲敲棋子落灯花"的静好。他忘了合上电脑了。

孟渔不置可否地笑笑。

你夫人真美。姬元说。

他心里生出一种莫名的欢喜。以前他和朱茱去菜市场时,那个卖荠菜的女人也曾把他当作朱茱的老公。他喜欢这样的误会。

他又多了一个和姬元在一起的理由了。

朱茱原来是不能说的。这一直是个遗憾。多少次听孙东坡、老鄢特别是院长他们谈论朱茱时,他在一边都有如鲠在喉之痒。项羽说富贵不归故乡如锦衣夜行。朱茱那时就是他的一件锦衣,一件只能穿在里面的绮罗绫缎。

可姬元,神谕般地启示了他,原来可以谈朱茱的,不但可以谈,还可以登堂入室地谈。

朱茱在这儿凤凰涅槃了。

姬元呢,也多了一个和孟渔在一起的由头,"你的杂鱼煲,真是做得好,真是做得好——好到,让人忘记了人生的痛苦。"

孟渔笑。这个女人,到底还是哲学系的女人。

好像她的饕餮,不是一般意义上的饕餮,而是一种避世方式,是"隐于食"的意思,和阮籍好酒、陶渊明好菊是一回事。

不知是不是因为客厅小,在孟渔家的姬元显得个头更大,尤其是她的后臀,可以说肥硕了。雌性生物多是这样,那些蚂蚁、蜜蜂、螳螂之类,几乎都有一个相对于自己身体近乎庞大的后半部。

那些低等生物之所以有一个那样的身体,是因为繁殖所需。姬元不繁殖——他们虽然没有谈论过这个话题,但姬元年龄也老大不小了,还是单身,怎么繁殖呢?又不是竹节虫和蚜,可以孤雌生殖。

他好像记得姬元说过自己原来"身材匀称"的,那么她现在这个昆虫般的身体,是因为长期"隐于食"的结果?

如果不来海南,就吃不上这样的杂鱼煲,姬元说。

他们原来的地方,没有这样新鲜和天然的鱼。他老婆说过,那些鱼类,特别是价钱相对昂贵的品种,螃蟹、甲鱼、鲑鱼之类,都是服用了激素和抗生素的人工养殖水产。

失之东隅,收之桑榆。人生大概就是这样的吧?至少他们在自我放逐之后——还有这健康干净的鱼抚慰他们。

可这鱼丽之宴,真的能让人忘记人生的痛苦吗?


和朱茱分手后的第二年,有一度他反复过。

那时朱茱已经搬回了家,看上去又和过去一样了。

也不是完全一样。她再也没有和沈一鸣出双入对了,而是一个人来,一个人走。

有一回,他在主教的走廊上遇到朱茱,朱茱又要和以前一样,当他是陌生人,直直地过去。他突然拦到她前面,问,你怎么样?

朱茱不说话,也不看他,就那么面无表情地往边上一侧,擦肩而过了。

他站在那里,觉得自己被抛弃了般,也奇怪,明明是他先离开她的,但他这时候却觉得是朱茱抛弃了他。

这当然莫名其妙,但朱茱的决绝,确实伤到了他——越到后来,他就越觉得受伤。

她真爱过他吗?如果她对他有过深刻的感情,那么,就算他不找她了,难道她就不能找他吗?

"纵我不往,子宁不来?"

她不是搞古典文学的吗,难道不懂《诗经》里百转千回的情意?

可如果朱茱不利落,他真想她藕断丝连般三天两头来纠缠他?

似乎也不想。

那样的话,更让人憎厌吧?

可他情愿要那样的憎厌,也不想这样被朱茱弃若敝屣般。就算他不爱她了,但他希望她还爱他。

他知道这是胡搅蛮缠。朱茱何错之有?他来了就来了,走了就走了,一句话也没有,哑巴吃黄连般,还要她怎样呢?

但他就是委屈,就是不甘心。

你怎么这样?

你怎么这样?

你怎么这样?

每次见到朱茱,他都要拦上去寻衅似的这么问一句。

他希望朱茱盛怒之下把他骂个狗血喷头,然后——再挽留他。

也不是要和朱茱重归于好。或许不要吧?他到后来,自己也不清楚自己到底想要什么了。

朱茱固执地一言不发。自从分手后,朱茱就再也没有和他说过一个字,斧劈刀削般缄默。他没想到朱茱是这样铁石心肠的女人,不是说"郎心似铁,妾意如绵"吗?她怎么一点也不绵,这么斩钉截铁?

女人一狠毒起来,世界就寸草不生了。

是不是雌性生物都这样？蜘蛛、螳螂、蝎子,它们可以一边和雄性交尾,一边吃雄性;或者更势利更狡猾的,会耐心地等交尾完成,然后趁雄性昆虫尚在交尾后的满足和精疲力竭中,再吃掉雄性。世上更残酷的生物其实是雌性。

他和朱荣分手后,在身体深处,一直有这种被啮咬的痛。

苏冯堇是因为听说了孟渔的杂鱼煲才过来的。

姬元说,她和苏冯堇现在其实不怎么见面了。自从和顾春服离婚后,苏冯堇和姬元的关系就有些疏远了。苏冯堇的老公,好像有些怪姬元不识抬举,他本来也不太喜欢姬元,这女人邋遢,还没有眼色。以前之所以容忍姬元在他家频繁进出,一大半是因为看同事顾春服的面子,现在顾春服都不来了,皮之不存,毛将焉附？所以他不希望姬元总往他家跑。近朱者赤,近墨者黑。一个婚姻态度那么不严肃的女人,你整天和她厮混在一起,把你带坏了怎么办？也要和我离婚怎么办？他这么对夫人苏冯堇讲。

苏冯堇当然不相信姬元会把她带坏,她和姬元做朋友也不是一天两天,姬元是怎样的女人,她还不清楚？但后面那句"也要和我离婚怎么办？"苏冯堇听了还是很受用。她是个很玲珑的女人,能掂量远近和轻重。既然老公明确表态不喜欢她和姬元来往密切了,她即便装装样子,也要疏着姬元的。

而且不久后她生了儿子,过起了真正意义上的婚姻生活,也不可能有太多时间和单身女友厮混了。

但姬元并非像苏冯堇老公认为的那样没有眼色,她其实也是有眼色的,只是有时候,她不看别人的眼色而已——也不是狗,也不是婢,为什么总看别人的眼色活呢？

姬元不上苏冯堇家了。但隔上一些日子,苏冯堇还是会给姬元打个电话,或抽空到姬元这边来一回,和以前一样,胡言乱语上小半天,过过瘾。其间接到她老公的电话,"在哪儿呢？""菜市场呢。"见姬元在一边似笑非笑,苏冯堇放下电话解释说,

"这是婚姻生活的艺术。"

好像她苏冯堇的普通的婚姻生活,是凡·高的向日葵一样。

孟渔这个人,苏冯堇早就知道了,也早就嚷嚷着要见一回。但姬元对此不怎么积极。就一食友,有什么好见的。

不是其他友?

不是。

为什么不是呢?反正你现在单身,不是白不是。

我单身,人家不是单身。

那有什么关系,你什么时候变成有道德的女人了?

就算我不是有道德的女人,可人家是有道德的男人。

姬元这么说,苏冯堇更要见孟渔了,她最喜欢见有道德的男人了。不道德的男人就如翘嘴白,或非洲鲫,只要钩子上有那么一丁点食,也不论是什么食,苍蝇也好,蛆虫也好,它们不挑嘴,一瞅见,就呱唧一口,咬了过去。钓那种鱼,没意思。有意思的是钓鲤鱼这种难钓的鱼,它们潜伏在水底下,又警觉,又安静,从不轻易咬食。就因为不轻易,所以才更有钓它们的乐趣。

苏冯堇其实不吃鱼。她爱的,是垂钓。钓上来,扔回去;再钓上来,再扔回去,乐此不疲。

那天在姬元这儿一见孟渔,苏冯堇就知道这个男人属于鲤鱼类的。他近乎傲慢地话少。

听姬元说,孟老师是个好厨子。

特别是杂鱼煲做得好。

我和姬元怎么就嫁不了你这么贤良淑德的男人?

这话,近乎调戏了。"我怎么就嫁不了你——"是苏冯堇常对男人说的一句话,好像有一点点"恨不相逢未嫁时"的遗憾在里面。一般的男人听到这里,会受不住。也是,这种话,出自美人苏冯堇之口,类似于人参鹿茸了,平时吃惯了粗茶淡饭的人,这乍一大补,如何吃得消?身子立刻就虚了。

但孟渔却没什么反应,阴沉地笑笑,算作答了。

从头到尾,孟渔就对她说了句"你好"。

事后她特别后悔,自己说太多了。说太多的女人,男人容易看轻。

那个叫什么孟渔的男人,你最好离他远点。

苏冯堇之后对姬元说。

为什么?

没用。

没用?

他解决不了你的问题。

姬元的"问题",在苏冯堇看来,只有一个,那就是找男人。快马加鞭地找,时不我予地找。芬芳的肉体是很容易衰败和腐朽的,体内的卵子也是会枯竭的,所以女人要赶在肉体衰败和腐朽之前,在水母般透明美丽的卵子枯竭之前,找到一个男人,这个男人最好可以结婚,其次可以恋爱,其其次可以上床。

或者不上床,而上其他地方。

姬元以前和男人在野外"与子偕藏"的事情,苏冯堇全知道的。所以她这么调笑姬元。

可孟渔有老婆,不可以结婚;又讷于言,不可以恋爱;又性无能,不可以上床。这么个"三不"男人,对姬元一丁点用处也没有。苏冯堇飞流直下地说。

姬元吓一跳,孟渔性无能?

好吧,是"可能性无能"。

为什么他"可能性无能"?

他身上没有生意。你还记得我们毕业那年大冬天去游莫愁湖吗?就是那感觉,这个男人身上,有一种灰飞烟灭的萧条。

苏冯堇,你这是叔本华的直觉,还是三仙姑跳大神?

我这是乌鸦食腐。

你嫖过妓吗?

那天姬元突然问孟渔。

他们之前本来在聊朱棻。因为什么谈到的呢?好像是从豆豉谈起的,很漫无边际的交谈。他们总这样,酒足饭饱之后,一人一杯茶,一人一支烟,然后就开始有一搭没一搭地聊天。孟渔说,他的家乡,从前是不吃酱油的,吃豆豉。六月天时,家家门前都会晒上一大竹筛酿黑豆,晒干了,封在坛子里,吃一年。蒸肉蒸鱼蒸泥鳅,就用一匙盐、几瓣蒜、一小把豆豉,那个鲜!可不是"李锦记"之类的酱油能比的——他家后来蒸鱼什么的,都用"李锦记"了,因为方便。但每年春节或暑假他回老家时,姆妈总要他带上几块腊肉,一坛豆豉,就一小坛。他姆妈年纪大了,扛不动大木甑和大竹筛了。只要我还活一年,你就吃一年,姆妈说。但姆妈八十多了,他还能吃几年她做的豆豉?说不定,哪天就吃不上了。

朱茱就爱吃他做的豆豉蒸鱼。

他常做的,是豆豉蒸鲈鱼,鲈鱼刺少。朱茱怕鱼刺。

最细的鱼刺也怕。

孟渔的语气,好像在悼亡。是苏东坡的"小轩窗正梳妆"那样的悼法,又伤心又甜蜜的。

可岂止朱茱这样。天下的女人都这样。爱吃鱼,又怕鱼刺。张爱玲不就说过,世间一恨,是鲫鱼多刺。然而也有不怕的,《铁皮鼓》里的阿格尼丝,拼命地把整条鱼整条鱼往嘴里塞。德国女人到底健壮。

你嫖过妓吗?

姬元突然问孟渔。

这是风云突变的转折,但姬元却一点也没有觉得别扭。那语气,就好像在问"你吃过紫苏炒田螺吗"一样寻常。

他们虽然偶尔也涉及性,但那是就某个小说或电影展开的泛泛之谈,是抽象的理论意义的谈论,有点像学术研讨的性质。

但"你嫖过妓吗?"直接把他作为研讨对象了。这是对"看与被看"的一种颠覆吗?女性主义一直说女性是"被看",那么姬元现在要谈论他,是想把他这个男人作为"被看"吗?

她看,他被看。

是这意思?

孟渔不谈。不是因为怕诋毁自己,而是不想谈。

不谈就不谈,姬元不追问。这也是孟渔喜欢和姬元聊天的地方。可以聊,也可以突然停下来不聊了。不聊时就抽烟,然后一起看着阳台上方的天发呆。

有风从远处吹过来,越过前面的屋顶,把孟渔的床单吹得飒飒作响。

孟渔是嫖过妓的。

有一次,系里请了某个学界权威——也是某核心期刊的主编——来做讲座。老蒲急着要发论文,所以就不惜重金煞费苦心地安排了这次讲座,以及讲座之后的"风土文化考察"。这是雅贿了。什么事都分雅俗的,雅人做雅事,俗人做俗事,贿赂也是如此。送人钱,这是俗贿,生意人之间才这样;送人字画或印章,这是雅贿,文化人或伪文化人之间是这样的。"这是某某大家临的米芾的《蜀素帖》。"这么一说,是何等风雅?不论送的人,还是收的人,顿时有了格调。当然,送字画后来也俗滥了,因为许多生意人也附庸风雅争相仿效。于是又有了老蒲送的"学术讲座"之类,这是"雅雅贿了",或者说"后雅贿",有点像文学上的后现代主义,或绘画上的后印象主义。

他们去了老街,因为权威想要看看近百年历史的海南老街的骑楼。他说老街骑楼是海南最具特色的"风土文化",是他这次来最想考察的。那些骑楼是南洋回来的商人所建,因此很有中西文化合璧的特点,既有中国传统建筑之内敛之朴拙,又有西方巴洛克之浮华之复杂,相当于建筑文化混血儿。但凡混血儿,都妖娆好看。就好比民国时那些大学者,之所以让后世惊为天人,就因为他们一个个学贯中西,是文化混血儿。权威夸夸其谈,想必来之前,是很做了一番功课的。老蒲鸡啄米似的点头称是。孟渔在边上,也陪着点头。系里这次的学术活动,孟渔是全程参加的,这是老蒲对他的关照。毕竟结识权威这样的人脉,对少壮派孟渔而言,是很有价值的。如今在学界混,朝里没有一两个重要的人,就混不出名堂,老蒲谆谆教诲。这个道理孟渔自然也懂,他自己的导师,之所以混到耄耋晚年还寂然无名,不就是因为"朝里无人"吗?那么狷介的个性,总标榜"迷花不事君"的——一个情愿事猫也不事君的人,朝里当然没有人。他自己是不在乎的,是"求仁得仁",可这也殃及他的弟子们。弟子跟了导师,也有点像女子出嫁从夫。夫贵妻荣,从此就过食有鱼出有车的富贵生活。而夫穷妻贱,从此就过门前冷落的清苦日子。他们这些弟子,跟了这个导师,差不多算"遇人不淑"了。一些活络的不安分的弟子,就改投到其他导师门下做博士后,相当于改嫁了。但孟渔一直没有,也不是多想对导师"从一而终",虽然他对导师倒是相当尊敬的,又尊敬又菲薄。这是孟渔的矛盾。孟渔一方面敬重导师在这个污秽的时代还依然守身如玉的古典操守,一方面也艳羡那些要风得风要雨得雨的宵小得势之辈,又艳羡又鄙视。

这次奉老蒲之命一起作陪权威,对他而言,亦是如此左右不是。

他也知道这是老蒲在关照他。他原来学校的系里,也经常会有讲座之类的学术活动,以及学术活动之后的"文化考察",这种好事从来轮不到孟渔,每回都是由系主任的"媚子"作陪那些大人物——所谓"媚子",也就是系主任的亲信,他们在背后都这么叫那些老师的,"公之媚子,从公于狩",多么含蓄又多么恶毒的称谓。

其实都知道,这只是拈酸吃醋而已。吃不着葡萄就说葡萄酸,文人式的自慰。

就如那个圆眼卜骊,没轮着她时,她也和大家一起"李媚子""顾媚子"地损别人,等到主任一招呼她,立刻就喵呜一声欢快地去当"卜媚子"了。

所以这次老蒲让他陪权威,孟渔想也没想就答应了,生理上的条件反射般。之后又对自己的条件反射生出不满,他早没有了"好风凭借力,送我上青云"的野心,也清楚地知道自己不可能"上青云"了,那何苦还要当一回"孟媚子"?

一日"孟媚子",就终身"孟媚子"了。

倒不如清高到底。这样至少可以标榜自己"不为五斗米折腰"。这也是文人的另一条路。

但折腰已是习惯,他竟然不由自主。

于是,他就这样半折不折地十分矛盾地陪着权威,也矜持也周到。像从前那些卖艺不卖身的妓般,有风骨地接客。

他们在游绣衣坊时遇到一个丰满妖艳的长发女子,自称导游,可以带他们看遍老城,或者其他地方。只要他们愿意,什么地方都是可以去的,什么风景都是可以看的。女子隐喻般地说。老蒲哂笑着要拒绝,他在海南待了几十年了,来过无数次老街呢,还需要什么导游?但权威沉吟不语,只半看不看着那妖艳女子的胸,妖艳女子着一件黑色绉纱衣裳,整个上半身影影绰绰的,想必那影影绰绰引起了权威探幽析微之兴趣。老蒲懂了。老蒲在中文系也仕了多年,这样那样的权威接待过不少,还是颇能善解人意的。女子又循循善诱地问,老师们要不要一对一地导呢?这样方便些,可以各看各的风景,快慢也由人,跑马观花地粗看可以,斯文地细看也可以。她有几个同事,就在这附近街弄里,打个电话不需几分钟就会过来的。价钱也不贵,好商量的。而且还有发票,餐饮、住宿、办公用品、文化用品,这些都可以开的。

老蒲去看权威。权威却已经转了头,看街边的一株鸡蛋花树去了。好像那鸡蛋花树又引起了他探幽析微之兴趣。

那就各看各的吧,老蒲果断地说。

妖艳女子喜形于色,立刻打电话叫来了她的同事,也是两个看不出年龄的妖艳女子。

但孟渔就在大家准备"各看各的风景"之前突然表示,他要把他身边的那个妖艳女子打发走。我习惯自己看,他对老蒲说。

这是煞风景了。

权威的脸色马上暗了下来,颇有龙颜大不悦之意。

老蒲赶紧打圆场说,小孟,人家导游特意赶了过来,这么个热天,讨生活也不容易,你还是照顾照顾她的生意吧。

是呀,老师,照顾照顾我们吧。几个女子急得不行,怕煮熟的鸭子飞了,她们有经验的,这事只要其中有一人打退堂鼓,其他人就可能作鸟兽散。于是一齐莺啼燕啭地哀求孟渔。

孟渔不能不佩服老蒲,明明是这么个不登大雅的行径,经他这么一说,竟然有屈子"哀民生之多艰"的高尚情怀了。好像如果孟渔打发走那个妖艳女子,倒是不知体恤人民"锄禾日当午"的辛苦。

老蒲还在那儿拼命地对他使着眼色,一副怪他太雏的神情。

后来孟渔还是和他们一样,"各看各的风景"了。

不看不行。老蒲也想看,可如果孟渔不看的话,老蒲就看得不安心。

有些事情,是一定要沉瀣一气的,只有沉瀣一气了,才算歃血为盟,成为桃园结义般的兄弟——那事之前,老蒲叫孟渔为"小孟"的,之后呢,孟渔就成"孟渔老弟"了。而且他也不让孟渔叫他"蒲主任"了,"我们两个,那么生分干什么?什么主任,叫'蒲兄'就行了。"

其实那风景实在没什么好看的,说味同嚼蜡也不过分。

孟渔本来就对游人如织、纷至沓来的风景没有什么兴趣。他还是喜欢"雨打梨花深闭门"的闺阁情致。但既然大家都到了这个景区门口,门票也是包的,就姑妄看之吧。孟渔说到底,也是个随世俯仰的人。

之后的票据是老蒲签字后让孟渔去财务处报销的。写的都是"文化用品"。只是,孟渔发现一个很有意思的地方,那就是他和老蒲的发票上金额是二百,权威的发票上却是五百。孟渔不明白了,难不成这三个"文化用品"还有区别?

在财务处,一个嘴尖如鹬喙、身体滚圆如鹌鹑的女会计要孟渔在发票的背面把"文化用品"具体是什么写清楚,"文化范围那么大?不写清楚,谁知道是什么?"孟渔愣在那儿,一时不知道写什么。鸟女人很奇怪地看着他,"这发票上经手人不是你吗?你怎么会不知道写什么?"孟渔尴尬地从财务室走了出来,外面的等候室里正好有一个老师也在填写报账单,他过去搭讪,想看看人家是怎么写的,然后好依样画葫芦地写一个。他排了半天队,不甘心就这么无功而返。那个老师倒是很客气地给他看了,可上面写的竟然是海参。海参也可以报?孟渔很惊讶。那个老师说,他是搞海洋水产研究的。这个孟渔没法借鉴了。写什么呢?孟渔还是不知道,打电话问老蒲,老蒲不耐烦地说,你随便写,只要不出文化的范围。

不出文化的范围?

要不就直接填"妓",妓不也在文化范围之内?妓文化研究。

那样的话,他们这几个学者,估计立刻就扬名学术界了。

某某大学教授用学科发展经费嫖妓,某某期刊主编借"文化考察"为名嫖妓。铺天盖地的新闻标题应该是这样的吧?

只是想象一下权威的声名狼藉,孟渔的内心就愉悦了。很短暂的愉悦,犹如男人几分或几秒的生理快感。

当然他也就这么意恶一下。学院派的典型恶法。

最后他一个写了"复印纸",一个写了"墨粉",一个写了"硒鼓"。

惠普硒鼓的价格,孟渔知道的,差不多就是五百左右。

鸟女人挑了棕红色的细眉狐疑地看了看孟渔再次呈上的发票的背面,确实都是文化用品,没再说什么就报了。

原来这也是简单的事,难怪老蒲会不耐烦。

可孟渔从此落下一个后遗症,那就是每回看到"惠普"二字,眼前就会浮现出权威那妇人似的粉白脸。

老蒲对那一次"各看各的风景"之事,却从没有直接捅破过。他还是很审慎地守口如瓶,即使在孟渔面前,那一下午的活动,也依然是"老街文化考察"。

偶尔气氛好,似乎可以推心置腹,孟渔也想问问"蒲兄"的——类似的文化考察,"蒲兄"以前有过吗?在那些涂脂抹粉的"文化用品"那儿,"蒲兄"真感觉到了琴棋书画之名士风流?

但孟渔终于没问。

没必要的。

其实孟渔不需要老蒲的开导。他并没有感到羞耻。他现在已经不太容易生出羞耻心了。他甚至不会嫉妒,这种人类最普遍,普遍到细胞一样存在的东西,他都没有了——当他得知老婆和某某医生的事情时,他真的没有产生如奥赛罗那样强烈到要杀死爱人的嫉妒心。

他连砸烟灰缸的这个动作,也是戏,演给老婆看,也演给自己看。

因为如果不这样的话,似乎有点说不过去。

他不知道自己是如何走到这一步的。

姬元对他说过,她和波伏娃一样,既厌倦了贞洁又郁闷的日子,又没有勇气过堕落的生活。

他现在也是处在这种半死不活的状态。

他还是人这种生物吗?如果是,为什么他身上没有了人类的情感呢?

或许半人半兽,是这个时代的生物特征?

他下腹处,最近不知为什么,长出了一条很奇怪的疥癣,不痛不痒,硬硬的,是放久了的土豆发了芽的样子,紫红里,有一丝青铜器般的锈色。和姬元眼角的斑也有点像,又不太像,因为姬元的斑,偏褐色,是曝晒过度之后的痕迹;但他的疥癣颜色,紫里带青绿,像是在黑暗潮湿的地底下埋久了才生出的东西。孟渔和姬元说过他身体上的这东西,所以姬元会问他"你嫖过妓吗?"

这是和姬元在一起的另一个好,因为不是喜欢的女人,所以什么都能说,什么都能问。

和姬元交往后他发现,男女关系,最好的状态是,既不喜欢,也不讨厌。

太喜欢了不行,太喜欢就会不由自主地想迎合。原来和朱茱好的时候,他差不多总是处在花朵绽放般的状态中,很努力地将自己的精神和肉体以最美艳的一面,呈现在朱茱的面前,这种全力以赴的紧张状态,当然不能想说什么就说什么。

太讨厌了也不行,太讨厌了就会生出"话不投机半句多"的烦。他对他老婆,到后来确实是半句话也懒得说了。

但他什么都会和姬元说。他现在越来越习惯姬元了。这个女人身上有某种淡定散漫的东西。

张恨水说,他最讨厌两类人:自以为聪明的女人和自以为美的男人。孟渔比张恨水挑剔,孟渔不单讨厌自以为聪明的女人和自以为美的男人,也讨厌自以为美的女人和自以为聪明的男人。他才是那个玻璃瓶外的看虫人,虫子的心机和纤毫,他都看得分明呢。所以苏冯堇羽色再鲜艳,在他这儿,也没用。

有时他也讨厌自己的洞若观火,洞若观火的男人,就再也没法爱了。

没法爱,也就没法被爱,这是相生相克的,像鱼与水、花与蝶、天与地。

一个人,在世间,如果没法爱与被爱,还有活着的意义吗?

什么才是生命的意义呢?

他问过姬元。她不是搞哲学的吗?有一天,当他们又一起坐在阳台看天时,他问她。

姬元说,我只剩下天了。

什么意思?

他不解。

康德说过,世间有两样东西,应该敬畏,一是头上的天,二是心中的道德。但在我这儿,只有天,只剩下天了。

哲学的天和文学的天,是两个东西吗?他不知道康德和姬元的天是什么,但在孟渔的生命经验里,天差不多就是古乐府里那个女子的"上邪"了。"上邪!我欲与君相知,长命无绝衰。山无陵,江水为竭,冬雷震震,夏雨雪,天地合,乃敢与君绝!"

没有了"长命无绝衰",也就没有了天。

而姬元说,她只有天,她还有天。

你的天是什么呢?是食物?"民以食为天"?

孟渔不无揶揄地问。

姬元却突然正色,孟老师,我尊重食物,这是我现在尊重生活的方式。

如果还可以"民以食为天",倒是不错的结局,就怕有一天,连"民以食为天"也不能了。

姬元郑重地说,姬元很少这样郑重其事的。

仿佛她要和食物生死诀别一样。

人类是可能失去食物的,像失去其他东西。孟渔知道。他老婆隔些日子就会发给他一个新闻消息:某某食物不能吃了,里面有工业明胶;某某食物不能吃了,里面有加丽素红;某某食物不能吃了,里面有甲醛。

那还能吃什么?像树一样,吃风?风也不能吃,空气里有毒;像蚯蚓一样,吃土?土也不能吃,土里也有毒;要不,像苍蝇一样,吃屎?或者锻炼自己的身体,把自己锻炼成蟑螂。这世上如今也只有蟑螂能活了,蟑螂百毒不侵,是毒不死的"小强"。

他这样戗老婆,当然又是"意戗"。想想也没必要,她也不过是习惯成自然了,那些外人听起来情深意长的叮咛,其实不过是她习惯性的"兰花指"而已。

他们的婚姻生活现在就是这样维系的,"最近吃韭菜了吗?最好不要吃,听说那些又绿又嫩的韭菜都是用'3911'农药浸过的,吃了致癌呢";"茶你也少喝些,尤其是碧螺春,听说劣质廉价的碧螺春,都加了'铅铬绿'的,这些重金属超标的茶,喝多了,对人体的肝和肾,都有伤害的"。

之后还会把相关的新闻报道,图文并茂地发给他。

她娓娓地在邮件里对他说着这些,和以前一样。他依然爱理不理的,和以前一样。

似乎他们之间什么也没发生。

也不知她的小叶增生好了吗?那个某某医生还在他的办公室帮她治疗吗?

应该不会了。那个枯藤老树般的妇人能让他们继续这般治疗和被治疗?她之前不是十分厉害地对孟渔说:"你老婆是你来管呢,还是我来管?"

那她是如何管教他老婆的呢?管住了吗?

孟渔有时也好奇。

一种对低俗小说情节发展的那种好奇。

那个某某医生,他后来见过一次。在教工食堂。他听到有人叫那个医生的名字,忍不住转身去看,只看到侧面,男人的耳背和脖子,像拔了毛再风干后的鸡皮,红里带蜡黄,还有他拿着托盘的手,也是鸡爪似的筋络分明。

他差点把吃下去的那碗肉丝面吐了出来。

难道就是这个人,这双手,一直在治他老婆的小叶增生?

他想起佟振保——张爱玲小说里的人物,在知道老婆孟烟鹂和一个"伛偻着,脸色苍黄,脑后略有几个癞痢疤"的裁缝的奸事后,也是这样的憎恶情绪,"怎么能够同这样的一个人?"好像因为通奸对象的不堪,才愈加觉得污秽。

有一种间接交媾的恶心。

难道换一个青春俊少和老婆通奸,感觉就好一些?

他不知道沈一鸣看没看过他,或许也看过的吧,都在一个学校。那沈一鸣会不会也有这样的生理反应?他虽然年轻一些,但论外形,和蔚然深秀的沈一鸣还是有差距的,沈一鸣会不会也替自己不值?觉得朱荦跟这么个男人,也捎带着,玷污了他?

男人的心理也真是奇怪。

他刚走的头两三个月,孙东坡打过好几次电话,也没什么事,就是抒抒情,叙几句旧,男人之间也这样的,在一起时关系也没多好,可一分开,倒显出几分山高水长的情分来。

每次孙东坡的语调都很正常。

也就是说,他老婆和某某医生的事,没有东窗事发。

因为如果他老婆和某某医生在他走后闹出了任何风声,他相信孙东坡会在第一时间打电话给他的,然后吞吞吐吐,一次又一次欲言又止。

孙东坡就是这种男人。在别人的风流韵事里兴奋的学院派男人。

孟渔不知道他老婆是如何摆平这事的。反正这个女人总有化险为夷的办法。

今年过年,要不要去你那边过?你女儿想去呢。

有一次,她在电话里这么委婉地问孟渔。

孟渔不愿意她过来,好不容易才去掉身上的这个苍耳,怎么可能再让它沾上身?

还是我回去吧,姆妈也等我回去呢。再说,这边也没住的地方,他冷淡地说。

他现在住的房子,只是三十几平方米的一室一厅,他告诉过她的。

要不要,在那边买一套大点的房子?她试探地问。

——以后再说吧。

她于是不作声了。之后再也没提起过她过来的事情。

她当然也可以不问他,就那么过来,她的身份,至少法律身份让她是有资格这样的。但她是自尊心很强的女人,不会这么做的。

女儿也提过的。女儿在某个三流大学读书,读的是中文系,他老婆本来想让女儿学中医专业的,她知道某个中医学院也招文科生,还很曲折地认识那个中医院招生办的人。但女儿非要读中文系,信誓旦旦地要继承他的衣钵。他觉得好笑,就这么个三流学校,还说什么衣钵不衣钵的。但他不能这么伤女儿,就只好由了她继承他的衣钵了。

女儿志存高远。说大学毕业后要到他这边来读研,然后读博,然后到他现在的大学教书。

想必她又想用自己的努力,让全家来个大团圆结局。

他有些心酸,为女儿这种不自量力的愚妄。女儿虽然努力,但资质平平,应该没有可能实现这种鲲鹏之志的。

而且,那是后来的事,孟渔现在不怎么想后来的。

你的疥癣长在下腹的什么位置呢?姬元问。

孟渔知道姬元在怀疑什么。

但他知道那不是梅毒,也不是腹股沟肉芽肿。他在网上查了那些病的症状,和他身上长的东西不一样,颜色、形状、感觉都不一样。再说,那一次他谨慎地用了套的,虽然那妖艳女子说如果他愿意,他可以直接来。她一般不让客人直接来的,但她喜欢他,喜欢他这样文质彬彬的客人,所以想怎样都可以。她一边唱歌似的说,一边还不忘索要他的电话号码,他当然不给。

他怎么会给一个婊子他的电话号码。

老蒲也知道姬元的。有一回孟渔在姬元家的过道里碰到过老蒲的老婆,老蒲的老婆有个广场舞友,也住姬元那栋楼里,就在姬元的对门。

也不知那个女人是怎么对老蒲老婆说的,反正老蒲老婆后来对孟渔说话就有些阴阳怪气了。

看不出来嘛,孟老师也这么——这么——不老实。还以为孟老师是个老实人呢。原来也这么——这么——调皮捣蛋。

她的眼风里,有一种她那个年龄不应该有的灵活,看得孟渔特别不舒服。

老蒲倒是一如既往的体恤,弟妹不在这儿,有个红颜什么的,很正常,很正常。

男人嘛。

何况你还在这样的好年龄。

诗酒趁年华呀。男人也经不起蹉跎的,一蹉跎,就过了。

孟渔不能不解释了——否则,就是默认了他和姬元的男女关系。

他倒是无所谓的,姬元看上去——也像是无所谓的。

可压根子虚乌有的事,默认下来,那算什么?

我们是老同事。

老同事?

原来是同一所大学的,现在又同一所大学了。

真有缘。

我们在一起,就是吃吃饭、喝喝茶、坐在阳台看看天而已。

是吗?

那个"吗"字,老蒲拖了好几个音节。

老蒲不信。

也是。孤男寡女总厮混在一起,不过是吃吃饭、看看天,这听起来,怎么也有点牵强了。

但他们确实没干别的,就是吃吃饭、喝喝茶、看看天。

永结无情游,相期渺云汉。

男女这种关系,老蒲和老蒲的老婆能理解?

应该说,他只是姬元的食客,至少开始时是,要说还有贪恋的,也就是姬元家的洗衣机和阳台,他后来一个月到姬元那儿洗两次被单,洗完了,就晾晒在姬元阳台上。

可姬元贪恋他什么呢?

他后来问过她。她显然也是孤僻之人,也是落落寡合之人,深谙并偏执这"落落"的好。这一点,倒是和他一样。他们都是反群居动物,身上几乎没有群居动物的社交需要,那她为什么走近他呢?他问她——他们之间反正没什么好忌惮的。

她说,我想和你一起吃饭。

他吓一跳,她在戏仿阿 Q 吗?阿 Q 对吴妈说,我想和你困觉。

这是低等动物的语言,有一种近乎原始的直接和朴素。她这是哲学意义的返璞归真?你不觉得吃饭还是两个人好吗?

一个人上饭馆不好点菜——点多了吃不了,点少了又太单调。

在家也一样,菜做多了吃不了,做少了也太单调。

她贪吃,她不是那种"一箪食一瓢饮"就可以的女人,她喜欢食物的丰饶富足多样。"丰衣足食"或"锦衣玉食"于她而言,她要半边就行——那半边的生活,"足食"是她生之前提,"玉食"呢,是她生之奢侈,如果余生可以"玉食",她就"妇复何求"了。她也只剩下这个贪恋了。

可她不习惯剩菜,更不习惯把吃剩的菜倒掉,那不道德,她不喜欢对食物不道德。

只是因为要对食物道德,才和他一起的?

他有点失落,也不知为什么。

为什么是我呢?为什么想和我一起吃饭?

他恼羞成怒地追问。

她不说话了,心不在焉地看着别处。

她总这样,说着说着,就没有声音了,人好像去了很远的地方。她明明就坐在边上,可他时常觉得她远,远到缥缈。

他们的对话,也因此经常只有半截。

但这一回她冷不丁又开口了,说他像某个人。

他沉默寡言的样子,他冷淡的样子,他慢条斯理低头吃饭的样子。

都像极了某个人。

那么,姬元是在悼亡了?

和孟渔的姆妈一样。孟渔父亲去世后,他姆妈还是会在父亲的位置上摆上一副碗筷的。甫田,今天我们吃糯米红豆糕;甫田,你尝尝这腊肉炖芋头,淡不淡?姆妈对着空空的那方桌子问,好像父亲真坐在那儿一样。父亲后来没有几颗牙了,只爱吃炖得稀烂的咸得要命的食物。饭菜只要有一点点硬或清淡,他就会像小孩那样,把筷子重重地往桌上一搁,然后坐到门口的廊檐下去生闷气。也是奇怪,孟渔的姆妈比父亲还大几岁呢,牙口却好得很,连甘蔗和蚕豆都咬得嘎嘣响。可父亲连稍微煮硬了一点的冬瓜都吃不了,一小块冬瓜要在嘴里扁上半天。男人年轻时那么刚勇坚硬,最后却熬不过杨柳似的妇人。

有时姆妈还会斟上一杯酒,自家酿的谷酒,那一般是三时三节。甫田,我们喝一杯。姆妈先敬了父亲,然后自己也细细地喝一口,抿抿嘴,又把杯子放回到父亲那方的桌上。

姆妈八十多了。棺材和寿衣早就备下了。棺材是柚木的,自家院子里的柚树,让隔壁村的木匠打的,那个木匠是方圆几十里手艺最好的。父母在过了花甲之后,就未雨绸缪地把两口棺材打好了,墓地也选好了,就在村后一个小山丘的半腰。选墓地时,孟渔想选山顶一块地,那儿视野开阔,更显荡。但姆妈不肯,姆妈说,山下积水,山上风大,还是中间好。甫田,我们就在中间?父亲说,好,就在中间。中间是孟渔父母做人之道。一辈子不出风头,一辈子也不落人后面。看来他们打算做鬼也如此。他们从来没有"生当作人杰,死亦为鬼雄"的想法。他们就要安分守己、太太平平地过着日子。

他们把人死后去的地方叫"那边",他们不叫"天堂",也不叫"地狱",就叫"那边",好像"那边"也没什么不同,和"这边"一样,寻常得很,也要过养鸡养豚、稼稻穑谷的生活。他们在准备"那边"东西的时候,几乎是欢喜的,一点也没有哀伤之意。为置桑田数亩,侬且先归去。再教儿孙两卷,我随后就来。他们也是用这心态对待生死的,有一种长远的安详笃定。

父亲的坟前种了各种花,还有一棵水蜜桃树、一棵石榴树。是姆妈种的,姆妈在天气好的下午,有时就去那儿打理,就像打理自家的庭院,拔一拔杂草,揩拭揩拭墓碑,然后陪父亲在风和日丽中小坐上半日。

你父亲就爱吃桃,姆妈说。她自己喜欢石榴。石榴花好看,果实也好看,一剥开,粒粒都是粉红细白的,像珍珠玛瑙呢。八十岁的姆妈,已是鸡皮鹤发,可有时还有初笄女儿一样的旖旎情怀。

早点过去也好,我怕你父亲在那边孤清,姆妈说。好像不是在说生死,而是在说回家一样。

不论"这边""那边",姆妈都有家。

可孟渔,怎么总觉得自己是没有家园的孤魂野鬼?

他虽然不止和一个女人好过,但他和任何一个人,谁也不是谁的家园。

他是什么时候没有了家的?


他像某个人,姬元说。那他坐在这儿,不是"尸位素餐"?

呜呼哀哉,伏惟尚飨!

一直以来,原来他是坐在尸位上,飨着那些个食物呢。

那姬元不也是,他不也是用悼亡的语气和姬元说着朱茱?

那他们两个人,是早就死了吗?像《雨月物语》的结尾那样?虽然炉火红艳艳地亮着,灶上也热气腾腾烟雾袅袅,但其实却是颓园残壁食土啖砾?

一时间,孟渔不寒而栗。


(原刊《上海文学》第8期)

# 鲜花岭上鲜花开

徐贵祥

一

就像许多成功人士一样,毕伽索也遇到了那个绕不过去的问题,挣那么多钱干什么?随着财富和年龄的增长,这个问题越来越是个问题。

毕伽索的事业是从打工子弟小学开始的,然后中学,后来又办了几所职业大学,再回过头来办幼儿园,形成了一个规模较大的民营教育体系。从报表上看到不断刷新的数字,毕伽索突然觉得哪里不对劲。是啊,挣那么多钱干什么?缺钱的时候这不是个问题,钱多了这就是个问题。大约从去年秋天开始,一个念头越来越清晰,他想把钱花出去一部分,为故乡干街做点儿事情。

毕伽索把这个想法对妻子说了,唐多丽以她惯有的思维方式对毕伽索说了三点看法:第一,有钱就烧包,那是诗人。作为一个企业家,理性永远是成功的前提。第二,在家乡做生意,赚了是为富不仁,赔了是搬起石头砸自己的脚。

毕伽索对妻子的观点向来嗤之以鼻,但是他又不得不和她商量。和她商量只是一个程序,并不指望她支持。回答唐多丽的反对,他最经常的一句话就是,不要和成功者唱对台戏,成功者是不应该受到指责的。

但是唐多丽还有第三,这是在毕伽索彻底忽视她的意见之后被迫说出来的——第三,不要以为你有钱了,你就是人物了,其实在干街人的眼里,你永远是一个逃兵的儿子。

唐多丽讲这话是在她动身去美国的头天晚上,这番近乎人身攻击的话语在毕伽索的心头狠狠地插了一刀。要不是她即将背井离乡去给女儿陪读,毕伽索真想给她两耳光。他忍住了。毕伽索说,老子就是要在干街烧一把钱,要让干街人仰起脑袋看看那个逃兵的儿子。

这个夜晚,毕伽索辗转反侧,唐多丽的话对他刺激很大。这么多年来,他毕伽索可以不在乎很多事情,但是干街他不能不在乎。在毕伽索的感觉里,即使他混得再体面,如果得不到干街的认可,那种体面就要大打折扣。何况,干街还有个韦梦为呢。

诚然,干街的历史并不是从韦梦为开始的,但是,只要提起干街的历史,就不能不说起韦梦为。从毕伽索记事起,韦梦为这个名字就像星星一样悬挂在他的脑海里。韦家三少爷、中学校长、红军师长、文学翻译家、北上抗日支队司令,这些互不关联的头衔莫名其妙地集中在同一个人的身上,曾经给少年毕伽索带来了无穷的想象。小时候他听大人说,过去的韦家三少,穿西装、喝咖啡都要用外国货,韦家良田遍布三省五县,上海、北平、安庆都有韦家的商号钱庄,号称马行千里不吃别人家的草,人走万里不住别人家的店。民国十六年(1927),韦家遭遇了一场奇特的变故,刚从俄国留学回来的韦梦为被当地的农民绑架,韦家斥资千金赎票,从此之后家业逐年败落。后来才知道,策划绑架韦梦为的,正是韦梦为本人,他把他们家的钱财都倒腾出去买枪了,拉起了一支队伍开进了西边的山区,那支队伍后来成为声名显赫的红军模范师。模范师师长韦梦为,跟士兵一样穿草鞋吃住草棚,数次抵御了国民党军和军阀的围剿,并且在根据地建立了苏维埃政权和英特纳尔大学城。直到全面抗战爆发前夕,韦梦为的部队北上途中被国民党军伏击,韦梦为本人在激战中牺牲。

在干街,韦梦为的故事流传很广,他作词作曲的一首歌,毕伽索很早就会唱——鲜花岭上鲜花开,花开时节红军来,红军来了为平等,平等世界人是人……会唱这首歌的时候,毕伽索还不大清楚歌的含义,他的问题有两个:一个是"平等世界"是什么?为什么那么重要?第二个是,韦梦为那么大的家业,他为什么要去吃那份苦受那份罪?直到考进师范后,毕伽索读到一本俄国小说《苦难英雄》,他才好像明白了,原来韦梦为要当英雄,韦梦为和韦梦为们,要救天下。那本书的译者,正是韦梦为。这个发现让毕伽索激动得泪花闪烁,那天他甚至把自己想象成了韦梦为,他也要救天下。

当然,很快他就发现,他当不了韦梦为,因为他那时候别说穿西装喝咖啡,这两样东西他连见都没有见过。再往上讲,他的爷爷是韦氏庄园的挑水工,而他的父亲毕启发,在参加新四军之前,也是韦家的挑水工,尽管那时候的韦氏庄园已经败落了十之八九,也仍然是干街的标志性家族。

几十年过去了,毕伽索凭借独特的眼光和智慧,终于成就了一番事业,财富总量甚至超过了当时的韦氏庄园。但是,他还是没有办法跟韦梦为相比,韦梦为的事业天大地大,而他的事业再大,也不过是一个民营企业。他之所以把他的企业注册为梦为集团,感情是非常复杂的。

农历二月上旬,妻弟唐斌在电话里给他讲了一个笑话,前不久退休干部乔大桥回到干街,发了一通牢骚,说街道不能建在公路两边,电线不能架在房顶上,还说希望部分恢复干街过去的光景,在十字街搞一个唐宋村,健全空巢老人和留守儿童的教育和服务设施。副县长韦子玉还为这件事情到干街,要走了唐宋时期的干街图。

乔大桥,毕伽索认识,老县委书记乔如风的儿子,当过军分区司令,过去一直是干街人羡慕的对象,如今也解甲归田了。毕伽索突然在电话里哈哈大笑,对唐斌说,啊,那个乔大桥,站着说话不腰疼啊,你要是见到他,给我带个好,问他愿不愿到梦为集团工作,给我当工会主席。唐斌似乎吃了一惊,什么?姐夫你说什么?让乔大桥给你打工?毕伽索说,如果他愿意来,我给他开的报酬是他工资的十倍。唐斌说,姐夫你开玩笑,乔大桥,乔司令啊,给你民营企业打工,这不可能。毕伽索说,一切皆有可能,有钱能使鬼推磨,有钱也能让磨推鬼。

当然,这话只是说说,说说就过去了,唐斌没有当真,毕伽索自己也没有当真。

就在跟妻弟通话不久,毕伽索又接到干街小老弟韦子玉的电话,说他近日要到深海市拜访自己。

韦子玉是受县政府委派,专程到深海招商引资的。县里决定在干街兴建文化街,需要钱。韦子玉首站拜访毕伽索,足见毕伽索在干街商人中的地位。老乡见老乡,两眼泪汪汪,那几天,说不完的乡情喝不完的酒,行则同车,卧则邻榻。有一回,两个人醉了之后,又带上一瓶酒到房间喝醒酒,果然越喝越清醒。毕伽索说,我总觉得,咱们的干街就是一座城市,在历史上曾经很风光的。

韦子玉醉眼蒙眬,扯过自己的皮包,找出一张复制的图纸,在毕伽索面前摇晃,老大哥你看,这就是干街的过去,宋朝年间,设州治,文峰州。

毕伽索接过图纸,仔细端详,隐隐约约可见天穹一座尖塔刺破晨曦,一条大河由远及近,河面帆影点点,岸边楼宇鳞次栉比错落有致。近处是一个阔大的庭院,花木葳蕤,绿荫深处,掩映灰楼一角。

看清楚了吧,这就是传说中的韦家大院。韦子玉斜着眼睛,在酒的氤氲中睨视毕伽索。

韦子玉是韦梦为的侄孙,韦氏庄园的传人,毕伽索感觉这个小老弟今天跟他讲干街的历史,隐隐流露出一丝优越感。毕伽索不悦地说,就是说,这就是你们家的老宅。那我们家呢,在哪里?

喏,这里。韦子玉伸出一个指头,戳在照片的一角,这里,你们毕家,在"干"字下面一横的左下边,二十世纪六七十年代,这里叫工农兵成衣店。

毕伽索怔怔地看着韦子玉,酒醒了大半。他回忆起来了,十字街东南角,是成衣店,他的残了一条腿的父亲毕启发是这个成衣店唯一的男性,夹杂在六七个中老年妇女中间,尽管有个技术员的头衔,实际上就是量尺寸剪布。小学四年级那年,有一回放学从成衣店门口过,韦子玉的二哥韦二毛喊了一声,看,毕得宝的爹——那当口,毕伽索的名字还叫毕得宝——毕得宝看见他爹肩膀上搭着一溜蓝布,弯腰哈背正在一个妇女的身上上下丈量,然后一高一低地走到案子前面,拿粉笔在布上左画一道右画一道,那副模样,简直就是一个小丑。毕得宝不知道哪里来的火气,冲上去揪住韦二毛,两个人打得不可开交。韦二毛一边挣扎一边大喊,我又没说你什么,你怎么打人啊!毕得宝一言不发,只是揪住韦二毛不松,后来还是毕裁缝听到动静,颠着鸡步奔出来,把毕得宝拉开,照他脸上就是一顿老拳,这才把风波平息下来。

多少年打拼在外,什么都有了,但在毕伽索的骨子里,总感觉还缺什么,毕裁缝的名号,是毕家投在他身上的第二道阴影。如今韦子玉提到工农兵成衣店,让他心里很腻味。毕伽索说,你什么意思?你是提醒我,你们家书香门第,毕家血统低贱是不是?

韦子玉哈哈大笑说,大哥,你想多了,我只是回忆你们家的位置。

毕伽索冷冷地说,我们家住在西头,不住成衣店。

韦子玉说,那是我无知,我原来以为你们家就是成衣店,成衣店就是你们家。

毕伽索不吭气。韦子玉明白了,讲干街的历史可以,讲干街人的身份地位,对毕伽索来说是个敏感话题。

韦子玉坐起来说,这些年我在县里工作,同政协文史办的人打交道,把干街的历史搞得差不多。原来我们干街,有五大家族,韦、戈、乔、毕、洪,你们毕家排在第四,退回一百五十年,干街毕家也是方圆百里的望族。

毕伽索吃了一惊,问韦子玉,你说的是真的?

韦子玉揉着眼睛说,早点儿睡吧。

那天夜晚,他没有再问下去,在酒精的作用下,两个人"前仆后继"地进入梦乡,扯着很响的呼噜,嘴角挂着向往的傻笑,很幸福地度过了一个美好的夜晚。

第三天下午,毕伽索安排韦子玉参观他的梦为集团,然后在自己的办公室喝茶。韦子玉感到时机已经成熟了,但是他没有提乔司令回干街的事,也没有说唐宋村的事,只是把县里关于在老街兴建文化街的意向和盘托出,说完之后,就等着毕伽索拍手叫好,慷慨解囊。可是他从毕伽索的脸上没有看出惊喜,而是看到了一种奇怪的表情。毕伽索说,你们搞这些东西有什么意思?

韦子玉说,建设啊,乡村文化建设啊!

毕伽索略微思考了一下,意味深长地说,哦,乡村文化建设,名目很好,可以考虑赞助,十万八万的没问题。

韦子玉怔了一下,冲口说道,毕总,就连乔司令那样拿工资的退休干部,都拿出十八万给老街买变压器,你这么大个老板,只拿十万八万的,说得过去吗?

毕伽索说,你们那个文化街,其实就是个面子工程,没有什么实际意义,我不能把钱扔到水里,老弟你说是不是?

韦子玉说,怎么叫面子工程呢?它有文化价值,也是长远价值。再说,就从眼前看,文化街一建成,就会带动老街的综合发展,改变乡亲们的生活状态。你知道那里还有多少空巢老人和留守儿童吗?

毕伽索说,改善群众生活是你们政府的事,我要是把这个事做了,不是夺你们的饭碗吗?

韦子玉这才发现自己过于天真了,太不了解毕伽索了,他说,毕总你这样说我很难受,社会转型时期,问题太多,政府也不是万能的,有些事情,我们确实需要借助社会力量。

毕伽索一声冷笑,提高嗓门说,借助社会力量?乔大桥回去讲几句大话,你们就当真了。说好听一点儿是书呆子,说白了就是拿个鸡毛当令箭。他乔大桥算什么?他有什么资格对干街指手画脚?

韦子玉没想到毕伽索会发那么大的火,意识到这件事情很复杂。他曾听说,毕伽索因为父辈的原因,与乔司令有些芥蒂,看来不是空穴来风。韦子玉解释说,兴建文化街,不是乔司令的主意,而是县里的规划。乔司令只是说,街道不应该建在马路两边,街道要像街道的样子。

毕伽索从鼻子里哼出一声,为什么街道不能建在马路两边?难道建在深山老林就能提高生活质量了?

韦子玉基本上绝望了,怀着最后的希望说,那,我们的文化街,毕总到底支持不支持?毕伽索说,我为什么要支持?我支持了,我能得到什么?

韦子玉盯着毕伽索,克制地问,毕总,你想得到什么?

毕伽索哈哈一笑说,如果你们能把我爹的像挂在文化街上,我可以拿出一个亿来。

韦子玉终于忍无可忍了,提高嗓门说,毕总,我尊重你,但是我也提醒你,文化街是爱国主义教育基地,是文明发展的象征。别说你拿一个亿,你就是拿出一百个亿,我也没有办法把令尊的像挂在文化街上。

毕伽索说,那不就得了嘛,我怎么会拿钱给别人捧臭脚呢?老弟,恕我直言,这件事情我不能帮忙。不过,我答应给老街赞助十万元,说话算数,明天我就让财务转账。

韦子玉没有吭气。

毕伽索顿了顿又说,这笔钱,你们得用到正处,可不能让它打水漂了……

毕伽索话还没有说完,韦子玉已经站了起来,冷冷地看着毕伽索说,毕总,你那十万元钱给叫花子吧。毕总,请你记住,你也曾经是个穷人。

毕伽索也站了起来,想拦住韦子玉,老弟,你听我说完,我有我的难处……

韦子玉淡淡一笑说,那还说什么呢?没有你的钱,干街照样能过上好日子。

韦子玉说完,扬长而去。

## 二

直到韦子玉的脚步声消失在楼道里,毕伽索才反应过来,赶紧派人去追。追是追上了,但是韦子玉坚决不回来,挡也挡不住,不由分说地上了出租车。到了晚上八点钟,还是没有找到韦子玉,毕伽索估计,他已经上飞机了。

毕伽索琢磨韦子玉传递的信息,那个文化街,主体工程是名人墙。也就是说,政府更关注的是对红色资源的开发和利用。干街确实是个特殊的集镇,除了韦梦为,在二十世纪抗战时期又出了一个洪文辉,当时是梦为中学的校长,就地拉起了一支队伍,带到新四军,洪文辉担任这个团的团长,二十年后他官至淮上省省长。再往下,就数到于诚志了,于诚志抗战时期是洪文辉手下的连长,是西华山战役赫赫有名的英雄。当然,有了这几个人,又带出一批人,所以说,在干街,最不缺的就是名人,大大小小十几个,就连毕伽索的爹也是,尽管是反面的。

抽了两根烟后,毕伽索给他的中学同学、在淮上做文化生意的戈德福打了电话,让戈德福打探干街文化街的进一步情况。

没过多久,戈德福的电话就回了过来,他告诉毕伽索,这次修建干街文化街,不仅县里和市里高度重视,连省里也很重视,副省长何敏亲自勘察了地形,确定文化街的位置,在韦氏庄园旧址。据说这是整个淮上地区红色旅游战略格局的一部分。

毕伽索这才真正地后悔起来,他觉得今天下午同韦子玉的争论,确实因小失大。为什么他会那么反感呢?原因有两个:一个是家乡建文化街,可能会把一些尘封的往事抖搂出来,这是他极其不愿意看到的。第二就是因为乔大桥。当年他爹毕启发和乔大桥的爹乔如风同时跟随洪文辉参加新四军,在茅坪战斗中还相互配合打死一个鬼子,两个人一道当了排长。可是后来,在西华山战役中,他爹一念之差,当了逃兵,而乔如风则在战斗中,带领最后的三名战士诱敌深入,完成了阵地阻击任务。这以后,两个人的命运有天壤之别,二十世纪六七十年代,乔如风是皋唐县的县委书记,而毕启发则终生蒙耻,在干街当个小裁缝,最后连话都不会说了。毕伽索记得,小时候乔大桥从县城回到干街爷爷奶奶家度暑假,穿着海魂衫,让他羡慕极了。那时候他不止一次想过,为什么逃跑的不是乔大桥的爹,或者说,为什么他的爹不是乔如风而是毕启发。

天色渐渐暗了下来,从三十六层楼看出去,身下波光粼粼地闪烁着霓虹灯,这让毕伽索没来由地生出一阵伤感。唐多丽到美国陪女儿去了,这段时间毕伽索享受未婚待遇。直到楼道清洁工从门外闪过,他才想起晚上还没有吃饭。按了一下电铃,那边很快出现亓元的声音,毕总,我在。

他怔了一下,我在?不知道为什么,最近一个时期,这个听了七年的声音常常让他感到陌生。这个像谜一样的女人,居然在他身边坚持了七年。七年啊,窗外的马路变窄了,树木变高了,云彩变少了,可是她还像当初进门那样,不言不语,悄无声息,除了二十五岁变成三十二岁,她简直就没有怎么变化,甚至连男朋友也没有,没有听说过她在感情方面的任何信息。她近乎吝啬地经营着她的美貌,而又近乎挥霍地使用她的才智,她用她的才智保护了她的美貌。她在干什么?难道她想把自己修炼成一个圣女?

## 三

毕伽索第一次见到亓元,是接受电视采访。当时她即将新闻系硕士毕业,在电视台实习。在断续的访谈中,毕伽索先后四次注意到一个身材高挑的女孩,并看清了她胸牌上的"亓元"两个字。女孩形象端庄,眼睛里始终闪烁一丝平静的微笑,略黑的脸庞泛着健康的光泽,透着自信,看着舒服。离开电视台之前,跟送行的人打过招呼后,毕伽索向跟在后面的亓元大大咧咧地打了个招呼,丫头,你过来。亓元便微笑着向前走了两步。

你这个姓怎么念?

亓,和整齐的齐同音。

几天之后，毕伽索安排副总董华民去电视台找亓元，要聘她到集团工作，暂定担任行政处副处长，年薪三十万起步。董华民当时愕然地问，什么情况都不清楚，就当副处长，还年薪三十万？毕伽索说，要那么清楚干什么？我只关心这个人能不能用。董华民便不再多嘴，到电视台一谈，没想到亓元并不领情，说，不去，我只想当一个记者。

董华民碰了壁，回来跟毕伽索说了，毕伽索比董华民还要吃惊，瞪着眼睛说，啊，这个世道，还有这么清高的女孩啊，再把工作做深入一点儿，查查她的背景。

不久董华民就向毕伽索报告说，查清楚了，上海人，父亲是考古学家，母亲是中学音乐教师。

毕伽索说，我有点儿明白了，一家书呆子。

董华民第二次约见亓元，亓元一口回绝，只是在电话里说了几句。董华民对亓元说，我们老总看中你了，你开个价，什么条件都可以。

亓元回答，只有一个条件，不去。

董华民说，你先不要挂机，听我把话说完。我知道你担心什么，可我们老总不是那样的人，我们老总真的是怜香惜玉，不，我们老总他是爱才如命……董华民有些语无伦次了，这样的女孩，他还是第一次遇见。

电话那头十分难得地传来轻微的笑声，你们老总根本不了解我，他怎么知道我有才？

董华民说，我们老总他是个天才，他有第三只眼，他的直觉是非常厉害的。你想想，他从一个普通教师，赤手空拳到深海打天下，把学校办得大中小都有，全国各地都有，他不是天才行吗？

电话那头传来含意不明的笑声，也许是讥讽吧。

然后，董华民就把毕伽索的原则、毕伽索的信条、毕伽索艰苦创业的历程等等，说了足足十分钟。最后说，小亓，你不要马上回答我，你再考虑考虑，三天之后，不，十天之后再回话也行。

电话那头说，现在就回话，不去。

董华民后来向毕伽索大诉其苦，说这回真的见到鬼了，油盐不进,刀枪不入。

毕伽索听了,半天没吭气,抽了一支烟后对董华民说,你说得对,算了。

那个夏天,正是集团大发展的时期,连续在中原两个市开辟了局面,一次性上马七个项目,毕伽索频繁奔波于深海和中原,忙得不可开交,这件事情也就不了了之了。

就在毕伽索决定忘掉亓元的时候,太阳从西边出来了,亓元突然现身,找到董华民说,可以受聘。

毕伽索在他的办公室里听董华民汇报事情的前因后果,盯着窗外的太阳看了大约半分钟,然后问,好马不吃回头草,她为什么改主意了?董华民说,原因不详。毕伽索抖着亓元的求职简历,一挥手说,拒绝,请她另谋高就。

董华民的嘴巴张了张,半天没合拢。拒绝?这是何苦,众里寻他千百度,那人却在……送上门来的,何必……这也太小家子气了吧?

毕伽索一拍桌子说,她以为她是谁?她以为我这是饭店啊?想来就来,想不来就不来。老子……毕伽索正说着,突然闭嘴,他看见亓元就站在门外。还是一身蓝紫色的连衣裙,眉目间已经少了许多冷漠,尽管低眉顺眼,却又不卑不亢。

毕伽索久久地打量着亓元,感觉这个女孩像她的名字一样生僻,周身似乎萦绕着一个神秘的气场,吸引你的目光,又把你的目光挡在尺寸之外。毕伽索不由自主地换了一副腔调说,好啊,承蒙亓小姐看得起,本集团欢迎。我的条件不变,说说你的条件。

亓元说,我只是来找工作,有饭吃就行了,没有条件。

亓元仍然没有接受行政处副处长的职务,也没有接受年薪三十万的待遇。亓元说,我一天班没上,就当副处长,拿那么高的年薪,不合适。

毕伽索说,好,那就从头做起吧。

那一年,亓元二十五岁。这个谜一样的女孩从行政处秘书干起,不动声色地张罗了很多事情,每个月都要给毕伽索提交一份集团内情报告,还要提交一份创新建议。

几年以后,在一次电视访谈中,毕伽索侃侃而谈,访谈结束后他才意识到,亓元到集团之后,实际上暗暗做了一件很大的事,就是改变了毕伽索的形象。每当遇到棘手的事情,毕伽索准备大发雷霆的时候,只要她在场,毕伽索挥舞在空中的手臂就会不自觉地换成一道弧线,骂人的话就会变成"不着急"或者"再商量"。她就像一面镜子一样让毕伽索不断地调整着自己的风度。毕伽索有一次对亓元说,跟你在一起,我发现我越来越像一个好人了。

这七年中间,亓元和毕伽索始终保持着严格意义上的雇佣关系。两千五百多天里,他们至少有一万次面对面。她陪同他出席各种会议、聚会和谈判活动,她始终是一个得体的助手,微笑经常挂在脸上,再也不像七年前那样青涩了,说话委婉了许多。有一天亓元亲自上阵,在电视台做了一个"民营教育的难度与高度"的演讲,历数中外历史民营教育的成功范例,对于当下民营教育的种种障碍和本集团的战略以及前景展望,做了条分缕析的说明。在屏幕上的亓元同平常的亓元判若两人,落落大方侃侃而谈,形象气质远在节目主持人之上。加上她本来就是新闻专业的硕士,在集团工作期间,又读了在职博士,学问滋养自信,自信滋养容颜,益发显得成熟和清高。毕伽索有时候甚至觉得,是亓元的存在,提高了梦为集团和他本人的价值。

她是怎样变化的,为什么变化,谁也说不清楚。或者可以用毕伽索的话来解释,时间可以改变一切。

## 四

十分钟后,亓元便出现在门口,工装已经换成蓝紫色的连衣裙,亭亭玉立,却又平静得像个蜡像。

毕伽索说,能陪我吃饭吗?

亓元迟疑了半秒钟,平静地说,可以,但我这段时间不能喝酒,我陪你吃西餐。

毕伽索不高兴地说,谁说你这段时间不能喝酒?

亓元说,医生,否则我脸上会长痘的。

毕伽索大手一挥说,嗨,听医生的话得吓死,你看我爹,吃大鱼大肉,喝了一辈子酒,活到八十多岁。

亓元还是站着不动。

毕伽索不耐烦了,怎么,长痘就这么重要,你有男朋友了吧?

亓元说,我们有言在先,不过问个人隐私。

毕伽索顿时觉得无趣,生硬地说,算了,我不要你陪了。又想了想,拉开抽屉,取出一摞资料,扔到老板台的对面,这是我老家一个招商引资项目,你帮我研究一下。

亓元迟疑了一下,接过资料,看看毕伽索说,我还是陪毕总吃饭吧,喝一杯也行。

毕伽索本想说算了,看看亓元的眼睛,很平静,便阴阳怪气地说,那好,谢谢你啊。

毕伽索下楼,亓元已经从地库里把车开上来了。

这天晚上,或许是受到韦子玉和乔大桥的刺激,毕伽索的情绪大起大落,一杯接着一杯喝酒。他还没有拿准该用什么态度对付家乡的招商引资,但是,一个现实的项目却越来越迫切地燃烧着他。

饭后叫了代驾。毕伽索坚持让亓元和他一起坐在后座上,亓元没有拒绝。毕伽索的心中壮怀激烈。

毕伽索对司机说去碧水山庄的时候,亓元只是异样地看了他一眼,但是没有反对。在驶向碧水山庄的途中,他把脑袋靠在她的肩膀上,然后手从坐垫上面向她接近。她还是没有做出激烈的反应,只是略微欠了欠身体。他把这个微小的动作理解为一种姿态,这个姿态甚至让他感觉到鼓励,他闭上眼睛,想象着即将到来的幸福时光……

就在快到高速出口的时候,亓元悄悄地把毕伽索的手向外推了推,低声说,毕总,你今天喝了不少酒,碧水山庄有人照顾你吗?

毕伽索差点儿就说出来,不是有你嘛,但是话没有出口,又咽下去了,他担心亓元会说出让他难堪的话来,毕竟还有代驾坐在前面。他控制了一下情绪说,我没喝多。

亓元说,碧水山庄没有人,要不,我叫小陈过来,也好照应一下,万一夜里要喝水。

毕伽索明白了,庆幸自己没有唐突,口气很冲地说,没事,不用你管。

车子依旧按照原来的路线,但是毕伽索的计划已不是原先的计划。进了碧水山庄门口,亓元下车把毕伽索送上台阶,才反身上车,向毕伽索挥挥手,抛出一个意味深长的微笑,车子拐了一个弯,驶出碧水山庄。

毕伽索没有马上开门,像个傻子一样站在台阶上,看着渐行渐远的小车屁股,一股悲凉油然而生。亓元再一次拒绝了他,好在不算太难堪,没有怎么扫他的面子。

## 五

第二天上班,亓元到毕伽索办公室送文件,毕伽索为了掩饰尴尬,故意瞪着眼睛看着她,看她的步态,看她的表情。她的脸上居然看不出一点儿痕迹,把文件夹放在他写字台上说,毕总,下周三省政协有个调研会,内容是少数民族地区发展教育意见建议,点名请您参加。

你去,这方面的情况你比我熟。毕伽索不容置疑地说。

对不起,我可能参加不成了,这是我的辞职申请。

亓元说完,从文件夹里拿出辞职报告,放在毕伽索的面前。

毕伽索嘴巴张了半天才合上,一声冷笑说,辞职?为什么?我又没有强迫你。

亓元不说话。

毕伽索愤怒地喊了一声,我不会批准的!

亓元说,批准不批准是您的事,走不走是我的事。我并没有同集团签订卖身契约,这次我真的要走了。

毕伽索冷冷地看着亓元,亓元仍然一脸平静的微笑。毕伽索冲动地说,亓元,你到底想干什么?

我只是想按照我自己的意志生活。

亓元,你摸着良心想想,自从你到集团,亏待过你吗?

为什么要亏待我?我尽职尽责,从来没有给集团添乱。

可是,你对我呢?你把我当作一个老总吗?你表面上毕恭毕敬,关怀体贴,可是你的心呢?我明白了,在心里,你把我当作暴发户,你认为我小人得志,你认为我为富不仁,你认为我浅薄、嚣张、膨胀,你在跟我演戏,你在观察我、取笑我,你看不起我!

亓元的微笑收敛了,毕总,你真的这么认为?

毕伽索直视亓元,难道不是吗?

亓元沉默了片刻说,是有那么一点点儿,我们彼此都有让人看不起的地方。但是,公正地说,和众多的成功人士相比,你的人品还不算太差。

毕伽索在暗中攥紧了拳头,啊,仅仅是人品不算太差,你就这么看我?

你知道,我的原则是,能不说假话,尽量不说假话。我在您面前,尽量说真话。

那我问你,亓元,你爱我吗?

什么?毕总你说什么?

我是说,你爱我吗?或者说,你爱过我吗?

亓元突然变脸,久久地凝视毕伽索,毕总,我们之间,有谈论这个话题的理由吗?

毕伽索说,当然有!你为什么到集团来,我为什么要把你放到这么重要的岗位,你应该心知肚明。

亓元的脸由白变红,嘴唇哆嗦着,控制着语速说,毕总,您想错了,我到集团工作,集团给我很高的地位和待遇,这是我的能力和努力的报偿,这同爱情没有关系。我知道,在当今社会,一个集团老总和他的员工暧昧,甚至发生爱情,是再普遍不过的事情。可是,毕总您也要明白,即使一万个女秘书都和老板上床,但是还有万一,总会有一个人不会。请您不要轻易使用"爱情"这个字眼。

在毕伽索的记忆中,除了会议和访谈,亓元和他单独在一起,说这么多话,是第一次。他觉得他对亓元的了解实在是太浅薄了,实在是太想当然了。这时候他意识到一个危险正像一根针落进大海一样不可挽回。他表面平静,冷汗却无声无息地从发根和脖子上流了下来,衬衣的后背很快就贴在身上。

亓元,毕伽索突然哀婉地喊了一声,亓元,也许我想错了,也许一开始就错了,可是什么还没有开始,让我们重新开始好吗?如果你愿意,我们可以成为真正意义的朋友。你说呢?

亓元站着没动,肩膀轻微地晃了一下,好像有点儿动摇,最终还是笑笑说,不,毕总,请珍惜我们彼此的自尊,这对于你我都很重要。

毕伽索无语了,久久地看着亓元。亓元把脸稍微侧向一边。宽大的落地窗外面,城市的楼群触摸着蓝天。那正是初夏,淡淡的云絮在远处缓缓行走。毕伽索突然挺直了身体,站起来抓过亓元的辞职报告,颤抖地写上了"同意"两个字和自己的名字。

亓元提醒他说,日期。

毕伽索咬紧牙关,写下了日期。在将辞职报告还给亓元的时候,他又缩回手,打开支票夹,快速地签署了一张一百万元人民币的支票,递给亓元,泪花闪烁地说,这,这是集团对你的报答。

亓元接过支票,看了看,又把支票轻轻地放在老板台上,然后转身走了。最初的几步很慢,快到门口的时候,步伐轻盈起来,蓝紫色的连衣裙摆旋动着像一面旗帜,在毕伽索的眼前弥漫成一片紫色的氤氲。

毕伽索卸下千斤重担一般颓然缩回到老板椅里,微微闭上了眼睛。就在这时候,他听见一个奇异的声音,隐隐约约却又实实在在,天啦,那是口哨声,是亓元。亓元的口哨是一段似曾相识的旋律,那声音在毕伽索的办公室里、在楼道里、在毕伽索的心里,经久不息,挥之不去。

## 六

这个夏天,对于毕伽索来说,是漫长的。他发现他老了,多愁善感了。亓元离开了半个月,他基本上没有做出大的决策。他经常不自觉地站在落地窗前,眺望远处鳞次栉比的高楼大厦,思想无限辽阔。他不知道亓元是否已经离开了这座城市,或许亓元并没有走远,也许就在附近的某一个地方。可是,她是为了什么?毕伽索后悔得要死,他不缺女人,为什么还要一再进攻亓元?这个女人,她是女人吗?不,她简直就是一块砸不烂啃不动的硬骨头。都什么年代了,还有这样不食人间烟火的女人,简直荒唐。

在梦为教育集团,最初同干街发生联系的,的确是亓元。去年接待老家的县委书记弓珲,调研论证马岩湖投资方案,都是亓元参与策划的。在这件事情上,亓元充当了毕伽索的私人秘书。

但是,毕伽索此刻想起亓元,还不仅仅因为这些。

前年年底,毕伽索专门腾出碧水山庄别墅,把父母接到南方过春节。别墅建在近郊,三层小楼,配有厨师两名、保姆两名,每天派专车从本市最大的超市采购新鲜食材和水果。毕伽索还买来两吨茅台酒,当着很多人的面告诉父亲,从此以后,茅台管够,爱怎么喝就怎么喝。这一次,他要补偿对父亲的所有愧疚,要让这个一辈子抬不起头的老裁缝安享晚年。

不可思议的事情发生了,毕启发和他的老伴于兰花在碧水山庄只住了一个晚上,第二天母亲就给儿子打电话,说老爷子犯病了,嚷嚷要回干街。

毕伽索吓了一跳,匆匆赶到,问了半天才明白,老爹在碧水山庄住不下去,原因很简单,用不惯抽水马桶。毕伽索说,这个好办,马上调工程队来,在院子里造一个简易旱厕,限令十二个小时完工。旱厕造好之后,老两口住了两天,母亲又打电话嚷嚷要走,毕伽索问到底是什么原因,母亲说老爷子又犯病了。这次毕伽索带来了亓元。到了碧水山庄,看见老爷子坐在别墅门外的台阶上,嘴里嘟嘟囔囔说,鬼子来了,鬼子来了。毕伽索跟母亲聊了一会儿,亓元就明白了,原来老人嫌这里人少,看不见人。亓元出主意说,淮上会馆人多,而且能听到家乡的口音,住在那里也许老人适应一些。

毕伽索想想,这确实是个好主意,就在淮上会馆旁边租了一套大房子,把老人接过去,情况果然有所好转。

那段时间,按照毕伽索的安排,亓元经常到淮上会馆看望二老,虽然她对毕启发犯病的时候就说"鬼子来了"有点儿好奇,但是并不打听。倒是毕伽索,有一次不高兴地问亓元,你对我父母的事情不感兴趣吗?亓元说,作为一名员工,我没有必要对老总的家事感兴趣。毕伽索说,可是我爹,他犯病的时候老是说"鬼子来了",你不觉得奇怪?亓元说,是有点儿奇怪,我猜测老人是个抗战老兵。

毕伽索听了这话,愣了好一阵子,问亓元,你真的认为我爹是抗战老兵?

亓元说,要么就是在战争年代受过刺激,可能同抗日有关。

亓元这么一说,毕伽索又是半天没说话。

又过了一些日子,毕伽索对亓元说,你说对了,我爹是个抗战老兵。一九四四年夏天参加茅坪战斗,我爹打死过一个日本鬼子,被提升为排长。一九四五年春天西华山战役前夕,我爹奉命率领一个班征粮,因迷路同主力部队走散,途中被不明炮火袭击,我爹身负重伤,经国军医院抢救,然后就返回干街了。在我爹的档案里,结论是,战前离队。也就是说,组织上认为我爹是个逃兵。

亓元说,毕总告诉我这些情况,需要我做什么吗?

毕伽索说,几十年了,我们毕家都被这件事情压得抬不起头来。我爹他毕竟打过鬼子,立过战功,可就是因为没有参加西华山战斗,就成了逃兵,他在战斗中被打断了一条腿,抚恤金却一分没有。现在,我觉得时机成熟了,我要把这件事情弄清楚。

亓元没有说话。

毕伽索说,你是不是觉得我的想法不靠谱?

亓元说,我理解毕总的心情,但是要搞清这件事情,恐怕不是我力所能及的。

毕伽索说,这件事情,最有可能帮我的就是你,你那么聪明,你都帮不了我,别人就更是不能指望了。

亓元说,毕总,你太抬举我了。不过,从你陈述的情况看,我倒是真的有一个疑点,那就是老人家在同主力失散之后,在西华山战役展开那几天,这段时间他在哪里?做了什么?如果把这些弄清楚,那么,无论是什么结果,后人也只能面对了。

毕伽索说,亓元,你确实聪明,看问题一针见血,直奔要害。你说的那段时间,确实是关键。问题是,那段时间又很复杂,我爹年轻的时候就说不清楚,现在更是胡说八道了,他的话连我都不信。

亓元还是不动声色,问道,那么毕总,我请教您一个问题,您相信您的父亲是逃兵吗?

毕伽索说,这不是我相信不相信的问题,战场上的情况是复杂的。

亓元说,既然这样,毕总,我认为这件事情暂时还是不提为好。

## 七

在整个童年少年时期,在毕伽索的名字还叫毕得宝的漫长岁月里,他最痛恨的就是父亲,不仅因为他给家庭带来贫穷,更因为他给自己带来屈辱。七岁那年,他亲眼看见干街的"文攻武卫"战斗队把毕启发从成衣店里抓小鸡一样抓走,毕启发挣扎着一瘸一蹦跶,又喊又叫,"鬼子来了,鬼子来了",不时被挥舞红白棍的"战斗队员"往屁股上戳一下。红白棍戳一下,毕启发就号一声"鬼子来了",丑态百出。

以后毕伽索回忆这段往事,心里充满了悲哀。他的悲哀不在于他的父亲被批斗,而在于他父亲不是被批斗的主角,而是陪斗。

被批斗的主角是乔如风,这个从干街走出去的老革命,跟毕启发一个年纪,那年都是四十三岁。可是乔如风什么风度啊,即便被揪到台上,也是威风凛凛,上衣兜里别着两支钢笔,脚上还穿着皮鞋,油亮的头发被造反派弄乱了,乔如风站稳后自己挥手把它捋平了。造反派头目、镇文化馆的查林踮着脚尖,想把乔如风的脑袋按下去。乔如风纹丝不动,猛然一甩脑袋,鼻子里狠狠地出了一口气,居高临下地瞥了查林一眼。查林居然被吓住了,再也不敢去按乔如风的脖子,灰溜溜地走向主席台一侧,路过毕启发身边的时候,顺便照他屁股上踢了一脚,毕启发又是一声号叫——鬼子来了!

这一幕成了童年毕伽索——毕得宝脑海里的彩色电影,一次又一次地播映,画面上的乔如风就像样板戏《红灯记》里的李玉和,大义凛然,而他爹则好比《智取威虎山》里的小炉匠栾平,猥琐不堪。那时候他甚至想,他为什么不是乔如风的儿子,而偏偏是毕启发的儿子呢?

毕得宝读高一那年,老省长洪文辉魂归故里,干街东南方开辟了一块很大的墓地,中学师生到墓地参加安葬仪式。站在毕得宝身旁的韦二毛嘀咕了一声,看,毕得宝好像,好像洪大爷。毕得宝吓了一跳,差点儿又跟韦二毛动手了。可是那天他没动手,只是使劲地看了遗像一眼。这一看,真的感觉自己很像洪大爷。仪式结束后,学生整队带回之前,他又若无其事地溜到洪文辉遗像前面细看,这次他觉得他更像洪文辉了。

那天夜里,毕得宝做了一个很奇怪的梦,梦见他背着书包到了一座大城市,并且坐上了那种被干街人称为"乌龟壳"的小汽车,进入一个人间仙境一样的庭院。有人给他开门,毕恭毕敬地喊他少爷,同学中最漂亮的女生像喜鹊一样在他身边喳喳叫。

梦里醒来,他发现他还是躺在自家的破床上,黑乎乎的蚊帐上一动不动地蹲着几只蚊子,这些不劳而获的寄生虫,趁他做梦的工夫,穷凶极恶地饱餐他的血肉。

他是被他的老爹打醒的,老爹站在床前,瞪着眼睛,手里的棍子还在他的肚子上一轻一重地戳着。老爹的嘴里嘟囔着,滚去、上、上、学、学、上!

自从毕得宝记事,他爹说话就不利索,只会说出极短的句子,而且把句子组合得奇形怪状,还经常倒装,比如他永远说不好"喝水"这两个字,只能说出"水喝"。最好的情况是,他在费力地说出"水、喝、喝、喝"之后,再用尽最后一丝力气突出一个短促的"水"的音节。这已经成为毕启发特殊的语言风格,别人同他交流十分困难,当然,别人也没有必要同他交流,只有毕伽索的母亲于兰花,能够破译出他的唇语和肢体语言。

美梦被老爹惊醒,让青春期的毕得宝十分恼火。就是那一次,他从床上跳下来,恶狠狠地推了父亲一把,吼了一声,你干什么! 有本事跟鬼子干去!

他爹愣住了,哆嗦着盯着他,上半截身体猛地往前斜了几度,两只胳膊一上一下地在胸前摆动,好像随时准备扑上来把他掐住。

毕得宝并没有被他爹的气势汹汹所吓倒,一边套裤子一边嚷嚷,你这个逃兵,把我害惨了!

他爹果然扑上来了,毕得宝一闪身躲过,他爹扑了个空。等毕启发爬起来,一高一低地撑到门外,毕得宝早就远走高飞了。

干街的人都知道毕启发是逃兵,但究竟他是怎么逃的,却又传说不一。毕得宝师范毕业那年做了两件事情,一是把自己的名字改成了毕伽索,第二件就是到县市两级档案馆去查西华山战役,终于把他爹的那段历史查清楚了。当时的新四军团长洪文辉后来在《关于毕启发西华山战役中离队经过和处理意见》上的批示是:茅坪战斗有功,西华山战斗离队,功过相抵,复员回籍。

那次调阅档案,毕伽索虽然接受了他爹的逃兵事实,却也有一个重大发现,洪文辉批示中有一句"茅坪战斗有功",点燃了他的希望之火。

在西华山战役之前一年,日军偷袭淮上抗日根据地茅坪医院,连长于诚志率领七连二十里急行军增援茅坪。战斗打响后,刚刚入伍不久的乔如风和毕启发跟在班长后面迂回,爆破鬼子火力点。眼看就要接近了,一阵弹雨飞过来,毕启发被吓蒙了,听到乔如风在路边喊,毕启发,卧倒! 毕启发不知道往哪里卧,猫着腰找地方。乔如风发现侧面有鬼子包抄过来,掉转枪口,一扣扳机,没响,瞎火了。乔如风大喊,毕启发,左侧,开枪! 毕启发抱着大枪,躲在一棵树下,战战兢兢地开了一枪,再战战兢兢地开了第二枪。乔如风也从战友身边捡了一支枪,拉开枪栓就打,一边打一边大喊,好! 打死一个,再开枪! 毕启发一听说打死了一个鬼子,突然跳了起来,大叫,老子打死一个鬼子! 老子打死一个鬼子! 说完就往前冲,刚冲了十来步,被乔如风从后面扑倒。乔如风说,卧倒打,你不要命了! 十多分钟后,排长带着几个人从右翼攻了上去,战斗结束了。

战后评功评奖,要记账,那个鬼子是谁打死的,于诚志让毕启发和乔如风自己说。乔如风说,是毕启发打死的,我亲眼看见的,当时我枪里的子弹瞎火了。毕启发说,我没看见打死鬼子,是听乔如风说的。于诚志哈哈大笑说,好,瞎猫碰个死老鼠,碰得好,既然是碰的,我看这样,见面一半。两个新兵一齐说,好。

为了感谢毕启发分了半个鬼子的功劳,乔如风后来送给毕启发半包洋烟,还为此作诗一首:打虎亲兄弟,上阵父子兵。见面分一半,咱们是乡亲。

后来,让毕伽索不堪回首的是,后来又发生了西华山战役。西华山战役结束,毕启发被遣送回乡,那时候偶尔还能说几句明白话,说,老子不是逃兵,老子打干街了,老子指挥三个人,打了鬼子四次进攻,守住了东头学校,救了蒋夫人。

显然这是一派胡言,没有任何人当真。好在有洪文辉给干街镇的干部捎回来一句话,说毕启发虽然在西华山战斗中溜号,但是在茅坪战斗中还是有功劳的,功过相抵,不要为难他,让他安度余生吧。这样才给他分配了三亩地、三间房。人民公社时期,又给他安排到大集体企业,当裁缝,量尺寸。

毕得宝十岁那年,毕启发说话开始出现严重障碍,到了毕得宝上中学后,他基本上只会说"鬼子来了",有时候还加上一句"卧倒",其他的话语一律颠三倒四。再后来,连裁缝也当不成了,全家就靠他娘卖油条过日子。

西华山战役中乔如风是七连二排长,带人征粮的任务本来是他的。但是连长布置任务的时候,他恰好在解手,连长等了他五分钟,见他没来,就对身边的毕启发说,三排长,干脆你去,弄到多少是多少,晚上到长岗会合。在西华山战役中乔如风跟着连长坚守长岗阵地,连长牺牲后他接替指挥。抗战结束后部队整编为华东野战军,他留在地方当县长,然后是县委书记。建国初期,乔如风经常回干街看望老人,偶尔还到成衣店里见见毕启发,对当地的人讲毕启发分了半个鬼子算他战果的故事。后来经过几次运动,乔如风就不太讲这个故事了,因为毕启发颠三倒四的,不承认自己是逃兵不说,还经常扯上蒋夫人。别说这事是假的,倘是真的,恐怕更麻烦,那年头跟蒋介石扯上瓜葛可不是什么好事。

二十世纪七十年代末乔如风官复原职,然后当了地区副专员。有一年带着一家老小回干街老宅过年,十六岁的毕得宝远远地看见乔如风的女儿乔乔,个子高高的,穿着黑白格子呢大衣,围着紫色围巾,从街上亭亭走过,好像是一棵移动的杨柳。当时毕得宝产生一个强烈的愿望,就是要当大官,当了大官,首先把查林捆起来打个半死,然后把乔乔娶回家当老婆。可是这两个愿望一个也没有实现。查林后来改行写剧本,剧本写得还不错,七十年代末调到县里去了。而乔乔在毕得宝还没有来得及娶她之前,就已经考上大学走了,后来嫁给一个处长。前几年毕伽索到上海开发业务,拐弯抹角找到乔乔,本来踌躇满志地要实现一下少年时期的抱负,可是临到见面,他很快就取消了计划,这个女人已经胖得让他无从下手了。

## 八

这些年,随着事业蒸蒸日上,毕伽索对父亲的感情也发生了很大的变化。父亲老了,安静多了,口齿越发不清楚,常常嘟嘟囔囔不知所云。倒是身体还算健朗,饮食不仅正常,而且超常,每顿喝二两茅台是吹牛——毕启发拒绝喝茅台,他只喝老家干街的土酒杂粮烧,每次喝两杯,约二两,标准定量,直到如今还没有减量。

时光荏苒,当年干街的风光人物相继离开人间,毕伽索开始重新审视父亲当逃兵这件事情,并向亓元讲了。那是他心理素质最好的时期。

毕伽索把毕启发接到深海的那一年,亓元被任命为行政处副处长。集团抓住这个未婚未恋的劳动力,最大限度地榨取她的才华。毕伽索对副总董华民说,要一刻不停地使用她,不能让她闲着,要让她迅速成为集团的顶梁柱。

亓元担任副处长不久,向毕伽索提议,要规范工会建设,要让工会确实起到维护员工的福利、保障员工权益的作用。毕伽索半开玩笑问亓元,你是给老总打工,还是给员工打工?亓元回答,我是给集团打工。既然成立集团,那么它就关系到全体员工的利益,只有老总和员工的利益一致,集团才有长久的生命力,集团越做越大,不能搞一锤子买卖。

亓元的观点引起毕伽索的重视,后来他还是同意了亓元的建议,把形同虚设的工会重新整顿了一番,办了一个名为《梦为之声》的杂志,下发各分公司和一线学校。杂志除了报道集团重大活动,还设有"把脉问诊""对症下药"等栏目,特别让毕伽索感到耳目一新的,是杂志的文学栏目,刊登新人新作,小说、诗歌、散文都有。毕伽索看得眼热,几次产生冲动给亓元投稿,读书人,谁没有文学梦呢?

杂志越办越好,成了毕伽索的必读。有一次他在上面读到了一篇作品,名曰《夏日之晨》,时代背景不详、地理背景不详、人文背景不详,写了一个远离喧嚣的小城镇,城堡巍峨,街衢优美,法制井然,人们淡泊名利,耕读狩猎,相亲相爱,俨然是原始共产主义阶段。小说还配有版画插图,街道建在小河两岸,情窦初开的男女乘坐小船欢声笑语,小船上摆着鲜艳的水果,桌子上是一瓶倒了一半的红酒⋯⋯看了一半,毕伽索觉得奇怪,回过头来看看作者署名,吓了一跳,作者居然是韦梦为。亓元从哪个故纸堆里找出了这篇小说,他不知道。显然,亓元是欣赏韦梦为的,这个发现让毕伽索有点儿激动,他甚至把这件事情看成是他的原因,是因为他的存在而引起亓元对韦梦为的重视。

就是受那篇文章的触动,毕伽索又赋予亓元一个特殊的任务,写一篇毕启发的抗战事迹。亓元虽然迟疑,还是接受了,用了一个多月的时间,从图书馆和网上查阅了大量的资料,并同毕伽索家乡市里的政协文史办取得联系,终于写成了《茅坪战斗中的毕启发》。毕伽索看了之后大加称赞,说,这就是我爹,我爹就是茅坪战斗的英雄。

毕伽索说这话的时候,亓元没有接茬,只是平静地看着他。毕伽索非常想让毕启发给集团总部的员工做一次战斗报告,跟亓元商量,能不能让他爹坐在主席台上做个样子,然后由她来做报告。这个意见被亓元委婉地拒绝了。毕伽索也没有为难亓元,因为当时毕启发正在闹着回家,这件事情不了了之。

后来毕启发住到淮上会馆附近,稳定下来之后,有一天毕伽索把亓元叫到他的办公室,再次提出来,要让他爹做一次报告,而且不是讲茅坪战斗,要讲就讲西华山战斗。

毕伽索对亓元说,这件事情我想了很多年,梦里都在想,我爹既然能在茅坪战斗中打死一个鬼子,西华山战役中怎么会当逃兵呢?这太不符合逻辑了。还是你说的话提醒了我,我爹在同主力失散之后,在西华山战役展开那几天,他在哪里?做了什么?我想啊想啊,终于想明白了——那几天他并没有回干街。但是他在哪儿呢?他干了什么呢?

亓元说,这确实是问题的关键,毕总你查清楚老人家干什么了吗?

毕伽索神秘一笑,从抽屉里取出一张报纸复印件说,你先看看这个。

亓元拿过复印件,那上面的大标题赫然入目——《西华山大战在即,蒋夫人前线劳军》。

亓元说,这个我也查了资料,事实上宋美龄在西华山战役之前并没有去前线,这个报道没有可信度。

毕伽索说，你想啊，我爹在还能说话的时候为什么老是念叨他救了蒋夫人？不是空穴来风啊。我们现在来推理，一定是我爹在同主力失散之后，遇到了一群特殊的人，即便他没有同宋美龄本人见面，也有可能听说那是护送宋美龄的队伍，然后他们和鬼子遭遇了，交火了。在战斗中我爹被打断了一条腿，后来又被国民党的军队救下了，不然的话，为什么我爹后来出现在国民党军队的医院里呢？

亓元静静地听着，再看一遍报纸复印件，然后抬起头来说，毕总，你的想象有一定的合理性，可是，谁能证明呢？

毕伽索说，那次跟我爹去征粮的，还有三个战士，后来都死了，死无对证，只能合理想象了。

亓元的眉头稍微蹙了一下。

毕伽索说，如果没有别的解释，我的推理就是对的。亓元，这件事情只有你来做，这篇文章你帮我做。做成了，我回报一百万元，美金。

亓元愣住了，眼皮跳了跳，把那张报纸复印件往毕伽索的老板台上一放，轻轻地说，毕总，你解雇我吧，这件事我做不了。

后来呢？后来发生的事情，毕伽索想想就恨不得给自己一个耳光。后来他还是一意孤行了，他只花了十万元人民币，把查林请来，让他写了一篇八千多字的文章《西华山战役中不为人知的秘密》，文章"合理想象"出毕启发等人在出发前就听说宋美龄要到国军前线劳军的消息，征粮途中巧遇国军转移家眷的队伍，误认为这是宋美龄的车队。后来遇到鬼子偷袭，毕启发等人就地阻击，掩护国军家眷脱身，战斗中三名战士牺牲，毕启发身负重伤，昏迷不醒。战斗结束后，国军打扫战场的收容队发现毕启发，将其救起。经国军医院抢救，毕启发虽然活下来了，但神经受到伤害，丧失记忆。

毕伽索虽然没有解雇亓元，但是至少冷落了她一个多月。亓元应弓珲书记之邀到淮上地区调研，就是那段时间，查林把文章写好了，毕伽索很是得意，等亓元从淮上回来，毕伽索亲自把文章送到亓元的办公室说，看看吧，只要思想不滑坡，办法总比困难多。

亓元看了之后说，我是学新闻的，不会虚构，我不再对这件事情发表意见。

毕伽索说，已经用不着你发表意见了，我让你看看，就是要让你知道，离了张屠夫，不吃带毛猪。

亓元说，毕总，你准备拿这篇文章做什么用？

毕伽索说，那就是我的事了。

亓元说，毕总，我建议你还是冷静一下，等一段时间再拿去发表。

毕伽索没有听从亓元的劝告，不仅准备花钱在报纸买下版面刊登这篇文章，还当真举行了一次抗战老兵英雄事迹报告会。但临门一脚，他想起了亓元的忠告，报告会没有在集团礼堂召开，而是在淮上会馆布置了一个小会场，从下面的学校选来一个女教师，先试讲一次。整个会场不到二十人，他爹坐在台上，下面坐着查林等老乡，充当听众。

文章写得好，女教师的口才也好，女教师声情并茂地讲述了西华山战役中的一场战斗和战斗中的毕启发。可是谁也没有想到，讲到半截，毕启发突然犯病，口齿清楚地喊了一声，鬼子来了，卧倒！

还没有等人反应过来，毕启发就地出溜到主席台下。

当时毕伽索就在台下，他计划演讲一结束，就把演讲稿和照片拿到报社，哪里想到会出这样的事情？在事情发生的第一时间，是亓元冲到台上，把老爷子架了起来。不知道亓元说了什么，老爷子才慢慢地爬起来，由亓元扶着坐上了轮椅。亓元对毕伽索说，毕总，不要折磨老人家了。

毕伽索表情复杂地看着亓元，嘴巴张了张说，我爹，我爹他真是稀泥糊不上墙啊，你看这事闹的……

就在这时候，他看见他爹扭头瞪了他一眼，那一眼，不像一个疯子。

洋相还不仅于此。尽管毕伽索采取了封锁措施，但是风声还是走漏了。试讲会搞砸的第二天，网上出现一篇文章——

《为富不仁暴发户篡改往事,丑态百出逃兵爹原形毕露》,后面还有很多跟帖,都是讥讽和谴责这件事情的。毕伽索在网上浏览一圈,惊出一身冷汗,叫来亓元,让她尽快处理。万一带出别的什么事来,那真是烧香引出鬼来,后果不堪设想。

亓元当时说了一句什么话,毕伽索记不得了。第二天,网上不仅看不到骂声了,还出现一篇点击率很高的文章——《茅坪战斗中的毕启发》,附有作者亓元的声明:我对我写下的每一个字负责,如有疑义,我可以配合调查。后面是亓元的手机号码和座机号。

毕伽索注意看了跟帖,网友似乎对毕启发宽容了许多,甚至还有人表示了同情。

毕伽索对这个结果十分满意,到亓元的办公室赔礼道歉,动情地说,亓元,你是对的。

亓元似乎也很感动,对毕伽索说,毕总,我理解您,我只是希望您放下这件事情。

毕伽索点点头。直到如今,干街修建文化街,委实给他出了一道难题。这时候他自然想起了亓元,可是,亓元她在哪里呢?

## 九

亓元走了,查林的位置陡然上升,成了毕伽索的私人顾问。毕伽索对查林讲了他同韦子玉的争吵,查林很快就揣摩出毕伽索的心思。查林说,老街建文化街,建名人墙,势在必行,老街那些人物势必要重新浮出水面。毕总作为干街最大的成功人士,无论从哪方面讲,都不能袖手旁观。

毕伽索说,我也是这么考虑的,袖手旁观就是任人摆布。

查林笑笑说,其实,以毕总的实力,只要略有表示,他们那个文化街也好,名人墙也好,就不能不考虑毕总的感受。

毕伽索说,感受,什么感受?

查林说,令尊啊,令尊的形象啊,他毕竟在茅坪战斗中打过鬼子,把亓元写的《茅坪战斗中的毕启发》贴在名人墙上,也是一种态度。

毕伽索说,可是,他们会这么做吗?

查林说,他们需要经费,招商引资,总得有回报吧。

毕伽索说,那你说说,我表示多少为宜?

查林说,太多没必要,少了不合适,我看一百万就差不多了。

毕伽索抬起头来,向远处看了看,把手一挥说,不,太少了,我出一亿三千万。

查林吓了一跳,冲口而出,啊!这么多!

毕伽索说,查大哥,你说我要钱干什么?我拿一亿三千万,就是要把这件事情的主动权牢牢地控制在手里。

查林怔怔地半天才说,毕总,这是好事啊。

毕伽索说,可是怎么把这个信息告诉韦子玉呢?我已经同他闹翻了。

查林说,这个我来做工作,那个小老弟,虽然有点儿书生气,毕竟是政府的副县长。

查林给韦子玉打了一个电话,说毕总准备为家乡捐赠一亿三千万。说完了,电话那边并没有查林想象的惊喜。韦子玉只是淡淡地说,现在捐赠文化街的人还真不少,捐赠也不是轻易就能接受的。这样吧,我直接和毕总谈。

韦子玉给毕伽索打来电话,首先对上次不辞而别表示歉意。

毕伽索说,老弟不必计较,说到底还是大哥我缺乏涵养,这段时间我也在反思,确实应该为家乡做点儿实事了。

韦子玉说,梦为集团捐赠的事,我已经向县委汇报了,家乡领导和人民对于这种慷慨解囊支持家乡建设的行为十分感谢,我们将把梦为集团的功德铭记在心上。

毕伽索没有吭气。

韦子玉说,不过有个情况我得说明,文化街第一期工程是名人墙,上墙的名单不仅县里论证,市里和省里都要过问,红色名人墙上只能是对革命有重大贡献的同志,与毕总心里想的恐怕有很大的差距。

毕伽索沉吟了一会儿说,我懂。但是我想知道,名人墙的内容确定了吗?

韦子玉说,基本上确定了,韦梦为、洪文辉、于诚志、乔如风这些人都没有太大的争议,现在又多出一个戈璧山来。

什么?毕伽索冲口喊了一声,戈璧山?那个国民党反动派?

韦子玉说,是的,文化街名人墙的方案公布之后,引起各方关注,戈璧山的问题,省政协和统战部过问了,他是原国民党军的旅长,在西华山战役中抗日有功,省里要求我们认真调查,提出明确意见。

毕伽索说,那就是说,戈璧山很有可能上名人墙?

韦子玉老老实实回答,是的,从目前掌握的情况看,这种可能性很大。

毕伽索又问,名单里还有谁?

韦子玉说,目前主要的就这些。

同韦子玉通完电话,毕伽索的脸色十分难看。他居然问"名单里还有谁",这话才出口他就后悔了,还有谁?你希望还有谁?你希望还有你爹?这才是真正的癞蛤蟆想吃天鹅肉,痴心妄想。别说名人墙上的名人数量有限,就是把干街的男男女女都搬到名人墙上,也轮不到他爹。就是把自己搬到名人墙上,也轮不到他爹。

现在,情况越来越明朗了,毕伽索的压抑和愤懑也越来越有了方向,连戈璧山都能上干街名人墙,而一个抗战老兵不仅无缘上墙,而且他的过去极有可能因为这个名人墙而重新成为笑柄。

十

自从亓元离开之后,毕伽索晚上的时间多数都到淮上会馆,他在会馆旁边买了一块地,让他娘种地养鸡,他爹在一旁看。只要老家有人到深海,住在会馆里,吃饭的时候,就让老人出席,啥话也不说,就是看看家乡人。

现在照顾老人的,既不是保姆,也不是司机,而是查林。

查林的爹是干街的修表匠,据说查林出生前后那些年,干街还有不少钟表,可是到了二十世纪六七十年代,钟表越来越少,修钟表的人自然更少。挨饿的事情是经常发生的,有时候为了一块锅巴,一家兄弟姐妹数人打成一锅粥,哭声骂声尖叫声直冲云霄。

那个年代,不要说读书人,干街所有人的日子都过得斯文扫地。倒是查林,始终怀着远大理想,要当作家,要像浩然那样写出《艳阳天》和《金光大道》,所以他在当造反派的时候也写小说、写剧本。二十世纪七十年代,干街的文艺宣传队经常在县里调演拔得头筹,然后代表县里去地区参加调演,在全地区八个县的代表队中,干街宣传队的名次基本是第一。这就给查林带来了很大的声誉,所以早在二十世纪七十年代末,他就被调到县里文化局当了股长。

毕得宝在县城读师范的时候,韦子玉的二哥韦二毛在县城做生意,贩蛤蟆镜赚了钱,有一次请家乡人到城西的小馆子里喝酒,毕得宝被叫去陪同。不知道怎么就谈到那次批斗,毕得宝说,别的都没有什么,我就是想问问,为什么你们把乔如风拉去批斗,却不敢对他怎么样,反而踢了我爹一脚?查林想了半天才想起这件事情,一拍脑门说,嗨,你说这事啊,我跟你说,别看那时候乔如风是走资派,可是瘦死的骆驼也比马大,你看看那气势、那做派,真是老革命风采啊。至于踢了你爹一脚,我记不得了,你说踢了就踢了。因为你爹他是个……嘿嘿,说了你也别在意,不说了。

于兰花的菜地和养鸡场同会馆一墙之隔,其实这个会馆就是毕启发的厅堂,于兰花的菜地就是会馆的后花园。毕启发终于安居乐业了,每天坐在门外的台阶上看老伴种地喂鸡,偶尔还到鸡圈外面看鸡打架,气色越来越好,酒量也有所增加,好几次定量之后还把杯子推到老伴面前。于兰花跟儿子说了,老爷子要求增加一杯,毕伽索坚决地说,不行,他老糊涂了,我不糊涂。

毕伽索对他爹似乎返老还童有点儿意外的惊喜,他琢磨其中的原因,固然是他事业的成功,光宗耀祖,滋养着老人,可能还有一个重要的原因,让爹娘离开干街,逃兵这座压在他爹头上几十年的大山终于被搬掉了,再过一些年,也许他会彻底忘掉。

一年前毕伽索把查林接到深海,是因为亓元的拒绝。毕伽索想到了查林,激动得眼泪都快出来了,倒不是因为查林可以完成亓元不愿意完成的任务,而是,在毕伽索的心里,这一次,他终于可以实现童年的梦想了。他要朝查林的屁股上踢一脚,不,踢两脚,不,不是踢在查林的屁股上,而是要踢在查林的心上。他要把查林对毕家的羞辱加倍还给查林。

果然,查林一接到董华民的电话,说毕总要请他到梦为集团当文化顾问,这个刚刚退休的文化官员喜出望外。这些年,家乡人都知道毕伽索在外面发了大财,光皋唐县,就有一百多名教师辞去公职,投靠到毕伽索的门下。查林现在正闲着,写了半辈子剧本、小说也没有写出大名堂,仅限于在皋唐县小有名气。能给毕伽索当文化顾问,还不仅是挣钱的问题,而是面子,面子大了去了。

查林第二天就带上简单的行李南下了,买的是卧铺票。一路上想着即将到来的荣光,那种感觉不亚于金榜题名。到了深海,接站的不是毕伽索,也不是副总董华民,而是一个自称小江的女孩子,把他接到一个小旅馆住下,晚上小江陪他吃自助餐。小江告诉他,毕总在外地开一个重要的会,等两天才能接见他。然后就把一堆资料交给他,说毕总有交代,让他先熟悉情况。

查林有点儿失落,却也没有多想。晚上打开那个厚厚的档案袋,都是抗战的资料,其中一篇是打印稿《茅坪战斗中的毕启发》,还有一张旧报纸复印件《西华山大战在即,蒋夫人前线劳军》,上面有一段批注:经查,西华山战役前后,蒋夫人未前往西华山前线,疑为以讹传讹,毕启发在西华山战役中的表现与此无关。但毕启发在战役前夕因征粮同主力部队走散,三名战士牺牲原因不详,毕启发重伤原因不详。仅国军医院出具的出院证明——为战场乱炮误伤,为何误伤?时间、地点、事件均有漏洞。毕启发记忆混乱,战后尚未失去语言功能,但回忆前后矛盾,因此被组织上定性为"战前离队",复员回乡。毕启发同主力走散的原因,走散后的表现,存疑难查。

这段文字是用毛笔写的,小楷,工工整整,能看出很深的功底。查林细细咂摸,顿时惊出一身冷汗,原来毕伽索的集团不缺文化人,而且是高手,看这一手字,没准儿还是个师爷,那么,他这个文化顾问怎么当呢?

那天夜晚,查林辗转反侧,想到即将接手的任务,看样子同毕启发有关。可是,这件事情还真的难办。"战前离队"是什么意思?是书面语言,是往好听里说,其实就是逃兵。

想到后半夜,查林突然来了灵感,又坐起来看那蝇头小楷,渐渐地把注意力集中在"记忆混乱""漏洞"和"存疑难查"三句话上。第一,既然记忆混乱,那么前言不搭后语和自相矛盾就不能作为否定毕启发回忆的依据;第二,既然国民党医院证明毕启发为乱炮误伤的结论有漏洞,那么毕启发负伤就有另外一种可能,就有可能是战斗致伤;第三,既然存疑难查,说明还有重新调查的空间,难查是因为当事人都已作古,毕启发自己说不清楚,那么换个思路,当事人都不在了……后半夜,查林被"换个思路"的思路燃烧着,他打算明天见到毕伽索,就把这个思路作为见面礼献给毕伽索。

可是第二天早晨他没有见到毕伽索,中午没见到毕伽索,晚上也没有见到毕伽索。查林这才发现小旅馆条件很差,早晨的自助餐还不如本县宾馆的好,心里就有些发凉,隐隐有一种不祥的感觉,委屈渐渐涌上心头。

到了第三天上午还没有见到毕伽索,查林沉不住气了,吃了中午饭,回到房间,悲从中来,在镜子面前看着自己的白发,突然生出一股豪气,对着镜子里的自己念念有词地骂毕伽索,你以为你是谁?一个暴发户而已。就算退休了,老子也是个国家干部,我犯得着来给一个逃兵的儿子当狗腿子吗?算了,此处不留爷,自有留爷处,老子还是回去安度晚年去。

那一阵子,查林当真下了决心,并动手整理行李了。可是整理到一半,又停手了。真的打道回府,还不是那么容易的:一则,他临走时已经把话放出去了,是到深海给毕伽索当文化顾问;二则,梦为集团丰厚的待遇到底还是有诱惑力的。查林怀着复杂的心情,把快要收拾好的行李重新打开,睡了一个忍辱负重的午觉。

一觉醒来,小江已经在外面按门铃了。小江告诉他,毕总从上海回来了,今晚在南湖大酒店设宴给他接风。

查林差点儿热泪盈眶了,他为自己及时地扼制了冲动而感到庆幸,几天来的郁闷一扫而光。他穿上来深海之前斥资两千元买的西服,拿不定主意要不要扎领带。小江微笑着告诉他,不必那么正规。

在前往南湖酒店的路上,查林问小江,今晚参加宴会的还有什么人。小江告诉他,这个她也不太清楚,老总的事情向来是董副安排的。

到了南湖大酒店,但见大堂金碧辉煌,乘电梯上了三楼一号包间,小江引查林进门,里面已经高朋满座。查林一眼就看见沙发上的毕伽索,穿着样式新潮的衬衣,正在同几个人谈笑风生。见查林进来,毕伽索欠欠屁股,挥挥手说,来了?我给大家介绍一个老乡,老家的作家。老查,这边来,坐。

查林听毕伽索喊他老查,心里很不是滋味,等毕伽索向他介绍客人,心里就更不是滋味。原来是老家几个县的父母官,其中一个查林认识,是本县的书记弓珲。一见到弓书记,查林愣了一下,尽管他已经退休了,可还是不由自主地上前两步,弯下腰,把双手伸了出去。倒是弓珲很客气,站起来招呼他说,查局长,老前辈,没想到在这里见面了。您请坐。

查林的心里这才好受了一点儿。

介绍完毕,毕伽索说,各位领导有所不知,我这个老乡老查,他原来是我们老家的大笔杆子,七十年代想当浩然,要写出皋唐县的《艳阳天》和《金光大道》。后来写了不少小戏,从县里演到市里,名气大得很,谱也大得很。

查林脸上发烫,手足无措地说,那都是少年轻狂,毕总笑话了。

毕伽索说,老查你不要谦虚,你们文人都有傲骨,有傲骨是好事,有傲骨才能冰清玉洁。你说是不是?不过,李白也有傲骨,可是朝廷一旦召唤,马上就"仰天大笑出门去",傲骨也是看对谁傲,你说是不是?

查林马上说,是的是的,毕总博览群书,博闻强识。

毕伽索说,老查,你要向李白学习,斗酒诗百篇,今天来的都是家乡的父母官,你一次见到这么多县委书记,也是荣幸,一会儿你可得好好敬酒啊!

查林一听这话,心里一下子凉到了冰窟,天哪,说是为我接风,却原来让我敬酒,真是不拿村长当干部啊!嘴上却说,那是应该的,应该的。再往下,就不知该说什么好了。

说话间,大门洞开,一个身材高挑的女孩子出现在门口,又稍稍侧身,做了个优雅的手势,接着便鱼贯进来五六个人。毕伽索和老家的父母官们纷纷站起。毕伽索介绍说,这是深海市的邱市长、张秘书长、马主任。然后向邱市长等人介绍家乡的县委书记,再向书记们介绍集团副总董华民、财务总监赵虞山、行政处长亓元。毕伽索还特意说,这个亓元,她的姓氏很特别,一般人不认识,字形就像圆周率,π。

邱市长说,这个字我认识,我分管电视台的时候,电视台给我打报告,说这个女孩素质极高,人也漂亮,一定要留在电视台。可是她放弃那么好的工作,跑到你梦为集团来了,可见梦为集团有魅力哦,你毕总有魅力哦!

毕伽索说,市长这是挖苦我了,小亓到梦为集团来,或许是因为私营企业更自由一些。

张秘书长说,在梦为集团的年薪,比在电视台多十倍,她当然选择在梦为集团。现在的年轻人,更实际了。我这样说,小亓你同意吗?

亓元微笑说,这确实是一种可能。

邱市长打岔说,老张你恐怕还没有说到点子上,小亓到梦为集团,可不是冲着钱去的。这个孩子我知道一些,她的心大得很哦。好,人到齐了没?

毕伽索说,到齐了,就座吧。

亓元注意到毕伽索没有介绍查林,正要提醒,毕伽索却把目光转到邱市长身上说,今天是邱市长接见我家乡的见学团,市长你坐主席吧。

邱市长已经站在一号座的背后了,把椅子往后一拖,一屁股坐了下去才说,我是首席,当仁不让,主席还是你来当。

见邱市长已经落座,毕伽索赶紧招呼弓珲,弓书记你看,几个书记……几个书记一齐推搡弓珲说,老弓,你是毕总家乡父母官,这二把交椅你不坐谁坐啊?

弓珲看着查林说,查局长是刚刚从老家来吧,您是大哥,这个座还是您坐吧。

查林正寒冷着,听弓珲这么一说,心里一热,嘴上却赶紧推辞,弓书记,您就是处分我我也不敢,弓书记,您就坐吧。

弓珲说,那就恭敬不如从命了。然后招呼同行的几个县委书记,基本上按年龄大小排座。

毕伽索招呼董华民、赵虞山和亓元穿插陪同当地和家乡两拨官员。眼看大家都要落座了,只有查林还没有着落,站在一边看别人让座,强作笑颜,脸皮越来越木、越来越僵硬。

毕伽索安排亓元坐在张秘书长的身边,亓元迟迟不落座,走到查林面前说,查局长刚到深海,你往上坐坐吧,我在下面好招呼。

查林的心里五味杂陈,却没有挪步,僵硬的脸上动了动,说了一句,谢谢孩子,我就坐在这里,我是毕总的老大哥,我在这里不是客人。

这句话说完,查林的眼泪都快出来了。亓元说,查局长,您以后就是我的老师了,查老师您往上坐坐吧。

查林还是没动,拿眼看了毕伽索一下。毕伽索这才挥挥手说,老查,你就往上坐坐吧,你跟她一个小字辈客气什么啊!

## 十一

那顿晚宴,是查林终生难忘的。在宴会开始之后,他暗暗给自己定下三条原则:一是滴酒不沾,就说自己血压高。读书人是有骨气的,他打算以罢酒来表现自己的骨气。第二,绝不主动敬酒,不吃菜不喝酒不说笑不动地方,他将像一根木头杵在那里。第三,酒过三巡就借口肚子疼,开溜。

可是,宴会开始不到三分钟,他就意识到这三条原则一条也兑现不了。毕伽索代表家乡五百万人民感谢深海市对老区的支持、对外地打工劳动者的关爱、为家乡见学团提供方便,提了三杯酒,大家共同敬邱市长。

直到三杯酒喝完,查林才想起他的三条原则,刚才端杯子的时候,他完全忘了。在这个场合,不要说他的手,连他的大脑都不属于他自己了。至于说到敬酒,虽然他坚持了一会儿没有主动,可是当弓珲端着酒杯走到他面前之后,他慌忙站了起来,弯下腰说,弓书记为家乡人民连日奔波,辛苦了,你随意,我喝干。弓书记没有随意,而是一饮而尽。他一激动,接着给自己倒了两杯说,那好,弓书记你喝一杯我喝三杯。等到邱市长等人敬酒,他更是受宠若惊,连续三杯三杯地喝,一口菜没吃就晕乎了。这时候他不能溜,溜不动,也不想溜了。

不过,在最初的半个小时之内,他只是晕乎,还没有完全喝醉,他坚持没给毕伽索敬酒。毕伽索似乎注意到了他有点儿不正常,端着杯子走到他的面前说,老大哥辛苦了,老弟敬你一杯。

查林的心在滴血。你他妈的现在叫我老大哥了,你总算知道给我敬酒了,可是你知道吗?老子不领这个情,老子受够了!

他听见自己的嗓子眼里拼命地往外冒这几句话,可是这些话并没有从嘴巴里冲出来,冲出来的话是,毕总,谢谢你,请毕总多多关照。毕总有事,尽管盼咐。愿为毕总效犬马之劳。

说完这几句话,他抓过酒瓶,干脆把茶杯里的剩茶倒在地上,咕咕咚咚倒了一满茶杯,摇摇晃晃地举到毕伽索的面前,像牛一样往下灌。

毕伽索预感到要出事,赶紧示意亓元把杯子从查林的手里夺下,查林挣扎着又把杯子抓到自己的手里,然后——他威武不屈地向四周看了看,这时候四周在他面前一片波浪,翻滚着升腾着——他费力地睁开双眼,迈动发软的双腿,走一步突然腿一软,差点儿单腿跪在地上。他昂起头来,瞪着一双茫然的眼睛,再向四周看去,突然笑了一下。然后他端着茶杯,向邱市长走去,向弓书记走去,向张秘书长走去……所有的人都看清楚了,他走一步就要瘸一下,好像一只腿长一只腿短,走起来一高一低,走一步喝一口。

毕伽索的脸顿时白了,厉声吼道,老查,你要干什么?别喝了!

亓元等人赶紧围上去想夺下查林的茶杯,他用胳膊肘挡住了,哈哈大笑说,别夺我的杯子,毕总让我敬酒,我要喝个够,轻伤不下火线,老子绝不当逃兵!

后来的事情一发不可收拾。

查林是在第二天上午醒过来的,当时还在输液。毕伽索就坐在他的床边,等着他醒来。查林感觉哪里不对劲,睁开眼睛,看见毕伽索,癔症了半天,突然从床上翻下来说,毕总,毕总,你怎么在这里?

毕伽索面无表情地说,我倒是要问问你,你说你为什么在这里?

查林说,不知道啊,奇怪啊,我记得昨天晚上咱们在一块儿喝酒,我怎么会到这里?这是哪里?

毕伽索冷冷地说,这是医院。然后又指着输液瓶问查林,知道这是什么吗?

查林怔怔地看着输液瓶说,离得太远,你把它拿下来我看看。

毕伽索还是毫无表情地说,不用了,这是稀释酒精的药,溶剂是生理盐水。可是医院里给醉汉解酒,通常都用葡萄糖。

查林看着毕伽索,一脸无知,突然瞪大了眼睛说,啊,不是给我输葡萄糖吧,我有糖尿病啊。

毕伽索说,这个你放心,你昨天住进来的时候,我就交代过他们,不能给你输葡萄糖。你知道吗?如果一个人想弄死一个人,他有一千条办法,所以他不会采用最愚蠢的办法。

查林倏然睁大了眼睛,惊恐地问,毕总,你这话是什么意思?

毕伽索并不理会查林,两眼望着输液瓶,继续沿着自己的思路说,一个人不想弄死一个人,他也有一千条办法,而且每条办法都是好办法。

查林半天没吭气,好像想起了什么,不安地看着毕伽索说,毕总,我是不是做错了什么,让你不高兴了?

毕伽索说,无所谓,我毕伽索,大丈夫能屈能伸,逃兵的儿子我当了五十年,我还在乎什么?

查林彻底醒了,突然号啕大哭,继而掩面而泣,毕总,我昨天喝多了,出丑了,我对不起毕总的厚爱,刚到深海就给毕总丢脸。毕总,我对不起你啊……

毕伽索面无表情地看着查林,似乎在判断什么。等查林的哭声稍微拉长了节奏,毕伽索说,当然,我也有粗心的地方。老查,我请你来,可不是让你喝醉的,只要你把事情做好,怎么都好商量,钱不是问题。但是,如果你想在我毕伽索面前做点儿什么文章,那后果你是清楚的。

毕伽索说这话的时候,亓元陪同弓珲来看望查林,刚刚走到病房门外,两人不约而同地放慢了脚步。弓珲做了个手势,把亓元引到病房外面说,小亓,昨天晚上喝酒,查林同志好像有点儿不太正常,他和毕总之间到底是什么关系?

亓元想了想说,查老师是毕总请来的。

弓珲见亓元回避,就把话题扯开,关切地问集团的一些情况,还问了一些个人的事情。末了问了一句,去过毕总的家乡吗?

亓元回答,没有,但是很想去,我就是因为毕总的家乡才到毕总的集团上班的。

弓珲惊讶地说,啊,还有这么回事?

亓元说,我在网上百度"梦为集团",没想到百度出一个"韦梦为",我把梦为集团和韦梦为联系在一起,所以,就选择了梦为集团。

弓珲意味深长地问,你现在还这么认为吗?

亓元沉默了一阵,避开话头说,那个韦梦为,太让我敬佩了。

459

弓珲若有所思地说,哦,原来是这样。我代表韦梦为的后人,欢迎你到韦梦为的故乡,也希望你能领略韦梦为的时代。

亓元说,我会去的,事实上我已经去了很多次,梦里。我还会唱他写的歌,鲜花岭上鲜花开,平等世界人是人。

弓珲不说话了,看着亓元。亓元看着远处。远处是上午的蓝天,水洗一般纯净。蓝天下面堆积着初夏的白云,宛如簇拥的城堡。

作为皋唐县的一把手,弓珲对韦梦为自然不陌生,但他没有想到亓元是因为韦梦为才误打误撞到了梦为集团,毕伽索的事业,沾了"梦为"这个品牌不少光。弓珲说,是啊,这个人,确实不同寻常,一个连咖啡和牙粉都要进口的阔少,把全部家产都交给革命了,天下为公,追求平等,这种境界,非凡夫俗子能够理解的。

亓元说,我很小的时候,奶奶给我讲过一个童话,小动物联合起来战胜老虎的故事,让我非常着迷。后来我研究生毕业,找工作的时候,查询梦为集团资料,引出一个链接,这才知道,那个童话的作者是韦梦为,童话的名字叫《鲜花岭上鲜花开》。我觉得这太神奇了,好像冥冥之中我和这个人有一种联系,必然让我找到他。

弓珲说,是很神奇啊,我没有读过那个童话,但是我知道他写的歌:鲜花岭上鲜花开,花开时节红军来,红军来了为百姓,平等世界人是人。还有他那句名言:一个人幸福是不道德的幸福。

亓元说,我很喜欢他翻译的作品《苦难英雄》,对照了几个版本,包括修订本,还是韦梦为翻译得最好,我感觉其中有他自己的体验。据说,他是最早提倡红军干部读文学作品的。

弓珲说,惭愧,这个情况我还真的不太了解,没想到韦梦为还是个文学家。

亓元说,很多革命家都是文学家,比如陈独秀、毛泽东、瞿秋白、方志敏、沈泽民,这些人让我对中国革命有了新的认识。

弓珲叹道,如今这个世界,还有你这样的年轻人,真是难能可贵。

亓元笑笑说,我喜欢,喜欢就是理由。

弓珲说,听说毕总对他父亲的事情一直没有放下?

亓元说,是的,已有的结论确实有疑点,可是证据不足。

弓珲说,哦,是这样啊,我倒是希望能够弄个水落石出。我们党讲究实事求是。如果亓处长有兴趣,到实地考察一下,也许会有新的发现。

亓元说,等时机吧,我暂时还脱不开身。

他们走进查林的病房。

弓珲对查林说,我们在深海的见学任务已经完成,下午就要回皋唐了,特意来向查老师告辞。弓珲交代查林,毕总是在为家乡人争光,家乡人要给毕总提供正能量。老家那边请放心,有什么事,组织上会关照的。

那一年的春天,毕伽索的事业进入良性循环状态。毕伽索的办公室里有一幅巨大的中国地图,上面密密麻麻地插着小红旗,标注着集团麾下学校的分布情况。毕伽索在集团中层以上管理人员大会上说,知道我们为什么叫梦为集团吗?因为我的家乡有个韦梦为,田地横跨三省五县,商号遍布大江南北。今天,我毕伽索的梦想,至少在中国,凡是有人的地方,就有梦为集团属下的分公司和学校。

毕伽索的讲话很有煽动性。在这次讲话之后,梦为集团的新人们才知道,梦为集团之所以叫梦为集团,原来有这样一个背景。但是有一点毕伽索没有告诉大家,韦家这庞大的产业,都被韦梦为送给革命了。

那一年亓元认识了弓珲,恰好不久之后因为毕启发的宣传问题同毕伽索闹了点儿意气,弓珲邀请她去皋唐县看看毕伽索的家乡,她就向毕伽索递了请假条。一个意外的收获是,在干街,她遇到了一个人,乔司令的儿子乔梁,小伙子是理科留学生,假期回国,被乔大桥强行派到干街调研西华山战役的历史。更让她意外的是,乔大桥给儿子的任务是,调查毕启发离开队伍那几天的去向。虽然她不知道乔大桥此举的目的,但是这个课题还是吸引了她,两个年轻人很快就达成共识,并且一道考察了西华山战役旧址,果然有了新的发现和线索。不尽如人意的是,后来因为乔梁假期已满,这项调研半途而废了。

亓元在淮上采风的日子,正是查林峰回路转的日子。等他彻底酒醒之后,毕伽索派人把他接到一个去处,这回是个总统套间。

安顿下来之后,小江拿出一份协议书,让查林过目。他一条一条看了,最关心的当然是年薪那一款,还没看完心脏就突突地跳了起来,二十万,天哪,二十万元人民币,这在皋唐县,差不多可以买一套房子了。

且慢,小江告诉他,这只是底薪,毕总有话,如果工作出色,还有额外奖励。

查林睁着一双受惊的眼睛,抠抠眼窝问,可是,到底让我干什么工作?

小江说,毕总说了,他的心思你最懂。

查林不说话了,发了一阵呆,突然站起来对小江说,孩子,你转告毕总,我老查,老骥伏枥,一定不负重托,坚决完成组织上交给我的任务……

查林的声音越来越小,说到最后,小江感觉就像有一只蚊子在她的耳边嗡嗡。

查林果然进入了他一生中创作的泉涌阶段,前十天里,他每天都要把《茅坪战斗中的毕启发》和旧报纸复印件上的批注看上一遍。那时候他知道了,那些漂亮的小楷字不是出自老学究之手,而是亓元写的。他简直不敢相信,觉得那个脸上始终挂着平静的微笑的女孩不是人,简直就是一个狐仙。批注的每一个字都熠熠闪光,每一个字都能幻化成灵感,灵感就像夏天原野上空噼里啪啦的闪电,照亮了他思维世界的天空。终于,在亓元从皋唐县回来之前,他完成了《西华山战役中不为人知的秘密——"逃兵"毕启发九死一生的奇迹》。把稿子发到毕伽索的信箱之后,他决定狠狠地奖励一下自己,独自到街上的小酒馆喝了两瓶啤酒,回到豪华包间,坐在马桶上,眼泪无声无息地流了十几分钟。

第二天下午,毕伽索把他叫到集团的办公室,客气地让他坐下,然后拿出稿子问他,老查,你觉得你写得怎么样?

他忐忑地观察毕伽索的表情,毕伽索没有表情。他的心顿时又慌乱起来,结结巴巴地说,毕总,我水平有限,可是,我是尽心尽力的,我可以改,只要您不满意,我就继续修改,直到您满意为止。

毕伽索站了起来,还是一副公事公办的面孔,是需要改,必须改!

他的心呼啦一下提到了嗓子眼,惶惶地站了起来,毕总,您吩咐,我一定实现您的愿望……

毕伽索看着查林,像看一只奇怪的动物,看了好久才把稿子往桌子上一拍,大喊一声,老查!

查林吓得腿都打战了,冷汗直冒,毕总,我在。

毕伽索走到他面前,拍拍他的肩膀,左一下右一下,拍得查林神情恍惚。毕伽索拍够了,把查林的脸扳起来,看着他的眼睛说,老查,查大哥,你终于开窍了,你终于干了一件正经事情。记住这个日子吧,这是你创作生涯中最值得纪念的一天。

转眼之间恍若隔世,查林的嘴巴张了几下,什么也没有说出来,只是嘟哝了一句,毕总……

毕伽索说,哈哈,我也不跟你卖关子了,这是一篇非常科学、非常客观、非常艺术的文章。

查林还是不放心,试探着问,毕总,您不是说需要改吗?

毕伽索说,是需要改,只要改一下标题,把"逃兵"两个字去掉就行了。

查林如梦初醒,长长地呼出一口气来。这时候他才明白,毕伽索实在太在意"逃兵"这个字眼了,加上引号也不行。

离开毕伽索的办公室之前,毕伽索扔给他一张支票,三十万元。查林拿着支票的手不禁剧烈地抖动起来,三十万元是个什么概念?这是他几十年笔耕全部稿费的若干倍,如果让他重新回到文化局,恐怕他写到死也挣不来这么多稿费。他眼泪汪汪地说,毕总,您待我真是天高地厚,您指向哪里,我就打向哪里。

不料才过去一个星期,风向大变,先是毕伽索精心组织的试讲会被老爷子搞砸了,幸亏是试讲,洋相仅限于小范围。接着网上出现质疑,毕伽索也很紧张。毕伽索挨骂的第二天早晨,查林就神秘地到银行,把钱转到老伴的账户上,他寻思,万一毕伽索反悔,要收回那三十万,那他就横下心来,要命一条,要钱没有。

好在毕伽索并没有反悔,似乎早就把那三十万忘了。

这件事情发生在一年前,这一年里,毕伽索很少再提"不为人知的秘密"了,而是让他协助亓元办报纸,经常去陪老爷子和老太太吃饭,年薪仍然二十万元。

## 十二

这段时间,亓元第二次出走,而且一去不返,《梦为之声》再次由查林负责。集团麾下几千名教师,政治、历史、地理各个专业的人才都有,但是文章写得一般。查林盘算,毕伽索给他年薪二十万,还是合适的,他当这个主编是称职的。自从得到干街要建名人墙的信息,隐藏在他心里的那颗种子又蠢蠢欲动了。毕总待他不薄,毕总的心思他最懂,他要为毕总分忧,要主动作为。所以这一个多月,只要有时间,他就到老爷子家里吃饭。

毕伽索难得回来吃饭,照例要喝一杯。吃过饭,于兰花推着老伴在院子里溜达,毕伽索和查林跟在后面散步。毕伽索说,老查,干街要建文化街的事情你知道了吧?查林说,知道了。毕伽索说,你对这件事情怎么看?查林说,经济发展了,有钱了,各个地方都在搞文化建设,这也是趋势。

毕伽索说,是啊,是好事,可是……毕伽索不说了。

查林说,毕总是考虑名人墙的事吧?

毕伽索看看查林,又抬头看着远处。

查林说,这些天我也在想这件事情,修名人墙,有些往事就会被重新提起,可能会有一些负面的东西。不过,老爷子在茅坪战斗中的表现,组织上是有结论的。可以扬长避短,不提西华山战斗,我想当地政府不会不顾及毕总的感受。

毕伽索说,这个我想过,确实存在这种可能,但我心里还是不舒服。茅坪战斗不能说明问题。

查林不语,他知道,毕伽索的心结还是在西华山战役上。

毕伽索说,我就一直不明白,我爹参加新四军之后,很快就在茅坪战斗中立了一功,为什么会在西华山战役之前开小差?不符合逻辑啊。

查林心想,这有什么不符合逻辑的,战场是复杂的,人的心理也是复杂的,什么情况都有可能发生。但是,他只能想一想。查林说,还是亓处长那句话,关键要搞清楚,老爷子在同主力失散之后,在西华山战役展开那几天,他在哪里?做了什么?

毕伽索说,查大哥,你陪我爹吃了那么多次饭,有没有什么新线索啊?

查林说,毕总,你看老爷子,能吃能喝,就是不能说,他要是能说,不早就说清楚了吗?

毕伽索怔怔地看着查林说,那你说,这件事情就这样了?

查林听出了毕伽索的不快,沉吟片刻才说,毕总,我不是这个意思,我觉得,老爷子在西华山战役中的表现一定另有隐情。那年你把我调到深海来,我连夜看了那篇报道《西华山大战在即,蒋夫人前线劳军》,还有亓处长写的《茅坪战斗中的毕启发》。那一夜我都没有睡好,一直琢磨亓处长写在文章外面的"记忆混乱""漏洞"和"存疑难查"这三点。

毕伽索来了精神,嗯,你是这么看的?

查林说,关键还是亓处长说的,那几天老爷子在哪里,他既没有回部队,也没有回干街,他总不能到天上转一圈等战斗结束后再下来吧?

毕伽索回忆了一下说,国民党的医院不是有证明嘛,被乱炮误伤。

查林说,亓处长的批注写得明白,国民党医院的证明不足为信啊!

毕伽索皱着眉头说,不要老是被亓元牵着鼻子走,再说,她已经背叛集团了。你就不能换个思路?

查林这次没有退却,以肯定的口气说,不,亓处长说得对,必须把那几天老爷子的行踪搞清楚。

毕伽索说,你是不是有线索了?

查林说,是的,这段时间我一直在做功课,终于发现,我们过去都是被那张旧报纸带到迷雾中了,被老爷子说的"救了蒋夫人"这句话给害了。

毕伽索异样地看了查林一眼。

查林马上改口说,老爷子那个说法,把我们的思路引偏了。毕总我向你报告,昨天,我的研究有重大突破。

毕伽索吃了一惊,停住步子,侧过脸来,看看查林问,重大突破?

查林说,昨天,我在网上看见一篇文章,西华山战役前期,还发生过一次规模虽小却很激烈的战斗。那是国军家眷转移的途中,被日军一个班和汉奸一个中队追击,在长岗北侧黄庄发生激战。眼看日军快要追上家眷队伍,从敌后传来枪声,打乱鬼子阵脚,国军一个排掩护家眷突围,由国军蜀涧埠阵地派出主力,将家眷接走。

毕伽索问,这同老爷子有什么关系?

查林说,关系重大。敌后,敌人的背后,传来的枪声,是谁打的?完全有可能是老爷子和他的三个战士,因为征粮来到黄庄,遇到鬼子尾随国军家眷,出其不意从背后包抄,从而掩护了国军家眷转移。

毕伽索眯起眼睛想了一会儿说,我爹他说救了蒋夫人,这个怎么解释?

查林说,至于宋美龄到前线劳军,是个谣传,可能是国军旅长戈璧山他们为了鼓舞士气放出的烟幕弹。参战的新四军应该也听到了这个谣传,遇到有女人的队伍,想当然认为这就是宋美龄和她的卫队,所以他们认为救了蒋夫人。

毕伽索说,有点儿道理,可是我爹还说是在干街打的啊!

查林说,这个确实是个疑点,只能解释老爷子在那次战斗之后精神错乱,张冠李戴了。

毕伽索不说话了,看他娘推着他爹从远处缓缓地走过来,然后对查林意味深长地笑笑说,老查,你别急,还是把事情搞清楚。说完,到爹娘面前打个招呼,进门夹起皮包,走了。

查林碰了个软钉子,很是郁闷,回到住处,打开电脑,再去看那篇新出现的文章。这篇文章虽然发在网站上,公开征询信息,可在查林的心里,隐隐感到这篇文章就是为他而发的。

自然,长岗战斗不是西华山战役的全部。查林殚精竭虑,在三十多场大大小小的战斗中,试图找到毕启发的踪迹,但是没有。

恰巧就在这天夜里,查林发现信箱里面出现了一个电子邮件,提示他注意发生在流波的战斗。

流波战斗发生在西华山战役前期,一架美军战斗机被日军击落,飞行员跳伞后被流波民众藏匿,国军派出马彪少校率领一个特务排和翻译黎露女士前往流波寻找,遭遇日军搜查部队。双方在流波基督教堂南侧的林家大院僵持,持续巷战,战斗一昼夜,马彪少校率部救出美军飞行员,获青天白日勋章一枚。

这件事情跟毕启发有什么关系,查林想破脑袋,还是没有想明白。

## 十三

韦子玉给毕伽索打电话,问他那一亿三千万考虑好了没有。

毕伽索想了想说,再考虑考虑。

韦子玉在电话里说,毕总,前几天选址,我回老街了,老街现在只有一些老人和孩子,稀稀拉拉十几幢破房子,有的还是草顶土墙。西头你家那块,一间房子都没有了,杂草齐腰深,看着凄凉。

毕伽索说,是啊,年轻人都到新街去了,老街很快就彻底消失了。以后,只能回忆了。

韦子玉说,我有个想法,还不成熟……

毕伽索说,咱们兄弟谁跟谁啊,有话尽管说。

电话里传来嗤嗤啦啦的声音,感觉韦子玉下了很大的决心,才把话说出来。韦子玉说,你在深海老乡中一呼百应,能不能考虑为干街做点儿实事?

毕伽索警觉地说,做什么实事?我们要在马岩湖建度假村,不就是为干街做实事吗?可是你们不支持。我打算拿一亿三千万赞助你们的文化街,可是你们连我最起码的要求都不能满足。我还要做什么事?

韦子玉说,实话说,我不是太希望你拿钱赞助文化街,况且文化街也用不了多少钱。我的真实想法……话到此处,韦子玉打住了。

毕伽索静静地等待。

韦子玉说,我有一个梦想,可是我没有能力实现。我的梦想其实也是你的梦想,而且你有能力实现。

毕伽索说,县长老弟,又跟我绕什么弯子?

韦子玉说,在跟你通这个电话的时候,我不是县长,我是你的干街乡亲,是你的街坊老弟。

毕伽索说,你这么一绕我明白了,你还是想搞你的那个唐宋村,解决空巢老人和留守儿童的问题。这不是我力所能及的事情。

韦子玉说,你带个头,就会有更多的企业家开辟这个事业。

毕伽索说,我就算带这个头,也没有人会响应,企业家是要赚钱的。

韦子玉说,金钱本来就是泥土,一切都是泥土,也包括你和我,都将成为一抔黄土。要钱何用?

毕伽索说,要钱没用你还跟我谈什么?

韦子玉说,要钱有用,做有用的事,做有价值的事。

毕伽索说,企业不是慈善机构,你跟一个企业家谈这个问题,合适吗?

韦子玉说,我认为是合适的,因为你是个有长远眼光的人,是个大企业家。

毕伽索说,你是家乡政府的副县长,我认为你应该做的事情,首先是集中精力把文化街建好。

韦子玉的声音突然变了,好像注入了一种叫作情感的东西,毕伽索似乎从韦子玉的声音里看到了他神往的目光。韦子玉说,憩园,憩园,你知道憩园是什么吗?

毕伽索心里一震,猛地喊了一声,你说什么?亓元,亓元在哪里?

韦子玉说,憩园就在你的家乡,唐宋村就是你的憩园。

毕伽索愣了半天才说,老弟,我看你是走火入魔了。我真的要提醒你,你有今天不容易,你不能跟着乔大桥不着边际了,他已经退休了,你的路还很长。

韦子玉没有理会毕伽索的劝告,仍然沉浸在一种忘我的情绪中,喃喃地说,憩园,不仅是你的憩园,它也是我的憩园。在这个世界里,我们最需要的就是心灵的一块净土。毕大哥,毕总,今天我是鼓足勇气来跟你交流感情的,事实上,我是在帮你。帮你找回一颗爱心,有爱心的企业家才是真正的企业家,而不是商贩。

说完这话,韦子玉把电话挂了。

毕伽索不由自主地把手机举到了眼前,似乎想从屏幕上再把韦子玉拉回来,抓住他的衣领问问他,亓元她到底在哪里?一分钟后再拨韦子玉的号码,韦子玉已经关机了。

这一切来得那么突然,消失得那么彻底,让毕伽索恍若隔世。

愣了半晌,毕伽索把妻弟唐斌的电话拨通了,怎么回事?韦子玉的脾气突然大起来了,是不是受到什么刺激了?

唐斌想了一下说,脾气大了吗?我没怎么觉得,倒是感觉他有点儿消沉了。这兄弟别看当个副县长,还是个书呆子。

毕伽索说,书呆子不错,可是也不至于胡言乱语啊。

唐斌惊讶地问,怎么胡言乱语了?

毕伽索说,我问你,梦为集团的亓元最近有没有出现在干街?

唐斌一头雾水,没有啊,你那个能干的助手我是见过的。

毕伽索说,她已经辞职了。可是,就在刚才,我跟韦子玉通电话,他居然说,我的亓元在干街,干街就是我的亓元,我们大家都需要亓元。这不是胡说八道吗?

唐斌愣了半晌,在电话那边叫起来了,姐夫,我明白了!他说的那个憩园,不是你说的那个亓元,他那个憩园就是他的唐宋村,它不是人,是一个……唉,我也说不清楚它是个啥,反正不是你说的那个亓元。

毕伽索怒吼道,到底怎么回事?一个个都不会说话了,简直中邪了!

唐斌说,前几天韦子玉又去了干街一趟,他听镇长郑弋阳说,省里电视台有人到干街考察,要在老街搞个项目——憩园,主要目的是帮助空巢老人和留守儿童。据说这个项目同当初乔大桥提出的唐宋村有很多相似的地方。自从那次之后,韦子玉就经常跟我们念叨,说这个创意好,名字好,政府给土地和税收方面的优惠政策,吸引成功人士归根,就可以带动老街建立另一种生活方式。

毕伽索这才明白,他说的亓元同韦子玉说的憩园确实是两码事,但是他还是被韦子玉的憩园拨动了一下心弦。他问唐斌,韦子玉到老街干什么?他以为他是乔司令,衣锦还乡啊!

唐斌说,主要是找洪雨声了解老街的历史。那个洪雨声你记得吧?

毕伽索说,有点儿印象,供销社的老职工,一辈子没娶老婆,疯疯癫癫的。

唐斌说,就是他,棺材里放个电话机,说他经常跟韦梦为通电话,韦梦为告诉他,革命就是要让所有的人过上好日子。你听听,韦梦为死了都七十多年了,通个鬼电话啊。上次乔大桥去干街,他又这么说,把乔大桥都吓了一跳。不过老街现在确实像个鬼街,一群黄土埋到脖子的人住在里面,也没有电,夜晚阴森森的,万户萧疏鬼唱歌啊!

毕伽索问,韦子玉就是为这事消沉吗?不至于吧,当今像老街这样的空心街多的是,他一个副县长能管得过来吗?

唐斌说,所以我说他是书呆子呢。那个唐宋村,虽然在招商引资洽谈会上立项了,但是各级政府都把注意力放在文化街上。韦子玉可能是受乔司令的影响,对所谓的唐宋村偏偏格外上心。

毕伽索说,什么唐宋村,异想天开。

唐斌说,是啊,完全痴人说梦,眼下,各级关注的都是文化街。只有乔大桥和韦子玉,好像得了复古病,偏偏这时候,有人提出要在干街建憩园,同乔大桥和韦子玉不谋而合。

毕伽索怔了半天,说了一句,见鬼了。

放下电话,抽了一支烟,毕伽索习惯地按了一下按钮,说了声,到我办公室来一下。

进来的女孩让毕伽索吃了一惊,是小江。

这时候他才想起来,亓元已经辞职两个多月了。

毕伽索挥挥手,让小江离开了。

直到亓元离开十多天后,毕伽索才从董华民的嘴里知道了亓元当初来到集团的原因。原来在她硕士毕业前夕,市电视台已经非常看好她了,但是程序很复杂,宣传部一位领导暗示她可以帮忙。亓元说,像我这样一直读书的女孩子,钱是没有的,色嘛有一点儿,可是,我有我的原则。

领导说,我不是那个意思,我的意思是,以后你就是我的人了,你得听我的话。

亓元说,那就更不可能了,我不是任何人的人,包括我未来的丈夫。我是我自己的人。

领导还从来没见过这么油盐不进的女孩,有些恼羞成怒,但是最后还是给自己找了一个台阶,说他就喜欢这样有个性的女孩,他会帮助她进电视台的,如果电视台进不了,他分管的所有和文化有关的单位都可以考虑。

亓元说了声谢谢,转身离开,不久就到了梦为集团。

董华民介绍的这个情况,同此前毕伽索分析的可能性八九不离十,但是董华民又讲了另外一件事情,则是毕伽索始料不及的。董华民说,我听小江说,亓元爱上了一个人。

毕伽索问,谁?

董华民说,韦梦为。

毕伽索怔住了,目光空洞地说,爱上了一个死了七十多年的人,这可能吗?

董华民说,当初她之所以选择梦为集团,是因为她在网上查询梦为集团的时候,网页上弹出了"韦梦为"。小江说,她的资料夹里,关于韦梦为的资料,有上千万字。

毕伽索倒吸一口冷气,叹道,这个人,这个人啊,她想干什么?她要考古吗?

一个火花从记忆深处炸开,毕伽索终于想起了一件事情。那是在亓元进入梦为集团不久,有一次他到行政处的办公室,发现亓元的写字台上有一张黑白照片,一个戴着金边眼镜、西服革履的年轻人,从领带样式看,应该是二十世纪初的人物。他当时好像还问了亓元一句,亓元是怎么回答的,他记不清了,应该没有正面回答。以后,他再也没有看见过那张照片了。难道,那是韦梦为?联想到他在《梦为之声》杂志上看到的小说《夏日之晨》,毕伽索的心脏突然一阵悸动,那时候他认为,是因为他的存在而引起亓元对韦梦为的重视,而真相极有可能是,因为她发现了韦梦为,才选择了梦为集团。她到梦为集团是来寻找那个幽灵的。

终于,毕伽索想起来了,亓元辞职离开他办公室的时候,楼道里响起的口哨的旋律——鲜花岭上鲜花开。

## 十四

这天毕伽索没有回父母那里,而是把查林叫到集团的餐厅,两个人喝酒聊天。毕伽索说,老查,我现在越来越反感名人墙,你知道为什么吗?

查林当然知道毕伽索为什么反感,可那是说不出口的理由啊。

毕伽索说,我知道你想的是什么,但不是这个原因。他们拉的那个名单,都是硬邦邦的。可是,在干街的历史上,名人多了去了。中华文明五千年,谁家没有几个七品官呢?你知道这话是谁说的吗?

查林笑笑说,韦梦为啊,这句话在淮上地区家喻户晓,当年还拿出来作为批判韦梦为的依据。

毕伽索说,对了,这些天我在想,韦梦为他们闹革命的时候,想过要上名人墙了吗?扯淡。韦梦为他们闹革命,就是要与所有人有福同享,有罪同当。可是现在为什么还要分高低贵贱呢?

查林的眼睛瞪得老大,他发现毕伽索好像突然换了一个人,思想境界超凡脱俗,不得了啊!他只是不明白,毕伽索的境界为什么突然间升华了。

但是关于那一亿三千万到底要不要投进去,查林自然不能替毕伽索拿主意。两个人聊了一会儿就散了。

这天夜里,查林辗转反侧,后半夜披衣下床,打开电脑的同时也打开一瓶啤酒,他突然发现,信箱里又出现一封信,就是简单的几句话:时间,时间,空间,空间。

查林稳稳神,开始按照电子邮件提供的链接,打开一篇文章《西华山战役之流波战斗》,上面详细地介绍了马彪少校率领小分队寻找美军飞行员的过程。在这篇文章的下面,还有马彪等人在流波镇基督教堂南侧同日军激战的照片,那是美军飞行员拍摄的。查林对照了一下时间,发现那个时间正是毕启发等人不知去向的时间,也就是说,那几天,毕启发完全有可能出现在流波镇,参加了一场遭遇战,同马彪一起营救美军飞行员。至于国民党的报纸为什么只字不提,只能理解为,马彪贪天之功据为己有。

查林一个激灵,找出放大镜,开亮了房间所有的灯,撅起屁股去看那张照片,依稀看到一个角落,几个士兵正伏在断墙上射击。他翻来覆去地研究,试图认出其中的一个,果然他成功了,或者说他感觉他成功了,那里面有一个人,他越看越像毕启发,后来他简直认为,那就是毕启发。

那一瞬间,查林差点儿晕了过去,把半瓶啤酒喝完,拿起手机就要给毕伽索打电话,按了两个按键之后,他又把手机挂了。

查林冷静下来,考虑的第一个问题是,谁给他发了这篇文章?他坚信不疑,是亓元,那个来无影去无踪的神秘女子,只有她会这样做。至于她为什么要这样做,他不清楚,也不想清楚,总之,是有原因的。

查林考虑的第二个问题是,最好能找到马彪,但他很快就打消了这个念头,因为从网上查了无数次,里面既有记者的报道,也有马彪等人的回忆文章,但绝口不提关键时刻有人相助,那时候讳莫如深,现在更是死无对证了。第三个问题是,如果说毕启发参加了流波营救美军飞行员的战斗,那为什么毕启发口齿尚清的时候老是说"老子不是逃兵,老子打干街了,老子指挥三个人,打了一天一夜,守住了东头学校,救了蒋夫人"。这是白纸黑字留在档案上的毕启发的自供状,就是因为这句话,所有的人都认为毕启发胡扯。

关于"救了蒋夫人",查林一直坚持认为,当时确实有宋美龄到西华山国军部队劳军的传说,这个传说新四军的部队应该也有耳闻。甚至,像毕启发这样没有见过世面的人,在前线遇见家眷,把女翻译当成宋美龄,都是有可能的。

现在剩下最后一个问题,那就是毕启发为什么一直强调"老子打干街了",整个西华山战役,干街并没有发生战斗,毕启发此言从何而来?

直到天亮,查林也没有想明白,他感到自己确实无能为力了。他庆幸自己没有贸然向毕伽索报喜,否则又会遭到鄙视。

一个星期后,毕伽索打电话告诉查林,皋唐县近日要召开"干街镇文化街研讨会",邀请他参加,他现在有点儿犹豫,请查林也帮他权衡一下。

毕伽索又问查林,最近有没有新的发现?查林老老实实地说,有一线火光,可是很快就熄灭了。然后就一五一十地讲了这段时间得到的信息。尽管他一再强调,还是没有解决老爷子为什么说"老子打干街了"的疑问,但是他能感觉到,毕伽索对这个情况非常重视。

果然,放下电话不到半个小时,毕伽索的汽车就到楼下了。

毕伽索到了查林的房间,二话不说,盯着网上的文章和照片,看着看着眼睛就直了,出气就粗了。

毕伽索惊愕地看到,在一个网页上,干街的老照片和流波的老照片放在了一起,在照片的下面,一个署名"秋水"的人在《迷雾》一文中这样写道:这就是所有的迷雾的根源,也是所有迷雾的答案。

毕伽索怔了一会儿,突然一拍桌子,激动地说,查大哥,你看见了吗?所有的答案都清楚了,都清楚了!

查林却傻傻地看着毕伽索,不知所措。他没有从照片里看出他想看出来的东西。

毕伽索说,我爹他不是逃兵,我爹他确实参加了流波战斗,他同鬼子打了一个遭遇战,他在流波抗击鬼子,协助国军马彪少校营救了美军飞行员。

查林怀疑毕伽索走火入魔了,小心翼翼地说,毕总,你怎么啦?就这两张照片,就能说明问题吗?

毕伽索说,太能说明问题了。你不懂吧?我告诉你,你看这教堂,看看教堂旁边他们战斗的这个建筑,这是学校,这个教堂和学校,跟干街的教堂和学校是一个人设计的。时间,是同一个时间;空间,被误认为同一个空间。我明白了,我明白了,我总算明白了……我明白得太晚了……不,现在明白正是时候……我爹他没有出过远门,他在征粮的途中,在山上,看到了山坳里的教堂和学校,他以为那就是干街,他要回到干街去征粮。可是,就在他前往的途中,遇到鬼子搜寻美军飞行员,在那里展开战斗。营救美军飞行员的,不仅是国民党军马彪少校的部队,还有我爹指挥的小分队啊!

毕伽索语无伦次了,上气不接下气,两眼迷离,泪花闪烁。

查林怔怔地看着满脸通红的毕伽索,不知所措,喃喃地说,毕总,你这样说牵强附会啊!

咚的一声,毕伽索把鼠标扔在桌子上。

查林说,可是,所有的资料、所有的报纸,没有说老爷子参加这场战斗啊!

毕伽索咬牙切齿地说,查林,老查,你查的资料,你查的报纸,都是国民党的。那时候,国民党表面统一抗战,背地里摩擦反共,他能把真相告诉世人吗？他能像我爹那样把打死一个鬼子的功绩分一半给乔如风吗？不可能！

查林怔怔地看着毕伽索,诚惶诚恐地说,毕总,你这么说,我太高兴了,我太……也许,这件事情真的要水落石出了。

毕伽索斗志昂扬地说,你等着,我必须回去参加他们的研讨会,不仅我回去,我还要让我爹回去,让我爹站起来告诉他们,他不是逃兵,他是西华山战役流波战斗的英雄。

第二天,查林怀着一颗五味杂陈的心,跟着毕伽索把老爷子推到机场,推上飞机。坐在头等舱里,他才没话找话地问,毕总,你说,是谁帮咱们把事情搞清楚了？

毕伽索说,除了她还有谁？

查林说,可是她,她为什么帮我们？她已经离开了啊。

毕伽索说,你问我,我问谁？

查林说,这太奇怪了。

毕伽索没有马上回答,突然仰起脑袋,望着远处说,一个幽灵,在干街,在西华山,在梦为集团,在我们的头顶上游荡……

查林愣住了,他感觉这话有点儿耳熟,可是眼前的毕伽索却让他感到陌生了。

## 十五

这年的七月七日,皋唐县召开"干街镇文化街研讨会",参加会议的省市县各级领导和专家共有二百多人。住进宾馆后,毕伽索翻阅会议资料,发现乔大桥也来了,就住在同一楼层。放下会议秩序册,毕伽索的心里五味杂陈,他突然产生一个冲动,按图索骥找到了乔大桥的房间。开门的是一个理着寸头的年轻人,自我介绍是乔大桥的儿子乔梁。问明来意,乔梁高兴地说,你就是毕伽索叔叔啊,我爸爸去干街了,明天才回来。毕伽索心里一动,问,你爸爸去干街干什么？乔梁说,去找洪雨声爷爷,还是为唐宋村的事。说到这里,乔梁神秘一笑说,毕叔叔是大老板,当心哦,你们见了面,我爸爸恐怕要敲诈你。

毕伽索拍了拍乔梁的肩膀说,这小子,你以为你爸是军阀啊?你爸就算是军阀,你毕叔叔也不是财阀,他敲不出多少油水。

乔梁说,那可不一定。我爸爸退休了,他要把你的钱敲出一部分给干街的空巢老人和留守儿童。

毕伽索哦了一声,半天才回过神来说,啊,你爸爸还这么看得起我?

乔梁说,我爸爸说,毕叔叔是他的发小,是干大事的人。

毕伽索笑笑说,这小子,你是帮你爸爸忽悠我吧。

乔梁说,哪能呢,我说的是真话。

回到自己的房间,回味乔梁说的几句话,毕伽索觉得心里怪怪的。

第二天早餐过后,毕伽索在宾馆院子里散步,一辆车子缓缓进了大门,在毕伽索的身边停下来。一个头顶闪亮的半大老头冲出车门,大呼小叫地扑过来,毕得宝,毕得宝,你这家伙,三十年没见了,发大财了!毕伽索顿时明白了,这是乔大桥,这家伙,已经老得让他认不出来了。

毕伽索说,乔大桥,乔司令啊,没想到在这里见到你了。

乔大桥说,什么乔司令,我现在是光杆司令了,叫我乔大哥啊,你是我失散三十年的兄弟啊!

毕伽索怔怔地说,失散三十年的兄弟?哈哈,乔司令,乔大哥,你还是那个率领我们在干街走南闯北的胡传魁啊!

乔大桥哈哈大笑。韦子玉凑上来说,乔司令,毕总早就不叫毕得宝了,他现在叫毕伽索。

乔大桥眼睛一瞪说,什么毕伽索,不伦不类的,我就叫他毕得宝。

韦子玉看看毕伽索,不怀好意地说,毕总,你看,你们兄弟之间……

毕伽索说,毕得宝就毕得宝吧,乔司令他是不忘旧情,我听着舒服。

上午无事,毕伽索请乔大桥喝茶,两个人讲了这三十多年各自的经历,然后就进入主题,讲到了"西华山战役中的毕启发"。毕伽索讲得很细,讲得很动感情,讲到了毕启发多年的屈辱,讲到了他调查掌握的证据。最后毕伽索说,说到底,我父亲和你父亲是一起参加革命的,冒昧地说,我们两个的父亲是战友,乔大哥你说是不是?

乔大桥说,这话还用讲吗?我父亲活着的时候,经常给我们讲他和你家老爷子一起打鬼子的事。

毕伽索受到鼓励,神色庄重地说,那我就把话挑明了,你要帮帮我。

乔大桥没有马上搭腔,沉思一会儿才说,老弟,你做这个事情,想达到什么目的呢?

毕伽索说,不同的阶段有不同的目的,我的初衷是改变我父亲的逃兵身份,但是现在,我想的不仅仅是这些了。

乔大桥说,你觉得有把握吗?如果没有把握,我建议你此事还是不提为好。

毕伽索说,原先是没有把握,牵强附会,但是现在,我看到希望了,我掌握了足够的材料。

乔大桥说,那我再问你一句,这件事情如果澄清了,你是不是要把老爷子的像挂到干街的名人墙上?

毕伽索迟疑了一下说,这个,我还没有想好。

乔大桥说,此前我听说,你不遗余力地做这件事情,就是为了这个目的。

毕伽索老老实实地说,是的。可是,就在这两天,我突然有了更多的想法。

乔大桥深沉地看了毕伽索一眼,点点头说,哦,原来是这样,那就再想想,我们都静下心来想一想,我们做这件事情的目的是什么。

乔大桥和毕伽索喝茶的时候,预备会也在紧锣密鼓地进行。其他的议程都很顺利,但是在名人墙名单上出现了意外。韦子玉宣读了毕伽索来之前提交的意见,他坚持要把毕启发的像挂在名人墙上,这个意见成为预备会的一个笑话。县政协一名常委义愤填膺地宣布,如果皋唐县敢把毕启发的照片挂在名人墙上,他将退出筹备组。

中午饭后,县委书记弓珲安排了一个小小的会谈,专题研究这个情况,请副省长何敏一起听取了毕伽索的理由。最后何敏决定,给毕伽索一个机会,让他讲述"西华山战役中不为人知的秘密——毕启发九死一生的奇迹"。

决定性的时刻到来了。

七月八日下午,在皋唐县小礼堂里,一百多人济济一堂,各自怀着复杂的心情,等着看毕伽索的表演。毕伽索深深地吸了一口气,登上讲台,打开电脑,先放了一段西华山战役的资料片,然后播放流波战斗的推理片。毕伽索娓娓道来,从毕启发奉命征粮离开主力部队讲起,讲到误入流波镇,阴差阳错同国军马彪少校相遇,共同阻击日军,并掩护马彪少校和美军飞行员撤离的全过程。

毕伽索最后说,我爹的悲剧在于他不能准确地表述他的战斗经历,他的关于"在干街打鬼子,救了蒋夫人"等胡言乱语,把我们带到一团迷雾之中。而今天,这个迷雾被太阳驱散了。我爹失踪的那天,他没有逃跑,而是执行征粮任务到了流波,到了那个被他误认为是干街的地方,在那里同日军相遇,阻击了鬼子,掩护马彪少校护送美军飞行员离开了战场。我爹他是个抗日英雄。

毕伽索讲完了,会场一片安静,过了很长时间,才有人小声嘀咕,这是真的吗?这太传奇了。

韦子玉站起来说,毕总,你的推理确实很精彩,可是,推理不等于事实,我们不能把你的推理作为证据。

毕伽索面无表情地说,我不是推理,这就是事实。

韦子玉说,我们尊重事实。你的证据呢?

毕伽索指着屏幕说,证据都在那上面,你们为什么就不能相信我?

韦子玉说,我们只相信证据。

就在这时候,从后排传来一个声音,我这里有证据。

大家愣住了,举目望去,后排站起来一个亭亭玉立的年轻女子。

弓珲站起来介绍说,各位领导,我现在介绍一位专家,亓元同志,她已经受聘为我们干街文化街的文史顾问。请亓元同志为我们介绍她的最新研究成果。

毕伽索愣住了,亓元走过他身边的时候,他控制了自己的情绪,湿润地问了一声,亓元,我读不懂你啊!

亓元笑了笑说,你用不着读懂我,你能读懂这段往事就行了。

亓元走到坐在轮椅上惴惴不安的毕启发的面前问,老人家,您还认识我吗?

毕启发的眼睛突然睁大了,看着亓元,嘴里嘟嘟囔囔不知说些什么。

亓元笑笑,拍拍毕启发的肩膀说,老人家,请您看一样东西。

说完,亓元转身,走上讲台,走到电脑旁边,插入U盘,播放了一段视频。画面上出现一个满脸紫斑的外国老人,吃力地向亓元比画着,佝偻着腰蹒跚走向书柜,从里面找出一个相册,取出一摞照片,一张一张地翻检。突然,画面上的亓元将其中的一张照片重新找回来,久久地凝视。亓元又找了几张照片,向美国老人征询意见。

外国老人书写了一段话,交给画面上的亓元。

屏幕下面,现实中的亓元移动鼠标,出现了另一幅画面,在一条"抗战老兵英雄事迹报告试讲会"的横幅下面,毕启发趴在地上,做射击状。

亓元说,这一切要从两年前毕总组织的那次抗战老兵英雄事迹报告试讲会讲起。在讲到流波战斗的时候,老人家突然反常,当时就是这个姿势,这个姿势让我十分震惊。他喊"鬼子来了",并不是怕鬼子,因为他在喊这一声之后,还有一句"卧倒",并且是射击的姿势,而没有抱住脑袋。于是我想,在抗日战争时期,在西华山战役中,他作为一名排长,下达的是战斗的命令,卧倒之后是射击。正是因为这个发现,我对毕启发的逃兵身份产生了怀疑。

毕伽索看着侃侃而谈的亓元,百感交集。

电脑旁边的亓元说,此后,我从政协文史资料委员会调出一篇关于流波战斗的回忆文章,顺藤摸瓜找到了原美军飞行员威廉的消息,在弓珲书记的帮助下,我于一周前到美国找到了这位老人。终于,一切迷雾都澄清了,就像毕总推理的那样。

毕伽索望着神情自若的亓元,恍若隔世。

亓元没有顾及毕伽索,又点击了几下鼠标。

屏幕上,照片被不断放大。前面远处,隐隐约约看见钢盔,那是树林里的日本兵。照片上近处的军人,正伏在一截断墙后面射击,枪口处飘着一缕硝烟。他的臂膀被放大了,臂章上面的字迹模糊不清。镜头移动,放大,再放大,虽然那是一张面孔的大半个侧面,但是没有人认识这张面孔。

随着画面移动,出现几行英文笔迹,下面配有中文翻译:就在日军快要追上我们的时候,从右边的树林里冲出来几个士兵,向日军猛烈射击。我亲眼看见领头的士兵,在变换位置的时候腿上中了一枪,他仍然向其他的士兵呼喊什么,同时向日军连续扔了两颗手雷,他的战斗姿势给我留下了极其深刻的印象。当时我问马彪少校,这几个士兵是不是他的下属,马彪少校只是含糊地告诉我,那是友军的士兵。我判断这个"友军"应该是新四军的部队。我不顾马彪少校的催促和阻挠,匍匐到侧面拍下了这一组照片,我希望以后找到这些英勇的士兵。后来在中国军队的一个指挥部里,翻译黎露女士告诉我,那确实是新四军的士兵,带队的是一个排长。此后中国军队打扫战场,发现他们中间已有三人阵亡,排长再次负伤。我委托黎露女士到医院调查,但是迟迟没有消息,后来我就回国了。直到二十年后,黎露女士才从台湾给我寄了一个包裹。

偌大的播映厅里,静悄悄的。亓元移动鼠标,屏幕上的美国老人,用锈迹斑斑的手颤颤巍巍地打开一个箱子,一层一层地打开绸布,里面出现了一个破旧的臂章,正面"新四軍"字样清晰可见。镜头旋转,呈现臂章背后的表格,向人们的眼前推出三个字:畢啟發。

亓元说,我所了解到的,就是这些了。

大厅里传来轻微的骚动,轮椅上的毕启发嘴里发出含糊不清的声音,用手拍打着轮椅。主持会议的韦子玉站了起来,走到毕启发的面前,毕启发不再作声了,瞪着韦子玉,显然他已经认不出韦子玉了。

韦子玉转过身去,对亓元点点头说,亓元同志,我相信你说的一切。只是,我还有一个小小的问题,你和毕总都坚持说,老爷子误把流波当成干街,所以造成了迷雾,我也接受这个观点,因为这两个地方确实很像,老人家过去没有到过干街以外的集镇,他把二者混为一谈是完全有可能的。我的问题是,你们是如何判断出老人家这个误会的,这是揭开谜底最重要的一个环节。

毕伽索说,这个我来说。我最初的困惑就是,我父亲脱离部队,那三天他在哪里,亓元和查林也被这个问题难住了。直到前不久,有一个神秘的人连续给查林发来了几个邮件,附了两张老集镇的照片,下面的说明文字只有八个字:时间,时间,空间,空间。就是这两张照片和这八个字,让我醍醐灌顶,茅塞顿开——时间,是同一个时间;空间,被误认为同一个空间。这就是问题的症结所在。所以我们得出结论,老爷子嘴里的干街,其实就是流波。

韦子玉说,我完全相信这个判断,可是,到底是谁发来这八个字和两张照片呢?亓元同志,是你最早发现的吗?

亓元说,这是一道十分复杂的方程,不是我能够解开的。也许,乔梁博士能帮我们解开最后的谜底。

亓元说完这句话,大家便都转过头去,只见小礼堂中间靠后的位置,站出来一个理着寸头的年轻人,微笑着走上讲坛。年轻人站定,笑容可掬地说,干街乡亲,我是乔如风的孙子,乔大桥的儿子乔梁,奉我父亲之命,今天来向家乡父老乡亲汇报。关于毕启发爷爷的事情,我爷爷在世的时候一直惦记着,他多次对我父亲说,他不相信毕启发会当逃兵,因为在茅坪战斗之后,两位爷爷又参加过几次战斗,他们互相见证了对方的成长和勇敢。刚才大家看到的毕爷爷臂章上的"畢啟發"三个字,就是茅坪战斗之后我爷爷帮毕爷爷写上去的。可是,由于毕爷爷记忆混乱,使得问题越来越复杂,越来越说不清楚,我爷爷也无能为力。爷爷去世前仍然交代我父亲,要关心这件事情。直到有一年假期,父亲让我回到干街,研究这段往事,恰好遇到亓元姐姐。她告诉我,最后的难题就是毕爷爷说的那句"在干街打仗",无法解释。我后来向我父亲禀报了这个情况,我父亲调来西华山战役资料,在家研究了很长时间,有一天他告诉我,他终于明白了,毕爷爷把流波误认为干街了。我问父亲,他是怎么发现这个奥秘的,父亲告诉我,他是军人,军人对时间和空间比常人更加敏感,正确的时间到达正确的位置,就是胜利。在那场战斗中,毕爷爷没有在指定的时间到达指定的位置,却意外地到达了更需要他的位置。

乔梁说完,会场的空气出现了凝固。在人们期待的目光中,乔大桥站了起来,走到前排,向毕启发走去。在毕启发的面前,乔大桥缓缓地举起右臂,敬了一个礼,庄重地说,毕叔叔,我代表我父亲向你道歉,直到今天才为你恢复名誉。老人家,请看,这是我父亲留给你的最后的礼物。

屏幕上出现了两张照片,一张是乔如风和毕启发的合影,另一张,就是亓元刚刚介绍过的威廉拍摄的战地照片。台下的人们很快发现,原先不认识的那个正在射击的战士,现在认识了,他和乔如风身边的那个人是同一个人——年轻时的毕启发。

不知是谁带的头,一个人站起来了,两个人站起来了,接着,所有的人都站起来了,大家把目光投向毕启发。就在这个时候,出现了意想不到的一幕——毕启发双手撑着轮椅,扭动着,挣扎着,突然站了起来,并且伸出一只手在胸前拼命地舞动,嘴巴一张一合,声音很大,却没有人听得明白。亓元挤到前面,抓住毕启发的手,听了一会儿,直起腰说,老人家,你是说,还有三个,对吗?

毕启发顿时安静下来,浑浊的眼睛看着亓元,突然咧嘴笑了,笑着笑着,两行老泪滚滚而下。

## 十六

毕启发的这个插曲,使得研讨会的方向在不知不觉中发生了变化。但是有一个共识,既然毕启发是抗战英雄,上名人墙应该是顺理成章的,如此,满足了毕伽索的夙愿,毕伽索捐赠的一亿三千万也是水到渠成的。

乔大桥没有参加后来的会议,带着儿子向毕启发父子告别之后,就到干街去了。

组织上委托韦子玉到毕伽索下榻的宾馆去跟毕伽索磋商,毕伽索问韦子玉,你认为这个名人墙能说明什么问题?

韦子玉被他问得愣住了,反问道,你想让它说明什么问题?

毕伽索说,不管它能不能说明什么问题,我都不想花这个钱了。我的钱,也是血汗钱,我得把它用到需要它的地方。

说完这番话的当天下午,毕伽索就带着老爷子离开了皋唐县城,亓元和弓珲一直送到机场。

话别的时候,亓元对毕伽索说,毕总,把那一百万元给我吧。

毕伽索诧异地问,你,亓元,你需要钱?

亓元说,我为什么不需要钱?

毕伽索怔怔地看着亓元,亓元还是不见波澜地微笑,蓝紫色的连衣裙在微风中像一面款款飘动的旗帜。毕伽索点点头说,我明白了,如果我说给你一千万,你不会觉得我是冒犯你吧?

亓元说,我只接受我应该得到的那一部分。

毕伽索抬头看看天,又转头看看亓元说,好的。

亓元说,谢谢。

毕伽索挥挥手,向弓珲和亓元致意,然后推着轮椅过安检了。

一年后,干街文化街建成,不过,远远不是当初设计的规模。名人墙的项目被取消了,只是在韦梦为故居的基础上塑了一尊韦梦为的雕像,建了一块占地五亩的广场,周边安上了路灯,供老人跳广场舞,据说全部预算也就是五十万元。一度成为空巢的干街镇渐渐地又活泛起来了,文化街东西两侧,分别竖起两座门楼。东边是十几幢摩肩接踵的仿古房屋,商铺饭馆茶楼药店戏台手工作坊一应俱全。西边多是一些实用而时尚的建筑,学校医院工厂宾馆超市错落有致。东边的日子逍遥自在,西边的事业红红火火。两年后,干街被省里评为特色集镇,很多在外地打工的年轻人回到了故乡。

(原刊《人民文学》第8期)

# 永生医院

郝景芳

他们要的是安慰,不是真相,你明白吗?

## 病　危

　　钱睿从来没有想到,自己会如此后悔。他原本以为,自己对母亲这些年的态度有理有据,完全是深思熟虑而问心无愧的。然而,直到亲眼见到病床上脸色蜡黄、一动不动的母亲,他才觉得那些理直气壮都太过于浅薄了,接近于一种自欺欺人的心理安慰。他这些年忙碌,为母亲做的事实在是太少太少了,每次加班不回家,虽然都有足够说得通的理由,但实际上内心一直在逃避,逃避责任。他经常把自己的忙碌叫作"心系天下",但直到见到生命垂危的母亲,他才意识到他所谓的"天下"在一具躯体面前是多么虚无缥缈。

　　他想起自己有一次跟几个朋友聚餐,喝了点酒,原本答应晚上到母亲家坐坐,结果吃完饭就九点钟了,打车又耽误了一会儿工夫,到母亲家就快十点了。他上楼的时候,担心父母马上要睡觉,又担心母亲苛责他声色犬马,于是惴惴不安起来,想了一大串说辞,进门看到母亲脸色不好,就先声夺人,母亲还没来得及说他,他就说了一番自己近来如何忙,工作有多么不顺利,压力多么大,要求家人不要阻碍他的前程。他说着就看到母亲的脸越来越沉。他抵抗想象中的苛责,却没想到正是这番虚伪的防御最让母亲伤心。母亲没说什么,只说以后如果忙,不来也没关系,不用假意敷衍。

多重的话!他心里一阵钝痛。可他已然用托词竖起了一道笨拙的墙,竖立在荒芜的夜里,无处遁形。

想起这些,再想到病床上蜡黄色的母亲,他的心就钻心地疼。他以前总在潜意识中觉得时间还长,等忙过了这段时间,总有机会多哄哄母亲。

可是谁料到,时间就这么不等人。

他想天天去医院,带很多很多水果,好吃的,等在母亲身旁,让母亲醒来的时候第一眼看见的人就是他。这个念头在心里缠绕,几乎成了魔障,挥之不去。

可医院不让他进去。门口的身份识别装置异常灵敏,两扇玻璃大门看上去透明脆弱,但实际上坚不可摧。门口连可供求情递红包的门卫都没有,只有他一个人趴在玻璃门上咚咚地砸。偶尔出来一个送人的护士,他拉住求情,对方也只是一句"我们有规定"就把他打发了。他面对医院的冰冷,内心越发焦躁。

这是一家很昂贵的医院,妙手医院,有"妙手回春"之称。多少以为不治的大病病患,送到了这里竟也慢慢好了。久而久之,名头传出去,天下人皆知"大病送妙手"。这种消息对绝症病人家属就是一把刀,知道有这样的地方,如果不把亲人送过来,就好像亲手用刀子捅死了病人,这比剜心还难受。多少病患家里人排队在门口求一个入院资格。这种情况下,医院强势也是可以想见的——"一切有规定,不想接受就走"。医院里确实纤尘不染,钱睿送母亲入院的时候进去过一次,米黄色墙壁显得温和宁静,完全没有一般医院的嘈杂闹腾和人来人往。贵也有贵的理由。

医院不让探视,钱睿如热锅上的蚂蚁。父亲每天只是在家等消息,但他不甘心。他太想第一时间得到母亲的消息,也太想陪在母亲身边。除了关怀,还有一半理由是不想面对歉疚,只要他在家待着,就想到自己多年来对母亲的怠慢敷衍。

机会到来的时候,钱睿已经在医院外徘徊了十来天。他一下班就往医院外跑,总想瞅个机会溜进去,只是智能大门的面孔识别功能非常强,从来没有让他得逞。直到某天晚上,他瞥见医院后门运送器械的无人货车,只是在货仓门口停留了一下,就识别了身份开进货仓,他才意识到机会来了。第二天同一时间,他悄悄扒在货车车门上跟进了货仓,反正没有司机,也没有人表示反对。从货仓穿过两道门,刚好就是病房区。

他凭记忆找到母亲的病房,见没人,推门进去。

母亲蜡黄的脸上毫无生气,整个人都缩小了,皮肤皱成一堆,像抽了气瘪下的气球。母亲的头发被剃掉,额头上贴满了电极,鼻子和身体上都连接着管子。他的眼泪瞬间落下来。他从不知道自己是如此怯懦之人,竟会对母亲的躯体感到惊骇。在死亡的咄咄逼视下,他忍不住瑟瑟发抖。

他轻轻走到母亲身边,伸出手,触碰了一下母亲的手。只轻触了一下就缩回来,不知道是怕惊扰了母亲,还是怕母亲的反应让他自己猝不及防。过了几秒钟,观察到母亲还是一样的无声无息,他的心沉进肚子,不那么惊惧了。病房里是死一般的寂静。他又碰了碰她的手。随之而来的,就是排山倒海一般的哀痛,直到这个时候,他才真真切切意识到,他面对的是怎样的逝去。他眼看着母亲灰色的容颜,仿佛看到沙子堆的城堡不断被海洋吞噬,被死亡的海洋吞噬。他被那海浪裹挟得喘不过气,开始抓住母亲的手,放声哭泣。

他眼看着生命气息从他身前的躯体中一丝丝流走。

接下来几天,钱睿每天晚上十点钟准时来医院门口,扒在自动运货车车门上混进医院。他悄悄去母亲病房,只在里面待一晚上,不随处乱跑,不引起他人注意。他没有告诉父亲。父亲身体不好,观念也过于刻板保守,这种私闯违规的事情,他怕引起父亲激烈的批评。

母亲开始还偶尔会动一动,后来彻底成了无意识的植物人状态,被送进了危重病房,身体指征越来越差。钱睿每天夜晚给沉睡的母亲擦身翻身,喂她喝水。他越来越绝望,内心中被悔恨和爱煎熬,想在时间的河流里逆流而上,挥动手臂却只是徒劳。

# 发　现

　　两周之后,一天晚上,钱睿拖着沉沉的脚步回父亲家去,想和父亲商量一下给母亲送终的事。他特意没有乘电梯,从封闭的楼梯兜兜转转地爬上去,想给自己一个静一静的空间。他心里百转千回,很多念头划过脑海,不知道如何跟父亲开口。前几日见父亲,父亲还一副充满期待的样子,准备着母亲的归来。父亲迷信有名气的事物,很相信既然这家医院这样有名气,那就一定能将母亲带回来。

　　该怎么告诉父亲呢？父亲的身子骨也不算好,之前就有高血压,心脏病说犯就犯,大夫警告过父亲不要情绪太过激动。

　　该怎么才能让父亲心平气和地接受,即使是妙手回春的医院,有时候也无法拯救一颗渐行渐远的灵魂？该怎样让父亲接受,母亲的生命已经奄奄一息？

　　站在父亲家门口,他踌躇了好一会儿。门上贴着的立体福字在楼道间的气流里微微颤动,似乎在当面揭露他的内心不安。他琢磨如何解释母亲的病情,如何解释自己为什么知晓母亲的病情。手几次放在门把手上,都没下定决心转动。

　　就在这时,门却突然从里往外被推开了,铁门撞在钱睿额头上,撞得他眼冒金星。

　　"呃——"钱睿发出撕心裂肺的低吟。

　　"小睿,"父亲看清楚是他,有点诧异道,"你怎么在这儿站着？"

　　"我回家看看啊——"钱睿还疼得钻心,"您怎么推门这么猛啊——"

　　"那你怎么不敲门啊？"父亲也有点嗔怪道。

　　钱睿刚想回嘴,却突然从敞开的门里看到让他五雷轰顶的一幕。

　　他不敢相信他的眼睛,仔细揉了揉,那画面还在。他吓呆了,身子像磁场中的电子一般颤抖但动弹不得。心扑通往下坠,后脊柱第一次有那种忍不住哆嗦的骇然。

他见鬼了。他见到母亲好端端地坐在沙发上吃晚饭。

他的嘴张大了,半晌合不上。他对父亲的招呼充耳不闻,死死盯着沙发上那个面色红润的身影。那个身影看上去健康平和,气色很好,正在专心致志夹菜,吃两口就抬头看看电视。她穿着母亲的长袖棉布家居服,外面系着母亲的黑白圆点围裙,还戴着母亲亲手做的套袖。看电视的间歇,她有意无意把脸转向大门口这边,从侧脸变为正脸,更加确定无疑是母亲。钱睿惊骇得向后退了一步。父亲也注意到了他的不正常,皱了皱眉,也不管他答不答话,伸手把他拉入门内。他闷声撞在鞋柜上。这一番动静,让母亲终于把注意力投了过来。

"老钱,怎么了?"这个母亲问,接着,她看到了钱睿,"呀,小睿回来啦。"

她叫父亲"老钱",称呼是对的。钱睿看着她一步一步向自己走来,眼珠子一直在转,在内心狂风巨浪波动的同时,脸紧绷着,警惕地观察一切。

"怎么这么多天没回家?"她神色如常地问他,"我出院这几天就没见着你。"

钱睿咽了咽唾沫,哑着嗓子艰难地吐出一句:"爸没告诉我。"

"老钱,这就是你不对了。怎么不告诉小睿?"她一边说一边从鞋柜第二层隔板的右手拿出一双拖鞋,是钱睿的拖鞋没错。

"嗨,他平时太忙,"父亲说,"我想着周末告诉他的。"

钱睿整个晚上都处在魂不守舍的状态中。他一直死死盯着这个母亲,一切细节都一样,脸上的法令纹、痣和她做的事情都符合母亲的常态,他问她的事情也没有露出破绽。有那么一瞬间,他几乎怀疑自己了:这真的是母亲吧?是母亲回家了吧?也许昨夜到今晨,病恹恹的母亲奇迹般地好了起来?又或者他在医院搞错了,医院躺着的那个人不是他的母亲?

他头脑中的思绪绕成了团,越想捋清楚,越系成了死疙瘩。他看着在他身前来来回回的这个母亲,总觉得有点什么地方不对,但哪里不对又说不上来。母亲问了问他近来的工作,还充满关切地叮嘱他好好吃饭,好好睡觉。

好容易熬到晚上九点半,钱睿抓起包落荒而逃。他回到医院,依往常的途径找到母亲,母亲还在。他的心咕咚咚地落回肚子,出了一身虚汗,似乎松了口气,起码证明自己的记忆真实,没有出现混乱。但随即他又开始犯嘀咕,近距离打量面前这具躯体,查验自己有没有可能认错人。母亲灰暗的容颜已经和往常不太像了,紧闭双眼,皮肤松弛,头发剃掉一半,只有面颊上的两颗痣和脖子上的一颗痣宣告她的身份。而这三颗痣不可能错。钱睿看到这里又有几分安心。他从小到大搂着妈妈的时候都记得她的这三颗痣。这个垂死的女人就是妈妈,他近日的守护没有错。他看着她孤零零的,眼泪忽然涌进眼眶。

如果这个女人是母亲,那么家中谈笑风生的女人是谁?

钱睿顿时产生了强烈的愤慨情绪:那一定是假冒的!

他猜测,一定是医院耍了花招,送了一个假人回去。具体是怎么做到的他不知道,但是过程他能推断出:医院实际上什么都没有治,只是用某种技术做了个赝品,假装是治好了病人。这就能解释为什么这家医院总是能够神奇地妙手回春,却又总是不允许家属的陪护——他们根本没有一点妙手回春的努力,他们就是骗子!

钱睿愤怒和不忍的情绪混杂,在心里像是辣和苦的调味,一时间翻江倒海,几乎要吐了。他在狭小的病房里团团转,恨不得将医院砸了,但举起椅子的时候,又还有残存的理智告诉自己:不是冲动闹事的时候,如何斗争要想办法。

现在,假人已经占据了自己的家和父亲。钱睿下决心要当面揭穿医院的谎言,为临终的母亲讨回公道。

## 遗　失

第二天下班,钱睿又来到父亲家吃晚饭。

他先是趁母亲在厨房的时候,悄悄跟父亲说,让父亲跟自己再去一趟医院。父亲说手续都办完了,为什么还要再去。他说到了就能知道。父亲不喜欢他的故弄玄虚,就说不必了,没有必要。

接着,席间,钱睿又第二次要求。他跟父亲说医院还有一些后续事宜要交代,一定要父亲本人过去。钱睿一边说,一边观察母亲的反应。母亲的脸上一团和气,看不出什么不安。钱睿说医院有让父亲震惊的事物。父亲问他是什么,他又不说。于是父亲有点恼,责备钱睿多天不回家,连母亲康复出院都不来看看,此时又来说些浮夸卖关子的话,令人生气。

母亲给钱睿夹菜,钱睿看了看,是自己小时候喜欢的。但他故意皱了皱眉,当着母亲的面放到桌子上的垃圾盘里。父亲有点不悦。但母亲看见了,却没有介意,问他还想吃什么。钱睿又故意讲了两条科技新闻,说现在某公司出品的机器人以假乱真,以后上街要危险了。他的语调暗含讥刺,母亲却没什么反应。钱睿看这个母亲怎么都不顺眼,就是找不到证据。钱睿想告诉父亲这个母亲是假人,但是因为假母亲总是陪在父亲身边,总说不出口。

"妈,"钱睿故意设了个圈套问,"我最喜欢的那件绿色T恤,上次是不是落在这儿了?"

没想到母亲完全不上套。"你最不喜欢绿色啊,哪件绿色T恤?"

钱睿傻眼了。如此滴水不漏!钱睿有点咬牙切齿。无奈中,他决定强行拉父亲去医院。

夜幕降临,钱睿找借口说,父亲家小区的保安这两天总找麻烦,还得要业主下去说情。他连哄带骗把父亲拉进自己的车子,径直朝医院开过去。父亲怒问他干什么去,钱睿不答,只是一门心思开车。

到了医院,他拉着父亲走货运通道,父亲见如此偷鸡摸狗,大怒,转身想走,但手臂被钱睿拉住又走不脱。钱睿推着父亲挤过货车和门之间的缝隙,沿楼梯向三楼跑,饶是夜里,工作人员大多已休息,他们还是险些被两个查房的护士撞见。钱睿不想节外生枝打草惊蛇,就拉父亲一起躲在一个墙角,等她们过去。父亲何尝做过这种见不得人的事,想大声训斥,又被钱睿堵上了嘴。一挣一压,父亲的脸都紫了。

就这么一路跌跌撞撞,好容易拖父亲到母亲的病房门口,父子两个人都已经大汗淋漓,父亲的脾气像即将绷断的铁丝。钱睿就一个心思:看到真相,一切就结了。

推开熟悉的房门,钱睿的心却咕咚一下坠到冰窟窿里。床上没人。床单干干净净,被人铺得一丝褶皱都没有。床头的所有仪器都关着,任何电极和插管都不见了。窗户开着小缝,夜风让所有气味一笔勾销。

母亲不见了。哪里去了?

钱睿瞬间出了一身虚汗。他一步跨到门边,看门牌号是不是走错了。门牌没错,他又去看床边有没有留下病人资料信息。一无所获。那么,只有一种可能,就是母亲被转移到其他地方了。钱睿想让自己冷静下来,思考其引申含义。难道是他的举动被医院发现了?若不是为了掩盖真相,医院怎么会无缘无故转移一个重病病人?他的行动什么时候暴露了?又或者,医院送出了赝品病人回家之后,就将原来的病人杀人灭口?

想到这里,钱睿全身如入寒冰,禁不住颤抖起来。而父亲完全不知晓这些心思,只觉得折腾了一晚上,偷偷摸摸,最后只给他看一张空病床,这孩子简直胡闹得不像样子了。他也没多问,只哼了一声,就扭头往外走。钱睿连忙追过去,语无伦次地解释,对天发誓说他亲眼看到母亲在这里病危。可父亲哪里会听,一边气呼呼地向外走,一边捂着心脏,像心脏病发作快要晕倒在地。钱睿哪敢耽搁,连忙跨步去追。

离开病房的一刻,钱睿回头看了一眼。洒满月光的地面显得异常凄冷。

他开始有点怀疑自己的记忆,怀疑一切是不是自己的一场梦。但是想起自己每夜在母亲病房里握着她的手痛哭,又觉得有切肤之痛。他追上父亲,心里痛苦得喘不上气。

## 调　查

第二天早上醒了,钱睿仔细回忆近日经历,怎么都觉得全都是疑点,如鲠在喉,早饭也吃不下,立刻打电话给一个做私家侦探的朋友。这个朋友的昵称是白鹤,和钱睿偶然在一个商业诈骗案中相识,后来帮钱睿查过两起商业上的暗箱操作。钱睿不知道他的真名,只知道他交游很广,办事利落。

白鹤磨磨蹭蹭到九点才起床,钱睿在他家楼下走来走去,心里烦躁得如有静电刺刺啦啦。白鹤到达的时候,钱睿脸上的黑线可以直接写五线谱了。

"这是怎么了？火气这么大？"白鹤拉他一起去吃早饭,自己吃得津津有味,钱睿对着一桌子小吃却食不下咽。

"你懂黑客技术吗？"钱睿问他。

"还行吧。干吗？"白鹤漫不经心地夹起油条。

"能不能帮我黑进妙手医院的系统,查找医院二号楼3208房间近日的监控视频？"

"干吗？"白鹤问。

"你先说能不能。"钱睿道。

"你先说干吗。"白鹤坚持。

"呃,我不知道你信不信,"钱睿咽了口唾沫,"我觉得……我妈被人调包了。"他看着白鹤惊愕的目光,又低声解释道,"我妈前几天住进妙手医院,我天天溜进去看她,明明是病重到了最后关头,眼看着就不行了,我还痛哭流涕呢,结果呢,家里转眼又回来一个妈,健健康康的,医院里那个病人就不见了。我怎么都觉得不对,又没有证据。"

白鹤沉吟了好一会儿,似乎对钱睿的话感到惊诧,又似乎想到了什么相关的事情。钱睿耐心数着秒。"你这么一说,"白鹤过了好一会儿才说,"我倒是也想起一件往事,三年前,我曾经有个客户,身患重病,听说是癌症晚期了,我当时心里一沉,心想他还欠着我十几万委托费,可不能就这么去了。我去找了几次,都被他送了出来,可能是身体不好,脾气也差,就想把钱赖了。我实在没辙,也就不去了,心想吃个哑巴亏算了。但结果过了没几天,听说他从妙手医院活蹦乱跳出院了,病全都治好了,他还托人叫我过去,一次性还钱。我当时都傻眼了,心想,这医院不但治病,还治人心哪。现在想想,要是调包,更可信些。"

"是吧,是吧,"钱睿听了有点激动,"我就说嘛,这世界上总有人信我。"

"这要是真的,可是个大案子。"白鹤也有点激动。他们做私家侦探的,十次有九次是抓出轨,难得碰到一两个让他觉得有意义的大案。

"是,没错!"钱睿也附和道,"可不是吗?这妙手医院势力多大,全国至少得有十家,收费又那么高,每年得赚多少钱。这要全都是造假的冒牌货,那得赚了多少黑心钱!"

"那你看……我要查哪些东西呢?"白鹤问。

"先查查我妈房间的监控录像。"钱睿压低了声音做部署,"尤其是 11 号白天的录像。我 10 号晚上去看她,她还躺在 3208 房间,11 号过去就没人了,你查查当天发生了什么。再有,就是查查医院里有没有隐秘的地方,如果是假货调包,就得弄清楚他们是怎么做的。怎么能神不知鬼不觉糊弄所有人。"

"据你观察,"白鹤皱皱眉,琢磨其中难解的地方,"这送回家的假货,到底是什么人?是机器人吗?"

"不像。太逼真了。"钱睿说。

"那就是克隆人咯?"白鹤道,"克隆可是犯法的。"

"也不像……"钱睿又摇摇头,"克隆人应该没有原来的记忆吧?"

"那就蹊跷了。"白鹤沉吟道,不过片刻之后就展颜拍了拍钱睿的肩,"放心吧,这事儿包在我身上,保证查他个水落石出。"

白鹤走后,钱睿的心并没有如他预想的那样一片轻松,反而因为袒露秘密而七上八下。他不知道这一步的后果如何。是毫无证据无疾而终,还是查出惊天大阴谋,与幕后黑手奋勇斗争。

如果真到了揭开惊世之谜的时刻,他有没有实力和这样的大集团斗?那个时候,他的生活会不会发生剧烈改变?在网络上会不会掀起一轮话题的风暴?而这阴谋背后,还有没有更多秘密?他越想越是忐忑不安。

推开这扇门,背后是什么?

## 迹　象

钱睿没告诉父亲自己找私家侦探的事情。

上一次带父亲去医院,已经让父亲气得心律不齐,如果再曝出他找人揭医院黑幕的事,父亲一定会再次大动肝火。他现在没有确凿证据,也不想跟父亲开口,不想显得太不靠谱。另一个原因是,钱睿渐渐发现,父亲对假母亲已经产生了依恋的感情。或许是死而复生之喜,让父亲的眷恋甚至比从前更浓。钱睿因而更不愿跟父亲讲,怕他向假母亲走漏风声。

有关后面一点,让钱睿有些焦躁。日子越流逝,父亲和假母亲的感情就越深。假母亲在家里养病,大门不出,二门不迈,但实际上已经什么病都没有了,于是勤快得很,每日把房间收拾得干干净净,做一日三餐,和父亲相处得甚为和睦。父亲以前一直脾气不太好,对母亲常常态度粗暴,这次生离死别,大概也产生了负疚感,对母亲温柔了很多。这样的日子久了,父亲已经不知不觉陷入了新生活。

钱睿频繁地回到家里,看假母亲和父亲之间的互动。"俊生啊,"假母亲每每看着电视,对父亲说,"站起来走一走,活动活动腰,别坐太久。"父亲竟也总是听她的话,站起来走走。父母一向相互冷言冷语,从来不曾这样和睦,这互动看起来温暖却又怪异。钱睿越来越矛盾。当他察觉到自己的犹豫,就下决心迅速推进调查,速战速决,以免拖得久了父亲更无法自拔。他怕父亲知道真相之后接受不了,急火攻心,身体再出问题。

"妈,"钱睿找母亲刺探,"您还记得我小时候最讨厌的那个班主任吗?"

"哪个班主任？王老师,徐老师,还是古老师？"

"您知道的。就一个最讨厌。"

"古老师吧？她怎么了？"母亲不动声色地问。

钱睿有点尴尬,编了个理由说:"她上礼拜找我回去参加同学会。我可不想去。"

"不去就不去吧。"母亲淡然一笑。

这里又不大对劲了。如果是以前的母亲,估计会生气,唠唠叨叨劝他去看老师。假母亲却温和淡然许多。这种脾气上的变化他从一开始就能感觉到。当他两天没回家,说自己很忙,以前的母亲会幽怨不满,悲伤生气,埋怨他对自己太过于忽略。但是假母亲却大度地表明,理解他的忙碌,不碍事,工作忙就好好休息。这种不同寻常的宽容可以说是温和,但也透露着不真实的疏远。

他觉得不正常的地方很多,可是这种感觉太微妙了,捕捉不住,说出去也算不得证据。他还是抓不住切实的把柄。

假母亲什么都记得,但是似乎什么都不动情。他开始疑惑,不知道假母亲是用怎样的方法制造出来的。

他越来越不想回父亲家。有时候一进门撞见父母坐在沙发上,母亲给父亲捏腿,那场面真的是多年没有的温馨。他有时心一动,想到母亲生前家里的争吵,心就像被揉成了一团,难过得像要窒息。钱睿心里越来越矛盾。如果真相大白,该不该告诉父亲呢？让父母像这样再重新活一遍难道不好吗？他越来越不忍心对父亲戳穿真相。

只在下楼的时候,转过楼道灰暗的转角,他的眼前会浮现出最后几个夜晚孤单的病房。就像眼前的楼道一样充满被人遗弃的味道。那个时候的母亲,那么衰老、那么可怜,没有人知道,也没有人在意她的存在。母亲的呼吸已经气若游丝,但长久地不放弃,像是还有人世间未了的心愿,苦苦挣扎。在那些孤苦的夜里,只有他一个人陪在母亲身边,用哭泣诉说愧疚。那个时候,也许父亲已经在家里搂着这个面色红润的女人了吧。

想到这里,他的心重新坚硬了起来:鸠占鹊巢,这样的事情如果不揭穿,不足以给死去的母亲一个交代!

他又鼓起勇气,愤愤地下楼。

## 转 机

没过几天,白鹤就约他再次见面。

钱睿来到约定的咖啡馆,找了个僻静的角落坐下,不知为什么,胃里有沉沉的感觉,像是吞了金块下肚,眼前的咖啡一口都喝不下去。等了半个多小时,白鹤才姗姗来迟。钱睿心急火燎地问他发现了什么。

白鹤打开笔记本电脑,调出几段监控录像。

第一段是母亲的病房,11号下午四点左右。能看见母亲的心脏监控设备突然发出响声,心电图和脑电波指标都变成一条直线,笔直刺目,宛若一柄撕裂空气的剑,在寂静的房间里射出寒光。响声显然不只是声音,信号连接到不知道什么地方的控制室,很快,钱睿就听见病房外响起的脚步声。

房门被人推开了,他见到只有一个医护人员进屋,指挥医疗车把母亲的遗体转移上去,又指挥着自动小车无声无息滑出门外。钱睿忽然感到心里一阵疼,意识到母亲即将彻底离开人世,即便早已知道结果,但那种感觉很慌,就像被攻破的城池,恐慌一泻千里。

换了楼道里的监控摄像头。平稳滑行的自动医疗车,在护理员的指挥下,绕了两个弯,向走廊尽头的一扇门走去。他见小车和人消失在那扇门背后。白鹤把视频暂停,放大了画面,门上什么装饰都没有,只能分辨出低像素的五个没有温度的字:低温焚化室。

想也不用想,母亲的一切就消失在这扇门后了。

看到这里,钱睿的眼睛里又一次泛起了泪光。

白鹤不知道钱睿心里转动的心思,只对所有的发现摩拳擦掌。仅凭这一段录像和钱睿家的赝品,就足够对医院提起立案侦查,甚至可能提起公诉。但他想要的更多,他想要从这条线索揭穿背后更大的阴谋。一战成名的快感,让他浑身战栗。当初放弃稳定的工作,执意要当这么一个隐身的角色,肯定不是为了查查老公老婆的出轨秘闻。他等的就是这样的机会。

白鹤做得很隐蔽,没有引起医院什么怀疑。他先是黑进了医院的电子监控数据系统,把前前后后相关视频都调出来一一查看,然后又在医院门口的人流中给一个小医生领口后贴了隐蔽的监听,还甩出去五六个自动飞行的摄像小蜜蜂,从医院后墙飞进去,在每个窗口外拍摄,前前后后差不多积累了一周的素材。

"我跟你讲,吓死我了!"白鹤说,"内容足够了!我都没想到这次能揪出这么多细节。我先是看了低温焚化室拍摄的视频,你不知道,医院人体焚化装备超级大,整整一排房间都偷偷进行焚化处理,尽管他们做得非常隐蔽,但还是能从转移的细枝末节看出是人体焚化。这说明什么?说明他们经常焚化,肯定超过了他们声称的死亡率!"

"这是自然。"钱睿点点头。

"还有哪!"白鹤又卖个关子说,"你猜我从医院后面的实验科学楼里拍到什么了?"

"什么?"

"我拍到了人体器官催化培养的照片!差不多有几十人每天在里面工作,说明人体培养催化的工作非常忙碌。要知道,当前法律中克隆人体器官是被禁止的,仅凭这些照片就可以对这个医院提起控告。"白鹤说,"只可惜还没有足够的证据显示他们在制造假人。"

钱睿听着白鹤兴奋的讲述,也感到略微的兴奋。他得到了期望中的证据,但出乎意料,他并没有得到期望中的喜悦和释然,心里反而有一种隐约的沉重和不安。

"你怎么了?"白鹤用胳膊肘捅了捅他,"有什么问题?"

"哦,哈,没问题。"钱睿无力地笑了一下,"没问题,你真厉害。"

钱睿拖着一百斤重的心事回了家。白鹤要他做好战斗的准备,可他就是犹犹豫豫很不安。进了家门,他发现假母亲去买菜了,破天荒地不在家。他立即决定,要跟父亲谈一次。

"爸,"他犹犹豫豫地问父亲,"你有没有听说……妙手医院可能存在弄虚作假?"

"什么弄虚作假?"父亲把老花镜摘下来,疑惑地看着他。

"就是……没治好病,假装治好了。"钱睿不知道该怎么说了。

"这怎么可能?用眼睛看还看不出来吗?你看你妈,不是治得很好吗。"父亲皱皱眉,不明白他为何这么问,"这家医院开了这么多年了,一直也没听说有什么问题。更何况二十多年前咱家就去过,一直不都挺好吗。"

钱睿不知道该怎么继续下去了,他想说母亲不是真的,但又莫名说不出口,话在嘴里,兜兜转转绕了七八圈,最后吐出来变成了:"爸,你有没有想过,如果当时母亲生病过去了,会是什么情景?"

"别瞎说。"父亲说,"你妈好不容易回来了,别咒你妈哈。"

"我不是……"钱睿连忙解释,"我就是……假设一下。"

"我可不敢想。"父亲摸摸自己的胸口,"你妈住院那几天,我有两次差点心肌梗塞,但都缓了回来。大夫说的第一条,就是让我别胡思乱想。我当时真是觉得老天爷在罚我,怪我平时脾气太暴躁了……唉,所幸最后老天开眼。"

父亲不说话了,习惯性地伸手到衬衫左上口袋里拿烟,父亲沉郁的时候总是抽烟。可是手一空,什么都没有捏到。父亲低头看看,愣了几秒才想起来是怎么回事。钱睿更加难受。他知道,前几天父亲为了感谢老天爷开恩,开始戒烟养生。他看着父亲,开始越来越犹豫。如果一个人信了谎言能快乐,那还要不要把他叫醒?

他刚想说话,门口响起了开门的声音。

## 斗　争

三天后,白鹤又约钱睿见面。这次是在一家火锅店,九宫格,白鹤似乎特意想把机密的信息隐藏在嘈杂的环境中,他埋首于氤氲的白气,像是要给自己一层虚无的屏障。

白鹤带来了关键性的信息。他透过秘密线人引介,装作实习生打入了医院内部,通过三天卧底了解到医院的秘密。

"有假人的消息了?"钱睿问。

"嗯。"白鹤挑挑眉毛,"一点都不出所料,医院掌握了快速培育人体细胞生长的技术,能够催熟细胞,利用病人的DNA短期快速复制躯体。我亲眼看到那些快速生长的人体部件,在培养基上如癌般复制的新的人体。哎呀,你不知道,可吓人了。"

钱睿打了个寒战。

"你说的记忆问题,我也想着了,发现了更惊人的事。"白鹤接着说,"他们这么制备的躯体,具备人体的各项功能,唯有大脑发育,因为缺少学习,停留在非常原始的阶段。然后呢,医院用智能技术加以解决!他们对原病人的大脑连接进行多次扫描,记住大脑全部连接组,再将神经元的连接模式转化为程序,接入新躯体的大脑,在程序的诱导下,新的脑神经组织也会按照过去的模式生长,相当于使新躯体快速掌握病人的大脑模式。这样就让一个人的基因和脑记忆保留,只更换了不同的身躯。"

"这你都是怎么知道的?"钱睿三分敬佩七分惊恐地问道。

"这可不容易!"白鹤解释说,"我偷偷用微缩摄像镜头拍摄了关键性证据。这些年医院一直对病人家属加以阻拦,对自己如何治病也讳莫如深。为什么?实际上是在隐藏这些机密。他们的防护措施做得非常好,如果不是多年的刑侦破案技巧,很难穿透他们的信息防护。我两次差点失手!"

白鹤给钱睿看自己冒着风险录的一些视频,讲到如何从实验室里有惊无险,蒙混过关,他脸上充满得意。

这些秘密让白鹤异常兴奋,他已经联系了自己的律师朋友,准备给医院致命一击。钱睿吃了一惊,没想到自己的私家案件这么快已经被传播开来。白鹤集结了一个小分队,都是他这些年做调查认识的朋友,包括金牌律师事务所的合伙人、一家头条媒体的新闻总监、两个时常在网络上发表时事评论的意见领袖、两家有竞争关系的医院和政府医疗卫生管理部的监察处处长。白鹤多年帮各种人破解过难题,人脉十分广。

钱睿心里有隐约的不安,但他又不想顶撞白鹤。"现在是不是还有点早?这么早就找人,太冒失了吧?调查调查再说吧。"

"够啦!"白鹤自信满满地说,"现在这些目击证据,已经表明他们在做非法实验,而且是用医院的病人做非法实验,这就足够告他们上法庭了,罚金够他们喝一壶的。把事情再闹大点,他们露出的破绽会更多。"

钱睿怔了怔:"还有什么破绽?"

"现在我还没有足够的证据表明,他们之前治好的病人都是调包的,"白鹤靠近他说,"我还没拿到以前病人的病历,所以还不足以证明。如果没有这些证据,最多告他们违法进行实验,但如果有足够的证据,是可以告他们谋杀和诈骗的。谋杀和诈骗,这就不是医疗研究的违规,而是重大刑事案件,能把他们整个集团告得倾家荡产。"

"真要这么狠吗?"钱睿听了,脸色煞白。

"你不知道,不狠不行。"白鹤压下声音,开始揭露他找人暗中调查来的医院财务信息,"这家医院这些年号称'专治绝症',收的就都是那些快要死了、家里人不计成本的病人,因此可以漫天要价,赚的利润超级高。我跟你讲,他们资金规模惊人,还在其他相关领域广泛投资,包括收购上下游的一些技术企业和疗养中心,让他们的秘密永远不为人知,现在,他们已经是一个盘根错节的庞大医疗帝国了。你说这种机构不推翻行吗?他们医院的总裁是一个非常神秘的超级富人。可能知道自己做的是见不得人的事,刻意把自己隐藏得很好,这么多年也没什么人见过他。这次他们估计想不到会栽在我手里。"白鹤嘴角挂上一抹嘲讽的笑容,有种"这回我可是逮着大鱼了"的洋洋得意。

"这事儿估计不好办。"钱睿咕哝道。

"是不好办。所以,你得再帮我个忙,"白鹤套近乎地搭上他的肩膀,"跟我配合一下,帮我查查你妈妈的档案,她才出院没多久,档案应该还能查。你查查她每天的体征指标检验,拍下来给我看。两个人如果有调包,在之前的体征指标检查中应该有所体现,如果是造假,肯定也有迹可寻。"

"这事儿……"钱睿推托道,"我估计做不到。我当初想进去看人都不让,现在出院了,又要查档案,估计不行。"

"你试试,没试怎么知道不行?"白鹤继续怂恿道。

钱睿推辞了几次,都推辞不掉,心里不情愿,但还是应承了下来。

接下来几天,钱睿见到了白鹤召集而来的小分队,都是摩拳擦掌、不嫌事大的犀利人物。整个小分队同仇敌忾,誓要把医院的秘密揭穿,从此将它搞臭。他们制定了行动步骤:先向检察院举报医院秘密杀人的罪行,在法院开始审理之后,媒体和名人开始集中爆料,吸引社会热点关注,然后是庞大医药帝国的财富曝光,最后由政府介入,保证将大厦推翻。钱睿在小组讨论中,越来越觉得不安。

## 回　忆

夜晚,钱睿睡不着,躺在床上看天花板。他发现自己对母亲的刻骨铭心的记忆在消退,心里那种愤慨也不像最初那么强了。他有多日没有在夜里梦见母亲了,母亲刚刚过世的时候,他每天回来一闭眼就是母亲灰暗的脸色,让他不能安眠。而现在,这种痛苦都少了。

他在床上辗转反侧,充满悲凉地思忖:为什么人会忘记呢?为什么曾经以为无比重要的记忆,过了一段日子还是会淡忘呢?他隐隐约约感觉到,忘记是对自己内心的隐瞒和保护,如果能把所有内疚忘掉,一个人可能比较容易开始新生活吧。

可是,真的能容许自己把那些内疚忘掉吗?

第二天一早,他来到父亲家,径直回到自己从前的小房间,想在从前的影像图片资料里寻找成长的记录,寻找有关母亲的一切记忆。

他翻动硬盘里的相册,老照片看上去那么陈旧,即使是电子存储,仿佛也会褪色一般。他越看,越觉得自己这些年愧对母亲的地方实在很多。他看到一些照片,想起当初曾经为了一个女孩跟母亲闹翻,说了很多刺激母亲的话,但后来事实证明,那个女孩并没有他以为的那么完美,刚一面对另一个男人的追求就开始心猿意马,他很快离开了那个女孩,但伤过母亲的话却收不回来了。他又看到一些照片,想起自己上班后过的第一次生日,办了一个小宴会请领导同事参加,母亲也来了,但他为了认识一些对自己工作或有帮助的人,一整个晚上都在觥筹交错,坐在一个客户领导身边,没顾得上照顾母亲,想起来的时候母亲已经走了。还有一张照片,母亲想要过生日,订了餐厅,请钱睿和父亲一同参与,但钱睿刚好赶上一个项目结题,忙得焦头烂额,一直有点不情愿过来,父亲那段时间戒烟,脾气也很坏,也来得很晚,钱睿刚到就看见母亲哭泣的样子。最后父亲还是来了,母亲哀怨地抱怨了一段时间,但还是擦了眼泪跟他们父子俩一起照了全家福。三个人的表情都是强颜欢笑。此时看起来异常刺目。回想这些事情,他的心又开始痛了。想到自己还没来得及好好弥补,母亲就去世了,他悔恨得无以复加。

他对白鹤的托付,又有了几分动力。

他打电话给医院,申请查看母亲生前的病历,得到的回复是可以预约时间来医院查看,不可以携带回去,理由是防止医院病人信息泄露。钱睿恳求未果,只得约了查看的时间。

从房间里出去,正好遇到假母亲准备去超市买菜,买的东西多,拿不准采用什么交通方式。父亲于是让钱睿去帮忙。钱睿不好推辞,就跟着假母亲一起出门。

假母亲跟他一前一后,保持着半个身位的距离,两个人没有接触,假母亲走路时也不回头。钱睿觉得,自己像是在跟随某种无论如何追不上的东西——逝去的时光。

过一个弯道,假母亲忽然转过头,对他说:"你以前每天上学就是走这条路。"

钱睿忽然一愣,不明白她此话何意。而她的话像是一瞬间触到他过去的日子,眼前的路上出现了曾经穿着校服的他,骑着车子皱着眉头歪歪扭扭穿过小巷,车把上挂个饭盒,一脸冷冰冰的沉郁,远远望着那个梳马尾辫的女孩……那些日子,已经过去那么久了啊。

接着,他们走到离从前的中学很近的一个路口。他的眼前忽然又浮现出另外一个画面。那时他已经十三四岁,但母亲还总是不放心他。下午放学后如果玩得晚了或耽搁了,母亲就总会在这个路口等,有时候手里还会拎着吃的。那个时候,他看见挽着布袋子、穿红毛衣的母亲,只觉得土得不行,想赶紧打发走掉,不让同学看见嘲笑。

他呆呆地站在原地,仿佛看到了二十年前那个一脸冰冷的自己,看到那张桀骜的小脸,和自己面对面,赌气地站着不动。而此时此刻的他,已经不自觉地代入了曾经的母亲角色,远远地看着,想前进又走不动,想后退又不放心。就那样呆呆地站着,被前方射过来的嫌弃的目光刺得体无完肤。

想起来这些,钱睿走不动了,他又一次感到悲切。为什么这些画面中所蕴含的感觉,他要到今天才能体会。一切都太迟了啊。

然而就在这个时候,在他身旁的假母亲突然转过头来,说:"曾经我经常到这里来接你,等你放学,但是你不想见到我。我知道你是不喜欢我的样子。你跟我说过,但我还是会过来。你是不是也想起了这些事?没关系。真的没关系的。"

钱睿惊诧地看着假母亲,看她平和淡然地说出所有这些记忆。最后的一句"没关系"像戳破气球的一根针,让他心里有什么东西瞬间爆掉了。那一刻,他的眼泪几乎涌出来。眼前这个人到底是谁,为什么她和他记忆中的那个人一模一样,却又好像什么都不一样。真的是没关系吗？那些年他对母亲的所有不敬，真的都被原谅了吗？

假母亲走到他身旁，温暖地拍了拍他的肩膀。他没有拒绝。

当天晚上，钱睿帮假母亲买了菜，做好了饭，一家三口难得平和地吃了一顿晚饭。晚饭后，他们一起跟在美国留学的妹妹视频通话，妹妹比他小八岁，还在美国读研究生，青春烂漫，对家里的事知道得不多。她现在是早上刚起床，睡眼惺忪又眉飞色舞，给他们全家说着趣事，父母对妹妹有一些叮嘱，妹妹还跟假母亲说了几句私房话，可能是关于她新交往的男朋友。假母亲没说什么，只是微笑着点头。

从洗手间出来，钱睿刚好远远瞥见妹妹在iPad里跟假母亲说晚安的样子。那一刻钱睿忽然觉得，如果全家人就这么温馨过下去，也是一种很好的事情，不是吗？

他闭上眼睛，再次回忆起在医院病房里母亲临终的日子，心里隐隐地痛起来。

## 召　唤

再见到白鹤的时候，白鹤要求他提前提起公诉。钱睿吃了一惊，他还没有做好真正斗争的准备。

"为什么提前了？我还没有拿到我母亲的病历记录。"钱睿迟疑道。他尽量显得冷静，不想让白鹤感觉出他内心的犹豫。

"来不及了，"白鹤说，"医院那边发现我们的探访了，在暂停工作，销毁证据，还派了人抢夺我们手里的证据。前天我们的人有两台电脑被黑了，里面存的信息都没了。还好不是太关键。还有大部分证据有备份。"

他们俩约在街边一家麦当劳见面，最初钱睿真的以为白鹤又要在这种熙熙攘攘的地方密谋，但这次却不是。白鹤带他七扭八拐，进了旁边一个老小区，从一栋红砖房门洞里摸黑爬上去，打开四楼一个单元门。这种老房子是上个世纪遗留下的，现在住的人已经很少了，能搬走的都搬走了，整栋楼冷冷清清空空荡荡。在这里谈事情，倒真的不怕有摄像头监控，全城能有这么原始设施的地方也不多。

白鹤推开门，钱睿才发现公寓里装饰得还是非常完整，从壁纸到吧台，都是新近打理过的，看得出一直有人经营。屋子里已经坐着几个人了，讨论得正热烈，屋子里烟雾缭绕，味道呛人。

钱睿在沙发上坐下。面前的茶几上有几个杯子，杯子里有啤酒，也有喝得快见底的烈酒。他想找一个干净的杯子喝点水，但伸出手，就被茶几上的一张报纸吸引了注意力。报纸上一行大字标题赫然入目：某医院谋财害命以假乱真，坊间爆出惊天秘闻是否为真。

他的心怦怦跳动，来了吗，交锋这就开始了？

他有点紧张地拿起报纸，紧紧捏着读了起来。看得出来，这篇文章是精心设计过的试探和挑逗，说了些捕风捉影的猜测，抛了几个若有若无的疑点，没给出太多干货证据，也没有言之凿凿的指控，让人看过之后大呼标题党，但又抓不住什么造谣的把柄。这是引蛇出洞的策略吗？钱睿在心里揣测。从行文的思路看，明显是要把更多爆料留到合适的时候，这是山雨欲来的战斗策略。他看看屋里面的几个人，已经见过一两次了，但他还是不怎么认得清。这明明是他自己家的案子，为什么他们比他还要兴奋？

"钱睿，这件事还是得以你的身份提起公诉。"白鹤把钱睿从自己的思绪里拽出来。

"可是……"钱睿有点心虚地说，"我还没拿到我母亲的病历……"

"不用了。我们这两天重新突破进入了医院系统。"白鹤说，"你还记得上次你让我去查医院的监控记录吗？我当时按照你的要求，调取了11号晚上的录像，但第二天才想起来，我应该把那段时间的所有录像都拷出来。可是我第二天再黑入系统的时候，发现那段时间的所有录像都被删除了。我以为是定期清理，后来没过多久，医院的网络防火墙系统就升级了。直到最近这两天，我们重新进入系统，才又在另一个盘里找到那几天的监控录像备份。有这些录像,就足以证明你说的证词是真的。也足以把医院一举告倒。"

"那你们……既然证据确凿,"钱睿说,"你们去告行不行?别让我打头阵。"

旁边一个方脸中年男人开口说话,钱睿认得他是一个相当有来头的律师。"你不用害怕,我们既然决定出击,就肯定保你安全,"他声音和缓,"医院的势力再大,也不敢在我们眼皮底下打击报复。"

钱睿摇了摇头,不知道怎么形容自己复杂的心情:"我倒也不是怕打击报复……"

"那你是担心什么?"白鹤急躁地问。

"我是想……"钱睿说出口的时候,又斟酌了一下,"我是想,咱们能确定这家医院真的是恶的吗?咱们要不要先找医院的老板私下谈谈?"

"你是想庭外和解,私下要求赔偿?"律师问,"我劝你最好不要,现在是斗争的关键时期,最好不要轻易对峙。你现在找他,拿不到什么好果子吃。他们做了这么大的局,肯定不会轻易被你一句胁迫的话左右。到时候咱们过早暴露了底牌,反而让他们做足了防备。你跟我们一起把势头做足了,一下子扳倒他们,法院的赔偿足够给你的。"

"不是要赔偿,"钱睿知道自己现在云山雾罩的态度令他们烦躁,理了理思绪道,"我是在想,他们做的事,真的完全是错的吗?就算是造了一个假人送回给病人家,真是罪行吗?咱们告倒他们,是不是做得也有点极端了?"

"这怎么不是罪行?!"白鹤恼怒道,"真人和假人是两个人,让一个人死去,换另一个假人回家,这第一是犯了欺瞒消费者的罪,第二是罪大恶极的屠杀和对生命的不尊重。假人好端端地回家了,让得了病的真人孤零零死去,这不是谋杀是什么?你现在可别动摇。"

钱睿叹了口气,心里还是有点疑惑,又说:"我只是觉得,这真的算两个人吗?基因和记忆都一样,就是身体换了一个,是不是还能看作同一个人呢?"

"这种时候,别想这种哲学问题。"坐在另外一端的一个资深记者插嘴道,"多想无益。假人不是人,他们是机器人。他们不是由芯片和程序控制的身体吗?那就是机器人。"

"你与其想什么一个人还是两个人的哲学问题,不如想点实际的。"律师继续补充,"你知道妙手医院的总裁身家多少吗?说出来吓死你。几千亿!他一个做小生意起家的老板,何德何能?他就靠最早一家妙手医院,一下子做起来了,现在控制着整个医疗产业链,还包括几家媒体,把幕后真相藏得死死的。你说这种靠草菅人命发家的人,咱能忍吗?"

"是啊!"白鹤附和道,"现在是关键时期,咱可不能左右摇摆。你再好好想想你妈妈,你现在要是不发声了,就这么认了新妈,对得起你死去的妈妈吗?她老人家地下有知,能含笑九泉吗?你想想还有多少家像你一样的,你可不能对医院心慈手软。"

钱睿听了,心里又沉重了起来,点点头,不再说什么了。

## 对　话

开庭前一天,侦探给钱睿打电话,交代了一些出庭时必要的注意事项。

当时钱睿在自己的公寓,有些心神不宁,对电话里的声音也听得心不在焉。他的眼皮直跳,心跳也莫名加速。挂了电话,他看到手机报的推送,赫然有妙手医院的名字,头条首页的新闻,山雨欲来的重磅报道。他点开看了看,虽然还没有真正重磅的爆料,但已经把话头挑明了,他自己的名字也出现在文章里,作为第一个勇敢发声的受害者,率先发起刑事诉讼,颇有一副要为所有受害者代言的架势。他喉咙发干,不知道自己什么时候被架到了这么一个被火烤的位置上。

他站在阳台上透气,想让风冷却自己躁动的情绪。突然之间,电话响起来,他心里一惊。是假母亲打来的,说父亲在家的时候突发心脏病,正在送往医院,父亲指定要去妙手医院。钱睿的心一下子提到了嗓子眼,挂了电话连忙往医院跑。

出了什么事?为什么会心脏病突发?怎么又是妙手医院?钱睿的思绪一片混乱。

到了医院,他看到假母亲坐在病区外的等候室里,连忙上前问发生了什么。假母亲说,父亲在家的时候,看到了手机报上面的什么消息,突然就变得异常激动,开始时脸色铁青,后来又火冒三丈,但还没来得及说什么就心脏病犯了,只是艰难地告诉她要来这家医院。

钱睿顿时猜出父亲是看到了那头条消息。他呆立在等候室,咽了咽唾沫,喉咙火烧火燎地疼,心更疼。这让他更犹豫不决,不知道自己是不是正在做一件对父亲来说很残忍的事情。

他不断问门口的看护能否进入病区,但都遭到拒绝。他有点颓丧地和假母亲坐在等候室里,双手搭在双膝上,头埋在双手之间。偶然间抬头,他发现假母亲神态平静,刚刚生起的对她的亲近感又开始衰落,重新产生了一些拒斥。她怎么能如此平静,他想,果然是假夫妻,没有真感情。他感到头痛欲裂。

"你不用太担心。"假母亲见他望着她,开口说道。

他问她:"刚刚大夫怎么说?"

假母亲笑了笑:"大夫说了,差不多到了该做移植手术的时机了,现在的器官培养技术非常发达,做手术替换一颗心脏并不是难事。"

"替换一颗心脏?"钱睿听了心里微微一动,问她,"如果身体上的每个部分都换了,一个人还是原来的人吗?"

假母亲仍然不动声色,说:"还是啊,我听说人身上的每个细胞所有物质隔一段时间就完全替换一次,你现在身上的物质已经都不是一年以前的了,但没有人觉得自己不是自己了。人的大脑和记忆还是连贯的。"

"那大脑就是一直保持不变的吗?"他直勾勾地看着她。

假母亲摇摇头说:"也不是啊,大脑也是每天在变,虽然有记忆连续,但人的每个思想都是变化的。大脑也是可以变化的。"

钱睿仔细琢磨她的话,不知为什么,他觉得她话里有话。于是又问:"那一个人到底有什么东西是不变的呢?"

"如果说具体的元素或者思想……那没有什么吧。"假母亲说,"但不用太纠结这种问题,纠结可能没有答案。变化的是部分,不变的是整体。你总还是你。"

"可是我怎么知道我是我呢?"钱睿死死地盯着她,像要从她的脸上打个洞钻进去,钻到她大脑里看看里面都有什么。

"其实重要的不是你知道你是你,"假母亲似乎完全不介意他打哑谜的说话方式,也跟他一起打着哑谜,"而是你周围其他人都知道你是你就行了。"

"什么叫周围人知道你是你?"钱睿逼问道。

"就是字面上的意义。"假母亲似乎想通过眼神告诉他什么,"周围人知道你是你。"

钱睿的心跳得很快,他不知道她为什么这么说,只是在回答他字面的问题,还是她完全知道他隐含的意思。也许她知道自己的身份?

钱睿发现,他看不透她。她什么地方都和真的母亲一模一样,包括说话说到一半停下、欲言又止的样子也都一模一样。只是她远比母亲更淡然,似乎什么事情都触不到情绪神经。也许她的情绪还没有发展完全,但是她的思维和记忆又分明都是母亲。他发现他同样看不透母亲。母亲这些年絮絮叨叨在他耳边说的都是什么来着,他很想回忆,但回忆不起来。直到较真的时候,他才发现他对身边人的了解根本没有他以为的深。这让他分外忧伤。她的话是什么意思呢?是想让他接受她的一种求和吗?钱睿觉得他和假母亲之间的那层窗户纸几乎要捅破了,但不知道为什么,他却不觉得在对抗,反而似乎有一些好的东西在里面。

"只要周围人都接受就可以吗?"钱睿顺着她的话继续问下去。

就在这时,他的手机响起来,他看了看,一个陌生号码,于是站起身，走到一旁接听。电话恰恰来自妙手医院，通知他预约的查看病历时间到了，下午五点可以准时到病历档案室，会有工作人员接待。电话的最后，甜美的女声告诉钱睿，在他查完档案之后，医院总裁约他晚上到总裁办公室面谈。

钱睿的喉咙像是被一团杂草噎住了，说不出话来。总裁办公室？他们的斗争他知道了吗？他约自己见面想说什么呢？自己又要跟他说什么呢？钱睿越想，越隐隐紧张起来。

再回到等候室，假母亲还想再跟他谈些什么，只是他头脑中一团乱麻，什么都听不进。他们沉默地端坐在长椅上，望着父亲被推进去的手术室大门，气氛紧张而僵硬。

钱睿觉得，有些隐约的事情开始呼之欲出。

## 备　战

当天下午，钱睿收到白鹤的消息，让他赶到妙手医院门口，参加造势行动。白鹤不知道钱睿已经在医院里了。

钱睿站在等候室的窗口，看医院门口的空场上一点一点聚集起来人。不知道是哪里来的，一小撮一小撮，从四面八方拥过来。有人举着抗议的标语指示牌，但一看就是拿钱办事的，完全没有一点悲愤的激情。标语牌上的指控花样百出，有的抗议医院的天价收费，也有的指责医院隐瞒病情，只有一个牌子上写着"虚假治疗瞒天过海"。钱睿知道这是小分队的造势，为了给舆论一种医院已经激起民愤的印象，但很明显他们还没有把最重要的秘密公布开来。抗议的人也不逼近，就在医院外几米远的地方集结，更多是对走过的路人摇旗呐喊。他们的目标明显不是逼迫医院，而是面向媒体。

白鹤又给钱睿打电话："你在哪儿呢？快点过来！"

钱睿从医院里，能看到白鹤站在医院外打电话的样子，但他没有说自己就在医院里。

"你们在干吗呢？"他反问白鹤道。

"我们在游行示威，给医院一点压力，也给明天的法庭一点压力。"白鹤说,"法庭判的时候,肯定会顾及双方势力,看谁更不好惹一点。我们得让法院看看,我们有民众基础,也不好惹。"

"那你们就做吧,叫我干什么去?"

"废话!"白鹤说,"你是主角啊,你不来行吗?你得给这些人做个榜样。"

"你从哪儿找来这些人的?"钱睿问。

"这很难吗?你以为对这医院不满的人还少?从网上随便搜搜,就有志愿者报名。"

"他们是知道什么吗?"

"知道,也不知道。"白鹤也开始打哑谜,"他们知道的是,有钱人就是比没钱人长命。他们知道,这医院药到病除,妙手回春,有钱人送进来,绝症也能给治好,好端端送回家,长命百岁,有病再来。没钱人根本送都送不进来,不是绝症的病也熬成绝症。你说天底下的救命医院就这一家,还偏偏铁面高价,只救有钱人的命,这能不遭恨吗?治个病,也能治出贫富差距来,这不需要我忽悠,恨得牙痒痒的人多的是。但他们应该不知道调包的事。"

白鹤兜兜转转,倒也把事情说圆了。钱睿听得明白,白鹤虽然是雇人造势,倒也不是无风起浪。若生命都是论价的,很多人更无出头之日。连被调包都成了一种特权。想到这里,他不知道自己应该庆幸,还是应该感叹不幸。

"你到底在哪儿呢?"白鹤又一次焦躁地问钱睿。

"我就在妙手医院呢。"钱睿这次终于说了实话,"我爸住院了。"

钱睿三言两语说了早上父亲怎样看到新闻,急火攻心,心脏病突发,点名要来这家医院。他支支吾吾表达了自己的犹豫,觉得父亲年岁大了,承受不住打击,现在好不容易迎回母亲,要知道是假的,说不准一命呜呼。不如不告诉他真相,让他和假母亲安度晚年。

"糊涂啊你!"白鹤在电话里愤慨地说,"告不告诉等你爸出院再说。现在情况很危急了，如果再不干预，推翻医院，也许过几天出院的你爸就已经是一个假人了。"

这话如一桶冷水瞬间浇过头顶，钱睿一下子感到彻骨寒凉，禁不住打了个寒噤。他想起自己如何陪母亲走完最后一段灰暗的日子，最后眼睁睁看着母亲的躯体被抛弃。他不想再重复一次。这样想着他冷静了下来。他想起上次聚会临走时白鹤的话：你想想你母亲的临终，如果你接受了这个新人，你想过你妈的心情没有？

"行，我去。"他对白鹤说。

他的拳头握起来，狠狠地揾在玻璃窗上，想让玻璃的坚硬和寒冷给自己勇气。窗外聚集的人越来越多，他鼓足勇气向门口走去，加入向医院体系宣战的队伍。他不敢望向等候室外的假母亲，怕见到她的面容，又会动摇心神。

## 会　面

结束了下午的抗议，钱睿有点精疲力竭。他混在一群临时拼凑起来、充满怨气的人中间，自己也沾染了很多怨愤，到了抗议结束的时候，这种怨愤并没有得到释放，反而越积越多，他这才知道怨愤并不能通过这样的抗议得到释放，它需要某种倾泻，一个出口，一个爆发，或者一个补偿。

下午五点，他按照约定，来到医院三楼的病历档案馆。走廊中部有一扇玻璃门，玻璃门识别出他的面孔和指纹，核对验证成功之后，让他进入，玻璃门在背后缓缓合拢。

钱睿回头看了看紧闭的玻璃门，没有停步，只身一个人向走廊尽头开着门的小房间走。金属色的墙壁上，没有任何装饰。小房间里白色的灯光是渐渐暗淡的天色中唯一的光源。整个区域空无一人。

小房间里只有一张空荡荡的桌子、一把碳钢扶手椅和一张小沙发，小沙发是灰色皮面。一份工整的报告摆在桌子上。屋里没有人。

钱睿走过去,坐在硬邦邦的扶手椅上,翻开报告。不知道为什么,他心跳得很厉害,手想翻动纸页,翻了几下都没翻开。他双手搓了搓,平放在桌面上冷却,长长地呼吸、吐气。他心里有种预感,在这里他会发现些什么。

报告的前两页是最普通的个人信息,中间三页是病情诊断,包括癌症种类、发病史、诊疗史和初步病理报告。仍然是常规信息,钱睿细细看过去,并没有多少不寻常的地方,只是最后诊断结果"恶性"两个字显得异常刺目。确诊是"恶性"的吗?还是最严重的级别,那是不是说明母亲原本是没救的?

他继续往下看,后面的几页都是病理报告,他看不懂,只是从零星的指标对比看,母亲的癌症扩散很快,六月底还只覆盖了胃部区域,七月初就已经扩散到整个内脏区,扫描照片黑色斑斑点点蔓延,看上去令人心惊胆战。此后就是无数表格,每日身体指标监测数据,看得出一些体征指标在下降,心脏功能在衰竭。所有这些监测数据都如此诚实,几乎鲜明地反映出事实真相。所有数字都在他眼前晃。

钱睿感到心惊,按照这些数字和报告,可以说是明明白白记录了母亲病重到病危的过程,而他们这样明明白白地给他看,是什么意思?难道不怕他看出端倪,拿出去作为呈堂证供?又或者说,他们完全知道他的来意,但却因为什么缘故有恃无恐?

他疑窦重重地继续往下翻,渐渐逼近了报告末尾。他翻开最后一页,首先映入眼帘的是母亲的签名。他的身体直觉性地颤抖了一下,顾不上看内容,只是呆呆地瞪着母亲的字迹和手写的日期。确定无疑是母亲的手迹。6月23日,那意味着是母亲确诊恶性肿瘤第二天。这又意味着什么呢?他头脑中涌过了许多念头,才定神去看上面的内容。

那是一份自愿授权的契约。钱睿凝神读了好一会儿,才弄懂大意:母亲签署了一份自愿让妙手医院全面扫描她大脑的协议,并授权医院将其扫描结果转输给人造躯体。也就是说,母亲对后面发生的一切知情,且亲手签字通过。

母亲知道这一切?

是她授权了扫描和再造？这怎么可能?!

母亲难道是自我放弃了吗？不准备拯救自己，而同意把自己的家让给一个人造人？母亲为什么要这样做？难道是为了安慰他和父亲吗？

钱睿的心整个抽紧了，喘不过气，觉得似乎一切都变得清楚了，又似乎什么都想不明白。他的手紧紧抓住面前的报告，揉皱了，不知道该如何处理。

就在这个时候，小房间的门自动打开了。钱睿一惊，向门口望去。没人。很快从头顶上传出一个广播的女声：钱先生，现在到了与医院陆总裁会面的时间，请跟随箭头指示前行。钱睿发现地板上出现绿色箭头，出了房间，一路都有。他迟疑着跟上绿色箭头，转过墙角，来到一处隐蔽的电梯前。

电梯停了。八层，医院顶层。只有一个房间：总裁办公室。

钱睿懵懂地进去。一间异常宽敞的长方形办公室，约莫有五十几平方米，三面都是玻璃，巨大的环绕式玻璃幕墙，能越过医院看到城市远景。办公室里没有开大灯，光线整体幽暗，只开着墙边的射灯、沙发边的落地灯和写字台上的台灯，外面城市的繁华灯火尽收眼底。钱睿站在办公室门口，迟疑着，没有向里面走。

房间里只有一个人，坐在沙发上，落地灯下的茶几边上，正在用一套讲究的茶具泡茶。想来就是陆总裁了。他轻轻提起开水壶，小心翼翼把热腾腾的开水倒进茶壶，轻轻涮了涮，在茶宠上浇过，又把茶壶放回架子上；再开了水，重新泡上，泡了十余秒，拿下来斟到两只碧绿的小瓷杯里。

直到这时，他才抬头看了看站在门口的钱睿，指着身旁的单人沙发向钱睿做了个手势，示意他过来坐。刚刚泡好茶的两只小绿瓷杯，他给钱睿推过去一杯。钱睿坐下看着，没有喝。他内心有强烈的提防。

陆总裁是个矮个子男人，瘦瘦的，寸头，穿一件普通衬衫，袖子挽到小臂处，仅看外貌并不张扬，如果放在人群里，也是被人忽略的,肯定不会猜到他是如此叱咤风云的医疗帝国的首领。

钱睿等着他。他过了好一阵子才开口说话:"我知道你们在干什么。"

"是吗?"钱睿问,"那你也知道我们在调查什么,对吗?"

"知道。"陆总裁平静地说。

"那我们调查的事情是真的吗?"钱睿几乎已经能确定答案,但他只是想让陆总裁亲口告诉他,"医院是用假人充当治愈患者给病人家庭的。"

总裁没有否认,也没有直接回答,而是反问钱睿:"明天庭审,你要出庭吗?"

"当然。"钱睿点点头。总裁的态度在他看来已经相当明白了,于是他反过来问总裁,"有关明日庭审,你还有什么要解释的吗?"

"理论上讲,你是控方,我是辩方,"总裁说,"我现在不需要把任何辩解的话跟你讲,也不适宜跟你讲。不过,我可以给你讲一个我自己的故事。"

钱睿点点头,不觉得奇怪。他知道,总裁约他过来,肯定不只是喝茶的,必然是有话要对他说。既然真相已经认了,那不外乎就是用一些煽情的话来寻求庭外和解。他没有说话,等着听总裁讲故事。

总裁又添了一次水。这是第三泡,茶的颜色微微变得浓郁,味道也到了最妙的阶段。钱睿对总裁要说的故事没有期待。因为预期是游说之言,先在心里打了一半折扣。

"年轻的时候,曾经是个很有上进心的投资经理……"总裁开口道。

总裁讲了自己的故事。他有一段时间为了新公司发展没日没夜地拼命,经常出差看项目,想多挣一点项目分成,也想给当时的老板留下好印象。后来他也确实如愿做到了合伙人的位置。但是他的女儿当时患了很重的病,他不得不一边照料女儿,一边管理公司。在他负责的一个项目快要IPO的一段非常紧张的日子里,因为项目公司新的销售业绩不如人意,有可能影响项目过会,他连续三天住在项目公司,帮公司梳理财报。这个过程中给女儿打电话,女儿的声音显得非常虚弱。IPO敲定之后,他拖着疲惫的身躯回家,却发现家中空空如也。他一下子像是惊醒,吓得全身是汗。原来女儿的病那几天突然变得更严重,免疫系统崩溃,前一天晚上已经被救护车拉到医院重症监护室了。他赶到医院的时候,女儿险些昏迷,见到他来了,她很高兴,眼泪扑簌簌掉个不停。很快,女儿进入病危状态,他照料了她最后一周,焦虑狂躁地想要做点什么,似乎努力做一些事情,就能弥补亏欠,给自己安慰。但是一切都没用了,他眼看着她在他面前消逝。

后来那段时间他悲痛欲绝,后悔不已,把公司的工作辞了,股份转让他人,自己一个人闭关。他不断回想着最后一周对女儿的陪伴,自责在她发病之前最关键的时候不在她身边。那种负疚感深入骨髓,让他时常做噩梦,情绪也极度低落。

"一直到现在,如果能给我再来一次的机会,让我付出什么都愿意。"说到这里,总裁停下来,目光灼灼地看着钱睿,"所以,后来的我很想做一些挽回生命的事,算是对自己愧疚之情的救赎。这种感觉你能明白吗?"

钱睿感受到像探照灯一样打在自己身上的目光,有点不自在。说实话,总裁最后讲到的感受他相当熟悉,跟他之前经历的过程何其相似。有一瞬间,他的鼻子突然就酸了一下。但他又不愿意在这样的场合表现软弱,毕竟坐在面前的人就是明日他在法庭上将要诉讼的人。他于是避开总裁的目光,只是问:"所以你后来就开始造假人,来延续病人的生命?"

"不能说是假人,只能算是新人。"总裁说。

"什么意思?"钱睿想要了解更多,"新人和旧人是什么关系?"

"新人是活生生的人,是病人自身的延续。"总裁解释说,"新人是基因复制生成的人体,跟人没有区别。新人的大脑在芯片的指导下发展,形成一个半智能人,但是芯片的主要材料是碳纳米,会跟着大脑的有机材料一起生长,随着脑神经网络的完善,芯片的绝大部分会消融,新人的大脑独立运转,成为一个真正的人。芯片虽然在脑中有残留,但主要起作用的是新的大脑。在我看来,新人就是病人自身,重新生活的病人。"

"你是说……新人并不是机器人?"钱睿问。

"当然不是。新人躯体和人体一样,大脑也是人的大脑,也有喜怒哀乐,与人无异。"总裁说,"可以说他的方方面面都是普通人,只是大脑的连接方式受了智能引导。"

钱睿琢磨了好一会儿这其中的差别,最后叹道:"但不管怎么说,也还是两个人啊!你能接受你女儿在这一边受苦的同时,另一边站起来一个不痛不痒的人吗?我接受不了。"

"可是病人自己是可以接受的。"总裁说,"你刚才也看到了你母亲的授权书。"

钱睿心里绞痛起来,想象着母亲签字时的样子,那该是怎样的绝望,才会签这样的授权。"我母亲……真的同意了吗?"他问。

"当然,"总裁说,"这里面最关键的步骤是全脑扫描,如果没有病人配合,根本不可能做任何复制。病人不但需要接受扫描,还要配合回忆很多事情。所以我们所有操作都是在病人授权的前提下进行的。我们最初也不确定是不是能拿到病人授权,但是这些年的尝试让我们发现,所有确认自己命不久长的病人,都签了同意书。"

"……为什么?"

"这得问你了。你想想,你母亲为什么签了这个同意书?"总裁反问他。

钱睿想到母亲在临死前的日子,知道自己生命将尽,自愿将家庭的位置延续给一个新人,那应该还是充满不舍,对他和父亲的不舍。还有对他和父亲的安慰。想到这里,他黯然了,鼻子一直发酸。

"所以,"总裁俯身朝向他,"我今天叫你来,是想问你能不能撤诉。你是主要诉讼方,如果你撤诉,案子就会撤销。"

钱睿皱起眉头:"所以你刚才都是在打苦情牌?"

总裁默默叹了口气，向窗外挥挥手："你看这城市，三千万人，你知道接受过这种替换的有多少人吗？二十年，这个城市，十二万八千六百人。还有其他城市，总共数百万人，都在鬼门关前死而复生。不管他们曾经是真人还是假人，过不了多长时间，他们就变成真的人了。他们有新的生活，现在正好端端活着。已经有成千上万个家庭接受了这些新成员，或者说，接受了重新来一次的机会。所以你明白吗，如果你们现在揭穿这一切，损害的不是我的企业，而是所有这些家庭的幸福。"

钱睿怔住了。

"还有最重要的，"总裁的双眼死死地盯着他，声音变得冷而锐利，"这些已经成为人的新人类，也将被你们毁掉，如果你们控告我谋杀，难道你们不是在谋杀吗？"

钱睿被他的问题砸中心口，半晌无言，最后勉强反驳道："但是你们以假乱真，谎称能治好绝症，至少犯了诈骗罪。"

"很多时候，"总裁悠悠地叹了口气，又回到刚才讲故事时的舒缓，"我们做的很多事，不是病人的需要，是家属的需要。你见过那些不断给病人买饭的家属吗？他们的心填不满。因为有这些需要，才有我们。他们要的是安慰，不是真相。你明白吗？"

"我……"钱睿无言。

钱睿已经被总裁说服了大半，他在心里接受了新的母亲，因为他相信那就是母亲的意愿，是母亲灵魂的延续。但他总还是有一点迟疑，不愿意这样接受他的辩白。明明是必胜的诉讼，让他三言两语就说得撤诉，怎么也显得下不来台。

正在犹豫间，总裁站起身，在墙边做了些操作，墙上呈现出一面墙的电子档案库。然后他转过身，问钱睿："你有没有想过，你进出我们医院这么多次，我们也有详尽的电子监控，为什么从来没有人发现或拦着你？"

钱睿愣了。是的，这个问题他想到过。当初他让白鹤查监控录像的时候，就有过疑问，既然这些录像拍到过他陪母亲的镜头，为什么没有人来阻止他，任他自由出入？当时他以为医院每天的监控录像太多了,没有人仔细看。但现在想来,这个解释未免太牵强了。

"为……为什么?"

"我们医院,"总裁解释道,"总有实时扫描监控,除了录像,最主要的是电子芯扫描,所有员工和病人都有衣服上的电子芯,而所有新人,都有大脑中的电子芯。医院的报警装置如果扫描到没有电子芯的人进入,就会自动发出警报。"

说到这里,他停下来,特意等着钱睿的思绪。钱睿感觉到他的话里有一种危险的气息,像是有什么利剑一般的词汇即将喷射而出。钱睿似乎明白了什么,但是头脑却又陷入冰冻,只剩一片空白,失去了思考能力。他紧张得都无法呼吸了。

总裁见钱睿没有接话的意思,又继续说道:"你潜入医院而没有被监控报警,只有两种可能,就是你身上有两种电子芯之一。你猜是哪一种?员工的电子芯,还是新人的电子芯?"他说到这里顿了顿,盯着钱睿的反应,"……你猜出来了对不对?你不敢相信?那你想一下你父母的态度?你父亲为什么不顾一切阻止你揭穿我们医院?你母亲今天跟你说的那些话,你听懂了吗?"

"你是说……我是……"钱睿完全傻眼了。

"是的。你八岁那年,到过我们医院。严重事故。"总裁的几个字,每一个都像千斤重,砸在地上,钱睿感觉到碎石溅到四面八方,割得他脸生疼。

"所有十六岁以下的未成年人,都需要父母签署知情授权书。"总裁继续讲下去,"新人总是不知道自己是新人,通常情况下,家属也不知道,一切都会和和美美进行下去,但唯有未成年新人的父母完全知情。"

"所以我是……"钱睿仍然说不出口。

"是的,你猜对了,你是我们的孩子。只是你现在已经长得很好了,你已经不知道了。但你母亲知道。她把这些记忆留给了你现在的母亲。她虽不知道自己是新人,但她知道你是。你明白吗?"

钱睿觉得自己周围的世界碎成了无数尖利的碎渣,每个字他都能听懂,但整体是什么意思,他却无论如何也不懂了。

"我不相信,我是我,不是你们的孩子。我不相信!"钱睿绝望地叫。

"还有,你知道吗,你潜入的第二天,监控录像就被送到了我的案头,但听说警报没响,我就明白了,于是我让他们不要去管。你是我们的孩子,有权回来。所以我没有管。"

"我不信! 我不信……"钱睿仍然痛苦地摇头。

"待会儿我会出去,"总裁的声音放低了,有点像是安抚,"等我出去,你可以在这里查你自己的电子档案。右边的桌子上有一个电子芯认证仪,你去按一下绿色键,就可以识别电子芯。虽然植入大脑后会消解一大半,但关键的身份认证还会保留。"

说完,总裁给他斟上最后一杯茶,站起身离开了。

钱睿疯狂地摇头,他觉得自己的神经快要错乱了,心中大骇,他本能地后退,拒绝,他不想听,他还想回到从未听过这个消息的时间里。

他无法理解自己听到的信息。怎么突然之间,他就成了那个他想要揭穿的身份。身体的变与不变,头脑的变与不变。母亲知道,母亲不知道。拒绝。接受。痛苦。爱。

他拼命捶打沙发,不知道怎么就睡着了。

## 尾　声

第二天早上,钱睿被一连串手机铃声吵醒了。

钱睿看了一眼手机,是白鹤的电话。白鹤火烧火燎的声音从话筒中传出来,问他在哪里,怎么还不到场。他们已经帮忙调整了他的出庭顺序,让他午后再来做证,但由于他是重要的证人,白鹤要求他务必到场。白鹤用手机给钱睿直播了一下现场画面,法庭外面已经聚集了很多人,也有大大小小的媒体闪光灯。

钱睿挂了电话,呆呆地坐了一会儿,没有动。他的记忆慢慢恢复,昨晚听过的话,一点点回到他的身体里,他的脸又变得苍白。

他定睛看着手机上集会的人群,看着法庭外吵闹的场面,心里突然一阵痛,立刻把手机关机。这样今天就可以消失了。

他还在总裁办公室里,但是总裁却不在房间。他站起身走了走,发现昨天晚上总裁调动的电子档案画面没有关,他去操作终端,动了动,能进入。他去翻过去的档案,按音序顺序,紧张得难以呼吸。好不容易才翻到姓"钱"的类目,又一直翻,很久才看到"钱睿"的名字。他打开那张病历,里面有一个血肉模糊的男孩的照片。那是二十年前,高楼顶端掉落的钢筋砸中身体,钢筋穿过胸腔,内脏大出血,整个人生命垂危。

然后,他看到同样的知情授权书,与他昨天在母亲病历里看到的一模一样。那上面同样签着母亲的名字。只是这一页,早了二十年。

他环顾四周,总裁桌上有一台小小的仪器,看上去很不起眼,但是有发出光的地方,他站到仪器面前,犹豫了好一会儿,手指放在仪器开关上。

如果按下去,立刻能测出自己头脑中有没有那个所谓的"电子芯"。

按,还是不按?

他想起昨晚总裁的问题:如果你们告我谋杀,那么你们也在谋杀那些新人,不是吗?

他闭上眼,没有按下去,但重新打开了手机。

"白鹤,"他拨通电话,"对不起,今天我去不成了。"

(原刊《山花》第 10 期)